THE BLIND SIDE

옮긴이 박중서

출판기획가 및 번역가로 활동하고 있다. 한국저작권센터(KCC)에서 에이전트로 일했으며, '책에 대한 책' 시리즈를 기획하기도 했다. 옮긴 책으로는 『머니랜드』, 『인간의 본성에 관한 10가지 이론』, 『지식의 역사』, 『신화와 인생』, 『끝없는 탐구』, 『그들은 자신들이 자유롭다고 생각했다』, 『멍멍이 호텔』, 『더 원더풀 오』, 『만화보다 더 재밌는 시간 여행자의 일기장』, 『커럼포의 왕 로보』, 『거의 모든 사생활의 역사』, 『안드로이드는 전기양의 꿈을 꾸는가?』, 『셰익스피어 & 컴퍼니』 등이 있다.

Michael Lewis

블라인드 사이드
THE BLIND SIDE

마이클 루이스 지음
박중서 옮김

인종과 계급을 뛰어넘은 기적 같은 만남

북트리거

『블라인드 사이드』에 쏟아진 찬사

또 한 번의 위업이다. … 대학 풋볼 스카우트 경쟁 이상의 이야기이다. … 이것은 아메리칸 드림 그 자체에 관한 이야기이다.
　　　　　　　　　　　　　　　　　　　　　　　　　　　　　－《워싱턴타임스》

루이스는 이야기에 뛰어난 재능을 지니고 있다. … 스포츠 팬인 독자는 물론이고, 다른 이유로 인해 그의 저서를 읽는 일반 독자도 쉽게 읽을 수 있도록 명료하게 글을 쓴다.
　　　　　　　　　　　　　　　　　　　　　　　　　　　　　－《뉴욕타임스》

감동에 사로잡히고 만다.
　　　　　　　　　　　　　　　　　　　　　　　　　　　　　－《워싱턴포스트》

저널리즘의 새로운 장르를 제시한다.
　　　　　　　　　　　　　　　　　　　　　　　　　　　　　－《뉴욕타임스북리뷰》

루이스는 미국의 여러 제도 (채권시장, 메이저리그 야구) 안에서 벌어지는 흥미로운 변화를 분석한 다음, 그 통계자료 뒤의 인물들을 찾아내서 장식으로 곁들이는 기술에 숙련되어 있다.
　　　　　　　　　　　　　　　　　　　　　　　　　　　　　－《볼티모어선》

오늘날의 풋볼 경기에 대해 조금이라도 관심을 지닌 사람이라면 결코 놓쳐서는 안 될 책이다.
　　　　　　　　　　　　　　　　　　　　　　　　　　　　　－《보스턴글로브》

『블라인드 사이드』에서 마이클 루이스는 상당히 흥미진진한 이야기를 펼쳐 보인다. … 재능 있는 선수에서 영리하고 헌신적인 코치로 권력의 균형이 이동함으로써 이 미묘하고도 거친 경기가 어떻게 변해 왔는지를 설명한다.
　　　　　　　　　　　　　　　　　　　　　　　　　　　　　－《이코노미스트》

루이스는 독자를 필드로 이끌어 내는 방법을 알고 있다. … 『블라인드 사이드』는 루이스의 특별한 필력 모두를 드러내고 있다. 이야기를 이어 나가는 능력, 큰 그림과 흥미로운 세부사항 모두를 눈여겨보는 능력, 빈틈없는 위트, 사회적인 복잡성을 식별하는 탁월한 본능에 이르기까지 … 여러분은 책을 읽는 내내 벌떡 일어나서 환호성을 터트리고 싶은 유혹을 느낄 것이다.
　　　　　　　　　　　　　　　　　　　　　　　　　　　　　－《타임스피커윤》

루이스는 뛰어난 기자이며 재능 있는 산문가이다. 자기가 몸을 담그고 있는 이 세상의 진동을 흡수하면서도 결코 거기 휩쓸리지는 않는다. 마찬가지로 그는 이 책의 줄거리 내내 마이클 오어의 발자취를 놓치지 않는다.
— 《휴스턴크로니클》

흥미진진하고 계몽적인 … 인종 분리, 스포츠 전술, 경제적 거래에 관한 이야기.
— 《파이낸셜타임스》

탁월한 스포츠 분석에다가 남부의 미식축구광들에 관한 민족지학을 결합시킴으로써, 루이스는 풋볼의 핵심이 거친 힘에 있는지, 아니면 섬세한 지성에 있는지 하는 매력적인 질문을 탐사하고 있다.
— 《퍼블리셔스위클리서평》

이전에 했던 것과 마찬가지로, 루이스는 하나의 문화를 훌륭하게 해체해 보여 주었다.
— 《뉴욕데일리뉴스》

가슴에 스며드는 이야기 … 고통스러우면서도 마음을 사로잡는, 행운과 구원에 관한 이야기.
— 《비즈니스위크》

서술 방식이 흥미롭다.
— 《라이브러리저널》

(루이스는) 서술의 속도, 교묘한 위트, 흥미진진한 세부 사항, 명료함과 문장의 기백 등에서 대단한 재능을 선보인다.
— 《아메리카》

(『블라인드 사이드』는) 세 가지 층위에서 전개된다. 첫째는 NFL에 대한 정교한 분석이다. 둘째는 상위에 속하는 대학의 스카우트 전쟁에 관한 폭로이다. 셋째는 자칫 불행하게, 십중팔구는 나쁘게 끝날 뻔한 한 사람이 인생 경로를 사랑과 가족과 교육이 변모시키는 긍정적인 효과를 보여 주는 감동적인 초상화이다.
— 《북리스트서평》

어딘가 특별한 이상주의에 관한 책. 그러나 바람직한 결말이다.　　　　　　-《슬레이트》

풋볼에 관한 또 한 권의 (진짜) 이야기로 분류되어 마땅할 만한 종류의 책 … 하지만 루이스는 그보다 훨씬 더 깊이까지 나아갔다.　　　　　　　　　　　　　　　-《스카이》

마이클 루이스의 뛰어난 저서 『블라인드 사이드』를 최근에 읽으면서 나는 여러 번이나 울었다. 그 이야기가 그만큼 강력한 효과를 발휘한 까닭이었다.　　　　-〈모닝뉴스〉

대학 스카우트 경쟁의 세계, 프로 풋볼의 전략, 신앙과 스포츠의 휘발성 있는 조합을 둘러보는 흥미진진한 여행.　　　　　　　　　　　　　　　　　-《디 옥타비안》

머지않아 NFL 최고액 연봉 선수 가운데 하나가 될, 한 청년의 비범하고도 감동적인 이야기.　　　　　　　　　　　　　　　　　　　　　　-《크리스처니티투데이》

현대 풋볼의 전략, 토대, 인물에 관해 살펴보는 책. 어느 젊은 선수를 주인공으로 삼아서 개인적이면서도 명료하게 서술한다.　　　　　　　　　　-《블루리지비즈니스저널》

루이스는 섬세한 풋볼 전략과 중대한 사회적 이슈 사이를 자연스럽게 오가며 이야기를 전개한다.　　　　　　　　　　　　　　　　　　　　　-《탬파트리뷴》

미국 풋볼에서의, 그리고 미국 사회에서의 성공을 결정하는 요소가 무엇인지에 대한 뛰어난 탐구.　　　　　　　　　　　　　　　　　　　　　　-《보이드》

박봉에도 불구하고 저자의 블라인드 사이드를 지켜 주는

스탈링 로렌스에게

미식축구 관전법

미국인들이 미식축구에 열광하는 이유

슈퍼볼^{Super Bowl}은 미국에서만 1억 명 이상이 관전하는 지구촌 최고의 스포츠 이벤트이다. 2020년 기준 입장권 가격은 평균 1,000만 원을 넘고, '지상 최대의 돈 잔치'라 불릴 만큼 광고 효과도 상상을 초월해서 30초 광고료가 무려 70억 원 가까이 된다. 왜 미국 사람들은 그토록 미식축구에 열광하는 것일까?

첫째, 미국인들의 구미에 딱 맞기 때문이다. 일종의 땅따먹기 방식으로 전진하는 경기 방식은 서부 개척 시대를 연상시킨다. 룰도 꽤 간단하다. 총 4회에 걸친 공격에서 상대 진영으로 10야드를 전진하면 된다. 선수들도 드리블, 슈팅 등 특별한 기술이 필요 없다. 잘 달리고, 돌파하고, 몸으로 막으면 된다.

둘째, 연간 게임 수가 다른 프로스포츠보다 훨씬 적다. 메이저리그^{MLB}는 한 시즌에 팀당 162게임, 미국프로농구협회^{NBA}는 팀당 82게임씩을 하는데, 그에 비하면 미국프로풋볼리그^{NFL, National Football League}는 팀당 16게임(2021년부터 17게임 예정)밖에 치르지 않아 한 게임당 집중력이 높다. NFL에는 모두 32개의 프로 팀이 속해 있는데, 이들은 내셔널풋볼콘퍼런스^{NFC, National Football Conference} 16개 팀, 아메리칸풋볼콘퍼런스^{AFC, American Football Conference} 16개 팀으로 나뉜다. 그리고 이 16개 팀은 다시 4팀씩 동·서·남·북의 4개 디비전^{Division}으로 묶이는데, 이들은 정규 시즌 16게임과 플레이오프를 거치며 콘퍼런스 우승 팀을 결정한다. 이 양 콘퍼런스 우승 팀이 맞붙는 게 바로 슈퍼볼이다.

미식축구와 럭비의 차이점

미식축구는 흔히 럭비와 비교된다. 둘 다 고구마같이 생긴 타원형의 공을 가지고 선을 넘어야 득점한다는 점은 비슷하지만, 여러 가지 차이점이 있다. 우선 미식축구는 11명이지만, 럭비는 7인제(올림픽 방식)와 15인제가 있다.

주요 득점 방식과 득점을 칭하는 용어에도 차이가 있다. 미식축구는 이를 '터치다운'touch down이라 하는데, 선수가 공을 들고 경기장 끝 골라인을 넘어 엔드존end zone에 들어가거나, 엔드존 안의 선수가 쿼터백이 준 패스를 받아 내는 경우 득점으로 인정한다. 한편 럭비는 '트라이'try라 하고, 선수가 운반한 공이 무조건 골라인 너머의 지면에 직접 닿아야만 득점으로 인정된다.

가장 큰 차이는 전진 패스, 즉 포워드 패스forward pass의 허용 여부다. 미식축구는 공을 앞으로 던지는 포워드 패스가 허용된다. 그러나 럭비에서는 오직 옆이나 뒤로만 패스를 할 수 있어서, 모든 포워드 패스는 파울로 간주된다. 착용하는 보호 장비도 다르다. 미식축구는 선수들이 헬멧처럼 보이는 헤드기어, 유니폼 아래 각종 패드를 착용하여 몸을 보호하지만, 럭비는 머리에 밀착하는 부드러운 헤드기어와 무릎 보호대 등 간단한 보호 장비만 착용한다.

핵심적인 경기 규칙

미식축구 경기장은 럭비나 축구 경기장과 비슷한 크기로, 직사각형으로 되어 있고, 길이가 360피트(109.7m), 폭이 160피트(48.8m)다. 축구·럭비와 마찬가지로 직사각형의 긴 쪽 선을 사이드라인side line, 짧은 쪽 선을 엔드라인end line이라 부른다. 엔드라인에서 경기장 안쪽으로 10야드 거리에 골라인이 그어져 있다. 양쪽 골라인 사이는 100야드이고, 5야드 간격으로 선이 그어져 있으며, 경기를 진행하는 데 중요한 지표가 되는 10야드마다 숫자가 표시되어 있다. 표시된 숫자는 양쪽 골라인으로부터의 거리를 나타내는데, 50야드 라인이 중앙선이다. 사이드라인 안쪽으로 두 줄의 점선이 있는데, 이를 인바운즈 라인inbounds line 또는 해시 마크hash mark라고 부른다. 경기는 인바운즈 라인 위나 그 사이에서 시작된다. 스크리미지 라인scrimmage line은 공격수의 위치를 나타내는 가상의 선을 말한다.

한 팀당 뛸 수 있는 선수는 11명으로 선수 교체를 자유롭게 할 수 있으며, 보통 공수 교대가 이루어질 때 선수들도 모두 교체된다. 한 팀은 공격조 선수, 수비조 선수, 스페셜 팀 선수로 나누어진다. 공격권을 가진 팀에는 총 4회의 공격 기회(공이나 공격수의 무릎, 팔꿈치 등이 땅에 닿으면downed 공격이 끝나는데, 이를 다운down이라 한다)가 주어지는데, 이때 10야드(약 9.14미터) 이상 전진하면 다시 4회의 공격권이 주어진다. 하지만 세 번째 공격에서 10야드를 넘지 못할 경우, 상대 진영으로 공을 멀리 차는 펀트punt로 공격권을 넘기는 게 일반적이다. 네 번째 공격에서 실패하면 바로 그 자리에서 공격권을 넘겨줘야 하므로, 실점의 위험이 크기 때문이다.

미식축구는 쿼터제인데, 1쿼터당 15분씩 4쿼터(60분)를 진행한다. 1, 2쿼터를 전반, 3, 4쿼터를 후반이라 부르고, 전반이 끝난 후 12분간 하프타임(휴식시간)을 갖는다. 산술적으로는 1시간 30분 남짓 되지만 반칙이 일어나거나, 각 팀이 타임아웃(팀당 전후반에 각각 세 번씩)을 부르거나, 선수가 부상을 당하거나, 심판이 타임아웃을 부르는 경우가 많아서 전체 경기 시간은 2시간 30분 이상 소요된다. 전후반 경기를 모두 치러도 승부가 나지 않으면 15분간 연장전을 갖는데, 그래도 승부가 나지 않으면 무승부로 처리된다.

미식축구 선수의 포지션

미식축구도 정해진 포지션이 있고, 각각 맡은 역할이 있다. 미식축구가 여타 구기 종목과 다른 점은 한 팀에 공격조, 수비조, 그리고 스페셜 팀이 따로 있다는 점이다. 공격조 선수들은 자신의 팀이 공격할 때만 나오고, 수비조 선수들은 수비할 때만 나온다. 스페셜 팀 선수들은 경기가 시작하거나, 공격과 수비가 끝나는 등 특수한 상황에 짧게 출전한다. 미식축구는 축구처럼 11명이 뛰지만 공격조, 수비조, 스페셜 팀으로 운영되기 때문에 엔트리는 최대 53명까지 둘 수 있고, 45명 이내에서 출전 선수의 교체가 가능하다.

1. 공격조 offensive unit

1) 오펜시브 라인맨 offensive lineman

5명으로 이루어진 공격조의 최전방 라인이다. 라인맨의 임무는 2가지이다. 첫째는 농구의 가드에 해당하는 쿼터백을 보호하고, 둘째는 러닝백이 플레이를 수월하게 할 수 있도록 돕는 것이다. 즉 적진으로 볼을 들고 뛰어가는 러닝백의 길을 뚫어 주는 역할을 한다. 5명의 위치와 역할을 알아보자.

· **센터** Center (1명): 5명의 라인맨 중앙에 서서, 쿼터백에게 공을 던져 준다.

· **가드** Guard (2명): 센터의 좌우에 위치하며, 길을 트거나 수비수를 막는다.

· **태클** Tackle (2명): 가드 옆 좌우, 레프트 태클과 라이트 태클이 있다. 다른 라인맨처럼 상대 수비수가 밀고 들어오지 못하게 블로킹한다. 오른손잡이가 대다수인 쿼터백이 공을 던지려 할 때 왼쪽이 '블라인드 사이드'(사각지대)이므로, 이곳을 보호하는 레프트 태클은 상당히 중요한 역할을 한다. 블라인드 사이드를 늘 확인해야 하므로 체격이 클수록 좋고, 팔과 다리가 길고, 스피드도 있어야 한다. 게다가 보호 본능이 뛰어난 성격이라면 안성맞춤이다. 『블라인드 사이드』의 주인공 마이클 오어야말로 바로 그런 조건을 거의 모두 갖춘 선수다.

2) 타이트 엔드 tight end

공격조의 전술에 따라 넣거나 뺄 수도 있다. 만약 넣게 되면 태클 바깥쪽에 서서 라인맨의 일부(라인맨이 6명이 된다)가 되어 오펜시브 라인을 더욱 강력하게 만든다. 또는 와이드 리시버와 같이 적진으로 파고들어 패스를 받기도 한다.

그 팀에서 가장 피지컬이 좋고 발 빠른 선수가 맡는다.

3) 와이드 리시버wide receiver

3명이 투입되며, 라인맨들과 비슷한 공격선상에 위치한다. 플레이가 시작되자마자 적진으로 뛰어들어 쿼터백의 패스를 받아야 하기 때문에, 스피드가 가장 뛰어나고 캐치 능력도 좋은, 운동신경이 가장 발달한 선수들이 맡는다.

4) 러닝백running back

라인맨들의 뒤편에 서며, 하프백(테일백)과 풀백으로 나뉜다. 쿼터백에게 공을 건네받고, 라인맨들이 터 주는 길을 따라 적진으로 될 수 있는 한 깊숙하게 침투하여 야드를 획득한다. 라인맨들과 약속된 플레이로 함께 벽을 만드는 척하다가 상대 진영으로 뛰어들어가서 공을 받는 플레이를 한다.

5) 쿼터백quarter back

미식축구의 핵심 포지션으로, 센터의 뒤에 위치한다. 그 팀의 전술이나 개인의 판단에 따라 공을 받은 후, 자신이 공을 갖고 직접 상대 진영으로 뛰어들거나, 러닝백에게 주거나, 리시버에게 패스를 한다. 그 팀의 모든 플레이의 시작과 끝은 쿼터백으로부터 이뤄진다.

2. 수비조defensive unit

1) 디펜시브 라인맨defensive lineman

상대 팀의 공격수와 직접 맞붙는 수비조 선수들이다. 공격조에 쿼터백과 러닝백을 보호해 주는 오펜시브 라인맨들이 있다면, 수비조에는 상대 팀의 오펜시브 라인을 무너뜨리는 디펜시브 라인맨들이 있다.

2) 라인배커linebacker

라인맨 뒤에서 디펜시브 라인을 뚫고 들어오는 선수들(주로 러닝백)을 2차 저지하는 역할을 한다. 라인맨과 라인배커는 4 : 3 또는 3 : 4 대형으로 디펜시브 라인을 구축한다. 라인배커 가운데 한 선수가 수비를 지휘한다. 공격조의 쿼터백 역할과 유사하다.

3) 디펜시브 백defensive back – 코너백cornerback과 세이프티safety

최종 수비수라고 할 수 있는 후방 라인이다. 코너백(2명)은 상대 팀의 와이드 리시버를 무력화시키고, 세이프티는 수비 진영을 뚫고 터치다운해 오는 상대 팀 선수를 마지막으로 막는 역할을 한다.

3. 스페셜 팀

스페셜 팀은 주로 킥오프kickoff와 필드골field goal, 펀트 등 킥kick과 관련된 플레이를 맡는다. 스페셜 팀의 대표적인 포지션에는 키커kicker, 펀터punter, 롱 스내퍼long snapper, 리터너returner 등이 있다. 키커는 킥오프(경기의 시작을 알리는 킥)나 필드골(공을 발로 차서 골포스트에 넣음) 등을 수행하고, 펀터는 네 번째 다운 상황을 맞이했을 때, 상대가 최대한 멀리서부터 전진하도록 공을 차서 넘겨주는

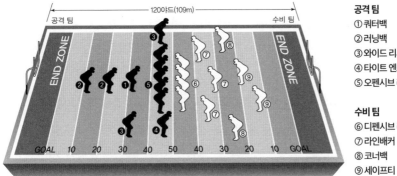

공격 팀
① 쿼터백
② 러닝백
③ 와이드 리시버
④ 타이트 엔드
⑤ 오펜시브 라인맨

수비 팀
⑥ 디펜시브 라인맨
⑦ 라인배커
⑧ 코너백
⑨ 세이프티

(펀트) 역할을 한다. 롱 스내퍼는 펀트 상황에서 공을 펀터에게 스냅^{snap, 뒤로빼기}하는 임무를 수행하며, 리터너는 키커나 펀터가 높이 찬 공을 받아 상대편 진영 쪽으로 복귀(리턴)하는 역할을 한다. 리터너가 많은 야드를 전진할수록 팀은 더 쉽게 터치다운을 할 수 있다.

대표적인 득점 방법

상대 진영으로 전진하는 방법은 단 2가지, 패싱^{passing}과 러닝^{running}뿐이다. 패싱은 말 그대로 공을 던져서 받는 것이고, 러닝은 공을 들고 뛰는 것이다. 수비수는 공격수들의 몸을 껴안아 잡거나 태클을 통해 전진을 저지할 수 있는 반면, 공격수들은 수비수를 밀어낼 수는 있지만 껴안거나 잡지는 못한다.

1. 상대 진영의 엔드존에 볼을 갖다 놓은 것을 터치다운이라고 한다. 터치다운을 하면 우선 6점을 얻는다. 터치다운을 한 후에는 추가 득점 기회를 얻는데, 이를 트라이 포 포인트^{try for point}라고 한다. 이때 공을 킥해서 골포스트 사이에 넣으면 1점, 러닝 또는 패싱 플레이로 득점 지역(엔드존)으로 들어가면 2점을 얻게 된다.

2. 상대 진영의 엔드존 가까이 전진하긴 했는데, 터치다운을 하기 어려우면 필드골을 찰 기회를 얻을 수 있다. 이때 필드골을 차서 골포스트 사이로 넣으면 3점을 얻는다. 만약 실패하면 공을 찬 지점에서 공격·수비가 바뀐다.

3. 세이프티^{safety}로 수비 팀이 점수를 얻기도 한다. 축구로 말하면 자살골과 비슷한 것으로, 공격 팀이 자신의 엔드존에서 태클을 당해 넘어지거나, 공을 놓쳐 엔드존 밖으로 공이 굴러 나가는 등의 경우 2점을 얻게 된다.

인종을 넘어선 환대와 인간 승리의 감동

『블라인드 사이드』는 『머니볼』로 유명한 '세계 최고의 논픽션 베스트셀러 저자' 마이클 루이스의 야심작이다. 브래드 피트 주연의 영화 〈머니볼〉의 원작으로도 우리에게 잘 알려진 『머니볼』은 2003년 출간된 이후 8년 연속 아마존닷컴,《뉴욕타임스》베스트셀러를 기록할 정도로 많은 독자들의 사랑을 받았다.

　『머니볼』이 '메이저리그 만년 최하위 팀 단장 빌리 빈이 데이터를 중시한 경영으로 야구계에 파란을 일으킨 실화'를 바탕으로 했던 것처럼,『블라인드 사이드』는 NFL 선수의 실화를 바탕으로 했다. 몸집만 큰 빈민가 소년 마이클 오어가 부자인 백인 부부의 양아들로 입적된 뒤 새 인생을 사는 이야기이다. 유난히 보호 본능이 투철했던 그가 미식축구의 핵심 포지션인 쿼터백을 보호하는 오펜시브 라인맨으로 성장하기까지 양부모의 뒷바라지 과정을 담았다. 하지만 단순히 가난한 소년의 성공 신화를 이야기하고 있지는 않다. 그 과정에서 마이클 오어가 느낀 가족의 중요성, 인종차별, NFL 스카우트 과정에서 일어나는 온갖 공작 등을 오롯이 글로 옮겨 독자들에게 진한 감동과 깨달음을 준다.

　지금의 현실에 비추어 보면,『블라인드 사이드』를 통해 느낄 수 있는 감동은 배가 된다. 2020년 5월 25일, 미국 미네소타주 미니애폴리스에서는 경찰의 과잉 진압으로, 아프리카계 흑인 조지 플로이드가 체포되던 중 질식사하는 사건이 발생했다. 당시 백인 경찰관 데릭 쇼빈은 뒤로 수갑이 채워진 채 엎드려 제압당해 무방비 상태였던 조지 플로이드를 8분 넘게 왼쪽 무릎으로 목을 압박해 사망에 이르도록 했다.

해당 사건이 알려지면서 이튿날인 5월 26일 오후부터 조지 플로이드 사망 사건에 대한 시위가 시작되었고, 이는 미국 전역으로 들불처럼 번져 갔다. 조지 플로이드 사망 사건은 미국에서 흑인에 대한 차별이 어느 정도인지를 명확하게 보여 준다. 백인, 그중 미국의 백인은 자신들이 백인으로서 누릴 수 있는 특권을 애써 인식하지 않으려는 경향이 있다. 약자를 차별하면서도 이를 인지하지 못하고, 자신들이 누리는 특권을 당연하게 여기는 것이다. 『블라인드 사이드』는 이 지점을 놓치지 않는다. 마이클 오어의 굴곡진 삶과 미국 공교육 시스템의 추악한 이면을 통해 인종차별과 빈곤, 사회 정의를 이야기하는 내용에서는 미국 사회에 대한 저자의 깊은 통찰이 느껴진다.

이 책은 미국의 부호 투이 부부가 다 큰 자녀들이 있는 집으로 거구의 이방인인 마이클 오어를 데려오면서 시작된다. 투이 부부는 마이클 오어를 입히고 먹이면서 가족의 사랑을 알려 주고, 사랑에 목말랐던 그는 가족의 구성원이 되어 함께 살아가는 법을 배운다. 백인 부부가 입양한 한 흑인 아이가 NFL 팀의 오펜시브 라인맨으로 성장해 나가는 과정은 2020년을 살아가고 있는 우리에게 인류애와 인간 승리의 감동을 안겨 줄 것이다.

2020년 여름
기영노

◀ 마이클 오어의 어린 시절. 열 살 무렵으로 보인다.
▼ 2003년 브라이어크레스트 대 U.S.J.의 경기에서 숏을 시도하는 마이클(등 번호 50번).

© The Tuohy Family

▶ 브라이어크레스트크리스천스쿨 소속으로
　경기에 임한 마이클.

▼ 리 앤과 함께 경기장을 떠나는 마이클.

©The Tuohy Family

©The Tuohy Family

▲ 투이 가족의 크리스마스 카드
(왼쪽부터 숀 주니어, 마이클, 콜린스).

◀ 컨트리클럽에서 가족끼리 점심 식사를 마치고.

▲ 2005년 5월 고등학교 졸업식.
▶ 마이클과 리 앤.

▲ 2005년 올 미스 대 켄터키의 시합에서 뛰는 마이클(등 번호 74번).

▲ 마이클 오어와 그의 라인업. 첫째 줄 왼쪽부터 콜린스 투이, 리 앤 투이. 둘째 줄 왼쪽부터
숀 투이 주니어, 숀 투이. 셋째 줄 왼쪽부터 빅 토니 헨더슨,
(브라이어크레스트에서 마이클의 코치였으며, 지금은 올 미스의 보조 코치로 일하는) 휴 프리즈,
수 미첼(마이클의 과외교사), 스티븐 페인(마이클의 친구이며 빅 토니의 아들).

▼ 올 미스의 풋볼 필드에 서 있는 투이 가

© The Tuohy Family

CONTENTS

일러두기

1　각주는 '원주'라는 표시가 있는 경우를 제외하고는 모두 옮긴이가 쓴 것이다.
2　저자가 겹따옴표로 강조한 부분은 한국어판에서도 겹따옴표로 처리했고, 홑따옴표나 이탤릭체로 강조한
　 단어나 문장은 한국어판에서 홑따옴표로 처리했다.
3　거리, 면적, 무게 등의 단위 표기는 (센티)미터와 킬로그램 등 국제 도량형 표기법에 맞추었다. 단, 문맥에 따라
　 일부는 야드와 마일 등 야드 파운드법에 맞추었다.
4　신문·잡지 등의 정기간행물은 《》, 단행본은 『』, 시는 「」, TV 프로그램·영화·뮤지컬·노래 제목은 〈〉를 써서 묶
었다.

CHAPTER 1

배경

공이 스냅[1]된 뒤 첫 번째 뼈가 부러질 때까지 걸리는 시간은 5초보다는 오히려 4초에 더 가깝다. 원 미시시피.[2] 워싱턴 레드스킨스의 쿼터백 조 타이스먼이 뒤로 돌아서 러닝백 존 리긴스에게 공을 넘겨준다. 타이스먼이 지켜보는 가운데 리긴스는 두 걸음 앞으로 나아간 다음, 뒤로 돌아서 다시 공을 그에게 넘겨준다. 이것은 대부분의 사람들이 "플리 플리커"flea-flicker, 벼룩 뛰기라고 알고 있는 동작이지만, 레드스킨스에서는 "스로 백 스페셜"throw back special, 뒤로 던지기 특별판이라고 부른다. 투 미시시피. 타이스먼은 리시버를 찾아보지만 여의치 않았고, 오히려 해리 카슨이 자신을 향해 곧바로 달려온다는 사실을 깨닫는다. 러닝 다운이었고(2쿼터의 시작이었고, 미드필드에서 '퍼스트 다운에 10야드'[3]였으며, 점수는 7 대 7 동점이었다) 뉴욕 자이언츠의 라인배커는 상대의 속임수에 완전히 속아 넘어가서 레드스킨스의 백필드backfield[4] 속으로 깊이 파고들어왔던 것이다. 카슨은 리긴스를 태클할 수 있으리라 생각했지만, 리긴스는 이미 어디

1   풋볼에서 플레이가 시작되자마자 공격 측의 센터가 양다리 사이로 공을 뒤의 선수에게 전달하는 동작.

2   '미시시피'라는 단어를 발음하려면 딱 1초가 걸린다고 가정하여, 지금부터 3초를 세라고 하면 '원 미시시피, 투 미시시피, 스리 미시시피'라고 말하는 식으로, 숨바꼭질 등에서 시계 없이 초를 셀 때 사용하는 구호.

3   지금부터 '10야드'를 전진해야 하는 네 번의 공격 기회 가운데 '1차 공격'(퍼스트 다운)이라는 뜻.

4   풋볼 필드에서 공격 측의 후방 지역.

론가 가 버린 지 오래였다. 그래서 카슨은 대신에 타이스먼을 향해 계속 달려갔다. 스리 미시시피. 카슨은 이제 타이스먼이 공을 가지고 있음을 깨달았다. 타이스먼도 카슨이 자기에게 곧장 달려오는 것을 깨달았고, 따라서 상대방을 피할 시간을 벌게 되었다. 그가 살짝 옆으로 비켜나는 바람에 카슨은 그냥 옆을 지나서 완전히 빠져 버리고 말았다. 경기는 이제 겨우 3.5초가 지났을 뿐이었다. 이 순간까지는 쿼터백이 볼 수 있는 것이 상황을 좌우하게 마련이다. 하지만 이제부터는 그가 볼 수 없는 것이 상황을(아울러 그를) 좌우하게 마련이다.

여러분이 생각하기에는 프로 풋볼에 두려움이라는 요소가 차마 끼어들 여지가 없을 듯해 보인다. NFL^{National Football League, 미국프로풋볼리그}에 입성할 정도의 선수들 같으면 그런 감정 따위에는 완전히 면역이 되었으리라고 가정할 것이다. 그들은 누군가에게 부딪치는 일에 개의치 않으며, 어쩌면 무슨 일에건 전혀 겁을 먹지 않을 것처럼 생각될 것이다. 따라서 프로 풋볼 선수들이 밤마다 자리에 누워 땀을 흘리고, 몸을 떨고, 천장을 쳐다보며 내일 벌어질 폭력에 대해 걱정한다는 생각은 그야말로 터무니없어 보일 것이다. 그러나 자이언츠의 수석 코치 빌 파셀스는 이런 생각이 터무니없다고 생각하지 않는다. 특히 풋볼 수비에 열심인 파셀스는 선수들의 두려움이야말로 경기에서 큰 역할을 한다고 믿는다. 선수들 역시 마찬가지다. 그들은 동료 로렌스 테일러에게 상대방 선수들이 보인 반응을 가까이서 똑똑히 목격했기 때문이다.

필라델피아 이글스의 태클이었다가 얼마 전에 은퇴한 한 선수의 반응이 전형적이었다. 당시 제리 시스모어는 NFL에서 8년간 태클로 활약하던 선수였다. 그러다가 1981년에 테일러가 나타났다. 시스모어는 오펜시브 라인의 오른쪽에서 경기를 펼쳤고, 테일러는 종종 반대편인 왼편에서 뛰었다. 따라서 두 사람이 마주 보는 위치에서 경기할 가능성은 희박했지만, 그럼에도 불구하고 시스모어는 그런 가능성을 걱정하곤 했다. 양 팀은 똑같은 NFL 디비전에 속했고, 매번 정규 시즌마다 두 번씩은 만났다. 그런 경기가 열리는 주가 되면 시스모어는 그만 기겁하지 않을 수 없었다고 훗날 고백했다. "그 주의 중반이 되면 뭔가에 씌우기라도 한 듯이 땀을 줄줄 흘리기 시작하는 겁니다." 그는 《뉴욕타임스》와의 인터뷰에서 말했다. "제가 리그에서 뛰었던 마지막 해의 개막전이었죠. 그가 곧바로 제 옆을 지나쳐 가는 겁니다…. 저를 흘끗 바라보고 웃더군요. 그 순간 저는 이제 경기는 그만 두어야겠다고 생각했죠." 실제로 1984년에 그 시즌이 끝나자마자, 시스모어는 은퇴하고 말았다.

테일러가 쿼터백을 공격해서 부상 입히는 일을 저지하는 임무를 부여받은 선수들의 심정이야, 실제로 테일러의 표적이 되는 쿼터백 본인들의 심정에 비하자면 아무것도 아니었다. 테일러가 NFL에서 뛰었던 첫해에만 해도 쿼터백 색quarterback sack **5**에 대해서는 공식 집계가 이루어지지 않았다. 그러다가 테일러가 색을 풋볼 경기의 전환점으로 바꿔 놓은 직후인 1982년에 가서야 새로운 공식 NFL 통계가 탄생했다. 공식 기록은 색을 스크리미지 라인scrimmage line 뒤에서 공을 패스하려 시도하는 쿼터백을 태클하는 것으로 규정했다. 테일러는 이에 대해 나름의 정의를 내리고 있다. "색이란 이쪽을 바라보지 못한 누군가의 뒤로 달려드는 겁니다. 상대방이 나를 바라보지 못하기 때문에, 말 그대로 내 헬멧을 그에게 푹 하고 박아 넣는 거죠. 그러면 공이 다른 어딘가로 굴러가고, 코치가 달려 나와서 쿼터백에게 이렇게 묻는 겁니다. '이봐, 괜찮나?' 그게 바로 색입니다." NFL에서 보낸 첫 시즌 동안 테일러는 그 리그에서 손꼽힌 가장 귀중한 수비 선수 중에서도 유일한 신인이었고, 자신의 기술에 관한 소론을 펴내기도 했다. "나는 단순히 쿼터백을 덮치기만 하려는 것은 아니다." 그는 이렇게 설명했다. "실제로 나는 다른 선수들이 손가락 세 개를 들어 보였을 때, 그의 눈에 손가락 일곱 개가 보이게 만들고자 할 뿐이다. 내 헬멧을 그에게 박아 넣는 것이

---

5. 수비 팀의 라인맨이 공격 팀의 쿼터백을 태클하는 것. 공격의 핵심인 쿼터백이 큰 부상을 입으면 중대한 전력 손실이기 때문에, 각 구단마다 쿼터백 색 저지 방안을 마련하기 위해 고심한다.

고, 혹시나 가능하다면 내 한 팔을 내 머리에 갖다 대고 그 개노무자식을 도끼로 치듯 두 쪽으로 갈라놓고자 할 뿐이다. 그 녀석이 공을 붙잡고 있는 한, 나는 녀석을 다치게 할 의도인 것이다… 그 녀석을 제대로 맞춰서 그 신경을 맞춰놓으면, 녀석은 전기 충격을 받은 기분이 되고, 이후 몇 초 동안은 자기가 지금 풋볼 필드에 있다는 사실을 까먹게 될 것이다."

풋볼 경기는 진화했고, 그 진화의 이유 가운데 하나가 여기 있었다. 즉 새로운 종류의 선수가 새로운 종류의 일을 하기 때문이었다. 로렌스 테일러는 오로지 혼자 힘으로 환경을 바꿔 버렸고, 상대편 팀의 코치와 선수들이 이에 적응하게끔 만들어 버렸다. NFL 구단 가운데 밑에서 두 번째를 기록했던 자이언츠의 수비 실력은 테일러가 들어온 이후 위에서 세 번째로 껑충 뛰어올랐다. 그가 데뷔하기 바로 전해에 자이언츠는 425점을 내주었다. 반면에 그가 데뷔한 바로 그해에 자이언츠는 257점밖에 내주지 않았다. NFL에서 최약체 가운데 하나였던 팀이 하룻밤 사이에 우승 후보가 되었던 것이다. 물론 1980년부터 1981년 사이에 뉴욕 자이언츠의 변화를 이끌어 낸 선수는 테일러 혼자만이 아니었다. 또 한 명의 새로운 인물은 빌 파셀스로, 그는 원래 자이언츠의 수비 담당 코치로 채용되었다가 나중에는 팀 전체를 총괄하게 되었다. 파셀스는 점차 상대편 쿼터백의 중추신경계에 대한 감식안을 지니게 되었다. 유난히 색을 즐겨 하는 라인배커 때문에 상대편 쿼터백이 드러내는 불안 증상은 한두 가지가 아니었다. "위협, 자신감 부족, 성급한 공 던지기, 불안한 발놀림, 집중력 저하, 그리고 로렌스가 어디 있는지 항상 촉각을 곤두세우는 것." 자이언츠의 수비수로 뛰는 선수들 역시 똑같은 신호를 포착했다. 디펜시브 백 비어즐리 리스는《뉴욕타임스》에서 이렇게 말했다. "쿼터백들은 종종 로렌스를 쳐다보느라 스냅 카운트[6] 조차도 놓치곤 했습니다." 어느 상대편 쿼터백은 스냅 직전 센터에 있다가 테일

---

6   공을 뒤의 선수에 전달하는 타이밍.

러의 모습을 찾을 수 없게 되자, 플레이를 하는 대신에 차라리 타임아웃을 요청하고 말았다. 알고 보니 테일러는 그 경기에는 아예 투입되지도 않고 사이드라인sidelines에 서 있었을 뿐인데도 말이다. "우리 디비전에 속한 쿼터백들에게서 그런 모습을 더 많이 봤던 것 같습니다." 자이언츠의 라인배커였던 해리 카슨의 말이다. "그들은 뭘 두려워해야 하는지 충분히 잘 알고 있었으니까요. 하지만 다른 디비전에 속한 쿼터백들도 우리와 경기할 때에는 역시나 두려움을 품고 있었습니다."

프로에서 네 번째 시즌을 맞이한 테일러는 단순히 상대편에게 두려움을 불어넣은 것뿐만 아니라, 도리어 상대편의 두려움을 역이용하기도 했다. "상대편 선수들이 스크리미지 라인에 오면, 맨 처음 하는 일은 나를 바라보는 거였습니다." 그의 말이다. "나도 알았고, 그들도 알았죠. 나를 찾아내면 그들은 이렇게 소리를 지르기 시작했습니다. '56번 왼쪽! 56번 왼쪽!'(당시에 테일러는 56번을 달고 있었다) 그러면 나는 이렇게 했죠. 플레이가 끝난 다음에 그들의 뒤로 다가가서 이렇게 속삭이는 겁니다. '내가 어디 있는지는 걱정하지 마. 내가 거기 도착하면 너희들한테 이야기해 줄 테니까.'"

프로 풋볼에서의 새로운 힘으로서 테일러는 단순히 전술적인 응답뿐만이 아니라 설명까지도 요구한 셈이었다. 많은 사람들은 그의 덩치와 속도라는 보기 드문 조합을 지적했다. 레드스킨스의 라인맨 가운데 한 명은 이렇게 말했다. "신장 193센티미터에, 체중 111킬로그램에, 40야드를 4.5초에 뛴다." 빌 파셀스는 테일러의 덩치와 속도가 설명의 끝이 아니라 시작에 가깝다고 생각했다. 뉴욕 자이언츠의 스카우트 담당자들은 키가 190센티미터 이상, 체중이 110킬로그램 이상이면서 달리기가 매우 빠른 선수들을 찾아 전국을 누비고 다녔다. 그런 선수들은 충분히 찾을 수 있었다. 다만 그런 신체적 표본들의 풀pool 속에서 (1인치, 10파운드, 0.1초를 더한 것보다도 더) 귀중한 것은 바로 테일러가 지닌 특별한 에너지와 정신력이었다. 그는 지칠 줄 모르고, 광적이고, 대단한 야심과 개인적인 성과 기준을 지니고 있었다. 파셀스가 생각하기에 NFL에 있는 선수들 상당수는 실제로 이기기를 원하기보다는, 오히려 이기기를 원하는 것처럼 보이는 데에 더 신경을 쓰고 있었다. 그리고 선수들은 이 두 가지의 차이를 제대로 모르고 있었다. 이들은 내심 단순히 일자리 지키기를 원했고, 돈 벌기를 원했고, 집에 가기를 원했을 뿐이었다. 반면에 로렌스 테일러는 이기기를 원했다. 그가 필드에서 자기 자신에게 요구하는 기량은 그 어떤 코치가 그 어떤 선수에게 요구하는 것보다도 더 높은 수준이었다.

파셀스는 테일러의 풋볼 기술이 지닌 특징에 관한 자신의 견해를 뒷받침하는 증거를 풍부하게 모아 놓고 있다. 그가 특히 좋아하는 한 가지 일화는 역시나 워싱턴 레드스킨스와 관련된 것이었다. "자이언츠 스타디움에서 열린 그 경기에서 레드스킨스의 코치 조 깁스는 애초부터 테일러가 아무런 플레이도 못하게끔 만들려고 작정했습니다." 파셀스의 말이다. "왼쪽에 포진한 테일러를 상대하기 위해 오른쪽 타이트 엔드까지 그곳으로 보내서 왼쪽 타이트 엔드, 레프트 태클과 힘을 합치게 했고, 대신에 뒤쪽에 있던 와이드 리시버 둘을 앞으로 당겨 오른쪽 타이트 엔드가 있던 슬롯에 놓았죠." 이것이야말로 극단적인 선수 배치였다. NFL 풋볼 필드는 서로 밀접하게 연결된 경제나 다름없다. 필드에 있는 모든 것은 나름의 대가를 치르게 마련이다. 한 장소를 포기하면 또 한 장소를 내주게 된다. 테일러 하나를 무려 세 사람이 블로킹하고 나선다는 것은 결국 자이언츠의 다른 두 명을 아무도 막지 못한다는 뜻이었다. 결국 자이언츠가 이 긴 이 경기에서 테일러의 기여가 아주 두드러지지 않았지만, 그럼에도 불구하고 대단하기는 했다. 파셀스는 이렇게 말한다.

하지만 경기가 끝나자 언론에서는 로렌스가 이날 따라 색을 하나도 못 하고, 태클조차 하나도 못한 것을 보고 나에게 물었습니다. "무슨 문제라도 있습니까, 테일러 선수요?" 다음 주에 우리는 샌디에이고로 원정을 가서 차저스하고 경기를 했습니다. 댄 헤닝이 그곳 코치였죠. 그 역시 이 전략을 간파했습니다. 그래서 똑같이 따라했죠. 타이트 엔드 둘을 로렌스에게 붙이고, 와이드 리시버를 슬롯에 놓은 겁니다. 결국 로렌스는 이날도 색을 하지 못했습니다. 물론 우리야 경기에 이겼죠. 하지만 그 경기가 끝나자 이번에는 모두가 또다시 내게 물어보더군요. "무슨 문제라도 있습니까, 테일러 선수요?" 나는 라커 룸에서 로렌스를 붙잡고 이렇게 말했습니다. "자네 이름을 앞으로는 '로렌스 테일러 선수' 말고 '무슨 문제라도 있습니까, 테일러 선수'라고 바꿔야 하겠군." 다음 주 연습 시간 내내 우리는 그를 '무슨 문제라도 있습니까?' 선수로 불렀죠. "거기 뭐 하고 있는 거야, '무슨 문제라도 있습니까' 선수?" "이봐, '무슨 문제라도 있습니까' 선수, 왜 플레이를 제대로 안 하고 있는 거야?" 목요일이 되니까 그에게도 이런 장난은 더 이상 재미가 없었던 모양입니다. 그러니까 내 말은 '진짜로' 재미가 없었던 모양이었다는 겁니다.

그다음에 우리는 먼데이 나이트 풋볼Monday Night Football에서 바이킹스와 붙었죠. 토미 크레이머가 쿼터백이었습니다. 그들은 먼저와 같은 전략을 택하지는 않았습니다. 그래서 테일러는 크레이머를 자빠트렸고, 펌블fumble, 공놓치기을 두 번 만들었고, 그중 하나를 자기가 빼앗았죠. 경기가 끝나고 나는 필드에서 나와 기자회견을 하러 라커 룸으로 이어진 통로를 걸어가고 있었습니다. 그런데 어디서 갑자기 이… '괴물' 녀석이 나타나서 내 등에 올라타는 겁니다. 나는 이 녀석이 오는 줄도 몰랐죠. 녀석은 정말 나를 자빠트릴 뻔했습니다. 녀석은 여전히 헬멧을 쓰고 있었죠. 녀석의 얼굴에서는 여전히 땀이 줄줄 흘러내렸습니다. 녀석은 내게 얼굴을 바짝 갖다 대고는 소리를 지르더군요. "내가 분명히 말해 두는데요, 코치. 어떤 놈도 다시는 코치한테 '무슨 문제라도 있습니까?' 어쩌고 소리를 하지 못할 거라고요!!"

파셀스가 생각하기에 테일러의 탁월함은 바로 의지의 힘이었다. 즉 이 세상 사람 누구도 자기를 탁월하지 못한 선수로 오해하는 일이 벌어지게 가만 내버려 두지 않으려는 것이었다. "내가 그를 무척이나 좋아했던 이유도 바로 그것이었습니다." 그의 말이다. "그는 자신의 지위를 위협하는 것이라면 '무엇이건' 간에 대응했거든요." 선수 경력 중반에 테일러는 그만 코카인에 중독되고 말았는데, 파셀스는 이 문제조차도 그의 성격의 단순한 연장선상에서 해석했다. 로렌스 테일러는 한 가지를 철저히 신봉했기 때문이다. 바로 자기 의지의 힘을 말이다. 그는 자기 의지로 NFL 풋볼 경기를 제어할 수 있다고 믿었으며, 마찬가지로 마약을 향한 자신의 욕망을 제어할 수 있다고 믿었다.

NFL 경기에 관해서는 그가 옳았다. 1985년 11월 18일에 자이언츠는 워싱턴 DC의 로버트 F. 케네디 스타디움에서 레드스킨스와 경기를 펼쳤다. 이즈음이 되자 상대편 팀에서는 오로지 테일러 한 사람에 대처하기 위해 갖가지 새롭고도 창의적인 방법을 동원해서 선수들을 배치했다. 레드스킨스는 특히나 적절한 사례라 할 수 있었다. 레드스킨스를 이끌고 이 신인 선수를 처음 상대한 때인 1981년에 조 깁스는 테일러가 블로커를 마치 허깨비 취급하면서 쉽게 젖혀 버리는 모습을, 그리고 결국 쿼터백 조 타이스먼을 뒤에서 때려눕히는 모습을 지켜본 바 있었다. "저는 거기 멍하니 서서 말했습니다. '뭐야? 자네들 저거 봤나? 이런, 세상에.'" 깁스의 말이다. 그는 이 새로운 문제에 대한 해결책을 물색하기 시작했고, 마침내 "원 백 오펜스"one back offense를 이용한 아이디어를 내놓았다. 머지않아 NFL에서 널리 모방된 이 대형은 두 명이 아니라 단 한 명의 러닝백을 이용한 것이었다. 그 이전까지만 해도 풋볼 공격은 쿼터백에게 접근하는 라인배커를 막기 위해 러닝백을 활용하는 것이 일반적이었다. 하지만 러닝백은 상대편 선수에 비해 덩치도 더 작고, 힘도 더 약했으며, 게다가 이들이 맡은 원래 임무가 뜀박질임을 고려하자면 정말이지 놀랍게도 로렌스 테일러보다 더 느린 경우가 많았다. 애틀랜타 팰콘스의 러닝백 린 케인은 이 문제를 처음으로 보여 준 인물이었다. 케인이 처음으로 테일러를 블로킹했을 때에는 몸을 낮게 깔고 들어가서 상대방의 몸 아래에서 벌떡 일어났다. 결국 테일러는 한 바퀴 돌면서 나가떨어질 수밖에 없었다. 그런데 다음번에도 똑같은 기술을 시도한 케인은 오히려 들것에 실려 필드에서 나와야 했다. "사람들은 단지 러닝백만 가지고는 로렌스를 블로킹할 수 없다는 사실을 '아주' 빨리 깨닫게 마련이었습니다." 파셀스가 말했다. "그렇게 되면 자연히 이런 질문이 떠오르죠. 그러면 누구에게 그를 블로킹하라고 맡겨야 할까?" 그리하여 조 깁스의 최초 해결책이 나왔다. 즉 러닝백 하나를 아예 경기에서 제외한 다음, 로렌스 테일러가 서 있는 라인 바로 건너편에 그보다 더 덩치 크고 더 힘센 타이트 엔드를 하나 배치하는 것이었다. 이것이 바로 원 백 오펜스였다.

이것이야말로 그날의 전략이었지만, 조 타이스먼은 그 전략의 불완전함을 너무나도 잘 알고 있었다. 태클을 방지하기 위해 블로커를 한 명 더 추가하는 것은 문제에 대응하는 방법이기는 했지만 문제를 해결하는 방법까지는 아니었다. 자칫 테일러가 자유로워질 가능성이 너무 많았기 때문이다. 경기 전의 평일 연습 시간은 로렌스 테일러에 관한 세미나나 다름없었다. "우리가 바라보는 오버헤드프로젝터에건 칠판에건 간에, 자이언츠의 다른 선수들은 X 아니면 O 기호로 표시되어 있었습니다." 타이스먼의 말이다. "하지만 로렌스만큼은 유일하게 숫자로, 즉 56으로 표시되어 있었죠. 빨간 분필로 작게 56이라고 적고, 항상 밑줄을 긋고 동그라미까지 둘러놓았습니다. 우리의 목표는 이거였죠. 매번 플레이 때마다 로렌스가 어디 있는지를 확인하라는 거였습니다." 테일러는 수비에 혼란을 주기 위해서 번번이 포지션을 바꾸었지만, 그래도 본인과 코치가 가장 좋아한 위치는 자기 팀의 오른쪽 자리, 즉 상대 팀 쿼터백의 왼쪽 자리였다. "제가 그를 거기에다 놓은 가장 큰 이유는, 오른쪽 자리가 바로 쿼터백의 블라인드 사이드 blind side, 눈에 안 보이는 측면이기 때문이었습니다." 빌 파셀스의 말이다. "대부분의 쿼터백은 오른손잡이이기 때문이죠. 어느 누구도 자기 뒤쪽에서 엉덩이에 일격을 당하고 싶어 하지는 않을 테니까요." 로렌스 테일러는 똑같은 이야기를 더 간결하게 표현했다. "제가 미쳤다고 상대방이 저를 빤히 볼 수 있는 쪽으로 접근하겠어요?" 하지만 그는 곧이어 이렇게 덧붙였다. "제가 리그에 들어갔을 때에만 해도 그걸 블라인드 사이드라고 부르지는 않았습니다. 그 당시에만 해도 그냥 오른쪽 자리라고 불렀죠. 그러다가 제가 상대편을 메다꽂기 시작한 이후에야 비로소 블라인드 사이드라고 부르게 되었던 겁니다."

플레이 시작 때 테일러가 어디 있는지는 물론 문제가 되지 않았다. 문제가 되는 것은 그가 어디서 끝을 맺느냐였다. "제가 드롭백dropped back **7**할 때마다 여전히 했던 일은 혹시 그가 달려오고 있는지를 어깨 너머로 흘끗 바라보는 것이었습니다." 타이스먼의 말이다. "만약 그 역시 수비를 위해 드롭백한 상태면, 나는 안도감을 느꼈습니다. 하지만 그가 이리로 오고 있으면 저는 다급함을 느꼈지요."

포 미시시피. 테일러가 오고 있었다. 타이스먼은 공을 스냅하는 바람에 상대방의 모습을 그만 놓쳐 버렸다. 그는 테일러가 크게 원을 그리며 자기 뒤로 접근하는 것을 보지 못했다. 그는 테일러가 블로커를 업필드upfield **8**에서 따돌리고 다시 돌아서 아래로 내려오는 것을 보지 못했다. 그는 블로커가 테일러의 발목을 향해 결사적으로 뛰어드는 모습도 보지 못했다. 그는 테일러가 양팔을 머리 위로 치켜들고, 자기 뒤의 하늘을 가득 채우며 펄쩍 뛰는 것을 보지 못했다. 타이스먼은 포켓**9**에 서서 두려움을 개의치 않는 자신의 능력에 자부심을 품고 있었다. 그는 이런 자질이야말로 뛰어난 NFL 쿼터백의 필요조건이라고 생각했다. "쿼터백이 당황한 모습을 보이면 그의 경력은 끝나는 겁니다." 이렇게 말했던 타이스먼은 163경기 연속 출장을 하고 있었는데, 이것이야말로 워싱턴 레드

---

7 스냅을 해서 공을 잡은 쿼터백이 패스를 위해 뒤로 물러서는 것.

8 풋볼 필드에서 수비 측의 전방 지역.

9 공격 측에서 공을 가진 선수를 보호하려 블로커들이 막아선 벽의 안쪽 공간.

스킨스에서는 자체 기록이었다. 그는 자기 팀을 두 번이나 슈퍼볼Super Bowl 무대에 등장시켰고, 그중 한 번은 결국 승리했다. 당시 그의 나이는 36세였다. 그는 아직도 여러 해 동안 충분히 뛸 수 있다고 자신했다. 하지만 그의 생각은 틀렸다. 이제 그에게 남은 시간은 30초도 채 되지 않았다.

이날의 경기는 ABC의 먼데이 나이트 풋볼에서 방영되고 있었으며, 이 방송을 시청하는 사람만 1,760만 명에 달했다. 아나운서 프랭크 기퍼드가 해설자인 O. J. 심슨과 조 네이머스와 함께 중계석에 앉아 있었다. "타이스먼이 아주 큰일 나겠군요." 시청자들은 기퍼드의 해설을 들을 수 있었다. 이 말이 끝나자마자 테일러의 양팔에 얹어맞은 타이스먼의 몸이 반으로 착 접히며, 머리와 발이 서로 만났다. 곧이어 테일러의 상체가 타이스먼의 오른쪽 다리를 땅에 찍어 눌렀다. 다른 네 명의 선수들이 그 위를 덮쳤는데, 그중에는 특이하게도 테일러의 동료인 레드스킨스의 존 리긴스도 있었다. 제법 드라마틱한 효과가 나오기는 했지만, 사실은 부적절한 일이 아닐 수 없었다. 이때 타이스먼에게 손상을 가한 사람은 테일러 혼자였기 때문이다. 체중 89킬로그램인 쿼터백은 수백킬로그램에 달하는 다른 선수들의 체중에 깔려 꼼짝 못하고 있었다. 바로 그때 로렌스 테일러가 벌떡 일어나더니 소리를 지르고 팔을 휘젓고 자기 헬멧을 양손으로 꽉 움켜쥐고 있었다. 마치 엄청난 고통을 당하는 사람처럼.

그의 반응은 그야말로 수수께끼였다. 그러다가 ABC 스포츠에서 이 사건을 해명하기 위해서 슬로 모션으로 그 장면을 거듭해서 다시 틀어 주었다. "다시 한 번 이 상황을 거꾸로 틀어 보겠습니다." 프랭크 기퍼드가 말했다. "시청자 가운데 혹시 비위가 약하신 분이 있다면, 차라리 안 보시는 편이 나을 겁니다." 사람들은 열심히 지켜보았다. 실시간 경기 장면보다도 다시 보기를 본 사람이 훨씬 더 많았을 정도였다. 더그 플러티가 아마도 대표적인 시청자였을 것이다. 플러티는 그때 막 보스턴칼리지에서 촉망받는 대학 팀 쿼터백을 마치고, USFLUnited States Football League, 미국풋볼리그에서 프로 선수로서의 경력을 시작한 참이었다. 1985년 11월 18일, 그는 어머니와 함께 집에 있었다. 어머니가 마침 풋볼 경기를 보고 계셨다. 그는 다른 일을 하고 있었다. "어머니가 소리를 지르시더 군요." 그는 훗날 기자에게 말했다. "그래서 저도 다시 보기를 보았습니다. 순간 겁이 덜컥 나면서, 문득 프로 풋볼 선수가 되기로 한 게 과연 잘한 결정인지 의문이 들더군요."

　교통사고에서와 마찬가지로, 풋볼 플레이에서는 어떤 사실에 대해 전반적인 의견 일치가 나오기 전까지 모든 것이 추측과 단편적인 견해에 불과한 때가 있게 마련이다. 모두가 온전한 진실을 알고 싶어 하지만, 어느 누구도 온전한 진실을 보유하지는 못하게 마련이다. 사이드라인에 서 있는 코치도 마찬가지이며, 기자석에 있는 코치도 마찬가지이고, 쿼터백 본인도 마찬가지이다. 어느 누구도 전체 필드를 지켜보지는 못하고, 저마다 맡은 임무가 있는 22명의 몸이 움직이는 전체 모습을 지켜보지도 못한다. 야구나 농구에서는 모든 선수들이 다소간 똑같은 사건을 보고 있는 셈이다. 물론 관점은 다양하지만 그래도 차이는 크지 않다. 반면에 풋볼에서는 일단 한 플레이가 끝나고 나서야 필드에 있는 선수들도 비로소 무슨 일이 벌어졌는지를 알 수 있다. 물론 '왜' 벌어졌는지는 여전히 모른다. 그때가 되고 나서도, 어떤 사건을 확실히 알기 위해서는 이들 역시 비디오테이프를 틀어 보아야 한다. 원인보다 결과에 더 관심을 갖게 마련인 팬들은 공에만 눈길을 주기 때문에, 자신들은 무슨 일이 벌어졌는지를 완벽히 알고 있다고 생각하고 만다. 하지만 공과 그 공을 갖고 있던 사람에게 실제로 벌어진 일이란, 사실 그 공이 스냅되기 훨씬 전부터 시작된 일련의 사건들의 맨 마지막 고리인 셈이었다. 결국 조 타이스먼의 경력을 끝장낸 바로 그 연쇄의 시작에는 다음과 같은 뚜렷한 질문이 놓여 있었다. 애초에 누가 로렌스 테일러를 막기로 되어 있었나?

문제의 플레이에 관해서라면 다른 누구보다도 더 권위자로 여겨지는 선수가 두 명 있었다. 바로 조 타이스먼과 로렌스 테일러였다. 피해자는 이 일을 제대로 보지 못했다. 가해자 역시 자기가 하려는 일에 워낙 집중한 나머지 주위를 차마 둘러보지 못했다. "그 플레이에 대한 기억은 흐릿하기만 합니다." 테일러의 말이다. "저는 바깥쪽으로 나갔습니다. 이렇게 생각하면서요. 그 녀석을 포켓에 머물러 있게 하고, 옥죄는 거야. 그러다가 저는 마음껏 활보할 기회를 얻었습니다." 하지만 어째서 활보할 기회가 생겼는지는 그도 말할 수 없었다. 그로선 누가 자기를 블로킹하려 했는지를 실제로 알아채지 못했기 때문이다. 그 문제의 플레이에서 테일러를 블로킹한 사람이 누구였느냐는 질문을 받자, 타이스먼은 이렇게 대답했다. "조 제이코비. 우리 팀의 레프트 태클이었습니다." 그는 제이코비를 차마 '비난할' 수는 없었다. 제이코비야말로 그 시대의 가장 뛰어난 레프트 태클로서 두세 손가락에 꼽힐 만한 선수였고, 그때에도 최선을 다했음이 분명했으니까. 다만 조 타이스먼의 입장에서 NFL 팀이 오펜시브 라인맨 한 명에게 큰돈을 허비했다는 이야기는 이치에 닿지 않았다. 라인맨이 할 수 있는 일에도 한계가 있었기 때문이다. 비록 그의 이름이 조 제이코비라 하더라도 말이다.

　　하지만 그것 역시 어디까지나 한 가지 관점일 뿐이었다. 그날 밤에 사복 차림으로 사이드라인에 서 있던 제이코비의 관점은 달랐다. 타이스먼의 주장과는 반대로, 그날 제이코비는 무릎 인대를 접질린 나머지 벤치에 앉아 있을 수밖에 없었다. 일단 플레이를 하면 조 제이코비는 진짜로 뛰어난 레프트 태클이었다. 신장 2미터에 체중 142킬로그램인 그는 당시 대부분의 레프트 태클과는 전혀 다른 모양새였고, 오히려 미래의 레프트 태클과 더 닮아 있었다. "시대를 앞서서 자연이 낳은 괴물인 셈이었죠." 그의 포지션 코치인 조 버젤은 그로부터 20년 뒤에 이렇게 말했다. 제이코비는 단순히 시멘트 덩어리에 불과한 것만은 아니었다. 그는 엄연한 운동선수였다. 고등학교 시절에는 농구 선수로 이름을 날렸다. 달리기도 했고, 뛰어오르기도 했고, 큰 손을 재빨리 놀릴 수 있었다. "우리가 그를 레프트 태클로 넣은 것은 한 가지 이유에서였습니다." 버젤의 말이다. "바로 로렌스 테일러에게 맞서기 위해서였죠." 두 사람이 처음 격돌했을 때, 제이코비는 로렌스 테일러를 깜짝 놀라게 만들었다. 풋볼에서 136킬로그램(300파운드)짜리 선수가 없었던 시절의 136킬로그램짜리 선수였던 그는 손이 워낙 커서 갈고리를 연상시켰다. 테일러는 오로지 제이코비 때문에 새로운 동작을 만들어 내지 않을 수 없었다. 테일러는 이 동작을 노인용 강장제의 이름을 따서 '제리톨'^{Geritol}이라고 불렀다. "스냅 후에 제가 마치 노인네가 달려가는 것처럼 보이려고 시도했기 때문이었습니다." 물리적으로는 상대방을 압도할 수가 없게 되자, 테일러는 제이코비를 꼬여 내서 전술적인 실수를 하게 만들 작정이었다. 그는 천천히 공 있는 곳으로 다가와서 상대방을 꼬여 냈다. 테일러가 접근하기도 전에 제이코비가 먼저 손을 뻗도록 하기 위해서였다. 제이코비가 손을 뻗는 순간 테일러는 상대방의 손에 붙잡히기 전에 '탁!' 쳐서 뿌리치고 말았다. 순간적으로 폭력을 분출함과 동시에 그는 또다시 달아나는 것이었다.

하지만 제이코비야말로 테일러에게는 항상 골칫거리인 라인맨 가운데 하나였다. 그는 워낙 크고, 워낙 빠르고, 워낙 길었기 때문이다. "제 입장에서 가장 다루기 힘든 상대는 그 크고도 날렵한 레프트 태클이었습니다." 테일러의 말이다.

오펜시브 라인맨은 NFL에서도 집에만 틀어박혀 있는 전업주부라 할 수 있다. 물론 이들의 기여에 대해서는 모두들 입에 발린 칭찬을 하지만, 실제로 그 기여가 정확히 무엇인지는 어느 누구도 말을 못한다. 1985년에 그 레프트 태클은 별다른 두각을 나타내지 못했다. 그는 여전히 다른 라인맨과 어느 정도 교체 가능하다고 여겨졌다. 워싱턴 레드스킨스의 오펜시브 라인은 아마도 NFL 역사상 가장 유명했을 것이다. 심지어 그들을 가리키는 별명까지 있었다. 바로 '호그스'$^{hogs, 돼지}$였다. 팬들은 이들을 기리기 위해 돼지 분장을 하고 나타났다. 하지만 이들은 러닝백이나 쿼터백이 인정을 받는 것처럼 특별한 기술을 지닌 개별 선수로서 인정을 받지는 못했다. "호그스의 팬을 자처하는 사람들조차도 우리가 누구인지는 모르고 있었습니다." 제이코비의 말이다. "심지어 우리 중에 흑인과 백인을 구분하지도 못했죠. 한번은 어떤 사람들이 나를 보고는 '어이, 메이!' 하고 소리를 지르기도 했습니다." (라이트 태클인 마크 메이는 흑인이었고, 제이코비는 흑인이 아니었는데도 말이다.)

그날 밤 제이코비가 빠지게 되자 레드스킨스는 원래 레프트 가드였던 러스 그림을 레프트 태클로 옮겼다. 그림은 제이코비보다 키가 10센티미터 더 작았고, 체중이 13킬로그램 더 가벼웠지만, 몸놀림만큼은 훨씬 덜 날렵했다. "리틀 포키(새끼 돼지) 그림." 라인 코치 조 버젤은 그를 이렇게 불렀다. 따라서 그 혼자서는 어렵고 다른 누군가가 도와주어야 했는데, 이날은 또 한 명의 타이트엔드 동료인 돈 워렌이 바로 그 역할을 맡았다. 만약 테일러가 안쪽으로 치고 들어오면, 일단 그림이 상대할 것이었다. 만약 테일러가 바깥쪽에서 크게 원을 그리며 돌면, 그림은 기껏해야 그에게 일격을 가해서 속도를 늦추게 만들고, 워렌에게 그를 상대할 기회를 줄 것이었다. 사이드라인에 있던 제이코비는 테일러가 바깥쪽으로 움직이는 모습을 바라보았다. 그림은 차마 그에게 손끝 하나 댈 수 없었고, 워렌이 혼자 테일러를 상대해야 했다. "그들은 테일러의 속도에 익숙하지가 않았습니다." 제이코비의 말이다. 그는 테일러가 업필드로 달려가서 워렌을 쉽게 따돌리고, 다시 쿼터백에게 달려오는 모습을 보았다.

곧이어 제이코비는 무슨 총성 비슷한 소리를 들었다. 테일러에게 깔린 조 타이스먼의 오른쪽 다리의 정강이뼈와 종아리뼈가 부러지는 소리였다. 제이코비는 그림과 워렌이 헬멧을 벗고 사이드라인 쪽으로 서둘러 걸어가는 모습을 지켜보았다. 마치 범죄 현장을 피해 떠나는 사람들 같았다. 그림은 타이스먼의 다리뼈가 밖으로 튀어나왔고, 피가 공중에 흩뿌려졌다고 제이코비에게 말했다. "러스는 사냥이 취미였습니다." 제이코비의 말이다. "그래서 종종 사슴의 배를 가르기도 했죠. 그런 그조차도 '지금껏 내가 본 것 중에서 가장 끔찍한 광경'이라고 말하더군요." 제이코비는 생각했다. '이게 다 지금 내가 여기 이렇게 서 있기 때문이야.' 하지만 쿼터백인 타이스먼은 바로 그날 자기 팀의 저 뛰어난 레프트 태클이 경기에서 빠지고 사이드라인에 서 있었다는 사실조차도 까맣게 모르고 있었다. 몇 년 뒤에야 그런 사실을 전해 들은 제이코비는 굳이 놀라지도 않았다. "사실은 제가 빠진 것조차도 몰랐기 때문에 그의 다리가 부러졌던 겁니다." 그의 말이다.

사건이 터지고 몇 분 뒤, 여섯 명의 남성이 타이스먼을 들것에 실어 구급차까지 날랐다. ABC 중계석의 조 네이머스가 말했다. "이것이 그의 마지막 플레이가 아니었으면 하는 바람입니다." 하지만 이것이 그의 마지막 플레이였다. 그로부터 거의 1년 뒤 레드스킨스의 라커 룸을 다시 찾은 타이스먼은 엄지발가락에 느낌이 없었으며, 오른쪽 다리를 마음대로 쓸 수도 없었다. 그는 이제 통계 수치 가운데 하나가 되었다. 1980년부터 2001년까지 NFL 쿼터백이 당한 부상을 분석한《아메리칸 저널 오브 스포츠 메디신》의 기사에서는 타이스먼의 두 가지 골절을 총 1,534회의 사례 가운데 단 하나로만 다루었다. 그 사례 가운데 77.4퍼센트는 그의 경우처럼 경기 도중에, 그것도 패싱 플레이 도중에 벌어진 것이었다. 그날의 경기는 계속되었고, 레드스킨스는 놀랍게도 28 대 23으로 승리했다. 그리고 대부분의 사람들은(즉 점점 더 가격이 높아지는 쿼터백들을 보호하는 방법을 궁리 중이던 NFL 관계자 이외의 사람들은) 이 사건을 머릿속에서 쉽게 지워 버리고 말았다. 타이스먼이 필드 밖으로 실려 나간 지 10분도 지나지 않아서 테일러는 펌블을 가로채고 희희낙락하며 벤치로 달려갔다. 프랭크 기퍼드는 테일러가 아까 조 타이스먼에게 한 일 때문에 상당히 놀란 모양이라고 시청자들에게 설명했다. 하지만 사실 테일러는 전혀 놀란 기색이 아니었다. 그는 마치 그 일을 깡그리 잊어버린 것 같은 표정이었다.

그날 밤 한 가지 이해가 안 되었던 것은 테일러의 첫 반응이었다. 사람 더

미에 깔리자 그는 마치 몸에 불이 붙기라도 한 것처럼 뛰어나왔다. 테일러의 경력을 잘 아는 사람이라면 부상당한 쿼터백 앞에서 그가 좀 더 냉정을 유지하리라 예상했을 것이다. 조 타이스먼의 부상은 사고로 분류되었지만, 그렇다고 해서 정도가 지나친 것까지는 아니었다. 그 사고 역시 로렌스 테일러가 무려 4년 반 동안이나 NFL의 쿼터백들에게 노상 저지르던 일의 연장선상에 있었기 때문이다. 테일러가 쿼터백 한 명의 다리를 부러뜨리거나, 쿼터백 한 명의 경력을 끝장낸 것은 이번이 처음도 아니었다. 대학 시절 그는 게이터 볼^{Gator} Bowl **10**에서 미시간대학의 쿼터백 존 왱글러를 끝장낸 적이 있었다. 테일러에게 일격을 당하기 전까지만 해도 왱글러는 자타가 공인하는 NFL 스카우트 예정자였다. ("그 일 이후에도 저는 라이온스와 카우보이스에서 입단 심사를 받아 보라는 제안을 받았습니다." 왱글러는 훗날 이렇게 말했다. "하지만 모두 제 부상의 심각성에 대해 두려워하고 있더군요.")

나중에 알고 보니 테일러의 반응에 대해서는 손쉽게 설명이 가능했다. 그는 밀실 공포증이 있었던 것이다. 경기 중에도 테일러는 종종 밀실 공포증 증세를 드러냈다. 최상의 시야를 확보하기 위해 똑바로 일어섰고, 다른 선수들과 함께 몸을 숙이고 흙 속에서 뒹굴기를 거부했으며, 쿼터백에게 다가갈 때에도 좁지만 가까운 안쪽 경로보다는 멀지만 탁 트인 바깥쪽 경로를 선호했다. 선수들의 몸 더미 밑에 깔리는 데 각별한 두려움을 품었던 것이며, 일단 한번 깔렸다 하면 쉽게 빠져나오지 못했던 것 역시 마찬가지 증세의 발현이었다. "그거야말로 저를 무척이나 미치게 만들었습니다." 그는 말했다. "벌써부터 상상이 가는군요. 몸 더미 밑에 깔리게 되면, 저는 진짜로 크게 다칠 겁니다. 그리고 차마 벗어나지 못할 겁니다." 이제 그는 몸 더미 바닥에, 또는 바닥 가까운 곳에 누워 있었다. 그리고 그의 몸 바로 밑에는 다리가 심하게 부상을 당해서 저만치 사

---

10   1946년부터 플로리다주 잭슨빌에서 매년 열리는 대학 풋볼 대회.

이드라인에 있던 조 제이코비의 귀에도 들릴 만큼 크게 비명을 지르는 또 다른 선수가 깔려 있었다. 테일러는 반드시 거기서 나와야만 했다. 그는 펄쩍펄쩍 뛰면서 소리를 질렀고, 자기 헬멧 양 옆을 움켜쥐었으며 (비록 TV 카메라에서는 잡아내지 못했지만) 한쪽 발을 무의식적으로 들어 올려 자기 다리를 문질렀다. 로렌스 테일러가 경기 중에 쓰러트린 쿼터백의 피부를 마치 자기 것인 양 상상했던 사례는 오로지 이것 하나뿐으로 알려져 있다. "사람은 누구나 두려움을 갖게 마련인 거니까요." 그의 말이다. "사람은 누구나 두려움을 갖게 마련인 거죠."

CHAPTER 2

풋볼 선수 시장

　　누군가가 톰 레밍에게 테이프를 하나 보냈다. 하지만 그 당시 그는 이미 수천 명의 풋볼 코치들이며 부모들로부터 수천 개의 테이프를 받고 있었다. 모두들 레밍이 선정하는 고등학생 올 아메리칸 팀에 자기 아이들을 넣고 싶어 하기 때문이었다. 최소한 그는 그런 테이프를 모조리 (대개는 신속히) 한 번씩 살펴보기는 했다. 그런데 이 테이프는 뭔가 달랐다. 레밍은 놀라워하며 이 테이프를 감상했다. 곧바로 그는 이 소년이 아주 특별한 경우임을 깨달았다. 이 소년은 테네시주 멤피스에 살았는데, 그 도시로 말하자면 풋내기 고등학생 풋볼 유망주가 항상 풍부하게 배출되는 곳이었다. 하지만 이번 경우는 전혀 달랐다. "그 테이프는 화질이 좋지 않아서 아주 선명하게 보이지는 않았습니다." 레밍의 말이다. "그런데 그 선수가 라인에서 벗어나 움직이면 마치 커다란 벽 전체가 움직이는 것 같더군요. 선수 한 명이 움직이는 것인데도 말입니다! 한 번 봐서는 도무지 믿을 수가 없어서, 두 번 봤더니 그제야 믿겠더군요. 그 녀석은 그만큼 컸어요. 그런데도 불구하고 앞으로 달려 나와서 막 쫓아가더니, 그 작고 재빠른 라인배커를 붙잡는 거예요. 그 테이프를 처음 봤을 때에는 정말 믿을 수가 없더군요. 그 녀석이 어떻게 움직이는지를 보면서, 도대체 얼마나 덩치가 큰 건가 궁금해졌죠. 덩치가 저렇게 큰 녀석이 저렇게 빨리 움직일 수는 없었거든요. 정말 불가능한 일이었죠."

　　2004년 3월에 레밍은 멤피스로 차를 몰고 찾아가면서 이렇게 생각하고 있었다. 그 마이클 오어라는 녀석은 그 성姓만큼이나 참으로 특이하다고 말이다. 이 선수는 작은 사립학교인 브라이어크레스트크리스천스쿨에서 뛰었는데, 이 학교로 말하자면 디비전 1급에 속하는 대학 풋볼 유망주를 키워 낸 역사 자체가 없는 곳이었다. 게다가 브라이어크레스트크리스천스쿨의 풋볼 팀에는 흑인 선수가 없는 것이 보통이었는데, 마이클 오어는 흑인이었다. 하지만 이 선수의 가장 특이한 점은 멤피스에 사는 어느 누구도 그에 관해 아무것도 모르고 있다는 점이었다. 레밍은 뛰어난 선수를 "발굴하는" 경험을 수도 없이 해 봤다. 매년 그는 80킬로미터 내지 95킬로미터를 승용차로 이동하면서 1,500 내지 2,000 명의 고등학생 선수들을 만나고 인터뷰했다. 레밍은 대학 스카우트 담당자들보다도 몇 달이나 앞서서 그런 선수들을 찾아다니곤 했다. 비록 예전보다는 빈도수가 줄었지만, 대학 스카우트 담당자들조차도 미처 몰랐던 미래의 NFL 스타를 그가 처음 발굴하는 경우도 종종 있었다. 예를 들어 훗날 NFL 드래프트에서 1번으로 지명되었고, 애틀랜타 팰콘스의 쿼터백으로 활약한 마이클 비크가 그랬다. 레밍이 우연히 그를 만나 보고 나서 자기 뉴스레터에 언급했을 때에만 해도, 그의 고향인 버지니아주 뉴포트 뉴스 주민 외에 그를 아는 사람은 전혀 없었다. 하지만 마이클 비크의 경우에도 최소한 주위의 가까운 사람들만큼은 그의 재능을 간파하고 있었다. 즉 고향인 버지니아주 뉴포트 뉴스에서만큼은 마이클 비크의 재능이 비밀까지는 아니었다는 뜻이다. 반면에 마이클 오어는 고향인 테네시주 멤피스에서도 전혀 눈에 띄지 않은 선수였다. 레밍은 여기저기 물어보고 돌아다녔지만, 그 지역의 고등학교 코치들도 그 선수가 누구인지를 몰랐으며, 설령 안다 해도 딱히 대단하다고는 생각하지 않았다. 오어는 시 대표 팀의 3선발 선수조차도 된 적이 없었다. 신문에 이름이나 사진이 실린 적도 없었다. 인터넷으로 "오어"를 검색해 보아도 나오는 게 전혀 없었다. 그의 존재에 관한 유일한 증거는 그 화질이 선명하지 못한 비디오테이프 하나뿐이었다.

그 테이프에 나온 내용만으로 미루어 보아서는, 마이클 오어가 자기 팀에 과연 얼마나 도움이 되었는지는 알 수 없었다. 다만 그가 워낙 크고, 빠르고, 환상적으로 폭발적인 역량을 지니고 있다는 것뿐이었다. "제가 작성하는 명단에 들어갈 선수라면 십중팔구는 어떤 결과물을 내놓았어야만 했습니다." 레밍의 말이다. 여기서 말하는 "결과물"이란 구체적인 수상 내역이나 성적이었다. 즉 가능성만 가지고는 안 된다는 이야기였다. "지금껏 제가 선발한 고등학생 올 아메리칸 팀 선수들과 오어가 결정적으로 다른 점이 바로 그거였습니다. 그는 결과물이라는 걸 전혀 갖고 있지 못했던 거죠."

하지만 실제 인물 마이클 오어가 만약 그 비디오테이프에 나온 마이클 오어와 같다고 하면, 레밍의 생각에는 그를 명단에서 제외해서는 '안 될' 것만 같았다. 그는 이 프로젝트를 통해서 나름의 위신을 쌓아 왔다. 따라서 앞으로 4년 뒤에는 NFL 드래프트에서 1라운드로 지명될 수도 있는 소년을 자기 명단에서 빼 버리는 것보다도 더 민망한 일은 없을 것이었다. 이와 비슷한 정도의 신체적 능력을 지닌 선수를 그가 우연히 발굴한 가장 최근의 사례는 1993년에 있었다. 그때 그는 오하이오주 샌더스키에 있는 시즐러 스테이크하우스에 가서 고등학교 3학년 학생을 인터뷰했다. 올랜도 페이스라는 그 학생은 당시 그 식당의 카운터에서 일하고 있었다.

"마이클 오어의 운동 능력이며 신체 조건을 봤을 때, 그에 비견할 만한 선수는 아마도 올랜도 페이스뿐일 겁니다." 레밍의 말이다. "가만 보면 생긴 것도 올랜도 페이스하고 비슷해 보이죠. 물론 올랜도처럼 말끔한 외모는 아니지만요. 하지만 고등학교 시절의 올랜도는 훗날의 올랜도가 아니었습니다." 페이스는 레밍이 선발한 올 아메리칸 팀을 거쳐 오하이오주립대학으로 진학했고, 그곳에서 레프트 태클로 활약해서 전국 대학 선수들 중에서도 최고의 오펜시브 라인맨에게 주는 아웃랜드상을 수상했다. 1997년에는 NFL 역사상 신인 최고 금액 계약이라는 기록을 수립하며 세인트루이스 램스에 입단해 레프트 태클로 활약했고, 조만간 더 높은 금액에 재계약을 체결할 예정이었다(그의 조건은 7년에 5,280만 달러였다). 페이스는 이 팀에서 가장 높은 연봉을 받는 선수가 되었으며, 이후로도 마찬가지였다. 심지어 이 팀의 스타 쿼터백 마크 벌저나, 스타 러닝백 마셜 포크나, 스타 와이드 리시버 아이작 브루스보다도 훨씬 더 많은 연봉을 받았다. 비록 오펜시브 라인맨이기는 하지만, 그는 여느 오펜시브 라인맨과는 달랐다. 바로 쿼터백의 블라인드 사이드를 보호해 주는 임무를 담당했기 때문이다.

톰 레밍이 마이클 오어를 만나기 위해 멤피스대학의 풋볼 팀 회의실로 걸어 들어가는 동안, 그곳에는 로렌스 테일러의 유령이 그를 기다리고 있었다. 테일러의 유산 때문에 NFL의 스크리미지 라인을 따라 늘어선 선수들의 연봉에는 기묘한 차이가 생겨나게 되었다. 즉 (공격이건 수비건 간에) 오른손잡이 쿼터백의 블라인드 사이드에 있는 선수들은 평균적으로 쿼터백이 바라보는 쪽에 있는 선수들보다도 훨씬 더 많은 연봉을 받았다. 이건 참으로 이상한 일이었다. 이전까지만 해도 레프트 가드와 라이트 가드 사이에는 아무런 연봉 차이가 없었기 때문이다. 보통 스크리미지 라인에서 2열에 서 있는 (즉 테일러와는 다른) 오른쪽 라인배커의 경우에는 평균적으로 왼쪽의 라인배커와 같은 연봉을 받았다.[11] 스

---

11   대부분의 NFL 팀의 라인업은 이른바 4-3 수비로 통한다. 4-3에서는 스크리미지 라인에서 제일 가까운 일곱 명의 수비수들이 다음과 같이 배치된다.

XXX   2열
X'XXX   1열
————   스크리미지 라인

이런 대형에서는 1열 오른쪽 디펜시브 엔드인 X'가 주로 블라인드 사이드 패스 러셔(수비수로 쿼터백에게 달려들어 패스 전 제압하는 선수)가 된다. 반면에 빌 파셀스와 다른 몇몇 NFL 코치들은 이보다 3-4 수비를 선호하는데, 그 모양은 다음과 같다.

X'XXX   2열
XXX   1열
————   스크리미지 라인

3-4 대형에서는 2열 바깥의 오른쪽 라인배커인 X'가 주로 블라인드 사이드 패스 러셔 역할을 한다. (원주)

크리미지 라인에서 3열에 서 있는 오른쪽 코너백의 경우에도 왼쪽 코너백과 같은 연봉을 받았다.

하지만 스크리미지 라인 사이 영역의 제어권을 다투는 전투에 참가하는 최전방 선수 중에서도, 오른손잡이 쿼터백의 등 쪽에 서 있는 두 명의 선수만큼은 쿼터백이 바라보는 쪽에 있는 유사한 포지션의 선수보다도 더 많은 연봉을 받았다. 그것도 훨씬 더 많은 연봉을 말이다. 2004년에 이르러 NFL의 레프트 태클 중 연봉 최상위 다섯 명은 라이트 태클 중 연봉 최상위 다섯 명보다 매년 거의 300만 달러를 더 벌어들이고 있었다. 그리고 심지어 러닝백과 와이드 리시버 중 연봉 최상위 다섯 명보다 더 많은 연봉을 받고 있었다.

1993년부터 선수들이 자유 계약 권리를 부여받으면서 NFL 연봉이 전반적으로 크게 상승했다. 따라서 이보다 더 놀라운 한 가지 사실, 즉 선수 연봉의 상대적 변화는 그다지 두드러지게 눈에 띄지는 않게 되었다. 선수들이 매년 전년도보다 더 많은 돈을 벌다 보니, 그런 트렌드 속의 또 다른 트렌드는 주목을 받지 못했던 것이다. 하지만 몇 가지 변화가 있음은 사실이었고, 이것이야말로 그중에서도 가장 두드러진 변화였다. 1980년대 초만 해도 라인맨 한 명의 연봉이 다른 선수들(와이드 리시버는 물론이고, 몇몇 경우에는 심지어 스타 쿼터백)보다 훨씬 더 높다는 생각은 아주 터무니없는 정도까지는 아니더라도 최소한 이례적인 것이기는 했다. 오펜시브 라인의 경우, 적어도 공식적으로는 그 유서 깊고도 어딘가 살짝 사회주의적인 이데올로기를 결코 포기하지 않았다. 즉 모두가 하나를 위해, 하나가 모두를 위해, 각자의 일을 잘하기 위해서는 반드시 함께 일해야 하고, 따라서 우리 중 누구도 특별히 더 중요하진 않다는 식이었다.

하지만 1990년대 중반에 이르자 시장의 의견은 이와 다르게 나타났다. 시장에서는 오펜시브 라인 가운데 유독 한 명이 슈퍼스타라고 선언했다. 그 한 명은 일종의 교체 가능한 소모품도 아니고, 미숙련 노동자도 아니고, 보기 드문 재능의 소유자였다. 이런 판정은 결코 하룻밤 사이에 생겨난 것은 아니었다. 이것은 어떤 기나긴 이야기의 결론이었다. 아울러 풋볼 필드 포지션의 상대적인 중요성을 판단하기 위해 저마다 심사하고 판정하고 경쟁했던 풋볼 코치들과 감독들이 내린 결론이기도 했다. 이들은 그로써 각각의 포지션에 가장 잘 어울리는 선수들을 찾으려고 했던 것이다. 그리고 그 이야기의 시작에는 다름 아닌 톰 레밍이 있었다.

1978년에 23세였던 레밍은 한 가지 아이디어를 떠올렸다. 미국 전역을 돌면서 최고의 고등학생 풋볼 선수들을 만나 보고, 그중에서도 최고를 가려 보자는 것이었다. 그 당시에는 비디오테이프가 없었기 때문에, 그는 직접 고등학교마다 찾아다니면서 거기 비치된 선수들의 16밀리 필름을 보여 달라고 요청해야 했다. 레밍은 선수들을 인터뷰하고, 각각의 성격을 엿보고, 선호하는 대학에서 학교 성적에 이르기까지 선수들에 대한 모든 것을 알아냈다. 그런 뒤 선수들의 순위를 정하는 책을 하나 펴냈다. "그 당시만 해도 아무도 하지 않는 종류의 일을 하고 있다는 생각에 흥분이 가득했습니다." 그는 훗날 이렇게 말했다. "어느 누구도 전국의 모든 선수를 찾아가 볼 생각은 하지 않았으니까요." 고향인 시카고에서 차를 몰고 멀리 떠나기 직전, 레밍은 과연 이 특이한 사업에 돈을 대 줄 사람이 있을지 생각해 보았다. 처음에는 딱히 없어 보였다. 처음에는 딱히 떠오르는 사람이 없었다. 따라서 초기에만 해도 그는 오아시스 트럭 휴게소에 차를 세우고, 그 안에서 잠을 자곤 했다. ("하지만 머지않아 오아시스 휴게소에서 머물던 사람들이 충격을 당하는 사고가 일어나기 시작해서, 결국 다른 주차 장소를 찾아야만 했죠.") 첫해에 레밍이 가진 예산으로는 미시시피강 동쪽에 있는 주요 고등학교 풋볼 선수들을 직접 만나 인터뷰하기에도 빠듯한 정도였다. 이듬해 그는 미시시피강을 넘어 서쪽 로키산맥 산자락까지 진출했다. "저는 현금이 다 떨어질 때까지 최대한 가 보고 싶었습니다." 레밍의 말이다. "마치 루이스와 클라크의 탐사 여행을 떠나는 기분이었죠.[12] 물론 그들과 저의 가장 큰 차이가 있다면, 저는 나중에 라디오 프로그램에 최대한 많이 출연해서 책을 홍보해야만 재보급을 받을 수 있다는 것이었지만요." 1983년에 이르러 그는 로키산맥을 넘어갔고, 그때 이후로는 결코 뒤를 돌아보지 않고 그 일에만 전념했다.

레밍은 7년이 지나서야 비로소 수익을 올리기 시작했으며, 대학 풋볼 업계에서는 그를 열광적으로 추종하게 되었다. 처음만 해도 정신 나간 생각처럼 보였던 것이(경험이라곤 전무한 23세의 젊은이가 고등학교 풋볼 선수들에 관해 매긴 순위 따위에 과연 누가 관심을 가질 것이며, 고등학교 풋볼 스타들이 무엇 때문에 자기 시간을 허비해 가면서 낯선 사람이 내미는 시시콜콜한 설문지를 작성할 것이란 말인가?) 나중에는 번창하는 사업이 되었던 것이다. 베어 브라이언트, 댄 디바인, 보 셈베클러 같은 거물급 풋볼 코치들이 레밍의 저서에 깊은 관심을 나타냈다. 사실상 그야말로 미국에서 유일무이한 전국 단위의 풋볼 스카우트 담당자였던 셈이다. 야구의 경우에는 그런 스카우트 담당자가 수백 명이나 있었다. 이들은 365일 내내 전국을 돌며 십 대 소년들의 실력을 평가했다. 물론 엄밀히 말하자면 16세의 풋볼 선수는 16세의 야구 선수만 한 물건이 되지는 못한다. 고등학교 야구 선수는 곧바로 프로 구단에 들어가서 뛸 수 있었지만, 고등학교 풋볼 선수는 그럴 수 없었기 때문이다. 하지만 좀 덜 엄밀히 말하자면, 고등학교 풋볼 선수들은 야구 선수들보다 훨씬 더 가치가 높게 평가된다고도 할 수 있다. 왜냐하면 곧바로 프로로 전향하는 대신에 대학에 다님으로써 그들의 (높이 치솟는) 시장가치 가운데 상당 부분을 소속 대학들이 활용할 수 있기 때문이다. 레밍은 매년 여덟 차례에 걸쳐 뉴스레터를 발간했는데, 디비전 1급에 속하는 대학 풋볼부 117개 가운데 7개를 제외하고는 모조리 이 뉴스레터를 구독했다. 뉴스레터

---

12   1803년의 루이지애나 매입으로 미국의 영토가 2배 이상 늘어나자, 제퍼슨 대통령은 메리웨더 루이스와 윌리엄 클라크를 공동 대장으로 하는 원정대를 파견했다. 원정대는 1804년부터 1806년까지 미국 북서부 지역을 탐사하고, 오늘날 귀중한 사료로 간주되는 원정 일지를 간행했다.

를 읽은 대학 풋볼 코치들은 앞다투어 레밍에게 전화를 걸어 선수들의 주소, 전화번호와 기타 정보를 얻어 내려 했다. 고등학교 풋볼 선수들도 부모들이며 코치들의 도움을 받아 시카고에 있는 레밍의 작은 사무실로 각자의 경기 모습을 담은 비디오테이프며 신문 기사며 추천서를 보내왔다. 모두들 유명해지고 싶어서 안달이었다.

레밍의 말마따나, 그가 하던 일은 그 당시만 해도 아무도 하지 않는 종류의 일이었다. 하룻밤 사이에 그는 미국 고등학교 풋볼 선수라는 주제에 관해 최고의 독립 저술가가 된 셈이었다. 폭발적으로 규모가 늘어나는 시장 한가운데 있는 커다란 간극을 제대로 겨냥한 까닭이었다. 미국의 한 지역에 있는 대학들은 다른 지역에 있는 선수들에 관한 정보를 전혀 모르고 있었다. 풋볼 선수 스카우트의 무법 시대에만 해도, 즉 NCAA National Collegiate Athletic Association, 미국대학체육협회에서 이에 관해 단호한 조치를 취하기 시작한 1980년대 말 이전까지만 해도 명문 풋볼 팀이 있는 학교에서는 사실상 자기네 뒷마당에서 선수들을 스카우트하는 경우가 대부분이었다. 예를 들어 남부의 앨라배마대학에 있던 베어 브라이언트 코치의 스카우트 기구에서는 오로지 남부 출신 선수들을 확보하는 데에만 시간과 에너지를 쏟았다. 마찬가지로 중서부의 미시간대학에 있던 보 셈베클러 코치의 스카우트 기구에서는 오로지 중서부 출신 선수들을 확보하는 데에만 시간과 에너지를 쏟았다.

1980년대 말에 NCAA가 대학 풋볼 코치와 고등학교 풋볼 선수 간의 상호작용을 규제하는 내용의 구체적인 규정을 만들자, 시장 한가운데 이미 나 있던 구멍은 더 넓어질 수밖에 없었다. 이 규정에 따르면, 대학 풋볼 코치가 어느 고등학교 유망주에게 접촉을 하려면 일단 그 학생이 졸업반으로 올라갈 때까지 기다려야만 했다. 그런데 레밍은 유망주 각각의 경기며 성격이며 학교 성적까지도 자세히 조사해서 제공했던 것이다. 아울러 그는 유망주 각각이 가고 싶은 대학이 정확히 어디인지까지도 이미 알고 있었다.

정보의 흐름이 더욱 향상되면서(비디오테이프, 휴대전화, 인터넷 모두가 레밍의 삶을 더욱 편안하게 해 주었다) 정보를 분석하는 레밍의 능력 역시 향상되었다. 이 일을 시작할 때에만 해도 그는 선수들의 신체적 능력에만 관심을 집중한 반면, 선수들이 실제로 필드에서 어떤 경기를 펼치는지에 대해서는 별로 관심을 두지 않았다. 예를 들어 훗날 NFL의 뛰어난 러닝백이 된 배리 샌더스가 고등학교 시절 대단한 질주 능력을 지니고 있었음을 알고 있었지만, 레밍은 이 선수의 덩치가 너무 작다고 생각한 나머지 그리 높이 평가하지 않았다. 물론 그는 지금도 여전히 실수를 범하지만, 그 빈도수는 많이 줄어 있었다. 1990년대에 들어서면서 레밍은 전국에 걸쳐 신뢰할 만한 정보원들로(주로 고등학교 코치와 팬들로) 이루어진 방대한 비공식 네트워크를 확보하게 되었고, 덕분에 모두 300만 명에 달하는 고등학교 풋볼 선수들의 인재 풀을 수천 명 규모로 쉽사리 좁힐 수 있게 되었다. 그는 이 선수들의 테이프를 직접 보고, 다시 한 번 이들을 1,500명 규모로 줄여서 일일이 인터뷰를 실시했다. 그렇게 해서 다시 400명을 선발해서 그 결과를 매년 한 번씩 발간하는 미국 최고의 유망주 해설서에 수록했고, 이를 토대로 미국 최고의 선수 100명의 명단을 작성했다. 그리고 마지막으로 이 중에서 25명 내외의 고등학교 선수들을 골라서 본인의 말마따나 "올 아메리칸"이라고 소개했다.

레밍의 적중률은 상당히 높았다. 예를 들어 1995년 그가 선정한 25명의 선수 가운데 14명은 결국 NFL에서 1순위 드래프트 선택을 받았다. 1990년대 중반에는 ESPN에서도 올 아메리칸 선수 명단에 관한 보도를 시작했는데, 이것 역시 레밍이 선정한 명단에 따랐다. 《USA투데이》에서는 또 다른 명단을 발표했는데, 이것 역시 레밍이 선정한 명단을 주로 참고했다. 2000년에는 미국 육군배* 고등학교 올 아메리칸 풋볼 대회가 탄생하여 TV로 전국에 중계되었다. 레밍은 이 대회를 위해 80명의 선수를 선정했다. 레지 부시, 빈스 영, 에이드리언 피터슨, 드웨인 제러트, 크리스 리크, 렌데일 화이트, 브래디 퀸 등이 거기 포함되었다. 이 대회는 훗날의 하이스먼 트로피[13] 수상 후보자며 NFL 드래프트의 상위 선발자를 위한 등용문이 되었다.

잡음이 점점 더 커질수록 판돈도 점점 더 커졌고, 정치는 점점 더 악화되었다. 코치들과 선수들마다 책과 명단과 대회에 넣어 달라고 난리였다. 어느 시점에선가 레밍은 더 이상 어떤 고등학교 풋볼 선수에 관해 누군가가 하는 이야기를 곧이곧대로 믿지 않게 되었다. "제가 굳이 매년 6개월 동안을 길에서 보내는 데에는 다 이유가 있습니다." 그의 말이다. "사람들이 저한테 해 주는 이야기에만 의존하지는 않겠다는 겁니다. 직접 봐야겠다는 거죠." 2004년 봄에 이르러 레밍은 25년 전 인터뷰했던 여러 선수들의 아들들과 인터뷰를 하게 되었다. 사업과 영향력 모두가 점점 더 커졌지만, 레밍은 여전히 항상 해 왔던 방식으로 일했다. 즉 매년 80킬로미터 내지 95킬로미터씩 차를 몰고 뛰면서, 1,500명에서 2,000명의 고등학교 풋볼 선수들을 직접 만나 인터뷰를 하는 것이었다. 그야말로 1인 선수 선발 기구나 다름없었다.

이 시장에서 레밍의 역할이 지닌 특권이 하나 있다면, 그것은 이 시장의 트렌드를 밑바닥에서 바라볼 수 있었다는 점이었다. 이 사업을 시작했을 때만 해도, 그는 단순히 미래의 대학 풋볼 스타들을 미리 알아본다는 생각뿐이었다. 이들이 프로 무대에서 맞이하게 될 미래에 관해서는 별반 관심이 없었다. 대학 풋볼은 대부분 러닝 플레이였지만, NFL은 점차적으로 패싱 플레이가 되어 가고 있었다. 대학 풋볼은 정작 프로 풋볼에서는 쓸모가 없는 온갖 종류의 선수들까지도 다 받아들이는 취향을 지니고 있었다. 예를 들어 옵션option[14] 쿼터백, 몸이 느린 풀백, 키가 작은 라인배커 등이 그런 선수들이었다. 그러다가 대학의 명문 풋볼부는 NFL을 대비한 일종의 훈련소로 기능하게 되었다. 최고의 고등학

---

13 NCAA에서 풋볼 부문의 우수 선수에게 매년 수여하는 상.

14 패싱이나 러닝 플레이를 쿼터백이 직접 결정하는 방식의 공격 플레이. 고등학교나 대학 팀에서는 사용하지만 NFL에서는 잘 사용하지 않는다.

교 선수들을 끌어들이기 위해서는 대학마다 자기네 풋볼부가 NFL로 가는 가장 쉬운 길이라는 점을 납득시켜야만 했다. 그러기 위해서는 NFL 방식의 수비와 공격 작전을 대학에서도 사용하면 될 것이었다. 바로 이 때문에 (그리고 NFL 출신 코치들이 대학 풋볼로 꾸준히 유입되었기 때문에) 대학 풋볼은 NFL에서 펼쳐지는 경기와 더 똑같아지는 한편, 나름의 특색은 더 줄어들게 되었다. 1980년대 후반에 레밍은 대학 풋볼과 프로 풋볼의 차이가 점차 줄어든다는 사실을 깨닫기 시작했다. 1990년대 중반에 이르자 그는 미래의 대학 풋볼 최고 선수를 가려내는 자신의 작업이 곧 미래의 프로 풋볼 최고 선수를 가려내는 작업과 똑같다는 사실을 깨닫게 되었다.

이와 연관된 또 하나의 트렌드는 NFL이 원하는 선수의 원형이 미국의 고등학교로 조금씩 스며 들어간 것이었다. 만약 NFL에서 운동 능력이 뛰어난 (다시 말해 '흑인') 쿼터백이라든지, 빠른 패스 러셔를 찾으려는 열기가 번진다면 처음에는 대학에서, 그리고 나중에는 고등학교에서도 그런 선수를 제공하기 시작했다. 물론 일종의 지체 현상은 불가피했다. 예를 들어 로렌스 테일러 때문에 NFL에서 그와 유사한 체형을 지닌 격렬하고도 재빠른 패스 러셔를 찾는 새로운 유행이 생겨난 것은 1981년의 일이었지만, 정작 레밍이 그와 유사하게 격렬하고 재빠른 고등학생 패스 러셔의 파도를 접하게 된 것은 더 나중인 1986년의 일이었다. 하지만 파도는 항상 오게 마련이었다. NFL에서 높이 평가되는 어떤 자질이 있다면, 미국의 고등학교에서는 기꺼이 그런 자질을 지닌 선수를 제공했으며, 미국의 대학교에서는 이들을 한층 더 다듬어 주는 셈이었다. "지난 주 일요일에 필요했던 것이 이번 주 토요일에 나타나고, 이번 주 토요일에 필요했던 것이 다음 주 금요일에 나타나는 식이지요. 대략 5년 차이를 두고요." 레밍의 말이다. 특정한 유형들이 나타났다 또 사라졌다. 어느 10년 동안에는 재빠르고 작은 리시버를 찾는 유행이 있더니, 다음 10년 동안에는 키가 크고 홀쭉한 리시버를 찾는 유행이 있었다. 반대 유형들도 있었다. 예를 들어 백인 러닝백이

나 와이드 리시버가 그러했으며, 1990년대 이전까지는 흑인 쿼터백이 그러했다. 하지만 로렌스 테일러 같은 유형은 일단 나타난 이후에는 결코 사라지지 않았다. 2004년에 또다시 길을 떠날 무렵, 레밍은 십중팔구 큰 라인배커와 작은 디펜시브 엔드를 발견하게 되리라 짐작하고 있었다. 특히 미래의 디펜시브 엔드는 쿼터백의 몸과 마음 모두를 황폐화시키는 것을 주 임무로 삼을 것이었다. 그는 또한 그런 디펜시브 엔드에 대응해서 스크리미지 라인 너머에 우뚝 서 있을 법한 유형의 선수도 찾아볼 수 있으리라 예상했다. 즉 로렌스 테일러 유형을 저지할 수 있는, 레프트 태클 유형의 선수일 것이었다.

톰 레밍은 레프트 태클을 살펴볼 때마다 자신이 선정한 올 아메리칸 팀을 거쳐서 NFL의 스타로 발돋움한 선수들을 염두에 두곤 했다. 예를 들어 조너선 오그든, 올랜도 페이스, 월터 존스, 윌리 로프 등이 그런 선수들이었다. 이들은 다른 대부분의 사람과는 전혀 닮은 구석이 없었으며, 심지어 레밍이 인터뷰한 1970년대와 1980년대에도 이미 그러했다. "체중 113킬로그램이라면 고등학생 라인맨 치고는 상당히 큰 편이었습니다." 그가 말했다. "그런데 이제는 체중이 136킬로그램은 되어야만 사람들이 한 번 쳐다볼 정도가 되었죠." 이런 거인들의 세계에서도 레프트 태클은 유독 두드러진 체구를 자랑했다. '자연이 낳은 괴물.' 이처럼 보기 드문 야수 가운데 하나를 찾아낼 때면, 레밍의 머릿속에는 그런 표현이 떠오르곤 했다. 레밍의 《연간 예비생 리포트》의 표지에 등장했을 때에 고등학교 3학년이었던 조너선 오그든은 신장이 205센티미터에 체중은 145킬로그램이었다(대학에 가서 그는 더 살이 붙게 되었다). 올랜도 페이스의 경우, 표지에 등장했을 때에 신장 198센티미터에 체중 140킬로그램이었다. (이후로도 그의 성장은 멈추지 않았다.) 이상적인 레프트 태클은 일단 덩치가 커야 했지만, 단지 덩치만 큰 사람이라면 얼마든지 있었다. 거기다가 미세한 세부 조건까지 갖춰야만 비로소 차별화가 가능했다. 일단 엉덩이가 크고, 허벅지가 굵어야 했다. 하체가 굵어야만 로렌스 테일러나 그의 후계자들이 달려들어도 잘 쓰러지지 않을 것이기 때문이다. 그리고 팔이 길어야 했다. 패스 러셔는 블로커의 몸 앞까지 바짝 다가왔다가 살짝 빠져나가게 마련이었다. 따라서 팔이 길다면 상대방을 도리어 궁지로 모는 데 도움이 되었다. 그리고 손이 커야만 상대방을 단단히 붙잡을 수 있었는데, 그것만 해도 대단한 차이가 생겨나게 마련이었다.

하지만 덩치만 가지고는 쿼터백의 블라인드 사이드에 가해지는 위협에 대처하기는 충분하지가 않았다. 그 위협은 무척이나 속도가 빨랐기 때문이다. 이상적인 레프트 태클은 커다란 덩치와 함께 빠른 발까지 지니고 있어야 했다. 그것도 믿을 수 없이 민첩하고 빠른 발을 지녀야 했다. 특히 5야드 전력 질주에서 같은 팀의 러닝백조차도 그만 머쓱해질 정도의 실력이라야만 이상적이라 할 수 있었다. 이상적인 레프트 태클은 발레리나의 신체 제어 능력에 농구 선수의 민첩함을 겸비했다. 이 두 가지 조합이야말로 정말이지 보기 드문 것이었다. 게다가 궁극적으로는 매우 값비싼 것이었다.

쿼터백을 보호하기 위해 들어가는 비용과 다른 종류의 보험에 들어가는 비용을 결정하는 요인은 똑같았다. 즉 보험을 든 자산의 가치가 높을수록, 그리고 그 자산에 가해지는 위협이 커질수록 더 높아지는 것이었다. 쿼터백은 세월이 흐르면서 점점 더 어마어마하게 값이 비싸졌다. 심지어 신인 쿼터백조차도 이제는 막대한 연봉을 보장받으며 계약했다. 예를 들어 샌프란시스코 포티나이너스에서는 앨릭스 스미스와 7년간 5,600만 달러에 계약했다. 만약 그의 경력이 내일 당장 끝나더라도 구단에서는 그에게 2,400만 달러를 지불하기로 되어 있었다. 뉴욕 자이언츠는 젊은 쿼터백 엘리 매닝을 7년간 5,400만 달러에 계약했다. 설령 그가 부상으로 경력을 마감하더라도 구단에서는 그에게 2,000만 달러를 지불하기로 되어 있었다. 엘리의 형 페이턴 매닝은 NFL의 쿼터백 가운데 가장 몸값이 비싼 선수로 인디애나폴리스 콜츠와 7년간 9,920만 달러에 계약했다. 다른 몇몇 선수들도 연봉이 거의 1,000만 달러에 달했다. 돈으로 모든 문제를 해결할 수야 없었지만, 자칫 경력을 끝장낼 수도 있는 부상이 생기면

NFL 프랜차이즈에서는 수백만 달러의 비용을 부담해야 했다. 예를 들어 페이턴 매닝이 경력을 끝장내는 부상을 입을 경우, 콜츠에서는 2005년의 급여 총액의 절반가량에 해당하는 막대한 금액을 내놓아야 했다. 하지만 그가 떠난 이후에 콜츠가 겪어야 하는 불운에 비하자면 이렇게 해서 잃은 돈조차도 빙산의 일각에 불과했다. 우선 이제는 팀에 스타 쿼터백도 없이 경기를 이끌어 가야 하는 신세였기 때문이다. 스타 러닝백이나 와이드 리시버가 부상을 당할 경우, 코치들은 단순히 경기 계획에 대해서만 고민하면 그만이었다. 하지만 스타 쿼터백이 다칠 경우, 코치들은 자기 일자리에 대해서도 고민하지 않을 수 없는 실정이었다.

이러한 불안은 곧바로 레프트 태클의 급여에 반영되었다. 2004년 NFL 시즌에 이르자, NFL 레프트 태클의 '평균' 연봉은 550만 달러에 달하게 되었다. 이리하여 레프트 태클은 필드에서 쿼터백 다음으로 가장 많은 연봉을 받는 선수가 되었다. 2006년 2월 5일에 펼쳐진 슈퍼볼 XL(40회)에 출전한 선수 가운데 가장 연봉이 많은 선수는 시애틀의 쿼터백 매트 헤이즐벡이었다. 그는 당시 연봉 820만 달러에 6년 계약을 새로 체결한 다음이었다. 그다음으로 연봉이 많은 선수는 헤이즐벡의 블라인드 사이드를 보호하는 레프트 태클 월터 존스였다. 그의 연봉은 750만 달러였다. (당시 슈퍼볼에서 맞붙은 스틸러스에서 그와 가장 유사한 역할을 담당하는 선수조차도 무려 190만 달러나 연봉이 더 적었다.)

쿼터백 보험, 곧 레프트 태클의 가격을 결정하는 또 다른 요인은 이런 보험을 제공할 수 있는 주인공들의 공급량이었다. 월터 존스 정도의 덩치와 속도, 민첩함과 손과 발과 팔을 지닌 사람은 지구상에 많지 않았으며, NFL에서는 더욱 보기 드물었다. 예를 들어 조너선 오그든, 올랜도 페이스, 어쩌면 레드스킨스의 크리스 새뮤얼스 정도뿐이었다. 따라서 이들은 일종의 원형이 되었다. 2004년 3월에 톰 레밍이 마이클 오어를 찾아서 멤피스에 도착했을 때 내심 염두에 두고 있던 선수들도 바로 이들(월터 존스, 그리고 다른 소수의 NFL 레프트 태클)이었다.

레밍은 어서 이 소년을 직접 만나 보고 싶어서 평소보다 더 몸이 달았다. 어딘가 좀 수상쩍은 냄새가 나기도 했다. 2004년에 그 정도의 미국 고등학교 풋볼 선수가 이처럼 아무에게도 알려지지 않은 채로 남는다는 것은 불가능했다. 어쩌면 그 테이프의 영상 자체가 조작일 수도 있었다. 어쩌면 실제로는 그 정도로 덩치가 크지 않을 수도 있었다. 어쩌면 성격에 뭔가 심한 결함이 있을 수도 있었다. 풋볼은 팀 경기였다. 따라서 병적인 행동에도 참을 수 있는 한도라는 게 있었고, 고등학교 선수의 경우에는 더욱 그러했다. "야구에서는 배리 본즈가 충분히 버틸 수 있습니다."[15] 레밍의 말이다. "하지만 풋볼에서는 혼자서 할 수 있는 일이 없습니다. 설령 당신이 조 몬태나라 하더라도 제리 라이스가, 그리고 다른 아홉 명의 동료가 있어야만 공격을 제대로 할 수 있으니까요. 그렇기 때문에 NFL의 리시버 테럴 오언스가 그렇게 많은 말썽에 휘말렸던 겁니다. 경기보다 자기가 더 중요하다고 생각을 했으니까요. 하지만 실제로 경기보다 더 중요한 선수는 아무도 없는 겁니다."

레밍은 NFL급 선수 가운데 대인 관계 문제로 결국 불명예스러운 결말을 맞이하는 사람을 수백 번도 넘게 보아 왔다. 1995년에 레밍이 선정한 고등학교 올 아메리칸의 첫 번째 팀에 포함된 루이지애나 출신의 에릭 제퍼슨이라는 경이로운 디펜시브 엔드가 있었다. 제퍼슨은 일리노이대학에서 풋볼 선수로 뛰기로 계약했으며, 레밍이며 다른 많은 사람들은 그가 미래의 NFL 스타라고 일찌감치 믿어 의심치 않았다. 그러나 그는 대학 무대에 처음 발을 내딛기도 전에 무장 강도 혐의로 유죄를 선고받고 캘리포니아 주립 교도소에서 5년간 복역했다. 1996년에 시카고의 소년 마이클 버든은 미국에서 가장 촉망받는 디펜시

---

15   배리 본즈는 1986년부터 2007년까지 20년 넘게 메이저리그에서 활약하며 역대 통산 홈런 1위 등의 여러 기록을 남겼지만, 오만한 성격 때문에 대인 관계가 원만하지 못했다. 심지어 현역 활동 당시에 금지 약물을 복용했다는 혐의로 은퇴 이후까지도 오명을 벗지 못하고 있다.

브 백으로 손꼽혔지만("의심의 여지없이 미래의 NFL 스타이다") 머지않아 강간 혐의로 기소되고 말았다. 그래도 오하이오주립대학에서는 그를 받아들여 한 해동안 선수로 뛰게 했다. 하지만 버튼은 학교에서도 문제를 일으켜 결국 흔적도 없이 사라지고 말았다. 1997년에 부부 윌리엄스라는 디펜시브 라인맨은 미래의 NFL 선수가 될 가능성이 가장 높은 유망주로 선정되었다. "그야말로 차세대 레지 화이트였습니다." 레밍조차도 그를 명예의 전당에 헌액된 그린 베이 패커스의 전설적인 패스 러셔와 비견할 정도였다. 고등학교 3학년 때 부부는 신장 195센티미터에 체중 120킬로그램이었고, 40야드를 4.7초에 주파했으며, 역도는 한 번도 해 본 적이 없었음에도 불구하고 벤치프레스에서 170킬로그램을 들었다. 그는 자기네 주의 레슬링 헤비급 챔피언이기도 했다. 심지어 차점자인 99킬로그램의 스타 러닝백을 머리 위로 번쩍 들어 올렸다가 땅바닥에 내던지기도 했다. 부부 윌리엄스는 미래의 NFL 스타들이 수두룩하게 포함된 동기생들 중에서도 가장 촉망받는 선수였다. 하지만 그는 학교 성적이 워낙 나빴기 때문에 한 해가 아니라 무려 두 해나 대학 팀에서 뛰지 못했다. 그 일을 겪고 나서 부부 역시 사라지고 말았다. 완전히.

풋볼이라는 것이 원래 그러했다. 이 종목에서 두각을 나타내는 사람이라면 십중팔구 경기장 밖에서 말썽에 휘말릴 가능성이 높은 호전적인 성격의 소유자이게 마련이었다. 레밍은 학교 성적이 나쁘거나 전과가 있는 학생, 그 외에도 대학 졸업은 고사하고 대학 진학조차도 어려워 보이는 학생들을 특히나 경계했다. 돈을 받고 NFL에서 뛰기 위해서는 3년 동안 대학에서 공짜로 뛰는 것이 사실상 필수적이었다. 레밍의 말마따나 "만약 40야드를 4.4초에 뛸 수만 있다면, 일부 대학에서는 연쇄살인마 찰스 맨슨이라도 기꺼이 받아들이고 그의 저서까지 간행할 것"이었다. 이런 대학들이 있다 보니, 장차 훌륭한 경력을 쌓을 만한 수많은 선수들이 자기 관리 실패로 때 이른 종말을 맞이하는 일은 근절되지 않았다.

마이클 오어의 테이프를 본 뒤에 레밍은 우선 전화로 이 소년과 접촉해 보려 했다. 그의 성㎯을 '오어'Oar라고 읽어야 한다는 사실을 알게 된 것도 바로 그때였지만, 레밍이 알아낸 사실은 바로 그것 하나뿐이었다. 그는 고등학교 풋볼 스타들의 사회생활에 관해 잘 알고 있었다. 매니저들, 애인들, 비공식 고문들, 코치들 등등. 레밍이 만나려는 선수치고, 그 행방을 찾아내기가 힘든 경우는 드물었다. 그런데 이 소년은 매니저도 없을 뿐만 아니라, 학교 밖에서는 아예 존재하지도 않는 것만 같았다. 심지어 집도 없었다. 심지어 '전화번호'조차도 없었다. 마이클 오어를 찾는 레밍에게 브라이어크레스트크리스천스쿨의 관계자가 해 준 말에 따르면 그러했다. 관계자는 레밍이 자기네 학생에게 관심을 보인다는 사실에 대해 무척이나 어리둥절한 모양이었지만, 그래도 최대한 친절을 발휘해 주기는 했다. 결국 누군가가 마이클 오어를 데리고 멤피스대학의 풋볼 팀 건물까지 가서 일대일로 인터뷰를 하게 해 주기로 했다. "그가 방안으로 걸어 들어오던 순간을 결코 잊을 수 없을 겁니다." 레밍의 말이다. "마치 집 한 채가 더 큰 집 안으로 걸어 들어오는 것 같더라니까요. 문으로 다가서는데 몸이 거의 문에 꽉 끼어 버리겠더군요." 오어는 단순히 덩치만 큰 것이 아니었다. 오히려 딱 적절한 방식으로 덩치가 컸다. "체중이 136킬로그램이나 나가는 녀석인데, 그것도 아주 몸이 다부진 부류였던 겁니다." 레밍의 말이다. "그 녀석은 아주 다부진 부류였습니다. 단순히 큰 녀석들, 그러니까 키가 크고 체중도 많이 나가는 녀석들은 다리가 너무 가늘거든요. 고등학교에서야 쓸 만하지만, 대학에 가면 밀려나게 마련입니다. 하지만 그 녀석은 정말이지 몸 구석구석까지 모조리 어마어마했습니다."

그다음에 일어난 일이야말로 레밍의 27년 풋볼 스카우트 담당자 경력에서도 가장 기묘한 만남이라 할 만했다. 마이클 오어는 탁자를 사이에 두고 그의 맞은편에 앉았는데⋯ 아무 말도 하지 않았다. "악수를 하고 나서는 한마디도 안 하는 거였습니다." 레밍의 말이다. (그는 이때의 악수에 대해서 이렇게 묘사했다. "그 녀석은 손부터 어마어마했습니다!") 그는 우선 평소에 흔히 하는 질문을 몇 가지 던졌다.

"자네가 관심 있는 대학은 어디지?"

"자네가 배우고 싶은 전공은 뭐지?"

"자네는 앞으로 10년 뒤에 어떻게 될 것 같은가?"

인터뷰 내내 두 사람 사이에는 완전한 침묵만 감돌고 있었다. 어떻게 해야 할지 난감했던 레밍은 그냥 소년에게 설문지를 건네주었다. 마이클 오어는 설문지를 받아서 흘끗 보더니 한쪽으로 슬그머니 밀어 두었다. 곧이어 레밍은 자신이 제시할 수 있는 궁극적인 미끼를 던졌다. 바로 미국 육군배 고등학교 올아메리칸 풋볼 대회에서 뛸 수 있는 참가 신청서였다. 마이클 오어는 이것조차도 흘끗 보더니 한쪽으로 슬그머니 밀어 두었다. ("가만 보니 그 녀석은 팔도 엄청나게 길었습니다!")

"작성을 하겠다는 건가, 말겠다는 건가?" 마침내 레밍이 물어보았다.

마이클 오어는 그저 어깨만 으쓱할 뿐이었다.

뭔가 반응을 이끌어 내 보려는 의도에서, 레밍은 무척이나 간단하게 여겨지는 질문을 하나 던졌다. "그러면 자네는 육군배 대회에서 뛰고 싶은 건가, 아닌 건가?" 이것이야말로 네 살짜리 꼬마를 향해서 '너 평생 먹을 아이스크림을 공짜로 얻을 생각이 있니, 없니?' 하고 물어보는 것이나 매한가지였다. 그러나 마이클 오어는 긍정도 부정도 하지 않았다. "그는 완전히 무관심한 것이 분명한 소리를 낼 뿐이었습니다." 레밍의 말이다. "저의 제안에 그런 반응을 보인 녀석은 그가 처음이었습니다. 아니, 처음이자 마지막이었습니다."

레밍은 더 이상 이야기해 봤자 시간 낭비라는 결론을 내렸다. 마이클 오어는 작성하지 않은 참가 신청서와 설문지를 남겨 놓고 자리에서 일어섰다. 지난 26년 동안 레밍은 대략 4만 명 내지 5만 명가량의 고등학교 풋볼 선수들을 인터뷰한 바 있었다. 그런데 기껏 만나고 나서도 입 한 번 열지 않는, 또는 설문지조차도 거부하는 경우는 이제껏 한 번도 없었다. 오히려 그의 질문에 대답을 하고, 설문지를 작성하려고 '안달하는' 것이 정상이었다. 언젠가 한번은 어떤 선수가 배짱도 좋게 설문지를 아예 코치에게 건네주며 자기 대신 작성해 달라고 하는 바람에 레밍은 짜증이 확 솟구친 적이 있었다. 그 일도 바로 이 방, 그러니까 테네시주 멤피스에서 벌어진 일이었다. 그 선수의 이름은 앨버트 민스였다. 그러나 고등학교 코치가 15만 달러를 받는 대가로 제자를 앨라배마대학으로 진학시켰음을 NCAA에서 알아내면서, 처음에만 해도 확고한 듯 보였던 민스의 경력은 그만 흐지부지되고 말았다. (덕분에 앨라배마대학의 풋볼 팀인 크림슨타이드는 이후 두 시즌 동안 출전 금지를 당했다.)

하지만 레밍은 곧바로 마이클 오어의 이름을 지워 버리지는 않았고, 다만 그의 이름 옆에다가 머릿속으로 별표를 해 두었다. "제 생각에는 그에게 뭔가 문제가 있는 듯했습니다." 그가 말했다. "풋볼이란 단순히 덩치와 힘과 속도와 운동 능력만 가지고 되는 게 아닙니다. 풋볼은 감정적인 경기니까요. 호전성과 지구력과 마음이 모두 필요한 겁니다. 저로선 그의 마음에 무슨 생각이 들어 있는지를 알 수가 없었습니다. 그에 관해서는 아무것도 알 수가 없었거든요." 만약 20명의 고등학교 올 아메리칸 선수를 선정할 경우, 그중에서 잠재력을 제대로 발휘하는 사람은 기껏해야 10명 정도라고 레밍은 생각했다. 나머지 10명은 부상이나 범죄나 낙제나 마약 등으로 인해 흔적도 없이 사라져 버리고 말았다. 미국 육군배 올 아메리칸 대회의 후원자들은 그 명성에 무척이나 신경을 쓰고 있었다. 매년 주최 측에서 초청을 거부하는 선수가 한두 명은 나왔는데, 대개는 약물 복용이나 전과 기록이 있는 경우였지만, 가끔은 태도가 불량해서 그런 경우도 있었다. 마이클 오어가 딱 그런 범주에 들어간다고 레밍은 생각했다. 즉 성격상의 문제가 있는 것이다. 하지만 그로선 이 소년의 재능을 선뜻 무시할 수가 없었다. "저는 별다른 악의를 품지는 않았습니다." 레밍의 말이었다. "그가 제게 불손하게 대한 것까지는 아니었으니까요. 게다가 저는 최고의 선수들을 상대하고 싶었습니다. 제 생각에 그는 앞으로 5년 이내에 남부 최고의 오펜시브 라인맨으로 두각을 나타낼 수도 있어 보였죠. 곧바로 올 아메리칸에 선정될 수도 있었고요. 저는 그가 NFL 드래프트에서 1지명으로 선발될 것이라고 보았습니다. 레프트 태클로 말입니다." 하지만 레밍으로선 미국 육군배 올 아메리칸 대회에 오어를 초청할 만한 뾰족한 방법이 없었다.

그런데 이 당시에 톰 레밍이 차마 상상조차 못했던 한 가지 사실이 있었다. 이 소년, 그러니까 장차 미국 최고의 오펜시브 라인맨으로 꼽힐 수도 있고, 어쩌면 올랜도 페이스 이래 최고의 레프트 태클이 될 수도 있는 이 소년은 정작 레밍이 누군지도 몰랐고, 그가 왜 이런 질문을 하는지도 전혀 몰랐다는 점이었다. 아울러 이 소년은 자기가 풋볼 선수라고 생각해 본 적이 전혀 없었다. 게다가 그는 이때까지 레프트 태클 노릇을 해 본 적조차도 전혀 없었다.

CHAPTER 3

경계선 건너기

빅 토니가 두 소년을 차에 태우고 멤피스 서부에서 출발했을 때, 그는 자기가 기억하는 한, 가장 먼 길을 떠나는 셈이었다. 물론 그래 봤자 그가 가야 하는 거리는 겨우 25킬로미터에 불과했다. 동쪽으로 차를 몰고 가면서, 그는 우편번호 기준으로 미국 내에서 세 번째로 가장 가난한 지역을 떠나 지구상에서 가장 부유한 사람들 중 일부가 사는 곳으로 향하는 셈이 되었다. 하루 온종일 운전을 하고 다녀도 백인 한 명 볼 수 없는 지역을 떠나 졸지에 흑인의 모습이 오히려 호기심의 대상이 되는 지역으로 접어든 것이었다. 멤피스로 말하자면 인종 분리를 규정하는 악법을 굳이 만들 필요가 있겠나 싶은 생각이 절로 드는 곳이었다. 100만 명 이상의 주민이 수백만 가지의 개별적인 선택을 한 끝에, 결국 흑인과 백인이 서로 뒤섞여 살아가지 않도록 강제하는 법률과 크게 다르지 않은 결과가 자발적으로 나온 지역이었기 때문이다.

　　빅 토니는 고물 포드 토러스 승용차를 몰고 허트 빌리지의 잔해 옆을 지나갔다. 1950년대 중반에 백인 노동자 계층을 위해 지어 놓은 막사 모양의 주택인 이곳은 머지않아 흑인의 차지가 되었고, 나중에 가서는 갱단의 아지트가 되어 버렸다. 허트 빌리지는 빅 토니가 자라난 장소이기도 했다. 그는 어느 학교 옆을 지나갔다. 한때 백인 학생만 다녔지만 지금은 흑인 학생만 다니는 곳이다. 그는 사람들 옆을 지나갔다. 그들 역시 빅 토니와 마찬가지로 낡은 옷에 낡은 차를 몰고 다니고 있었다. 그는 세컨드 장로교회 옆을 지나갔다. 한때 이곳은 마틴 루서 킹 주니어가 마지막 행진을 시작한 장소였다. 그 행진 직후에 그는 총에 맞아 암살되었다. 하지만 이제 그 교회는 폐허가 되고 문이 판자로 막혀 있었다. 거기서 더 동쪽으로 가서, 그는 비교적 번영하는 흑인 교회가 있는 미시시피대로 옆을 지나갔다. 그 흑인 교회는 원래 백인 침례교회가 사용하던 건물에 입주해 있었다. 대신에 그 백인 교회는 거기서 더 동쪽으로 가서 새 교회를 지었는데, 워낙 크고도 화려해서 사람들은 테마파크 대형 교회라고 불렀다. 멤피스의 서부 외곽 지역에서는 심지어 하나님조차도 중고품 신세였던 셈이다. 빅 토니가 동쪽으로 차를 몰고 간다는 것은 사실상 흑인이 차지한 중고품 도시를 벗어나서 이곳과 맞바꾼 지역으로 들어간다는 뜻이었다. 그 지역은 바로 '거듭난 기독교인' 백인들이 만들어 낸 아주 새것 같은 도시였다. 결국 빅 토니는 낡아 빠진 토러스 자가용을 털털거리며 몰고서 백인들을 뒤쫓아 온 셈이었다.

모두들 그를 빅 토니라고 불렀다(그의 원래 이름은 토니 헨더슨이었다). 신장은 190센티미터에다가, 체중은 거의 180킬로그램에 육박했기 때문이다. 이처럼 경계선을 넘는 것이 빅 토니의 천성이었다. 물론 그의 눈에는 그런 경계선 따위가 애초부터 보이지 않았을 수도 있지만 말이다. 하지만 오늘만큼은 그에게도 경계선을 넘은 분명한 동기가 있었다. 그의 어머니가 얼마 전에 돌아가신 것이다. 어머니는 돌아가시면서 아들을 향해 부디 동쪽으로 가라고 타일렀다. 빅 토니의 어머니 베티는 일명 "베티 부"로 통했다. 빅 토니가 6학년 때까지만 해도 베티 부는 허트 빌리지에서 접대부 일을 했다. 담배를 피우고, 술을 마시고, 항상 밖으로 나돌았다. 그러다가 1973년에 갑자기 술을 끊고, 하루 세 갑씩 태우던 담배도 끊고, 급기야 죄 많은 자기 일도 끊어 버렸다. 자기가 구원을 받았고, 예수 그리스도를 주님이자 구세주로 받아들였다고 그녀는 말했다. 그리고 이때부터 25년 동안은 전도용 소책자를 우편으로 발송하고, 기독교 서적이며 비디오를 사람들에게 전하는 등의 일을 했다. 하지만 고리타분한 성격의 소유자가 아니었기 때문에, 허트 빌리지의 아이들은 모두들 그녀를 "할머니"라고 불렀다. 그녀가 최초로 얻은 친손자는 바로 토니의 아들 스티븐이었다. 2002년 초여름 병석에 누워 죽어 가던 베티 부는 토니에게 한 가지 부탁을 했다. 부디 스티븐을 공립학교에서 빼내서 기독교 교육을 받게 하라는 것이었다. 그녀는 손자가 훗날 목사가 되기를 바랐다.

빅 토니는 차라리 스티븐이 NBA의 포인트 가드가 되기를 바랐다. 하지만 어머니 베티 부의 부탁이 아주 터무니없다고 생각하지는 않았다. 스티븐은 자기 반에서 최고 우등생이었으며, 지금껏 줄곧 그러했기 때문이다. 멤피스에서라면 기독교 교육을 실시하는 학교를 찾는 것이 어렵지도 않았다. 1970년대 중반에 미국 최대의 사립학교 체제가 이스트 멤피스에서 처음 생겨난 것도 바로 그 일을 위해서였으니까. 문제는 토니의 작은 집에 사는 아이가 스티븐 하나만은 아니었다는 것이다. 가끔은 허트 빌리지에 사는 다른 아이들 가운데 하나가 그의 집에 찾아와 며칠씩 머물다 가곤 했다. 그런데 몇 달 전부터는 어떤 아이가 하룻밤 신세를 지려고 와서는 줄곧 버티고 있었다. 그 아이의 이름은 마이클 오어였는데, 사람들은 모두 그를 "빅 마이크"라고 불렀다. 토니는 빅 마이크를 마음에 들어 했지만, 한편으로는 이 소년이 불운한 결말을 향해 빠른 속도로 질주하는 모습이 벌써부터 눈에 선했다. 그는 얼마 전에 공립학교 9학년을 마친 상태였지만, 토니가 보기에는 10학년을 다닐 수 있을지 영 미심쩍었다. 수업에 거의 들어가지도 않았고, 공부에 대한 관심이나 재능도 없었다. "빅 마이크는 퇴학당할 것이 뻔했죠." 빅 토니의 말이다. "그리고 퇴학을 당하게 된다면, 마찬가지로 퇴학을 당한 다른 친구들과 십중팔구 똑같아질 거였어요. 죽거나 감옥에 가거나, 아니면 거리에서 마약을 팔면서 죽을 날이나 감옥에 갈 날을 기다리거나요."

토니는 이왕 스티븐에게 기독교 교육을 시키기 위해 이곳을 뜨는 김에 빅 마이크도 함께 데려가기로 작정했다. 어머니의 장례를 치르고 며칠 후 그는 스티븐과 빅 마이크를 차에 태우고 동쪽으로 향했다. 화이트 멤피스에는 기독교 학교가 무척이나 다양했다. 하딩크리스천아카데미는 아주 역사가 오래된 학교 였다. 크리스천브러더스는 가톨릭 계열이었고 남학교였다. 이밴젤리컬크리스 천스쿨, 일명 ECS는 학교 중에서도 교회에 매우 밀착된 경우에 해당했다. ECS 에서는 부모 양쪽 모두가 '거듭난 기독교인'이라고 고백한 경우에만(물론 그 간 증 내용도 좋아야 할 것은 두말할 나위 없었다) 그 자녀를 학생으로 받아들였다. 그 다음으로 브라이어크레스트크리스천스쿨이 있었다. 브라이어크레스트 역시 복음주의 계열이었으며, 멤피스시에서 동쪽 끝에 해당하는 곳에 자리 잡고 있 었다. 다른 곳에 비해 브라이어크레스트는 빅 토니와 더욱 연관이 없을 것만 같 은 학교였다.

그 설립자의 관점에서 보자면 브라이어크레스트는 기적이 아닐 수 없었 다. 설립자 웨인 앨런은 오래전부터 공립학교에서 성서를 가르치지 않는다는 사실에 불만을 품고 있었다. 강제 버스 통학[16]에 대한 백인의 분노는 뭔가 행동 할 수 있는 기회를 제공해 주었다. 법원의 1973년 1월 24일자 판결에 따라 시 차원에서 1,000대의 버스를 동원해 공립학교를 통합하는 작업에 착수하자, 이 에 반대한 백인 학부모들은 7,000명 이상의 학생들을 자퇴시켰다. 그리하여 완 벽하면서도 훌륭한 새 사립학교 체제가 갑자기 생겨나게 되었다. 브라이어크 레스트크리스천스쿨(원래 이름은 브라이어크레스트뱁티스트[침례교]스쿨)은 그때 까지의 학교 중에서도 가장 규모가 컸다. 이것은 매우 독자적인 체제였다. 학 교 부지를 장만하기 전에는 15개의 개별 침례교회 안에 자리한 15개의 캠퍼스 로 이루어져 있었다. 첫 입학생은 3,000명에 불과했으며 하나같이 백인이었다. 2002년에 브라이어크레스트에도 소수의 흑인 학생들이 들어왔지만, 이들은 멋

---

16 학생들을 거주지 이외의 타 학군 학교로 배치하고 버스로 등하교시키는 제도. 1970년대에 미국에서 백인 학교와 흑인 학교의 경계를 허무는 인종 통합 조치 가 운데 하나로 고안되었지만, 강제적이었기 때문에 백인 사회의 큰 반발을 낳았다.

진 백인 거주 지역에 사는 흑인 가족들의 경우처럼 외지 출신인 경향이 있었다. 이 학교는 30년 가까이 이스트 멤피스에만 있었기 때문에, 그곳에서 근무하는 직원들이 기억하는 한 멤피스 서쪽에 사는 가난한 흑인 학부모가 굳이 이곳까지 찾아와서 자기 아이를 입학시킨 적은 한 번도 없었다. 빅 토니가 사상 처음이었다.

토니가 브라이어크레스트에 관해 알고 있는 바라고는 존 해링턴이 이곳의 농구 코치라는 것뿐이었다. 해링턴은 이전에 여러 공립학교에서도 농구 코치로 일했고, 그때 토니와 만난 적이 있었다. 빅 토니는 브라이어크레스트크리스천스쿨이 과연 베티 부가 바라던 것과 같은 종류의 교육을 제공하는 곳인지 의문을 품었다. 그러나 그의 의구심은 이곳의 본관 건물 바깥에 새겨진 마태복음의 한 구절을 보자마자 싹 사라져 버렸다. '사람으로는 할 수 없으나 하나님으로서는 다 하실 수 있느니라.'[17] 무척이나 어리둥절한 표정의 두 소년을 데리고, 빅 토니는 그 구절 밑을 지나 건물 안으로 들어갔다. 바로 그 농구 코치를 찾으러 가는 것이었다.

존 해링턴은 20년 동안 여러 공립학교에서 코치로 일하고 나서 마침 그해부터 브라이어크레스트에서 일하게 되었다. 사전 연락도 없이 빅 토니가 다짜고짜 사무실로 찾아왔을 때, 해링턴은 딱히 해 줄 수 있는 일이 없다고 느꼈다. 빅 토니가 제기한 문제는 신임 교사가 처리하기에는 너무나도 어려운 일이었다. 두 사람은 마주 앉아 몇 분쯤 이야기를 나누었고, 이어서 해링턴은 브라이어크레스트의 운동부 선임 코치인 휴 프리즈에게 찾아가 보라고 빅 토니에게 권유했다. 프리즈는 이제 겨우 33세였으며, 밝은 금발에 팽팽한 피부 때문에 실

---

17   마태복음 19장 26절.

제 나이보다도 훨씬 더 젊어 보였다. 하지만 그는 매우 빈틈없는 사람이었다. 이처럼 빈틈없는 태도는 얼굴에 쓰여 있어서 오히려 순진한 느낌을 주었지만, 그래도 빈틈없는 태도이기는 마찬가지였다. 말투는 느리고 눈치는 빨랐던 휴 프리즈야말로 타고난 정치가였다. 그는 원래 독실한 신앙인이었지만(자기가 만약 풋볼 코치가 되지 않았더라면 십중팔구 목회를 하고 있었을 것이라 단언할 정도였다) 동시에 자기가 원하는 것이 있다면 굳이 전능자의 도움을 받지 않고서도 자기 방식대로 얻어내는 데에 숙달되어 있었다. 그는 브라이어크레스트에서 8년째 코치로 일하면서 남학생 풋볼 팀을 테네시주 선수권대회 결승전에 5년 연속으로 진출시켰으며, 여학생 농구 팀을 주 선수권대회에서 7회나 결승전에 진출시켜서 그중 4회나 우승을 차지했다. 그해에만 해도 여학생 농구 팀은 전국 순위에서 9위로 선정되었을 정도였다. 이날 프리즈는 새로운 학기의 첫날을 준비하기 위해 책상 앞에 앉아 있었는데, 갑자기 비서로부터 "빅 토니"라는 웬 남자가 찾아와서 면담을 요청한다는 소식을 전해 들었다.

사무실로 들어온 체중 180킬로그램의 이 흑인은 작업복 티셔츠에 '빅 토니'라고 적힌 흰색 이름표를 달고 있었다. 이 덩치 큰 남자는 자기 이름을 빅 토니라고 밝히더니(하지만 성(姓)이 무엇인지는 밝히지 않았다), 휴에게 스티븐 이야기를 했다. "그는 내게 자기 아들 이야기를 했습니다. 그리고 지금 다니는 학교보다 더 좋은 곳에 보내고 싶다고요." 프리즈의 말이다. "나는 이렇게 대답했죠. 뜻은 참으로 가상하지만, 브라이어크레스트에 다니려면 학비가 상당히 많이 들 것이고, 게다가 우리는 아무나 받아들이지도 않는다는 사실을 먼저 알아야 할 거라고요. 일단 학교 성적이 좋아야 하니까요. 그랬더니 빅 토니는 학비나 성적에 관해서는 자기도 잘 알고 있다고 대답하더군요. 스티븐은 우등생이고, 자기는 학자금 지원이 되지 않는 비용은 얼마든지 지불할 용의가 있다고 말입니다." 프리즈는 학자금 지원 신청서를 건네주면서 이렇게 생각했다. '행운이 있기를.' 바로 그때 토니가 말했다. "그런데 말이죠, 코치님. 제가 우리 스티븐의 친구 녀석도 하나 데려왔거든요." 그는 빅 마이크에 관해서 설명했다. 그 아이가 원래는 농구 선수였는데, 자기 생각에는 브라이어크레스트의 풋볼 팀에서 선수로 뛰어도 좋을 것 같다고 했다.

"그럼 그 학생의 부모님은 어디 계시죠?" 프리즈가 물었다. 어딘가 호기심이 생긴 까닭이었다. 체중이 180킬로그램에 달하는 이런 사람이 "빅 마이크"라고 부를 정도의 소년이라면, 과연 그 녀석의 덩치가 어느 정도나 되는지 직접 한번 보고 싶었기 때문이다.

"상황이 좋지 않아서요, 코치님." 토니가 말했다. "아버지는 없고, 어머니는 재활원에 있어요. 지금은 제가 거의 돌보고 있죠."

"그러면 보호자는 누구로 되어 있죠?" 프리즈가 말했다. "그러니까 그 아이에 대한 법적 권리를 지닌 사람이 누굽니까?"

"그 어머니죠."

빅 토니는 자기가 빅 마이크의 어머니를 데려와서 신청서를 작성하게 할 수 있다고 장담했다. 그러더니 어딘가 불편한 표정으로 가만히 자리에 앉아 있었다. 결국 먼저 입을 열었다. "그러면 애들을 직접 한번 만나 보시렵니까?"

"그럼 학생들이 지금 '여기' 와 있다는 겁니까?"

"문밖에서 기다리고 있습니다."

"그럼 그렇게 하죠." 프리즈가 말했다. "들어오라고 하세요." 토니는 밖에 나가서 일단 스티븐을 데리고 들어왔다. 휴는 소년의 체구를 가늠해 보았다. 신장은 180센티미터 정도였고, 체중은 80킬로그램쯤 되는 것 같았다. 브라이어크레스트크리스천스쿨의 풋볼 팀에 들어갈 정도로 충분히 큰 체구이기는 했다. "그러면 다른 학생은 어디 있죠?" 그가 물었다.

"빅 마이크! 너도 얼른 들어와 봐!"

휴 프리즈는 그 직후의 몇 초 동안을 평생 잊지 못할 것이다. "그 녀석이 모퉁이 너머로 이쪽을 슬쩍 들여다보더군요. 고개를 푹 숙이고서요." 휴는 그 소년의 모습을 첫눈에 다 파악하지는 못했다. 하지만 몸의 일부분만 보았을 뿐인데도 불구하고 어마어마하다는 것은 분명해 보였다. 곧이어 마이클 오어가 모퉁이를 돌아 그의 사무실로 걸어 들어왔다.

'이런 세상에! 저 녀석 괴물이군!'

휴의 머릿속에서는 이런 감탄사가 끝없이 맴돌았다. 이렇게 생긴 녀석은 살다 살다 정말 처음 보는 셈이었다. 그로 말하자면 지금까지 NFL로 진출한 선수들을 숱하게 지도했던 코치였는데도 말이다. 풋볼 코치들이 자기네 선수 중에서도 더 큰 녀석들에 관해 이야기하는 걸 들어 보면 어쩐지 목장주가 수송아지에 관해 이야기하는 것처럼 들리기도 한다. 예를 들어 "굵기"라거나 "무게"라거나 "몸통 크기"라는 용어를 사용하기 때문이다. 휴는 빅 마이크의 정확한 치수를 선뜻 가늠할 수 없었다. 신장 195센티미터에 체중 150킬로그램 정도? 어쩌면 그럴지도 몰랐다. 하지만 단순히 치수만 가지고서는 그런 몸이 만들어 내는 효과를 다 묘사할 수가 없었다. 저 덩치! 저…굵기! 이 꼬마의 어깨와 엉덩이는 정말이지 문짝만큼이나 널찍했다. 그런데 이제 겨우 '열여섯' 살이라는 거였다.

"그나저나 학생들의 생활기록부는 어떻게 받아 볼 수 있을까요?" 휴가 물었다.

빅 토니는 애들이 먼저 다니던 학교에 가서 자기가 직접 받아다 주겠다고 했다. 곧이어 휴는 이 덩치 큰 어른 같은 아이하고 이야기를 나눠 보려고 했다. "하지만 그 녀석의 대답을 이끌어 낼 수는 없었습니다." 그가 말했다. "단 한마디도요. 마음을 열지 않더군요."

며칠 뒤에 빅 토니는 두 학생의 생활기록부를 휴 프리즈에게 갖다 주었다. 스티븐은 그 아버지의 장담처럼 모범생이었기 때문에, 브라이어크레스트에서도 그 아이에게 기독교 교육을 제공해서는 안 될 이유를 찾을 수 없었다. 하지만 빅 마이크는 상황이 달랐다. 휴는 풋볼 코치였기 때문에 성적 문제에 관해서는 비교적 관대한 시각을 견지하는 경향이 있었다. 하지만 빅 마이크의 경우에는 그로서도 영 답이 안 나왔다. 그는 이틀 동안이나 생활기록부를 붙들고 있었지만, 결국에는 교장인 심슨 씨에게 서류를 넘겨주고 최종 판단을 요청해야 한다는 사실을 잘 알고 있었다. 하지만 휴는 이미 나름대로의 생각을 갖고 있었다.

교장인 스티브 심슨은 존 해링턴과 마찬가지로 브라이어크레스트에 새로 부임한 참이었다. 그는 56년간의 경력 가운데 30년을 멤피스의 공립학교에서 일하며 보냈다. 심슨을 처음 만난 사람은 십중팔구 이제부터는 뭔가 좋은 일이 일어나기는 글렀다는 첫인상을 받게 마련이었다. 반백의 머리카락을 지닌 그는 말투나 태도가 워낙 딱 부러지는 성격이었다. 상대방이 미소를 지을 때에 도리어 얼굴을 찡그리는 버릇이 있었고, 심지어 상대방의 농담조차도 매우 진지하게 경청했다. 하지만 심슨과 함께 20분쯤 있으면, 그 딱딱해 보이던 얼굴이 단지 겉모습에 불과하다는 사실을 알 수 있었다. 거기서 한 꺼풀 벗겨 보면 그는 풍부한 감수성과 정서의 소유자였다. 울기도 잘했고, 감동받기도 쉬웠다. 그를 잘 아는 사람에게 그의 이름을 이야기하면, 대개는 이렇게 말했다. "스티브 심슨은 이 건물에 잘 어울리지 않는 가슴을 지닌 사람이야." 공립학교에 다니다가 브라이어크레스트로 온 교사들은 종종 해방된 기분을 느끼며 각자의 기독교 신앙을 마음껏 표출하곤 했다. 심슨 역시 이 학교로 부임하자마자 책상 앞 한가운데에 성서 구절을 담은 액자를 세워 놓았다. 이것이야말로 공립학교 시절에는 차마 할 수 없는 일이었다. 그 구절은 그에게 특별한 의미를 지니고 있었다.

하나님이 능히 모든 은혜를 너희에게 넘치게 하시나니 이는 너희로 모든 일에 항상 모든 것이 넉넉하여 모든 착한 일을 넘치게 하게 하려 하심이라.
— 고린도후서 9장 8절

하지만 멤피스 공립학교 위원회에서 작성한 마이클 오어의 생활기록부를 본 순간, 심슨은 도무지 믿을 수가 없을 지경이었다. 이 소년의 IQ는 80으로 측정되어서 백분위 점수로는 9점에 불과했다. 8학년 때에 받은 적성 검사에서는 "학습 능력"이 백분위 점수로 6점에 불과하다고 나왔다. 이런 숫자는 마치 인쇄상의 실수처럼 보이기도 했다. 부유한 백인 학생이 다니는 사립학교에서는 "백분위 점수"라고 적힌 항목에서 한 자릿수의 숫자를 결코 구경조차도 할 수가 없었다. 물론 논리적으로야 그런 사람이 실제로 존재할 수 있었다. 예를 들어 어떤 사람이 백분위 점수로 99점이라고 하면, 이 세상에는 백분위 점수로 1점인 사람이 있게 마련이니까. 하지만 적어도 브라이어크레스트에서는 그런 사람을 만날 수 있으리라 생각되지 않았다. 물론 성적만 놓고 보면 브라이어크레스트는 아주 뛰어난 학교까지는 아니었다. 이곳은 학생들을 하버드대학에 진학시키는 것보다는 오히려 예수그리스도에게로 이끄는 데에 더 많은 시간과 에너지를 소비하는 학교였기 때문이다. 하지만 이곳 학생들은 모두 졸업 후에 대학에 진학했다. 그리고 최소한 평균 IQ는 지니고 있었다.

마이클 오어는 9년 동안 11개의 학교에 다녔으며, 그중 18개월 동안의 공백기도 있었다. 10세 전후로는 전혀 학교에 가지 않은 것 같았다. 공립학교가 그의 존재에 대해 전혀 무관심했던 까닭일 수도 있고, 어쩌면 그가 정식으로 학교에 등록하지 않았던 까닭일 수도 있었다. 하지만 실제로는 그보다 더 나빴다. 빅 토니가 언급했던 몇몇 학교는 아예 생활기록부에도 나와 있지 않았다. 이런 기록상의 부재는 또 한 가지 충격적인 사실을 보여 주었다. 이 소년이 실제로는 자기가 입학한 학교에 거의 모습을 드러낸 적이 없다는 것이었다. 그가 한 학기를 무사히 보냈다고 인정된 경우에도 결석일은 놀라우리만치 많았다. 예를 들어 1학년 때에는 한 학기 동안 46일간 결석했다. 그러니까 그의 '첫 번째' 1학년 때의 일이었다. 마이클 오어는 결국 1학년을 두 번이나 다녔다. 그는 2학년도 두 번이나 다녔다. 하지만 멤피스 공립학교 위원회에서는 이 처음 몇 년이야말로 그의 학습 이력에서 가장 우수한 시기였다고 설명하고 있었다. 즉 4학년 때까지 그가 "평균 수준"의 학생이었다고 적어 놓은 것이다. 하지만 이 생활기록부에 따르면 3학년 내내 아예 학교에 나오지 않았던 학생의 수준을 위원회가 '무슨 수로' 평가했단 말인가?

심슨은 멤피스 공립학교와 잠깐이라도 관계해 본 사람이라면 누구나 알고 있는 사실을 역시나 잘 알고 있었다. 즉 낙제를 시켜도 가망이 없고 도리어 말썽만 일으킬 법한 학생이 있을 경우, 교사는 그 문제의 학생을 무조건 다음 학년으로 올려 보내는 것이었다. 비유하자면 조립 과정에서 제품의 하자가 역력했지만, 조립 라인의 어느 누구도 이를 지적하지 않고 외면한 채 다음 차례로 보내 버린 셈이었다. 몇 군데 학교에서 마이클 오어는 1학기 읽기 과목에서 F를 받았고, 2학기에는 같은 과목에서 C를 받았다. 그러면 평균 성적이 D가 되어서 한 학년을 가까스로 넘길 수 있었던 것이다. 교사들은 단지 그를 얼른 내보내고 싶어서, 단지 조립 라인을 계속 가동하고 싶어서 학점을 준 것뿐이었다. 이런 계획은 확실히 성공을 거두었다. 그가 한 번 다녔던 학교에 다시 다녔던 경우는 거의 드물었다. 9학년 때인 이전 해에는 웨스트우드라는 고등학교에 다녔다. 생활기록부에 따르면 그는 이때도 무려 50일이나 결석했다. 50일이라니! 브라이어크레스트에서는 15일만 결석해도 학점과는 무관하게 그 과목을 다시 수강하는 것을 원칙으로 삼고 있었다. 그런데 웨스트우드에서는 마이클 오어를 다음 학년으로 밀어내기 위해 무려 D 학점을 주었다. 그가 세계 지리 수업에서 B 학점을 받은 것은 십중팔구 그 수업을 담당한 웨스트우드 농구 코치의 선물이었을 것이다. 그럼에도 불구하고 이 소년이 브라이어크레스트에 오기 직전에 받은 학점은 평균이 0.6점이었다.

심슨 교장조차도 이보다 더 바닥에 가까운 학점은 이제껏 본 적이 없었다. 30년 넘게 공립학교에서 일했음에도 불구하고 이런 일은 겪은 적이 없었던 것이다. 심슨 교장이 생각하기에는 브라이어크레스트크리스천스쿨에서도 마이클 오어 같은 학생은 이제껏 본 적이 없었을 것 같았다. 그런데도 이 학생은 지금 여기 와 있었다. 풋볼 코치를 대동하고 교장실로 찾아와서, 책상 앞에 앉아서 물끄러미 바닥만 바라보는 것이었다. 이 소년은 마치 지구에 추락한 화성인마냥 어딘가 좀 멍한 표정이었다. 심슨은 학생과 악수를 나눠 보려고 했다. "하지만 그 녀석은 어떻게 악수를 하는지도 모르는 것 같더군요." 그의 말이다. "그래서 제가 먼저 악수하는 방법을 시범으로 보여 주어야 했습니다." 심슨이 질문을 던질 때마다, 돌아오는 것이라고는 거의 알아들을 수 없이 웅얼거리는 소리뿐이었다. "솔직히 '유순하다'는 말만 가지고는 제대로 표현이 안 되더군요." 심슨은 훗날 이렇게 말했다. "그 아이는 마치 어떤 권위에 전적으로 굴복한 것만 같았습니다. 언어 구사 능력은 거의 없었고요." 심슨은 이 사실 자체에 대해 호기심을 느꼈다. 마이클 오어 본인은 브라이어크레스트에 지원할 생각이 없었지만, 어쨌거나 여기까지 따라올 용기를 보여 주기는 한 셈이었다. "이렇게 모자라는 것투성이인 아이가 그토록 교육을 받고 싶어 한다는 것은 참으로 드문 일이었습니다." 심슨의 말이다. "그러니까 이런 환경에 들어오기를 '원한다는' 것 자체가 그랬다는 겁니다. 왜냐하면 그와 비슷한 배경을 지닌 아이라면 우리 학교 반경 300킬로미터 안으로는 차마 다가올 생각조차 못할 테니까요."

　이제 마이클 오어의 브라이어크레스트 입학 지원에 대한 처분은 교장인 스티브 심슨의 결정에 달려 있었다. 그리고 평소 같으면 심슨은 아무런 어려움 없이 결정을 내릴 수 있었다. 그 결정이란 단호하고도 확고한 거부 표시일 것이었다. 브라이어크레스트크리스천스쿨의 마룻대 장식 아래에는 다음과 같은 표어가 적혀 있었다. '철저하게 학문적이고, 뚜렷하게 기독교적으로.' 그런데 심슨 교장이 보기에 마이클 오어는 어느 쪽도 아니었다. 하지만 심슨 교장도 이 학교는 올해가 처음이었던 데다가, 이 뛰어난 풋볼 코치 휴 프리즈가 나름대로 영향력을 행사하고 있었다. 즉 심슨의 상사이며 풋볼의 광팬인 이 학교의 이사장에게 직접 전화를 걸었던 것이다. '브라이어크레스트 풋볼 팀을 위해서라면 정말 좋은 기회일 겁니다.' 프리즈의 말이었다. '그거야말로 누가 봐도 옳은 일을 하시는 셈이라니까요! 브라이어크레스트는 그 아이의 마지막 기회입니다!' 풋볼 코치에게 설득당한 이사장은 심슨에게 전화를 걸어서, 교장 본인이 생각하기에 괜찮다 싶으면 그 소년의 입학을 허락해도 무방할 것 같다고 말했다.

심슨은 고심 끝에 이렇게 대답했다. '죄송합니다.' 마이클 오어가 지금 당장 10학년으로 들어올 수 있는 가능성은 없어 보였다. 기껏해야 4학년이 최대일 것이었다. 하지만 풋볼 코치의 성화며 자기 마음속의 어딘가 모를 가책 때문에 심슨 교장은 거절의 표시를 최대한 부드럽게 하기로 작정했다. "저는 이 학생이 여기 들어오고 싶어 하는 것 자체가 뭔가 남다르다고 봅니다." 그의 말이었다. "따라서 일말의 기회도 없이 무작정 거절하는 것은 부적절하다는 생각이 듭니다." 따라서 한 가지 양보 조건을 내세웠다. 만약 마이클 오어가 멤피스에서 이루어지는 게이트웨이크리스천스쿨이라는 홈 스쿨링 프로그램을 이수해서 한 학기 동안 우수한 성적을 얻는다면, 브라이어크레스트에서도 다음 학기부터 그의 입학을 수락할 것이었다. 물론 심슨은 이 학생이 게이트웨이를 무사히 이수할 가능성은 많지 않다는 것을 알고 있었다. 따라서 두 번 다시는 풋볼 코치의 성화에 시달리는 일도 없을 것이고, 마이클 오어를 만나는 일도 없을 것이라고 내심 짐작하고 있었다.

하지만 그의 예상은 빗나가고 말았다. 그로부터 두 달 뒤에(학기가 시작된 지 6주 뒤에) 갑자기 전화가 걸려 왔다. 빅 토니였다. 그의 말에 따르면 빅 마이크는 게이트웨이크리스천스쿨에서 받은 책을 열심히 들여다보기는 하지만, 거기 나온 내용을 어떻게 해야 이해할 수 있는지조차 모르고 있다는 것이었다. 빅 토니는 그 소년의 공부를 돌봐 줄 만한 여유가 없었다. 빅 마이크는 나름대로 열심이지만 아무런 성과가 없었으며, 이제 와서 다시 공립학교에 들어가는 것도 너무 늦어 버리고 말았다. 그러면 이제 어떻게 해야 할까?

그제야 심슨 교장은 자신이 실수를 저지르고 말았음을 깨달았다. 사실상 그는 한 소년을 공립학교 체제 밖으로 내몰아 버린 것이었다. 나름대로는 이 일을 최대한 원만하게 해결하겠다고 나섰지만, 오히려 역효과를 가져왔던 셈이다. "차라리 저는 애초에 이렇게 말했어야 했을 겁니다." 심슨의 말이다. "그러니까 '자네는 입학 자격을 얻지 못할 거고, 이후로도 기회는 없을 거야.' 하고요. 그런데 빅 토니한테서 전화를 받고 보니 이런 생각이 들더군요. '아이고, 내가 이 사람들한테 무슨 짓을 한 거지. 졸지에 터무니없는 희망만 심어 준 셈이 되었네.'" 그는 브라이어크레스트의 이사장 팀 하일런을 찾아가서 자기가 이 사람들과 관련된 일에서 저지른 실수를 털어놓았다. 곧이어 심슨은 (여전히 빅 토니와 함께 살고 있던) 마이클 오어에게 전화를 걸어서 말했다. "자네한테 기회를 한 번 주기로 했다네. 하지만 곧바로 운동을 할 수는 없어." 그는 똑같은 메시지를 휴 프리즈에게도 동시에 전달했다. 풋볼도 안 되고, 농구도 안 되었다. 심지어 성가대에서 노래하는 것도 안 되었다. 적어도 이 아이가 학교 수업을 어느 정도 따라갈 수 있다는 사실이 증명되기 전까지는 말이다. 마이클은 아무 대답도 하지 않았지만, 심슨 교장에게는 아무 상관없었다. "그 녀석한테 기회를 한 번 주고 나면, 제 마음 하나는 홀가분해지겠다 싶더군요." 그의 말이다. 곧이어 심슨은 교사에 대한 문제를 생각하기 시작했다. 이 곤란한 상황을 처리해 달라고 누구한테 부탁해야 할까?

제니퍼 그레이브스는 브라이어크레스트에서 특별 관심 대상 학생들을 위한 프로그램을 9년 동안 담당하고 있었다. "저는 일찌감치 그렇게 결단을 내렸지요." 그녀의 말이었다. "공부를 어려워하는 아이들을 돌보는 것이야말로 그리스도께서 제게 주신 소명이었으니까요." 하지만 학기가 시작된 지 6주가 지나서야 갑자기 그녀의 어깨 위에 털썩 떨어진 이 덩치 큰 흑인 아이를 상대하는 일은 이전과는 전혀 다르고 훨씬 가망성 없어 보였다. 그레이브스 역시 멤피스

공립학교 위원회에서 넘어온 빅 마이크의 생활기록부를 살펴보았다. 생활기록부 다음으로는 심슨 교장이 그 소년을 데리고 직접 찾아왔다. "교장선생님이 그러시더군요. 이 아이가 마이클 오어이니, 앞으로 잘 가르쳐 주시라고요." 그레이브스의 말이다. "하지만 마이클은 단 한마디도 안 하는 거예요. 항상 고개를 푹 숙이고 있더군요. 고개는 푹 숙이고, 입은 꾹 다물고요." 그녀는 이렇게 생각했다. '아이고, 세상에, 지금 우리가 도대체 무슨 일을 하려는 거지?' 물론 학교의 운동부에 도움이 되기 때문이라는 코치의 입장도 모르는 바는 아니었지만, 그레이브스는 정말 놀랄 수밖에 없었다. "그 아이는 '뚱뚱'했어요." 그녀의 말이다. "과연 자기 몸이나 제대로 건사할 수 있을지 궁금하더라니까요. 우리로선 이 아이를 과연 어떻게 다루어야 할지 확신이 안 서는 상황이었으니, 운동부 쪽에서도 마찬가지일 거라고 확신했습니다." 마이클이 사무실에서 나가자마자 그레이브스는 심슨 교장에게 곧바로 달려가서 따졌다. 도대체 저 아이를 브라이어크레스트크리스천스쿨에 입학시킨다고 해서 무슨 득이 있겠느냐고 말이다. "그랬더니 교장 선생님이 그러시더군요. '제니퍼, 일단 크리스마스 때까지만 기회를 줍시다.'"

그녀는 마이클을 데리고 돌아다니며 수업 시간마다 교실 한가운데 앉혀놓았다. "그렇게 해서 첫날 6교시가 되자, 우리 학교에서 그 아이가 누군지 모르는 사람은 하나도 없게 되었죠." 그녀의 말이다. "하지만 그 아이는 정말 한마디도 안 했어요." 며칠 만에 교사들로부터 보고가 줄줄이 날아오기 시작했다. 일찍이 그레이브스가 심슨 교장에게 물었던 것과 똑같은 질문을 모두들 반복하고 있었다. "도대체 왜 그 아이를 입학시키려는 겁니까? 빅 마이크는 진짜 학교가 어떤 곳인지를 전혀 모르고 있었어요." 그녀의 말이다. "책을 가지고 수업에 들어간 적도 없었고, 수업 시간에 말을 한 적도 없었죠. 한마디도요. 공부 경험도 전혀 없었고, 학습 기초도 전혀 없었죠. 그 아이의 생활기록부에 따르면 대수학을 배웠다고 했지만, 본인은 그게 뭔지도 전혀 모르는 게 분명했어요."

또 한 가지 충격적인 발견이 이어졌다. "제 생각에는 그 아이가 과연 성서를 펼쳐 본 적이 있는가 싶기도 하더라니까요."

그러다가 영어 담당 교사로부터 유난히 큰 원성을 듣게 되자, 그레이브스는 마침내 빅 마이크를 자기 사무실로 데려왔다. 그녀는 보충수업용 영어 시험지를 꺼내서 그에게 건네주었다. "제가 그 아이에게 맨 처음 시킨 과제는 품사를 구분하는 거였어요. 그가 그러더군요. '뭐 하면 돼요?' 그래서 제가 그랬죠. '품사를 표시해 봐.' 그랬더니 그가 그러더군요. '그게 뭔지 몰라요.' 그래서 제가 그랬죠. '일단 명사부터 표시하면 되지.' 그랬더니 그가 그러더군요. '그게 뭔지 몰라요.' 그래서 제가 설명해 줬죠. '명사라는 건 사람이나 장소나 물건의 이름이야.' 그랬더니 그가 그러더군요. '그래요?' 그 아이에게는 영어가 사실상 외국어나 다름없었던 거예요."

그레이브스는 마이클에 관한 여러 가지 사실들을 깨달았다. 예를 들어 그가 청반바지 한 벌을 매일 입고 다닌다는 것이 그러했고, 또한 그가 다른 사람들과 상호작용하는 방법을 전혀 모른다는 것이 그러했다. 이제 이 학교에서는 그가 누구인지 모르는 사람이 하나도 없었기에(왜냐하면 어느 누구도 그처럼 덩치 큰 사람은 본 적이 없었으므로) 하나같이 말을 걸어 보려 했지만, 그는 결코 응하지 않았다. 하루는 그녀가 마이클과 나란히 앉아서 무슨 문제를 해결하려 애쓰고 있었는데, 이제 겨우 여섯 살과 아홉 살인 두 딸이 엄마 사무실로 찾아왔다. "애들은 입을 딱 벌린 채 서 있었습니다. 이렇게 덩치 큰 사람은 처음 봤으니까요. 그러다가 빅 마이크가 가고 나니까 우리 여섯 살짜리 딸내미가 그러는 거예요. '엄마, 저 사람 누구야?' 그래서 제가 빅 마이크라고 이름을 말해 줬죠." 이후 며칠 동안 그 꼬마는 학교에서 종종 빅 마이크가 있는 곳으로 찾아와서 인사를 건네곤 했다. "안녕, 빅 마이크!" 그러면 빅 마이크는 물끄러미 아이를 물끄러미 바라보기만 하는 거였다. 그러자 꼬마는 겁에 질린 듯 엄마한테 달려와서 이렇게 말했다. "엄마, 저 오빠가 나한테 아무 말도 안 해!" 그레이브스는 빅 마이크를 자기 사무실로 불러들여서 타일렀다. 우선 네가 내 앞에서 꿀 먹은 벙어리마냥 땅만 쳐다보고 있는 건 네 마음이니까 나도 뭐라고 하지 않겠다고 선을 그었다. "하지만 꼬마 애들이 너한테 인사를 했는데 네가 대답을 하지 않으면, 애들이 너 때문에 오히려 무서워하잖아" 그로부터 며칠 뒤, 그레이브스는 복도에서 잔뜩 신이 난 꼬마들과 악수를 나누며 미소를 짓는 빅 마이크를 볼 수 있었다.

하지만 마이클 오어가 브라이어크레스트크리스천스쿨에서 수업을 받기 시작한 지 불과 몇 주 만에, 일부 교사는 그가 이 학교를 그만두어야 마땅하다는 의견을 내놓기 시작했다. 그는 단순히 시험을 망친 것이 아니라, 아예 시험을 볼 생각조차 없었기 때문이다. 각 과목별로 그에게 줄 수 있는 유일한 점수는 0점뿐이었다. 머리를 써야 하는 과목만 그런 것도 아니었다. 브라이어크레스트에서는 마침 역도 과목도 있었는데, 제니퍼 그레이브스는 이 아이가 거듭되는 실패에서 약간이라도 구제를 받을 수 있으리라 생각하고 그 과목을 듣게 했다. 혹시나 빅 마이크가 남들보다 더 뛰어난 능력을 발휘할 수 있는 과목이 있다면 아마도 그런 체육 과목일 것 같아서였다. 하지만 역도 과목을 담당한 마크 보그스 코치의 말에 따르면 이 소년은 하다못해 체육복조차 갈아입으려 하지 않았다. 그냥 수업 내내 가만히 앉아서 고개 한 번 들지 않더라는 거였다. 마침 브라이어크레스트의 육상부 코치를 겸하고 있던 보그스는 빅 마이크가 정식으로 입학하자마자 자기 팀으로 데려오려는 나름대로의 계획을 세우고 있었다. 하지만 마이클이 사복 차림으로(그는 체육복으로 갈아입을 생각도 없는 듯했다) 수업 내내 가만히 앉아 있는 모습을 세 번 연속으로 보고 나자, 보그스는 과연 이 아이가 정식 입학을 할 수나 있을지 의구심을 품었다. 급기야 그는 이 소년을 타이르기까지 했다. "마이클, 우리 학교에는 네가 결국 입학에 실패하는 걸 보고 싶어 안달이 난 사람도 상당수야." 보그스가 말했다. "너의 일거수일투족을 모두들 지켜보고 있다고. 지금 내가 가르치는 이 과목이야말로 우리 학교에서 네가 유일하게 학점을 딸 수 있는 과목이야. 넌 그냥 실력만 보여 주면 된다고. 그런데 지금 넌 '역도' 과목조차도 망치고 있잖아."

상황은 정말 가망 없어 보였고, 이 일에 관련된 사람 모두가 굴욕을 느꼈다. 새로 온 아이의 갖가지 실패에 관한 이야기를 전해 들은 심슨 교장은 이 아이의 삶의 경험에 얼마나 많은 진공이 자리 잡고 있는지를 새삼 깨닫게 되었다. 마이클 오어는 대양*＊은 무엇인지, 또는 새 둥지가 무엇인지, 또는 이빨 요정이 무엇인지조차도 모르고 있었다. "세포"라는 단어의 뜻도 모르는 상황에서 10학년 생물 과목을 배울 수 없었으며, 명사와 동사라는 이름조차도 처음 들어보는 상황에서는 10학년 영어 과목을 배울 수도 없었다. 마치 그는 웃자란 16세 소년의 모습으로 이 지구상에 뚝 떨어진 외계인 같았다. 제니퍼 그레이브스 역시 마찬가지 우려를 하고 있었다. 이 소년의 모습은 그녀가 일찍이 어느 심리학 저널에서 읽은, 몇 년 동안이나 골방에 갇혀 살아간 아이에 관한 이야기를 연상시켰다. "물론 그 아이는 심지어 촉각도 제대로 지니지 못했다고 하더군요." 그레이브스의 말이다. "하지만 어쩐지 비슷하다는 생각이 들었어요. 빅 마이크는 일종의 백지상태였던 거죠." 가장 명백해 보였던 문제, 즉 그가 학습 장애 문제를 지니고 있다는 것은 오히려 사실이 아닌 것으로 밝혀졌다. 그레이브스는 멤피스의 여러 학교에 연락을 취해서 마이클 오어가 학습 장애 여부에 대한 검사를 받았는지 알아보았지만, 그런 기록은 전혀 없었다. 다만 학교마다 그를 단순히 어리석은 아이로 생각할 뿐이었다. "그들의 기준에 따르면, 그는 당연히 예상된 결과를 내놓은 것뿐이었다."

바로 그때 브라이어크레스트의 생물 교사인 매릴린 비어즐리가 어쩔 줄 몰라 하면서 그레이브스를 찾아왔다. 마이클에게 다시 한 번 주간 생물 시험을 치르게 했는데, 아무 소용이 없었다는 것이었다. 그는 아무 답변도 내놓지 못했다. "그 애가 도대체 뭘 알고 뭘 모르는지를 우리가 한번 확인해 봐야 하겠어요." 생물 교사의 말이었다. 비어즐리는 생물 수업 시간에 자기 대신 시험 감독을 해 달라고 그레이브스에게 부탁했다. 그사이에 자기는 마이클을 데리고 별도의 방에 들어가서 구두시험을 치겠다는 것이었다. 다음 날 비어즐리 선생은 그를 따로 방으로 데리고 들어가서 나란히 앉은 다음, 구두시험을 실시했다. 다른 교사와 마찬가지로 그녀도 이제 그의 학교 성적에 대해 잘알고 있었다. 비어즐리는 브라이어크레스트에서 21년간 학생들을 가르쳤지만(심지어 학습 장애를 겪는 학생들을 수도 없이 겪어 보았지만) 이렇게 정말 대책 없는 학생은 처음이었다. "마이클 정도로 읽기와 이해하기 수준이 떨어지는 학생은 한 번도 만난 적이 없었어요." 그녀의 말이다. 그의 두뇌에는 한마디로 지적 능력이 한 톨도 들어 있지 않은 것만 같았다.

그렇게 나란히 앉아 있는 동안, 비어즐리는 자기 손과 비교해서 그의 두 손이 얼마나 큰지를 새삼 깨달았다. 그녀의 아들도 키가 185센티미터였지만, 빅마이크의 손에 비하자면 아기 손에 불과했다. 비어즐리는 시험지를 들고는 객관식 문제 가운데 첫 번째를 읽어 주었다.

원생동물의 분류 근거는 무엇인가.
    a. 먹이를 얻는 방법
    b. 번식 방법
    c. 움직이는 방법
    d. 위의 a와 c 모두 맞음

교사는 답변이 나오기를 기다렸지만, 학생은 공허한 눈빛만 보내고 있을 뿐이었다. 비어즐리는 무엇이 문제인지를 깨달았다. 10학년 학생이라면 누구나 알고 있어야 마땅한 이 문제의 단어들이 그에게는 영 낯설었기 때문이다. 예를 들어 "분류"라는 단어만 갖고도 마이클은 정신이 아득해지고 말았다. "과학에는 고유의 용어가 있어요." 그녀의 말이다. "그는 이런 용어를 전혀 몰랐죠. 예를 들어 세포가 무엇이고 원자가 무엇인지도요. 접두사나 접미사를 보고 그의미를 유추해 내지도 못할 만큼 기초가 없었어요. 아니, 심지어 접두사나 접미사가 뭔지도 몰랐죠. 그것조차도 그에게는 외국어나 다름없이 보였을 거예요." 워낙 모르는 게 많다 보니 머리가 완전히 마비되다시피 했던 것이다. 한 번에 하나씩 단어를 설명해 가면서, 비어즐리는 그에게 이 문제를 이해시켰다.

"마이클, 그러면 원생동물이 뭔지는 알아?"

홀 저편에서는 제니퍼 그레이브스가 십중팔구 나쁠 법한 소식을 초조하게 기다리고 있었다. 벌써부터 그녀는 빅 마이크를 최대한 점잖게 학교에서 내보내는 방법이 무엇일지를 고민하고 있었다. 그로부터 한 시간 뒤, 매럴린 비어즐리가 깜짝 놀란 표정으로 그레이브스의 사무실에 찾아와서 이렇게 말했다.

"걔가 알아요."

"뭐라고요?"

"제니퍼, 걔가 수업 내용을 안다고요!"

실제로 마이클은 뭔가를 분명히 알고는 있었다. 다만 이때까지는 자기가 뭔가를 이해했다는 기미를 전혀 보여 주지 않았기 때문에, 비어즐리는 그가 수업 내용을 얼마나 흡수했는지를 알고 나서 도리어 깜짝 놀랐다. 마이클의 두뇌는 완전히 죽은 것이 아니었다. 다만 수업 시간에 어떻게 배워야 할지를 몰랐을 뿐이었다. 비록 그렇다 하더라도 그는 F 학점이 아니라 이번 시험에서 C를 받고, 학기 말에 D⁺를 받을 정도로는 생물학에 대해 잘 알고 있었다. 물론 아직 운동을 해도 된다는 허락을 받을 정도의 성적은 아니었지만, 그레이브스는 그가 무척이나 운동을 하고 싶어 한다는 것을 눈치챘다. 비록 풋볼 시즌은 지나갔지만 그는 농구를 무척 하고 싶어 했다. 만약 생물학 시험이 그의 머릿속의 내용물을 보여 주는 암시라고 한다면, 크리스마스 이후에는 정식으로 운동을 해도 된다는 허락을 받을 수 있을 것이라고, 그리고 이번 시즌에 마지막으로나마 합류할 수 있을 것이라고 그녀는 그에게 넌지시 알려 줬다. "그러자 그 아이가 맨 처음 한 일은, 농구장 근처를 돌아다니기 시작한 거였어요." 그레이브스의 말이다.

숀 투이는 브라이어크레스트의 체육관 스탠드에 앉아서 농구 연습을 구경하고 있는 마이클 오어를 처음 보자마자 이렇게 생각했다. 이제 이 소년이 나아갈 곳이라곤 위로 올라가는 것밖에는 없다고. 문제는 과연 어떻게 해야 그를 거기까지 데려갈 수 있느냐 하는 것이었다.

숀은 전형적인 미국인 성공담의 주인공이다. 맨손으로 시작해서 부자가 된 사람이었다. 당시 그의 나이는 43세였다. 머리가 벗겨지기는 했지만 아직 대머리라는 소리를 들을 정도까지는 아니었고, 배가 나오기는 했지만 아직 뚱뚱하다는 소리를 들을 정도까지는 아니었다. 그는 사회적 지위에(본인의 지위이건 타인의 지위이건 간에) 대해 관심이 많았지만, 그렇다고 해서 전형적인 구 남부의 인물은 아니었다. 그가 멤피스에서 유명인사로 등극한 직후에(그는 전용기를 지니고 있는 부유한 사업가였으며, 프로 농구 팀 멤피스 그리즐리스의 라디오 해설자였다) 멤피스 컨트리클럽에서 그에게 입질이 왔다. 하지만 그는 이 클럽의 가입 제안을 거절했다. 그는 이렇게 설명했다. "우울한 친구들과는 어울리고 싶지 않아서였죠. 금요일 밤에 컨트리클럽에 가서 스카치 네 잔을 마시며 자기 마누라 흉을 보느니, 차라리 고등학교 풋볼 경기를 구경하러 가는 게 낫겠더군요." 숀 투이는 성공을 사랑하는 사람이었다. 그는 세상 속에서 위를 향해 달려가는 사람들의 모습을 구경하는 게 좋았다. 반면에 컨트리클럽은 오로지 한자리에만 머물러 있는 사람들뿐이었다.

빅 마이크와 처음 인사를 나누었을 즈음, 숀은 이미 브라이어크레스트에 다니던 몇몇 흑인 학생들이 겪던 여러 가지 문제며 위기에 깊이 관여한 경험이 있었다. 숀의 딸 콜린스는 브라이어크레스트의 3학년이었으며, 장대높이뛰기 종목에서 테네시주 챔피언이었다. 숀은 자기 딸 덕분에 흑인 학생들과 지속적인 인연을 맺게 되었다. 그의 딸도 육상 선수였고, 흑인 학생들도 육상 선수였기 때문이다. 숀이 처음으로 흑인 학생들의 사회 교육에서 뭔가 역할을 맡기로 작정한 것은 2년 전의 일이었다. 그때 육상부는 채터누가의 어떤 대회에 참가했다. 마침 그곳의 어느 멋진 컨트리클럽에서는 브라이어크레스트의 한 테니스 선수가 대회에 출전하고 있었다. 이 기회에 브라이어크레스트의 흑인 아이들도 테니스와 골프를 비롯한 백인 컨트리클럽 전용 스포츠를 접하게 했으면 좋겠다고 숀은 생각했다. 게다가 브라이어크레스트의 테니스 선수에게도 응원단이 있으면 좋을 듯했다. 그는 육상부의 흑인 학생 두 명을(이 정도 숫자면 브라이어크레스트의 전체 흑인 학생 가운데 자그마치 3분의 2에 해당했다) 차에 태워 채터누가 컨트리클럽으로 갔다. 당연한 일이지만 두 아이에게는 이것이야말로 전혀 새로운 경험이 아닐 수 없었다. 어느 누구도 테니스 경기를 직접 본 적은 없었다. 따라서 점수 계산을 어떻게 하는지도 당연히 모르고 있었지만, 그들은 브라이어크레스트 선수가 상대방을 완전히 박살 내고 있음을 금세 깨달았다. 점수를 낼 때마다 이들은 자리에서 일어나 소리를 지르며 주먹 쥔 양손을 치켜들었다.

와아!
와아!
와아!

숀은 굳이 두 학생에게 테니스 클럽에서의 에티켓을 설명하지 않았다. 본인 역시 그런 에티켓에 대해서는 거리감을 느끼고 있었기 때문이다. 대신에 그는 아이들이 실컷 즐기도록 내버려 두었다. 세트와 세트 사이의 휴식 시간에 두 아이가 매점으로 달려가자, 거기서 일하는 웬 노파가 핀잔을 주었다. "어쩌면 그렇게 촌스럽게 굴 수가 있는지." 이 이야기를 듣자, 두 아이 가운데 하나가 대뜸 이렇게 대꾸했다. "할망구는 저 쪼그만 백인 녀석을 졸라 응원하는 모양이네." 노파는 화가 나서 어쩔 줄을 모르는 가운데, 두 아이는 다시 관중석으로 돌아왔다. 브라이어크레스트 선수는 계속해서 상대방을 이겨 나갔다. 그러다가 상황이 드디어 한계에 이르고 말았다. 두 아이 중에 하나가 자리에서 벌떡 일어나 이렇게 소리를 지른 것이다. "잘한다! 저 새끼 아주 졸라 까 버려!" 숀은 그 아이가 입은 커다란 저지 셔츠를 잡아당겨서 도로 자리에 앉히려고 했다. 하지만 그가 차마 어떻게 하기도 전에 그 소년은 자기를 노려보던 그 매점 노파를 바라보며 이렇게 소리를 질렀다. "약 올라 뒈지겠지, 할망구! 아주 약 올라 뒈지려고 할 거야!"

그날의 일을 겪고 나서야, 숀은 이렇게 재미있었던 하루는 정말 오랜만이라는 사실을 새삼 깨달았다. 그리하여 빅 마이크를 만나게 되었을 무렵, 그는 한 가지 새로운 비공식적인 직위를 갖고 있었다. 브라이어크레스트크리스천스쿨에서 흑인 운동선수가 겪게 되는 문제가 있다면 무엇이든지 해결해 주는 생활지도 상담원이 된 것이었다. 흑인 학생들의 모습에서 어쩐지 예전의 자기 모습이 떠올랐기 때문이다.

숀은 가난한 학생이 사립학교에 다닌다는 것이 어떤 일인지를 잘 알고 있었다. 자기도 그런 아이 가운데 하나였기 때문이다. 부유한 집 아이치고 공립학교와 사립학교의 한 가지 어마어마한 차이를 제대로 이해하는 경우는 전혀 없었다. 그 차이란 공립학교에서는 점심 식사가 공짜라는 것이었다. 고등학교에 다니는 몇 년 동안 그는 거의 매일같이 점심을 싸 오지 못했거나, 또는 점심을 사 먹을 돈이 없어서 친구들에게 얻어먹곤 했다. "먹을 것이 부족하게 되면, 그 문제에 대해 생각하느라 보내는 시간이 얼마나 많은지 새삼 놀라게 될 겁니다." 숀의 말이다.

또한 그는 운동을 일종의 식권으로 생각하는 것이 또 어떤 일인지도 잘 알고 있었다. 자신의 미래가 운동선수로서의 능력에 달려 있다는 생각을 처음 떠올린 것은 고등학교 1학년 때의 일이었다. 명성은 대단했지만 월급은 변변찮았던 농구 코치 아버지가 갑자기 심장마비로 세상을 떠나 버렸던 것이다. 숀은 아버지를 존경했다. 세 살 때 처음으로 농구공을 만지고 아버지를 따라 아침 운동을 다니기 시작한 이래로, 그때까지 인생의 상당 부분을 아버지 곁에서 보내면서 농구와 인생에 관해 모든 것을 흡수했다. 그로부터 25년 뒤에 그는 이렇게 말했다. "저는 지금까지도 오로지 아버지와 관련된 일만 하고 있습니다." 하지만 아버지를 잃고 나서도 숀은 주위의 다른 모든 사람과 마찬가지로 평소와 같이 살아갔다. 마치 땅이 갑자기 쩍 갈라지면서 자기 삶에서 가장 중요한 사람을 꿀꺽 삼켜 버린 비극은 전혀 일어난 적도 없다는 듯이 말이다. 그가 다니던 멋진 뉴올리언스의 사립학교는 여전히 그에게 학비를 공짜로 처리해 주었다. 하지만 점심 식사는 공짜가 아니었다.

숀은 뉴올리언스를 떠나 농구 특기생으로 미시시피대학에 입학했다. 올 미스Ole Miss[18]를 향해 떠날 당시, 그는 신장 185센티미터에 체중 66킬로그램으로 왜소한 편에 해당하는 선수였다. 따라서 숀은 과연 대학 농구 대표 팀에 들어갈 수 있을지도 확신하지 못한 상태였다. 그러다가 대학 선수로서의 마지막 경기를 마치고 나왔을 무렵, 그는 NCAA의 통산 어시스트 분야의 최고 기록 보유자가 되어 있었다. 그로부터 25년이 지난 뒤에도 숀은 SEC^{Southeastern Conference}[19]의 주요 어시스트 기록을 모조리 보유하고 있었다. 1981년에 올 미스를 최초의 (그리고 지금까지 유일한) SEC 선수권대회 결승전으로 이끌었을 때 찍은 그의 사진은(시합이 끝나고 아예 농구 골대 위에 올라가 서 있는 모습이었는데, 기념품으로 네트를 잘라 내다가 베인 상처 때문에 턱에서는 피가 흐르고 있었다) 《뉴욕타임스》에도 게재되었다. 자기네 팀의 백인 선수들이 번번이 다른 팀의 흑인 선수들에게 얻어터지는 이유가 도대체 무엇인지 알아내려 열심이었던 이 대학에서 그는 곧바로 전설이 되었다.

이것이야말로 기쁨이었다. 반면에 대학에서 숀이 느낀 본질적인 무력함은 슬픔이라 할 수 있었다. 당시 그에 대한 전권을 지닌 인물로 말하자면, 선수들

---

18   미시시피대학의 별명.

19   NCAA 소속 콘퍼런스 가운데 하나로, 남동부 11개 주의 14개 대학이 소속되어 있다.

을 이간질하고 흩어 놓는 일을 장기로 삼고 있었다. 올 미스의 체육관에 도착한 바로 그 순간부터 숀은 코치의 손아귀에 꼼짝없이 잡혔음을 깨달았다. 학교를 다니고 싶다면 농구를 해야만 했고, 그것도 코치의 마음에 들게 해야만 했다. 그의 존재는 불안정하기 짝이 없었다. "저는 다섯 살 때부터 오로지 이 한 가지 일, 즉 농구를 하도록 훈련을 받았죠. 만약 그 일을 할 수 없다고 치면, 저는 어떻게 되었겠습니까?" 숀을 쥐락펴락할 수 있었던 코치는 선수 괴롭히기를 낙으로 삼았다. 걸핏하면 벤치에 앉혀 놓겠다고, 특기생 장학금을 취소하겠다고 위협했으며, 올 미스 팀이 뉴올리언스에서 경기를 할 때면 고향 관중 앞에서 그에게 굴욕을 주었다. 예를 들어 1학년 초에 팀은 일리노이주의 블루밍턴 노멀에서 대회에 참가했다. 첫 경기에서 이들은 로욜라 시카고를 이겼다. 하지만 결승전에서는 전국 랭킹에 드는 일리노이주립대학 팀에 크게 패배했다. 이 경기는 자정 직전에야 끝났다. 이들은 그때부터 4시간 동안 차를 타고 세인트루이스 공항에 도착해서, 다시 새벽 여객기를 잡아타고 멤피스로 돌아갈 예정이었다. 숀은 무릎 연골 부상에도 불구하고 두 번의 경기 모두에서 선발로 뛰었고, 그 뒤에는 트레이너에게 치료를 받아야 했다. 치료를 끝내고 그가 라커 룸에서 나왔을 때, 선수들이 타고 갈 몇 대의 자동차에는 이미 좌석이 다 정해져 있었다. 남은 좌석은 코치의 옆자리밖에 없었다. 선수 가운데 어느 누구도 코치 옆에 앉고 싶어 하지 않았다. "그때부터 네 시간 반 동안 우리는 한마디도 하지 않았죠." 그의 말이다. "진짜 한마디도요. 저는 다리에 쥐가 났어도 꾹 참고 비명 한 번 지르지 않았죠. 자칫하다가 혼나기라도 하면 어쩌나 싶어서요."

일행은 비행기를 타고 멤피스로 돌아왔다. 공항에서 대기하던 버스에 올라타고 미시시피주 옥스퍼드로 향했다. "우리는 캠퍼스로 들어갔죠. 텅 비어 있었어요. 바로 그날이 크리스마스였거든요. 오전 11시인데 우리는 아직 잠도 못 자고 있었죠. 코치가 버스 앞자리에서 일어나더니 그러는 거예요. '옷 갈아입고, 몸 풀고, 테이프 감고. 삼십 분 준다.' 그때 문득 이런 생각이 들더군요. '도대체 뭐 하자는 짓거리야. 잠도 못 잤는데.'"

그래도 선수들은 모두 라커 룸으로 들어가서 연습용 유니폼을 입고, 모두 영사실로 모였다. 이들의 연습은 항상 이런 식으로 시작되었다. 가장 최근의 경기 영상을 보면서 코치에게 야단을 맞는 것이었다. 코치는 항상 영사실을 한 바퀴 빙 둘러서 뒤에 놓인 자신의 안락의자로 갔다. 선수들은 항상 감시를 받는 기분이었다. "저는 두 번의 경기 모두에서 40분 동안 뛰었죠." 숀의 말이다. "덕분에 제 무릎이 잔뜩 부어올랐죠. 우리는 잠도 못 잤어요. 게다가 제가 고향을 떠나 맞이하는 첫 번째 크리스마스였죠. 코치가 이리저리 돌아다니다가, 제 뒤에 오더니 딱 걸음을 멈추는 거예요. 이후 4년 동안 그는 한 번도 저를 '숀'이라고 부른 적이 없었죠. 항상 '이 자식', 아니면 '12번'이었어요. 그런데 코치가 바로 제 뒤에 오더니 말하는 거예요.

'야, 12번, 메리 좆 같은 크리스마스다.'

조명이 꺼지자마자 저는 무려 45분 동안 울기만 했어요. 보조 코치가 제 옆에 앉아서 등을 두들겨 주며 위로하더군요."

4년 동안 그는 본인의 말마따나 "생계형 농구"를 했다. 농구를 하지 않으면 대학에 다닐 수 없었기 때문이다. 뉴저지 네츠에서 그를 나중 라운드에서 드래프트해서 NBA에 입성하기는 했지만, 운동에 대한 열정은 이미 꺼져 버린 다음이었다. 올 미스를 떠날 무렵, 그에게는 약혼녀와 새로운 종교가 있었다. 하지만 돈은 땡전 한 푼 없었다.

그리고 2002년 현재 숀은 멤피스에서는 어느 면으로 보거나 확실히 성공한 사람이 되었다. 그는 '거듭난 기독교인'이 되었으며, 멤피스에서 가장 빠른 속도로 성장한 복음주의 교회인 그레이스 이밴젤리컬 교회를 만드는 데 일조했다. 숀은 올 미스의 치어리더 출신인 여성과, 심지어 25년 뒤까지도 여전히 올 미스의 치어리더로 통하는 유명 인사와 결혼했다. 그는 타코벨, KFC, 롱존실버식당 등의 체인점을 85개나 소유했으며, 이에 못지않게 막대한 빚도 지고 있었다. 그의 경제 상황은 위험 요소가 있었다. 하지만 만사가 잘 풀리면 그는 머지않아 5,000만 달러의 재산을 지니게 될 것이었다. 혹시나 잘 풀리지 않더라도 그는 멤피스 그리즐리스의 경기 해설자로 활동할 수 있었다. 애틀랜타가 미국 남부의 전형이듯이, 숀 투이는 남부 남성의 전형이었다. 그는 성공한 사람이었다. 영원히 자기 성공의 증거를 업그레이드하는 사람이었다. 미래의 한 조각 희망을 위해서라면 자신의 과거를 밑지고서도 기꺼이 맞바꾸는 사람이었다.

하지만 이것으로 충분하지는 않았다. 식당 체인점은 제각기 알아서 운영되었고, 경기 해설자는 일종의 부업이었으며, 교회는 일요일에만 문을 열었다. 숀에게는 일생을 바칠 만한 눈에 띄는 드라마가 필요했다. 시계는 이미 멈추었고, 경기는 동점 상황인데, 공은 자기 손에 들고 있는 경우를 그는 워낙 많이 겪었다. 그런 역할을 워낙 많이 하다 보니, 이제는 그 스스로가 그런 역할이 되었던 것이다. 이제 그는 자기가 다른 무엇보다도 더 좋아하는 일을 할 수 있는 시간을 넉넉히 지니고 있었다. 즉 학교 체육관 주위를 돌아다니면서 브라이어크레스트의 코치들에게 선수들과의 관계 맺는 방법을 조언하는 일종의 상담사 역할을 하는 것이었다. 숀이 가난한 운동선수들에게 관심을 갖는 것은 예를 들어 전직 디바가 오페라 가수들에게 관심을 갖는 것과도, 또는 예수회 학자가 토론자에게 관심을 갖는 것과도 매한가지였다. 그는 특히 자기가 그들을 도울 수 있는 방법을 잘 알고 있다는 사실이 마음에 들었다. "제가 올 미스에서 농구를 하면서 배운 것은 이것이었습니다." 그가 말했다. "뭔가를 하지 말라는 것이었죠. 즉 애들의 기를 죽이지 말라는 거였습니다. 애들의 기를 죽이기야 쉽죠. 반면에 애들의 기를 살리기는 아주 힘이 들고요."

콜린스는 언젠가 빅 마이크에 관해 아빠에게 말한 적이 있었다. 한번은 계단 중간에서 딱 마주쳤는데, 도무지 옆으로 빠져나갈 틈이 없어서 도로 계단을 올라오고 말았다는 것이었다. 입 한 번 열지 않았던 이 소년은 졸지에 학교의 명물이 되고 말았다. 그녀의 말에 따르면 학생들은 모두가 그를 두려워하고 있었지만, 나중에 가서는 오히려 그가 모두를 훨씬 더 두려워하고 있다는 사실을 알게 되었다. 숀은 이전에도 홀 근처에서 빅 마이크를 서너 번쯤 본 적이 있었다. 그는 일단 그 소년이 늘 똑같은 옷차림이라는 것을 깨달았다. 청반바지에 헐렁한 티셔츠 차림이었다. 이제 그 소년이 스탠드에 있는 걸 본 숀은 생각했다. '저 녀석 분명히 배가 고플 거야.' 숀은 그에게 다가가서 말했다. "넌 내가 누군지 모르겠지. 하지만 우리는 의외로 비슷한 데가 있을 거야."

마이클 오어는 그저 자기 발끝만 쳐다보고 있었다.

"오늘 점심에는 뭐 먹었니?" 숀이 물었다.

"학교 식당에서요." 소년이 말했다.

"아니, 어디에서 먹었는지를 물어본 게 아니야." 숀이 말했다. "뭐를 먹었느냐고 물어본 거야."

"몇 가지 먹었어요." 소년이 말했다.

'퍽이나 그렇겠군.' 숀은 생각했다. 혹시 점심 사 먹을 돈이 필요하냐고 물었더니, 빅 마이크가 대답했다. "돈 필요 없어요."

다음 날 숀은 브라이어크레스트의 서무 부서로 찾아가서 마이클 오어 앞으로 점심 식사 때에 사용할 수 있는 무료 식권을 발급해 주었다. 그는 브라이어크레스트에 다니는 가난한 흑인 아이들 몇 명에게도 같은 혜택을 베풀어 주었다. 또 사실상 등록금을 지불해 준 경우도 두어 번 있었다. 학교에서 등록금을 내지 못하는 학생들을 위한 장학금으로 별도 배정한 학교 기금에 기부금을 제공했기 때문이었다. "마이클과 저 사이의 유일한 관계는 바로 그것 하나뿐이었습니다." 그는 훗날 말했다. "점심 식사요."

숀은 둘의 관계를 점심 식사에만 한정시켰고, 이후로도 어쩌면 그런 상태로만 남아 있었을지도 모른다. 그로부터 몇 주 뒤에 브라이어크레스트크리스천스쿨에서 추수감사절 방학을 실시했다. 어느 춥고도 바람 부는 날 아침, 숀은 아내 리 앤과 함께 차를 타고 이스트 멤피스의 큰길 가운데 하나를 따라가고 있었다. 바로 그때 저만치 어느 버스에서 그 덩치 큰 흑인 꼬마가 내리는 것이었다. 평소와 같이 청반지에 티셔츠 차림이었다. 숀은 그를 손가락으로 가리키며 부인에게 말했다. "쟤가 바로 내가 이야기했던 그 애야. 저기 있는 애. 빅 마이크."

"그런데 반바지를 입고 있잖아." 그녀의 말이었다.

"어, 그래. 저 녀석은 늘 저것만 입더라고."

"숀, 지금은 눈이 내린다고!"

실제로 눈이 내리고 있었다. 아내의 고집 때문에 남편은 차를 길가에 세웠다. 숀이 다시 한 번 마이클에게 자기소개를 했고, 곧이어 리 앤을 그에게 소개해 주었다.

"어디 가는 길이냐?" 숀이 물었다.

"농구 연습이요." 빅 마이크가 말했다.

"마이클, 너는 원래 농구 연습 안 했잖아." 숀이 말했다.

"알아요." 소년이 말했다. "하지만 거기는 불을 때잖아요."

숀은 그게 무슨 뜻인지 바로 알아듣지 못했다.

"체육관 안은 편하고 따뜻하다고요." 소년의 말이었다.

다시 차에 올라타 출발하면서 숀은 아내 쪽을 흘끗 바라보았다. 리 앤의 얼굴에는 눈물이 줄줄 흐르고 있었다. 문득 그는 이런 생각을 했다. '아이고, 이런. 집사람이 그만 넘어가 버리게 생겼군.'

다음 날 오후, 리 앤은 사무실에서 나와서(그녀는 인테리어 용품 상점을 운영하고 있었다) 브라이어크레스트로 향했다. 그리고 그 꼬마를 찾아내서 차에 태우고 어디론가 떠났다. 몇 시간 후에 숀의 휴대전화가 울렸다. 받아 보니 아내의 목소리가 들려왔다.

"길이 오십팔짜리 재킷이 얼마나 긴지 알아?" 그녀가 물었다.

"얼마나 긴데?"

"별로 길지 않더라고."

리 앤 투이는 흑인에 대한 확고한 편견을 지니고 자랐났지만, 나중에 가서는 그런 편견을 내던지게 되었다. 정확히 언제부터 그렇게 되었는지는 본인도 알 수 없었고, 다만 이렇게 말할 뿐이었다. "저는 자기 피부색이 뭔지도 모르는 남자랑 결혼했거든요." 그녀의 아버지는 멤피스에 주둔한 미국 육군 소속 장성이었으며, 본인이 흑인을 두려워하고 혐오하는 만큼이나 딸도 똑같이 하도록 키웠다. (영화 〈도망자 2 U.S. Marshals〉에 나온 배우 토미 리 존스의 모습을 본 그녀의 친구들은 한결같이 입을 모았다. "세상에, 너네 아버지랑 똑같더라니까!") 1973년 법원에서 멤피스 공립학교 체제에 인종 통합 정책을 실시하도록 명령하자마자, 그녀의 부모는 딸을 공립학교에서 자퇴시키고 새로 개교한 브라이어크레스트크리스천스쿨에 입학시켰다. 결국 리 앤은 이 학교의 제1회 졸업생이 되었다. "저는 매우 인종차별적인 집안에서 태어났어요." 그녀의 말이다. 결혼식 날 신부를 데리고 교회 한가운데 통로를 걸어서 입장하는 동안, 그녀의 아버지는 하객 중에서 슌과 같은 팀에서 뛰었던 흑인 동료를 보고는 딸에게 이렇게 물었을 정도였다. "저 깜둥이들이 왜 여기 들어와 있는 거냐?" 어른이 된 딸이 오늘은 일 때문에 멤피스 서부의 흑인 동네에 다녀와야 한다고 지나가듯 말하기라도 하면, 아버지는 굳이 당신이 따라가겠다고 고집했다. "당신이 저를 데리러 오실 때면 항상 가슴에 매그넘 권총을 차고 오셨죠."

하지만 마이클 오어가 브라이어크레스트에 다닐 즈음이 되자, 리 앤은 딱히 이상하다거나 어색하다는 느낌 없이 그 흑인 아이의 손을 붙잡고 다닐 수 있을 정도가 되었다. 이 아이는 일종의 신입생이었다. 입을 옷도 변변치 않았다. 추수감사절 방학 동안 머물러 있을 만한 따뜻한 집도 없었다. 이런 세상에, 이 아이는 눈이 내리는 날에도 '반바지 차림'으로 학교에 왔다. 그것도 학교는 '쉬는 날'인데도 말이다. 체육관에 들어가서 따뜻하게 있으려는 생각에서였다. 물론 그녀는 이 아이를 데리고 나가서 옷을 몇 벌 사 주었다. 다른 사람들에게는 지나친 자선 행위인 것처럼 보일 수도 있었다. 하지만 리 앤의 입장에서 한 아이에게 옷을 입히는 것이야말로 여유 있는 사람이라면 누구나 마땅히 해야 할 일이었다. 그녀는 이전에도 이와 비슷한 일을 한 적이 있었으며, 오늘 또다시 할 참이었다. "하나님이 우리에게 돈을 주시는 까닭은 우리가 그걸 어떻게 쓰는지 보시려는 거예요." 리 앤의 말이었다. 이제 그녀는 자기가 돈 쓰는 법을 잘 안다는 걸 증명할 참이었다.

마이클을 회색 미니 밴에 태운 바로 그 순간부터, 그녀는 뭔가 수수께끼를 접한 듯한 기분이 들었다. "그 아이는 차에 올라타긴 했지만, 이후로 한마디도 안 하더라고요." 리 앤의 말이다. "단 한마디도요."

"그럼 어디, 네가 어떤 애인지 나한테 자세히 소개를 해 봐." 그녀가 말했다.

리 앤은 소년의 운동화를 흘끗 바라보았다. 완전히 낡고 너덜너덜했다.

"집에 어른은 누가 계시니?"

아무 대답도 없었다.

"그러고 보니 아프리카계 미국인 집안에서는 할머니가 손자들을 키우는 경우가 종종 있더라. 그럼 집에 할머니가 계시니?"

물론 그렇지는 않았지만, 그는 굳이 설명하지도 않았다. 하지만 여기서 끝날 수는 없었다. 리 앤 투이는 극단적이며, 얼핏 보기에는 흥분하기 쉬운 성격의 소유자였다. 부드러움과 고집스러움이 뒤섞였다고나 할까. 언젠가는 금붕어 한 마리가 죽은 걸 보고 대성통곡하기도 했다. 매일 산책을 하다가 지렁이 한 마리가 보도에 나와 있으면, 직접 집어서 풀밭에 되돌려 놓기도 했다. 그런 한편으로 어느 풋볼 경기장 밖에서 줄을 서 있을 때에는 웬 덩치 크고 술 취한 남자가 그녀의 바로 앞에서 새치기를 하자마자 팔을 붙잡고는 소리를 버럭 지르기도 했다. "얼른 그 더러운 놈의 궁둥이 도로 빼내지 못해. '당장'!" 그녀가 이런 행동을 할 때마다 남편은 어깨를 으쓱하며 말할 뿐이었다. "우리 아내는 속이 '좁은' 사람이라는 걸 알아야 합니다. 누군가가 자기 성미를 거스르면, 대뜸 상대방의 목을 비틀어 꺾고 나서도, 정작 본인은 '아무렇지도 않아' 할 사람이죠."

그리하여 숀은 아무리 득이 되는 일이라 하더라도, 아내를 화나게 만들지는 않기로 작정했다.

그런데 이 아이가 자기 질문에 번번이 대답하지 않는 걸 보자, 리 앤은 화가 나고 말았다. "그럼 어디 대답이 나올 때까지 계속 물어보지, 뭐." 그녀가 말했다. "그러면 좋은 방법으로 할 때 이야기할래, 아니면 나쁜 방법으로 할 때 이야기할래? 네가 알아서 결정해."

리 앤의 위협은 어느 정도 먹혀들었다. 결국 그녀는 그가 벌써 몇 년째 아버지를 본 적이 없음을 알아냈다. 그는 이미 돌아가신 할머니와도 별다른 관계가 없었다. 그에게는 누이가 있었지만 지금은 어디 사는지 몰랐다. 리 앤이 추측하기에, 그의 어머니는 아마도 알코올중독자인 것 같았다. "하지만 그 아이는 '알코올중독자'라는 말을 실제로는 사용하지 않더군요. 제가 먼저 그 말을 꺼내도, 굳이 아니라고 하지는 않았어요. 그 당시에는 몰랐지만, 마이클은 항상 상대방이 믿고 싶은 대로 믿게 내버려 두는 아이더군요." 그녀는 그를 약간 쪼아대고 나서야 도로 풀어 주었다. 자기가 원하던 바를 얻어내는 데 상당히 성공을 거두었기에, 일시적인 차질에는 그다지 관심을 두지 않았다. 이제 이 아이가 모든 것을 털어놓는 일이야 시간문제라고 보았던 것이다. "저는 103.5 FM이 일종의 흑인 전용 방송국이라는 것을 알았어요. 그래서 일부러 그걸 틀어 놓았죠." 그녀의 말이다. "그 일이 단순한 자선이나 '적선'이라고 생각하지는 말았으면 했습니다. 그래서 저는 브라이어크레스트 농구 팀에서는 선수들이 평소에 멋지게 차려입고 다니기를 바라니까, 이제 우리는 정말로 그렇게 하러 가는 거라고 말해 줬죠."

마음 같아서야 곧장 브룩스브러더스나 랄프로렌으로 달려가고 싶었지만, 그럴 경우에는 도리어 그 아이가 더욱 불편해할지도 모른다는 생각이 들었다.

"미안하지만 하나 물어볼게. 너 평소에 옷 사러 가는 데가 어디니?"

그는 어디라고 대답했다. 멤피스에서도 그리 풍요로운 지역은 아니었다. 가장 안전한 지역도 아니었다. 리 앤은 바로 그쪽으로, 그러니까 서쪽으로 차를 돌렸다.

"아줌마가 거기 가도 괜찮아요?" 그가 물었다.

"너랑 가는 거니까 괜찮겠지. 네가 날 알아서 보호해 줄 거잖아, 그렇지?"

"그래요." 그가 말했다. 리 앤은 그의 마음속 변화를 감지했다. 머지않아 그녀는 그의 마음의 벽을 무너트릴 것이다. "저는 벽에 대고도 이야기를 할 수 있거든요." 리 앤은 종종 이렇게 말하곤 했다.

이후 두어 시간 동안 그녀가 한 일이 바로 그것이었다. 리 앤은 한 가지 새로운 문제에 직면했다. 빈민가 출신의 16세 흑인 소년이 새로 전학 간 기독교 학교에서 입을 만한 옷이 어떤 것인지를, 어디까지나 그의 몸짓을 토대로 해서 알아내야만 했던 것이다. 앞으로 수없이 돌아다녀야 할 빅 사이즈 옷 가게 가운데 첫 번째에 도착하자마자, 이들은 또 한 가지 문제에 직면했다. 그에게 맞는 옷이 없었던 것이다! 그는 단순히 덩치만 크거나, '또는' 키만 크거나 한 게 아니었다. 덩치도 큰 '동시에' 키도 큰 셈이었다. 그가 어렵지 않게 입을 수 있을 만한 크기의 옷은 몇 되지 않았다. 그나마도 헐렁해 보이지 않는 옷은 아예 입지 않겠다고 그가 버티는 바람에, 실제로 입어 볼 만한 옷의 숫자는 더 줄어들었다. 20분 동안이나 리 앤은 가게 선반이나 옷걸이에 걸린 옷 중에서도 가장 큰 것들만 골라 모았다. 물론 소년에게서는 한마디 말도 없었다.

"마이클!" 그녀가 마침내 말했다. "어떤 옷이 마음에 드는지 안 드는지를 분명히 말해야 돼. 내가 네 생각까지 읽을 수는 없잖아. 안 그러면 우리는 크리스마스 때까지 여기 버티고 있어야 할걸. 나는 그때까지도 네가 무슨 생각을 하나 싶어서 머리를 굴리고 있을 거고."

리 앤은 자기가 찾은 셔츠 중에서도 가장 큰 것을 하나 꺼냈다.

"그게 괜찮은 것 같은데요." 그가 마침내 말했다. 거의 독백이나 다름없는 말투였다.

"아니! 괜찮은 걸로는 안 돼! 정말 마음에 드는 걸로 사야지! 네가 정말 마음에 드는 걸로 사지 않으면 일단 집에 간 다음부터는 절대 다시 안 입을 거니까. 이 가게는 네가 제일 좋아하는 옷만 파는 데라니까."

리 앤은 어마어마하게 큰 갈색과 노란색의 럭비 셔츠를 하나 꺼냈다.

"그게 마음에 드는데요." 그가 말했다.

그녀는 신장 155센티미터에 체중 52킬로그램에 금발이었고, 희고 고른 치아에 아주 완벽한 핑크색 드레스를 입고 있었다. 그는 흑인이고, 가난하고, 그녀보다 덩치가 세 배는 더 컸다. 모두가(정말 '모두'가) 그들을 바라보았다. 이들이 이 가게 저 가게로 돌아다니는 사이, 주위 배경이며 사람들의 시선은 점점 더 불편해지게 되었다. 이들이 마지막으로 들른 빅 사이즈 옷가게는 2000년 미국 주별 인구조사에 따르면 우편번호 기준으로 미국 내에서 세 번째로 가장 가난한 지역의 경계선에 자리 잡고 있었다. 리 앤은 말했다. "난 이 도시에서 평생 살았지만, 이런 동네에는 처음 와 보는 거야." 그러자 빅 마이크가 이렇게 말했다. "걱정 말아요." 그가 말했다. "내가 지켜 줄게요."

그 와중에 그녀는 그에게 더 많은 질문을 던졌다. "물론 하나같이 잘못 던진 질문들이었죠." 리 앤은 나중에 이렇게 말했다. 하지만 그녀는 그를 가까이 접하면서 사소한 몇 가지를 깨닫게 되었고, 그런 몇 가지는 일종의 실마리 노릇을 해 주었다. "가만 보니 그 아이는 누가 자기 몸을 만지는 것에 익숙하지가 않더군요." 그녀의 말이었다. "내가 처음 자기 몸에 손을 대려고 하니까, 그 애는 아주 딱 얼어붙는 거예요."

마침내 쇼핑을 마치고 나서, 마이클은 이런저런 꾸러미를 잔뜩 손에 들고서도 굳이 버스를 타고 집까지 가겠다고 고집을 피웠다. ("쇼핑백을 그렇게 잔뜩 든 아이를 '어떻게' 버스에 태워 보낼 수 있었겠어요!") 리 앤은 그를 차에 태워서 집으로 데려다주었다. 그녀가 생각하기에는 멤피스에서도 최악이 아닐까 싶은 동네였다. 이들은 맥도날드에 들렀다. 마이클은 쿼터 파운더 치즈버거 두 개를 시켰다. 리 앤은 햄버거 여섯 개를 더 포장해서 집에 가져가라고 했다. 마침내 이들은 그가 어머니 집이라고 말한 곳에 도착했다. 높은 철문 뒤로 서 있는 우중충하고 어두운 붉은 벽돌 건물이었다. 길 맞은편에는 사람이 안 사는 집이 한 채 있었다. 잡초가 덤불을 이루고, 꽃병에는 식물이 말라 죽어 있고, 집집마다 페인트가 떨어져서 너덜거렸다. 거리에서 노는 꼬마들부터 시작해서 모든 것이 무관심하게 방치된 모습이었다. 리 앤은 차를 멈추고 운전석에서 내렸다. 그가 쇼핑백 꺼내는 걸 도와주려는 것이었다. 바로 그때 마이클이 황급하게 말했다.

"내리지 말아요!" 그의 말이었다.

"쇼핑백 꺼내는 걸 도와주려는 건데."

"차에서 안 내려도 된다니까요." 그가 말했다.

마이클이 워낙 고집을 부리는 통에, 그녀는 도로 차에 올라타서, 차 문을 모두 걸어 잠그고, 가만히 앉아 있기로 했다. 그사이에 그는 안에 들어가서 짐을 꺼내 줄 사람을 불러왔다. 몇 분 뒤에 아이들 몇 명이 낡은 아파트 정문에 줄지어 서더니, 마치 개미 떼처럼 꾸러미를 받아 들고 안으로 들어갔다. 맨 끝의 아이가 마지막 꾸러미를 받아들고 들어가자, 철문이 도로 닫혔다.

마이클은 결국 자기가 그녀를 어떻게 생각하는지, 또는 둘이 함께 보낸 그날의 기묘한 오후를 어떻게 생각하는지에 대해서는 일말의 실마리도 주지 않고 헤어진 셈이었다. "어쩌면 뭔가를 바라고 자기를 도와주는 어떤 아줌마라고 생각했는지도 모르죠." 그래서 그가 고맙다고 말했을 때도 리 앤은 다만 이렇게 딱 잘라 대답했을 뿐이었다. "마이클, 오히려 내가 고마운걸. 네가 나한테 빚진 건 하나도 없어." 별것 아닌 일이라고 그녀는 생각했다.

물론 실제로는 그렇지 않았다. 리 앤과 숀이 굳이 도우려 들었던 까닭은 그가 다른 아이들과는 전혀 달랐기 때문이었다. 처음부터 그는 다른 아이들보다 훨씬 빈곤한 것이 분명했다. 그때까지만 해도 왜인지는 알 수 없었지만 그녀는 그에게 마음이 끌렸고, 그래서 그에게 뭔가를 해 주고 싶은 충동을 느꼈다. 이 덩치 큰 아이는 자칫 야비하고 무섭고 흉악한 성품으로 오해받기 쉬웠지만, 그녀가 보기에는 줄곧 부드럽고 온화하고 착하기만 했다. 마이클과 있으면 리 앤은 완전히 안전한 느낌이 들었다. 비록 아무 말도 하지 않았지만, 그가 그녀를 무척 신경 쓰고 있음이 느껴졌다.

리 앤은 집에 가면서 이 문제를 계속해서 생각해 보았다. 지금까지 본 것 중에 가장 덩치가 큰 16세 소년에게 어떻게 옷을 입혀야 할까. 그녀는 명함첩을 뒤적였다. 그녀에게서 인테리어 장식을 사 간 손님 중에는 프로 운동선수도 있었다. 한 사람만 빼고는 모조리 농구 선수라서, 키는 컸지만 체격은 '날씬한' 편이었다. 나머지 한 사람은 워싱턴 레드스킨스의 신인 쿼터백 패트릭 램지였다. "저는 이런 운동선수들이 옷을 어떻게 관리하는지를 잘 알았거든요." 그녀가 말했다. "워낙 까다롭기 때문에 항상 입던 걸 버리고 새걸 사고는 하죠." 엑스라지 사이즈의 중고 옷이 나오는 곳이라면 NFL 말고 다른 어디가 또 있겠는가? 그녀는 램지에게 전화를 걸어서 사정을 설명했다. 그랬더니 그는 팀 동료들에게 이야기해서 버리는 옷을 모아 주겠다고 흔쾌히 약속했다. 그녀는 마이클의 치수를 전화로 불러 주었고, 패트릭 램지는 그대로 받아 적었다.

며칠 뒤 그가 도로 전화를 걸었다. "그런데 지난번에 치수를 잘못 불러 줬던데요." 램지가 대수롭지 않은 투로 말했다. 그녀는 자기가 직접 재서 종이에 적어 놓은 치수라서 틀렸을 리가 없다고 대답했다. 잘못 적은 사람은 오히려 패트릭일 것이다. 그러자 그는 자기가 적어 놓은 치수(목 20인치, 소매 40인치, 허리 50인치, 가슴 58인치 등등)를 그녀에게 읽어 주었다. 틀린 게 아니었다. 그 역시 똑바로 받아 적은 것이었다.

"그런데 우리 팀에도 그렇게 큰 녀석은 없단 말이에요." 램지의 말이었다.

그녀는 지금 그가 농담을 하는 줄로만 알았다.

"리 앤." 레드스킨스의 쿼터백이 말했다. "우리 팀에서 그 정도 덩치에 제일 가까운 사람은 단 하나뿐인데, 그 친구는 랭글러 청바지랑 플란넬 셔츠를 입고 다녀요. 하지만 흑인 아이라면 그런 옷을 입고 싶어 하지는 않겠죠." 그가 말하는 팀 동료는 레드스킨스의 주전 라이트 태클인 존 잰슨이었다.

전화 저편에서는 잠시 침묵이 흘렀다.

"도대체 그 녀석 '누구'예요?"

CHAPTER 4

백지상태

　브라이어크레스트의 운동부 코치라면 누구나 똑똑히 기억하는 순간이 하나씩 있다. 바로 빅 마이크가 단지 덩치만 큰 녀석이 아니라는 사실을 깨달은 놀라운 순간이다. 휴 프리즈의 경우에는 언젠가 있었던 풋볼 연습 시간이 바로 그 점을 깨닫게 된 때였다. 새로 온 이 학생은 그 당시 시범 등교를 간신히 허락받은 처지였기 때문에 풋볼 연습과는 아무 관계가 없었다. 그런데 운동장을 여기저기 어슬렁거리던 그는 갑자기 커다란 태클 연습용 인형을(즉 무게가 무려 20킬로그램은 족히 되는 물건을) 집어 들고는 전속력으로 달리기 시작했다. "자네 방금 저거 봤어!!!? 저 녀석 움직이는 거, 자네 방금 봤냐니까?" 휴는 또 다른 코치에게 물어보았다. "저 녀석, 저 인형을 무슨 깃털마냥 가볍게 들고 뛰어가잖아." 휴가 그다음으로 한 생각은 혹시 자기가 저 소년의 체중을 잘못 판단하지 않았나 하는 거였다. 몸무게가 무려 136킬로그램이나 되는 녀석이 저렇게 재빨리 움직일 수 있을 가능성은 없어 보였다. "그래서 제가 다른 친구들한테 그 녀석 몸무게를 재 보라고 했죠." 휴가 말했다. "코치 중 하나가 그 녀석을 데리고 체육관으로 들어가서, 체중계에 올려놓았죠. 아, 그랬더니 체중계로 잴 수 있는 무게 한도를 훨씬 넘어 버리는 거예요." 결국 팀 닥터가 그를 차에 태우고 어디론가 가서 몸무게를 재 왔다. 코치들이 나중에 들은 바로는 소 몸무게 재는 저울을 썼다고 한다. 저울에는 156킬로그램이라고 나와 있었다. 소 한 마리의 몸무게로는 가벼운 편이었지만, 고등학교 2학년 풋볼 선수의 몸무게로는 놀라우리만치 건장한 편이었다. 그것도 '달리는' 재능까지 겸비한 선수의 경우에는 특히나 건장한 편이었다. "그 녀석이 정말 실력이 있는지 없는지를 우리야 전혀 알지 못했습니다." 프리즈의 말이다. "하지만 한 가지는 확실했어요. 우리 학교에 저런 놈은 이제껏 하나도 없었다는 거였죠."

농구부 코치 존 해링턴 역시 이와 마찬가지로 우연히 빅 마이크가 뛰는 모습을 보게 되었다. 그 장소는 바로 브라이어크레스트의 체육관 안이었다. 자기 팀에 들어와서 뛰면 좋겠다 싶은 새로운 학생이 눈에 띄면, 해링턴은 갑자기 공을 휙 던져 주면서 그 학생의 반응과 본능을 시험해 보곤 했다. 브라이어크레스트의 농구 코트 근처를 어슬렁거릴 때, 빅 마이크는 청반바지에 지저분한 운동화 차림이었다. 해링턴은 어쨌거나 반응을 살펴보기 위해 그 소년에게도 공을 던져 주었다. 그 정도 덩치의 소년이라면 마땅히 할 법한 반응, 그러니까 공을 집어서 코트 가장자리로 가져온다거나, 또는 발로 툭 차서 관중석 쪽으로 보내는 등의 반응을 보이는 대신에, 그는 공을 잡자마자 몸을 휙 돌렸다. 그리고 다리 사이로 세 번 드리블을 한 다음, 다시 몸을 돌려서 코트의 맨 구석에서 3점 슛을 발사했다. "체육관에 걸어 들어올 때만 해도 그 녀석은 전혀 농구에 안 어울리는 사람 같았죠." 해링턴의 말이다. "그런데 그 녀석이 마치 무슨 가드나 할 법한 짓을 하는 거예요. 그 녀석 덩치가 어떤지 보시라고요. 신장은 195센티미터에, 체중은 136킬로그램이 넘어 보이는 놈이 말이에요. 그런데도 마치 체중이 75킬로그램밖에는 안 되는 녀석처럼 움직이는 거예요. 아주 제 머리가 다 띵하더라니까요."

보그스 코치도 이 소년의 괴물 같은 신체적 재능을 목격하고 충격을 받은 사람 가운데 하나였다. 그는 원래 육상 코치였지만, 이 학교에서는 역도 코치로는 물론이고, 풋볼 팀의 보조 코치로도 함께 활동하고 있었다. 사건이 벌어진 장소는 브라이어크레스트의 풋볼 경기장이었다. 아직 경기장에 들어와서 함께 뛰어도 된다는 허락을 받지는 못했지만, 빅 마이크는 가끔씩 경기장에 나와서 혼자 놀곤 했다. 어느 날 그는 풋볼 공이 가득 들어 있는 자루를 하나 갖고 미드필드에 나왔다. 그는 50야드 라인에 혼자 서서 공을 하나하나 던졌고, 그가 던진 볼은 연이어 엔드존 뒤에 서 있는 골대를 훌쩍 넘어가 버렸다. 대개 대학 팀 쿼터백 중에서도 상당히 잘하는 선수 축에 들면 대개 60야드쯤 공을 던질 수 있었다. 미드필드에서 엔드존 뒤쪽까지의 직선거리가 그 정도쯤이었으니까. 그런데 기껏해야 고등학교 2학년에 불과한 이 꼬마가, 그것도 쿼터백처럼은 전혀 보이지 않는 외모의 꼬마가, 가볍게 휙 하고 던지는 공이 무려 70 내지 75야드는 날아가는 것이었다. 그것도 아주 '쉽게' 던지는 듯한 공이 말이다.

마이클 오어를 주목하게 된 바로 그 순간만 해도 보그스 코치는 이 학생을 투포환 선수로 육상부에 끌어들이면 좋겠다고 생각하고 있었다. 마이클은 외모도 딱 투포환 선수에 어울려 보였고, 포환 자체도 둥글고 묵직한 것이 그의 외모와 딱 어울려 보였다. 보그스가 빅 마이크에게 뭔가를 던져 보게 할 생각을 품은 것은 그때가 처음이었다. 이 소년이 풋볼 공을 휙휙 던지는 모습을 보고 나서야, 코치는 비로소 상대방이 단순히 덩치 크고 힘이 센 것뿐만이 아니라, 의외로 몸이 유연하고 팔이 길다는 사실도 깨달았던 것이다. 이 소년에게는 심지어 우아함까지도 드러나고 있었다. 아쉽게도 투원반은 고등학교 육상 종목에 포함되지 않았다. '참으로 안타까운 일이로군.' 풋볼 공이 로켓처럼 날아가 골대를 통과하는 모습을 바라보면서 보그스는 착잡한 마음이었다. 물론 원반은 있었다.

"하지만 그 당시에는 그 녀석한테 원반을 던져 보게 할 생각은 하지도 못했죠." 보그스의 말이다. "원반이란 물건은 덩치가 크다고 해서 누구나 던질 수 있는 게 아니거든요. 던지는 기술이 필요했죠. 투원반은 투포환과는 다르기 때문에, 딱 보기에 풋볼의 라인맨 유형인 녀석들의 몸에는 생리적으로 어울리지가 않아요. 그런 몸을 지닌 녀석들이라면, 원반을 던질 만한 우아함까지는 없게 마련이니까요."

투원반은 겉으로 보이는 것보다도 훨씬 더 복잡한 일이다. 선수는 하반신과 상반신을 분리시켜 움직여야 하는데, 그래야만 하반신이 상반신보다 더 빨리 회전함으로써 일종의 토크 효과를 얻을 수 있기 때문이다. 원반이 제대로 스핀을 얻기 위해서는 마치 스케이트 선수 같은 신체 조절 능력이 있어야 했다. 당시 브라이어크레스트의 코치 가운데에도 "스피닝"을 직접 시범 보이며 가르칠 수 있는 사람은 하나도 없었다. 그들도 터득하지 못한 기술이었기 때문이다. 따라서 어떤 학생이 그 기술을 시도해 보겠다고 자청할 경우, 코치들은 기껏해야 그 기술을 설명한 비디오를 보여 주는 게 전부였다.

마이클 오어의 경우에는 코치들의 이런 무지조차도 거의 문제가 되지 않았다. 그가 학교에서 처음으로 맞이한 봄에 첫 번째 육상부 훈련이 열렸지만, 그는 단 1분도 거기 참석해서 코치와 이야기를 나눌 수가 없었다. 교실에서 연이어 D를 맞은 까닭에 하루 다섯 시간씩 보충수업 교사와 붙어 있어야 했기 때문이었고, 따라서 애초의 계획에 따라서 브라이어크레스트 팀의 농구 시즌을 마무리하기 위해 운동부에 들어가는 일은 꿈도 꿀 수가 없었다. 브라이어크레스트의 뒷문을 통해 오래된 잔디 경기장으로 마이클 오어를 데리고 나간 순간, 보그스 코치는 이 소년이 육상 트랙을 난생처음 구경하고 있음을 짐작했다. 물론 정확한 판단이었다. "그 녀석은 심지어 원반이 뭔지도 모르더군요." 보그스의 말이다. "하긴 그때까지 한 번도 본 적이 없었을 테니까요." 육상 코치는 다른 학교에서 온 투원반 선수들의 대열 맨 끝에 이 소년을 집어넣은 다음, 어디 한번 던져 보라고 시켰다. 마이클은 한마디 말도 없었고, 심지어 한마디 질문조차 없었다. "그냥 남들이 하는 걸 두어 번 구경하기만 했어요." 한참이 지난 뒤에 마이클은 이렇게 말했다. "그러고 나서 저도 던졌죠."

경기장 저편에서는 숀과 리 앤 부부의 딸이자, 훗날의 테네시주 장대높이뛰기 챔피언 콜린스 투이가 자기 연습 순서를 기다리던 중에, 마침 저 건너편에서 벌어지는 투원반 연습 광경을 보고 있었다. 빅 마이크가 처음 던진 원반이 땅에 떨어지자, 콜린스는 휴대전화를 꺼내 아빠한테 전화를 걸었다. "아빠." 콜린스가 말했다. "여기 직접 와서 마이클이 원반 던지는 걸 한번 보셔야겠어요. 원반이 꼭 장난감 '프리스비' 같아요."

보그스 역시 이 광경을 똑똑히 보았다. "아마 그때는 저도 그냥 허허 웃었던 것 같습니다." 그의 말이다. "무슨 놈의 투원반이 스피닝도 없고, 다른 기술도 전혀 없었거든요. 하지만, 아이고, 그놈의 물건이 '날아가기는' 하더라고요."

마이클은 첫 번째 시도로 졸지에 거기 모인 선수들을 제치고 1위를 차지했다. 하지만 어디까지나 어설픈 승리에 불과했다. 굳이 비유하자면 손에 칼을 들고서도 오로지 뭉툭한 칼자루만 이용해 공격을 가한 격이었다고 할 수 있었다. 빅 마이크는 스피닝을 하지 않았고, 원반 역시 스피닝이 없었다. "그날의 첫 모임에서 그 녀석이 원반을 던졌을 때는 그걸 아는 사람이 아무도 없었어요. 당시 거기 있었던 다른 아이들도 스핀을 못하기는 마찬가지였거든요." 보그스의 말이다. 하지만 그 꼬마가 마치 지금 무슨 일을 하고 있는지 아는 것처럼 보인다는 사실에 코치는 상당히 감명을 받았다. 다른 아이들이 앞에서 하는 것을 몇 번 구경하고 나서 겨우 한 번 던졌을 뿐인데도 불구하고, 그는 기본적인 스냅 기술을 터득하고 있었다. 보그스가 가르치는 육상부 아이들 중에도 아직 거기까지도 못 간 녀석들이 있었다. 이보다 더 큰 연습 모임에서라면 투원반 선수 중에도 제법 괜찮은 기술을 지닌 녀석이 있을 것이고, 그러면 마이클도 좀 더 유능한 모델을 보고 흉내 낼 수 있을 것이었다. 보그스는 마이클 오어가 얼마나 빨리 배우는지를 깨닫고 깜짝 놀랐다. 이 아이는 단순히 덩치가 크고 힘이 세고 몸가짐이 날랜 것뿐만이 아니었다. 이 아이는 일종의 신체적 지능을 지니고 있었다. "그 녀석은 기본적으로 스스로를 가르치는 타입이었죠." 보그스의 말이다. "우리 중 누구도 그 녀석을 가르칠 수 없었죠. 한번은 어느 날 경기장에 나가 보고는 이렇게 중얼거린 적이 있었어요. '아이고, 세상에, 저놈 자식이 스피닝을 하네. 어떻게 하는지 결국 알아낸 모양이지.' 십중팔구 그 녀석은 남이 하는 걸 보고서 저 혼자서 알아낸 거였죠."

핵심은 바로 그거였다. 빅 마이크는 자기 몸을 가지고 뭔가를 배울 수 있었다. 다른 사람이 움직이는 것을 보고서 뭔가를 배울 수 있었다. 머지않아 보그스는 마치 프로 선수 같은 외모를 지닌 자기 고등학교 소속 투원반 선수가 무려 50미터를 던지는 모습을 보고 몹시 환호하게 되었다. 무려 6년 만에 나온 테네시주 최고 기록이었다. 마이클에게는 따로 연습할 시간이 전혀 없었다. 방과 후에도 곧바로 보충수업을 받아야 했기 때문이다. 그는 다만 연습 시간에 근처를 지나가다가, 갑자기 코치가 불러 세워서 던져 보라는 물건을 던졌을 따름이었다. 이처럼 어처구니없는 육상 선수 경력을 마감할 무렵, 마이클 오어는 투원반 종목에서 테네시주 서부 지구 기록을 갱신했으며, 투포환 종목에서 같은 기록을 막 갱신하려는 찰나에 있었다. 그저 지나가다 한 번씩 던진 기록만으로도! 그러나 투원반을 식은 죽 먹기로 해내는 이 소년의 놀라운 재능조차도, 그의 다른 여러 가지 재능에 비하자면 그저 사소한 것에 불과한지도 모른다는 생각이 머지않아 보그스 코치의 머릿속에 찾아왔다. "그러니 이 녀석을 어디 데려다가 제대로 훈련만 시켜 놓으면, 정말 대단하겠다는 생각이 들었습니다."

1년이 지나고 또다시 3개월이 지나서 마이클 오어는 3학년 봄 학기를 맞이하게 되었다. 그 와중에 그를 어디에 동원하는 것이 최선인지에 대한 질문이 나오기 시작했다. 교사들이 그에게는 구두시험이 필요하다는 사실을 알아낸 이후, 마이클은 자기가 최소한 F 마이너스 학점보다는 D 플러스 학점을 받을 자격이 있음을 증명해 보였다. 물론 낙제 없이 졸업할 수 있을지는 여전히 의문이었지만, 심슨 교장과 그레이브스 선생은 이제 마이클을 다시 거리로 돌려보낸다는 생각을 하지 않게 되었다. 나아가 이들은 그가 운동부에서 뛸 수 있도록 허락했다. 마이클은 2학년 말에 드디어 농구부에 들어갔고, 곧이어 육상부에서도 뛰게 되었다. 3학년에는 마침내 풋볼 필드에 들어갔다.

마이클이 운동장에서 겪은 문제는 일찍이 교실에서 겪은 문제와 유사한 데가 있었다. 역시나 백지상태였던 것이다. 그는 운동의 기초도 몰랐고, 팀의 구성원이 된다는 것이 무슨 의미인지도 몰랐다. 자기 말로는 웨스트우드에서 1학년 때 풋볼을 했다지만, 그의 성과만 보아도 이를 증명해 주는 흔적은 없었다. 휴 프리즈 코치는 마이클이 얼마나 빠르게 움직일 수 있는지를 보자마자 디펜시브 태클로 낙점을 찍어 놓고 있었다. 그래서 2003년 시즌의 처음 다섯 경기에서 그는 수비수로 뛰었다. 교체 선수보다 더 나쁘지는 않았지만, 그렇다고 아주 더 뛰어난 것도 아니었다. 그보다는 더 재능이 뛰어났던 팀 동료 조지프 크론이 보기에 빅 마이크의 주된 기여는 바로 경기 직전에 일어났다. 즉 상대 팀이 라커 룸에서 나오거나 버스에서 내리는 순간, 브라이어크레스트크리스천스쿨 팀을 보고 깜짝 놀라게 만드는 것이었다. "우선 그들은 우리를 보죠." 크론의 말이다. "그러다가 마이클을 보면 이러는 거였어요. '이런 젠장.'"

처음에는 바로 그것이야말로 그를 활용하는 최선의 방법이라 여겨졌다. 즉 경기 직전에 상대 팀을 겁먹게 하는 것 말이다. 경기 동안 마이클은 뭔가 혼란스러워하는 것처럼 보였다. 다행히 혼란스러워하지 않을 때는 뭔가 좀 내키지 않는 것처럼 굴었다. 거의 수동적이라고나 할까. 이것은 휴 프리즈 코치로서는 전혀 예상치 못했던 일이었다. 비록 마이클 오어의 과거에 대해 잘 알지는 못했지만, 프리즈는 그가 멤피스에서도 최악의 지역에서 힘든 유년기를 보냈으리라고 충분히 짐작할 수는 있었다. 어떤 면에서 멤피스 최악의 지역에서 힘든 유년기를 보낸 경험이야말로 풋볼 수비에 꼭 필요한 최상의 감정을 훈련하기에는 오히려 최적이라 할 만했다. 과거의 기억이 분노를 불러일으키고, 공격성을 일깨우고, 상대방의 머리를 박살 내고 싶은 마음을 들게 하기 때문이다. 유년기에 부모의 사랑을 받지 못하고 가정이 파탄을 맞이한 경험으로 인해 결국 놀라우리만치 폭력적인 성향을 드러내는 선수들이 NFL에는 정말 수두룩했다.

마이클 오어가 풋볼 선수로서 자격 미달이었던 것은 꽃을 좋아하는 소 페르디난드가 황소로서 자격 미달이었던 것과 마찬가지였다.[20] 즉 자기와 같은 부류가 마땅히 지녀야 할 분노를 드러내지 않았던 것이다. 워낙 심성이 착하다 보니 다른 누군가를 때려눕히는 데 별로 관심이 없었다. 휴의 말을 빌리자면 이렇다. "그 녀석은 전혀 호전적이지 않았어요. 녀석의 마음가짐은 일반적인 수비 선수의 마음가짐이라 할 수 없었죠." 브라이어크레스트의 네 번째 경기에서는 그가 지닌 문제의 깊이가 어느 정도인지가 분명해졌다. 그의 팀은 상당히 강한 캘로웨이 카운티 팀과 경기를 하기 위해 켄터키주까지 버스를 타고 갔다. 경기 초반에 마이클은 상대방의 얼굴가리개에 손이 찔리는 바람에 손가락 사이를 깊이 베었다. "다들 그 녀석이 죽을 줄 알았죠." 휴의 말이다. "어찌나 비명을 지르고 신음을 내뱉고 하던지 말이에요. 저조차도 여차하면 그 녀석을 들것으로 실어 날라야 하나 생각했을 정도였다니까요." 이 디펜시브 태클은 벤치로 달려오더니, 주먹을 꽉 움켜쥐고는 어느 누구도 상처를 못 들여다보게 했다.

관중석에 있던 리 앤 투이가 지켜보는 가운데 처음에는 두 사람, 곧이어 세 사람, 나중에는 네 사람이 달려들어서 마이클 오어의 손을 억지로 펴 보려고 했다. 그래도 안 되자 이제는 모두들 그를 감언이설로 꼬이고 있었다. "그 녀석은 마치 태아처럼 몸을 웅크린 상태였어요." 그녀의 말이다. 남자들만 가지고는 마이클에게 이걸 해라 저걸 해라 시킬 수가 없었다. 그는 남자를 믿지 않았기 때문이다. 리 앤은 이런 사실과 또 다른 사실을 잘 알고 있었다. 쇼핑을 다녀온 후 그녀가 다시 브라이어크레스트에 나타나자, 이번에는 마이클이 먼저 다가왔다. 그는 "빅 마이크"라는 별명이 싫다고 했다. 그래서 그때부터 리 앤과 그녀의 가족만큼은 그를 항상 마이클이라고 본명으로 불렀다. "정확히 무슨 일이 있었는지는 나도 몰라요." 리 앤의 말이다. "다른 사람과의 마찰 때문인지, 아니면 다른 무슨 이유 때문인지요. 여하간 그때 이후로 마이클은 저를 보면 먼저 성큼

---

20 먼로 리프의 동화 『꽃을 좋아하는 소 페르디난드』에는 싸움에 관심이 없고 꽃 냄새 맡는 것만 좋아하는 순한 황소가 주인공으로 나온다.

다가오게 되었죠. 농구 경기에서는 갑자기 저한테 걸어오더니 먼저 말을 거는 거예요. 제가 학교에 가면 자기가 먼저 저를 보고는 말을 걸고요. 그가 나와 가까워졌다는 것을 모든 사람들이 어느 정도 눈치를 챘더군요. 어쩌면 저보다도 다른 사람들이 더 빨리 눈치를 챘는지도 몰라요."

그녀는 관중석에서 내려와 트랙을 지나서 풋볼 필드로 들어섰다. 그리고 곧바로 벤치로 갔다.

"마이클, 얼른 손을 펴 봐." 리 앤은 야단치듯 말했다.

"아파요." 그가 말했다.

"당연히 아프겠지. 하지만 손을 안 펴고 고집 부리다가 나한테 머리를 한 대 맞으면 훨씬 더 아플걸."

그제야 마이클은 커다란 손가락을 하나씩 천천히 펴 보였다. 찢어진 상처는 손가락 사이에서 시작되어 손가락까지 이어져 있었고, 뼈가 보일 정도로 깊었다. "정말 토할 것 같더라고요." 리 앤의 말이다. "진짜 끔찍했거든요." 그녀는 애써 태연한 척하면서, 그에게 병원에 가야 한다고 말했다.

"병원이요!!" 마이클은 울먹이며 소리쳤다. 리 앤이 보기에는 금방이라도 기절할 것 같은 표정이었다.

집에서 두 시간 반이나 떨어진 곳까지 와 있었기 때문에, 브라이어크레스트의 운동부 주임 교사인 칼리 파워스가 그를 데리고 켄터키의 어느 병원 응급실로 향했다. "차에 타자마자 그 녀석이 맨 처음 던진 질문이 뭔지 뭐였는지 아세요?" 파워스의 말이다. "똑같은 질문을 계속 하는 거예요. '이거 많이 아파요? 이거 많이 아파요?' 그 녀석은 완전히 신경쇠약이었어요. 녀석의 눈을 직접 한 번 보셔야 했다니까요. 병원으로 걸어 들어가는데, 무서워서 죽으려고 하더라고요." 파워스는 혹시 빅 마이크가 병원 내부에 들어가 본 적이 한 번도 없었던 건 아닐까 하고 생각해 보았다.

접수를 받은 간호사가 파워스를 로비에서 기다리게 하고, 빅 마이크를 데리고 안으로 들어갔다. 몇 분 뒤 파워스는 비명 소리를 들었다. "사람 등골을 오싹하게 만드는 소리였죠. 누가 들어도 딱 빅 마이크였어요." 곧이어 간호사가 달려나와 말했다. "파워스 씨, 죄송하지만 이리로 좀 들어와 주셔야겠는데요. 저희를 좀 도와주셔야만 저 아이를 진정시킬 수 있겠어요." 간호사를 뒤따라 들어간 파워스는 뭐가 문제인지 알 수 있었다. 바로 주삿바늘이었다. 의사들은 빅 마이크에게 손을 마취시키는 주사를 놓으려 했는데, 빅 마이크는 주삿바늘을 보자마자 치료대에서 얼른 뛰어내린 것이었다. 직원 세 사람이 그를 도로 눕히려 했지만 소용이 없었다. "그 녀석은 주삿바늘을 한 번도 본 적이 없었던 거죠." 파워스의 말이다.

부유한 사립학교의 경우에도 부모 없는 아이가 문제를 일으켰을 경우에는 난감해하지 않을 수 없었다. 학교라면 어디나 그렇듯이, 문제가 생기면 곧바로 어른에게 전화를 걸어서 알리도록 되어 있었기 때문이다. 마이클의 경우에는 8개월 전 함께 옷을 쇼핑한 리 앤 투이가 바로 그런 전화를 받을 만한 어른으로 여겨지고 있었다. 브라이어크레스트의 교사들은 빅 마이크가 숀과 리 앤 부부와 함께 보내는 시간이 점점 더 많아진다는 사실을 누구나 잘 알고 있었다. 숀은 그의 개인 농구 코치처럼 되어 갔으며, 리 앤은 그의 나머지 삶을 장악하고 있었다. 투이 부부는 이제 그의 점심 식사뿐만이 아니라 그의 등록금도 간접적으로나마 지원하고 있었다. 그렇기 때문에 운동부 주임 교사인 칼리 파워스는 빅 마이크를 타이를 수 있는 어른에게 연락해 보라는 병원 측의 요청을 받자마자 리 앤에게 전화를 걸었다. 그가 이렇게 한 또 한 가지 이유는 그녀가 뭐든지 하면 한다는 성격의 소유자임을 잘 알았기 때문이다. "자기가 하려는 일은 반드시 해내고 말았죠." 파워스의 말이다. "사람을 아주 들들 볶아서라도요."

그는 리 앤의 휴대전화로 연락을 취했다. 그녀는 브라이어크레스트의 치어리더들과 함께 버스를 타고 학교로 돌아가는 중이었다. 마이클을 벤치에서 달래고 나서, 리 앤은 그 소년의 유년기의 한 조각을 얼핏 엿본 것 같은 생각이

들었다. "그런 생각이 들었어요. 얘는 지금껏 한 번도 몸을 다친 적이 없었나 보다 하는 생각이요." 그녀의 말이다. "몸을 다친 적이 있었는데도 불구하고 그런 반응이 나온 거라면, '내가 다쳤다는 걸 동네방네 자랑해야지.' 하고 작정해서 그런 거였겠죠." 그가 본인의 의사와는 무관하게 다른 사람들의 손에 전적으로 내맡겨진 것도 이때가 처음은 아닐까 하는 생각도 들었다. "그 녀석이 벤치에 앉아서 다른 사람들에게 손을 보여 주지 않고 버텼던 것 있잖아요." 그녀의 말이다. "그 녀석은 마치 이렇게 생각하고 있는 것 같더군요. '그냥 손을 가슴에 바짝 붙이고 있기만 하면 상처는 저절로 사라질 거야.'"

칼리 파워스가 전화로 이렇게 말했다. "리 앤, 애한테 뭐라고 이야기 좀 해 줘요. 도대체가 우리 말을 들으려고 하지 않아요." 칼리는 자기 휴대전화를 마이크에게 건네주었다.

"마이클, 거기 있는 분들이 치료해 주시게 가만히 있어야지." 그녀가 말했다.

"근데 진짜 아프단 말이에요." 그의 말이었다.

"마이클, 네가 무슨 어린애니! 꼭 우리 아들 숀 주니어처럼 구는구나!" 숀 주니어는 그때 아홉 살이었다.

"나한테 주사를 놓으려고 한단 말이에요!"

"주사를 안 맞아서 '괴저'가 생기면 그때 가서는 '손을 잘라야' 하는 거야."

이 말에 그는 아무 대답도 하지 않았다.

"마이클." 그녀가 말했다. "팔다리가 '없는' 사람들이 그렇게 해서 생기는 거야. 너도 한쪽 팔이 없었으면 좋겠어?"

아니었다. 그는 한쪽 팔이 없었으면 좋겠다고 생각하지 않았다.

"좋아." 그녀가 말했다. "그러면 파워스 선생님이 시키는 일은 뭐든지 꾹 참고 하는 거야. 선생님은 널 도와주려고 하시는 거니까. 안 그러면 내가 당장 거기로 쫓아갈 거야. 그렇게 되면 너 오늘이 '제삿날'인 거 잘 알겠지."

"알았어요."

파워스가 다시 전화를 바꾸더니, 혹시 빅 마이크한테 건강보험이 있는지 아느냐고 물었다. 리 앤은 그가 건강보험에 가입되어 있을 가능성은 전혀 없어 보인다고, 그러니까 병원에는 숀의 이름으로 접수를 하라고 조언해 주었다.

식사며 옷이며 등록금에 이제는 진료비까지. 참으로 기묘한 상황이었다. 주머니에 땡전 한 푼 없는 소년, 자기 자동차도 없는 소년, 옷도 한 번 갈아입지 않는 소년, 병원에도 한 번 가 본 적 없는 소년이 졸지에 멤피스에서 가장 등록금 비싼 사립학교 가운데 한 곳에 들어온 셈이었다. 그의 점심 식사는 숀 투이의 호의로 마련된 것이지만, 마이클은 어떻게 해서 제공되는 것인지를 한 번도 묻지 않았고, 따라서 누구의 호의인지도 전혀 알지 못했다. 그의 옷은 리 앤의 호의로 마련된 것이었다. 마이클은 여전히 매일 똑같은 옷만 입고 학교에 오는 기묘한 성향을 드러내고 있었지만, 적어도 예전과 다른 옷이기는 했다. 긴 바지에 갈색과 노란색이 섞인 럭비 셔츠는 리 앤이 사 준 옷이었다. 그 셔츠도 나중에는 워낙 낡아 버렸기 때문에, 리 앤은 벌써 열다섯 번째로 그가 그 옷을 입고 있는 것을 보자마자 당장 갈아입지 않으면 그 옷을 쫙 찢어서 벗겨 버리겠다고 위협을 하기도 했다. 그녀는 사소한 것들조차도 눈여겨보고 있었다. 그중 하나는 그 럭비 셔츠조차도 이제는 그의 몸에 꽉 끼어 보인다는 것이었다. "과연 애가 더 이상 안 크는 날이 오기는 올까 싶더라니까." 리 앤이 숀에게 말했다.

마이클에게 가장 필요한 것은(즉 밤마다 편히 잠잘 곳은) 처음에만 해도 별문제가 되지 않았다. 그는 평소에 대부분 빅 토니의 집 마룻바닥에서 잠을 잤다. 하지만 빅 토니가 사는 집은 학교에서 워낙 멀었기 때문에 마이클은 가끔 이스트 멤피스의 이 집 저 집에서 하루씩 신세를 졌고, 그중 몇 번은 투이 부부의 집 소파에서 잠을 잤다. 도시의 서부에 있는 가장 가난한 동네로 돌아가는 버스를 타는 날도 있었다. 리 앤이 추측하기에 그럴 때에는 아마 어머니와 함께 지내는 것 같았다.

교통이 가장 큰 문제였다. 마이클에게는 돈이 없었기 때문에 차를 타고 다닐 수 있는 확실한 방법이 없는 상태였다. 어디까지나 누가 공짜로 태워 줄 때만 차를 얻어 탔고, 아침에 학교에 올 때까지만 해도 그날 밤을 어디서 보낼지는 본인도 모르고 있었다. 그는 매일같이 자기가 얻을 수 있는 최선의 호의를 얻기 위해 이곳저곳을 돌아다니는 셈이었다. 딱히 잘 곳이 없으면 빅 토니의 집으로 갔다. 하지만 마이클의 이런 안전망은 어느 날 갑자기 사라져 버리고 말았다. 그가 속한 농구 팀이 머틀 비치에서의 원정 경기를 마치고 돌아온 날의 일이었다.

브라이어크레스트의 농구 팀은 2003년 겨울에 사우스캐롤라이나주 머틀 비치로 가서 두 경기를 치렀다. 마이클에게는 난생처음 비행기를 탄 때이기도 했고, 난생처음 멤피스 바깥으로 나간 때이기도 했다. 첫 번째 경기는 충격적이었다. 본인과 코치 모두 그때야말로 마이클이 자신의 진정한 모습을 받아들이고, 팀과 어울리기 시작한 순간이라고 생각할 정도였다. 2학년 말부터 3학년 초까지 그는 신체적으로는 재능을 타고나긴 했지만 실제적으로는 신통치 못한 농구 선수였다. "그 녀석은 자기 역할에 대한 개념 자체가 없었거든요." 해링턴의 말이다. "농구라는 것은 모든 선수가 각자의 역할을 받아들여야 하는 겁니다. 어째서 리투아니아 선수들이 미국 선수들을 박살 냈는지 아십니까? 리투아니아 선수들은 각자의 역할을 이해하고 받아들였기 때문이죠."[21] 이제 197센티미터에 158킬로그램이었던 마이클은 고등학교 농구 골대 아래 구역을 지배하고도 남을 정도의 체격을 지니고 있었다. (참고로 적어 두자면 마이애미 히트의 '공룡' 센터인 샤킬 오닐은 신장이 216센티미터에 트럭만 한 체격이지만, 체중은 149킬로그램에 불과하다.) 하지만 그는 슈팅 가드를 하겠다고 고집을 부렸고, 센터로 경기

21　2004년 아테네올림픽 본선 토너먼트에서 미국은 리투아니아에 94 대 90으로 패배했다. 미국은 결과적으로 동메달을 따기는 했지만, 스타 선수들이 포진했음에도 불구하고 고전 끝에 B조 4위로 8강에 진출하는 수모를 겪어서 화제가 되었다.

에 투입하면 얼른 밖으로 빠져나와 드리블을 하다가 3점 슛을 날렸다. 이런 독단적인 행동에 코치는 물론이고 팀 동료의 부모들까지도 격분하고 말았다. 아울러 그는 수비를 전혀 하지 않았다. "그 녀석은 풋볼의 디펜시브 엔드 같은 경향이 있었죠." 해링턴의 말이다. "그렇기 때문에 대부분의 경기에서 겨우 절반 정도밖에는 뛰지를 않았어요."

그러나 머틀 비치에서는 사정이 달라졌다. 그곳에서는 어떤 사건이 발생한 것이다. "머틀 비치에서 빅 마이크는 화가 났죠." 해링턴의 말이다. 첫 경기를 하기 위해 코트로 걸어 들어가던 순간 관중은 그를 향해 야유를 퍼부었다. 그를 향해 욕설을 퍼붓기도 했다. '흑곰.' '깜둥이.' 이것 말고도 차마 본인이나 코치조차도 다시 언급하기를 꺼리는 욕설도 많았다. 농구 코트 밖에서 가해지는 더 미묘한 수준의 인종차별에 대해서는 익히 알고 있었던 해링턴조차도, 이처럼 과도한 인종차별을 접하는 것은 너무나도 오랜만이어서 정말 당황할 수밖에 없었다. "자기 팀에 흑인 선수를 데리고 있는 백인 코치라든지, 거꾸로 백인 선수를 데리고 있는 흑인 코치의 경우에는 결코 인종차별주의를 지닐 수가 없게 마련이죠." 그의 말이다. 빅 마이크는 이런 욕설에 과도한 반응을 보였다. 해링턴조차도 그의 이런 모습은 처음 보았다. 우선 그는 상대 선수를 팔꿈치로 찌르기 시작했다. 나중에는 코트에서 우뚝 멈춰서더니, 관중을 돌아보며 손가락 욕설을 해 보였다.

복음주의적인 기독교 학교에서 코치 일을 하는 사람은 한 가지 핸디캡을 지니게 마련이다. 그 학교의 관중은 선수들이 범하는 테크니컬 파울을 승부욕으로 받아들이는 것이 아니라 영적인 죄악으로 간주한다는 점이다. 따라서 코치 입장에서는 자칫 선수들의 격정을 똑바로 제어하지 못하고 있다는 듯한 인상을 브라이어크레스트 사람들에게 주고 싶지는 않을 것이다. "머틀 비치에서의 그 사건은, 제 코치 생활을 통틀어 유일하게 테크니컬 파울에 가장 가까운 것이었죠." 해링턴의 말이다. 그는 심판을 향해 경기 중단을 요청하고, 심판들과 상대방 코치까지 한자리에 불러 모았다. 지금 관중이 문제를 자초하고 있다며 그는 주의를 주었다. "그러니 당신네 쪽에서 이 문제를 정리해 주시기 바랍니다. 그렇지 않으면 우리 빅 마이크가 직접 나서서 이 문제를 정리하려 들 테니까요. 제 생각에는 당신네가 먼저 이 문제를 깨끗이 정리하는 쪽이 관중들한테나 당신네한테나 더 나을 겁니다. 저 녀석이 일단 성질이 나면 그때는 아무도 못 말리니까요." 빅 마이크는 코치들과 심판들 사이에서 오가는 이런 말을 엿듣고 무척이나 만족해하는 눈치였다. 그는 줄곧 골대 밑을 장악했으며, 리바운드 15개를 잡아내고 27점을 기록하여 자칫 질 것 같았던 경기에서 팀이 승리하는 데 도움을 주었다. "제 생각에 그 녀석은 이와 같은 종류의 일이 단지 멤피스에서만 일어나는 것까지는 아니라는 사실을 비로소 깨달았던 모양이더군요." 해링턴의 말이다. "사실 그런 일이야 어디서나 일어날 수 있었죠. 그리고 우리는 그 녀석 편이었고요."

경기가 끝나고 일행은 다시 비행기를 타고 고향으로 돌아왔다. 그런데 멤피스 공항에 내린 직후에 빅 마이크의 만성적인 거처 문제가 곪아 터지고 말았다. 다른 선수들은 모두 데려갈 부모가 공항에 나와 있었다. 빅 토니의 여자친구는 스티븐과 함께 그를 데리러 왔지만, 마이크는 그녀를 따라가지 않겠다고 고집을 부렸다. "저 아줌마 집에서는 단 하루도 더 있기 싫어요." 그는 농구 코치에게 말했다. 어째서 그러느냐고 채근하자 그는 언젠가 그녀가 전화로 자기 이야기를 누군가와 하는 걸 엿들었다고, 그런데 그녀는 상당히 모욕적인 말을 많이 하더라고 설명했다. 그녀는 그를 가리켜 불청객이라면서, 그가 자기 집에 와 있는 것도 싫다고 말했다. 심지어 그가 머리가 둔하고, 무슨 일을 해도 제대로 하지 못할 거라고도 말했다. 선수들이 모두 집으로 가고 나서도, 마이클 오어는 농구 코치와 함께 멤피스 공항에 덩그러니 남아 있었다. 해링턴은 빅 마이크에게 어디로 가고 싶으냐고 물었다. 빅 마이크가 어디라고 대답하자, 해링턴은 자기 팀의 떠오르는 스타를 데리고 멤피스에서도 최악인 지역으로 향했다.

"100야드를 갈 때마다 녀석이 그러더군요. '저 여기 내려 주세요, 코치님. 여기 내려 주시면 돼요.' 하지만 한밤중이었기 때문에 제가 그랬죠. '마이크, 이왕 여기까지 왔으니 내가 문 앞까지 데려다줄게.'"

어느 어두운, 그리고 사람이 살지 않는 듯한 건물 앞에 빅 마이크를 내려준 다음, 해링턴은 곧바로 농구부의 자원봉사 보조 코치인 숀 투이에게 전화를 걸었다. 그는 이 문제를 설명했다. "그러자 숀이 그러더군요. '이제는 내가 나서서 이 문제를 해결해야 할 때가 된 것 같군.'"

하지만 문제를 해결하기까지는 이후 몇 달이라는 시간이 더 걸렸다. 그 사이에 마이클은 밤마다 이스트 멤피스에서 브라이어크레스트와 관련된 사람들의 집 다섯 군데를 번갈아 오가며 지냈다. 프랭클린, 프리즈, 손더스, 스파크스, 그리고 투이의 집이었다. 브라이어크레스트 농구 팀의 또 다른 흑인 소년 쿠인테리오 프랭클린에게 부탁해서 그의 집을 일종의 베이스캠프로 사용하기도 했다. 그러던 어느 날, 육상부 모임이 끝나고 마이클은 집에 갈 차편도 없이 홀로 남게 되었다. 마침 리 앤이 그를 차에 태워 주면서 가고 싶은 데라면 어디라도 데려다주겠다고 제안했다. "테리오네 집이요." 그가 말했다. 그런데 그 집은⋯ 일단 테네시주에서 미시시피주로 넘어가야 했고, 거기서 무려 50킬로미터나 더 들어가야 했다. "게다가 '트레일러하우스'(이동식 주택)였죠." 그녀의 말이다. 그녀가 밖에서 보아하니 트레일러하우스 안에는 그가 들어가 있을 만한 공간이 없어 보였다. 과연 그가 어디서 자는지 궁금했기 때문에 그녀는 따라 들어가 보겠다고 고집했다. 알고 보니 마룻바닥에 낡은 에어 매트리스가 하나 놓여 있었다. 바람이 다 빠져서 납작한 상태였다. "밤마다 자기 전에 잔뜩 불어 놔요." 그의 말이었다. "그런데 한밤중이 되면 바람이 다 빠지더라고요."

"됐어." 그녀가 말했다. "네 물건 모조리 챙겨. 우리 집으로 가는 거야."

이제 마이클은 새로운 경계선을 또 하나 넘어가는 셈이 되었다. 그는 쓰레기봉투 하나 분량이 전부인 자기 소지품을 들고 그녀를 뒤따라 차에 올라탔다.

그 직전까지만 해도 리 앤은 자기네와 다른 브라이어크레스트 사람들이 번갈아 가며 잠자리를 제공한 덕분에 마이클의 삶이 좀 더 버젓해지기를 바라고 있었다. 하지만 그녀는 그런 기대가 근거 없음을 깨달았고, 이제 자기가 그의 삶을 전적으로 관리하기로 작정했다. 아주 완전히 말이다. "맨 처음 우리가 한 일은 그 녀석의 옷을 모조리 세탁하는 거였죠." 리 앤의 말이다.

두 사람은 멤피스에서 마이클이 머물렀던 집들을 모조리 찾아다니며 그의 옷을 챙겨왔다. '일곱' 군데 집에서 쓰레기봉투 네 개 분량의 옷이 나왔는데, 그녀가 보기에는 한마디로 "쓰레기 더미에 불과한 물건"뿐이었다. "하나같이 남들이 그 녀석에게 준 거였죠. 대부분은 여전히 가격표가 그대로 붙어 있었어요. 그 녀석이 절대로 입으려 들지 않을 만한 옷이었죠. 그러니까 작은 펭귄 마크가 새겨진 폴로 셔츠 같은 물건들이요." 이후 2주 동안 마이클은 투이 가족이 사는 집의 소파에서 잠을 잤지만, 식구들 가운데 어느 누구도 이제 명백해진 사실을 차마 입 밖에 내지는 않았다. 즉 이제 이곳은 마이클 오어의 새로운 가정이 될 것이고, 아마 앞으로도 오랫동안 그러하리라는 것이었다. 사실상 그는 이 집의 세 번째 자녀가 된 셈이었다. "저는 그를 처음 보자마자 이렇게 생각했어요. '이 덩치 큰 흑인 아저씨는 도대체 누구야?'" 당시 아홉 살이었던 숀 주니어의 말이다. "하지만 아버지 말씀이 우리가 그를 도와주어야 한다기에, 저도 그냥 알았다고 했죠." 숀 주니어에게는 마이클이 나름 유용할 때도 있었다. 두 아이는 종종 몇 시간이나 슬그머니 숀의 방에 틀어박혀서 비디오게임을 했다. 마이클이 집에 들어오고 나서 몇 달이 지나자, 리 앤은 마이클을 가리켜 "숀 주니어의 제일 친한 친구"라고 말하게 되었다. "의외로 금방 편해진 모양이더라고요." 당시 16세였던 콜린스 투이의 말이다. "그가 계속 머물러 있던 어느 날, 엄마가 앞으로도 우리랑 계속 살고 싶으냐고 물어보셨나 봐요. 그랬더니 그가 이랬다더군요. '전 떠나고 싶은 것 같지가 않아요.' 그 이야기를 듣자마자 엄마는 옷장이랑 침대를 사 오시더라고요."

마이클의 옷을 정리한 다음, 리 앤은 이 덩치 큰 아이를 어디에 재워야 할지를 궁리하기 시작했다. 소파만 가지고는 안 될 것 같았지만 ("자칫하다가는 무려 1만 달러짜리인 우리 소파가 '망가지고' 말 것 같았거든요") 일반적인 침대는 그의 몸무게를 견딜 수 없을 것 같아 걱정이었다. 설령 잠간은 견딜 수 있다 하더라도, 혹시나 한밤중에 갑자기 침대가 무너지는 바람에 침대며 사람이며 한꺼번에 천장을 뚫고 아래로 떨어지는 불상사가 있을지도 몰랐다. 숀은 올 미스 시절 덩치가 큰 풋볼 선수들 중에는 아예 그냥 바닥에 매트리스를 깔고 자는 경우도 있었다고 말했다. 그날로 리 앤은 밖으로 나가서 매트리스와 옷장을 사 왔다. 매트리스를 사 온 날, 그녀는 마이클에게 그걸 보여 주며 말했다. "앞으로는 이게 네 침대야." 그러자 그가 말했다. "이게 '내' 침대라고요?" 그러자 그녀가 말했다. "그래, 이게 네 침대야." 그러자 그는 매트리스를 잠깐 바라보더니 말했다. "지금까지 살면서 내 침대가 생긴 건 이번이 처음이에요."

그때가 2004년 2월의 일이었다. 리 앤은 우선 마이클을 불러 앉히고, 몇 가지 규칙을 정해 주었다. 우선 자기는 그의 어머니를 직접 만나거나, 또는 그의 어머니의 문제를 알아야 할 필요까지는 없겠지만, 적어도 마이클은 어머니를 꼭 만나러 다녀야 한다고 말했다. "혹시나 내가 너를 어머니랑 억지로 떼어 놓았다는 소리를 듣고 싶지는 않아서 그래. 어쩌면 너는 가고 싶지 않을지도 모르지만, 그래도 꼭 가야 해." 아울러 그가 멤피스 서부에서 알고 지내던 친구들이 정확히 어떤 사람인지는 몰랐지만, 일단 그의 친구라면 이 집에서도 환영할 것이며, 얼마든지 데려와도 좋다고 말했다. 어쩌면 어려서부터 함께 지낸 친구 중에서 특별히 데려올 사람조차도 없는 건 아닐까? 그는 친구 이름을 한 번도 이야기한 적이 없었다. "그 녀석에게 관해 알고 싶은 게 있으면 억지로 쥐어짜 내야 했죠." 그녀의 말이다. 물론 리 앤은 억지로 쥐어짜냈다. "결국에는 크레이그라는 친구 이름을 대기는 했지만, 그 크레이그를 저는 한 번도 본 적이 없었어요."

이에 비해서 숀은 마이클의 과거, 또는 다른 일에 관해서 굳이 꼬치꼬치 캐묻기를 이미 포기한 지 오래였다. 이 아이는 다른 사람에게 최대한 말을 아끼는 재능, 그리고 다른 사람이 듣고 싶은 것만 말해 주는 재능을 지니고 있었다. "마이클 입장에서는 올바른 대답을 내놓아야만 상대방의 질문을 딱 끝맺을 수 있었기 때문이죠." 숀의 말이다. 그는 마침내 마이클에 대해 다음과 같은 결론을 내렸다. "그 녀석은 자신의 미래나 과거에 대해서 일말의 관심도 갖고 있지 않습니다. 어제의 일은 그냥 잊어버리고 내일의 일이나 맞이하자는 거였죠. 그 녀석은 말 그대로 생존 모드에 있었습니다. 앞으로의 2분에만 전적으로 관심을 집중하고 있었죠." 따라서 숀은 '마이클 오어는 도대체 누구인가?'라는 문제에 대해서도 좀 더 초연한 태도를 취하라고 아내에게 조언했다. 리 앤도 물론 원칙적으로야 동의했다. "하긴 그게 뭐 중요하겠어요. 그 아이가 자기 형제나 자매의 이름조차도 모른다 한들 말이에요." 그래도 그녀의 말투에는 아쉬움이 섞여 있었다. "자기가 다니던 학교가 어디인지, 아니면 학교에 정말 다니기는 했는지도 모른다 한들 말이에요."

이들 부부는 적어도 꼭 알아야 하는 것에 관해서는 마이클에게 물어보기로 했다. 그의 과거에 대해 반드시 알아야 할 것이 있을 경우 리 앤은 마이클이 답변을 내놓을 때까지 계속해서 재촉했다. 굳이 그럴 필요가 없을 때에는(물론 대개는 그럴 필요가 없었지만) 그녀도 그를 가만 내버려 두었다. "지난 일은 지난 일이니까." 그녀가 말했다. "과거는 과거라는 거야." 리 앤은 마이클과 오래 이야기를 나누다가 이렇게 말했다. "이제 우리는 그냥 앞으로 나아가는 수밖에는 없어. 이전에 너한테 무슨 일이 일어났든지 간에, 그 일에 관해서 내가 너한테 해 줄 수 있는 일은 없어. 혹시나 그 일 때문에 너한테 무슨 문제가 생겼다면, 그리고 그 일을 어떻게든 처리하지 않고서는 네가 더 이상 앞으로 나아갈 수가 없다면, 그때는 우리보다 더 똑똑한 다른 누군가의 도움을 얻을 수밖에 없겠지."

그러자 마이클은 그녀를 바라보며 물었다. "그게 무슨 말이에요?"

리 앤은 정신과 의사에 대해 설명을 해 보려고 했지만, 심리 요법이란 게 무엇인지를 그는 이해하지 못하는 듯했다. 그래서 그녀는 속으로 이렇게 생각했다. '아이고, 이런. 벌써부터 이런 상황이라면, 이 녀석이 정신과 의사 앞에 누워서 자기 이야기를 술술 풀어내는 일은 죽었다 깨도 없겠는걸.'

또 한편으로 리 앤은 마이클에게는 본인의 과거가 별로 중요하지 않은 듯하다는 느낌을 어렴풋이 받았다. "여자들이 출산의 고통을 그만 잊어버리는 것처럼 그 아이는 자기 유년기에 관해 많은 것들을 그만 잊어버린 게 아닌가 하는 생각이 들더군요."

숀은 이에 대해 좀 다른 설명을 가했다. 비유하자면 마이클의 정신은 하루하루의 변화에 맞춰 미세하게 조정이 되는 셈이었다. 따라서 과거에 일어났던 일이 무엇이든지 간에, 그는 거기에만 안주하는 것을 차마 감당할 수가 없었다. 그로서는 분노하거나 씁쓸해하는 것조차도 차마 감당할 수가 없었다. "마이클이 지닌 한 가지 독특한 재능은, 하나님이 그 녀석에게 뭔가를 잘 잊어버리는 능력을 주셨다는 점이죠." 숀의 말이다. "그 녀석은 어느 누구에게도 화를 내지 않고, 무슨 일이 일어났는지도 별로 관심이 없어요. 그 녀석의 과거는 슬펐을 수도 있겠죠. 하지만 그 녀석 '자신'은 결코 슬퍼하지 않아요."

하지만 비록 두 사람이 그를 심문하지는 않기로 결심했다 하더라도, 리 앤의 눈에는 마이클의 이런저런 사소한 버릇이며 습관이 눈에 띄지 않을 수 없었다. 그에 관한 정보는 여러 가지 형태로 나타났으며, 리 앤과 숀 부부는 용케도 그런 정보를 간파할 정도로 눈치가 빨랐다. 예를 들어 길모퉁이에 있는 타코벨에 갈 때면 마이클은 항상 자기가 한 번에 먹을 수 있는 것보다 더 많은 음식을 주문하곤 했다. 다음 날 아침 숀이 냉장고를 열어 보면 딱딱해진 초대형 멕시칸 피자가 들어 있었다. "그 녀석에게는 항상 나중에 먹을 음식까지 미리 챙겨 놓는 버릇이 있었죠." 숀의 말이다. "이제는 그럴 필요가 없다고 제가 누누이 설명을 해 주어야 했죠. 먹고 싶은 게 있으면 언제나 그때그때 사 먹으면 된다고요.

그러자 그 녀석이 이러더군요. '진짜요?' 그래서 제가 그랬죠. '마이클, 그 식당 주인은 바로 나잖니. 그러니 언제든지 뭐 먹고 싶은 게 있으면 그냥 들어가서 달라고 그래.'" 하지만 그 습관은 여간해서 고쳐지지 않았다. 이후로도 숀은 그가 초대형 멕시칸 피자를 하나 들고 집에 돌아오는 것을 종종 보곤 했다. "마치 뭔가 말실수를 하고, 자기도 깜짝 놀라는 식이었죠. 그러니까 그 녀석은 초대형 피자를 사 들고 집에 들어오다가 저랑 딱 마주치면, 대뜸 이러는 겁니다. '아, 맞다, 까먹었네.'" 콜린스는 또 다른 사실을 눈치챘다. "정말 '모든' 것을 다 쌓아 두는 거예요. 음식이며, 옷이며, 돈이며. 뭔가를 얻게 되면, 곧바로 어디 숨겨 두는 거 있죠." 마치 자기가 공짜로 얻는 물건이 영원히 공짜로 남아 있지는 않을 거라고 믿는 듯했다.

또 며칠 동안이나 리 앤의 마음속에 남아 있던 몇 가지 사소한 발견도 있었는데, 이는 하나같이 그의 유년기에 대해 뭔가를 암시하고 있었다. 어느 날 그녀는 마이클과 숀 주니어를 데리고 반스앤노블에 갔다. 서점 안에서 숀 주니어는 『괴물들이 사는 나라Where the Wild Things Are』라는 그림책을 보고는 이렇게 말했다. "저것 봐요, 엄마. 나 어렸을 때 엄마가 읽어 주던 그림책이에요." 이 말을 들은 마이클은 무척이나 무심한 말투로 이렇게 중얼거렸다. "나한테는 누가 책 읽어 준 적이 한 번도 없었는데."

그런가 하면 어떤 일을 계기로 리 앤과 숀 부부는 그를 이전보다도 더 수수께끼 같은 아이로 생각하게 되었다. 그는 자기 생각에 어울리지 않는 옷은 죽어도 입지 않으려고 버텼던 것이다. 심지어 얼룩이 하나 있다는 이유로 옷을 입지 않으려고도 했다. 대신에 마이클은 자기 티셔츠를 직접 '다림질'해서 입었다. 똑같은 티셔츠를 입는 경우에도 번번이 매일 아침마다 다림질해서 입었다. "그건 사회 경제적인 이슈까지는 아니었어요." 숀의 말이다. "그보다는 '저건 도대체 어디서 배워 먹은 버릇이야?' 싶은 이슈였죠." 하루는 숀이 자기 농구화를 사러 가는 김에 마이클도 데려갔다. 그는 마이클에게 혹시 너도 한 켤레 사고 싶으냐고 물어보았다. 그러자 마이클은 매장에 있는 색깔들이 하나도 마음에 안 든다고 코웃음쳤다. "그래서 제가 그랬죠. '마이클, 그런데 너는 농구화가 '전혀' 없잖아. 농구화도 없는 녀석이 어떻게 뭐는 마음에 들고 안 들고를 알아?' 그러자 그 녀석이 이러는 거예요. '어, 여기서 파는 것 중에 파란색 줄무늬인 게 있으면 모를까, 그게 아니면 싫다고요.' 그래서 제가 그랬죠. '정작 신발 한 켤레도 안 가지고 있는 녀석이, 신발 고르는 데 참 까다롭기도 하다.'" 마침내 그 매장에서 딱 마이클이 원하는 색깔의 운동화를 하나 찾아내기는 했다. 그런데 이번에는 신발 사이즈가 문제였다. 매장 직원은 15 사이즈를 신어야 한다고 장담했지만, 마이클은 싫다고 버텼다. 자기는 곧 죽어도 14 사이즈를 신어야 하겠다는 거였다. 결국 숀은 14 사이즈 운동화를 사 줄 수밖에 없었다. 이는 결국 그가 걸을 때마다 적잖은 고통을 감수해야 한다는 뜻이었지만 말이다.

　적어도 집 안에서만큼은 마이클은 깔끔함의 화신이었다. 리 앤은 항상 집 안을 깨끗하게 유지하려 들었는데, 불과 몇 주도 지나지 않아서 마이클은 식구들 중 유일하게 그녀의 검열을 무사히 통과하는 사람이 되었다. "우리 집에서는 속옷을 방바닥에 떨어뜨리기라도 하면, 1분도 지나지 않아서 어디론가 싹 사라져 버리곤 했죠." 숀의 말이다. "차라리 은식기 넣어 두는 찬장에 쑤셔 박아 두는 한이 있어도, 절대 방바닥에서 돌아다니는 법은 없었어요." 마이클은 식구 중 유일하게 자기 속옷을 방바닥에 팽개치지 않는 사람이었다. 마이클과 동갑인 콜린스만 해도 평생 자기 침대를 직접 정리한 적이 없었다. 그것 때문에 늘 엄마한테 잔소리를 들으면서도 결코 손 하나 까딱하지 않았다. 반면에 마이클은 잠자리를 정리했을 뿐만 아니라, 매번 시트를 걷어 내고 매트리스를 접어서 원래 상태의 소파로 해 놓았다. 단 하루의 예외도 없이 매일 그렇게 했다. "마치 하나님이 우리 부부를 위해 맞춤형 자녀를 내려 주신 것 같더라니까요." 숀의 말이었다. "저를 위해서는 스포츠를 잘하는 아이를, 아내를 위해서는 깔끔한 아이를 말이에요."

마이클이 집에 들어와 살기 시작한 때부터 숀은 그 아이의 미래를 궁리하기 시작했다. ("결국 제가 그 비용을 모두 부담할 사람이 될 테니까요.") 그는 이제 고등학교 3학년을 마쳐 가고 있었다. 비록 생활기록부를 직접 본 적은 없었지만, 투이 부부는 마이클의 성적이 좋지 않음을 잘 알고 있었다. 머틀 비치 이후에 그는 농구 팀에서 상당히 실력이 나아졌기 때문에, 숀이 생각하기에는 작은 대학 정도라면 충분히 진학할 수 있을 것 같았다. "설령 그 정도까지의 실력은 아니라고 한다면, 저라도 그 녀석을 도와서 그 정도 실력으로 '끌어올릴' 수 있을 것 같았습니다." 그의 말이다. 195센티미터라는 키는 주요 대학 농구 팀에서 핵심 선수가 되기에는 모자란 편이었지만, 그래도 디비전 2급에서는 뛸 수 있을 것 같았다. 숀은 남부 전역에 있는 대학 농구 팀 관계자와 연고를 지니고 있었다. 그는 마이클을 대신해서 몇몇 작은 대학의(예를 들어 머리주립이라든지 오스틴 피 같은 학교의) 코치들에게 편지를 썼다. 한편으로는 리 앤한테 시켜서 여름 농구 캠프마다 마이클 이름으로 참가 등록을 하기도 했다.

그때 휴 프리즈가 마이클에게 전화를 걸어서, 고등학교 풋볼 선수에 관해 스카우트 보고서를 쓰는 사람이 조만간 이곳에 올 예정인데, 휴의 추천에 따라 그를 직접 만나 보려 한다고 말했다. 브라이어크레스트 관계자의 말이라면 무조건 따르는 데 익숙했던 마이클은 팀 동료의 차를 얻어 타고 멤피스대학까지 갔다. 그리고 15분 동안이나 이 낯선 남자에게서 여러 가지 질문을 받으면서도, 그 만남에 대해서는 일말의 관심조차 드러내지 않았다. "그 사람이 말을 그만했으면 좋겠다 싶었어요. 그래야 집에 갈 수 있을 거니까요." 그는 나중에 말했다. 꿀 먹은 벙어리 같은 마이클의 태도 앞에서 톰 레밍도 결국 말을 멈출 수밖에 없었다. 그는 레밍이 건네준 신청서도 전혀 작성하지 않은 채로 두고 나왔다. 마이클의 생각에는 그걸로 말짱 끝이었다.

하지만 실제로는 그렇지 않았다. 레밍이 발행하는 스카우트 보고서를 읽는 사람 중에는 디비전 1급의 대학 풋볼부 100여 개를 담당하는 수석 코치들도 있었다. 그리하여 순식간에 주요 대학 100여 개의 코치들은 톰 레밍이 만난 멤피스의 이 소년, 지금껏 누구도 알지 못했던 이 신인이 올랜도 페이스 이후에 처음 보는 경이로운 레프트 태클 유망주라는 사실을 알게 되었다. 당시 올랜도 페이스는 세인트루이스 램스에서 레프트 태클로 뛰면서 연봉 1,000만 달러를 받고 있었다. 레밍의 보고서가 발행된 지 일주일쯤 지나서, 브라이어크레스트 세인츠 풋볼 팀이 소집되어 2주간의 춘계 연습에 들어갔다. 이 팀의 수석 코치인 휴 프리즈도 당연히 참가해서 연습을 시켰다. 오펜시브 라인 코치를 담당하는 팀 롱도 왔다. 다른 몇몇 코치와 마찬가지로 롱은 브라이어크레스트에 다니는 자녀를 둔 학부모였다. 이뿐만 아니라 그는 한때 멤피스대학 팀에서 레프트 태클로 활약했던 체중 136킬로그램의 거구로, 훗날 미네소타 바이킹스에서 5라운드로 드래프트되어 프로 경력도 거쳤다. 롱은 마이클 오어를 딱 보자마자 체격 조건에 감탄했다. "그 녀석을 처음 봤을 때, 그런 생각이 들더군요." 그의 말이다. "이 녀석이 나중에 우리 모두를 유명하게 만들어 줄 거야." 롱은 마이클이 3학년 때 마지막으로 뛴 경기에서 코치 일을 담당했는데, 그 당시 마이클은 오펜시브 라인에서 라이트 태클을 맡고 있었다. 하지만 롱은 그 아이가 예상처럼 아주 뛰어난 선수가 아닌 이유는 무엇인지 의아해하고 있었다. 한번은 마이클을 빼내서 벤치에 앉혀 두기도 했다. 차라리 다른 선수가 들어가는 편이 팀에는 더 유리해 보였기 때문이었다.

이들 말고 브라이어크레스트의 춘계 연습에 참가한 다른 코치 중에서 대학이나 프로 스포츠에서 직접 뛴 경험이 있는 유일한 사람은 숀 투이뿐이었다. 휴 프리즈가 숀에게 보조 코치로 도와 달라고 부탁한 것도 바로 그 때문이었다. 덕분에 그는 코치에서 졸지에 코치 겸 선수 생활지도 상담원이 되었다. 숀이 졸지에 풋볼 코치 노릇을 하게 되었다는 이야기를 들은 리 앤은 그만 너털웃음을 터트리고 말았다. 그녀의 남편은 퍼스트 다운first down과 프리 드로free throw조차도 구분하지 못했기 때문이었다. 물론 그것은 사실이었다. 풋볼 코치를 하면서 숀이 맨 처음 배운 것은 BMW를 타고서는 절대 할 수 없는 일이란 사실이다. 첫날 모임에 다녀오자마자 그는 리 앤에게 말했다. "픽업트럭을 하나 사야겠어. 코치 중에 픽업트럭이 없는 사람은 나 하나뿐이더라니까." 며칠 뒤 그는 정말로 픽업트럭을 한 대 샀다.

춘계 연습 첫째 날 오후, 숀이 새로 뽑은 트럭을 주차하고 나서 보니 선수들은 이미 줄지어 서서 몸을 풀고 있었다. 다른 코치들도 이미 모두 와 있었다. 그런데 그 옆에는 낯선 사람들도 있었다. 이 학교에서는 흔히 보기 힘든, 똑같은 옷차림의 남자들이 여럿이었다. 바로 이 연습을 참관하러 찾아온 대학 풋볼 코치들이었다. 이들은 한쪽에 모여 서 있었지만, 하나같이 짙은 색깔의 슬랙스를 걸치고, 가슴팍에 각 학교의 휘장이 새겨진 코치용 셔츠를 입고 있었다. 미시간대학, 클렘슨대학, 서던미시시피대학, 테네시대학, 플로리다주립대학에서 온 사람들이었다. 수석 코치까지는 아니고 보조 코치들이었다. 그래도 코치는 코치였다. 지금껏 대학 코치들이 브라이어크레스트의 선수를 구경하러 일부러 찾아오는 경우는 전혀 없었다. 브라이어크레스트의 풋볼 필드만 해도 비교적 외딴 곳에 있는 데다가, 미시간대학 역시 비교적 외딴 곳에 있었다. 클렘슨에서 온 코치는 여기 오느라 무려 8시간이나 차를 몰아야 했다고 브라이어크레스트의 코치에게 털어놓았다. 처음만 해도 선수들 중에는 왜 갑자기 이런 손님들이 찾아왔는지를 아는 사람이 거의 없었다. 물론 코치들은 휴 프리즈의 설명을 듣고서야 사태를 짐작했지만, 그럼에도 불구하고 모두 선수들 못지않게 놀라고 있었다. 운동부 주임 교사 칼리 파워스는 이렇게 말했다. "빅 마이크는 사실 아주 실력이 대단하지는 않았어요. 누가 봐도 그 녀석이 선수 경험이 없다는 게 분명했죠. 물론 그 덩치 하나만은 정말 대단했지만 말이에요." 팀 롱은 이렇게 말했다. "저는 그 사람들이 왜 거기까지 찾아왔는지 전혀 몰랐습니다. 아마도 그 녀석이 덩치 때문에 눈에 띄었나 보다 생각했을 뿐이었죠."

지구상에서 가장 복잡하다고 할 수 있는 사회 규범(즉 대학의 풋볼 코치와 고등학교의 풋볼 유망주 사이의 상호작용을 규제하는 규범) 때문에 이 코치들은 고등학교 3학년 학생들에게 직접 말을 걸 수 없었다. 직접 말을 걸려면 그 학생들이 8월에 졸업반으로 올라간 다음에나 가능했다. 그 이전에는 학교를 찾아오는 것도 단 두 번으로 제한되었고, 그나마도 멀찌감치 지켜보는 데에 만족해야만 했다. 따라서 코치들은 선수들을 향해 직접적으로는 아무 말도 하지 말아야 했다. 다만 멀찍이 떨어져서 바라보기만 했다. "정말 잊지 못할 순간이었습니다." 팀 롱의 말이다. "우선 체조랑 순발력 훈련을 했죠. 그리고 곧바로 판자 훈련을 했습니다. 그걸 10분쯤 했죠. 마이클이 맨 처음이었습니다."

판자 훈련(훈련 직전에 길이 3미터짜리 얇은 판자를 땅에 놓기 때문에 그런 이름이 붙었다)은 풋볼 연습 중에서도 가장 격렬한 것 가운데 하나다. 여기서는 오펜시브 라인맨 한 명과 디펜시브 라인맨 한 명이 한가운데서 맞선다. 호루라기 소리가 울리면 양쪽은 최대한 힘을 써서 상대방을 판자 끝으로 밀어내야 하는 것이다. 풋볼 경기 중에 마이클 오어를 피해 움직이는 것은 오히려 쉬운 일이었다. 그는 경기 중에 자기가 갈 곳을 몰라 헤매는 경우가 종종 있었기 때문이다. 상대편 선수 입장에서는 같은 팀 동료들로부터 도움을 얻을 수도 있었고, 설령 그렇지 않다 하더라도 얼마든지 달아나 숨을 곳이 많았다. 하지만 판자 위에서 일대일로 붙는 것은 사정이 전혀 달랐다. 같은 팀 동료 중에서도 누구 하나 선뜻 그를 상대하고 싶어 하지는 않았다.

마침내 팀에서도 가장 덩치 크고 가장 힘이 센 디펜시브 라인맨 조지프 크론이 나섰다. 신장 188센티미터에 체중 122킬로그램가량이었으며, 팀 내에서는 풋볼 특기생으로 대학에 진학할 가능성이 가장 많은 선수 가운데 하나였다. 그에게는 빅 마이크와 일대일로 붙어 보는 이 새로운 임무야말로 영웅 정신의 향기가 솔솔 풍기는 일이었다. "그때 제가 굳이 나섰던 이유는, 우리 팀에서 어느 누구도 선뜻 그 녀석을 상대하러 나서지 않을 것 같아서였어요." 그의 말이다. "그 녀석은 워낙 덩치가 컸거든요."

그때까지만 해도 크론은 마이클 오어가 예외적으로 대단한 풋볼 선수라고 생각하지는 않았다. 그가 보기에 마이클이 필드에서 위력을 발휘하지 못하는 원인은, 다른 무엇보다도 자기가 거기서 뭘 해야 하는지를 제대로 이해하지 못하기 때문이었다. 그래도 크론은 마이클의 실력이 지난 시즌에서 상당히 향상되었고, 특히 마지막 경기에서는 상당히 좋은 활약을 펼쳤음을 알고 있었다. "그 녀석은 나름대로 궁리를 하고 있었나 봐요." 크론이 말했다. "어떻게 자기 발을 움직일지, 어디다 손을 놓을지를요. 어떻게 상대편에게 달려들어야만 쉽게 빠져나가지 못할지 등등을요." 하지만 빅 마이크가 풋볼 필드에서 자기 포지션을 전혀 이해 못했다 하더라도, 크론이 보기에 그는 여전히 무시무시한 신체 능력을 지니고 있었다. 그는 언젠가 빅 마이크 앞에서 쓰러지는 불운한 실수를 저질렀던 상대편 선수들의 모습을 머릿속에 똑똑히 담고 있었다. "그 녀석들은 완전히 납작해졌더라니까요." 그의 말이다. "간신히 일어났을 때는 등짝에 풀물이 시퍼렇게 들어 있더라고요. 저로선 차마 마이클의 상대편이 되어서 경기에 나서는 게 어떤 기분인지를 상상조차도 할 수가 없더군요." 하지만 지금은 사실상 그가 딱 그런 처지였다.

두 선수는 판자 한가운데 각자 자리를 잡았다. SEC, 빅 텐, 콘퍼런스 USA, ACC 소속 학교들에서 온 코치들의 시선이 이들에게 집중되었다.[22] 조지프 크론은 머릿속으로 생각을 거듭하고 있었다. "저는 거기 앉아서 이렇게 생각하고 있었죠. '아이고, 이 자식은 진짜로 집채만 하네. 바짝 숙여서 달려들어야지. 최대한 발에 힘을 주고서.'"

"시작!"

대결이 끝나자마자(물론 전광석화처럼 끝나 버렸는데) 다섯 명의 대학 코치들

---

22 본문에 언급한 곳 모두는 NCAA 소속의 지역 콘퍼런스들이다. SEC에는 남동부 11개 주의 14개 대학이 소속되어 있다. 빅 텐 콘퍼런스에는 북동부 5대호 인근 10개 주의 14개 대학이 소속되어 있다. 콘퍼런스 USA에는 남부 10개 주의 14개 대학이 소속되어 있다. ACC에는 동부 10개 주의 15개 대학이 소속되어 있다.

은 갑자기 뿔뿔이 흩어지더니 저마다 다급하게 사적인 전화 통화를 하는 모습이었다. 브라이어크레스트의 운동부 주임 교사 칼리 파워스가 왼쪽을 보았더니, 한 코치가 다른 코치들과 거리를 두려고 하다가 이쪽으로 걸어오고 있었다. "그 사람이 전화에 대고 이렇게 중얼거리는 거였습니다. '이런 세상에. 이걸 직접 보셔야 한다니까요!'" 파워스의 말이다. 클렘슨의 코치인(아울러 한때 사우스캐롤라이나대학의 풋볼 수석 코치를 역임한 바 있는) 브래드 스콧은 말 그대로 필드로 뛰어들어 휴 프리즈에게 자기 명함을 불쑥 내밀며 말했다. "봐야 할 건 이미 다 본 것 같습니다." 혹시 마이클 오어가 클렘슨에 오고 싶어 한다면 전액 장학금을 지불하겠다는 것이 그의 제안이었다. "이 말을 남기고 그 클렘슨 관계자는 곧바로 차에 올라타더군요." 팀 롱의 말이다. "다시 8시간인지 9시간인지를 달려서 집으로 돌아가는 거였습니다."

휴 프리즈 역시 다른 누구 못지않게 감명을 받고, 또 놀랐다. 마치 무슨 교육용 영화에 나오는 장면 같았다. 빅 마이크는 체중 122킬로그램의 상대를 마치 무슨 종잇장 다루듯 가볍게 처리해 버렸던 것이다. "조지프는 거의 어엿한 '성인'이었죠. 그런데도 마이클은 그 녀석을 마치 45킬로그램짜리 약골 다루듯 처리한 겁니다. 조지프도 가만 있지는 않았죠! 처음 두 걸음으로 말하자면, 웬만한 러닝백의 걸음 못지않게 빨랐습니다. 그러다가 그 몸뚱이가 그 녀석을 강타한 거죠. 아주 엄청난 힘으로요. 그 녀석이 위에서 덮치면 무슨 수를 써도 빠져나올 수 없습니다. 녀석은 등을 꼿꼿이 세우고 있다가, 조지프를 필드에 쓰러트리고는 태연하게 일어서기만 한 겁니다."

한쪽 옆에 서 있던 숀은 조지프에게 다가가서 그의 헬멧을 손으로 토닥거렸다. 그는 아이에게 미안한 생각이 들었다. ("저는 그 녀석한테 박살나 버렸죠." 크론의 말이다. "이런 생각이 들었어요. '아, 재미있는 경험은 아니었어.'") 숀은 오늘 찾아온 보조 코치 가운데 한 명인 서던 미스의 리프 셔러와 아는 사이였다. 셔러는 이전에 멤피스대학에서 풋볼 수석 코치를 역임했기 때문이다. 서던 미스로 말하자면 대학 풋볼 팀 중에서도 엘리트가 대부분인 이날의 대표단에서는 일종의 '미운 오리 새끼'였다. 셔러는 어딘가 아쉬운 듯한 표정으로 숀에게 걸어오더니 이렇게 말했다. "이런, 이제 저 녀석하고 우리가 계약을 하기는 글러 버렸군. 혹시 다른 녀석은 없나?" 그 한 번의 플레이로 마이클 오어는 서던 미스의 혈통에 들어가기에는 지나치게 탁월하다는 사실을 입증했던 셈이다. "참으로 이상한 하루였죠." 팀 롱의 말이다. "그 녀석의 날이 찾아오자 발동이 제대로 걸렸어요. 마치 지금껏 녀석이 줄곧 그 정도로 훌륭했던 것처럼요."

그때 이후로는 코치들이 떼 지어 몰려왔다. 아칸소, 노터데임, 올 미스, 마이애미, 네브래스카, 오클라호마주립, 오하이오주립 등등. 처음에는 그냥 보조 코치들이 찾아왔지만, 그들은 하나같이 휴대전화를 꺼내 어딘가로 연락을 취했고("아, 글쎄, 이걸 직접 보셔야 한다니까요!") 그러면 최고 책임자들이 득달같이 달려왔다. "워낙 그러다 보니 저도 번번이 연습 시간이 막 기대되는 거였습니다. 오늘은 또 누가 와 있으려나 궁금해서 말이죠." 팀 롱의 말이다. "혹시 늦게라도 도착하면, 누가 이러는 거예요. '이런, 자네 방금 밥 스툽스가 왔다 간 걸 못 봤겠군.'"(스툽스는 오클라호마대학의 풋볼 수석 코치였다) 하루는 브라이어크레스트의 선수들과 코치들이 연습을 하다 저쪽을 쳐다보았더니, 한 가지 기묘한 광경이 펼쳐지기도 했다. 테네시주에서 가장 유명한 코치인 테네시대학의 필 풀머가 걸어서가 아니라 무려 '뛰어서' 연습장으로 오고 있었던 것이다. 풀머의 몸으로 말하자면 결코 애초부터 재빠르게 움직이도록 설계된 것처럼 보이지 않았기 때문에 더욱 의외였다. "필 풀머를 TV에서는 본 적이 있었죠." 조지프 크론의 말이다. 그가 이 순간을 잘 기억하고 있는 까닭은, 또 한 번의 불쾌한 판자 훈련을 하고 있었기 때문이다. "하지만 직접 본 적은 전혀 없었어요." 풀머는 강연 때문에 멤피스에 왔다가 비행기를 타고 녹스빌로 갈 예정이었다. 하지만 그가 비행기에 타기 전 스카우트 담당자가 전화를 해서 일생일대의 구경을 해 보라고 제안했던 것이다. 급기야 풀머는 비행기를 놓치는 한이 있더라도 이 구경을 하기로 결심했다. 그리고 30킬로미터를 자동차로 달려 브라이어크레스트의 연습장에 달려왔다. 하지만 그는 엉뚱한 주차장에 차를 대 놓았다. "대략 30도 정도의 경사로였죠." 팀 롱의 회고다. "그런데 필 풀머가 주차장을 가로질러 달려오기 시작하는 거예요. 흙길을 막 뛰어 내려오더라고요. 숨을 막 헐떡이고 껄떡이고 하면서 오더니 이러는 거 있죠. '이걸 직접 꼭 봐야 한다고 그래서 들 왔지.'"

풀머는 30분 내내 마이클 오어를 지켜보고 나서, 롱을 향해 이렇게 말했다. "저 녀석이야말로 전국에서 최고로군." 《USA투데이》에서 머지않아 나올 법한 말이었다. 그 모두가 톰 레밍 덕분이었다. 춘계 연습의 중간쯤에 마이클 오어는 프리 시즌 고등학교 올 아메리칸 1차 팀에 선정되었다. 그때 이후로 휴 프리즈는 자기가 하던 일을 거의 모두 포기한 채, 사무실에 들어앉아서 브라이어크레스트크리스천스쿨을 방문하려는 여러 대학 풋볼 코치들이 걸어오는 수많은 전화를 받아야만 했다. "전국의 코치 가운데 전화를 하거나 직접 찾아오지 않는 사람이 하나도 없는 것 같더군요." 그의 말이다. "워싱턴, 오리건, 오리건주립. 그러니까 사방팔방에서 사람들이 전화를 걸어서 물어보는 겁니다. '코치님, 우리한테도 기회가 있겠습니까?' 춘계 연습 내내, 매일같이 제 사무실 안에는 어느 대학의 수석 코치 한 사람이 와서 기다리고 있고, 사무실 밖에도 또 한 사람이 와서 기다리고 있었죠." 연습장에 나타나지 않은 코치들은 브라이어크레스트의 복도를 서성거렸다. "한마디로 표현하자면, 마치 독수리 떼가 먹이를 얻으려고 호시탐탐 노리고 있는 모습 같았어요." 조지프 크론의 말이다.

비록 본성이야 포식자와 다를 바 없었지만, 그들은 다만 '그것'을 봤다고 말하기 위해서 찾아오는 경우가 대부분이었다. 마치 그랜드캐니언을 처음 방문한 관광객들의 태도와도 비슷했다. 브라이어크레스트에 있는 사람들은 졸지에 이곳이 스포츠 분야 관광 명소가 되어 버렸다는 사실에 당혹스러워하는 한편 나름대로 호기심도 품게 되었다. 칼리 파워스는 이곳을 찾은 코치 가운데 한 사람에게 물어보았다. "마이클이 그렇게 뛰어난 이유가 무엇인 것 같습니까?" 그러자 상대방은 선뜻 이렇게 대답했다. "그놈은 자연이 낳은 괴물이에요." 스티브 심슨은 이곳을 찾은 코치 가운데 한 사람을 자기 사무실로 데리고 들어가서 "그나저나 여기 오신 분들은 왜 그렇게 흥분하시는 겁니까?" 하고 물어보았다. "그러자 그 사람이 그러더군요. 저만큼 덩치 크고 저만큼 잘 뛰는 놈은 어디에도 없다고 말이에요." SEC의 수석 코치 가운데 두 명은 마이클 오어야말로 자기들이 지금껏 본 것 중에서도 최고의 오펜시브 라인맨이라고 팀 롱에게 장담했다. 여기 모인 여러 대학 관계자 가운데 결국에 한 명 말고는 모두들 헛물을 켜고 말겠지만, 그래도 이 정도면 충분히 여기까지 찾아와 볼 만한 가치가 있었다고도 했다. "제가 처음 마이크를 보았을 때 그는 3 대 3 오클라호마 연습[23]을 하고 있었습니다." 루이지애나주립대학(LSU)의 오펜시브 라인을 담당하는 코치 스테이시 설즈의 말이다. "그 녀석은 말 그대로 다른 선수들을 압도하고 있더군요. 처음에 멀리서 쳐다볼 때에는 이런 생각이 들었습니다. '아이고, 그놈 참 튼튼하게 생겼다.' 체력에서나 덩치에서나 순발력에서나 힘에서나, 제가 지금껏 본 어떤 라인맨보다 훨씬 더 뛰어났습니다. 그러다가 가까이서 쳐다보았더니, 그야말로 '아이고, 세상에'더군요. 그놈이야말로 자연이 낳은 괴물이었어요. 그렇게 크고, 그렇게 힘이 좋고, 그렇게 빠르고, 그렇게 재능이 있는 녀석이 어디 흔하겠습니까. 다만 이삼 년에 한 번씩 웬 녀석이 번쩍하고 나타날 때가 있는데, 이 녀석이 바로 그런 녀석이었어요."

고등학교와 대학 시절부터 스타로 군림했고, 훗날 NFL에서 뛴 경험도 있었던 팀 롱조차도 이런 난리는 처음 겪는 셈이었다. 고등학교 졸업반 때 루이

---

23   오클라호마대학 풋볼부에서 처음 개발한 훈련법으로, 휘슬과 함께 오펜시브와 디펜시브 라인맨 각 1명이 몸싸움을 벌이는 사이에 러닝백이 공을 들고 돌파하면 성공이며, 그 변형인 3 대 3 연습에서는 오펜시브와 디펜시브 라인맨 각 3명씩 나선다. 하지만 선수의 안전 문제로 논란이 지속되다가 2019년에 NFL에서 아예 금지되었다.

지애나주를 통틀어 가장 열띤 스카우트 대상자였던 숀 투이조차도 이런 난리
는 처음 겪는 셈이었다. 숀은 그야말로 얼떨떨하기만 했다. "저는 마이클이 풋
볼엔 젬병이라고 생각했어요." 그의 말이다. "사실 그때까지 저는 그 녀석에게
농구 특기생 장학금을 받아 주려고 생각하고 있었거든요." 이제 숀이 이런저런
일로 브라이어크레스트에 잠시 들를 때마다 번번이 어느 풋볼 명문 대학의 스
카우트 담당자와 마주칠 정도였다. 하루는 그가 휴 프리즈의 사무실로 가 보니
마침 미주리대학에서 온 코치에게 휴가 이렇게 말하고 있었다. "이런 식으로 말
씀드려 죄송합니다만, 그쪽 학교에는 기회가 없을 겁니다. 여기서 더 이상 시간
낭비 안 하셨으면 좋겠군요." 또 한번은 숀이 휴의 바쁜 일정에서 간신히 몇 분
을 빌려 몇 가지 개인적인 문제를 논의하던 중에(아마도 흑인 선수 가운데 한 명의
등록금 문제 때문이었을 것이다) 갑자기 플로리다대학의 풋볼 스카우트 담당자가
찾아왔다.

　"여기 '오헤어'란 선수가 있다고 해서 왔는데요." 그가 말했다. 마이클의 이
름조차도 잘못 발음하고 있었다.

　"그 선수 이름은 '오헤어'가 아닙니다." 숀이 말했다. "우리는 '오어'라고 부
르죠."

　마이클이 졸업반이 되기 전까지는 스카우트 담당자들이 그에게 직접 말을
걸 수 없는 것이 원칙이기 때문에, 플로리다에서 온 관계자는 말 그대로 멀찌감
치 떨어져 앉아서 마이클을 구경해야만 했다. 휴는 마이클이 지금 수업 중이라
고 플로리다 관계자에게 말했다. 하지만 그는 기다렸다가 수업이 끝나면 한번
보고 가겠다고 부탁했다. 종이 울리기 직전에 세 사람(휴, 숀, 그리고 플로리다 관
계자는) 복도를 따라 교실 쪽으로 출발했다. 종이 울린 순간, 플로리다 관계자
는 자신의 블랙베리 폰에 들어온 문자를 살펴보고 있었기 때문에 자기 앞에 있
는 문이 벌컥 열리는 것도 몰랐다. 심지어 마이클이 자기 앞으로 다가오는 것조
차도 전혀 몰랐다. 그러다가 그가 고개를 들어 보니, 마이클이 겨우 60센티미

터 떨어진 곳에 서 있었다. 그야말로 인간 장벽이나 다름없었다. 플로리다 관계자는 어찌나 놀랐던지 마치 공포영화를 보던 사람마냥 비명을 질렀다. '으아아악!'

그는 드디어 마이클 오어를 직접 눈으로 확인한 것이었다. "그는 곧바로 전화번호를 누르기 시작하더군요." 숀의 말이다. "어찌나 빨리 누르는지 손가락이 안 보일 정도였어요." 다른 스카우트 담당자와 마찬가지로 그는 차마 마이클에게 직접 말을 걸 수는 없었다. 하지만 그는 마이클을 직접 '본' 것이었다. 마이클이 침착하게 지켜보는 가운데, 플로리다 관계자는 휴 프리즈를 돌아보며 말했다. "그러면 마이클 오어한테 꼭 이렇게 전해 주시기 바랍니다. 우리 플로리다대학에서 그 친구한테 풋볼 특기생 장학금을 줄 용의가 아주 많이 있다고요." 그러더니 그는 몸을 돌려 걸어갔는데, 얼마 못 가서 그가 휴대전화에 대고 높은 어조로 하는 말이 숀의 귀에도 들렸다. "코치님, 여기 직접 오셔서 그 녀석을 한번 보셔야 한다니까요. 아니에요, 직접 오셔서 보셔야 한다고요." NCAA의 규제 때문에 이 말은 단 한 가지 의미로 축소되었으며, 코치들은 이 의미를 그야말로 숭배했다. "녀석을 실제로 본 사람은 누구나 이렇게 말합니다." 처음에 올 미스를 대표해서 스카우트 전쟁에 뛰어들었던 커트 로퍼의 말이다. "우아! 이놈은 일단 외모 시험에는 통과로군. 생긴 것만 보면 마치 SEC 명문 학교의 라인맨 같잖아. 사실은 겨우 '고등학교 3학년'인데 말이야!" 올 미스 출신으로 NFL의 오펜시브 라인맨 된 선수는 지금까지 단 두 명뿐이었다. 크리스 스펜서는 1라운드 지명으로 시애틀 시호크스에 갔고, 마커스 존슨은 2라운드 지명으로 미네소타 바이킹스에 갔다. 하지만 마이클 오어 정도의 덩치를 지닌 라인맨은 로퍼도 전혀 본 적이 없었다. "그 녀석이야말로 '지금까지' 제가 본 녀석들 중에서 최고였습니다." 그의 말이다.

바야흐로 전국에서 가장 주목을 받는 오펜시브 라인맨을 차지하기 위한 스카우트 전쟁이 시작된, 그것도 이제 겨우 시작된 셈이었다. 하지만 어느 누구도 마이클 오어가 누구인지, 어디 출신인지, 부모가 누구인지를 전혀 알지 못하고 있었다. 솔직히 말해서 그가 정말 뛰어난 풋볼 선수인지 여부도 아직은 전혀 알지 못하고 있었다. 불과 2주 만에 마이클 오어는 고등학교 풋볼 선수 중에서 가장 유명해지게 된 동시에, 또 가장 수수께끼가 된 셈이었다. 이제는 전국의 오펜시브 라인 코치 가운데 그를 모르는 사람은 하나도 없게 되었으며, 여전히 더 큰 대학의 풋볼 수석 코치들이 줄지어 그를 직접 보려고 학교로 찾아오고 있었다. 하지만 마이클의 삶에서는 가장 기본적인 세부 사항조차도 여전히 수수께끼로 남아 있었다. 춘계 연습 가운데 하루는 그가 무의식중에 이런 사실을 증명하고야 말았다. 마이클은 또다시 판자 연습을 해서 불쌍한 조지프 크론을 또다시 박살 내 버렸는데, 어찌 된 일인지 이번에는 한쪽 무릎을 꿇고 앉아서 꼼짝도 하지 않았다. 평소 같으면 둘 중 그가 먼저 일어나서, 마치 덩치가 그 절반밖에 안 되는 사람처럼 잽싼 몸놀림으로 자기 발밑에 놓인 공을 붙잡았을 텐데 말이다. 숀이 마이클에게 다가가 보았다.

"괜찮은 거냐?" 그가 물었다.

"아버지요." 마이클이 말했다. "아버지가 돌아가셨어요."

연습 직전 빅 토니가 브라이어크레스트의 사무실로 전화를 했었다. 마이클의 아버지가 누군가에게 피살되었다는 사실을 자기도 막 알았다는 것이었다. 멤피스 서부의 어느 고가도로에서 떨어졌다고 한다. 그것도 무려 '지금으로부터 세 달 전에' 말이다. 그때 저녁 뉴스에도 이 사건("다리에서 추락한 남성")이 보도되었지만, 사망자의 신원은 밝혀지지 않았다. 나중에야 신원이 밝혀졌지만, 도대체 어떻게 해서 그런 일이 벌어졌는지는 아무도 몰랐고, 또 아무도 관심을 갖지 않았다. "저는 그 녀석에게 아버지가 있는 줄조차도 몰랐죠." 숀의 말이다. "문득 이런 생각이 들더군요. '리 앤은 이 사실을 모두 알고 있었을 거야.'" 이 소식이 마이클 오어의 내면에 어떤 영향을 끼칠지를 어렴풋이나마 짐작할 수 있는 사람은 아마 리 앤 혼자뿐일 것이었다. 그녀야말로 그가 자기 내면을 열어 보이는 유일무이한 사람이었기 때문이다.

"혹시 그 일 때문에 마음이 편치 않아서 그러니?" 숀이 물었다. "그럼 오늘은 연습을 그만할까?"

"아뇨."

"그나저나 언제 돌아가셨다는 거냐?"

"세 달 전에요. 저는 아까 전에야 들었어요."

숀이 생각하기에는 정말 이상한 일이 아닐 수 없었다. 마이클이 생각하기에도 그랬나 보다.

"아저씨 생각에는 왜 그 사람들이 나한테 얘기 안 해 준 것 같아요?" 그가 물었다.

이 일에 관해 마이클이 한 말은 이게 전부였다. 그는 이 일을 곧바로 마음속에 도로 가져다 놓았다. 그런 일들을 보관해 두는 자기 마음속 어떤 장소에 말이다. 브라이어크레스트에는 자기들이 빅 마이크의 발전과 밀접한 연관을 맺고 있다고 생각하는 사람들(즉 지도교사, 과목 교사, 코치 등)이 많았고, 이들의 생각은 물론 사실이었다. 여기서 일하는 교사들은 기독교 학교가 공립학교보다 훨씬 더 나은 점 하나는 사제 간의 정신적 유대의 깊이라고 생각했다. "미적분을 가르치고 배우는 과정에서 유대를 맺기는 힘들죠." 브라이어크레스트의 창립 때부터 교사로 재직한 팻 윌리엄스 박사는 이렇게 말한다. "그렇지만 '우리 가족을 위해서 기도해 주시겠어요?' 하고 부탁하는 과정에서 유대를 맺기는 어렵지 않습니다." 그렇지만 빅 마이크는 자기 아버지가 피살되었다는 사실을 (또는 자기 아버지에 관한 다른 어떤 사실조차도) 숀 이외의 다른 누구에게도 굳이 언급할 필요가 있다고는 생각하지 않았다.

그는 그렇게 한참 동안 한쪽 무릎을 꿇고 앉아 있었다. 숀은 휴에게 다가가서 마이클에게 잠깐 휴식 시간을 주라고 부탁했다. 그리고 리 앤에게 전화를 걸었다. 그녀야말로 '심리 상담소'나 다름없었으니까. 그날 밤 마이클이 집에 돌아오자, 리 앤은 그를 한쪽으로 데려가 아버지 소식을 들었다며 참으로 안됐다고 위로해 주었다. "내 말을 너무 무정하거나 냉정하다고 생각하지는 않았으면 좋겠어." 그녀가 말했다. "하지만 너는 사실 아버지를 알지도 못하잖아." 마이클은 그게 사실이라고 대답했다. 리 앤이 말했다. "너도 알다시피, 어쩌면 이게 더 나은지도 몰라. 앞으로 너는 어쨌거나 돈을 많이 벌게 될 건데, 아버지가 거꾸로 너를 찾아내서 너에 대한 권리를 터무니없이 주장할 수도 있으니까."

이쯤 되어서는 마이클이 풋볼 선수로 크게 성공함으로써 돈을 벌 수도 있으리라는 예상이 충분히 설득력 있어 보이게 되었다. 굳이 숀 투이가 유언장에 그의 이름을 적어 놓지 않아도, 마이클은 부자가 될 수 있을 것이었다. 마이클 오어의 진정한 미래가 바로 풋볼에 있음을 숀에게 납득시킨 최초의 인물은 바로 닉 세이번이었다. LSU의 수석 코치인 그는 당시에 전국 선수권대회에 팀을 갓 출전시킨 바 있었다. 세이번이 브라이어크레스트로 찾아왔을 때 마이클은 농구 코트에서 픽업 게임[24]을 하고 있었다. 물론 세이번도 이 소년에게 직접 말을 걸 수는 없었지만, 그는 굳이 그럴 필요가 없었다. 이 소년이 나오는 테이프를 봤기 때문이었다. 세이번은 이 소년이 농구 코트에서 움직이는 모습을 지켜보았다. 마이클이 다리 사이로 공을 드리블하고, 골대로 몰고 가고, 뛰어올라 덩크슛을 가하자, 세이번은 뭔가 이상하다는 생각이 들었다. 마이클 오어의 체중은 아무리 많아야 129킬로그램밖에는 안 될 거라고 그는 주장했다. 그러면서 이 소년의 체중을 한번 재 보자고 부탁했다. 그거야 쉬운 일이었다. 브라이어크레스트에서는 오로지 그를 위한 체중계를 새로 하나 들여놓았기 때문이다. 마이클의 체중이 무려 156킬로그램에 달한다는 사실을 직접 본 세이번은 이렇게 말했다. "앞으로 3년 안에 이 녀석이 NFL에서 맨 먼저 지명되는 15명 안에 들어가지 않는다면, 뭐가 잘못되어도 정말 단단히 잘못된 일일 겁니다."

---

24   정식 경기가 아니라 길거리 농구처럼 선수들끼리 자발적으로 하는 경기.

휴 프리즈는 이제야 자기 손에 어떤 패가 들어왔는지를 깨닫고 흥분해 마지않았다. 단순히 덩치 큰 라인맨 하나가 아니었다. 단순히 비슷한 덩치를 지닌 다른 시멘트 블록과 교체 가능한 시멘트 블록 하나가 아니었다. 그는 한마디로 미래의 NFL 레프트 태클이었다. "대학 코치마다 모두 그 소리였습니다." 휴의 말이다. "그러니까 한 사람도 예외 없이 그러는 거였습니다. '이 녀석은 일요일마다 열리는 큰 경기에서 뛰게 될 겁니다. 레프트 태클로 말입니다.'"

이것은 그들 모두가 기뻐한 이유였다. 마이클 오어는 NFL 레프트 태클의 임무 수행에 딱 어울리는 다른 여느 고등학교 선수 못지않은 능력이 있었다. 그리고 레프트 태클이야말로 쿼터백의 블라인드 사이드를 지켜 주는 보호자로서, 경기에서 가장 높은 보수를 받는 포지션이었다. 휴는 처음에만 해도 마이클을 수비수로 기용했지만, 생각만큼 실력이 발휘되지 않자 나중에는 그를 라이트 태클로 기용했다. 따라서 이때까지만 해도 마이클 오어는 사실 레프트 태클로 뛰어 본 적이 한 번도 없었다. 이것은 충분히 이해할 만한 일이었다. 사실 고등학교 팀에서는 레프트 태클이 그다지 중요하지 않았다. 여기서는 패싱 플레이라든지 패스 러시가 그다지 중요하게 여겨지지 않았기 때문이다. 이제야 휴는 풋볼 명문 대학과 NFL에서는 레프트 태클이 막대한 가치를 지닌 상품임을 깨닫게 되었다. 자연이 낳은 괴물 같은 녀석이 그 포지션을 멋지게 감당하는 모습을 발견한 사람은 곧 프로 스포츠에서도 가장 값비싼 상품을 발견하게 된 셈이었다.

춘계 연습이 끝나고 휴는 이때까지 레프트 태클을 담당하던 선수를 라이트 태클로 보냈다. 그리고 이제 마이클 오어가 그 선수의 포지션을 차지했다.

CHAPTER 5

어느 라인맨의 죽음

한 소년이 어떤 사건에 직면하게 되었다. 그 소년은 여러 면에서 의외였다. 그는 스스로를 풋볼 선수라고 생각해 본 적이 한 번도 없었으며, 이런 소란이 도대체 무엇 때문인지도 한동안 깨닫지 못했다. 이 사건은 풋볼 전략에서의 한 가지 변화 때문이었다. 그 변화로 인해 풋볼 필드에서 한 포지션의 가치가 급상승했는데, 그 소년으로 말하자면 바로 그 포지션의 적임자였던 것이다. 물론 2004년 미국에 살던 소년들 가운데 프로 풋볼 경력을 얻고자 하는 사람이라면 누구나 어느 정도의 주목을 받게 되기는 했다. 하지만 마이클 오어가 여타 오펜시브 라인맨과 다르지 않았다면, 어느 누구도 그를 가리켜 미래의 NFL 선수라고 선뜻 장담하지는 않았을 것이다. 풋볼 코치들이 그에게 그토록 관심을 가졌던 이유는 NFL의 레프트 태클에 대한 새로운 원형이(더 정확하게 표현하자면 그 전형이) 이미 존재하고 있었기 때문이었다. 그들은 첫눈에 그의 타고난 재능을 간파할 수 있었다. 풋볼 선수 시장은 오펜시브 라인을 재편하게 되었으며, 사실상 이 하나의 포지션을 따로 떼어서 거의 별도의 직업인 것처럼 여기도록 만들어 버렸다. 그렇다면 이런 현상이 일어난 '원인'은 과연 무엇이었을까?

이 질문에 대한 대답은 다름 아닌 풋볼 전략의 역사에 담겨 있다. 개인의 역사와 마찬가지로 풋볼의 역사 또한 그 당대보다는 오히려 나중에 뒤돌아보았을 때에야 더 명료하고 질서정연하게 보이게 마련이다. 그 역사에는 뚜렷한 시작과 끝이란 게 없게 마련이다. 풋볼의 역사는 매번 어떤 우연한 사건으로 인해서 진보했다. 레프트 태클 포지션의 진화에서 알 수 있듯이, 풋볼의 역사는 여러 개의 잘못 끼워진 단추와 막다른 골목, 그리고 무작위적인 변화와 부자연스러운 도태를 겪어 왔다. 이는 풋볼 분야의 더 깊은 곳에서 벌어지는 다른 더 작은 진화의 경우와도 마찬가지다. 하지만 1975년 12월 28일 오클랜드 콜리세움에서 있었던 사건은, 돌이켜 생각해 보면 정말 그 시작에 해당하는 순간이었다.

플레이오프 경기가 그 마지막 몇 분을 남겨놓고 있었다. 점수는 31 대 28로 신시내티 벵골스가 오클랜드 레이더스를 뒤쫓고 있었다. 벵골스는 레이더스의 37야드 라인에서 공을 가졌고, 격렬하게 몰아붙이기 시작했다. 콜리세움의 저 높은 곳 기자석의 벵골스 측에는 빌 월시라는 이름의 보조 코치가 다음 플레이를 고르고 있었다. 월시는 자기가 무슨 플레이를 지시하든지 간에 상황을 바꿀 수는 없음을 잘 알고 있었다. 시간이 너무 없었기 때문이다. 벵골스의 수석 코치인 전설적인 인물 폴 브라운은 마치 자기가 플레이를 지시하는 것처럼 보이기를 원했고, 그런 환상을 유지하기 위해 굳이 시간을 허비하는 이런 "과정"을 만들어 놓았다. 눈에 보이지도 않고, 인정도 받지 못한 채, 월시는 전화를 통해 사이드라인에 있는 동료 보조 코치 빌 존슨에게 그 플레이를 전달했다. 존슨은 그 플레이를 빌에게 속삭였다. 그러자 브라운은 관중이 지켜보는 가운데 한 선수를 불러내 큰 목소리로 작전을 지시한 다음, 쿼터백에게도 전하라며 등짝을 밀어 다시 필드로 내보냈다. 사실 신시내티의 공격을 지시한 주인공은 빌 월시였다. 하지만 남들이 보기에는 마치 폴 브라운이 지시하는 것처럼 보였다. 그래도 월시는 그다지 크게 마음을 쓰지는 않았다. 기자석이야말로 그에게는 무엇보다도 도움이 되는 "차분한 분위기"를 제공해 주었기 때문이다. 기자석에 앉아서 저 아래를 내려다보면 뭐가 잘되고 뭐가 잘못되는지를 훤히 알 수 있었다. 그리고 이제 그는 자기가 고른 플레이가 매우 잘못되어 가는 모습을 볼 수 있었다.

처음에는 충분히 가망이 있어 보였다. 와이드 리시버인 찰리 조이너가 중간을 가르고 나와서 멀찌감치 도망갔다. 벵골스의 쿼터백 케니 앤더슨은 리그 전체를 통틀어 가장 정확한 패스를 구사하는 선수였으며, 오픈된 표적을 놓치는 경우가 거의 드물었다. 바로 그때 어디서 많이 본 그림자 하나가 그의 뒤에 나타났다. 오클랜드에는 블라인드 사이드 패스 러셔가 한 명 있었는데, 본명은 테드 헨드릭스이지만 '미친 황새'라는 별명으로 더 잘 알려져 있었다. 월시는 혹시나 벵골스가 패스를 해야 할 상황에서 미친 황새가 그 사실을 눈치채면 어떻게 될까 하루 온종일 걱정했다. 그는 이런 상황을 하루 온종일 걱정해 왔던 것이다. "우리는 러닝백에게 헨드릭스를 잡으라고 지시해 두었습니다." 그의 말이다. "실제로도 그렇게 되었지요. 대개 경우에는요." 이제 조이너는 오픈된 상태였고, 케니 앤더슨은 그를 향해 공을 던지려는 참이었다. 바로 그때였다. '쾅!' 미친 황새가 쿼터백을 들이받았던 것이다. 그것으로 끝이었다. 미친 황새가 러닝백의 블로킹을 빠져나온 바로 그 순간, 벵골스의 시즌은 이미 끝나 버린 셈이었다.

"바로 그 순간 저는 결심하고 말았습니다." 월시의 말이다. "뭔가 더 나은 방법을 찾아야겠다고요. 다시 한 번 그런 상황을 맞이하게 된다면, 그때는 블라인드 사이드 러시를 뭔가 다르게 처리해야겠다고요."

그가 다시 한 번 이와 똑같은 상황을 맞이하게 된 것은 그로부터 6년 뒤의 일이었다. 이번에도 플레이오프 경기에서 플레이를 지시하면서, 상대편의 뛰어난 블라인드 사이드 패스 러셔를 반드시 고려해야만 했다. 하지만 그가 실제로 이렇게 처리했을 때에는 상황이 예전보다 훨씬 심상치 않게 전개되고 말았다.

이날은 1982년 1월 3일이었다. 월시는 한 친구와 함께 차를 타고 캔들스틱 파크로 향했는데, 이것은 NFL의 수석 코치로서 그의 처음이자 아마도 마지막 플레이오프 경기가 될 예정이었다. 그의 팀 샌프란시스코 포티나이너스의 상대인 뉴욕 자이언츠는 수비 코치 빌 파셀스의 지휘 아래 최근 새로 활력을 발휘하고 있었다. 자이언츠의 신인 라인배커 로렌스 테일러는 월시의 공격이 지금까지 직면한 것 중에서도 가장 어마어마하면서도 조직적인 위협을 가해 오고 있었다. 이 위협 앞에서 월시가 어떻게 대처하느냐야말로 이후 풋볼 전략의 미래를 결정지을 것이었다. 월시의 코치 경력은 여전히 불확실한 데가 있었다. 6개월 전 월시는 풋볼을 완전히 포기하려고 작정했다가 다시 마음을 바꾸었다. 경력상으로 그는 상당히 어정쩡한 위치에 있었다. 자기 세대의 가장 혁신적인 오펜시브 라인 코치였지만, 어느 누구도 그의 작전을 제대로 이해하지는 못했다. 이번 경기에서도 지고 만다면, 사람들은 결국 이를 절대로 이해하지 못할 것이었다.

그로부터 일주일 전 자이언츠는 최초로 나간 플레이오프 경기에서 강호 필라델피아 이글스를 꺾고 승리했다. 이글스의 수석 코치 딕 버마일은 월시와 절친한 사이였다. "저는 그 경기 직전에 딕과 이야기를 했습니다." 월시의 말이다. "그리고 로렌스 테일러를 어떻게 처리할 생각이냐고 물어보았죠. 그랬더니 그 친구가 그러더군요. '스탠이 그 녀석을 맡을 거야. 스탠이 충분히 할 수 있을 거라고.'" (여기서 말하는 스탠은 이글스의 레프트 태클인 스탠 월터스였다.) "음, 그런데 스탠은 충분히 해내지 못했습니다." 물론 스탠 월터스도 결코 만만한 선수는 아니었다. 이미 두 번이나 프로 볼Pro Bowl에서 뛰었고, 바로 전해 1980년에는 단 한 번의 쿼터백 색도 허락하지 않았다. 하지만 테일러는 그를 산 채로 집어삼켰고, 그로 인해 이글스의 쿼터백 론 재워스키의 마음에 불안감을 만들어 내는 데에서 각별한 즐거움을 느끼는 것만 같았다. 자신의 주특기인 '망치질'을 설명하는 과정에서 테일러는 이렇게 말한 적이 있다. "재워스키한테도 그렇게 먹였던 겁니다. 머리 위로 도끼를 들어 올렸다 내리찍듯이 말입니다. 제 생각에는 그 친구 물건이 흙바닥에 뚝 하고 떨어졌을 겁니다." 테일러의 테이프를 본 월시는 다음과 같은 질문에 대한 답변을 내놓기 위해 오랫동안 고심했다. 과연 어떻게 해야만 저놈의 짐승이 우리 팀의 젊은 쿼터백의 등짝에 올라타는 사태를 방지할 수 있을까? 월시는 단순히 조 몬태나의 신체 일부를 걱정하는 것이 아니었다. 다만 월시 본인의 가장 뛰어난 창조물인 이 복잡하고 작은 패싱 플레이를 운영하는 저 쿼터백의 능력을 걱정하는 것이었다.

월시는 쿼터백에 대해 뭔가 일반적이지 않은 시각을 지니고 있었다. 즉 쿼터백 역시 플레이를 하는 시스템의 일부에 불과하다는 것이었다. 쿼터백의 기여 덕분에 팀이 승리를 거둘 경우, 대중은 마치 타고난 리더처럼 보이는 그들의 자신감이며 침착함을 비롯해서 온갖 무형의 미덕을 예찬하곤 했다. 쿼터백의 기여 덕분에 팀이 슈퍼볼에 나갈 경우, 대중은 이 프리마돈나야말로 결코 교체 불가능한 존재라고 생각하게 마련이었다. 무형의 미덕도 물론 좋지만, 쿼터백의 성공과 실패를 좌우하는 요인은 단순히 그것만이 아니라고 월시는 생각했다. "쿼터백의 경기는 반드시 계획되어야만 한다." 월시의 말이다. "어느 정도까지는 코치를 해서 쿼터백을 만들 수 있다. 그것이야말로 쿼터백의 성공에서 가장 중요한 요소다. 또한 한 팀의 공격 작전을 어떻게 설계하느냐 하는 것이야말로 쿼터백의 성과에서 핵심이 된다. 결국 양쪽이 서로에게 맞춰야만 하는 것이다." 물론 그가 설계한 공격 작전은 결과적으로 쿼터백을 영웅으로 만들어 주었다. 하지만 그렇다고 해서 그가 정말로 쿼터백을 영웅으로 믿었다는 것까지는 아니었다.

그 시점에 이르기까지 월시의 경력은 풋볼 공격에 대한 그의 시각만큼이나 돈키호테적이었다. 그는 대학 풋볼 팀 중에서도 군소로 분류되는 새너제이 주립대학에서 선수로 뛰었다. 코치로 활동하면서는 대학과 프로를 오락가락했고, 둘 중 어느 한쪽에도 오래 정착하지 못했다. 예를 들어 한 해 동안은 오클랜드 레이더스의 보조 코치로 있다가, 이듬해에는 머지않아 없어지게 될 혼돈투성이의 세미프로 리그에서 새너제이 아파치스라는 무명 팀의 수석 코치로 일하는 식이었다.

1968년에 신시내티에 처음 들어왔을 때에 그의 나이는 37세였다. 원래 그의 임무는 폴 브라운을 보좌하여 벵골스의 패싱 플레이를 운영하는 것이었지만, 그는 이곳에서 한 가지 새로운 문제와 직면하게 된다. 선수들이 터무니없이 무능했던 것이다. "당시 우리는 AFL^American Football League의 리그 확장으로 생겨난 팀이었습니다." 월시의 말이다. "그러니 뛰어난 선수를 얻을 가능성 자체가 없었습니다. 우리는 찌꺼기들, 그러니까 이전까지 한 번도 프로 풋볼에서 뛰어 본 적이 없는 선수들을 가졌죠." 신생 구단 벵골스는 상대편을 두려움에 떨게 만들지도 못했고, 스크리미지 라인에서 상대편을 힘으로 밀어내지도 못했다. 그러니 이들이 공을 움직일 수 있는 방법이라곤 패스밖에 없었다.

하지만 NFL의 기준으로 볼 때, 벵골스의 작은 선수들은 큰 선수들만큼이나 결함이 많았다. 그의 새로운 쿼터백 버질 카터가 바로 그런 경우였다. 카터는 다운필드로 20야드 이상 공을 던질 수가 없었고, 그나마도 발이 느린 데다 절망적으로 불안정하기 짝이 없었다. 월시가 파악한 본인의 임무는 버질 카터의 재능에 딱 어울리는 시스템을 고안하는 것이었다. 카터는 상당히 영리하고 민첩한 편이었으며, 비록 공을 멀리 던지지는 못해도 상당히 정확하게 던질 수는 있었다. "우리는 결코 러닝으로 상대를 압도하지는 못했죠. 그래서 버질이 우리의 핵심 선수가 된 거였습니다." 그는 나중에 이렇게 말했다. "그것이 이후에 벌어진 모든 일의 시작이었습니다. 부득이하게 버질을 써야만 했기 때문이죠."

카터의 약한 팔에 대한 월시의 해결책은 필드를 새로운 방식으로 사용하는 법을 가르치는 것이었다. 그는 필드를 수평으로 펼쳤다. 즉 이쪽 사이드라인에서 저쪽 사이드라인까지 말이다. 그는 쿼터백의 걸음에 딱 맞춰서 리시버들도 짧은 루트를 뛰도록 했다. 예를 들어 카터가 세 걸음 드롭을 취하면, 그들은 어떤 한 가지 종류의 루트로 달렸다. 만약 카터가 다섯 걸음 드롭을 취하면, 그들은 또 다른 종류의 루트로 달렸다. 카터는 리시버들이 오픈된 상태로 접어들기까지 기다리지 않고, 대신에 그들이 있으리라 예상되는 곳을 향해 공을 던졌다. 대개는 불과 몇 야드 떨어진 곳이었다. 쿼터백이 내려야 하는 결정의 가짓수를 줄이게 되면서 이 과정은 보다 신속해졌다. 공을 정확히 던질 수 있는 쿼터백이라면, 수비 대형에 대해서는 거의 크게 신경을 쓸 필요가 없었다. 그 짧고도 시기적절한 패스를 제대로만 수행한다면 그 어떤 수비에 대해서도 성공적으로 대응할 수 있었다. 어떤 플레이에서나 최대 다섯 명의 벵골스 리시버들이 패스 패턴으로 뛰었다. 하지만 버질 카터가 스크리미지 라인으로 다가오면, 그는 이미 필드의 어느 쪽으로 공을 던질지를 이미 결정한 다음이었다. 그리하여 그는 공을 받을 리시버 숫자를 다섯 명에서 다시 세 명으로 줄여 놓았다. 으뜸 선수, 대체 선수, 출구 선수였다. 그는 디펜시브 라인업을 살펴보고, 자기 팀의 으뜸 리시버를 누구로 할 것인지를 스냅 이전에 이미 결정했다. 그래서 패스를 하기 위해 드롭백 하는 순간이 되면, 쿼터백은 기껏해야 (대체 선수냐 출구 선수냐의) 한 가지 결정만 하면 그만이었다.

이 작전의 성격상 선수들은 지겨울 정도로 연습을 반복해야만 했다. 기껏해야 현관 매트 정도 크기의 잔디밭 위에 공과 리시버가 거의 동시에 도착해야 했기 때문에 타이밍이 무엇보다도 중요했고, 그러기 위해서는 이 작전을 제2의 천성으로 체득해야만 했다. 처음에 월시는 쿼터백과 리시버를 훈련시킬 어마어마한 별도의 시간을 어떻게 찾아낼지를 놓고 고민에 빠졌다. "폴 브라운은 우리가 그렇게 오랜 시간 필드에 나가 있는 걸 원치 않았습니다." 그가 말했다. "그래서 저는 점심 시간에 선수들을 데리고 몰래 나가서 연습을 했죠." 이는 공습이라기보다는 오히려 스크리미지 라인 저편에서의 핸드오프handoff 25와 더 비슷했기 때문에, 선수들도 처음에는 어리둥절해했다. "그 양반은 월요일 아침마다 그런 고등학교 수준의 플레이를 궁리해서 오더군요. 그러면 우리 선수들

---

25   풋볼에서 자기편끼리 공을 주고받는 것.

은 일주일 내내 뒤에서 흉을 봤죠." 벵골스의 리시버 치프 마이어스의 말이다. "그런데 일요일이 되니까, 그 플레이가 무려 세 번이나 먹혀드는 거예요."

월시의 아버지는 상당히 유능한 자동차 정비사였고, 아들이 훗날 가업을 계승하기를 바라고 있었다. 월시는 자기 나름의 길을 개척해 나갔지만 한편으로는 아버지에게서 물려받은 기질이 남아 있었다. 그의 공격은 마치 '공학적인 느낌'이 들었던 것이다. 이 전력이 발휘한 가장 큰 미덕은 무엇보다도 정확성, 일관성, 그리고 예측 가능성이었다. 월시는 자기 팀 쿼터백의 결함을 보완할 수 있는 새로운 장치를 발명한 것이었지만 이처럼 여러 개의 짧고도 시기적절한 패스로 이루어진 공격은 놀라운 내재적 이점을 지니고 있다는 사실이 머지않아 드러났다. 첫째로 이 전략은 스크리미지 라인 반대편에 있는 러너에게까지 공을 전달해 주었고, 따라서 러너와 골라인 사이의 공간에 있는 가장 덩치 큰 수비 담당 괴물들을 순식간에 무력화시켰다. 이전까지만 해도 패싱은 그저 러닝에 따라붙는 보완책 정도로만 여겨졌지만 이제는 패싱이 러닝의 대체재 노릇을 할 수 있다는 사실이 분명해진 것이다.

이어서 월시는 패싱 플레이를 단축함으로써(그리고 속도를 조절함으로써) 두 가지 가장 큰 위험을 줄여 주었다. 여기서 말하는 두 가지 위험이란 바로 가로채기와 패스 실패였다. "우리가 보기에 12야드를 넘어가면 패스 성공률이 크게 떨어지더군요." 월시의 말이다. "그래서 우리는 10야드 패스를 던지곤 했습니다. 우리의 공식은 이랬습니다. 우리가 패스로 얻는 거리 가운데 최소한 절반은 패스된 공을 잡고 달려서 얻자는 거였죠."

마지막으로 월시의 계획은 패싱 플레이 위주의 공격에 대한 풋볼 코치의 본능적인 두려움을 겨냥한 것이었다. 그런 공격이 실행되려면 가급적 많은 선수가 패스에 참여해야만 했다. 월시는 이 경우에 다섯 명의 선수가 항상 필요하다고 생각하지는 않았지만, 최소한 세 명은 반드시 필요하다고 보았다. 하지만 패스에 참여하는 선수가 더 많아지면, 쿼터백을 보호하기 위해 블로킹을 담당하는 선수는 더 적어지게 마련이었다. 수비 쪽에서는 패스를 경계하는 까닭에 일찌감치 쿼터백 사냥에 평소보다 더 열을 올리게 마련이었다. 쿼터백이 공을 붙잡고 있는 시간을 단축함으로써 월시는 상대편의 공격이 성공할 수 있는 위험을 최소화했다. 그는 패싱 플레이에 두 가지 새로운 성격을 주입했다. 바로 지루함과 안전이었다. "사람들은 종종 놀려 대곤 했죠." 월시가 말했다. "다운필드로 20야드씩 공을 던지지 못한다면 결국 공을 안 던지는 것이나 매한가지라고 보았거든요. 그래서 우리의 공격을 가리켜 '자린고비 공격'이라고 부르곤 했죠."

이전까지만 해도 자기가 던지는 패스 가운데 채 절반도 성공시키지 못했던 버질 카터는 1971년 전체 리그에서 패스 성공률 부문에서 선두(62.6퍼센트)를 차지했으며, 패스당 야드는 5.9에서 7.3으로 크게 늘어났다. 벵골스는 모두를 놀라게 하면서 디비전 우승을 차지했다. 이듬해에는 카터 대신 켄 앤더슨이 등장했다. 이름 없는 학교인 오거스타나대학을 졸업한 이름 없는 졸업생인 그는 대학 선수 시절 자기가 던진 패스 가운데 심지어 절반도 성공시키지 못했다. 하지만 월시의 공격에서 켄 앤더슨은 오히려 버질 카터보다 더 뛰어났다. 훗날 월시가 한 말에 따르면, 그는 앤더슨의 플레이를 처음 보자마자 팔이 약한 쿼터백의 단점을 보완하기 위해 고안한 자신의 공격이 더 보편적인 효율성을 지니고 있음을 깨달았다. 즉 그가 고안한 패싱 플레이는 재능이 별로 없는 선수들로도 운영할 수 있었으며 심지어 이 선수들을 더 뛰어나게 만들 수도 있었다. 1974년에 앤더슨은 패스 성공률과 총야드와 패스당 야드(8.13) 모두에서 리그선두가 되었다. 미친 황새 때문에 1975년 시즌을 마감하고 폴 브라운이 은퇴하자, 월시는 수석 코치 직책을 물려받게 되리라 기대했다. 브라운은 일찍이 다른 NFL 팀들이 월시를 수석 코치로 데려가려고 면접을 하는 것은 물론이고, 심지어 월시에게 그런 관심을 언급하는 것조차도 몇 번이나 거부한 바 있었다. 대신에 브라운은 월시를 향해 이렇게 말하기까지 했다. 자네는 결코 훌륭한 NFL 수석 코치가 되지는 못할 거라고. 심지어 브라운은 자신의 이런 예견을 현실화하는 데 일조했으니, 월시를 대체할 또 다른 코치를 한 사람 데려온 것이다. "NFL에서 수석 코치 선발이라는 것은 제가 보기에도 정말 수수께끼가 아닐 수 없었죠." 월시는 얼마 지나지 않아 이렇게 말했다. "저는 당연히 수석 코치가 될 줄 알았습니다. 물론 저 역시 수석 코치가 되고 싶었고요. 수석 코치야말로 '바로' 경기 그 자체이니까요. 그 외의 나머지는 그가 펼치는 쇼의 제작진에 불과합니다."

월시는 격분하며 신시내티를 떠나 샌디에이고 차저스로 가서 공격 담당 코치가 되었다. 이곳에서 그는 부진을 면치 못하던 쿼터백 댄 포츠를 물려받았다. 포츠는 월시의 패싱 시스템 속에서 뛰면서 패스 성공률에서 리그 선두를 차지했다. 월시는 곧이어 스탠퍼드대학의 풋볼 팀 수석 코치가 되었다. 그리고 1977년과 1978년 두 시즌 동안 카디널스의 코치로 일했다. 1977년에 스탠퍼드의 쿼터백 가이 벤저민은 패스 부문에서 전국 선두를 차지했으며, 대학 선수 가운데 최고의 패서에게 수여되는 세미보상▧을 수상했다. 1978년에는 벤저민의 후임자인 스티브 딜스도 마찬가지 상을 받았다. 1979년 월시는 49세의 나이로 난생처음 NFL의 수석 코치가 되었다. 그가 담당한 팀은 리그에서 연봉도 가장 낮고 기록도 가장 저조한 샌프란시스코 포티나이너스였다.

포티나이너스는 대부분의 통계 수치에서 NFL 사상 최악의 쿼터백 가운데 하나로 손꼽히던 스티브 디버그를 보유하고 있었다. 월시가 부임한 그해만 해도 비교적 최근에 10라운드 드래프트에서 지명된 디버그는 NFL 전체를 통틀어 가장 낮은 점수를 기록한 공격조를 이끌고 있었다. 2승 14패의 기록으로 팀을 이끄는 동안, 디버그는 302개의 패스를 던져서 그중 45.4퍼센트인 137개를 성공시켰으며, 실패한 패스 가운데 22개는 상대편의 손에 고스란히 갖다 바쳤다. 그런데 이듬해 빌 월시의 시기적절한 패스 시스템 속에서 뛰는 동안, 얼핏 보기에는 실력이 없는 듯했던 디버그는 NFL 역사상 그 어떤 쿼터백보다도 더 많은 패스(578개)를 시도했다. 그의 패스 성공률은 60퍼센트로 껑충 뛰었으며 역시나 NFL 역사상 그 어떤 쿼터백보다도 더 많은 패스 성공률을 기록했다. 디버그는 또한 가로채기당하는 비율도 절반으로 줄였으며, 매번 패스 시도마다 추가로 1야드 이상씩을(5.2에서 6.32야드로) 더 던졌다. 스티브 디버그의(그리고 포티나이너스의 공격의) 변모야말로 풋볼 분야에서는 정말이지 기적에 해당했다. 하지만 아무도 이 사실을 눈치채지는 못한 모양인지 월시는 한 번도 이에 대해 언급하는 이야기를 듣지 못했다.

이제는 익숙해진 월시의 공격 패턴에서는 연봉이 인상되어야 마땅할 것처럼 보이는 쿼터백이 오히려 해고 통지를 받게 마련이었다. 1980년에 월시는 디버그 대신 새로운 쿼터백을 데려왔다. 3라운드에서 드래프트된 그 선수는 너무 체격이 작고 팔 힘이 약해서 차마 NFL에서 뛸 실력까지는 아니라는 것이 중론이었다. 그 선수가 바로 전설의 쿼터백 조 몬태나였다. 이후 2년 동안 몬태나는 NFL의 패스 성공률 부문에서 (각각 64.5와 63.7로) 선두를 달렸고, 가로채기 방어 부문에서도 마찬가지였다. 머지않아 그는 역대 쿼터백 가운데 최고 선수라는 전반적인 동의를 얻게 되었다.

그렇다면 몬태나는 얼마나 뛰어난 선수였을까? 그건 정확히 알기 어렵다. 그의 코치는 마법 지팡이를 쥐고 있었기 때문이다. 그 코치가 마법 지팡이를 한 번 휘두르기만 하면, 그 팀의 모든 쿼터백은 곧바로 이전보다 더 실력이 향상된 것처럼 보였다. 1987년 시즌에 조 몬태나의 플레이가 하향세를 그리자, 월시는 일시적으로 그를 빼고 스티브 영을 기용했다. 이 새로운 쿼터백의 놀라운 경기를 목격한 포티나이너스 팬들은 혹시 스티브 영이 조 몬태나보다도 훨씬 더 뛰어난 선수인가 하는 궁금증을 품었고, 곧 그런 궁금증을 품었다는 사실을 미안해했다.

월시의 지휘를 받는 쿼터백들의 경기를 보면 급기야 다음과 같은 과격한 생각마저 떠올리게 되었다. NFL에서 가장 효율적인 패스 공격에서, 또한 프로 풋볼의 역사에서 가장 성공적인 팀에서 쿼터백은 얼마든지 교체 가능한 존재일 수도 있다는 생각이었다. 진정한 스타는 바로 시스템이었다. 월시는 프로 풋볼에 마치 일본 자동차 공장과도 같은 정신을(즉 종합품질관리^{TQM}를) 도입했던 것이다. 프로 풋볼 내부며 주위에 있는 사람들 가운데 상당수는 이런 생각에 대해 무척이나 불편함을 느끼고 있었으며, 이들이 보기에 월시가 조 몬태나를 벤치에 앉혀 둔 것은 최후의 선을 넘은 것이나 매한가지였다. "월시가 그를 벤치에 앉히고 다른 선수를 넣은 데에는 이유가 있다." 한때 스타 쿼터백이었던 테리 브래드쇼는 이런 말을 함으로써 풋볼 팬 대부분의 심정을 대변했다. "영이 들어가서 잘 뛰어야만 월시 본인이야말로 졸지에 또 다른 천재처럼 보일 것이기 때문이다. 다들 알다시피 그는 자기가 천재라고 생각한다. 하지만 진짜 천재는 등 번호 16번(몬태나의 등 번호)이다. 그게 바로 천재다. 그런데 그(월시)는 그를 망쳐 놓고 있는 것이다."

결국 샌프란시스코 포티나이너스의 공격을 완전히 넘겨받은 스티브 영은 처음 6년 가운데 5년 동안 패스 부문에서 리그 선두를 지켰고 슈퍼볼에서 우승했으며, 결국 명예의 전당에 자기 흉상을 남겼다. 그는 이후 다른 NFL 팀에서도 뛴 경험이 있었기 때문에 월시가 패싱 플레이에 도입한 바가 무엇이었는지를 다른 사람보다 더 잘 이해하고 있었다. "제가 탬파에서 뛸 때는 코치들이 이렇게 말했습니다." 영은 포티나이너스의 쿼터백 자리를 넘겨받은 직후 스포츠 저술가 글렌 디키에게 이렇게 말했다. "리시버가 오픈될 때까지 공을 그냥 가지고 있으라고 말이에요. 하지만 정작 그때가 되면 저는 이미 상대편 선수들에게 깔려 버린 다음이었죠. 그런데 이제 저는 여러 명의 리시버를 거느리고 있다가, 이 가운데 수비가 뚫린 맨 첫 사람에게 공을 던져 주면 되는 겁니다. 물론 어쩌면 겨우 3야드 확보에 불과할 수도 있습니다. 차라리 조금 더 기다렸다가 다른 리시버에게 던졌다면 필드 저편으로 10야드는 더 확보할 수도 있었을지 모릅니다. 하지만 덕분에 저는 어쨌거나 패스를 성공시키고 공을 움직이고 저를 저지하려던 디펜시브 라인맨에게 짜증을 한층 더해 줄 수 있었다는 겁니다."

몬태나의 경우와 마찬가지로 이때쯤 되자 영은 마치 프로 풋볼에서의 성공이 불가피했을 정도로 애초부터 타고난 스타감으로 간주되었다. 하지만 영 이전에도 그 자리를 채웠던 다른 선수들은 이미 여럿 있었다. 다만 제정신을 가진 사람은 그들을 1급의 NFL 쿼터백으로 간주하지 않았을 뿐이다. 예를 들어 1986년에만 해도 다트머스대학 졸업생이며 미래의 부통령 후보 잭 켐프의 아들인 제프 켐프가 부상당한 몬태나 대신 10경기를 소화했다. 켐프는 신장이 겨우 180센티미터라서 자기 팀 블로커들의 머리 너머를 보지 못한다는 약점이 있었다. 시야를 확보하기 위해서 월시는 평소 같으면 만일에 대비해 서 있기만 했던 라인맨에게 오히려 적극적으로 패스 러셔를 쫓아가라는 지시를 내렸다. 이 전술은 러시를 저지하는 데에는 비교적 덜 효과적이기는 했지만, 그래도 켐프가 필드를 엿볼 수 있는 일종의 창문을 일시적으로나마 만들어 주기는 했다. 이렇게 시야를 얻음으로써 지불해야 하는 대가는 그가 공을 던진 지 0.001초 만에 찾아왔으니 상대편의 어떤 괴물이 그를 땅에 메다꽂았던 것이었다. 조 몬태나 대신 투입되기 직전까지(그는 경력을 오직 로스엔젤레스 램스에서만 쌓았다) 켐프의 패스 성공률은 채 절반도 되지 못했다. 그러나 샌프란시스코에 온 해에만 그의 패스 성공률은 거의 60퍼센트에 육박했으며, 패스당 야드는 무려 7.77이나 되어서 NFL 사상 가장 높은 패서 순위에 올랐을 정도였다. 그러다가 켐프 역시 부상을 당하고 말았다. 그를 대신한 사람은 마이크 모로스키라는 선수였는데, 워낙 무명이다 보니 그의 NFL 경력에 관한 질문은 심지어 풋볼 상식 퀴즈에서 다루는 범위에도 끼지 못할 정도였다. 모로스키는 포티나이너스에 들어온 지 겨우 2주 만에 주전 쿼터백 자리를 차지한 셈이었다. 그의 최종 패스 성공률은 57.5퍼센트에 달했다.

마침내 사람들은 인정하지 않을 수가 없었다. 월시가 여러 명의 쿼터백을 상대로 기적을 행하면서 NFL의 전략에서 더 일반적인 유행이 나타나게 되었

다. 즉 러닝 위주에서 점차 벗어나 패싱 위주로 향하는 것이었다.[26] 1978년에

26 이 주제에 관한 본인의 생각을 소개해 주고, 실제 연구 가운데 대부분을 수행해 준 벤 앨러마에게 감사드린다. 멘로칼리지의 스포츠경영학 교수인 그는 대학원생 시절에 처음 풋볼 연구를 시작했다. 앨러마는 다음과 같은 질문에 대한 답변을 찾아보려 했다. 팀의 성공을 이끌어 내는, 가능성이 높은 것은 둘 중 어느 쪽인가? 훌륭한 러닝 공격인가, 아니면 훌륭한 패싱 공격인가? 그가 알아낸 바에 따르면, 비교적 강력한 패싱 공격을 구사하는 팀은 NFL의 플레이오프에 진출할 가능성이 더 높았다. 앨러마는 통계학, 또는 경제학 저널에 자기 연구를 정식으로 간행하려 했지만 어디서도 받아주지 않았다. 5년 뒤 그는 풋볼 연구에 대한 관심을 채우기 위해 《스포츠 양적 분석 저널》을 창간했다. 오늘날 앨러마는 실제 NFL 팀의 고문으로 일하고 있다.

하지만 앨러마는 특별한 경우다. 풋볼 선수 및 풋볼 전략에 관한 통계 분석에 관여한 사람은 소수에 불과하며 이들은 예를 들어 야구 관련 연구자들이 하듯이 서로 만나거나, 토론을 하거나, 서로의 연구를 검토하거나 하지는 않는다(야구협회는 회원만 수천 명에 달하고, 동료 검토를 수행할 뿐만 아니라 연차 회의를 개최하며, 최근에 와서는 메이저리그 야구의 경영본부에 수많은 두뇌 인력을 제공한다. 그 설립자 빌 제임스는 2004년 보스턴 레드삭스와 함께 일한 공으로 월드시리즈 반지를 받았다). 풋볼 연구의 상대적인 결핍에는 물론 여러 가지 이유가 있겠지만, 그중에서도 가장 큰 이유는 그 경기의 번잡함 때문에 탐구심도 기세가 꺾일 수밖에 없다는 것이었다. 풋볼에 비하자면 야구장에서는 누구에게 공과를 돌려야 할지가 비교적 쉬운 편이다. 풋볼 필드에서는 개인적 성취라고 할 만한 것이 없다. 예를 들어 쿼터백이 패스를 시도하다가 가로채기를 당할 경우 그건 본인의 실수라고 해야 마땅해 보이기도 한다. 하지만 어쩌면 그건 잘못된 경로로 뛰어간 리시버의 실수일 수도 있고, 공을 던지는 순간 상대편 선수가 쿼터백을 태클하도록 내버려 둔 블로커의 실수일 수도 있다. 풋볼 플레이 하나마다 22명의 선수들이 관련되어 있는 것이다. 그들 중 1명의 활동을 정확히 평가하기 위해서는, 우선 나머지 21명을 설명해야 할 필요가 있다. 그럼에도 불구하고 앨러마의 지적처럼, 누군가가 애써 데이터를 수집하기 시작한다면 풋볼에서는 대답해야 할 온갖 종류의 질문이 생기게 마련이다. 그 가운데 한 가지 질문은 이 책의 내용과도 관련이 있다. 쿼터백의 성과와 그들이 포켓에서 보내는 시간 사이에는 어떤 관계가 있을까? 쿼터백이 공을 던지기 위해 갖는 시간이야말로 패싱 플레이의 핵심적인 부분이라 할 수 있다. 또 이것이야말로 레프트 태클이 극도로 중요한 또 다른 이유이다. 결정이 신속한 쿼터백과 결정이 느린 쿼터백 사이의 시간 차라고 해야 대개는 1초 남짓이다. 이 정도면 육안으로는 파악이 불가능한 차이다. 예를 들어 2004년 뉴욕 자이언츠는 애리조나 카디널스에 패했는데, 이때 자이언츠의 쿼터백 커트 워너는 여섯 번이나 색을 당했다. 뉴욕의 스포츠 언론은 (단지 두 군데의 흥미로운 예외를 제외하면) 자이언츠의 오펜시브 라인을 맹비난했다. 하지만 자이언츠의 코치 톰 코플린은 뭔가 다른 요인이 있다고 생각했다. 그날 밤에 경기 녹화 테이프를 본 그는 마침내 스톱워치를 꺼내서 커트 워너가 움직인 시간을 재 보았다. NFL의 쿼터백이 공을 처리하기까지 걸리는 시간은 평균 2.5초로 여겨지고 있었다. 3초 이상이 되면 무척이나 느린 셈이었다. 그런데 자이언츠가 카디널스를 상대로 구사한 패스 플레이 37개 가운데 무려 30개에서 워너는 공을 3.8초 이상이나 갖고 있었다. 코플린은 자기 팀의 오펜시브 라인을 평소대로 유지하는 대신에 다음 날의 경기에서는 워너를 벤치에 앉히고 신인 엘리 매닝을

NFL 팀들의 경기 중 패싱 대 러닝의 비율은 42 대 58퍼센트였다. 그러나 이때부터 1990년대 중반까지는 줄곧 패싱이 더 늘어나고 러닝이 더 줄어들면서 그 비율이 오히려 정반대로 역전되었다. 1995년에 NFL 팀들의 경기 중 패싱 대 러닝의 비율은 59 대 41퍼센트였다. 어째서 이런 일이 벌어졌는지는 쉽게 알 수 있었다. 패싱 플레이가 발전하고, 러닝 플레이는 정체되었던 것이다. NFL 팀들은 매년 수천 번씩 러닝을 시도하고, 그 시도당 야드는 평균 3.9에서 4.1이다. 매년 아주 작은, 거의 무작위적인 변수만 있을 뿐이고 이 방법에서 나오는 결과는 뭔가 단조롭다 싶을 정도로 1960년대 이래로 꾸준하기만 하다. 일부 팀은 물론 약간 더 낫기도 하고 또 일부는 더 못하기도 하다. 하지만 리그 전체로 보자면 러닝 플레이를 통해 이전보다 조금이라도 더 많은 야드를 확보할 수 있었는지는 전혀 파악이 불가능하다. 물론 러닝 플레이는 이를 보다 효율적으로 개선할 수 있는 어떤 혁신적인 코치가 언젠가는 나타나기를 기다리고 있는지도 모른다. 철강 산업계가 그 분야에서 황금을 찾아 낼 CEO를 줄곧 기다리는 것처럼 말이다.

패싱 플레이는 마치 전적으로 색다르고 더 유망한 사업처럼 보인 것이 사실이다. 예를 들어 1960년에만 해도 NFL의 패스당 야드 평균은 4.6이었다. 이것만 본다면 러닝보다는 패싱이 더 나아 보였지만, 여기서 반드시 고려해야 할 점은 공을 잃어버릴 가능성도 러닝보다는 패싱이 두 배나 더 높다는 것이다. 쿼터백이 던진 공이 가로채기당할 확률은 6퍼센트 이상인 반면에 러닝백이 펌블할 확률은 겨우 3퍼센트에 불과했다. 양자의 균형을 맞추는 것도 NFL의 코치들에게는 별다른 호소력을 발휘하지 못했는지 1960년대를 통틀어 경기당 패스 시도는 실제로 약간 하락했다. 1975년에 이르러 팀들은 경기당 평균 겨우 24회

대신 기용했다. "포켓에서 보내는 시간과 쿼터백이 받는 압박의 정도야말로 한 팀의 성과에서 (공격에서나 수비에서나) 가장 중요한 두 가지 측면이다." 앨러마의 말이다. 그러나 이에 관해서는 아직 아무런 기록도 작성되지 않고 있다. (원주)

만 공을 던지게 되었다. 그러다가 어떤 일이 벌어졌다. 팀들이 계속해서 전년도보다는 더 많은 패스를 시도하게 된 것으로, 그런 추세가 1990년대 초까지 이어졌다. NFL의 쿼터백들은 경기당 평균 34회나 공을 던지게 되었다. 나머지 조건이 동일한 상황에서, 이것이야말로 쿼터백들에게는 재난이나 다름없었을 것이다. 기껏해야 정상 수익에 머무는 사업의 경우, 상품의 생산량이 많아지면 판매량은 오히려 줄어들게 마련이다. 그런데 패싱 플레이는 정상 수익에 머물지 않았다. 던질 때마다 4.6야드씩을 산출함으로써 평균 확보 거리는 1970년대 말부터 1990년대 초까지 꾸준히 올라가게 되어서 마침내 패스 시도당 7야드 언저리에 정착하게 되었다. 각각의 시도를 리시버가 잡을 확률도 상당히 커졌다. 1960년대 내내 NFL 쿼터백들은 패스를 50퍼센트 가까이 성공시키게 되었다. 1970년대에 들어 쿼터백들은 패스를 더 자주 하게 되었고, 패스 성공률도 더 높아지게 되었다. 이런 추세는 점진적이었지만 꾸준했으며, 2000년대 초에 이르러서는 NFL 쿼터백의 평균 패스 성공률이 무려 60퍼센트에 달하게 되었다.

패싱이라는 것은 면밀하게 살펴볼수록 더 이상하게만 여겨진다. 예를 들어 우리는 쿼터백이 공을 더 많이 던질수록 그 목표 지점을 까다롭게 고르지는 않을 것이라고, 따라서 수비는 패스를 예견하고 가로채기가 더 쉬워질 것이라고 생각하기 쉽다. 하지만 실제로는 그렇지 않다. 프로 쿼터백이 공을 공중으로 더 자주 던질수록, 그 공이 가로채기를 당할 확률은 오히려 줄어든다. 1970년대 말부터 1990년대 중반까지 가로채기 성공률은 계속 떨어지기만 했다. 즉 처음에는 6퍼센트였다가 나중에는 3퍼센트가 되었다. 1995년에 이르자 쿼터백이 던진 공이 가로채기당할 가능성은 러너가 공을 펌블할 가능성보다 더 높지 않게 되었다. 러닝 플레이는 지루한 데다 성장을 위한 잠재력을 거의 보여 주지 못하기 때문에 별로 수지가 맞지 않은 사업이었다. 반면에 패싱 플레이는 마치 폭발적으로 성장하는 소프트웨어 회사 같았다. 쿼터백이 패스를 더 많이 생산할수록 이윤 폭도 더 늘어났던 것이다. 또 다른 수수께끼는 마침 패싱 붐이 일어난 때야말로 한 리그에 속한 팀의 숫자며, 각 팀이 치르는 경기의 회수가 크게 늘어난 때와 일치했다는 점이다. 1995년의 프로 쿼터백 숫자는 1960년에 비해 두 배나 되었다. 일반적인 경우 이렇게 선수 숫자가 많아졌다는 것은 거의 항상 실력이 더 나빠졌다는 뜻이었다. 그러나 이 특별한 경우에는 이렇게 선수 숫자가 많다는 것은 실력이 더 좋아졌다는 뜻이었다. 1960년에 NFL의 쿼터백들은 7,583개의 패스를 던지고, 이 가운데 49.6퍼센트를 성공시켰으며, 470개의 가로채기를 허용했다(즉 전체 패스의 6.2퍼센트가 가로채기를 당했던 셈이다). 2005년에 NFL의 쿼터백들은 1만 6,430개의 패스를 던지고, 이 가운데 59.5퍼센트를 성공시켰으며, 507개의 가로채기를 허락했다(즉 전체 패스의 3.1퍼센트만 가로채기를 당했던 셈이다).

패싱 플레이가 붐을 이룬 가장 큰 이유는 NFL의 경기 규칙에서 이루어진 변화였다. 1978년에 NFL에서는 사상 최초로 라인맨이 블로킹을 할 때 손을 사용할 수 있도록 허락했다. 그리하여 마치 양복 걸이처럼 팔꿈치가 불쑥 튀어나온 모습이었던 라인맨의 이미지가 하룻밤 사이에 바뀌어 버렸다. 아울러 그해에는 스크리미지 라인 너머로 5야드를 초과하는 지점에서 디펜시브 백이 리시버와 접촉하는 것이 금지되었다. 이 두 가지의 규정 변화는 패싱 플레이가 발전할 수 있도록 도운 셈이었다. 하지만 규정 변화라는 요인만 가지고는, 그런 변화의 효과가 증명되기도 전에 패싱 시스템이 생겨났다는 사실을 차마 설명할 수가 없다. 즉 관련 규정이 변화되기도 전에 빌 월시가 쿼터백을 데리고 거둔 성공을 설명할 수가 없는 것이다. 실제로 벌어진 일은 아마도 이렇지 않았을까. 즉 NFL의 공격에서 공의 패스가 더욱 효율적으로 이루어지면서 새로운 패싱 공격에 관중이 기뻐한 나머지 사업이 유리해지게 되자, 결국 NFL의 규정 위원회 측에서도 아예 패스를 권장하는 쪽으로 변화를 꾀했다는 것이다. 이 규정 변화를 논의한 위원회의 일원이었던 인디애나폴리스 콜츠의 감독 빌 폴리언은 이렇게 말했다. "혁신이 규정 변화를 가져오는 것이지, 그 반대라고는 할 수 없습니다."

　1970년대부터 1980년대 초까지는 패싱 플레이에서 혁신의 황금기였다. 풋볼 필드는 보통 촘촘히 짜인 생태계이자 효율적인 경제였다. 거기에는 공짜 점심이 거의 없다시피 했다. 물론 선수 개인의 약점과 강점은 있었다. 어떤 팀에는 변변찮은 코너백이 있을 수도 있었고, 똑똑한 코치라면 그를 어떻게 활용할지를 알 것이었다. 하지만 '체계적인' 기회는 드물었다. 그런데도 월시는 체계적인 기회를 우연히 만났던 것이다. 짧고도 정확하게 시간을 맞춘 패싱 플레이는 비록 전적인 공짜 점심까지 제공해 주지는 않을지 몰라도, 소매가를 크게 할인하는 데에는 성공했던 셈이다. 빌 폴리언은 1991년 초에 포티나이너스의 공격을 녹화한 테이프를 가지고 그 전술을 처음 연구했을 때를 기억하고 있었다. 당시 그는 AFC^{American Football Conference} 챔피언이었던 버펄로 빌스의 감독이었으며 조만간 벌어질 NFC^{National Football Conference} 선수권대회 결승전의 승자(즉 포티나이너스, 아니면 빌 파셀스가 이끄는 뉴욕 자이언츠)와 슈퍼볼에서 싸우게 될 예정이었다. 그런데 이 테이프를 본 그는 빌 월시의 패싱 플레이가 결국 풋볼을 바꾸게 되리라는 사실을 확신했다. "그것은 저에게 유레카의 순간이었습니다." 그의 말이다.

　폴리언은 이후 콜츠로 자리를 옮겼으며, 그때부터 열심히 월시에게서 전략을 빌려오게 되었다. 물론 다른 팀들도 비밀리에 그렇게 하고 있었다. 월시의 밑에서 일하던 보조 코치들 중 상당수(앤디 라이드, 마이크 셔먼, 스티브 마리우치, 조지 사이퍼트, 존 그루든, 마이크 섀너헌, 데니 그린, 게리 큐비아크)가 그 자리를 떠나서 NFL의 수석 코치가 되었다. 그러다가 1990년대 중반에 그린 베이 패커스의 브레트 페이버가 중앙 무대에 등장하여 쿼터백 포지션에 내려진 하나님의 선물이라는 역할을 넘겨받았을 때에도, 커튼 뒤에서 그 꼭두각시의 줄을 놀린 사람은 바로 월시의 제자였다. (패커스의 수석 코치 마이크 홈그렌도 이전에 월시 밑에서 보조 코치로 일했다.) 이 모든 과정은 단지 빌 월시가 (훗날 "웨스트 코스트 오펜

스"라고 일컬어지게 된)²⁷ 이 공격 작전을 창안하고 다른 모두가 그걸 훔쳐 갔다

27　이른바 '웨스트 코스트 오펜스'라는 구절의 의미에 관해서 이야기하고 싶은 사람들 사이에는 불가사의한 논박이 있다. 폴 짐머만에 따르면 이 용어는 그가 《스포츠 일러스트레이티드》에 쓴 어느 글에서 나왔다고 한다. 처음에 이것은 시드 길먼이 창안하고, 돈 코리얼이 샌디에이고 차저스에서 차용한 패싱 게임을 가리키는 말이었다. 그런데도 다른 사람들은(심지어 월시 본인조차도) 이 용어를 월시의 공격을 가리키는 명칭으로 잘못 사용했다. 패싱 게임의 완벽한 지성사는 이 책의 범위를 넘어서는 일이긴 하지만, 여하간 거기에서 중추적 역할을 담당한 인물은 바로 길먼이었다. "풋볼 필드는 폭이 53하고도 3분의 1야드이고, 길이는 100야드이다." 길먼은 《휴스턴 포스트》에 이렇게 말했다. 이는 1960년대 중반에는 상당히 과격한 고찰로 여겨졌다. "우리는 풋볼 필드가 그만큼 폭이 넓고 그만큼 길이가 길다는 점을 최대한 잘 활용해야 한다. 따라서 우리의 대형은 우리가 바깥쪽의 엔드들을 충분히 옆으로 펼쳐 놓으면, 필드의 전체 폭을 더 잘 이용할 수 있다는 사실을 반영했다. 그런 뒤에 우리는 공을 최대한 멀리 던져서, 상대편이 부득이하게 그 폭과 '함께' 그 길이를 지나가야 하게끔 만드는 것이다." 길먼은 필드를 넓게 펼치고 패스를 주된 공격 무기로 간주한 최초의 프로 풋볼 코치였으며, 월시는 그의 연구를 면밀히 연구했다. "저와 다른 많은 사람 사이의 차이가 있다면, 시드가 하고 있는 일을 기꺼이 받아들이지 않았다는 겁니다." 월시는 나에게 이렇게 말했다. "레이더스의 코치 앨 데이비스만이 예외였습니다. 상당히 복잡했기 때문이죠."

월시와 코리얼은 길먼의 발자취를 따라가던 도중 갈림길을 만났고, 거기서부터 서로 다른 방향으로 나아갔다. 코리얼은 더 깊은 쪽으로 나아갔고, 월시는 더 넓은 쪽으로 나아갔다. 코리얼의 체계에서는 쿼터백이 찾는 최초의 리시버는 가장 멀리 간 리시버다. 이것은 위험이 큰 선택지다. 코리얼의 체계에서 쿼터백이 던진 패스는 많은 야드를 얻어내지만, 그 와중에 가로채기를 당하는 경우도 많고, 쿼터백 색을 당하는 경우도 많다. 리시버가 다운필드로 갈 때까지 쿼터백이 공을 더 오래 갖고 있어야 하기 때문에 패스 러셔가 그들에게 달려들 기회도 더 늘어나는 셈이다. 이것이야말로 월시의 접근 방법이 패싱 플레이의 이전 혁신자들과 다른 한 가지 중요한 차이다. 그는 패싱에서 위험 요소를 많이 제거해 놓았다. 월시의 시스템은 더 안정적이면서도 덜 폭발적이었으며, 더 기계적이면서도 덜 현저하게 예술적이었다. 훔쳐올 만한 패싱 게임을 찾던 다른 코치들이며 감독들에게는 이것은 더 매력적인 체계였다. "웨스트 코스트 오펜스"가 코리얼의 패싱 플레이가 아니라 월시의 패싱 플레이를 가리키게 된 까닭은 아마도 월시의 시스템이 널리 퍼지면서 적절한 이름이 필요했던 터일 것이다.

코리얼의 중요성을 강조하고 싶어 하는 사람들은 그의 밑에서 뛰었고, 명예의 전당에 헌액된 쿼터백 댄 푸츠를 가리킨다. 다만 이때 제기되는 한 가지 문제는 푸츠를 코치한 경력 면에서 월시가 먼저였다는 것이다. 1976년 월시가 샌디에이고에 오자 푸츠는 이렇게 말했다. "저는 엉망이었습니다. 조만간 해고되거나, 트레이드되거나, 달리 어떻게 되는 길로 향하는 중이지요." 월시 밑에서 1년간 뛰고 나서 푸츠는 오히려 스타덤에 오르게 되었다. 1977년 월시가 그 팀을 떠나고 코리얼이 새로 부임했으며, 1978년 푸츠는 더 자주 패스를 하고, 더 많은 야드를 얻었으며, 월시 밑에서 뛰었던 것보다도 더 짭짤한 재미를 보았다. 하지만 그는 더 많은 가로채기를 당하기도 했다. 푸츠는 자신의 성공을 오로지 월시, 또는 오로지 코리얼의 공으로 돌

고 단언할 수 있을 만큼 단순하지는 않았다. 하지만 비슷한 상황이었다고는 말할 수 있었다. 1990년대 말에 이르자 NFL 팀 어디서나 월시가 만든 리듬 패싱 게임을 하고 있었다. "그런 점에서는 오늘날의 NFL에 있는 모든 사람이 빌 월시의 공격을 이용한다고 말할 수 있습니다." 인디애나폴리스 콜츠의 빌 폴리언의 말이다. "왜냐하면 리듬 패싱 플레이는 모두 월시의 것이니까요."

경기의 역사에서 이 한 가지 요소(머지않아 마이클 오어의 허리를 감아서 위로 번쩍 들어 올리는 일종의 밧줄 노릇을 해 준 바로 그 요소)는 다른 대부분의 요소보다도 더 명료했다. 시간이 흐르면서 NFL 쿼터백들의 평균 통계는 빌 월시 밑에서 뛴 쿼터백들의 통계와 점차 닮아 가게 되었던 것이다. 다른 코치들이 월시에게서 전략을 상당 부분 빌려 온 바가 있었기 때문이다. 패싱 플레이는 한때만 해도 러닝 플레이에 비해 위험은 더 큰 반면 대가는 별로 크지 않은 방법으로 여겨졌지만, 나중에는 필드에서 공을 움직이는 훨씬 더 우월한 방법으로 여겨지게 되었다. 그 결과로 패싱 플레이에서 가장 중요한 선수들은 상대적으로 훨씬 더 가치 있는 선수가 되었다. 결국 마이클 오어의 허리에 묶인 밧줄을 끌어 올린 원동력은 빌 월시의 사고방식이었다.

하지만 1982년 1월 3일 오후에만 해도 그 사고방식은 완전히 이해받지 못

릴 수는 없다고 생각한다. 양쪽 모두 불가결한 역할을 했기 때문이다. "어떤 분에게 공을 돌려야 할지 모르겠습니다." 그의 말이다. "지도자는 한 분이지만, 이 팀에는 지도자가 단 한 분만 계셨던 것은 아니거든요." 하지만 그 당시 차저스의 오펜시브 라인을 담당하면서 푸츠의 변모 과정을 곁에서 지켜보았던 하워드 머드는 그런 양가감정을 지니고 있지 않다. "댄 푸츠를 만든 사람은 바로 빌 월시였습니다." 머드의 말이다. "덕분에 푸츠는 그때 이후로 필드 전체를 읽지 않게 되었죠. 수비를 읽는 대신에 조만간 오픈될 선수를 찾아보기만 하면 되었으니까요. 그는 이런 훈련을 계속 반복했습니다. 월시는 새로운 효율성을 만들었습니다. 그리고 그 효율성이 댄을 완전히 바꿔 놓았던 거죠."

머드와 푸츠는 코리얼이 샌디에이고로 오고 나서도 월시의 패싱 게임에서 한 가지 중요한 요소를 그대로 보전했다고 지적했다. 즉 쿼터백의 움직임에 정확히 시간을 맞춰 움직이는 경로를 강조하는 것이었다. "그것이야말로 그 공격의 아름다움이었습니다." 푸츠의 말이다. "쿼터백의 스텝에서 리듬과 타이밍이 따라나왔으니까요." (원주)

했다. 그때까지만 해도 그 사고방식은 몇 명의 쿼터백 이외에는 어느 누구도 감복시키지 못했었다. 풋볼 전략이 반드시 따라야만 할 불가피한 길 같은 것도 없었다. 월시 본인도 자신의 아이디어가 훗날 여기저기서 도용당할지 아니면 그저 아이디어로만 여겨질지 아직은 확신하지 못하고 있었다. 경기의 동향은 그에게 유리한 편이었지만("규정의 변화가 우리에게는 유리했다"고 그는 말했다) 그렇다고 해서 영원히 지속되진 않을 것이었다. NFL에서의 어떤 개념이 옳았음을 증명하는 유일한 방법은 선수권대회 우승 반지뿐이었다. 월시는 단순히 공격조만 가지고는 우승을 할 수 없음을 잘 알았다. 이는 수비조 쪽에 전념하는 코치가 오로지 수비만 가지고는 우승을 할 수 없는 것과 마찬가지였다. 그리고 월시가 생각하기에 수비는 전략적인 문제라기보다는 오히려 더 뛰어난 선수를 찾아내는 것이 관건이었다. 이것이야말로 당시의 그로서는 도무지 할 수가 없는 일이었다. 1980년 시즌이 막바지로 향하는 상황에서, 팀이 다시 한 번 아까운 패배를 당한 직후(그의 팀은 이 경기에서 놀라우리만치 높은 점수를 기록했다) 월시는 결국 코치를 그만두기로 작정했다. "나는 5시간 내리 집에 앉아서 나 자신에 관해 생각했다." 그는 훗날 이렇게 적었다. "나는 창밖을 내다보고 있었다. 그래야만 내가 무너져 내리는 모습을 아무도 못 볼 것이기 때문이었다. 누구라도 감당하기 힘든 일이었을 것이다. 나는 감정적으로나 정신적으로나 신체적으로나 너무 지쳐 있었다. 이번 시즌이 끝나는 대로 사임해야겠다고 결심했다. 최선을 다해서 뛰었지만, 이 일은 내 능력을 훨씬 넘어선다고 생각했다."

그는 1981년 시즌까지도 코치직을 계속 유지했지만, 성공적인 정규 시즌만 가지고는 충분치 않았다. 그는 여전히 자유시장 자본주의의 진부한 결말을 맞이할 위험을 지니고 있었다. 다시 말해 그가 만든 전략이 다른 사람에게는 이익을 가져다주지만, 정작 그 창시자인 그에게는 아무런 이익도 가져다주지 못했다. 열다섯 시즌 동안 그는 쿼터백들을 데리고 기적을 만들어 냈다. 그는 진정으로 비범한 일을 해낸 것이다. NFL에서 최악의 공격을 구사하던 팀을 담당한 지 2년 만에, NFL에서 일곱 번째로 우수한 공격을 구사하는 팀으로 탈바꿈시켰다. 하지만 아직 어느 누구도 그의 공적을 알아주지 않았다. "제가 만약 거기서 머물렀다면 그것(패싱 플레이)은 결국 내버려지고 말았을 겁니다." 그의 말이다. "저 말고 다른 사람은 거기에 관심이 없었으니까요. 모두들 우리가 어떻게 하는지를 그냥 바라만 보고 있었습니다. 그게 제대로 작동할 경우에는 다들 아무 말도 하지 않았습니다. 제대로 작동하지 않을 경우에는 다들 한마디씩 했습니다. '그것 봐, 그 전략이 제대로 작동하지 않는다는 증거라니까.'"[28] 그는 마치 일본 자동차 공장에서나 볼 수 있을 법한 정확성과 효율을 지닌 패싱 플레이를 NFL에 도입했다. 그리고 그가 이 경기를 미국에 수출할 채비를 마친 바로 그 순간, 이번에는 고질라가 한 마리 나타나서 그의 공장을 박살 내 버렸다.

풋볼 내부에서는 이른바 힘과 머리 가운데 어떤 것이 먼저냐를 둘러싼 논쟁이 한 번도 그친 적이 없었으며, 아마 앞으로도 영원히 그치지 않을 것이다. 이 논쟁은 필드 밖에서 말로 이루어지는 경우가 점점 더 줄어든 반면에 필드

---

28 패스에 반대하는 선입견은 풋볼에 깊이 뿌리박혀 있다. 패스는 1906년까지만 해도 불법이었으며, 그때 이후에도 엄격하게 규제되었다. 1933년에 가서야 스크리미지 라인 뒤의 어디에서나 쿼터백이 포워드 패스를 던질 수 있게 되었다. 일단 합법화된 뒤에도 패스는 경멸의 대상이 되었는데, 그 이유 가운데 상당 부분은 패스가 경기를 더 안전하게 만들었기 때문이었다. 그런데 경기에서 직접 뛰는 사람들의 경우, 이들이 경기를 좋아하는 까닭은 사실 그 위험성 때문이었다. 1940년대 중반까지만 해도 나약함의 전파를 저지하려는 후방에서의 시도로 패서를 거칠게 다루는 플레이가 실제로 권장되었다. 이때 혁신적인 패싱 공격을 이용해서 더 큰 상대편을 줄줄이 쓰러트린 어느 작은 대학의 코치 엘머 베리는 패스에 반대하는 이런 정서에 진저리친 나머지 『풋볼에서의 포워드 패스』라는 저서로 일종의 반격을 가했다. "상당수는 포워드 패스를 단지 가치 있는 위험, 가끔 한 번씩 쓸 만한 어떤 것, 요행수를 바라는 어떤 것, 진짜 경기를 여전히 작동 가능하게 만드는 가능성에 불과한 것 정도로 생각한다." 베리는 1921년에 이렇게 썼다. "더 큰 대학의 태도는 대략 이렇다고 할 수 있다. 전반적으로 이들은 포워드 패스에 대해 눈살을 찌푸린다. 그것을 반대하고, 비웃고, 심지어 그것은 농구에 불과하다고 말하며, 그것의 채택을 지체시키기 위해 갖가지 짓을 한다. 왜냐하면 그것은 그들로부터 숫자와 체중과 힘의 우세를 앗아가 버리고, 경기를 졸지에 두뇌와 속도와 전략의(굳이 그렇게 부르고 싶다면 심지어 행운의) 경기로 만들어 버리고, 더 작은 대학과의 '연습' 경기 결과조차도 쉽게 가늠할 수 없도록 만들어 버리기 때문이다." (원주)

위에서 행동과 전략으로 거듭해서 이루어지는 경우가 점점 더 많아졌다. 그리고 캔들스틱파크에서의 춥고 습한 어느 날 오후 이 논쟁은 월시가 머리 역할을 맡고 빌 파셀스가 힘 역할을 맡아서, 정말 극단적인 형태로 드러날 예정에 있었다. 파셀스는 풋볼 사이드라인에서 머리를 과도하게 사용하는 일에 대해서 이미 깊은 의구심을 품고 있었다. 그는 월시가 매번 치르는 경기의 처음 25개 플레이에 대해서는 미리 각본을 작성한다는 이야기를 알고 있었지만, 나중에는 이렇게 말했다. "그 각본 어쩌고는 완전히 거짓말이에요. 그쪽은 하다못해 처음 8개도 넘기지 못할 거니까." 그의 밑에서 일하다가 다른 팀으로 옮긴 코치의 숫자만 놓고 보면 풋볼에서 파셀스의 영향력은 거의 월시의 영향력에 맞먹을 정도였다. 예를 들어 빌 벨리치크, 앨 그로, 톰 카플린, 숀 페이턴 등이 그의 밑에서 일한 적이 있었다. (2006년에 이르자 NFL 소속 팀 가운데 3분의 2는 한때 월시나 파셀스의 밑에서 일했던 코치들이 이끌게 되었다.) 난생처음 슈퍼볼에서 우승한 1986년에 파셀스는 자신의 풋볼 스타일은 "증명할 게 아무것도 없다"면서, "증명이 필요한 것은 오로지 '나약한 것'뿐"이라고 단언했다. 그가 말하는 나약한 것은 바로 월시의 전략을 가리켰다. 1981년만 해도 사람들은 월시의 새롭고도 향상된 소규모의 패싱 플레이를 이미 주목하고 있었지만, 뭔가 새롭고도 향상된 경기를 구사하기는 파셀스도 마찬가지였다. 바로 로렌스 테일러라는 이름의 패싱 플레이 무력화 장치가 있었던 것이다. 월시가 공 던지기의 위험을 줄여 버린 것과 마찬가지로 파셀스는 공 던지는 사람의 위험을 높여 버렸다.

1981년 시즌이 끝날 때까지도 파셀스가 바라보기에 테일러는 여전히 새롭고 낯선 장난감과도 유사했다. 이 장난감에는 아주 복잡한 조종 장치가 달려 있어서 코치는 여전히 그 사용 방법을 궁리해 내야만 했다. 파셀스가 어떤 명령을 내리건 간에 이 신인 라인배커는 무조건 쿼터백을 찾아서 박살 내야 한다는 본능을 발휘하곤 했다. 선수 생활 후반부에 접어들면서 테일러는 사람들이 마치 자신을 자유로운 활동의 재능을 지니고 있는 것처럼 생각해 주는 것을 좋아했지만, 적어도 신인 시절에는 자기가 실제로 뭘 해야 하는지조차도 모르는 경우가 허다했다. 따라서 더 좋은 생각이 나지 않을 때에는 그저 패서의 뒤를 쫓아가기만 했다. 세인트루이스 카디널스를 맞이한 그 시즌의 여섯 번째 경기에서는 이런 사실이 만천하에 드러났다. "애초의 계획은 타이트 엔드가 어느 쪽에 서게 되건 간에 그 선수와 마주 보고 있는 라인배커는 드롭백해서 패스를 커버해야 하는 것이었습니다." 파셀스의 말이다. "보통 타이트 엔드는 오른쪽에 서 있게 마련이고, 그러면 왼쪽에 서 있던 로렌스가 치고 들어가는 겁니다. 하지만 경기 초반에 상대편에서는 타이트 엔드를 왼쪽으로 옮겨서 로렌스를 상대하게 만들었죠. 그는 어쨌거나 뛰어나가서 쿼터백 색을 했습니다. 제가 그에게 가서 그랬죠. '로렌스, 상대편이 타이트 엔드를 자네 앞에 두지 않았나. 그러니 뒤로 빠져서 커버를 해야지.' 그랬더니 그가 이러더군요. '예, 알았어요. 코치님. 예, 알았어요.' 그래서 제가 그랬죠. '조심하라고. 상대편이 또다시 그렇게 나올 수도 있으니까.' '알았어요, 알았어요, 코치님, 알았어요. 준비됐다니까요.' 세 번째 쿼터가 되자 상대편이 또다시 그렇게 하더군요. 타이트 엔드를 그가 있는 쪽에 배치했던 거죠. 그랬더니… '로렌스는 또다시 치고 들어가는 겁니다.' 이번에는 그가 쿼터백을 쳐서 공을 떨어트렸더니, 자이언츠의 디펜시브 엔드 조지 마틴이 얼른 집어 들고 달려서 결국 터치다운에 성공했죠. 모두들 엔드존에서 펄쩍펄쩍 뛰고 기뻐하는데 저는 오히려 화가 났죠. 벤치에 앉아 있는 그에게 다가갔더니 그가 먼저 저를 보고 이러는 겁니다. '이번에는 저도 그거 안 했잖아요, 그렇죠?' 그래서 제가 말했죠. '로렌스, 그렇지만 이번에는 자네가 하던 일도 성공을 못하지 않나.' 그랬더니 그가 이러더군요. '어, 우리 월요일에도 이렇게 넣으면 좋을 것 같아요, 코치님. 제법 먹혀드니까요!'"

그리고 파셀스도 내심으로는 그걸 좋아했다! "저는 약간 구닥다리 같은 데가 있습니다." 파셀스의 말이다. "저는 어떤 스포츠에서나 수비가 핵심이라고 생각합니다. 제가 코치 일을 처음 시작할 때의 의도도 바로 그것이었습니다. 제가 코치하고 싶은 게 바로 그거였거든요. 풋볼이 아니었습니다. 풋볼 '수비'였던 거죠. 미학적으로 즐거운 것을 좋아하는 사람이 보기에는 그리 멋지지가 않을 겁니다. 하지만 '저'한테는 멋지죠. 왜냐하면 저는 수비가 경기의 핵심이라고 생각하니까요." 그리고 열정과 폭력이야말로 그가 생각하는 수비의 핵심임은 두말할 나위가 없었다.

월시의 기질도(그리고 풋볼에 대한 그의 관심도) 크게 다르지는 않았다. 그가 공격을 선호하는 까닭은 공격이 더 전략적이기 때문이었다. "공격에는 코치가 실제로 좌우할 수 있는 점이 무척 많으니까요." 그의 말이다. "반면에 수비는 단지 유능한 인원을 보유하는 문제에 불과합니다." NFL에서 수석 코치가 된 직후의 빌 월시가 사이드라인에 서 있는 모습은 마치 타오르는 불길 앞에서도 한 손에는 포트와인 잔을 들고 또 한 손에는 매슈 아놀드의 에세이를 들고 서 있는 사람의 모습에 비견할 만했다. 그는 계속해서 차분한 분위기를 보여 주었기에 급기야 《로스앤젤레스타임스》 칼럼니스트 짐 머리는 이렇게 썼을 정도였다. "그의 헤드셋에서는 모차르트의 음악이 나온다고 해도 믿을 것 같다." 파셀스는 경기 중에 자신의 감정을 고스란히 드러냈다. 반면에 월시는 경기가 시작되기 전에는 자신의 감정을 완전히 밖으로 몰아내는 것을 목표로 삼았다. 그러기 위해서는 실제로는 어마어마한 노력이 필요했다. 그로서도 표출하고 싶은 감정이 너무나도 많았으며, 심지어 몇 번인가는 경기가 끝나자마자 눈물을 흘리기도 했기 때문이다. 하지만 "성조기"가 연주되기 시작하면 그의 태도는 달라졌다. "그 순간 저는 마음속으로 이렇게 말하곤 했습니다. '이제 시작이다. 정신 추스르고 계산을 시작해야지. 명료하게 생각하고 나 자신을 제거해야 해…' 마치 창문 너머로 어떤 경기를 보는 듯한 느낌이었습니다."

로렌스 테일러는 월시에게도 처음 겪는 문제가 아닐 수 없었다. 이 선수는 그의 창문을 박살 낸 셈이었다. 월시의 시스템에서는 조 몬태나가 풋볼 역사상 그 누구보다도 더 신속한 동작으로 공을 패스할 수 있었으며, 대개의 경우에는 충분히 빨라서 문제가 없었다. 그런데 이제는 그렇지가 않게 되고 말았다. "테일러는 무척 빨랐습니다." 월시의 말이다. "그래서 우리가 아무리 빨리 움직이더라도 그는 이미 목표 지점에 도착할 수 있었습니다." 러닝백이나 타이트 엔드 가운데 누군가를 동원해 테일러를 상대하게 만드는 것은 상상조차 불가능한 일이었다. 월시의 전략에서는 타이트 엔드가 꼭 필드에 퍼져 있어야만 했고, 테일러의 능력이라면 러닝백을 상대하기는 식은 죽 먹기였기 때문이다. 이들 다음으로 테일러를 블로킹할 가능성이 있는 후보는 바로 레프트 태클이었다. 왜냐하면 그는 테일러가 스크리미지 라인을 넘어오는 지점에서 가장 가까이에 서 있었기 때문이다. 하지만 포티나이너스의 레프트 태클 댄 오딕은 신장 188센티미터에 체중 113킬로그램이었으며, 이를테면 이글스의 스탠 월터스와 비교해서도 테일러를 상대하기에는 벅찬 실력이었다. "제가 레프트 태클을 맡기 시작했을 때는 팀의 라인맨 중에서도 최고의 선수를 레프트 태클에 넣을 필요가 있다는 사실을 코치들이 비로소 깨닫기 시작할 즈음이었죠." 오딕의 말이다. "제 생각에는 코치들이 저를 그 포지션에 넣은 것은 자기네 가설을 검증하기 위한 최종 실험처럼 여겨졌어요." (오딕은 그다지 크거나 빠른 선수는 아니었을지 몰라도, 상당히 호감이 가는 선수이기는 했다.)

월시는 레프트 태클에 관한 문제를 직접 해결했다. 샌프란시스코로 오자마자 그는 대단히 유망해 보이고 젊은 레프트 태클 론 싱글턴을 얻게 되었다. 하지만 월시가 나중에 말한 것처럼, 머지않아 "론은 자기가 주연급 선수가 되어야 마땅하다고 생각했는지 자기는 인정과 명성을 얻어야 하는데 실제로는 그렇지 못하다는 이야기를 라커 룸에서 떠들어" 대고 말았다. 월시도 자기 팀 쿼터백들이 슈퍼스타인 척하고 까부는 것은 참아 줄 수 있었지만, 라인맨이 유명 인사로 부상한다는 생각은 결코 머릿속에 떠올려 본 적이 없었다. 싱글턴은 급기야 에이전트를 채용하여 연봉 9만 달러라는 터무니없는 금액을 요구하기에 이르렀다. 월시가 이 요구를 거절하자 에이전트는 싱글턴이 흑인이기 때문에

163

월시가 협상에 응하지 않는 것이라는 악의적인 소문을 퍼트리고 다녔다. 코치도 더 이상은 참지 못했다. 그는 직원 한 사람을 시켜서 라커에 있는 싱글턴의 개인 소지품을 상자에 모두 옮겨 담은 다음, 그의 집에 가서 문 앞에 놔두고 오게 했다. "그렇게 해서 그는 결국 해고 통보를 받은 셈이었습니다." 월시의 말이다. "현관문을 열었더니 소지품 상자가 있었던 거죠." 그 선수나 그 에이전트나 둘 다 이 코치를 단단히 잘못 보았던 셈이다. 싱글턴의 오만한 행동에 월시가 화를 냈던 까닭은 그의 피부색 때문이 아니라 오히려 그가 담당한 포지션 때문이었다. 그는 어디까지나 '라인맨'이기 때문이었다.

훗날 월시는 이 에피소드가 자기네 팀에는 일종의 전환점이 되었다고 판단했다. 레프트 태클을 이처럼 매정하게 내쫓은 것은 이 코치가 결코 만만하게 보일 상대는 아님을 모두에게 증명한 셈이었다. 이것이야말로 그의 성격을 일부나마 보여 준 사건이었다. 그건 그렇다 치고… 도대체 로렌스 테일러는 누가 블로킹해야 할까?

'재워스키한테도 그렇게 먹였던 겁니다. 머리 위로 도끼를 들어 올렸다 내리찍듯이 말입니다. 제 생각에는 그 친구 물건이 흙바닥에 뚝 하고 떨어졌을 겁니다.'

월시의 시스템에서는 리듬이 관건이었다. 그리고 테일러의 발소리가 뒤에서 들려오는 상황에서는 절대로 리듬을 확보할 수가 없는 법이었다. 월시는 테일러를 멈춰 세우고 그를 경기에서 몰아내야만 했다. 해결책을 찾아서 라커 룸을 뒤지던 그는 존 에이어스라는 선수로 합의를 보았다. 에이어스는 원래 레프트 가드를 맡고 있었다. 신장 195센티미터에 체중 122킬로그램이었으며 발이 빠른 편이었다. 그는 텍사스 서부의 작은 목장 마을인 캐니언에서 자라났으며 시즌이 끝나고 나면 여전히 그곳에 돌아가 카우보이 일을 했다. 황소에게 낙인을 찍고 거세를 실시하는 것이야말로 그에게는 상당히 멋진 훈련이 아닐 수 없었다. "존은 50년 늦게 태어난 셈이에요." 그의 아내인 로렐의 말이다. "조금만 더 일찍 태어났어도 목장에서 카우보이가 되었을 거예요. 일당 20달러씩을 받고요. 그래도 그이는 당연히 행복했을 거예요." 에이어스는 과묵한 성품이었으며, 지시를 받으면 반드시 지켰다. 그래서 모두들 그를 좋아했지만, 정작 그를 잘 아는 사람은 드물었다. 에이어스는 자신이 받는 연봉이 적다는 사실에 대해서도 그리 개의치 않았고, 팀에서 두각을 나타낸다는 생각은 아예 해 본 적이 없었다. "그이는 항상 뒤에만 서 있었어요." 그의 아내의 말이다. "그는 차라리 그쪽이 더 낫다고 했어요. 익명성이 더 낫다고 생각했던 거죠." 한마디로 그는 빌 월시가 생각하는 가장 이상적인 오펜시브 라인맨이었다. 월시가 자기 팀의 라인맨에 관해 이야기하는 것을 들으면, 마치 어느 선장이 바다에서 배에 관해 이야기하는 것처럼 들린다. "일단 무게중심이 낮습니다." 그는 에이어스에 관해서 이렇게 말했다. "여간해서는 발이 땅에서 떨어지게 할 수가 없죠. 아주 균형이 잘 잡혔어요. '밸러스트'를 갖고 있는 겁니다." 매번 패싱 플레이를 할 때마다 에이어스는 우선 자이언츠 선수 가운데 어느 누구도 가운데로 치고 들어오지 못하게 방어하고, 곧이어 뒤로 빠지며 왼쪽으로 돌아서서 그리로 달려오는 테일러를 상대해야 했다. 월시는 에이어스가 테일러를 상대할 수 있을 만큼 충분히 빠르다고 생각했다. 그리고 나머지 일은 밸러스트가 해결해 주리라고 생각했다.

한편으로는 레프트 가드 포지션을 담당하면서 또 한편으로는 가장자리에서 달려오는 상대편 라인배커를 상대해야 한다는 코치의 지시를 들은 에이어스는 처음에만 해도 어리둥절했다. 곧이어 그는 로렌스 테일러의 경기 장면을 담은 테이프를 보았다. "사람들 말로는 그 신인 라인배커가 리그를 완전히 휘젓고 다닌다고 하더군요." 그는 《뉴욕타임스》와의 인터뷰에서 이렇게 말했다. "그래서 제가 그랬죠. '예, 알았어요. 하지만 그건 풀백이 알아서 할 문제잖아요.' 하지만 그가 뛰는 모습을 보고 나서 저는 이렇게 바꿔 말했죠. '음, 어쩌면 풀백만 가지고는 안 되겠네요.'" 그의 아내도 남편과 함께 그 테이프를 봤다. "저는 그이가 맡은 임무가 뭔지를 알자마자 겁이 나서 죽을 뻔했어요." 그녀의 말이다. "경기가 있기 전 한 주 내내 이 크고 못된 로렌스 테일러의 이야기만 줄곧 들리더라니까요."

1982년 1월 3일, 빌 월시는 차를 몰고 캔들스틱파크로 가서 코치용 셔츠로 갈아입고 트레이너들과 보조 코치들을 만나고, 선수들에게 몇 가지 짤막한 지시를 내렸다. 지금 상황에서 군이 선수들에게 동기 부여를 할 필요가 있다고는 생각하지 않았다. 오히려 그는 선수들의 마음을 가라앉히려고 노력했다. ("제가 선수들에게 뭔가 의욕을 고취시킬 만한 이야기를 하기만 하면, 결국 상대편이 먼저 점수를 올리더군요. 그래서 딱히 그게 필요하다는 생각은 들지 않았습니다.") 곧이어 그는 자리에서 일어나 "성조기" 연주를 들었다. 비가 내리면서 필드가 엉망이 되는 바람에 킥오프를 하자마자 짙은 청색 윈드브레이커를 입은 사람들이 사방으로 뛰어다니며 파헤쳐진 잔디를 손봐야 했다. 조 몬태나가 센터의 자기 포지션에 섰을 무렵 그의 주위에는 파헤쳐진 잔디가 마치 싸구려 가발에서 빠진 머리마냥 잔뜩 흩어져 있었다. 월시는 자신의 전반적인 경기 운영 계획을 군이 숨기지 않았다. 바로 전날 그는 텔레비전 아나운서 팻 서머롤과 존 매든에게 말했다. 자신은 처음 22개의 플레이 가운데 17개에서 공을 던지는 방식으로 끌고 갈 생각이라고 말이다. 그는 파셀스가 이 사실을 안다는 걸 알았고, 파셀스 역시 그가 이 사실을 안다는 걸 알았다. 또한 월시는 그 17개의 플레이 가운데 대부분에서 로렌스 테일러가 조 몬태나를 잡으러 올 것임을 알았다. 이들이 미처 많이 예측하지는 못하더라도 테일러 쪽에서 먼저 이들에게 상기시킬 것이었다. "로렌스가 패스 러싱을 할 때에는 자기가 그걸 미리 알리곤 했습니다." 자이언츠의 디펜시브 백이었던 비어즐리 리스의 말이다. "마치 형사가 사이렌을 꺼내서 자기 자동차 지붕에 얹어 놓는 거랑 비슷했어요. 로렌스도 이와 마찬가지로 자기 헬멧 위에 일종의 사이렌을 얹어 놓았죠. 양손을 펄럭이고 양팔을 흔드는 거였습니다. 자기가 블로커를 공격해서 박살 내는 바로 그 순간에 블로커를 바라보는 겁니다. 그러고 나면 곧바로 쿼터백을 잡으러 갔죠."

존 에이어스의 임무는 혹시 테일러가 양손을 펄럭이는지를 잘 살펴보는 것이었다. 만약 테일러가 공격을 준비하고 있는 모습이 보인다면 에이어스는 뒤로 빠져서 그를 상대할 것이었다. 관건은 이처럼 신중하게 계획된 대결이 어떻게 끝나느냐는 것이었다. 존 에이어스는 한 가지 깜짝 변수였다. 그가 과연 어떤 결과를 내는지가 곧 이 경기의 결과를 결정할 것이었다.

스크리미지 라인에서의 첫 번째 플레이 때 몬태나가 드롭백하자마자 테일러가 달려들었다. 일순간 그의 앞에 펼쳐진 필드는 텅 비어 있는 듯했다. 그런데 갑자기 어디선가 누가 나타나더니… '쾅!'

테일러는 마치 어느 집의 벽에 충돌한 듯한 기분이 들었다. 물론 실제로 그가 부딪친 상대는 체중 122킬로그램의 카우보이였다. 시즌이 끝나고 나면 높이 1.8미터의 트랙터 타이어를 밧줄로 연결해서 갓 갈아엎은 들판을 따라 몇 킬로미터씩 끌고 돌아다니며 훈련한 사람이었다. 이날의 패싱 플레이 때마다 테일러는 마치 냉장고 유리문 너머에 있는 바닐라 아이스크림을 꺼내러 갔지만, 뒤늦게야 냉장고가 자물쇠로 단단히 잠겨 있음을 깨닫고 뒤로 돌아서야 했던 꼬마처럼 굴었다. "그런 일은 정말 처음이었습니다." 그의 말이다. "상대편에서 가드를 뒤로 빼서 저를 상대하게 한 것은 그때가 처음이었던 겁니다. 저로선 계속해서 그를 젖히고 나가려고 시도하는 수밖에 없었습니다." 하지만 그는 상대방을 결국 젖히지 못했다. 첫 번째 패스가 이루어졌다. 그리고 다음 패스도 이루어졌다. 또 다음 패스도 이루어졌다. 월시의 공격조가 파셀의 수비조를 공격하는 모습을 보는 것은 마치 거대한 얼음 기둥이 화산 속으로 녹아 들어가는 모습을 보는 것과도 같았다. 수증기가 자욱하게 피어오르는 가운데 어느 누구도 지금 얼음 기둥이 녹고 있는 것인지 아니면 불이 꺼지고 있는 것인지를 판가름할 수 없었다.

곧이어 수증기가 걷혔다. 하프타임에 포티나이너스는 24 대 10으로 경기를 주도했으며 몬태나는 22개의 패스 가운데 15개를 성공시키며 276야드에 터치다운 2개를 기록했다. 그는 NFL의 가장 위험한 수비조를 완전히 박살 낸 것이었다. 몬태나는 언젠가 월시의 패싱 공격을 가리켜 이렇게 말한 적이 있었다. "매번 완벽한 경기까지는 아니더라도 최소한 훌륭한 경기는 치를 수 있죠." 이날도 그는 완벽한 플레이까지는 보여 주지 못했지만, 그래도 비교적 완벽에 근접하긴 했었다. 물론 부주의한 패스로 가로채기를 한 번 당했고, 한 번은 불필요한 상황에서 포켓을 빠져나오는 실수를 저지르는 바람에 결국 로렌스 테일러에게 추격당해 쓰러지기도 했다. 하지만 그런 몇 번의 예외를 제외하면 그는 마치 정답을 미리 알아낸 학생이 시험을 치르듯 정말 거침이 없었다. "우리가 이렇게 잘 뛰는 모습은 저도 오늘 처음 봤습니다." 몬태나는 이날의 경기가 끝나고 말했다. "그래서 우리한테는 경기가 별로 어려워 보이지 않았던 겁니다. 실제로는 어려웠는데도 말이죠. 다행히 우리 라인이 상대편을 막아 세웠어요. 덕분에 제가 나설 때가 되면 일이 훨씬 쉬워졌죠." 블라인드 사이드에서 가해지는 위협은 존 에이어스 덕분에 사라져 버리고 말았다. "저로선 그를 어떻게 처리해야 할지 도무지 알 도리가 없었습니다." 테일러는 한참 뒤에 이렇게 말했다.

경기가 끝나고 빌 파셀스가 고개를 들어 바라보니 점수는 38 대 24였지만 사실은 그보다 더 압도적인 차이로 진 셈이었다. 그의 수비는 그 시즌 내내 어떤 경기에서도 상대편에게 38점씩 내준 적이 없었지만 오늘은 겨우 38점밖에 내주지 않은 것이 천만다행인 지경이었다. 파셀스는 경악할 수밖에 없었다. 단순히 이번 경기의 결과 때문이라기보다는 이번 경기의 결과에 대한 해석 때문이었다. 즉 이번 경기에서 드러난 차이는 다름 아닌 월시의 전략 때문이었다. 일개 '레프트 가드' 따위가 천하의 로렌스 테일러를 봉쇄할 가능성은 사실 없었다. "고속도로에서라면 그런 일은 전혀 없었을 겁니다." 그의 말이다. "그 전략이 먹혀든 것은 어디까지나 그날의 필드 상황이 나빠서, 어느 누구도 패서에게 쉽사리 러시할 수 없었기 때문이죠. 진흙탕 천지였으니까요. 비유하자면 저속 도로였던 겁니다. 예를 들어 인조 잔디만 있었어도 전혀 먹혀들지 않았을 거예요." 그리고 앞으로는 진흙탕 천지인 필드에서도 그런 전략이 전혀 먹혀들지 않을 거라고 그는 큰소리를 쳤다. 나중에 파셀스는 이날 경기의 녹화 테이프를 보고서 월시의 전략에서 약점을 간파했다. 에이어스가 드롭백할 때마다 라인의 한가운데에 구멍이 생겼다. 만약 자이언츠의 미들 라인배커가 한가운데로 돌파했다면 금세 조 몬태나에게 접근할 수 있었을 것이다. 하지만 누구도 그렇게 하진 않았다. "우리는 계속 경기를 해 나가면서 그 문제를 어떻게 대처해야 하는지 알게 되었습니다." 파셀스의 말이다. "우리가 해리 카슨에게 돌파를 지시했더니, 상대편도 앞서처럼 움직이진 못하더군요. 결국 상대편은 라인 전체를 테일러 쪽으로 이동시킬 수밖에 없었습니다. 하지만 상대편이 레프트 태클 포지션에 아주 천재적인 선수를 하나 보유하고 있지 않은 한 한꺼번에 두 가지 임무를 수행하는 그의 한계를 누군가 벌충해 주어야만 했죠." 그리고 상대편에서 또 다른 선수가 레프트 태클의 역할을 벌충할 경우, 다른 어딘가에 구멍이 생길 수밖에 없었다. 따라서 자이언츠는 경기를 반쯤 이긴 것이나 다름없었다.

그 경기 직후에 빌 월시는 수줍은 미소를 지으며 텔레비전 시청자들에게 말했다. 자신의 공격수가 공을 던질 수 있다는 사실을 눈으로 확인하기 전까지만 해도 자신은 이날의 경기를 과연 이길 수 있을지 의구심을 품었다고 말이다. 이보다 훨씬 더 유명한 다음 주 NFC 선수권대회 결승전에서 그의 팀은 댈러스 카우보이스를 격파할 예정이었다. 그리고 2주 뒤에 NFL에서 가장 연봉이 낮은 선수들로 이루어진 이 팀은 급기야 슈퍼볼에서 우승을 차지할 예정이었다. 사람들은 이 공격 작전이 제대로 작동한다는 증거를 원했다. 월시는 2년 전만 해도 2승 14패를 기록했던 팀을 결국 선수권대회에 데려온 것이었다. 증명은 끝났다. 하지만 자이언츠를 꺾고 로렌스 테일러를 봉쇄한 바로 이 순간 월시는 자기 팀에 대해 두 가지 결론을 내리게 되었다. 첫째는 자기 팀에도 로렌스 테일러 같은 선수를 두어서 상대편 쿼터백을 위협해야 한다는 것이다. 둘째는 다음 번 아마추어 드래프트 때는 최초 선발권을 레프트 태클 찾는 데 사용해야 한다는 것이다. 빌 파셀스가 간파한 것처럼 가장자리에서 치고 들어오는 로렌스 테일러 같은 괴물을 처리하면서도 새로운 패싱 공격의 리듬을 깨트리지 않으려면, 무엇보다도 그 괴물을 상대할 수 있는 신체 능력을 지닌 레프트 태클을 찾아야 했기 때문이었다. 기존의 레프트 태클은 이제 선수 생명이 막바지에 이른 상황이었다. 댄 오딕은 슈퍼볼이 끝나자마자 일자리를 잃고 절망했지만 충분히 상황을 이해할 수 있었다. 레프트 태클은 이제 더 이상 단순히 라인맨 가운데 하나가 아니었다. 어떤 면에서 레프트 태클은 이제 결코 라인맨이 아니었고, 대신에 가장 뛰어난 실력을 지녔으면서도 공을 직접 만지는 일은 없는 선수가 될 운명이었다. 빌 월시는 쿼터백을 이전보다 더 가치 있는 선수로 만들었으며, 따라서 쿼터백을 보호하는 포지션 역시 이전보다 훨씬 더 가치 있는 선수가 될 예정이었다. 그 선수가 누구이든지 간에 그는 매우 특별한 사람이 될 것이었다. 예전과 같은 생각은 곧 사라질 예정이었다.

하지만 이 마지막 하루만큼은 예전과 같은 생각이 여전히 살아남았다. 이 마지막 날에는 로렌스 테일러를 막기 위해 여러 선수를 굳이 벌충할 필요가 없었다. 존 에이어스는 경기가 끝날 때까지 여전히 테일러와 쿼터백 사이에서 뚫을 수 없는 벽 노릇을 해 주었다. "남편은 조 몬태나를 개인적으로 무척 좋아했어요." 로렐 에이어스의 말이다. "그래서 로렌스 테일러 때문에 조 몬태나가 다치거나 쓰러지는 일은 결코 없게 하려는 각오였죠." 나중에는 오히려 테일러 쪽에서 기세를 누그러트리게 되었다. "누가 봐도 분명했습니다." 포티나이너스의 라인 코치 밥 맥키트릭은 이 경기 직후에 말했다. "경기가 진행되는 동안 테일러가 필드에서 얼마나 짜증을 부리는지를 누구나 똑똑히 볼 수 있었죠. 굳이 그를 깎아내릴 생각은 없습니다만 그때 그는 아예 경기를 포기하다시피 했어요." 반면에 에이어스는 강인함과 패스 블로킹 기술의 정석이나 다름없었다. 그 순간만 해도 그는 빌 월시의 패싱 공격에서 가장 중요한 요소로 작용하고 있었지만, 당시 캔들스틱파크에서 그 사실을 아는 사람은 아무도 없었다. 에이어스는 풋볼이 여타의 스포츠와 가장 다른 점은 종종 눈에 보이지 않는 부분이 가장 중요한 부분이라는 사실을 상기시키는 셈이었다. 존 에이어스가 하고 있는 일은 그냥 일상적인 것처럼 보였다. 하지만 그가 하고 있는 일이 무엇인지를 아는 소수의 사람이 보기에는 그것이야말로 아름다운 일이 아닐 수 없었다.

공이 스냅되자, 에이어스는 테일러가 달려오는 것을 보고 재빨리 뒤로 한 발짝 물러나서 왼쪽으로 돌았다. 뒤로 물러나는 순간, 그는 자신의 미래를 향해 움직인 셈이 되었다. 그는 1985년으로 걸어 들어갔다. 이때는 잔디가 미끄러워서 그가 로렌스 테일러를 막아서지 못했을 것이다.… 에이어스는 다시 한 번 재빨리 뒤로 그리고 왼쪽으로 움직였다. 지금은 1986년이었다. 그는 부상을 당해 사이드라인에 있었고 이날 자이언츠는 조 몬태나를 병원으로 보내고 말았다. 그리고 포티나이너스는 슈퍼볼의 승리로 향하다 말고 그만 집으로 돌아가야만 했다.… 세 번째로 에이어스는 재빨리 움직였다. 그리고 그는 다시 한 번 농구 골대로 접근했다가 저지당한 어느 파워 포워드처럼 몸을 웅크렸다. 이제는 1987년이었고, 빌 월시는 존 에이어스에게 은퇴를 권하고 있었다. 에이어스는 이 충고를 거부했지만 결국 월시는 그를 훈련 캠프로 다시 초청하지는 않았다.… 그는 이제 마지막으로 재빨리 뒤로 그리고 왼쪽으로 움직였다. 그리고 NFL 쿼터백에게 가해진 것 중에서도 가장 무시무시한 힘을 막아 세웠다. "쿼터백을 향해 그렇게 빠르고 강력하게 달려온 선수를 상대해 보기는 처음이자 마지막이었던 것 같습니다." 모든 것이 끝나고 나서 존 에이어스는 이렇게 말할 것이다. 팀 동료들은 그날 경기에 사용했던 공을 그에게 선물했다. "그는 마치 뭐에 씌운 듯 경기했습니다."… 하지만 지금은 1995년이었고, 존 에이어스는 아내와 두 아이를 남겨 놓고 45세의 나이에 암으로 사망한 다음이었다. 조 몬태나는 비행기를 한 대 빌려서 열댓 명의 팀 동료들과 함께 텍사스주 아마릴로

로 와서 운구를 해 주었다. 존 에이어스의 장례식에서는 빌 월시의 추모 편지가
대독되었다.

CHAPTER 6

마이클 만들기

브라이어크레스트크리스천스쿨 세인츠가 2004년 시즌을 맞이했을 때 마이클 오어는 지난 4개월 동안 자신이 장차 풋볼 스타가 될 수 있을지도 모른다는 생각에 점차 익숙해져 있었다. 그는 일간지《멤피스 커머셜 어필》의 특집 기사 소재가 되었고, LSU(루이지애나주립대학)와 올 미스와 노스캐롤라이나주립과 오클라호마대학에서 열린 풋볼 유망주를 위한 여름 캠프에 참가했으며, 그 외에도 50여 군데의 디비전 1급 소속 풋볼부에서의 여름 캠프 참가 초청을 거절했다. 마이클은 여러 대학 풋볼부에서 보낸 편지를 1,000통 이상 받았으며 가끔은 페텍스로 날아온 편지도 열댓 통이나 있었다. 그렇게 페텍스로 날아온 편지에는 십중팔구 전액 장학금 제안이 들어 있었다. 풋볼 명문 대학 가운데 그에게 전액 장학금을 제안하지 않은 곳은 펜실베이니아주립 하나뿐이었다. 아울러 마이클은 4개월 동안 자기 팀의 수석 코치 휴 프리즈와 오펜시브 라인 코치 팀 롱에게 철두철미한 개인 교습도 받았다. 팀 롱은 1985년 미네소타 바이킹스에 드래프트되어 레프트 태클로 뛴 경험이 있었다. (아쉽게도 부상을 당하는 바람에 NFL에서의 경력은 짧게 끝나고 말았다. 그는 바이킹스, 샌프란시스코 포타나이너스, 인디애나폴리스 콜츠에서 프리 시즌 경기에 출전했지만 1987년 포타나이너스에서는 정규 시즌 경기를 겨우 세 번밖에 출전하지 못했다.) 첫 번째 경기 직전의 연습 동안 숀 투이는 풋볼 선수로서의 마이클이 뭔가 이전과 달라 보인다고 생각했다. 다시 말해서 자기가 지금 하는 일이 무엇인지 아는 것처럼 보였다는 뜻이다. "팀은 아니라고 했습니다만, 그가 마이클에게 해 준 어떤 조언 때문에 만사가 변해 버린 듯했습니다." 숀의 말이다. "팀은 마이클에게 손 쓰는 법을 알려 주었죠."

롱이 마이클에게 가르쳐 준 기술은 '가슴팍 떠밀기'라고 하는 것이었다. 마이클 오어 정도의 덩치와 힘을 지닌 선수라면 수비수에게 손만 갖다 대도 상대방을 보내 버릴 수 있었다. 힘이 워낙 세고, 손도 워낙 컸기 때문에 일단 한번 걸려들었다 하면 (고등학생 기준으로나, 심지어 대학생 기준으로도) 어느 누구도 빠져나갈 수 없었다. 물론 오펜시브 라인맨이 수비수를 넓게, 그러니까 마치 스모라도 하듯 붙잡는 것은 반칙이었다. 따라서 라인맨은 상대방을 좁게 붙잡는 방법을 터득해야만 했다. 즉 양손을 가까이 놓고, 상대방 양쪽 어깨 패드 사이의 가슴판을 붙잡는 것이다. 팀 롱이 마이클 오어에게 가르쳐 준 것이 바로 이런 기법이었다. 가슴팍 떠밀기. "가슴팍을 떠밀라"는 것이야말로 휴 프리즈의 주문처럼 되었다. 즉 스크리미지 라인에서 달려 나가서 도대체 뭐가 뭔지 상대편이 알아채기도 전에 수비수의 가슴팍을 떠밀어 버리라는 것이었다.

미국 전역의 대학 풋볼 코치들은 흘끗 한번 보기만 해도 마이클 오어가 미래의 NFL 레프트 태클이라는 사실을 직감했다. 그러나 숀과 리 앤 투이 부부는 이에 대해 의구심을 가졌다. 마이클은 어느 날 갑자기 이들의 삶으로 걸어 들어왔고, 이들의 집으로 살러 들어왔으며 머지않아 이들에게 전적으로 의지하며 살게 되었다. 물론 풋볼 선수가 될 수야 있었겠지만 모두들 풋볼 스타가 될 수 있다고 입을 모으기 전까지만 해도 그는 풋볼에 대해 거의 관심을 보이지 않고 있었다. 3학년 때 처음으로 경기에 출전했을 적에도 마이클은 필드에서 보낸 대부분의 시간 동안 자기가 힘으로 자빠트릴 사람을 찾아다니기만 했다. 그는 완전히 길을 잃고 수동적인 선수처럼 보였다. 레프트 태클은 본래 필드에서 벌어지는 폭력의 수준을 낮추는 임무를 담당한 선수였다. 하지만 선수로서 성공을 하려면 제아무리 레프트 태클이라 해도 어느 정도는 공격성을 지닌 채 경기에 임해야 했다. 그러나 마이클이 풋볼 경기에 출전했던 몇 안 되는 기회에서도 공격성을 일말이라도 보여 주는 모습을 목격한 사람은 전혀 없었다.

마이클의 첫 번째 시험대는 정식 경기가 아니라 프리 시즌에 벌어진 연습 경기였다. 상대는 멤피스에서 40킬로미터 떨어진 먼퍼드에서 온 어느 팀이었다. 리 앤은 관중석에서 늘 앉는 자리, 그러니까 50야드 라인 앞의 맨 위에서 두 번째 줄, '세인츠(SAINTS)' 간판의 '엔(N)' 자 바로 아래 오른쪽에 앉아 있었다. 그녀의 주위에는 다른 선수의 어머니들도 모여 있었는데, 이들은 브라이어크 레스트의 코치와 풋볼 전략의 수준에 대해 나름대로 뚜렷한 견해를 지니고 있었다. 모두들 여차하면 전화를 걸려고 준비하고 있었다. 리 앤은 이렇게 말한다. "우리는 경기에 대해 이런저런 견해와 생각을 갖고 있었고, 언제라도 그걸 휴나 숀에게 반드시 알려야 한다고 믿고 있었죠." 말하자면 그녀는 전망석에 앉아 있는 코치나 다름없었고 벌써부터 미국인 전체를 통틀어 몇 안 되는 방식으로 풋볼 경기를 바라보고 있었다. 즉 오펜시브 라인에 초점을 맞춰 보는 것이었다. 따라서 어떤 플레이가 끝나도 그녀는 공이 어떻게 되었는지는 전혀 모르곤 했다. "예를 들어 저는 '그 녀석의 패드 높이를 낮춰'라든지 '가슴팍 떠밀기'라든지, 그 외에도 풋볼 코치들이 라인맨을 향해 뭘 어떻게 하라고 지시할 때 쓰는 일종의 전문 용어를 다 알지는 못해요." 그녀의 말이다. "다만 제가 아는 건 마이클이 상대방 선수를 덮칠 때, 그리고 상대방 선수를 큰대자로 깔아뭉갤 때의 모습이 참 보기 좋더라는 거였죠."

숀도 자기 자리에 서 있었다. 사이드라인을 따라서 휴 프리즈와는 몇 야드 떨어진 곳에 서 있었는데, 그래야만 지금 벌어지는 장면을 수석 코치와는 좀 다른 각도에서 볼 수 있기 때문이었다. 십 대 소년들에게 자신감을 불러일으키는 투이의 마법 가까운 능력을 존중했던 휴는 그 대가로 풋볼을 가르쳐 주었고, 덕분에 숀은 이제 브라이어크레스트의 쿼터백을 담당하는 코치 노릇을 할 수 있게 되었다. 그가 계속해서 눈여겨보고 있었지만 오늘 마이클은 사인을 놓쳐 버렸다. 경기의 첫 번째 플레이에서부터 바로 건너편에 서 있던 먼퍼드의 디펜시브 엔드는 마이클을 특별히 겨냥해서 놀려 대기 시작했다. 그 먼퍼드 선수는 신장이 188센티미터에 아무리 해도 체중이 99킬로그램 이상은 나갈 것 같지 않았지만, 도무지 입을 다물려고 하지 않았다. 플레이를 할 때마다 그는 뭔가 지저분한 말을 꼭 떠들어 댔다.

'야, 살찐 궁둥이, 너 나한테 죽었어!'

'야, 살찐 궁둥이, 뚱뚱한 놈이 무슨 풋볼을 한다고 그래! 내가 오늘 니 궁둥이를 꽉꽉 밟아 줄게!'

마이클 오어의 풋볼 선수 경력에서 그가 누구인지를 전혀 모르는 상대편 팀과 붙어 본 경우는 이때가 마지막이었다. 아직까지는 그가 뛴 경기의 놀라운 하이라이트를 모은 테이프도 없었고, 먼퍼드의 선수나 관계자 중에도 멤피스의 여러 신문이나 톰 레밍의 뉴스레터를 접한 사람이 전혀 없었던 모양이었다. 물론 마이클은 몸집이 크긴 했지만, 겉모습만 보고 판단하는 것은 잘못이었다. 리 앤이 슬랙스를 기준으로 측정한 바에 따르면 그는 허리둘레가 50인치에다 바지 가랑이가 32인치였다. 물론 몸에는 지방도 일부 있었지만, 허리는 주로 뼈와 근육으로 이루어져 있었다. 사실 허리둘레가 50인치까지도 아니었지만 그 치수보다 더 작은 바지에는 허벅지가 들어가지 않았다. 팀 동료들과 코치들도 마이클 오어가 미국 풋볼계 전체를 통틀어서도 보기 드물 정도로 특이한 신체의 소유자임을 이제야 비로소 깨닫고 있었다. "그 녀석만큼 덩치가 큰 선수는 어느 누구도 본 적이 없었을 겁니다. 그런데도 그 녀석은 우리 팀에서 10야드 달리기를 하면 제일 빨랐다는 거죠." 브라이어크레스트의 라인배커 겸 킥 리터너이고, 한때 마이클과 함께 살았던 테리오 프랭클린의 말이다. 너무 옆으로 퍼지다 보니 어느 누구도 그의 몸이 탄탄하다고는 생각하지 못했고, 너무 크다 보니 어느 누구도 그가 빠르다고는 생각하지 못했다. 거듭 말하자면 마이클 오어는 그야말로 놀라운 존재였다. "힘은 곧 질량 곱하기 가속도라고 하죠." 휴 프리

177

즈는 이렇게 즐겨 말하곤 했다. "그러니 마이클의 질량이 마이클의 속도로 상대방에게 가서 부딪치면 그건 정말 놀랍고도 예기치 못했던 힘이 되는 겁니다."

먼퍼드의 스카우트 보고서에서도 마이클의 덩치와 속도를 제대로 간파하지는 못하고 있었다. 마이클 오어의 바로 건너편에 있던 먼퍼드의 디펜시브 엔드는 그를 흘끗 보자마자 고등학교 풋볼의 뻔한 상황이라고 생각했다. 저 뚱뚱한 녀석이 오펜시브 라인에 서 있는 것은 밴드부의 튜바 주자를 하는 것 말고는 여기밖에 갈 곳이 없기 때문이겠지.

'야, 살찐 궁둥이! 내가 오늘 니 궁둥이에 흙깨나 묻혀 줄게!'

상대방이 떠들어 댈수록 마이클은 점점 더 화가 났지만, 어느 누구도 이 사실을 미처 모르고 있었다. 그건 아마도 그의 몸속에 쌓인 분노를 어느 누구도 미처 상상해 본 적이 없었기 때문이었을 것이다. 휴 프리즈는 플레이 때마다 마이클에게 라인배커를 블로킹하거나, 또는 풀 앤드 스윕pull and sweep 29을 해서 라이트 엔드를 지나가라고 지시하고 있었다. 즉 바로 건너편의 디펜시브 엔드는 그냥 내버려 두라는 것이었다. 첫 번째 쿼터가 지나고 또다시 절반쯤 시간이 지날 때까지 스크리미지에서는 특기할 만한 사건이 없었다. 그러다가 휴 프리즈는 좀 다른 방식의 플레이를 주문했다.

리 앤은 마이클이 뭔가에 화가 났을 때를 정확히 간파할 수 있었다. "저는 그 아이의 보디랭귀지를 통해서 알 수 있어요." 그녀의 말이다. "예를 들어 누구 때문에 화가 나면 마이클이 서 있는 자세가 마치 황소처럼 변하거든요." 스크리미지에서 그는 처음부터 황소 같은 태도를 지녔지만 아직까지는 분노를 직접적으로 드러내지는 않았다. 마침 그때 리 앤은 자리에서 일어나 관중을 헤치고 매점으로 가고 있었다. 사건이 벌어졌을 때에는 필드를 등지고 있었는데 곧이

---

29   '풀링'은 선수가 원래의 담당 위치를 벗어나서 다른 위치로 움직이는 것. '스윕'은 두 명 이상의 오펜시브 라인맨이 '풀링'을 해서 스크리미지 라인 밖으로 달리면서 러닝백을 보호하는 경기의 형태.

어 관중석의 주위에 있던 사람들이 웃기 시작했다.

"저 선수를 어디로 데려가는 거야?" 누군가 이렇게 물었다.

"저 녀석을 도대체 놓아주지를 않는데!" 또 누군가가 이렇게 소리를 질렀다.

그녀가 뒤를 돌아본 순간 스무 명의 풋볼 선수들이 모조리 필드의 한쪽으로 달려가고 있었다. 공을 잡은 브라이어크레스트의 러닝백을 따라가는 것이었다. 그런데 필드 반대편에서는 브라이어크레스트의 74번 선수가 빠른 속도로 정반대 방향으로 달리고 있었다. 양팔로는 상대편의 디펜시브 엔드를 번쩍 들고서 말이다.

사이드라인에 서 있던 숀은 이 광경을 보고 깜짝 놀랄 수밖에 없었다. 휴가 주문한 것은 러닝 플레이였고, 이때에는 마이클이 있는 쪽과는 반대인 라이트 엔드의 옆을 돌아가기로 되어 있었다. 마이클의 임무는 지금까지 그를 향해 떠들어 대던 상대편 선수를 막아서는 것뿐이었다. 즉 공을 들고 뛰는 우리 편 선수에게 접근하지 못하게 하는 것뿐이었다. 그런데 그는 엉뚱하게도 스크리미지 라인에서 달려 나가서 상대편의 가슴팍을 떠밀었다. 그러고는 먼퍼드 선수의 어깨 패드 안으로 손을 넣자마자 아예 상대방을 땅에서 번쩍 들어 올렸다. 물론 완벽하게 합법적인 블로킹이었지만 그로 인한 결과는 전혀 의외였다. 마이클은 먼퍼드 선수를 끌고 무려 15야드나 필드를 가로질러 달려가다가, 갑자기 왼쪽으로 방향을 꺾어서 이번에는 먼퍼드의 사이드라인을 향해 달려갔다. "그 먼퍼드 선수의 발은 네 걸음에 한 번꼴로 땅에 닿았어요. 마치 만화의 등장인물 같더라니까요." 숀의 말이다. 상대방 선수가 땅에 발을 딛으려고 애를 쓰는 사이 마이클은 계속해서 25야드 정도를 달려서 먼퍼드의 벤치를 덮쳤다. 거기 도착한 뒤에도 그는 멈추지 않았고, 곧바로 그곳을 뚫고 들어가면서 벤치와 먼퍼드의 다른 선수 몇 명을 쓰러트려 상대편을 완전히 아수라장으로 만들어 버렸다. 그는 결코 기세를 꺾지 않았다. 풋볼 필드 주위로는 육상 트랙이 있었다. 그는 자기가 블로킹한 선수를 끌고 너비 10야드의 트랙을 지나가더니, 이번에는 트랙 너머에 있는 잔디밭을 가로지르기 시작했다.

바로 그 순간, 숀의 눈앞에서 마이클이 사라져 버리고 말았다. 먼퍼드의 풋볼 팀 전체가 마이클을 향해 몸을 날렸고, 곧이어 심판들이 선수들을 떼어 놓기 위해 그쪽으로 달려갔다. 숀의 눈에 보이는 것이라고는 선수들로 이루어진 인간 탑뿐이었다. "바로 그때 마이클이 벌떡 일어나더군요." 숀의 말이다. "그 녀석은 마치 걸리버 같았어요. 다른 선수들이 사방팔방으로 날아가 버렸죠. 사방에서 깃발이 펄럭였습니다. 그제야 심판이 우리에게 와서 소리를 지르더군요."

심판들은 모두 숀 투이를 잘 알고 있었다. 한때 올 미스의 포인트 가드였던 농구 스타였으며 지금은 멤피스 그리즐리스의 라디오 해설자였기 때문이다. 그들은 멤피스의 신문 스포츠면을 읽은 바 있었고, 따라서 마이클 오어에 대해서도 잘 알고 있었다. 심지어 얼마 전에 멤피스에 혜성같이 나타나서 뜨거운 스카우트 열풍을 예고한 이 신인 선수가 지금은 어찌어찌해서 숀 투이의 집에 살고 있다는 것까지도 말이다. 누군가 어른을 향해 야단을 치고 싶었던지 심판 한 명이 필드를 가로질러 달려왔다. 그러고는 곧바로 숀에게 향했다.

"투이 코치님!" 심판이 소리를 질렀다.

숀은 필드로 걸어 나갔다. "왜 그러십니까?"

"투이 코치님! 저 선수는 저러면 안 되지 않습니까."

"그나저나 휘슬을 부셨습니까?" 숀이 물었다. 그는 배상 청구 전문 변호사 노릇을 해도 충분히 잘 할 것이다.

휘슬은 물론 불지 않았다. 그러니 브라이어크레스트의 러닝백은 아주 오랜 시간 동안 뛰고 있는 셈이었다.

"아뇨." 심판이 말했다. "하지만 상대방 선수를 사이드라인까지 끌고 갔으면 거기서부터는 놓아주어야 하는 것 아닙니까. 저렇게 상대방 선수를 계속 끌고 뛰어가는 건 안 되죠."

"왜 이러십니까." 숀이 말했다. "플레이는 아직 끝난 게 아니잖아요."

"숀." 심판이 말했다. "그쪽 선수는 저쪽 선수를 끌고서 트랙 너머까지 달려갔다고요."

"알았습니다." 숀이 말했다. "제가 주의를 주도록 하죠."

먼퍼드 벤치를 지나고, 육상 트랙을 지나고, 잔디밭을 지나면 철조망으로 된 울타리가 나왔다.

"그러면 어떤 근거로 페널티를 주실 겁니까?" 누군가가 물었다.

"과다 블로킹이요."

심판이 15야드의 페널티를 선언하고 돌아서자 숀은 마이클을 향해 얼른 벤치로 돌아오라고 소리를 질렀다. 마이클은 완전히 초연한 표정으로 벤치로 돌아왔다. 방금 벌어진 소동에 관해서는 전혀 관심이 없어 보였다. "모두들 난리를 쳤죠." 숀의 말이다. "심판들은 소리를 지르고 상대방 선수들은 진짜로 싸우려 들고요. 그런데 그 녀석은 완전히 차분한 겁니다. 마치 일요일에 산책 나온 사람 같더라니까요." 원칙대로라면 마이클에게 주의를 주는 것은 휴가 할 일이었다. 마이클의 신격화 이후로 휴는 오펜시브 라인에 대해 특별히 관심을 갖고 있었기 때문이었다. 하지만 휴가 보기에는 마이클은 코치의 지시를 성실하게 이행한 것뿐이었다. 즉 휘슬이 울릴 때까지 상대방을 블로킹하라는 지시였다. 나중에 이때를 회상하며 휴는 이렇게 말했다. "예를 들어 마이클에게 이렇게 말하는 겁니다. '휘슬이 울릴 때까지 블로킹을 해라.' 그러면 그 녀석은 이 말을 문자 그대로 받아들입니다."

숀과 팀 롱은 마이클을 한쪽으로 데려갔다. "그렇게 하면 안 되는 거야, 마이클." 롱은 최대한 태연한 표정을 지으려 노력하며 말했다. "저 녀석들은 이제 너만 쫓아다닐 거야. 네가 한바탕 소란을 피웠으니까." 롱은 지금껏 라인맨이 "과다 블로킹"으로 페널티를 받았다는 이야기는 들어 본 적이 없었다. 하지만 이번처럼 극적인 블로킹을 본 적도 없기는 마찬가지였다. 풋볼 코치로 자원봉사를 시작한 이래 처음으로 팀은 남들 앞에서 터져 나오는 웃음을 참으려고 애를 쓰고 있었다. ("그런 일은 정말이지 난생처음 봤어요. 라인맨이 상대편 선수 하나를 필드 한가운데서 15야드나 끌고 가다가, 갑자기 왼쪽으로 홱 돌아서 사이드라인이며 벤치까지 뚫고 갔던 겁니다.") 하지만 숀은 웃을 수 없었다. 그는 최대한 엄한 표정을 지어 보였다. 이 사건은 점점 종류가 늘어나는 '마이클 오어가 성공하기 위해서는 반드시 알아야 할 것들'의 범주 안에 들어가는 또 한 가지였다. 롱이 이야기를 마치고 나자, 이번에는 숀이 마이클을 타일렀다. 이제 그는 풋볼 스카우트 담당자들이 눈여겨보는 선수이고, 지구상의 풋볼 필드에서 뛰는 어느 누구보다도 덩치가 큰 선수였다. 비록 오펜시브 라인맨이긴 하지만 그는 관중석의 모든 사람이 자기 일거수일투족을 지켜보고 있다는 생각으로 경기에 임해야 했다. 상대편 선수가 아무리 무례하고 지저분하게 굴어도 마이클은 이처럼 노골적인 복수를 향한 열망을 억눌러야만 했다. 그는 이길 수도 있고, 경기를 지배할 수도 있고, 심지어 상대편에 굴욕을 줄 수도 있었다. 하지만 자칫 사법 당국의 관심을 끌 만한 행동을 해서는 안 되었다.

마이클은 숀의 짧은 설교를 듣는 내내 아무 대답도 없다가 이렇게 한마디만 했다. "알았어요." 여전히 그는 섬뜩하리만치 차분했다. 마치 방금 벌어졌던 소동 따위에는 전혀 관심이 없다는 듯. 설교를 마친 숀은 먼퍼드 쪽 벤치를 바라보았다. 마이클은 체중 99킬로그램짜리 디펜시브 엔드를 번쩍 들어서 최소한 60야드는 끌고 갔던 것이다. 그것도 불과 '몇 초' 만에.

"마이클." 숀이 물었다. "그나저나 그 아이를 어디로 데려가려고 했던 거냐?"

"그 자식을 버스에 태우려고 했어요." 마이클이 말했다.

철조망 울타리 너머에는 먼퍼드 팀이 타고 온 버스가 세워져 있었다.

"뭐, '버스'라고?" 숀이 물었다.

"그 자식이 떠들어 대는 소리가 너무 지겨워서요." 마이클이 말했다. "이제는 그 자식을 집에 보내 버려야겠다 싶어서요."

처음만 해도 숀은 농담이겠거니 생각했다. 하지만 농담이 아니었다. 마이클은 처음부터 그럴 생각이었다. 풋볼 경기가 거의 절반쯤 진행될 때까지도 그는 줄곧 그럴 생각을 품고 있었던 것이다. 쓰레기 같은 소리만 지껄이는 이 디펜시브 엔드를 번쩍 들고서, '철조망 울타리까지'가 아니라 '철조망 울타리를 뚫고라도' 끌고 가야지. 버스 있는 데까지. 그런 뒤에 버스에 집어넣어야지. 숀은 웃기 시작했다.

"아까는 어디까지 갔다 온 거냐?" 숀이 물었다.

"그 녀석을 철조망에 갖다 박아 버렸어요." 마이클이 말했다. 이제는 마이클도 웃기 시작했다.

"네가 버스 있는 데까지 끌고 가려고 가니까 그 녀석이 뭐라고 하던?" 숀이 물었다.

"암말도 안 하더라고요!" 마이클이 말했다. "그냥 덜렁덜렁 매달려 있기만 했어요."

숀은 다시 한 번 크게 웃으며 생각했다. '그래도 이 녀석의 커다란 몸뚱이에 불길이 들어 있기는 하구나.' 만약 그 불길이 엉뚱한 방향으로, 즉 풋볼 필드 밖으로 번지게 되면 어떻게 될지에 관해 그는 크게 걱정하지 않았다. 그가 생각하기에는 풋볼이 그 불길을 제대로, 유용하게 조종할 수 있을 것 같았다.

그나저나 워싱턴 레드스킨스의 쿼터백이 마이클 오어에 관해 물었던 질문에 대해서는 누가 보기에도 만족스러운 대답이 여전히 나오지 않은 상황이었다. '도대체 그 녀석 누구예요?' 이미 마이클의 누이 역할을 담당하고 있었던 (마이클과 동갑이고, 머지않아 마이클의 브라이어크레스트 학년에서 '동창회 여왕'으로 등극할 예정이었던) 콜린스 투이조차도 그의 정체가 여전히 미해결된 상태라고 생각했다. 불과 1년 전만 해도 그는 학교에서 줄곧 바닥만 뚫어져라 쳐다보고 다녔다. 그렇지만 이제는 미소를 짓기도 하고 웃기도 했으며, 홀에서 다른 아이들과 장난을 치기도 하면서 학교의 중요한 인물이 되었다. 한번은 육상 코치한테 멀리뛰기를 한번 해 보고 싶다고 말하기까지 했는데, 투포환과 투원반은 너무 쉽기 때문이라는 게 이유였다. 그런가 하면 풋볼 코치한테는 상대편의 추가점수를 막기만 하고 있기가 지겹다고 말하기도 했다. 자기가 직접 공을 한번 잡아보고 싶다는 것이다. 한번은 4학년 학생들이 촌극을 준비했다. 여학생 셋이서 춤과 노래를 선보일 예정이었는데, 뭔가 좀 충격적인 외모의 남자 리드 싱어를 찾고 있었다. 이들은 급기야 마이클에게 그 역할을 맡아 달라고 부탁했고 그가 선선히 승낙하는 바람에 결국 모두가 깜짝 놀라고 말았다. "'너 진짜 잘 부른다,' '너 진짜 잘 부른다,' '너 진짜 잘 부른다' 하고 연속으로 듣고 나더니, 나중에는 정말 그렇게 생각했나 봐요. 어쩌면 내가 '진짜로' 노래를 잘하나 보다 하고요." 콜린스의 말이다.

리 앤도 마이클의 생활 관리를 떠맡게 되면서부터 변화를 눈치챘다. 그는 이전보다 말이 많아졌고 적어도 외관상으로는 자신감도 더 늘어났다. 마이클의 이야기에는 자기만의 관점이 끼어들기 시작했다. 그는 이제 뭔가를 원하기 시작했고 자기가 뭔가를 원한다는 사실을 시인했다. 그리고 마이클이 맨 처음 원한다고 말했던 것은 바로 운전면허증이었다. 그녀는 그에게 운전면허 시험 문제집을 건네주었고 나중에는 멤피스 차량관리국까지 데려다주기로 했다. 하지만 곧바로 한 가지 문제가 떠올랐다. 마이클이 누군지 증명할 근거가 없었던 것이다. 운전면허증을 발급받으려면 두 가지 신분증명서가 필요했다. 그는 하다못해 YMCA 회원 카드조차도 없었고, 그의 말로는 자기 어머니도 그런 게 없기는 마찬가지라고 했다. 그가 태어난 병원에 뭔가 기록이 남아 있지 않을까 싶었지만 마이클은 자기가 어디서 태어났는지조차도 몰랐다. "우리는 정말 아무것도 없는 상태에서 시작했어요." 리 앤의 말이다. "그가 이 세상에 존재한다는 증거가 거의 없다시피 했죠." 그녀는 이 문제를 휴 프리즈와 상의했다. 휴는 차라리 사회보장국으로 달려가서 사회보장 등록증을 새로 하나 발급받는 게 더 빠르겠다고 했다.

결국 이들은 그렇게 하기로 했다. 우선 두 사람이 멤피스 교외로 달려가서 정부의 컴퓨터를 조회해서 마이클의 존재에 대한 증거를 찾아 보았다. "사회보장 등록증을 만드시려면 출생증명서가 있어야 합니다." 담당자는 인내심 있게 설명해 주었다. 리 앤은 나름대로 최선을 다해 설득해 보았다. 우리는 운전면허증을 받는 게 목적이니까, 그냥 사회보장 등록증만 하나 만들어 주면 안 되겠느냐고 말이다. 하지만 담당자는 결코 물러서지 않았다. 테러리스트가 워낙 많이 돌아다니는 판이다 보니, 다른 신분증명서가 없는 사람에게 사회보장 등록증을 쉽게 만들어 줄 수는 없다는 것이었다. 리 앤은 어려서부터 위기의 여주인공 역할을 하는 데에는 일가견이 있었다. 그녀의 뛰어난 연기 덕분에 결국 담당자도 한발 물러서서 이들을 도와주기로 했지만, 그러기 위해서는 마이클이 멤피스에 있는 학교에 다니고 있다는 증명서를 제출해야 한다고 했다. 두 사람은 브라이어크레스트로 돌아왔다. 리 앤이 생각하기에는 이곳이 마이클의 존재를 인정하는 유일한 기관이었기 때문이다. 스티브 심슨은 마이클의 재학 증명서를 발급해 주면서 마이클 제롬 오어가 브라이어크레스트의 재학생임을 확언하는 추천서까지 첨부해 주었다. 두 사람이 다시 사회보장국으로 돌아갔을 때 그곳 담당자는 브라이어크레스트의 재학 증명서를 보고는 어딘가 안절부절 하는 모양새였다. 즉 자신은 증명서를 가져오라고는 했지만, 그렇다고 '아무' 증명서나 된다는 뜻은 아니라는 설명이었다. 그러니까 뭔가 좀 더⋯ 공식적인 증명서가 필요하다고 했다.

"저기요." 리 앤이 말했다. "그런데 우리한테는 아무것도 없어서 그래요. 얘가 살던 집 주소만 해도 일곱 군데고, 다닌 학교만 해도 열다섯 군데거든요. 그런데 자기 형제나 자매의 이름조차도 모른다고요. 얘는 아직 사고를 친 적도 없어요. 그러니까 전과 조회를 해도 안 나오는 거겠죠. 여하간 우리한테는… '아무것도'… 없어요." 담당자는 절망적인 상황에 빠진 아름다운 여성에게 관대하다는 약점을 지녔거나 아니면 지금과 같은 분위기에서는 이 여성에게 원하는 것을 얼른 해 주고 마는 편이 장기적으로 볼 때 더 유리하겠다고 판단을 내렸을지도 모른다. 여하간 그는 컴퓨터에 뭔가를 입력했다. "제가 이걸 왜 해 드리는지 잘 아시겠죠." 그의 말이었다. "제가 이걸 왜 해 드리느냐 하면, 도대체 아주머니처럼 자그마한 백인 금발 여성이 저 커다란 흑인 아이에게 무엇 때문에 군이 운전면허증을 따게 해 주려고 하는지가 궁금해서 그러는 겁니다." 그리하여 리 앤은 그 담당자에게 지금까지의 일을 모두 설명하기 시작했다. 그러자 담당자는 자기 컴퓨터를 이용해서 마이클 오어의 존재 증거를 다시 한 번 직접 찾아보기 시작했다. 설명이 채 끝나기도 전에, 담당자는 그녀를 바라보며 말했다. "그런데 마이클 제롬 오어라는 사람은 아예 있지도 않아요."

마이클은 그저 입을 꾹 다물고 앉아만 있었다. 리 앤은 제발 다시 한 번만 더 찾아보시라고 담당자에게 부탁했다. 혹시 비슷하게라도 일치하는 사람이 있지 않을까요? 담당자는 '오어'의 철자를 여러 가지로 바꿔서 입력해 보았다. 심지어 '마이클'의 철자도 여러 가지로 바꿔서 입력해 보았다. 마침내 그가 말했다. "여기 마이클 제롬 '윌리엄스'라는 사람은 있네요."

"그게 저예요." 마이클이 말했다.

'그랬단 말이야?' 리 앤은 깜짝 놀랐지만 아무 말도 하진 않았다.

"그리고 이 친구는 지난 18개월 사이에 무려 여섯 번이나 사회보장 등록증을 새로 발급받은 걸로 나오는데요." 사회보장국 직원이 말했다. 별로 즐거워 보이는 표정은 아니었다.

리 앤은 이게 도대체 어찌 된 영문인지 알 수가 없었으며("어쩌면 누가 그걸 인터넷에다가 내다 파는지도 몰라요") 마이클 역시 알 수가 없기는 마찬가지였다. 그녀는 사회보장국 직원에게 말했다. "제가 약속드릴 수 있어요. 이번에 한 번만 더 발급을 해 주시면, 앞으로는 두 번 다시 발급해 달라고 안 할 거예요." 담당자는 뭔가 마지못해하면서 그리고 어딘가 미심쩍어하면서 결국 사회보장 등록증을 다시 발급해 주었다. 리 앤은 그 건물을 나와서야 걸음을 멈추고 등록증을 똑바로 들여다보았다. "마이클 제롬 윌리엄스 주니어." 거기에는 이렇게 나와 있었다.

"그러면 '마이클 제롬 윌리엄스'는 도대체 누구야?" 그녀가 물었다.

"우리 아빠요." 마이클이 말했다. 그는 이 사실에 대해 아무런 관심도 없었기 때문에 굳이 자세히 이야기하지도 않았다.

이제 그녀의 손에는 그의 이름이 '마이클 제롬 윌리엄스'라고 나온 사회보장 등록증 하나와 그의 이름이 '마이클 제롬 오어'라고 나온 재학 증명서가 하나 있었다. 멤피스 차량관리국 사람들이 아무리 착하고 친절하다 한들 무려 두 가지 다른 이름으로 나온 이 소년의 신분 증명서를 선뜻 받아 줄 리는 없었다. 그녀는 그에게 말했다. 운전면허증을 따려면 아무래도 일단 그의 어머니를 찾아가서 혹시 출생증명서가 있는지 알아보는 게 급선무이겠다고 말이다. "우리 엄마한테는 출생증명서 없어요." 마이클의 말이었다. "아무것도 없어요." 그가 집에 들어와서 함께 살게 된 이후 리 앤은 종종 그에게 어머니를 보러 다녀오라고 재촉하곤 했다. 때로는 마이클이 마지못해 다녀오곤(또는 다녀왔다고 말하곤) 했다. 하지만 단 한 번도 투이 식구들을 자기가 예전에 살던 시내의 집 근처에도 데려간 적이 없는 것으로 미루어, 이들도 과연 그가 정말로 어머니에게 다녀왔는지는 알 수가 없었다. 멤피스의 흑인 지역과 백인 지역을 오가는 도개교는 내려진 상태였지만 마이클은 끝내 자기 혼자 그곳을 건너다니겠다고 고집하고 있었다. "마이클." 리 앤은 이렇게 말하곤 했다. "그분은 네 친어머니셔. 그리고 앞으로도 영원히 네 친어머니일 거고. 그러니 나중에라도 네가 나더러 '당신이 나를 친어머니와 갈라놓았어요.' 하고 말하는 일이 있어서는 안 된다고." 이제 그녀는 말했다. "네가 안 다녀오겠다면 나라도 다녀올게."

"안 돼요." 그가 말했다. "제가 다녀올게요."

마이클은 어머니에게 갔고 몇 시간 뒤에야 돌아왔다. 낡아 빠지고 얼룩진 그 종이를 그는 마치 휴지라도 되는 것처럼 한 손에 공처럼 구겨서 쥐고 있었다. 하지만 결국 출생증명서를 찾아내긴 한 셈이었다. 거기에는 마이클 제롬 윌리엄스라는 이름의 소년이 1986년 5월 26일에 태어났다고 나와 있었다.

"그런데 너는 생일이 5월 28일이라고 했잖아." 리 앤이 말했다.

마이클은 자기 출생증명서를 보고는 인상을 찡그렸다. "그럼 출생증명서에 잘못 나온 모양이네요." 그의 말이었다.

"출생증명서에 생일을 잘못 적는 일은 없어, 마이클." 리 앤의 말이었다.

"아니에요, 출생증명서에 잘못 나온 거예요." 그가 고집을 부렸다.

그녀는 더 이상 이 문제를 따지고 들지 않았고, 그리하여 마이클의 생일은 이후로도 5월 28일이 되었다. 사회보장 등록증과 출생증명서, 그리고 브라이어 크레스트크리스천스쿨의 교장이 써 준 확인서까지도 갖춘 두 사람은 다음 날 곧바로 차량관리국으로 향했다. 이번에는 콜린스도 함께 갔다. 그녀도 이제 열일곱 살이 되었기 때문에 운전면허를 딸 자격이 생겼던 것이다. 차량관리국은 동쪽으로 몇 킬로미터 떨어진 멤피스의 순환도로 외곽에 있었는데, 그곳의 거리에는 시들시들한 단풍나무며 포르노 판매점이며 교회가 줄지어 서 있었다. 이들은 포르노 판매점을 하나 지나고 교회를 하나 지났으며 또다시 포르노 판매점을 하나 지나고 또다시 교회를 하나 지났다. 마치 이 장소는 멤피스 사람들의 동물적인 본능과 그 본능을 굴복시키려는 의지 사이의 격전을 상징하는 것만 같았다. 차량관리국은 숲 한가운데 자리 잡은 목조 주택이었지만 그 안에서는 자연의 흔적을 전혀 찾아볼 수 없었다. 형광등 웅웅거리는 소리와 자동 응답 장치, 그리고 저 뒤편에 있는 시험용 기계에서 나오는 소리가 요란했다. 벽은 흰색 콘크리트블록으로 되어 있었고 바닥은 점 찍힌 리놀륨이었다. 접수대에는 네 명의 덩치 큰 흑인 여성이 앉아 있었다. 리 앤이 필요한 서류를 모두 제출하자 그중 한 명이 흘끗 보고는 느릿느릿 말했다. "어머. 이 학교장 추천서는 '사본'이네요. '원본'이 있어야만 합니다."

그리하여 일단 콜린스는 그곳에서 운전면허시험을 보게 내버려 두고, 나머지 두 사람은 25킬로미터 떨어진 브라이어크레스트크리스천스쿨로 돌아갔다. 학교에서는 심슨 교장이 브라이어크레스트의 돋을새김 인장이 찍힌 추천서 원본을 들고 주차장에 나와 있었다. 두 사람이 다시 차량관리국으로 갔더니, 이번에는 덩치 큰 흑인 여성이 다시 한 번 서류를 훑어보더니 이렇게 말했다. "어머." 그녀가 말했다. "면허 시험을 보려면 거주지 증명서도 있어야 하거든요." 그러니까 그의 이름으로 나온, 또는 그의 이름과 관련이 있어 보이는 다른 누군가의 앞으로 나온 전화나 전기 요금 청구서가 있어야 한다는 뜻이었다. 그래야만 그의 존재가 이 세상에서 좀 더 자세하게 증명될 것이기 때문이다.

이건 참으로 까다로운 일이 아닐 수 없었다. 물론 이들이 사는 집에는 전국의 대학 풋볼 코치들이며 후원자들이며 일반인들이 이 미래의 스타에 관해 알고 싶다며 마이클 앞으로 보낸 편지가 산더미처럼 쌓여 있었다. 심지어 하원의원 해럴드 포드 주니어가 보낸 편지도 있었는데, 그는 아마도 마이클과 친구가 되고 싶었던 모양이었다. 그런가 하면 앨라배마대학의 어느 풋볼 코치는 심지어 결혼 중매까지 제안하고 있었다. 리 앤은 이미 오래전부터 그의 앞으로 오는 편지가 모두 몇 장인지 세기를 포기한 다음이었다. 적어도 1,000통은 넘었고, 그렇다고 1만 통은 되지 않는다는 것만 알았다. 문제는 그 모두가 법적으로는 존재하지 않는 "마이클 오어" 앞으로 온 편지라는 점이었다. 이제 남은 방법은 도시 저편 서쪽으로 차를 몰고 가서 마이클의 어머니를 찾아낸 다음 혹시라도 가능하다면, 그의 집 주소와 본명이 정확히 적혀 있는 편지를 하나라도 발견해내는 것뿐이었다. 시간은 오후 3시 30분이었고, 차량관리국의 업무 시간은 오후 4시 30분까지였다.

"그럼 나중에 다시 와서 하자." 리 앤이 말했다.

"싫어요." 마이클이 말했다. "저는 '오늘' 운전면허증을 따고 싶단 말이에요."

그가 이처럼 결연하게 목표를 추구하는 모습은 그녀로서도 처음이었다. 그러면 너를 따라서 어머니 계신 곳까지 다녀와야 한다는 리 앤의 말에 마이클이 군소리 없이 응했던 것도 이때가 처음이었다. 콜린스에게는 일단 차량관리국에서 기다리라고 하고, 그녀는 마이클을 태우고 시속 140킬로미터로 달려서 멤피스 시내로 향했다. 가는 내내 마이클은 이렇게 말했다. "우리 집에서 운전면허증 있는 사람은 하나도 없단 말이에요." 운전면허증을 따는 일이 그에게 무척이나 중요한 이유도 바로 그래서였다. 그것이야말로 마이클이 식구들과 달라질 수 있는 한 가지 방법이었던 것이다.

마침내 두 사람은 예전에 같이 옷을 산 다음 리 앤이 그를 내려 준 적이 있었던 바로 그 붉은색 벽돌로 지은 공공주택 건물 앞에 차를 멈추었다. 마이클은 가는 길에 어머니에게 전화를 걸어서 자신들의 방문 목적을 설명했고, 혹시 예전에 낸 청구서 영수증 같은 게 있는지 찾아봐 달라고 했다. 이번에는 그의 어머니가 직접 문을 열어 주었다. 최소한 키가 180센티미터는 되어 보였고, 뼈대가 굵어 보였으며, 리 앤이 보기에는 상당한 미인이었다. 본명은 드니즈였지만 모두들 그녀를 "디디"라고 불렀다.

"잘 있었니?"

그녀는 술이나 마약에 취한 상태인 듯 말을 질질 끌면서 했다. 하와이풍 무무 드레스 차림에 요란한 가발을 쓰고 있었는데, 리 앤이 생각하기에는 이들이 지금 찾아가는 중이라고 해서 어쩔 수 없이 걸친 듯했다. 그녀는 이들에게 굳이 들어오라고 말하지도 않았는데, 리 앤 생각에는 아마도 별로 손님을 집안에 들여놓고 싶어 하지 않는 것 같았다. 만약 집 안에 들어갔다 하더라도 리 앤이 찾아낼 수 있는 것 가운데 마이클 오어의 유년기를 보여 주는 흔적은 단 하나뿐이었으리라. 그것은 눈이 커다란 얼룩무늬 고양이 한 마리를 안고 있는 어느 꼬마의 감상적인 사진이었는데, 바로 그 소년이 가끔 잠을 자던 작은 방의 벽에 액자도 없이 테이프로만 붙여져 있었다. 해가 지고 있었지만 마이클의 어머니 등 뒤로 보이는 아파트 실내는 어둡기만 했다. 그는 어머니에게서 멀찍이 떨어져서 거리를 유지하고 있었다.

"얼른 와서 엄마를 한 번 안아 주지도 않고!" 그녀는 마이클한테 소리를 질렀다.

마이클은 어머니에게 다가가긴 했지만 그냥 가만히 서 있기만 했다. 어머니가 양팔로 끌어안았을 때에도 저항은 하지 않았지만, 그렇다고 자기도 어머니를 끌어안지는 않았고 하다못해 말 한마디 없었다. 마이클의 어머니는 집으로 도로 들어가서 봉투라도 하나 찾아볼 생각조차 없는 듯했다. 반면에 시간이 촉박했던 두 사람은 이야기 나눌 여유가 없었다. 마침내 리 앤의 재촉에 못 이긴 디디는 집 안에 들어가서 우편함 열쇠를 꺼내 왔다. 이들은 의외로 커다란 금속 상자가 늘어선 곳으로 같이 내려갔다. 디디는 자기 집 우편함을 찾아냈지만 그걸 열어 보기도 전에 미리 이렇게 말했다. "아, 근데 이 안에 뭐가 들었을지는 나도 몰라." 그녀가 우편함을 열자 그 안에서는 우편물이 눈사태처럼 우르르 쏟아져 나왔다. 수도 요금, 전기 요금, 가스 요금, 전화 요금 고지서에 퇴거 통지서까지도 있었다. 최소한 석 달 치는 되는 것 같았다. 결국 우편함을 열자마자 이번에는 새로운 골칫거리가 땅 위에 쌓이게 된 셈이었다. 리 앤이 필요한 것은 청구서 한 장뿐이었다. 그녀는 얼른 아무거나 하나 고르고 싶었다. 그래서 맨 위에 있는 걸 한 장 움켜쥐고 디디에게 불편을 끼쳐 미안하고 또 고맙다고 말한 뒤, 다시 시속 140킬로미터로 차를 몰아서 마이클과 함께 차량관리국으로 돌아왔다. 그 와중에 그녀는 물론이고 마이클도 방금 전에 본 것에 관해서는 아무 말도 하지 않았다.

두 사람이 차량관리국에 도착해 보니, 이미 문은 닫혀 있었지만 콜린스가 여직원들에게 부탁해서 몇 분만 더 기다려 달라고 사정하는 중이었다. 다른 사람은 아무도 없었다. 마이클이 시험장으로 들어갔다. 거기서는 처음부터 끝까지 혼자 힘으로 해내야 했다. 리 앤은 몇 주 전에 했던 말을 마이클에게 다시 한 번 최대한 강조해서 상기시켰다. "이 시험에 응시할 기회는 내가 딱 한 번만 줄 거야. 콜린스한테도 기회는 딱 한 번만 줬으니까, 너한테도 딱 한 번만 줄 거라고. 나는 여기에 두 번 다시는 안 올 거야." 마이클이 파티션 너머로 사라지자 리 앤도 그를 더는 볼 수 없었다. 잠시 동안은 형광등의 웅웅거리는 소리밖에 들리지 않았다. 곧이어 마이클이 여직원들과 이야기하는 소리가 들렸다. 무슨 말인지는 알아들을 수 없었지만 큰소리로 뭐라고 말하고 있었다. 곧이어 그는 조용해졌다.

잠시 후에 리 앤은 처음으로 그 불길한 소리를 들었다. '삑!' 응시자가 뭔가 실수를 저지르면 시험 장치의 벨이 자동으로 울리는 것이었다. 응시자는 네 개까지만 틀릴 수 있었다. 다섯 개를 틀리면 응시자는 탈락하고 말았다. 그러면 이들은 결국 돌아가서 처음부터 모두 다시 해야만 했다. 물론 다시는 안 한다고 위협하기는 했지만 어쩔 수 없이 해야 한다는 것을 그녀도 알고 있었다. 리 앤은 흰색 블록 벽 앞의 대기석에 앉았다. 바로 옆에는 붉은색으로 다음과 같이 쓴 간판이 붙어 있었다. "응시자 이외 출입 금지." 그녀는 기도하기 시작했다.

마이클이 혼자서 문제를 풀게 내버려 두고 있다는 사실에 리 앤은 마음이 편치 않았다. 이미 그의 문제를 곧 '자기' 문제로 간주하기 시작한 까닭이었다. 그러지 않는다면 어떤 문제도 결코 해결되는 법이 없었기 때문이다. 그는 어떤 면에서 이미 그녀의 아들이었다. 리 앤의 친척들은 마이클을 집 안에 들여놓는다는 사실을 처음만 해도 별로 좋아하지 않았다. ("그 문제를 결코 감당할 수 없을 만한 사람은 바로 제 아버지셨죠." 리 앤의 말이다. "제 생각에는 하나님께서 제 아버지를 일부러 미리 데려가신 것 같아요. 하나님께서는 제 아버지께서 이런 일을 감당할 수 없다는 걸 아셨을 테니까요.") 하지만 마이클을 점점 더 잘 알게 될수록 이 문제에 반대하는 사람은 점점 더 줄어들었다. 리 앤의 어머니 버지니아는 이미 마이클에게 할머니 노릇을 하고 있었으며, 노인과 소년 모두 서로를 무척이나 좋아했다. 가족과 친척을 제외한 나머지 사람들의 반응은 여전히 찬반양론이었다. "조만간 사람들이 이런저런 말을 만들어 낼 거라고 생각했죠. 우리한테는 마이클과 동갑인 딸이 이미 있었으니까요." 리 앤의 말이다. 이후로 그녀는 이스트 멤피스의 여러 가게와 식당과 학교에 갈 때마다 사람들에게 다음과 같은 말을 맨 처음 듣게 되었다. "그걸 도대체 어떻게 '감당할' 수 있으세요?"

리 앤에게 이런 질문을 던지는 여자가(십중팔구는 여자이게 마련이었다) 하려는 말은 결국 이런 것이었다. '그렇게 예쁘고 다 자란 열일곱 살짜리 딸내미랑 그렇게 크고 젊고 동갑인 흑인 남자애랑 한집에 사는 셈인데, 그걸 도대체 어떻게 감당할 수 있으세요?'

그럴 때마다 리 앤은, 콜린스와 숀 주니어를 대하는 마이클의 감정은 마치 어려서부터 함께 자란 친형제를 대하는 감정과 다를 바가 없다고 50번도 넘게 설명해 주었다. 마이클과 숀 주니어는 종종 몇 시간이나 마이클의 방에 틀어박혀서 대결을 펼치곤 했다. 그러니까 비디오게임, 미니어처 농구, 그 외에도 신장 137센티미터에 체중 38킬로그램짜리 10세 소년과 신장 195센티미터에 체중 158킬로그램짜리 십 대 소년이 할 수 있는 놀이라면 무엇이든지 하면서 대결을 펼쳤다는 말이다. 마이클과 콜린스는 어느 집에서나 십 대 남매끼리 종종 하는 사소한 말다툼을 벌이곤 했다.

마이클을 향한 감정이 점점 더 깊어지면서, 리 앤은 사람들이 던지는 이런 질문이 점점 더 거슬렸다. 그는 이미 1년 반 넘게 그의 물질적인 필요를 채워 주고 있었으며, 정서적인 필요에 대해서도 그가 보살펴 주기를 바라는 만큼은 마찬가지로 해 주고 있었다. "마치 제가 낳은 아이처럼 사랑하게 되었죠." 리 앤의 말이었다. 그 아이의 성적 충동을 어떻게 감당할 수 있느냐고 누군가가 대략 100번째로 물어보았을 때, 그녀는 결국 이렇게 윽박지르고 말았다. "댁의 문제에나 신경 쓰시죠. 제 문제는 제가 알아서 할 테니 신경 좀 끄시라고요." 리 앤은 이렇게 말하곤 했다. 이 대답이 아마 주위에 소문이라도 났던 모양이었다.

그때 이후로는 다행히 물어보는 사람이 없었다.

'삑!'

이제 그들은 단순히 사회적인 반대보다 훨씬 더 어려운 또 한 가지 문제에 직면하고 있었다. 마이클이 3학년 말에 이르렀을 때, 리 앤은 브라이어크레스트에서 받은 성적표를 내놓으라고 명령했다. 브라이어크레스트에 있는 사람들 중 누구도 그의 성적에 관해 그녀에게 이야기해 준 적은 없었기 때문에 간신히 낙제를 면하는 정도의 수준은 되나 보다 대강 짐작하고 있었다. 당연히 아니었다. 4학년 초에 그의 평균 학점은 1.56이었는데 NCAA의 규정에 따르면 최소한 2.56은 되어야 했다. 같은 학년 재학생 161명 중에서 그는 161등이었다. 이렇게 등록금이 비싼 사립학교조차도 최악의 종류에 속하는 공립학교와 마찬가지로 그의 진공을 메워 주지는 못했던 것이다. 가정에서 어느 누구도 신경 써 주지 않았던 한 아이의 빈 공간을 채워 주지는 못했던 것이다. 이제는 멤피스의 여러 신문에서도 그를 차기 대학 풋볼 스타로 보도하고 있었지만, 그러기 위해서는 일단 대학에 진학하는 게 급선무였다. 문제는 지금 당장으로선 진학할 가능성이 없어 보인다는 것이었다. 브라이어크레스트를 졸업하려면 여덟 과목을 더 들어야만 했다. 그런데 이제는 하루에 7교시밖에 없었다! 대부분의 학생은 다섯 과목만 들었고 남는 시간에 두 과목을 더 들었다. "계산이 안 되더라니까요." 그녀의 말이다. "모든 과목에서 A를 얻는다 하더라도 여전히 자격이 안 되는 거예요."

'삑!'

마이클의 학점을 보는 순간 리 앤은 비명을 지르지 않을 수 없었다. 그녀는 브라이어크레스트로 당장 쫓아가서는 교장을 비롯한 수많은 사람을 앞에 놓고 호통을 쳤다. 브라이어크레스트크리스천스쿨은 그를 졸업시킬 의도도 없이 그냥 진급시키기만 하는 셈이었다. "단순히 지속적인 믿음을 갖는 것만 가지고는 안 되겠더군요." 리 앤의 말이다. "사람들은 뭔가 기적이 일어나기를 고대하기

만 하는 쪽이었어요. 그건 말도 안 되죠. 그건 믿음의 대상이 아니에요. 오히려
손에 잡히는 대상이죠." 그녀는 마이클이 일곱 과목을 신청하도록 했고, 아울러
정규 수업 직전에 열리는 성서 연구 과목도 신청하게 했다. 성서 연구는 비록
NCAA에서는 인정이 안 되지만 일단 브라이어크레스트에서는 졸업에 필요한
학점으로 인정이 되었다. 리 앤은 교사 한 명 한 명에게 직접 전화를 걸어서 앞
으로 마이클의 문제는 자기한테 직접 이야기해 달라고 부탁했다. 이제 마이클
은 매일 새벽 6시 정각에 집을 나서서 오후 3시 30분까지 연속으로 수업을 들
을 예정이었다. 그가 들고 다녀야 할 교과서가 얼마나 많은지를 파악한 그녀는
그걸 다 넣고 다닐 수 있을 만큼 넉넉한 크기의 배낭을 사 주기로 했다. 노스페
이스라면 충분할 거라고 리 앤은 생각했다. ("저거라면 에베레스트 산꼭대기까지도
들고 갈 수 있을걸." 그녀의 생각이었다.) 그래서 리 앤은 진짜로 그에게 노스페이스
배낭을 하나 사 주었다. 마이클은 배낭을 흘끗 보고는 말했다. "저거 들고 학교
에 가고 싶지는 않아요."

"왜?" 그녀가 물었다.

"그건 돈 많은 집 애들이나 메고 다니는 거거든요." 그가 말했다.

"마이클." 리 앤이 말했다. "이제는 '너도' 돈 많은 집 애란다."

그러자 그는 군말 없이 배낭을 메고 학교에 갔다.

'삑!'

마이클의 4학년 첫 시험은 방학 독서 과제에 관한 퀴즈였다. 과제 도서는
버니언의 『천로역정The Pilgrim's Progress』이었다. 마이클은 혼자 힘으로 책을 읽을
수가 없었다. 결국 리 앤과 숀이 여름 내내 밤마다 번갈아 가면서 그에게 책을
읽어 줘야만 했다. 두 달이 꼬박 걸리다 보니 두 사람 모두 거의 녹초가 되고 말
았다. 숀이 어떤 책을 처음부터 끝까지 완독한 적은… 아마 그 이전까지만 해도
전혀 없었을 것이다. 숀이 올 미스의 농구 코트에서 모든 사람을 홀렸을 당시
올 미스 로스쿨에는 훗날의 베스트셀러 작가 존 그리셤이 다니고 있었다. 그리

섬은 숀 투이의 팬이었기 때문에 자기가 쓴 스릴러에 직접 서명한 증정본을 보내왔다. 그 책조차도 숀은 읽지 않고 옷장 속에 그냥 쌓아 두기만 하고 있었다. 그런데 이제는 이틀에 한 번꼴로 한밤중의 절반가량은 잠도 못 자고 『천로역정』을… '큰 소리로' 읽어 주어야 하는 셈이었다. 시험 직전까지 이들 부부는 그 책의 내용을 모조리 마이클에게 읽어 주었다. 리 앤은 그가 100점 만점을 받을 것이라고 자신했다. 하지만 그는 59점을 받았다. 새 학기 첫날이 되자마자 마이클은 이 점수와 함께 기나긴 필독서 목록, 그리고 학기말 리포트 작성 숙제를 받아 왔다. 이때 리 앤이 남편을 바라보자 숀은 이렇게 말했다. "날 쳐다봐야 소용없어. 난 농구가 전공이잖아."

그녀는 마이클의 학교생활을 전적으로 관리했다. 그리고 매일 어김없이 그의 노스페이스 배낭을 샅샅이 뒤져 보았다. 퀴즈에서 낙제하거나 리포트 점수에서 D를 맞더라도 마이클은 결코 이 사실에 관해 말하지 않았다. 시험지와 성적표를 숨기지도 않았지만 그렇다고 굳이 먼저 내놓지도 않았다. 대개는 배낭 밑바닥에서 공처럼 구겨진 상태의 시험지와 성적표가 나오곤 했다. 이것이야말로 처음에는 가장 큰 문제였다. 즉 마이클은 뭔가 문제가 있어도 굳이 두 사람에게 이야기하지 않는다는 게 문제였다. 그는 두 사람을 최대한 즐겁게 해 주고 싶은 열망을 품고 있었기 때문이다. 비록 본인이야 두 사람을 정말로 즐겁게 해 줄 만한 능력은 없었지만 말이다. 마이클은 평생 동안 자기 마음을 마치 누군가가 먼저 발견해야만 하는 문제처럼 간주해 왔다. 따라서 자기 자신에 대해서 뭔가를 공유하거나 또는 자기 자신에 대한 질문을 받는 일에는 도통 익숙하지 않았다. 어디서부터 이야기를 시작해야 할지도 몰랐던 것이다.

이제 마이클은 리 앤을 "엄마"라고 부르기 시작했다. (물론 자기가 하고 싶지 않은 일을 시키는 그녀 때문에 화가 날 경우에는 꼬박꼬박 '투이 아줌마'라고 부르며 일종의 복수를 감행했지만) 뭔가 약해지는 기분이 들 때는 그녀를 찾아왔다. 이제 리 앤은 지구상에서 유일하게 마이클이 가장 신뢰하는 사람이었다. 사실 그녀는 불과 36시간 전까지만 해도 그의 본명이나 생일조차도 제대로 모르고 있었는데도! 자신에 관한 정보를 그는 완전히 무가치하다고 생각해서인지 또는 너무나도 소중하다고 생각해서인지 결코 사람들과 공유하지를 않았다. 브라이어크레스트에서의 라커 룸에서도 그는 농구 경기 전후에 굳이 화장실 칸에 들어가서 혼자 옷을 갈아입었다. 리 앤이 이제껏 만난 사람 중에서도 가장 비밀스러운 사람이었다. 가끔 한 번씩 자신에 관한 뭔가를 그녀에게 드러내지 않았나 싶은 생각이 들거나 또는 그녀가 자신에 관해 뭔가 관찰을 하고 나면 마이클은 씩 웃으며 이렇게 말하곤 했다. "저에 대해서 잘 안다고 생각하시죠, 그렇죠?"

이 모두는 한 가지 의문을 제기했다. 도대체 그는 무엇을 숨기고 있는 걸까? 리 앤의 머릿속에는 한 가지 생각이 떠올랐다. '어쩌면 이 녀석은 게이인지도 몰라.'

그녀는 게이에 대해 잘 몰랐다. 이른바 화이트 멤피스, 즉 '백인 복음주의 기독교인이 사는 멤피스'(다시 말해서 이스트 멤피스 대부분의 지역)로 말하자면 애초부터 흑인이 들어와 살기에 편안하게 만들어진 지역은 아니었다. 하지만 정말로 거기 들어와 살려고 작정한 흑인, 또는 게이가 있다면 아무래도 자신의 결정을 다시 한 번 생각해 보지 않을 수 없을 정도였다. 화이트 멤피스에서의 생활은 교회를 중심으로 조직되어 있었으며 대부분의 교회는 동성애를 반드시 척결해야 하는 죄 또는 반드시 치료해야 하는 질병으로 간주했기 때문이다. 투이 일가가 주축이 되어 설립되었으며, 점차 빠른 속도로 확장하고 발전 중이었던 그레이스 이밴젤리컬 교회만 해도 동성애에 관해서는 다른 여느 교회와 입장이 다르지 않았다. 일명 '그레이스 이밴'에서도 흑인의 경우는 (물론 아직까지는 마이클 오어밖에는 흑인 신도가 없었지만) 기꺼이 환영을 받았다. 하지만 게이의 경우는 (그가 혹시나 치료를 원해서 찾아왔다면야 모를까) 결코 그렇지 못했다.

'삑!'

다섯 번째이자 마지막 실수 경보를 듣는 순간 리 앤은 즉시 기도를 멈추고 오히려 욕을 하기 시작했다. "빌어먹을!" 곧이어 그녀는 마이클을 향해서도 욕을 하기 시작했다. '저놈의 자식은 도대체 왜 공부를 못 하는 거야? 왜 배우지를 못하는 거야? 도대체 내가 뭘 어떻게 더 해 줘야 하는 거야?' 곧이어 그녀는 또다른 소리를 들었다. 시험을 감독하기 위해서 저 뒤에 함께 들어가 있던 덩치 큰 흑인 여성의 목소리였다.

"축하한다, 마이클!" 쾌활한 목소리였다. "이론 시험은 합격이야. 나중에 다시 와서 사진만 찍으면 돼!"

몇 분 뒤에 마이클은 여직원 가운데 한 명과 함께 나타나더니 숀의 자동차인 BMW 745에 올라타고는 15분 동안 주행 시험을 나갔다. 주행 시험에서 돌아오자마자 마이클은 자기네 가족 중에서 최초이자 유일하게 면허증을 보유한 사람이 되었다. 차량관리국에서 나올 때 여직원 중 한 사람이 그를 향해 소리를 질렀다. "잊지 말라고, 내가 NFL의 사이드라인에 가는 면허증도 합격하게 해 줄 테니까!"

마이클 오어의 삶에는 새로운 동력이 생겼다. 한 여성이 그에게 각별히 주목하고 있었던 것이다. 그 여성으로 말하자면 날카로운 눈, 이상한 낌새를 알아채는 코, 사자 같은 심장, 돌격대원 같은 의지를 지니고 있었다. "제가 리 앤이랑 숀네 집으로 들어왔을 때, 저는 사랑받는 기분이 들었어요." 마이클의 말이다. "그러니까 그 집 식구의 일부로요. 다른 집에서는 그 집 식구의 일부라는 생각이 들지 않았어요. 어디서도 그 집 식구들이 나를 원한다는 느낌은 없었죠." 마이클은 그 느낌이 좋았고, 이상한 이야기처럼 들리겠지만 브라이어크레스트 크리스천스쿨 역시 그 좋은 느낌의 득을 봤다. 이 팀은 2004년 9월 초에 처음으로 진짜 경기를 가졌다. 상대편인 멜로즈는 테네시주에서 가장 센 학교들이 모인 디비전에서도 주 선수권대회 결승전에 나섰던 공립학교였다. 이 경기는 리버티 볼[30]에서 열렸는데, 마이클 오어의 팬클럽이 보기에는 어딘가 실망스러울 수밖에 없었다. 하프타임에 멜로스는 8 대 0으로 경기를 이끌었고, 결국 16 대 6으로 이겼다. 이 경기가 끝나고 휴는 리 앤을 비롯해서 선수들의 어머니들과 코치 부인들이 모여 있는 관중석으로 다가왔다. "오늘 경기 어떠셨습니까?" 그가 리 앤에게 물어보았다. 물론 딱히 어떤 비평을 진짜로 원하고 던진 질문까지는 아니었다.

"제 생각에 우리 팀에는 미국 최고의 레프트 태클이 있는데도 불구하고 코치님께서는 오히려 러닝 쪽에 80퍼센트 이상 투자를 하셨더군요." 리 앤이 날카롭게 지적했다. "물론 저야 풋볼에 대해서는 잘 모르죠. 하지만 제가 보기에는 그게 별로 이해가 안 되더라고요."

풋볼에 관해서라면 휴 프리즈의 권위는 어느 누구도 감히 부인할 수 없는 상황이었다. 그에게는 나름대로의 경기 스타일이 있었으며, 고등학교 수준에서 보거나 심지어 대학 수준에서 보더라도 충분히 복잡한 정도라고 할 만했다. 그는 최대한 많은 리시버를 활용하여 마치 끝도 없어 보이는 갖가지 패싱 경기를 (예를 들어 플리 플리커와 펌블루스키fumblerooski와 더블 리버스double reverse 등등) 구사했다. 그가 구사하는 플레이 중에는 필드 중간의 작은 스크린에서 쿼터백이 러닝백에게 공을 건네주고, 러닝백이 백필드로 나가 있는 와이드 리시버에게 공을 던져 주면 와이드 리시버는 거기서 다시 다운필드로 30야드나 다시 쿼터백에게 공을 던져 주는 '트리플 리버스'triple reverse도 있었다. 물론 모든 프로 및 대학 팀, 심지어 고등학교 팀에서도 때때로 구사할 수 있는 트릭 플레이는 보통 하나, 또는 많게는 세 개씩 있었다. 휴의 남다른 점은 이런 트릭 플레이를 인상적으로 구사한다는 점이었다.

그가 이런 모든 정교한 플레이를 고안한 까닭은 한편으로 브라이어크레스

<hr />

30   테네시주 멤피스에 있는 풋볼 구장의 이름.

트 팀에 강력한 힘이 근본적으로 결여되어 있었기 때문이다. 때로는 재능이 있는 러닝백이나 쿼터백을 발굴하기도 했지만, 그의 팀은 번번이 스크리미지 라인에서부터 상대방에게 압도당하기 일쑤였다. 힘으로는 승리를 얻을 수 없었기에 결국 트릭을 써서 승리를 얻으려고 했던 것이고, 이런 작전은 종종 성공을 거두었다. 그는 브라이어크레스트크리스천스쿨을 이끌고 테네시주 선수권대회 결승전에 6회 도전해서 5회 진출했으며, 급기야 모금을 통해 시내에서 15킬로미터 떨어진 곳에 백만 달러짜리 풋볼 구장을 건립했고, 엔드존 카메라를 올려놓을 3만 달러짜리 거치대에, 유니폼까지 두 가지 세트(각각 녹색과 금색 헬멧)로 맞추었다. 그는 여섯 명의 유급 보조 코치와 세 명의 자원봉사 보조 코치를 거느렸다. 세 명의 자원자 가운데 하나는 전직 NFL 오펜시브 라인맨이었고, 또 하나는 전직 올 SEC 디펜시브 엔드였으며, 또 하나는 전직 올 SEC 포인트 가드였다. 휴는 내슈빌에서 열릴 팀의 원정 경기를 위해 비행기라도 한 대 대절할 의향도 있었지만, 숀의 만류로 그만두고 말았다. 그렇게까지 했다가는 브라이어크레스트에서도 공부를 중시하는 사람들로부터 도대체 무엇 때문에 풋볼부에만 그렇게 돈을 써야 하느냐며 눈총을 받기 십상이라는 것이었다. 당시 휴의 나이는 35세였지만 이런 기세로 가다가는 45세쯤 되어 웬만한 대학 강팀의 풋볼 코치는 되고도 남으리라고 숀은 장담했다. 그는 또 한 가지 장담했다. "그 친구는 워낙 도도한 편이었어요." 숀의 말이다. "따라서 그 친구를 자기 형제처럼 사랑하는 사람이 아니라면 십중팔구 미워할 겁니다."

숀과 리 앤은 모두 휴를 자기 형제처럼 사랑하는 사람이었다. 한편으로 리 앤은 그날의 경기를 보며 이렇게 생각했다. '지금 휴는 자기 팀에서 가장 귀중한 풋볼 자산을 어떻게 써먹을지 모르고 있어.' 그는 나름의 전략을 모두 동원해 보았지만 도무지 먹혀들지가 않았다. 그날 경기의 막바지에 가서야 그는 마침내 공을 필드에서 마이클이 있는 쪽으로 넘겼는데(어찌 된 일인가!) 그쪽에서는 상대편에 구멍이 뻥뻥 뚫렸다. 경기가 끝나고 리 앤의 말을 듣자 휴는 아무

말 없이 숀을 바라보더니 말했다. "숀, 나 먼저 가 보겠네." 이 말과 함께 그는 곧바로 떠나 버렸다. 그리고 숀이 휴대전화로 통화를 시도해도 전혀 받지 않았다. 이날은 토요일이었기 때문에 다음 날 오전에는 모두 교회에 갔다. 예배가 끝나고 휴는 100만 달러짜리 풋볼 필드의 부속 건물 안에 모여서 열 명의 보조 코치와 함께 어제의 경기 녹화 테이프를 관람했다. 조명이 꺼지고 방 안에는 굳은 침묵이 감돌았다. 한 시간쯤 지나도록 휴는 자신의 권위에 가해진 터무니없는 도전에 관해서는 아무 말도 하지 않았다. 그러다가 갑자기 마이클이 블로킹을 하나 실패하는 플레이가 나왔다. 그러자 휴는 테이프를 거기서 멈추었다.

"방금 마이클 오어가 실패한 블로킹을 좀 보자고." 그가 말했다. "리 앤 투이한테 '저것'을 좀 보고 말하라고 해야겠어."

"원한다면 내가 기꺼이 전해 주겠네, 휴." 숀이 말했다. "하지만 아내 말은 맞았어."

리 앤은 그러잖아도 터지기만 기다리고 있었던 전쟁에서 사격을 개시한 장본인인 셈이었다. 테이프 상영이 끝나자 휴는 코치들 앞에서 다음 주 경기 계획을 설명했다. 칠판에는 이미 새로운 대형과 새로운 플레이에 관한 설명이 잔뜩 적혀 있었다. 팀 롱은 맨 앞자리에 앉아 있었지만, 더 이상은 참을 수 없었다. 롱은 NFL에서 뛰긴 했지만, 그래도 전형적인 라인맨의 성품을 지니고 있었다. 최대한 몸을 낮추고 말도 적게 했으며 명령을 준수하고, 자신은 상대적으로 중요하지 않다고 주장했다. 신장 195센티미터에 체중 136킬로그램의 체격이었지만, 지난 2년 동안 줄곧 신장 178센티미터의 (기껏해야 고등학교에서나 풋볼 선수 노릇을 해 보았음 직한) 휴 프리즈에게 위압당하는 것처럼 보였다. "그는 내가 이제껏 만난 풋볼계 인사 중에서도 가장 예리한 인물이었습니다. 그래서 그의 앞에 서면 저는 어딘가 열등한 느낌이 들었죠." 롱의 말이다. 멜로스에게 패한 날 저녁에 롱은 집에 앉아 TV를 켰다. 마침 〈틴 컵Tin Cup〉이라는 영화가 방영되기에 그는 새벽 한 시까지 꼼짝 않고 시청했다. 어째서 그들은 마이클 오어의 뒤에서 공을 러닝시키지 않는 것일까? 그로선 이처럼 타고난 힘을 지닌, 잘만 이용하면 풋볼 경기 전체를 좌우할 수도 있는 오펜시브 라인맨을 거느려 본 적이 없었다. 하지만 이제 그에게는 그런 선수가 분명히 있었다. 지난 2년 동안 롱은 단 한 번도 다른 코치 앞에 나서서 자기 의견을 개진한 적이 없었다. 하지만 이제 그는 그런 일을 하고 있었다.

"프리즈 코치님, 제가 한마디만 하겠습니다." 롱이 말했다.

"좋습니다." 휴가 말했다.

롱이 자리에서 일어났다. "다들 아시다시피, 저는 원체 말이 많은 사람은 아닙니다." 그가 말했다. "그런데 어제 저녁에 〈틴 컵〉이라는 영화를 봤습니다. 거기서 주인공 녀석은 오로지 7번 아이언만 이용해서 후반 9홀 전체에서 파를 잡더군요."

그는 이 말만 남기고 도로 자리에 앉았다.

"아, 훌륭하군, 팀." 저 뒤편에 앉아 있던 숀이 말했다. "그런데 도대체 자네가 말하려는 요지가 뭔가?"

"그러니까 우리도 '한 가지' 플레이만 가지고 경기 전체를 이길 수 있다는 거지." 롱의 대답이었다.

"알았습니다, 팀." 휴의 말이었다. "그렇다면 도대체 어떤 플레이를 말하는 겁니까?"

"프리즈 코치님." 팀의 말이었다. "제 생각에는 우리가 갭을 할 수 있을 것 같습니다."

일명 갭 플레이에서는 각각의 라인맨이 자신의 갭[31]을 책임진다. 여기서 갭(간극)이란 오펜시브 라인맨들 사이의 공간을 가리킨다.[32] (예를 들어 센터와 가드

---

31 스크리미지 라인에 정렬한 오펜시브 라인맨들 (레프트 엔드, 레프트 태클, 레프트 가드, 센터, 라이트 가드, 라이트 태클, 라이트 엔드) 사이사이의 공간을 말한다.

32 반대로 디펜시브 라인맨들 사이사이의 공간은 '홀'(구멍)이라고 한다.

사이의 공간은 가드의 갭[일명 A갭]이고, 가드와 태클 사이의 공간은 태클의 갭[일명 B갭]이다.) 쿼터백은 일단 러닝백에게 공을 건네준다. 러닝백은 일단 레프트 태클의 오른쪽 엉덩이로, 즉 마이클의 갭으로 달려간 다음 그때부터 가는 데까지 최대한 그를 따라가는 것이다. 이때 마이클의 임무는 그냥 필드를 가로질러 직선으로 달려가면서 자기 앞에 나타나는 장애물은 뭐든지 때려눕히는 것이었다.

마이클이 브라이어크레스트에 가져온 논란은 사실 풋볼계 전체에서(고등학교, 대학, 심지어 NFL까지도 포함해서) 줄곧 지속되는 논란이었다. 이것은 또한 빌 월시가 이전까지는 강조되지 않았던 패싱 플레이를 처음으로 강조했을 때에 맞닥트린 논란이기도 했다. 이것은 다름 아닌 풋볼 근본주의자들과 풋볼 자유주의자들 사이의 논란이기도 했다. 근본주의자들은 풋볼을 그저 강력한 힘이 지배하는 경기로 환원시키기를 바랐다. 그리고 그들 중 일부는 이런 전략을 워낙 잘 수행했기 때문에 마치 풋볼 분야에서 성공으로 가는 비밀을 발견한 것처럼 보이기도 했다. 반면에 자유주의자들은 강력한 힘의 중요성을 최소화하는 대신에, 꾀를 이용해 강력한 힘을 극복하기를 도모했다. 역시나 그들 중 일부도 이런 전략을 워낙 잘 수행했기 때문에 마치 풋볼 성공의 열쇠를 발견한 것처럼 보였다. 휴 역시 바로 그런 사람이었다. 체구도 작고 금발이고, 어느 모로 보나 풋볼 코치라기보다는 오히려 영리한 체스 마스터 또는 군사 전략가처럼 보이는 인물이었다. 즉 본인의 정치적 신념과는 무관하게 휴는 타고난 풋볼 자유주의자였다.

숀 투이가 생각하기에는 휴가 굳이 만사를 그토록 복잡하게 만드는 데는 승리를 향한 의지 말고 또 다른 이유가 있을 것 같았다. 바로 새로운 것을 생각해 내는 즐거움이 그 이유였다. "휴는 풋볼이 재미있어야 한다고 생각했죠." 숀의 말이다. "우리 팀의 쿼터백은 기껏해야 중간 정도였습니다. 러닝백은 없었고요. 리시버도 느렸죠. 그래서 휴는 더블도 아니고 무려 트리플 리버스를 구사하려 했던 겁니다."

휴가 가뜩이나 복잡한 트릭 플레이인 트리플 리버스를 구사하기 원했던 까닭은 브라이어크레스트크리스천스쿨에서 7년간 코치로 일하는 동안 더 큰 학교의 더 큰 선수들을 신체적으로 압도할 만큼 믿음직스러운 선수를 한 번도 확보하지 못했기 때문이었다. 물론 이제 그는 테네시주의 풋볼계 역사상 가장 강력한 힘을 지닌 선수를 보유하고 있었다. 그런데도 휴는 처음만 해도 그 의미를 제대로 파악하지 못하고 있었다. 그는 이전까지 했던 대로만 코치 노릇을 해도 주 선수권대회에서 이길 수 있으리라 생각했다. 그날 리 앤의 지적에 격분했던 까닭을 휴는 훗날 이렇게 설명했다. "그녀는 자기가 무슨 말을 하는지도 모르고 있었어요. 그러니 입을 다물고 있어야 마땅했죠. 그녀는 아무것도 모르면서 말하고 있었으니까요. 사실 그날 전반전 내내 우리가 마이클 쪽으로 가면 그 녀석은 번번이 엉뚱한 방향으로 가 버리는 거예요. 그 녀석은 정신을 집중하지 않았죠. 아니면 아예 생각이 없었던가요." 그는 이렇게 덧붙였다. "코치가 되어서 사이드라인에 서 있으면 필드에서 무슨 일이 벌어지고 있는지는 모릅니다. 하프타임쯤 되어 보아야 비로소 알 수 있죠." 그런데 갑자기 이 거인 보조 코치가 자리에서 일어나더니, 이제부터는 일단 공을 러닝백에게 넘긴 다음 하나님이 풋볼 팀 수석 코치에게 하사할 수 있는 최고의 선물인 그 덩치 큰 레프트 태클을 시켜서 엔드존까지 러닝백을 호위하게 하자는 것이었다.

"좋습니다." 휴가 대답했다.

하지만 그는 진심으로 한 말이 아니었다. 이후 2주가 지나서야 그는 비로소 자신의 본성을 억누르고, 자기가 이제까지는 한 번도 코치해 본 적이 없는 방식으로 코치를 하게 되었다. ("그 아이디어는 그가 진즉에 떠올렸어야 하는 것이었습니다." 롱의 말이다.) 브라이어크레스트는 전략의 변화 없이 이후 두 번의 경기에서 이겼지만 두 번 모두 약체 팀을 상대한 까닭이었다. 네 번째 경기에서 이들은 또 다른 공립학교의 강호 트레드웰을 만났다. 트레드웰은 이미 브라이어크레스트와 비슷한 체구를 지닌 선수들이 뛰는 또 다른 백인 기독교 학교 하딩

아카데미에 굴욕을 안긴 직후였다. 트레드웰의 코치며 선수 몇 명이 멤피스의 어느 신문과 인터뷰한 바에 따르면 그들은 기독교 학교 따위는 전혀 안중에도 없었으며, 다른 학교에 대해서도 그리 걱정하지 않는 모양이었다. 휴로선 갑자기 발에 불똥이 떨어진 셈이었다. 트레드웰은 브라이어크레스트보다 훨씬 뛰어난 팀이었다. 적어도 그가 이전까지 선호했던 스타일의 풋볼을 구사한다면 그러했다. 트레드웰의 뛰어난 선수들 앞에서 브라이어크레스트는 고전할 것이 뻔했다. 따라서 이기기 위해서는 코치인 그가 변할 수밖에 없었다. 다른 모든 코치도 이 사실을 알고 있었다. 경기 전날, 팀 롱은 아예 7번 아이언을 허리에 차고 연습에 나타났다.

금요일 밤, 선수들은 초록색 헬멧을 쓰고 나갔다. 여기에는 나름대로의 이유가 있었다. 밝은 색깔 유니폼을 입으면 몸놀림이 재빨라 보이고, 어두운 색깔 유니폼을 입으면 덩치가 더 커 보였다. 짙은 초록색 헬멧과 짙은 초록색 유니폼을 입은 마이클 오어는 마치 신장이 270센티미터에 너비가 240센티미터는 되어 보였다. 경기 직전에 휴는 자기 팀의 선수와 코치뿐만 아니라 LSU에서 온 오펜시브 라인 코치 스테이시 설즈(전국 선수권대회에 새로 등장한 그는 이날 마이클의 플레이를 보러 찾아왔다)까지도 불러 모았다. 휴는 경기 직전의 연설을 좋아했다. "그건 하나님께서 제게 주신 재능이라고 봅니다." 그의 말이다. "저의 진정한 재능은 바로 그거라는 생각이 들어요. 일주일 내내 특별히 감정이 예민해지지는 않습니다. 다 경기 직전을 위해 아껴 두는 셈이죠." 이제 그는 말하기 시작했다.

"저쪽 코치는 신문에 우리를 박살 내겠다고 했던 모양인데, 나는 전혀 '신경' 안 쓴다." 그는 극적인 효과를 위해 잠시 뜸을 들였다. "다만 내가 '신경' 쓰는 건 뭔가 하면 저쪽이 우리를 하필이면 하딩하고 비교한다는 거다." 그는 선수들이 이 말뜻을 새기도록 다시 기다렸다. (잘 모르는 사람에게는 '멤피스의 하딩 아카데미'가 '멤피스의 브라이어크레스트크리스천스쿨'과 별 차이 없어 보인다는 사실이야말로 휴에게는 워낙 크고도 용서할 수 없는 모욕이었다.) "따라서 우리가 공을 잡자마자 첫 번째 플레이에서 쓸 전략은 바로 갭이다."

"두 번째 플레이도 바로 갭이다." 그가 말했다. 이제 선수들은 어리둥절한 나머지 서로를 쳐다보았다. 라커 룸에서 코치가 한 말뜻을 모르는 사람은 하나도 없었다. 그동안 금기시되었던 무기가 드디어 봉인 해제된 셈이었다. 마이클 오어를 상대편에 겨냥해서 발사하려는 것이었다. 브라이어크레스트크리스천 스쿨은 이제 핵무기를 보유한 셈이 되었다.

"그다음에도 우리는 갭을 하는 거다." 휴가 말했다. 공기 중의 긴장감을 그조차도 느낄 수 있었다.

"네 번째 플레이도 갭을 하는 거다."

"다섯 번째 플레이." 그는 말을 하다 말고 라커 룸을 죽 돌아보았다. "우리는 뭘 한다고?"

"갭!" 모두들 소리를 질렀다.

라커 룸이 있는 부속 건물에서 50야드 떨어진 곳에 있는 관중들조차도 들었을 법한 목소리였다.

"그리고 여섯 번째 플레이는?"

"갭!!"

"그리고 일곱 번째 플레이는?"

"갭!!!!!"

휴는 갑자기 말을 멈추었고, 항상 경기 직전에 라커 룸에서 하는 기도를 시작했다. 선수들은 그의 기도문을 따라 외웠다.

"그리스도 안에서…" '그리스도 안에서…'

"우리는 무슨 일이든…" '우리는 무슨 일이든…'

"할 수가 있으니…" '할 수가 있으니…'

"주께서 매일매일…" '주께서 매일매일…'

"우리를 강건케 하시고…" '우리를 강건케 하시고…'

"하나님께서 부디…" '하나님께서 부디…'

"세인츠를 축복하시기를!!!" 모두들 한꺼번에 목이 터져라 소리를 질렀다. 이쯤 되자 LSU의 라인 코치조차도 더 이상은 참을 수 없게 되어서 이렇게 소리를 지르고 말았다. "누구 나한테 헬멧 좀 빌려줘! 오늘 밤은 나도 뛰어야겠어."

기도가 끝나자 선수들은 필드로 달려 나갔다. 일곱 번의 플레이가 끝나자 점수는 14 대 0이 되었는데, 브라이어크레스트의 선수들이 한 일이라곤 그저 신장 160센티미터의 땅딸막한 (손이 "움파룸파"라고 부른[33]) 러닝백에게 공을 넘겨주고 마이클 오어의 오른쪽 엉덩이를 따라가라고 말한 것뿐이었다. 마이클의 바로 앞에 서 있던 트레드웰의 디펜시브 라인맨은 체중이 165킬로그램에 달했지만 마이클 앞에서는 상대가 되지 못했다. 결국 마이클은 그를 비롯한 상대편 선수들을 모조리 밀치고 지나갈 수 있었다. 이들은 똑같은 플레이를 거듭해서 구사했다. 이쯤 되자 이 한 가지 플레이에 관해서라면 브라이어크레스트의 공격수들이 역대의 그 어떤 풋볼 팀보다도 더 정통하게 되었다. 워낙 잘 알았기 때문에 그들은 확신과 자신감을 품고 경기에 임했다. 팀 전체가 마치 하나의 잘 던진 창처럼 움직였으며 그 창끝이야말로 미국의 고등학교 풋볼 필드에서 이제껏 목격된 것 중에서도 가장 무시무시한 광경이리라고 확신했다.

LSU의 라인 코치 스테이시 설즈조차도 이런 경기는 한 번도 본 적이 없었다. 플레이와 플레이 사이마다 마이클은 그중에서도 군계일학으로 눈에 띄었다. 그는 마치 체중이 74킬로그램밖에는 안 되는 선수처럼 깡충대고, 쉬지 않고 움직이고, 뛰고 했다. '그는 뒤꿈치를 들고 걸어 다니듯 사뿐사뿐했다.' 필드를 이리저리 뛰어다니는 그의 모습은 마치 러닝백 같았다. 그의 몸에는 쓸모없는 부분이 전혀 없어 보였다. 마치 중력이 그에게는 전혀 작용하지 않는 듯 전

---

[33]   '움파룸파'는 로알드 달의 『찰리와 초콜릿 공장』에 등장하는 소인 요정의 이름.

혀 개의치 않고 움직였다. 마침내 LSU의 코치는 숀에게 물어보았다. "체중 156 킬로그램짜리 선수 중에 깡충대며 움직일 수 있는 사람이 얼마나 되겠습니까?"

전반전이 끝났을 무렵 브라이어크레스트는 40점을 기록하고 있었다. 숀이 사이드라인을 바라보았더니 휴가 서글픈 듯 고개를 젓고 있었다. "이래서야 아무 재미가 없지 않나." 그의 말이었다. 물론 어디까지나 휴에게는 재미가 없었다. 하지만 오펜시브 라인 플레이를 기대한 관중들 또는 이날의 경기 영상을 보는 사람들에게는 마이클 오어가 단순한 임무이긴 하지만 뚜렷한 목표를 향해서 전력으로 뛰는 모습이야말로 색다른 구경거리였다. 그날 이들이 본 것은 그 어디서도 못 보던 광경이었다. 이들은 공이 스냅되자마자 수비수들이 돌아서서 반대 방향으로 달려가는 모습을 보았다. 이들은 쿼터백에게 러시하기로 예정되었던 디펜시브 엔드들이 쿼터백을 보호하는 이 어마어마한 힘을 피해서 사이드라인으로 달려가는 모습을 보았다. 이들은 이날의 풋볼 경기 결과를 좌우한 사람이 단 한 명의 오펜시브 라인맨이라는 사실을 똑똑히 보았다. 전직 NFL 라인맨이었던 팀 롱만 해도 오펜시브 라인맨은 무시당하는 게 본래의 임무라고 생각하던 사람이었지만, 이날의 경기를 지켜보며 풋볼에서 희열을 느꼈다. "정말이지 재미있었던 것은 그 녀석이 선수 한 명을 데리고 경기장을 가로지를 때였습니다." 그가 나중에 한 말이다. "그 한 선수를 데리고 엔드존의 맨 끝까지 달려갔던 겁니다. 정말 시야에서 완전히 벗어날 정도로요."

이날 브라이어크레스트는 59 대 20으로 트레드웰을 이겼고, 마이클은 마지막 쿼터에 벤치에 와서 앉아 있었다. 그 대신 필드에는 '닭 모가지'(이 팀의 1, 2학년 선수들을 말한다)들이 나가 있었다. '하나님이 축복하셨다!!!' 브라이어크레스트의 전광판에는 이렇게 나와 있었다. "그것이야말로 우리 팀에 결정적인 순간이었습니다." 휴의 말이다. "바로 그 순간부터 우리는 이것이 앞으로 우리가 해야 할 일이라고 생각한 겁니다. 다른 팀이 우리를 이기려면 이것을 막아야 할 거라고 말입니다. 상대편이 그 어떤 수비 작전을 사용하든지 어떤 기습을 가하든지 간에 말입니다. 우리는 갭을 하는 거였습니다."

다음번 경기에서 만난 상대는 이보다 더 크고 더 강한 공립학교인 카버고 등학교 팀이었다. 브라이어크레스트는 작년에 이 학교에 참패를 당한 경험이 있었다. 카버에는 작은 체구에 체중 90킬로그램이지만 상당히 강인한 노즈 태클[34] 이 한 명 있었는데, 마침 그의 집도 브라이어크레스트 바로 뒤에 있었다. 그는 가드와 센터 사이에 라인업했다가 브라이어크레스트의 라인맨이 채 붙잡을 새도 없이 그 갭을 뚫고 백필드로 달려 나왔다. 그는 작년에도 대참사를 만들어 낸 바 있었다. 올해에도 그는 더 크고 더 실력이 향상되어 돌아왔다. 휴는 이 상대편 선수가 다시 한 번 말썽을 부리기 전에 기를 꺾어 놓기를 원했다.

이제 휴는 마이클이 단순히 말이나 차트보다는 그림을 통해 더 빨리 배운다는 사실을 깨닫고 있었다. 칠판에 수많은 X와 O를 그려 놓아 봤자 그에게는 아무 의미가 없었다. 경기 직전에 그는 마이클에게 작년의 경기 테이프를 보여주면서 문제의 성격이 어떤 것인지를 알려 주었다. 이날 경기의 첫 번째 플레이에서 마이클은 레프트 태클 대신 레프트 가드로 자리를 옮겨서 (30번을 달고 있던) 바로 그 상대편 선수의 맞은편에 자리를 잡았다. 휴는 쿼터백 스니크quarterback sneak[35]를 지시했다. 그러면서 마이클에게 이렇게 지시했다. "저 30번을 단순히 블로킹만 하지는 마라. 저 녀석을 단순히 깔아뭉개기만 하지도 말고. 그 대신 이번 기회에 아주 본때를 보여 주라 이거야." 공을 스냅하자마자 상대편 선수는 자신의 주특기를 시도했고 센터와 마이클 사이의 갭으로 뛰어들었다. 하지만 마이클은 너무나도 빨랐다. 그는 30번 선수의 밑으로 파고 들어가 벌떡 일어나서 상대를 번쩍 들어 올렸고, 이어서 몇 초 동안 상대편의 노즈 태클은 마치 쓰나미에 쓸려가는 사람처럼 보였다. 팔을 죽어라 허우적거리고, 다리를 미친 듯 저어댔다. 숨을 헐떡이는 소리까지 들리는 것만 같았다. 다운필드로 10

34　수비 팀의 3-4 대형에서, 맨 앞의 한가운데에 배치되는 수비수.

35　쿼터백이 직접 공을 들고 중앙을 돌파하는 플레이.

야드나 가서야 그는 비로소 땅에 내동댕이쳐졌으며 그 즉시 마이클의 커다란 몸집 아래로 몇 초간 모습을 감추어 버렸다. 잠시 후 마이클은 마치 어느 부유한 상속자가 아침에 침대에서 기어 나오듯 느릿느릿 상대방의 몸 위에서 일어났다. 두 번째 플레이 때에 마이클은 또다시 가드 노릇을 했고, 휴는 또다시 쿼터백 스니크를 지시했다. 공을 스냅하자마자 30번 선수는 곧바로 땅에 납작 엎드렸다. 두 번째 플레이 이후로 마이클은 다시 레프트 태클을 맡았지만, 30번 선수는 최대한 그의 눈에 띄지 않으려고 애를 썼다.

브라이어크레스트는 카버를 박살 냈고 다음으로는 크리스천브러더스와 붙었다. 브라이어크레스트보다 다섯 배나 더 큰 이 학교는 테네시주 풋볼 분야의 최고 명문 가운데 하나였다. 스크리미지 라인에서 마이클 맞은편에는 장차 디비전 1급에 속하는 대학 풋볼 팀에서 뛸 것이 유력시되던 디펜시브 엔드와 라인배커가 한 명씩 있었다. 이 가운데 라인배커인 크리스 모스비는 훗날 실제로 켄터키대학의 라인배커로 계약을 맺기에 이르렀다. 이때에도 브라이어크레스트는 갭을 했고 수비의 힘을 곧바로 뚫고 나아갔다. 아홉 번째 플레이에서 마이클은 모스비를 뒤쫓으며 겁을 주었다. 모스비는 급기야 경기에서 빠지고 다시는 들어오지 않았다. "크리스천브러더스와의 경기를 보고 있자니 정말 사고 과정이 멈춰 버리더군요." 휴 프리즈의 말이다. "마이클이 상대편 선수에게 하는 짓을 바라보면서 저는 이런 생각을 했죠. '우리 선수들을 모조리 저 녀석 꽁무니에 달아 놓기만 해도 우리 주 선수권대회는 따 놓은 당상인걸. 그것 말고는 전혀 할 일이 없겠어.' 모스비는 우리가 본 중에서도 가장 뛰어난 선수였습니다. 하지만 그런 선수조차도 꼼짝을 못 하는 겁니다. 그런 정도의 효과를 발휘하는 라인맨은 평생 본 적이 없었어요. 저로 말하자면 한때 채드 클리프턴과 윌 오펜후슬을 상대하는 경기에서도 코치를 했던 사람인데도 말이죠."[36]

36   클리프턴은 그린 베이 패커스의 레프트 태클로 활약 중이고, 오펜후슬은 테네시대학의 스타 레프트 태클을 거쳐서 2003년에 뉴욕 제츠에 드래프트되었다. (원주)

재미있는 사실은 마이클이 여전히 주목을 받지 못했다는 점이다. 그는 매경기의 원동력이었지만, 일반적인 관중이라면 그에게 주목하기가 쉽지 않았을 것이다. 일반적인 관중은 공만 바라보게 마련이었으니까. 아, 어쩌면 분명 저작고 느린 러닝백들이 번번이 상대편 태클에게 번쩍 들린 채로 팔다리를 허우적거리며 15야드씩 끌려가는 모습을 봤을지도 모른다. 어쩌면 번번이 플레이가 끝나고, 브라이어크레스트의 74번이 자리에서 몸을 일으킬 때마다 방금 전까지는 보이지 않았던 상대편 선수가 그 밑에서 납작해진 채로 나타나는 모습을 봤을지도 모른다. 하지만 일반적인 관중은 결코 제대로 이해하지 못했다. 심지어 마이클의 팀 동료들조차도 녹화 테이프를 다시 보기 전까지는 그가 만들어 낸 결과를 이해하지 못하고 있었다. "경기 중에는 제대로 볼 수가 없어요." 테리오 프랭클린의 말이다. "하지만 테이프를 보면 알 수 있죠. 그 녀석이 매번 플레이 때마다 서너 명씩을 때려눕혔다는 걸 말이에요."

심지어 휴 프리즈조차도 몇 번의 경기를 치르고 나서야 비로소 오펜시브 라인맨 한 명이 오로지 혼자 힘으로 풋볼 필드의 생태계 전체를 완전히 뒤바꿔 놓을 수 있다는 걸 깨달을 수 있었다. 마이클이 나오면 상대편은 아예 쿼터백에게 접근할 생각 자체를 포기하고 말았다. 마이클이 나오면 상대편은 이를 벌충하기 위해서 갖가지 특이한 방법으로 선수들을 쌓아 놓았다. 따라서 상대편의 진영에는 어딘가 빈 구멍이 생겼다. 이런 일이 벌어지고 난 뒤에야, 즉 테이프로 다시 보고 난 뒤에야, 사람들은 이와 같은 종류의 힘이 끼치는 영향력을 제대로 이해할 수 있었다. 심지어 심판들조차도 이런 사태는 미처 예측하지 못하고 있었다. 마이클이 상대편을 워낙 압도하다 보니 심판들은 그가 뭔가 속임수를 쓰고 있지 않을까 넘겨짚고, 노란 깃발을 흔들어 대기 일쑤였다. 팀 롱의 말마따나 "심판들이 보는 앞에서 그 녀석이 필드의 모든 선수를 박살 내고 납작하게 만들어 버렸기 때문"이었다. 그리하여 시즌 중반쯤 되자 휴는 아예 경기 전에 심판을 따로 불러서 이렇게 말하곤 했다. "우리 74번 선수에 대해 세 가지만 알려 드리죠. 우리 74번은 그 어느 누구도 붙잡는 반칙을 하지 않습니다. 우리 74번은 휘슬이 울릴 때까지 계속 블로킹을 합니다. 그리고 우리 74번은 양쪽 팀 모두를 통틀어 가장 빠른 선수입니다. 오프사이드를 하는 게 아닙니다. 다만 공격 개시 직후에 맨 먼저 움직이는 선수일 뿐이죠." 그는 심판들에게 대강 넘겨짚지 말고 자세히 좀 보라고 요청했다. 자세히 좀 보고 나면, 심판들도 휴의 말이 맞다는 걸 알 수 있었다.

　이 새로운 무기에 대응하는 전략을 상대편 팀에서 개발하게 된 것은 거의 시즌이 끝나 갈 무렵이었다. 브라이어크레스트의 숙적은 이밴젤리컬크리스천스쿨이었다. 두 학교는 매년 한 번씩 만나 결전을 치렀고, 숀은 기독교 학교끼리 맞붙는 이 결전을 "지저스 볼"이라고 일컬었다. 2004년의 지저스 볼에서 ECS는 마이클 오어를 태클하는, 그래서 그가 러닝백을 호위해서 필드를 가로지르지 못하게 하는 임무만 전담하는 선수를 내보냈다. 이 임무를 전담하는 선수는 한 명 또는 두 명이었으며, 이 전략은 성공을 거두었다. 결국 이날의 경기에서는 ECS가 승리했다. 그 일 직후에 휴는 이렇게 생각했다. '이건 반칙으로 간주되어야 마땅해. 세상에 오펜시브 라인맨을 태클하는 법이 어디 있나.' 그는 테네시중등학교체육협회에 전화를 걸어서 관계자를 찾아냈다. 하지만 그 관계자는 당혹스러워하며 이렇게 말했다. "어, 사실 저희도 그 문제에 대해서는 미처 생각해 보지 못했습니다. 사실 수비 선수가 오펜시브 라인맨에게 태클을 가해야 할 이유가 대관절 어디 있겠습니까?" 지금까지는 이런 일을 하는 선수가 전혀 없었기 때문에 이들은 이런 일을 금지하려 들 생각조차도 없었다. 결국 휴가 고안한 전술은 이 시즌 전체를 통틀어 그가 상대편을 압도하기 위해 머리를 짜낸 유일한 경우에 해당했다. 그는 마이클에게 이렇게 말했다. "그 녀석들이 낮게 들어오면 최대한 힘을 줘서 녀석들을 깔아뭉개는 거다. 대신에 그때는 양팔을 활짝 벌리고 떨어지는 거야. 그래야만 네가 붙잡는 반칙을 했다고 시비를 걸지 못할 테니까. 그 녀석들이 정면으로 다가오면 그냥 박살 내 버리는 거다."

휴는 스크리미지 라인의 왼쪽에 추가로 블로커들을 더 배치했다. 수비수들이 마이클을 태클하는 바람에 수비진에 큰 구멍이 생겨나면, 그때는 이 블로커들이 러닝백을 호위하고 그 구멍을 통해 다운필드로 달려갈 것이다.

브라이어크레스트는 12월 초에 플레이오프에 진출했으며 겨우 세 경기만 이기면 주 선수권대회 우승을 차지할 수 있었다. 첫 번째 경기의 상대는 하딩 아카데미였다. 하딩의 코치 폴 시먼스는 마이클 오어를 흘끗 보자마자 자기 팀의 어떤 큰 선수조차도 감당할 수 없는 적수임을 간파했다. 따라서 자기 팀이 승리하기 위해서는 뭔가 좀 이상한 짓을 하지 않을 수 없다고 생각했다. "우리의 유일한 목표는 마이클 오어가 한 명 이상을 블로킹하지 못하도록 만드는 것이었습니다." 시먼스의 말이다. 그는 신장 188센티미터에 체중 104킬로그램인 디펜시브 엔드를 불러 마이클의 무릎 아래를 노리라고 지시했다. 무릎을 노리면 충분히 혼자 힘으로도 그를 쓰러트릴 수 있을 거라고 보았다. "물론 디펜시브 엔드가 오펜시브 라인맨을 블로킹한다는 것은 정말이지 한 번도 들어 보지 못한 작전이었죠." 시먼스의 말이다. "하지만 만약 마이클이 디펜시브 엔드를 깔아뭉갠다면, 그러니까 디펜시브 엔드 하나만 깔아뭉개고 그만이라면, 그거야말로 우리에게는 승리나 다름없다고 본 거죠." 비록 블로킹을 당해도 마이클은 여전히 큰 구멍을 뻥뻥 뚫어 주고 있었다. ("물론 고속도로까지는 아니었습니다만 충분히 잘 달릴 수 있는 길이긴 했죠." 시먼스의 말이다.) 경기가 계속되면서 마이클은 양손을 이용해서 문제의 디펜시브 엔드가 자기 무릎을 건드리지 못하게 하는 방법을 터득하기 시작했다.

결국 브라이어크레스트는 가까스로 하딩을 물리쳤고 이 다음으로는 주 반대편에서 온 노터데임과 싸우게 되었다. 노터데임이 먼저 공을 가졌다. 휴는 마이클을 수비수로 출전시켰다. 그는 노즈 태클로 자리를 잡았다. 하지만 노터데임의 공격수가 스크리미지 라인에 집결한 바로 그 순간, 그는 뒤로 물러나 미들 라인배커가 되었다. 체중 158킬로그램의 몸집이 들썩이며 돌진 준비를 하고 있었다. 노터데임의 쿼터백은 타임아웃을 요청하고는 사이드라인으로 달려가 코치에게 어떻게 해야 하느냐고 물었다. 물론 코치도 알 수가 없었다. 경기는 큰 차이로 브라이어크레스트의 승리가 되었다.

주 선수권대회 결승전은 6시간 떨어진 내슈빌의 밴더빌트 경기장에서 열렸다. 브라이어크레스트와 이밴젤리컬크리스천스쿨의 대결이었으므로 결국 지저스 볼의 재대결이나 다름없었지만, 이날의 경기에서는 지저스라는 이름에 어울리는 모습을 찾아보기는 힘들다는 사실이 금세 증명되었다. 전반전이 끝나기도 전에 ECS의 선수 가운데 하나가 심판을 향해 '씨팔 새끼'라고 욕을 하는 바람에 경고를 받았고, 브라이어크레스트의 한 선수는 신나게 필드를 뛰어다니며 "이 좆 같은 새끼들을 박살 낼 거야! 이 좆 같은 새끼들을 박살 낼 거야!" 하고 소리를 지르다가 역시 경고를 받았다. 마이클 오어의 존재로 인해서 양측 모두 평정심을 완전히 잃어버린 것이 문제였는데, 이전 경기에서 ECS가 승리를 거두었음을 고려해 보면 참으로 특이한 일이 아닐 수 없었다. 하지만 휴는 마이클을 태클하는 상대편의 전력을 무력화시키는 데 성공했으며, 계속해서 그를 스크리미지 라인에 배치했다. 마이클은 여전히 큰 구멍을 열어 주었지만 더 이상은 러닝백을 다운필드로 직접 호위하지는 못했다. 따라서 휴는 마이클 옆에 블로커들을 추가로 배치해서 다운필드의 태클러들을 처리하게 했다. ECS는 결국 이 전술을 포기하고 정정당당한 공격을 가했다. 브라이어크레스트가 다운필드로 행진해 첫 번째 터치다운을 성공시키자 ECS의 코치 짐 하인즈는 자신이 지금 도저히 멈춰 세울 수 없는 힘에 맞서고 있음을 실감했다. "마이클 오어는 자기가 하고 싶은 일은 반드시 해내는 선수였죠." 그의 말이다.

경기 초반의 어느 시점이 되자, 휴 프리즈는 자기 팀이 단순히 상대편을 깔아뭉개고 주 선수권대회 우승을 향해 달려가는 모습을 무조건 즐기지는 못하는 입장이 되어 있었다. 솔직히 말해서 그는 이처럼 강력한 힘을 이용해 우승하는 것이 점점 더 싫증났다. 그 힘이 다름 아닌 마이클 오어인 경우에는 일이 너무나도 쉬웠기 때문이다. 2쿼터의 중반에 이르자 브라이어크레스트는 ECS의 10야드 라인에서 볼 퍼스트 앤드 골the ball first and goal **37**을 얻었다. 이들은 10 대 0으로 앞서가고 있었으며, 이번에 공격을 시도해 엔드존으로 들어가면 이 경기는 끝난 것이나 다름이 없었다. 휴는 숀이 사이드라인으로 걸어오는 모습을 보았다. 십중팔구 점수를 낼 때까지 마이클의 오른쪽 엉덩이를 따라가는 갭을 시도하자고 말할 것이 뻔했다. 휴는 숀이 오기 전에 얼른 플레이를 지시했다.

"뭘로 했나?" 숀이 물었다.

"투이 코치, 그냥 모르고 있는 게 약일걸." 휴가 말했다.

"휴, 태클을 세 번만 뛰게 하면 금방 점수를 얻을 수 있을 걸세." 숀이 애걸했다.

"투이 코치, 그건 전혀 재미가 없다지 않나." 휴가 말했다. 그는 지금까지 두 달 반째 이런 말을 억누르고 있었지만, 이제는 더 이상 억누를 수가 없었다. "내가 코치 일을 한 이래로 뭔가 나 자신 같지 않았던 시즌은 이번이 처음일세." 휴의 말이었다. 지금 밴더빌트 경기장에 모인 관중 가운데 그가 트릭 플레이를 하리라고 예상한 사람은 하나도 없을 것 같다는 직감이 들었다. 그렇다면 지금이야말로 트릭 플레이를 할 때였다. 지금 밴더빌트 경기장에 모인 관중 가운데 그가 마이클 오어를 앞장세우는 것 말고 다른 플레이를 하리라고 예상한 사람은 하나도 없을 것 같다는 직감이 들었다.

선수들이 스크리미지 라인에 집결했을 때 체구가 작은 풀백이 라이트 가드 뒤에 숨었다. 휴는 선수들에게 펌블루스키를 가르치면서 이렇게 설명했다. "그러니까 너는 라이트 가드의 궁둥이 냄새를 맡는 것처럼 서 있는 거야." 선수들이 라인에 정렬하자 풀백은 말 그대로 납작 쭈그려서 자기 코를 가드의 엉덩이에다 갖다 대다시피 하고, 수비수의 눈에는 아예 안 보이게 숨어 있었다. 공

37　'퍼스트 다운'(1차 공격) 때 시작 지점부터 골라인까지의 거리가 10야드 미만인 상황.

을 갖고 있는 센터를 제외하면 브라이어크레스트의 다른 오펜시브 라인맨은 모조리 준비 자세를 취할 생각도 하지 않고 있었다. 모두들 몸을 똑바로 펴고 서서 마치 스냅을 대비하지도 못한 모습이었지만 실제로는 백필드를 못 보게 수비수의 시야를 가리는 것이었다. 센터가 공을 스냅해서 쿼터백에게 전하자 쿼터백은 오른쪽으로 한 걸음 움직여서, 납작 엎드린 풀백의 다리 사이로 공을 건네주고 (그러면 풀백은 공을 자기 가슴팍에 묻는다) 마치 옵션 플레이를 하는 것처럼 달려 나갔다. (이런 핸드오프는 휴가 덧붙인 아이디어였다. 진짜 펌블루스키에서는 쿼터백이 공을 그냥 땅에 내려놓아서 "펌블"을 만들면, 가드가 그걸 얼른 주워 들고 달려간다.) 라이트 가드, 라이트 태클, 하프백 모두가 쿼터백을 따라 달려간다. 쿼터백이 여전히 공을 갖고 있다고 생각한 수비수는 (이 플레이는 워낙 특이한 것이다 보니 이들의 반응도 느릴 수밖에 없다) 그의 뒤를 쫓아간다. 풀백은 앞이 트일 때까지 기다렸다가, 갑자기 자리에서 일어나 반대 방향으로 달려서 레프트 엔드를 우회한다. 그곳에는 이미 레프트 가드와 레프트 태클이 다운필드로 그를 호위하기 위해 대기하고 있다.

모두가 애초에 정해진 역할을 성실히 담당했지만, 마이클 오어는 예외였다. 오로지 혼자만 알고 있던 어떤 이유 때문인지 마이클은 이 플레이가 시작될 때부터 끝날 때까지 그냥 가만히 서서 지켜보기만 했다. 브라이어크레스트의 풀백은 1야드 라인까지 갔다가 결국 상대편 선수에게 밀려 엔드존 밖으로 아웃 오브 바운드out of bound 되고 말았다. 마이클이 애초에 계획된 대로 블로킹만 했어도 성공했을 플레이였다. 그다음 플레이에서 브라이어크레스트는 결국 점수를 얻었지만, 휸은 마이클이 필드를 지나 이쪽으로 올 때까지 기다리고 있었다.

"마이클, 네가 나서서 상대편 선수를 조금 밀어내 주기만 했어도 더 쉽게 점수를 냈을 거야." 그가 말했다. "도대체 무슨 생각 하고 있었어?"

"아, 저도 알아요." 마이클의 말이었다. "하지만 되게 끝내주는 플레이였다고요. 그래서 그냥 구경하고 싶었어요."

휴 프리즈는 마이클을 공격에서 레프트 태클로 내보냈을 뿐만 아니라 수비에서 노즈 태클로도 내보냈다. 덕분에 ECS 선수들은 평소보다 더 많은 시간을 그의 몸 밑에 깔려 보내야만 했다. 17 대 0으로 뒤지던 ECS는 스윕을 시도했다. ECS의 풀백이 ECS의 하프백을 이끌고 엔드를 돌아서 누군가 블로킹할 사람을 찾았다. 이 풀백은 신장 172센티미터에 체중 74킬로그램의 클라크 노튼이었다. 마침 클라크는 숀과 리 앤 부부의 친구 아들이어서 종종 투이 가족의 집에 놀러 오곤 했다. 이날 클라크의 임무는 라이트 엔드를 돌아오자마자 맨 처음 만난 수비수를 처리하는 것이었다. 그는 일반적인 체구의 선수를 만나리라 기대하고 달려갔지만, 그의 앞에 나타난 사람은 74번이었다. "순간적으로 눈앞이 캄캄해지더군요." 클라크의 말이다. "그 녀석이 저를 땅에 쓰러트리는 순간 이런 생각이 들었어요. '아이고, 세상에, 이 자식이 날 죽이려나 봐.'" 하지만 바로 그 순간 마이클은 얼굴 가리개 너머로 불과 2주 전에 같이 식사를 했던 친구의 얼굴을 알아보았다. 두 사람의 눈이 마주쳤다. "아, 안녕, 클라키." 마이클은 이렇게 말하며 클라크를 조심스레 일으켜 세우더니 안전한 곳으로 옮겨 주고는 자기는 도로 공을 지닌 선수에게 달려가 버렸다. "저는 그야말로 '하나님, 투이 가족을 내려 주셔서 감사합니다.' 하는 생각이었죠." 클라크의 말이다. "그 양반들이 없었으면 저는 그날 죽었을 테니까요."

이 시즌은 한 가지 복수 행위로 시작되었다. 그리고 한 가지 자비 행위로 끝났다. ECS의 선수들 가운데 몇 명은 불평과 불만이 가득한 나머지 사실상 경기를 포기하다시피 했다. 대신에 이들은 자신들이 느끼는 불만의 원인을 제공한 장본인인 선수를 향해 남은 힘을 모두 쏟아부었다. 브라이어크레스트가 일부러 시간을 끄는 사이에 ECS의 수비수들은 마이클의 무릎을 공격해서 그를 쓰러트리려 들었다. 이는 위험한 데다 스포츠맨십에 어긋나고, 심지어 기독교인답지도 않았다. 이런 플레이가 몇 번 이어지자 마이클은 한 심판에게 걸어가서 상대편 선수를 제지해 달라고 부탁했다. 하지만 심판은 가차 없었다. "얘야."

그가 말했다. "너야말로 오늘 저녁 내내 여기 있는 다른 선수들을 두들겨 대지 않았냐. 얼른 대열로 돌아가서 경기나 마저 끝내도록 해라." 그로부터 몇 분 뒤, 브라이어크레스트크리스천스쿨 세인츠는 주 선수권대회의 우승자가 되었다. 모두가 생각하기에 마이클 오어는 테네시주 최고의 풋볼 선수였다. 하지만 진짜 어려운 일은 이제부터였다.

CHAPTER 7

파스타 코치

　　브라이어크레스트크리스천스쿨이 테네시주 선수권대회에서 승승장구하기 보다 훨씬 오래전에, 리 앤은 투이 가족의 크리스마스카드를 만들어 보냈다. 투이 부부가 마이클의 법적 후견인이 된 것은 2004년 12월 말의 일이었지만, 법적인 허락이 있기 전부터 마이클은 충분히 이들 가족의 한 사람이나 다름없었기 때문에 그의 사진이 들어가지 않은 크리스마스카드는 상상조차 할 수 없었다. 리 앤은 무슨 일이든지 최소한 2개월 전에 미리 처리하는 성격이었고, 크리스마스카드 역시 예외는 아니었다. 그녀는 10월에 이 세 명의 훌륭한 자녀 사진을 담은 카드를 제작했고, 수백 명에 달하는 친구와 먼 친척에게 발송했다. 정작 카드를 받을 사람 대부분이 그들 가족에 추가된 이 낯선 아이에 관해 전혀 모르고 있으리라는 것까지는 미처 생각하지 못했다. 그로부터 몇 주 뒤의 어느 날 밤에 전화가 걸려 왔다. 노스캐롤라이나주에 사는 어느 사촌이었다.

　　"그래, 좋아."

　　그는 불쑥 말했다. "나 방금 맥주를 다섯 병째 비웠다고. 그나저나 너네 크리스마스카드에 들어 있는 그 흑인 아이는 '도대체' 누구인 거야?"

　　미국 전역의 대학 풋볼 코치를 대할 때에도 그녀는 이처럼 단호한 정신을 가지고 임했으며, 아무런 논평이나 설명도 내놓지 않았다. 심지어 전국에서 가장 주목받는 이 라인맨을 어느 대학에 줄 것이냐고 저쪽에서 먼저 몸이 달아

묻도록 만들기까지 했다. 전국의 풋볼 코치들은 이제 미완의 재능을 지녔음에도 불구하고, 가난하고 연줄도 없고 이런저런 약점을 지닌 흑인 소년을 또 한 사람 만나게 되리라는 기대를 품고 멤피스로 날아왔다. 하지만 이들이 마주친 상대는 사실상 연줄도 많고 부잣집에 살았으며, 심지어 그 어떤 일에도 감명을 받지 않는 소년이었다. 게다가 그 소년의 보호자는 대단한 여전사가 아닐 수 없었다.

마이클 오어는 돈이나 신발이나 옷이나 자동차를 원하지는 않았다. 숀과 앤은 그가 원하는 것보다 훨씬 많은 물건을 사 주었고, 투이 가족의 재산 중에서 그가 상속할 몫은 이미 수백만 달러에 달했다. 그는 페덱스 포럼에서의 NBA 경기 관람을 원하지도 않았다. 이 경기의 해설자로 일하는 숀은 코트 바로 앞 좌석의 전 시즌 무료 입장권을 갖고 있었는데도 말이다. 그는 공짜 비행기 표를 원하지도 않았고, USC(서던캘리포니아대학)와 오클라호마 간의 대학 풋볼 전국 선수권대회를 50야드 라인 좌석에서 관람하는 특전을 원하지도 않았다. 필요하다면 개인용 제트기가 그를 오렌지 볼^{Orange Bowl} **38**이나 다른 어디에라도 데려다 줄 수 있었고, 제트기에 올라타면 프레드 스미스의 회사 직원들이 그를 극진히 모실 것인데도 말이다. 페덱스 설립자 겸 CEO인 스미스는 오렌지 볼의 스폰서인 동시에 투이 부부의 친구였다. 게다가 콜린스 투이는 스미스의 아들과 사귀고 있었다.

미국의 대학 풋볼 코치 가운데 절반이 번갈아 가며 대문 앞에 몰려드는 상황이 되자, 숀은 마치 자기 팀이 1점 차로 뒤지고 있는 상황에서 단 6초를 남겨 놓고 공을 쥐고 있는 농구 선수 시절에나 취했던 것과 똑같은 자세를 취하게 되었다. 즉 무관심을 가장했다. 본인의 관심을 애써 숨기기 위해서 어떤 대학 코치든 간에 마이클에게 직접 접근하지 말고, 휴 프리즈를 통해서 제안을 내

---

38 1935년부터 마이애미에서 매년 개최되는 대학 풋볼 대회이자, 1996년까지 사용된 구장 이름.

놓으라고 요구했다. 덕분에 그는 어느 누구도 속이지 않으면서 알리바이를 확보한 셈이 되었다. 하지만 대학 코치들은 숀 투이가 모교인 미시시피대학에 충성을 바친다는 증거를 쉽게 발견할 수 있었다. 심지어 이들 부부는 옥스퍼드에 위치한 미시시피대학 캠퍼스 가까운 곳에 집을 또 한 채 짓고 있는 중이었는데, 혹시나 콜린스가 엄마의 뒤를 이어서 올 미스의 치어리더 겸 카파 델타 여학생 클럽의 주도적인 회원이 될지 모른다는 기대 때문이었다. 멤피스에 있는 투이 가족의 멋진 집 거실에 들어선 대학 코치들의 눈에 맨 먼저 띄는 것은 남부군 크리스마스트리였다. 빨간색과 파란색의 트리 가지에는 오로지 올 미스의 장식물만 걸려 있을 정도였다. 집을 나서다 보면 앞마당에는 작은 석상이 하나 있는데, 얼핏 보기에는 일반적인 땅 신령 같지만 자세히 살펴보면 올 미스의 마스코트인 "커널 레벨"이었다. 산타클로스 조각상은 크리스마스에만 그 옆에 등장하고 부활절 토끼 조각상은 부활절에만 그 옆에 등장했지만, 커널 레벨 조각상은 일 년 열두 달 거기 서 있었다. 숀은 올 미스 졸업생으로 워낙 유명했기 때문에 멤피스대학과 올 미스의 풋볼 경기가 있기 전날 밤에 멤피스의 한 라디오 방송국에서는 그의 집에 있던 커널 레벨 마스코트를 훔쳐다가 어딘가에 숨겨놓고, 청취자 가운데 그걸 맨 먼저 찾아내는 사람에게 상을 주겠다고 제안하기도 했다. 리 앤과 숀은 양쪽 집안에서 최초로 올 미스에 진학한 경우였지만 이후 두 사람의 삶은 그 학교와 무척이나 긴밀하게 연관되었다. 마치 두 사람이 그곳의 설립자라도 되는 듯 말이다.

그런 한편으로 휴 프리즈는 마이클 오어를 붙잡으려는 스카우트 경쟁을 한층 더 복잡하게 만들었으니, 본인이 테네시대학의 코치진으로 가담하려는 협상에 돌입했기 때문이었다. 휴는 마이클까지 그 대학으로 데려가고 싶은 본심을 결코 감추려 들지 않았다. 처음부터 그는 자기가 보기에는 테네시대학이야말로 너에게 딱 어울리는 학교라고 마이클에게 이야기한 바 있었다. 마이클을 둘러싼 이런저런 공모의 그물망을 더 넓힌 사람 중에는 브라이어크레스트의 플레이스 키커[39]인 저스틴 스파크스도 있었다. 저스틴의 부모인 로버트와 린다 스파크스 부부는 오클라호마주립대학과 미시시피주립대학에 각각 연고가 있었으며, 투이 부부보다도 훨씬 부자였다. 스파크스 가족의 자가용 비행기인 호커800에 비하자면 (리 앤이 '에어 타코'라고 부른) 숀의 자가용 비행기는 아무것도 아닌 셈이었다. 마이클이 스파크스와 제휴한 학교를 찾아갈 때마다 호커800이 항상 출동했다. 저스틴 스파크스는 상당히 실력이 뛰어난 키커였기 때문에 스파크스와 제휴한 학교의 숫자는 빠른 속도로 늘어났다. 저스틴이 LSU의 여름 풋볼 캠프에 갈 때에는 마이클도 함께 갔다. 노스캐롤라이나주립대학은 저스틴에게 전액 장학금을 제시한 최초의 학교가 되었으며, 이로써 멤피스와 롤리 사이에 일종의 개인용 직항편이 개설되자 노스캐롤라이나주립대학도 마이클 오어에게는 상당히 매력적인 학교로 부각되고 말았다.

하지만 마이클을 둘러싼 그물망은 무척이나 단단하게 짜여 있었다. 누군가가 좋은 조건을 제시하면, 또 누군가가 더 좋은 조건을 제시했다. 예를 들어 노스캐롤라이나주립이 저스틴에게 전액 장학금을 제안하자마자, 리 앤은 올 미스의 풋볼 코치 데이비드 커트클리프에게 전화를 걸었다. 마이클 오어를 데려가고 싶으면, 그 친구인 저스틴에게도 장학금을 제공하는 편이 나으리라는 것이었다. 커트클리프는 얼른 그 제안을 받아들였다.

마이클 오어가 4학년이 된 바로 그 순간부터 주요 대학의 풋볼 스카우트 담당자들이 각자의 결정을 전해 온 당일까지(즉 2005년 2월 1일까지) 그 주위에는 그에게 무척이나 관심을 보이는 사람들이 들끓었다. 올 미스 특유의 협공 작전을 위해서 리 앤은 수 미첼에게 매일 밤마다 마이클에게 과외 교습을 해 달라고 부탁했다. 미스 수는 (모두들 그렇게 불렀다) 멤피스의 공립학교에서 오랫동안 교사로 근무한 바 있었다. 오십 대 중반의 은퇴 교사 미스 수가 그때까지 유

---

39 스페셜 팀으로 킥오프, 필드골, 추가 득점 상황 등에서 땅 위에 놓인 골을 차는 포지션

일하게 연고를 맺고 있던 학교는 바로 모교인 올 미스뿐이었다. 그녀는 일주일에 엿새, 매일 다섯 시간 동안 마이클을 가르쳤다. 이후 두 사람은 매우 가까운 사이가 되었다. 그렇게 점점 가까워질수록 미스 수는 올 미스에 가지 않는 것이 얼마나 큰 잘못인지를 마이클에게 납득시키고 싶어 했다. 예를 들어 마이클이 테네시를 공식 방문하기 전날 밤에 미스 수는 그에게 테네시주 녹스빌에 가면 무척 조심해야 할 거라고 말하기까지 했다. 추리소설가 패트리샤 콘월과 잘 아는 자기 친구한테 들은 이야기인데, 그 도시에는 FBI가 땅에 묻은 시체의 부패 효과를 알아내기 위한 실험장이 있다는 것이었다.

"그러니까 사람 손을 하나 떼어다가 땅에 묻어 놓고서 그걸 6주 뒤에 다시 꺼내서 얼마나 썩었는지 살펴본다는 거야." 그녀의 말이었다. "녹스빌에서는 그런 시체들이 땅속에 우글우글한데 문제는 그런 시체를 땅속에 묻기 전에 과연 어디에 보관하느냐 하는 거지. 바로 풋볼 필드 밑에 묻어 둔다는 거야!" 그러니까 코치들이 경기 전에 필드로 내보내면 마이클은 오렌지색 옷을 입고 목이 터져라 환호성을 지르는 10만 7,000명의 관중보다는 잔디밭 사이로 불쑥불쑥 튀어나온 시체의 손과 발에 좀 더 신경을 써야 할 거라고 그녀는 겁을 주었다. 그리고 다음과 같은 말로 이야기를 끝냈다. "하지만 네가 어디 가서 풋볼 선수가 될 건지는 네가 알아서 결정할 문제니까. 남들이 들으면 혹시 내가 너한테 '엉뚱한' 소리 했다고 그럴라."

마이클 역시 나름대로 멋진 연기를 보여 주었다. 마치 사교계에 첫발을 들여놓는 예쁜 아가씨가 무도회장까지 데려다주겠다며 자기 집에 찾아온 열다섯 명의 멋진 청년 가운데 과연 누구를 골라야 할지 몰라 망설이는 듯한 모습이었다. 물론 그는 올 미스가 정말 좋다고 리 앤과 숀에게 말한 바 있었다. 하지만 그건 두 사람이 마이클의 올 미스 진학과 관련된 한 가지 미묘한 문제를 설명해 준 다음에 나온 발언이라서 진심인지는 아직 알 수가 없었다. 즉 마이클이 혹시나 올 미스에 가고 싶은 마음이 있다면 일단은 두 사람이 그를 입양하는 공식 절차를 끝마치는 게 급선무라는 것이었다. 그래야만 두 사람이 이미 그에게 잔뜩 안겨 주었던 여러 가지 선물이 모교 후원자의 뇌물이 아니라 양부모의 진심 어린 선물로 여겨질 수 있기 때문이었다. 얼마 뒤에 마이클은 오클라호마 대학에서 열린 기독교운동선수협회 주최 캠프에 참석했다.

그로부터 몇 주 뒤에 멤피스의 방송국이 브라이어크레스트의 풋볼 훈련 시간에 찾아와서 마이클에게 어느 대학으로 진학하고 싶은지 물어보았다. "제가 오클라호마에 간 모습이 상상이 되네요." 마이클의 이 한마디에 오클라호마의 풋볼 팬들의 웹 사이트에서는 난리가 났고, 오클라호마의 코치들로부터도 수없이 전화가 걸려 왔다. 그 이후에도 그는 미시시피주립, 오클라호마주립, 노스캐롤라이나주립, 테네시, LSU, 올 미스를 비공식적으로 방문했다. 오클라호마가 "우선순위 맨 위에" 있다는 그의 발언이 멤피스의 어느 TV 방송을 통해 보도된 직후, 마이클은 테네시에 가는 것이 "평생의 꿈"이었다고 휴 프리즈에게 말하기도 했다. 마이클이 코치의 테네시 사랑에 감화되고 나서는 오클라호마주립과 미시시피주립 역시 좋아한다고 로버트 스파크스에게 말했다. 노스캐롤라이나주립이 저스틴 스파크스에게 풋볼 장학금을 최초로 제안하자 마이클은 자기도 그곳에 가서 함께 뛰면 좋을 것 같다고 그곳 코치들에게 말하기도 했다.

각 대학의 수석 코치들은 규정상 브라이어크레스트의 풋볼 시즌이 끝나고 나서야 멤피스로 와서 마이클을 직접 만나 볼 수 있었지만, 전화를 통해 이야기를 나누는 것은 언제라도 가능했다. 물론 그러기 위해서는 마이클이 일단 전화를 받아야 한다는 게 문제였지만 말이다. 숙제도 산더미 같고, 풋볼 연습에 투자하는 시간도 만만치 않았기 때문에 그로선 지도에서 정확히 어디 있는지조차 모르는 여러 주에서 걸려 오는 수석 코치들의 전화를 받고 수다를 떨 틈이 없었다.

숀 투이와 휴 프리즈는 매주 수요일마다 마이클을 휴의 집으로 보내서 전화를 받게 하기로 합의했다. 코치들은 수요일 밤이 마이클 오어와 이야기를 나눌 절호의 기회임을 알게 되었고, 휴는 우연히 마이클과 한 번 통화를 한 코치면 누구나 자기가 이 소년을 낚았다고 확신하게 된다는 묘한 사실을 알게 되었다. 예를 들어 앨라배마의 스카우트 담당자인 스파키 우즈가 전화를 걸어오자 마이클은 (이전까지만 해도 앨라배마에 관해서는 전혀 관심도 없었는데도) 자기가 앨라배마에 무척이나 관심이 많으며 학교를 공식 방문하고 싶다고 말해 버렸다. 하지만 공식 방문은 다섯 번으로 제한되어 있었기 때문에 앨라배마의 코치에게는 그 학교가 자신의 최종 명단에 오른 다섯 학교 가운데 하나라고 둘러대 버렸다. "코치들과 통화를 시작하기만 하면 그 녀석은 상대방이 홀딱 빠질 만한 말을 줄줄이 늘어놓는 거였습니다." 휴의 말이다. "그러니 코치마다 마이클 오어가 우리 학교로 온다고 했다며 좋아할 수밖에요."

하지만 마이클은 아직 어느 학교에 가고 싶다고 말한 적이 없었다. 다만 여러 대학을 방문할 때마다 비행기를 타는 게 좋았을 따름이었다. 편리하게도 자가용 비행기를 타고 다니다 보니 어느샌가 마이클은 멤피스에서 비행기로 하루면 미국 어디라도 갈 수 있는 모양이라고 확신하기에 이르렀다. 어느 금요일 오후 숀 투이가 집에 와 보니 마이클이 마침 집에서 나서고 있었다. 차림새만 보면 마치 동네를 한 바퀴 산책하러 나가는 듯했다.

"어디 가는 거냐?" 숀이 물었다.

"N.C.(노스캐롤라이나)주립이요." 마이클이 말했다. 그는 이 대학에서 날아온 "공식 방문" 초청을 수락한 것이었다. 물론 N.C.주립 측에서는 이전부터 여러 번 마이클의 비공식적 방문을 허락했고, 그는 그때마다 스파크스 씨의 자가용 비행기를 이용할 수 있었다. 하지만 공식 방문의 경우에는 방문자가 노스캐롤라이나주립까지 일반 여객기를 타고 가는 것이 원칙이었다. 숀은 이런 관행을 잘 알았기 때문에 도대체 마이클이 왜 빈손으로 집을 나서는지 알 수 없어 했다. 하다못해 칫솔도 챙기지 않은 모습이었다.

"그럼 가방은?" 숀이 물었다.

"가방 안 갖고 가요." 마이클이 말했다. "오늘 갔다가 오늘 올 거잖아요."

숀은 차근차근 설명해 주었다. 공식 방문의 경우에는 일반 여객기를 타야 하고, 일반 여객기를 타게 되면 투이의 집에서 노스캐롤라이나주립의 풋볼 경기장까지 가는 데 걸리는 시간이 평소보다 더 오래 걸리게 마련이라고 했다. 어쩌면 중간에 비행기를 갈아타야 할 수도 있으니 시간도 미리 잘 맞춰 가야 할 필요가 있다고 했다. 토요일 오후에 노스캐롤라이나주 롤리에서 벌어지는 풋볼 경기를 보기 위해 그날 오전에 멤피스에서 출발할 경우, 그날 밤은 십중팔구 멤피스 아닌 다른 어디에선가 잠을 자야 한다고도 했다.

숀이 설명을 마치자 마이클은 뒤로 휙 돌아서서 집으로 향하며 말했다. "그럼 안 갈래요."

하지만 숀은 이 상황을 그냥 넘겨 버릴 수가 없었다. 기껏 N.C.주립을 공식 방문하기로 해 놓고 일방적으로 약속을 어긴다면, 남들의 눈에는 마치 올 미스를 애초부터 점찍어 놓고 딴청을 부리는 것처럼 보일 수도 있었기 때문이다. 그는 마이클을 야단쳐서 얼른 가방을 싸서 공항으로 달려가게 했다. 마이클도 순순히 그의 말에 따랐다.

마이클을 둘러싼 스카우트 경쟁은 순전히 남부 특유의 의례였다. 모두들 다른 사람의 더 음흉한 속셈을 다 알고 있었고(또는 자기는 알고 있다고 생각했고) 실제로 말한 것보다는 말하지 않은 것이 더 중요했다. 이 과정을 공식적으로 좌우하는 것은 남자들이었다. 하지만 무대 뒤에서 활동하는 여자들은 자신들이 이를 실제로 좌우한다고 생각했다. 마이클 주위에 있는 사람들 중에서 자기 생각을 솔직히 털어놓는, 심지어 자기 이익까지 노골적으로 추구하는 사람은 딱 한 명뿐이었다. 바로 열한 살짜리 숀 주니어였다. 각 대학의 코치 중에서도 투이 가족의 집에 처음으로 찾아온 올 미스의 보조 코치 커트 로퍼는 이 덩치 큰 유망주가 그 꼬마에게 각별한 마음을 품고 있음을 첫눈에 간파했다. 로퍼는 마이클에게 집안 구경을 시켜 달라고 말했고 나중에는 그의 방에서 마이클과 숀 주니어가 끝도 없이 벌이는 미니 농구 경기를 옆에서 그냥 구경만 하고 있었다. "두 아이가 노는 걸 딱 보기만 해도 마치 친형제 같다는 걸 알 수 있었습니다." 로퍼의 말이다. 혹시나 손님이 이 꼬마의 중요성을 알아채지 못할까 봐 마이클은 로퍼에게 이렇게 말하기까지 했다. "사실은 SJ(숀 주니어)한테 말하셔야 될 거예요. 제가 어딜 가야 하는지에 관해서 저 녀석도 한마디 할 거니까요."

로퍼가 정식 상담을 위해서 마이클과 함께 아래층으로 내려오자 숀 주니어도 따라왔다. 마이클은 줄곧 입을 다물고 가만히 듣고 있었는데, 상담이 끝나자 숀 주니어가 벌떡 자리에서 일어났다. "뭐 하나 여쭤봐도 돼요?" 소년이 물었다. 어쩐지 목쉰 소리였다. 곧고 검은 머리카락이 흘러내려 눈을 가린 상태에서 천천히 활짝 미소를 지으면서 느릿느릿 말하고 있었다. 웬만한 여자라면 딱 보자마자 이렇게 호들갑을 떨고도 남을 만한 모습이었다. "아이고, 세상에, 이렇게 '귀여운' 애는 살다 살다 또 처음 보겠네!"

"음, 그래."

로퍼의 허락이 떨어지자마자 숀 주니어는 놀라우리만치 단호한 어조로 나름의 주장을 쏟아냈다. 자기한테는 마이클과 가까이 있는 것이 너무나도 중요한데, 일단 마이클이 어느 명문 대학의 풋볼부에 들어가게 되면 그때부터는 자기랑 서로 만날 수가 없지 않느냐고 했다. 그러면서 그는 질문을 던졌다.

만약 마이클 오어가 올 미스에 들어가 뛰게 된다면, 그 남동생에게는 어느 정도의 접근 권한이 주어지게 되나요?

"그러면 우리가 너한테 자유 출입증을 선물하면 될까?" 올 미스의 스카우트 담당자가 말했다.

"그거 마음에 드는데요."

미국 전역에서 몰려온 대학 코치들에 대한 리 앤의 첫인상은 이러했다. 그들이야말로 지금 마이클이 처한 상황에 대해서는 아무것도 모른다는 것뿐이었다. 마이클 오어는 현재 대학에 갈 수 있을 정도의 성적이 되지 않기 때문에 아무리 코치들이 떠들어 보았자 전혀 소용이 없었다. 또 한 가지 중요한 질문이 남아 있었다. 설령 어느 대학에서 그의 입학을 허락해 준다 하더라도 지금 그녀가 그를 위해 공들여 만들어 놓은 지원 체제가 없다면, 마이클은 과연 대학에 가서도 제대로 생활할 수 있을까? 리 앤은 대학의 분위기보다는 오히려 공부를 걱정하고 있었다. 그녀가 생각하기에 학교에 다니는 목적이란 그 안에서 뭔가를 잘함으로써 예를 들어 (a) 스포츠를 하거나 (b) 졸업 후 더 넓은 세계로 진출하는 것이었다. 마이클은 이미 넓은 세계에서 길을 잃은 상황이었고, 학교에서 아무리 그에게 셰익스피어를 읽게 해도 마찬가지일 것이다.

마이클은 물론 어리석은 아이가 아니었다. 다만 무식할 뿐이었다. 사람들은 무식함을 어리석음과 같은 뜻으로 오해하고, 유식함을 똑똑함과 같은 뜻으로 오해하게 마련이다. 다만 그는 유식함으로 향하는 삶의 경험을 박탈당했을 뿐이며 이에 비해 브라이어크레스트의 다른 아이들은 그런 경험을 당연하게 누렸을 뿐이었다. 리 앤은 이제 그에게 삶의 가장 기본적인 사실들(평범한 사람이라면 그냥 살아가면서 터득하게 되는 정도의 지식들)을 알려 줄 필요가 있다고 생각했다. "매일같이 저는 그 녀석이 미처 몰랐던 뭔가를 새로 알려 주려고 했죠." 그녀의 말이다. "예를 들어 누가 '여자한테 멋진 선물을 하려면 어디로 가야 하지?' 하고 물어보면 이제 그 녀석은 이렇게 말할 거예요. '티파니에 가야죠.' 제가 골프 경기를 하면 이제 그 녀석은 6언더가 뭐고, 버디가 뭐고, 파가 뭐고를 이야기해 줄 거예요. 저는 그 녀석이 모네와 마티스의 차이를 구분할 줄 알았으면 했어요."

식당에서의 식사도 그 자체로 공부나 다름없었다. "정말 아무것도 모르는 사람과 함께 식당에서 식사를 해 보게 되면 그곳에서의 절차가 얼마나 복잡한지를 비로소 깨닫게 되죠." 그녀의 말이다. 이탈리아 식당에 갔을 때 그녀는 2인분을 시킨 게 아니라 메뉴판에 나온 음식을 모조리 시켰다. "그래야만 뭐가 뭔지 직접 보고 알 수 있을 테니까요." 덕분에 마이클은 소스 중에서도 페스토와 알프레도, 푸타네스카와 마리나라가 어떻게 다른지를 구분하게 되었다.

문제는 마이클 오어의 눈에는 전혀 새로워 보이는 것이 미국 중상류층의 삶에는 무척이나 많았다는 점이었다. 고개를 돌릴 때마다 그는 자기가 익히 알고 있어야 하는데도 불구하고 미처 모르는 것과 마주치곤 했다. 하루는 온 식구가 어느 육상 대회를 관람하러 모두 함께 집을 나섰다. '에어 타코'로 3시에 출발할 예정이었고, 마이클은 중간에 비행기에서 공부를 해야 하기 때문에 노스페이스 배낭을 챙겨야 했다. 그런데 집에서 출발하기 직전에 리 앤은 마이클이 배낭을 가지고 있지 않은 걸 깨달았다.

"마이클." 그녀가 말했다. "가서 네 배낭 가져와."

"어디 있는지 몰라요." 그가 말했다.

"포이어foyer, 현관홀에 있잖아." 그녀가 말했다. "얼른 들어가서 가져와."

마이클은 마지못해 차에서 내려 집으로 돌아갔다. 몇 분이나 기다려도 그가 나오지 않자 리 앤 역시 차에서 내려 도대체 뭐가 문제인지 알아보러 집으로 들어갔다. 현관에 들어서자마자 문제의 배낭이 원래 있던 자리에 그러니까 포이어에 놓여 있었다. 하지만 마이클의 흔적이 없어서 그녀는 집안 곳곳을 돌아다닌 끝에, 뒷문 근처에서 뭔가 불편한 듯 머뭇거리고 있는 그를 발견했다. 그는 그녀를 보더니 이렇게 물었다. "근데 포이어가 뭐예요?" 그걸 설명하는 데만 1분 가까이 걸렸다. 리 앤의 설명이란 더 일반적인 주제에 대한 짧은 강의라 할 만했기 때문이다. ("그건 어떤 장소의 입구에 있는 홀을 말하는 거야. 어떤 지역에서는 '포이어'라고 하지. 또 어떤 지역에서는 '포이에이'라고도 하고. 남부의 어떤 지역에 있느냐에 따라 달라지지.") 설명을 다 마치고 나자, 마이클은 그저 고개를 저을 뿐이었다.

"하지만 제가 분명히 말해 두고 싶은 건 이거예요." 리 앤의 말이다. "그 녀석은 그 설명을 이해했다는 거죠. 그 녀석은 '뭐든지 다' 이해했어요." 마이클의 말을 빌리자면 이렇다. "나는 점점 더 똑똑해지는 기분이었어요. 뭐가 뭔지를 알았으니까요."

리 앤 투이가 한 소년을 위해 한 일이야말로 지난 반세기 동안 여러 경제학자들이 저개발 국가를 위해 한(그러나 거의 성과를 거두지 못한) 일에 비견할 만했다. 즉 마이클을 어느 한 가지 성장 일로에서 또 다른 성장 일로로 몰고 다닌 것이었다. 또한 그를 억지로 떠밀어서 시동을 건 것이었다. 그녀는 이미 그의 가장 기본적인 필요를 충족시켜 주었다. 먹을 것, 입을 것, 잠잘 곳, 타고 다닐 것, 심지어 건강관리까지도. 어린 시절에 빼먹은 예방접종을 뒤늦게 시켰더니, 마이클은 사흘 동안이나 리 앤을 볼 때마다 입을 비쭉거리기도 했다. 그가 19세기에 유행한 전염병(예를 들어 이하선염)으로 일찌감치 죽지 않은 것이 신기할 정도였다. (2년 연속으로 독감 예방주사를 맞으라고 했더니만 마이클은 이렇게 말했다. "근데 그쪽 백인 양반들은 독감 예방주사를 무지 좋아하는 모양이네요. 솔직히 매년 맞을 필요까지는 없을 텐데요.") 이제 리 앤은 이 소년이 지닌 문화적 결함이라고 여겨지는 것을 처리하기에 나섰다. 그녀는 땡전 한 푼 없었던 자기 남편이 운동선수로서의 성공을 사업가로서의 성공으로, 그리고 결국 행복한 삶으로 변모시키는 모습을 곁에서 바라본 바 있었다. 물론 식은 죽 먹기처럼 쉬운 일은 결코 아니었다. 더 좁은 분야에서의 한 가지 성공을 훨씬 넓은 분야에서의 성공으로 바꾸는 법을 알아야 했기 때문이다. 숀의 경우에는 그런 능력이 자연스럽게 찾아왔다. 마이클의 경우에는 그런 능력이 자연스럽게 찾아올 리 없었지만, 혹시나 리 앤이 노력한다면 인위적으로라도 찾아올 수 있을 것 같았다. 그녀는 그가 멤피스의 백인 기독교인 사업가들이 살아가는 지역에서 완전히 편안하게 지낼 수 있도록 만들 것이다. 하지만 마이클의 처지는 마치 가구가 잔뜩 들어찬 방에서 시각장애인이 편안하게 지내는 것과도 유사할 것이다. 즉 가구의 위치를 완벽하게 암기함으로써 시각의 결여를 상쇄하는 셈이다.

마이클에게 와인 리스트를 읽거나 골프 경기에서 점수 계산이라든지, 구찌와 샤넬을 구분하는 법을 가르친다는 것이야말로, 다른 사람의 눈에는 어리석은, 또는 무의미한 일처럼 보일 수도 있었다. 하지만 정작 그걸 가르치는 리 앤의 태도는 전혀 어리석어 보이지 않았다. 그들이 사는 세계, 즉 부자들의 세계에서 그가 편안함을 느끼기 위해서는 그런 온갖 종류의 우스우리만치 사소한 것들을 모조리 알아야만 했다. 두 사람이 처음 만났을 때처럼 옷 몇 벌을 사 주고 마는 경우라면, 굳이 그 낯선 소년에게 그녀의 취향을 강요할 필요가 없었다. 하지만 마이클이 사실상 그녀의 자녀나 다름없는 상황에서는 당연히 이야기가 달라질 수밖에 없었다. "저는 그 녀석을 좀 더 부티 나게 만들려고 노력했죠." 리 앤의 말이다. "랄프로렌 스포츠 재킷을 입히면 아주 멋있었으니까요."

물론 마이클에게도 헤드밴드에 커다란 저지 셔츠와 궁둥이 아래로 간신히 걸친 바지를 입고 다니던 시절이 있었다. 손도 아내에게 나름대로 설명을 해 보려고 노력했다. "그래, 무슨 깡패 옷차림이지. 하지만 나름대로는 '잘 갖춘' 깡패 옷차림이라 이거지. 그러니까 '비싼 옷으로 만든' 깡패 옷차림이라고." 하지만 리 앤은 납득하지 않았다. 오히려 맞서 싸웠다. 심지어 브라이어크레스트에서 마이클의 친구인 테리오 프랭클린이 어느 날 그녀에게 전화를 걸어서 한 가지 부탁을 했을 때에는 일종의 승리감을 느끼기도 했을 정도였다. "투이 아줌마, 저도 그 악어 그림 새겨진 셔츠가 있으면 좋겠거든요? 혹시 사 주실 수 있어요?"

미국의 온 도시마다 부잣집의 백인 아이들은 마치 빈민가의 흑인 아이들 같은 외모와 말투를 배우려고 애를 쓰고 있었다. 하지만 리 앤의 새로운 세계에서는 흑인 아이들이 오히려 그 반대 방향으로 경계선을 넘어서고 있었다.

또한 그녀는 백인 세계 내부의 중요한 차이를 마이클에게도 서슴없이 납득시켰고, 그의 새로운 사회 계급이 어떤 것인지를 깨닫게 했다. 어느 날 아침 리 앤과 콜린스와 마이클이 앨라배마로 짧은 여행을 떠났다. 중도에 이들은 맥도날드에 잠깐 멈춰 섰다. 음식이 나오기를 기다리는 사이에 지저분한 모습의 남자 하나가 픽업트럭에서 내리는 모습이 보였다. 그 트럭에는 총걸이가 있었고 짐칸에는 죽은 짐승이 몇 마리 있었다. "어머, 진짜 레드넥[40]이네." 콜린스가 말했다. 차를 타고 출발한 지 10분쯤 지나서 마이클이 물어보았다. "레드넥이 뭐야?" 콜린스는 나름대로 설명을 하려 했지만 성공을 거두지 못했다. 마침내 그녀는 이렇게 말할 수밖에 없었다. "토머스 트러브라이드[41]가 바로 레드넥이야."

트러브라이드는 브라이어크레스트에 다니는 동급생이었다. "토머스 트러브라이드는 좋은 녀석인데." 마이클이 말했다.

"레드넥이라는 건 아까 그 사람처럼 픽업트럭에다가 총을 싣고 다니는 사람을 말하는 거야."

리 앤의 말이다.

"그럼 별로 나쁜 게 아니잖아요." 마이클이 말했다.

"물론 나쁜 건 아니지." 리 앤의 말이었다. "다만 우리는 그런 사람들이 아닐 뿐이야."

시간이 갈수록 정말 그렇게 되었다. 여러 면에서 마이클은 이스트 멤피스의 귀화 시민을 닮게 되었다. 주일마다 그레이스 이밴젤리컬 교회에 출석했고 그때마다 식구 중에서 맨 먼저 옷을 차려입었다. 성적도 극적으로 나아졌는데 물론 미스 수의 도움 덕분이었다. 첫 학기 말에 그는 브라이어크레스트크리스천스쿨에서 A 학점 넷, B 학점 둘, C 학점 하나를 받아 왔다. 학교 성적표에는 학년 전체 석차가 나와 있었다. 그 이전까지만 해도 마이클은 늘 꼴찌를 면하지 못했다. 하지만 4학년 첫 학기가 끝났을 때 그의 성적은 163명 중에서 162등이 되어 있었다. "드디어 올라가기 시작했어!" 숀은 신이 나서 소리를 질렀다. "이

---

40 '붉은 목'이라는 뜻으로, 남부의 가난한 백인 노동자를 비하해 일컫는 말.

41 물론 실명은 아니다. (원주)

런 식으로 한 번에 한 등씩 올라가는 거야. 요크 상사[42]처럼 말이야."

하지만 바뀐 것은 마이클의 성적만이 아니었다. 이제 그는 자기를 사랑해 주고 자기를 걱정해 주는 가족을 갖고 있었으며, '그 역시 그들의 사랑을 당연한 것으로 받아들이게 되었다'. 리 앤은 마이클이 가족 관계에서 느끼는 안정감의 작은 흔적들을 일찌감치 간파했다. 예를 들어 어느 날은 멤피스의 다른 한 쪽에 있는 (숀이 운영하는) 타코벨 지점 가운데 한 곳의 점장이 그녀에게 전화를 걸어 왔다. "투이 여사님." 그 남자가 말했다. "여기 웬 덩치 큰 흑인 꼬마가 찾아와서는 공짜 음식을 달라고 하는데요. 자기가 여사님 댁의 아들이라고 말하면서요." 그녀는 마이클을 다른 두 아이와 똑같이 대해 주었다. 다시 말해서 물질적 편의는 물론이고 정신적 인도를 그야말로 아낌없이 퍼부어 주었다는 뜻이다. "불과 1년 전에만 해도 그 녀석은 잠잘 곳도 없었고, 사람을 똑바로 쳐다보지도 못했죠." 숀의 말이다. "하지만 이제 그 녀석은 차도 있고, 주머니에는 돈도 있고, 주위에서는 그 녀석이 누군지 다들 알고 있어요." 리 앤이 생각하기에는, 마이클이 4학년에 들어서면서 풋볼 실력이 더 향상된 것도 놀라운 일은 아니었다. 자신감을 지닌 상태에서 풋볼 필드에 나갔기 때문에 역시나 자신 있게 공을 잡을 수 있었기 때문이다.

마이클 오어를 재교육한 지 1년 반이 지나자, 리 앤은 비로소 처음으로 안도감을 느끼게 되었다. 어느 날 밤 그녀는 그에 대한 책임감을 느끼기 시작한 이후 처음으로 아무 걱정도 느끼지 않았다. "밤 9시였고, 마침 숀은 그리즐리의 경기 때문에 출장 중이었죠." 그녀의 말이다. "저는 침대에 혼자 누워서 리모컨을 무릎 위에 올려놓고 있었어요. 부엌 식탁에서 미스 수랑 마이클이 공부하는 소리가 들려왔죠. 문득 그런 생각이 들더라고요. 난 너무 행복해. 걱정할 필요

---

42   테네시주 출신의 앨빈 요크는 미국 육군 소속으로 제1차 세계대전에 참전했으며, 한꺼번에 130명 이상의 독일군을 생포하는 등의 공적으로 훈장을 받고 상사로 진급하며 전쟁 영웅으로 이름을 날렸다.

가 없어. 지금 당장은 밀린 일이 '전혀' 없으니까."

얼마 뒤에 그녀는 오후 산책을 나갔다. 하늘이 흐렸지만, 비가 올지 눈이 올지는 알 수 없었다. 그녀가 마이클을 처음 만난 그 겨울날과 별로 다르지 않은 상황이었다. 한창 성큼성큼 걸어가는데 휴대전화가 울렸다. "엄마, 얼른 집으로 와 보세요." 콜린스가 수화기에 대고 소리를 지르고 있었다. "사고가 났어요."

콜린스의 말에 따르면 마이클이 숀 주니어랑 자기 트럭을 타고 농구를 하러 브라이어크레스트로 가는 길에 다른 자동차와 충돌 사고를 냈다는 것이었다. 콜린스와 리 앤은 함께 차를 타고 출발했지만 그 사고 때문에 무려 1킬로미터나 교통 체증이 빚어져 있었다. 차를 몰고는 더 갈 수 없다는 생각이 들자 리앤은 콜린스만 남겨 놓고 차에서 내려 뛰기 시작했다. 현장에 도착하자마자 그녀의 눈에 맨 처음 들어온 광경은 형체를 알 수 없을 정도로 박살 난 트럭이었다. 마이클은 길가에 주저앉아 울고 있었다.

리 앤이 다가가자 마이클은 어찌나 울먹이는지 도대체 무슨 말을 하는지 알아들을 수가 없을 지경이었다. 그녀는 양손으로 그의 볼을 감싸고 이렇게 말했다. "마이클, 진정해. 이런 일은 누구한테든 일어날 수 있는 거야." 그제야 리앤은 그의 말을 이해할 수 있었다. "SJ한테 가 봐요. 얼른 SJ한테 가 봐요." 그제야 그녀는 망가진 트럭 반대편 땅바닥에 숀 주니어가 누워 있는 모습을 보았다. 리 앤은 깜짝 놀라 아들에게 달려갔다. 얼굴은 잔뜩 붓고 피투성이가 되어 차마알아볼 수가 없었다. 어찌해야 할지 모르는 상황에서 그가 입을 열었다. "엄마." 숀 주니어가 말했다. "이 셔츠에서 피가 지워질까?"

이 말에 그녀는 웃고 말았다. 상처가 아주 깊다면 과연 이 꼬마가 자기 셔츠 걱정을 하고 있을 여유가 있었을까? 리 앤은 일단 마이클을 집에 보냈고, SJ와 함께 구급차에 올라탔다. 마이클은 계속 울기만 했다. "그땐 정말 SJ 대신 제가 병원에 갔으면 차라리 좋겠다는 생각이 들더라고요." 훗날 그는 이렇게 말했다.

병원에 도착하니 의사들은 숀 주니어가 더 크게 다치지 않은 게 신기하다고 입을 모았다. 얼굴은 멍이 들고 크게 부어올랐다. "사람 얼굴이 그렇게 부을 수 있다는 걸 처음 알았죠." 리 앤의 말이다. "사람 입술이 그렇게 부을 수 있다는 것도요." 하지만 뼈는 전혀 다치지 않은 상태였다. 마이클의 트럭은 시속 40킬로미터로 달리던 와중에 중앙선 근처에 있던 얼음에 미끄러졌고, 역시나 시속 40킬로미터로 달리던 커다란 밴과 정면충돌했다. 밴의 운전자는 멀쩡했고, 마이클도 역시 멀쩡했지만, 키가 137센티미터에 불과한 소년이라면 자동차 앞좌석에 앉아서는 안 되는 법이었다. 결국 에어백이 숀 주니어의 얼굴 바로 앞에서 터져 버렸던 것이다. 이와 같은 종류의 사고를 상당히 자주 접한 의사들의 말에 따르면 대개는 에어백이 꼬마의 코나 광대뼈를 강타하는 바람에 이빨이 왕창 빠지게 마련이라고 했다.

리 앤은 숀 주니어가 에어백에 부딪쳤는데도 불구하고 엄청나게 운이 좋았다는 의사들의 이야기에 귀를 기울였다. 나중에 그녀가 집에 가서 의사들의 이야기를 전해주자 마이클은 자기 한쪽 팔을 내밀었다. 팔에는 마치 불에 덴 것 같은 섬뜩한 자국이 길게 나 있었다. "내가 그걸 막았거든요." 그의 말이었다.

브라이어크레스트크리스천스쿨에 있는 마이클 오어의 생활기록부에는 그가 멤피스공립학교위원회 산하 학교에 다니던 8학년 때 작성된 검사 결과가 나와 있었다. 여러 가지 적성을 알아보기 위해 고안된 검사였다. 그 내용에 따르면 마이클은 거의 아무런 분야에도 적성이 없었다. 공간 관계 검사에서는 백분위 점수로 3점이었다. "학습 능력"이라는 분야에서는 백분위 점수로 5점이었다. 하지만 그가 유난히 뛰어난 것으로 확인된 자질도 한 가지는 있었다. 공립학교 체계에서 어떤 검사로 측정했는지는 알 수 없었지만 마이클 오어가 백분위 점수로 90점을 받은 분야가 있었다. 그 자질이란 바로 "보호 본능"이었다.

사고가 일어났을 즈음, 마이클의 최종 명단에 들어간 학교의 수석 코치들이 공식 방문을 하거나, 또는 시도하게 되었다. 어번 마이어는 플로리다대학의 신임 수석 코치로 부임하자마자 무려 2주 동안 매일같이 휴 프리즈에게 전화를 걸어서, 투이 가족의 집에 초대를 받도록 도와 달라고 부탁했다. 리 앤은 일주일에 한 번씩 조지아대학의 풋볼 팀 수석 코치인 마크 릭트가 집으로 걸어온 전화를 받곤 했다. 어느 날 릭트는 마침내 그녀에게 말했다. "저기요, 혹시 우리한테도 기회가 있다면 말입니다. 저는 무조건 한 시간 반 안에 그리로 달려갈 수 있습니다." "그럼 솔직하게 말씀드려야겠네요." 리 앤이 말했다. "저로선 우리 아들이 뛰는 경기를 보러 매주 토요일마다 조지아주 애신즈까지 달려가고 싶지는 않거든요." 릭트는 공연히 시간 낭비를 하지 않게 해 주어서 고맙다며, 앞으로는 귀찮게 굴지 않겠다고 약속했다. 코치 중에 일부는 일찌감치 포기하고 말았다. 상당수는 브라이어크레스트로 슬그머니 들어가서 마이클을 직접 만났다. 하지만 그들은 모두 유력한 후보에 포함되지 못한다는 사실을 알고 있었다. 누구를 집으로 초대하고 안 하는 공식적으로 마이클이 결정하는 것이었지만 그의 결정은 사실 리 앤의 결정과 크게 다르지 않았다. 마침내 이들은 세 명을 골랐다. LSU의 닉 세이번, 테네시의 필 풀머, 올 미스의 데이비드 커트클리프였다.

이 세 군데 대학의 보조 코치들은 이미 6개월 동안이나 투이 가족의 집과 브라이어크레스트 인근을 배회하고 있었다. 테네시 대학의 스카우트 담당자인 트루퍼 테일러는 심지어 마이클 오어가 나오는 브라이어크레스트의 농구 경기 시즌 입장권까지도 구입했을 정도였다. "아, 나는 그냥 고등학교 농구에 관심이 많은 사람이라서." 경기 중 한번은 그가 옆자리에 앉은 숀 주니어에게 이렇게 둘러대기도 했다. 하긴 녹스빌에서 거기까지 무려 여섯 시간이나 달려와서 보는 경기이니, 누가 감히 그의 말을 반박할 수 있었으랴? 이제는 수석 코치들이 달려와서 마이클과의 협상을 마무리할 차례였다. 마치 보조 요리사가 고기를 마리네이드에 잘 담가 두고 나면, 수석 요리사가 나타나서 그 고기를 꺼내서 굽는 것과도 비슷한 분위기였다.

숀은 코치들이 자기 집 거실에 모습을 나타냈을 때도 그 자리에 참석하지 않는 일종의 연기를 펼쳤다('봤지? 난 관심 없다니까!'). 결국 속으로는 이를 악물면서도 겉으로는 활짝 미소를 지으며 그 유명한 풋볼 코치들을 맞이하는 임무는 모조리 리 앤의 몫이 되고 말았다. 그녀는 남편처럼 그런 미소를 꾸며 내는 능력까지는 없었다. 숀이라면 얼마든지 시치미를 뚝 떼고 연기를 할 수 있었지만, 마이클은 그녀가 애써 만들어 준 지원 체계 없이는 제대로 '기능할 수 없는' 상황이었다. 즉 과외 교사며, 지속적인 감시며, 그녀의 주도하에서 갖가지 지식을 조금씩 뚝뚝 떨어트리는 방식으로 (마치 중국의 문화 재교육 프로그램처럼) 그를 나머지 식구의 세계로 동화시키는 노력이 필요했다. ("중국 정부라면 우리 집 사람을 결국에는 총살시키고 말았을 겁니다." 숀의 말이다. "일단 주위 모든 사람에게 뭘 하라고 지시하고 나면, 그때는 중국 정부를 향해서도 뭘 하라고 지시하려 들 테니까요.")

리 앤은 만약 마이클이 자기 가족의 일부가 되려면 가족이 서로 아는 것을 알고, 가족 대하듯이 행동해야 한다고 생각했다. 올 미스는 그곳에서 한 시간 떨어져 있었고, 작정만 한다면 그녀는 그곳의 온갖 인맥을 다 이용할 수 있었다. 예를 들어 총장도 이들의 친구였고 체육부장은 숀에게 종종 조언을 구했으며, 그 지역 사람들만 해도 일찍이 탁월한 백인 포인트 가드였던 숀을 기억하고 지금도 길에서 마주치면 사인을 부탁할 정도였으니까. 리 앤은 마음만 먹으면 하루 종일 호감 가는 태도를 유지할 수 있었으며, 대개는 그렇게 호감 가는 태도를 유지하는 것만으로도 만사형통이었다. 하지만 올 미스에 있는 그녀의 친구들이 이 체중 158킬로그램짜리 어린애에게 관심을 두지 않는다면, 그녀는 이들에게 본때를 보여 줄 수 있고, 또 당연히 그럴 것이다. 생각만 해도 그녀는 기분이 좋았다.

맨 처음 찾아온 손님은 얼마 전에 전국 선수권대회에서 우승한 LSU의 닉 세이번이었다. 마이클과의 협상에서 그는 상당히 불리한 상황에 놓여 있었다. 왜냐하면 마이클이 이미 LSU를 방문해서 그곳의 스타 풋볼 선수들 몇 사람과 함께 화끈한 저녁 시간을 보냈기 때문이었다. 비록 그날 밤의 구체적인 일에 관해서는 언급하지 않았지만 집에 돌아온 마이클은 눈이 휘둥그레져 있었다. 리 앤에게는 이렇게 짧게만 말했다. "엄마, 거긴 '나쁜' 데더라고요." 리 앤은 무슨 일이 일어났는지 구체적으로 알고 싶어 하지 않았지만(대강 짐작이 갔으니까) 최소한 거기서 뭘 먹으라고 주었는지는 물어보았다. 마이클은 해물을 날것으로 주더라고 대답했다. "한 주 내내 그 녀석은 아무것도 먹지를 않은 것 같더라고요." 그녀의 말이다.

마이클이 올 미스를 공식 방문할 때가 되자, 리 앤은 그곳의 스카우트 담당자인 커트 로퍼에게 전화를 걸어서 이렇게 말했다. "마이클이 좋아하는 거랑 안 좋아하는 걸 적어서 팩스로 보내드릴 테니까, 그걸 일종의 지침으로 삼아 주세요." 그 목록은 직설적이고도 구체적이었다. "스트립쇼에 데려가는 것 금지. 테킬라 마시게 하는 것 금지. 85가지의 다양한 체위로 성행위하는 법을 가르쳐 줄 법한 선수들과 어울리게 하는 것 금지. 스테이크 먹이는 것 금지. 왜냐하면 스테이크를 '엄청나게' 싫어하므로. 그 대신 올베니스(옥스퍼드에 있는 식당 이름)에 데려가서 페투치네 알프레도와 치킨을 사 주시길. 극장에서 영화 관람은 환영. 다만 〈텍사스 전기톱 살인사건The Texas Chainsaw Massacre〉 같은 영화는 곤란. 왜냐하면 십중팔구 상영 시간 내내 양손으로 얼굴을 가리고 있을 것이므로. 그런 뒤에는 취침시켜 주세요." 올 미스의 관계자들은 그녀의 지시를 충실히 따랐다. 집에 돌아온 마이클은 거기서 무척 재미있었다고 말했다. 아울러 올 미스는 LSU랑은 전혀 딴판이더라고도 말했다.

닉 세이번이 찾아왔다. 숀을 제외한 투이 가족의 나머지 모두와 미스 수, 휴 프리즈 코치, 브라이어크레스트의 교장 스티브 심슨이 (그를 함께 초대하면 재미있을 거라고 숀이 생각했기 때문에) 그를 맞이했다. 마이클이 LSU를 방문했을 때에 벌어진 사건으로 실추된 학교의 체면 따위는 곧바로 모두 잊어버렸다. 심지어 리 앤도 어느 정도는 그러했다. 세이번은 아르마니 정장에 구찌 구두 차림으로 찾아왔고, 그곳에서 만난 모든 사람에게 최대한 정중하게 굴었다. 곧이어 그는 주위에 있는 올드 잉글리시 및 컨트리 프렌치풍 인테리어를 마치 빨아들일 듯한 눈초리로 둘러보고 나서 말했다. "집이 멋지군요. 특히 저 창문 장식이 마음에 드는데요." '특히 저 창문 장식이 마음에 드는데요.'라니. 아쉽게도 "특히 윈저 장식 커튼에 주름 휘장을 곁들인 방식이 마음에 드는데요."라고 말하지는 않았지만, 그래도 이 정도면 무척이나 잘한 셈이었다. 바로 그 순간 리 앤은 닉 세이번이 미국의 풋볼 코치 중에서도 가장 세련되고 매력적인 사람일 거라고, 그렇지 않다면 기꺼이 자기 손에 장을 지지겠다고 생각했다.

세이번은 올 미스 크리스마스트리 옆에 앉더니, 본인과 LSU의 계획은 마이클을 단순히 뛰어난 NFL 선수로 만드는 것만이 아니라, 나아가 어엿한 대학 졸업생으로 만드는 것이라고 설명했다. 마이클은 한마디도 없었다. "코치들은 우리 집에 들어오자마자 그에게 직접 말을 걸곤 했어요." 콜린스는 그런 만남이 있을 때마다 애써 태연한 척하면서도 상당한 관심을 갖고 그 과정을 살펴보았다. "그런데도 그는 돌덩이처럼 아무 대꾸가 없었죠. 결국 코치들만 '내내' 떠들어 댔어요." 그의 독백이 10분쯤 이어지고 나자 휴 프리즈가 자리에서 일어나 크게 하품을 하더니, 이제는 집으로 돌아가서 식구들하고 시간을 보내야겠다고 말했다.

리 앤은 화가 났다. 이것은 테네시대학에서 LSU를 향해 노골적으로 침을 뱉는 격이나 다름없었다. "무척이나 '무례한' 일이었죠." 그녀의 말이다. "그가 그렇게 한 이유는 이전에 LSU에서 그에게 코치 일을 제안하지 않았기 때문이었어요." 그런데 세이번의 (여전히 태연하고, 불쾌해하는 기색도 없는) 대응을 보자 리 앤은 그를 더욱 높이 평가하게 되었다. '그것'이야말로 정말 예절 바른 행동이었다. 그는 훗날 마이클을 지도할 사람들의 이름부터 캠퍼스에서 마이클이 세탁을 할 만한 장소에 이르기까지 모든 정보를 다 꿰고 있었다. 그는 단순히 마이클만 바라보는 것이 아니라, 리 앤을 함께 바라보며 설명을 해 주었다. 마이클은 아무런 질문도 던지지 않았지만, 리 앤은 종종 질문을 던졌다. 그때마다 세이번은 훌륭한 대답을 내놓았다.

그의 대답이 끝나자 이번에는 숀 주니어가 거실로 들어왔다. "어, 제가 뭐 하나 여쭤봐도 돼요?" 그가 말했다. 그러더니 사랑하는 자기 형을 못 만나게 되는 건 아니냐고 걱정을 털어놓았다. 그리고는 올 미스의 스카우트 담당자가 그에게는 자유 출입증을 주기로 약속했다는 이야기까지 했다.

LSU의 코치는 특유의 매력적인 미소를 짓더니 혹시나 마이클이 LSU의 풋볼 선수가 되지 않더라도, 숀 주니어에게는 LSU의 라커 룸까지 들어올 수 있는 자유 출입증을 주겠다고 했다. 그리고 만약 마이클이 LSU의 풋볼 선수가 된다면, 그때는 아예 그의 옆자리에 SJ의 라커를 하나 만들어 주겠다고도 했다.

"흐음." 숀 주니어가 말했다. "그거 마음에 드는데요."

세이번이 돌아가기 위해 문간으로 향할 때에야 마이클은 한 가지 질문을 내놓았다.

"계속 거기 있으실 거예요?" 그는 다짜고짜 물었다.

마침 세이번이 NFL에서의 일자리를 제안받았다는 소문이 떠돌고 있었다. 그 소문이 사실이라면 이 놀라우리만치 매력적인 닉 세이번도 없는 LSU에 들어가서 풋볼을 한다는 건 아무 의미가 없을 것이다. "사실은 내가 LSU에 온 이래로 몇 번이나 NFL 수석 코치 자리를 제안받았었지." 세이번의 대답이었다. "하지만 아직 수락한 건 하나도 없어." 손님이 가고 나자 콜린스는 리 앤을 보고 말했다. "아까 그거야말로 진짜 '대단히' 정치적인 대답이었어요."(그로부터 3주 뒤에 마이애미 돌핀스에서는 닉 세이번이 신임 수석 코치로 부임했다고 공식 발표했다.)

마이클을 찾아올 그다음 손님은 올 미스의 데이비드 커트클리프였다. 그는 원래 일요일에 방문할 예정이었는데, 느닷없이 바로 전주 금요일에 해임되고 말았다. '어이쿠!' 이 소식은 단순히 빠른 정도가 아니라 순식간에 전해졌다. 커트클리프가 해임된 직후부터 투이 가족의 집 전화가 연이어 울리기 시작했다. 맨 먼저 전화를 건 사람은 LSU의 체육부장인 스킵 버트먼이었다. 비록 닉 세이번이 마이애미 돌핀스의 코치로 자리를 옮기는 바람에 지금 LSU에는 수석 코치가 없지만, 그래도 마이클 오어의 LSU 입학에 대해서는 학교 차원에서 지대한 관심을 지니고 있다는 이야기였다. 그다음 전화는 테네시대학 발런티어스의 수석 코치인 필 풀머에게서 온 것이었다. 원래는 몇 주 뒤에 방문이 예정되어 있었지만, 풀머는 지금 당장 달려가겠다고 말했다.

마이클의 데뷔 파티나 다름없었던 그 춘계 풋볼 연습 사건 때 이후로 필 풀머는 마이클 오어에 대해 지대한 관심을 갖고 있었다. 테네시대학이 올 미스를 상대로 하는 원정 경기를 오게 되자, 풀머는 아예 팀 전체를 끌고 일부러 빙 돌아서까지 허허벌판에 있는 브라이어크레스트크리스천스쿨의 필드에 가서 연습을 하기로 작정했다. 그의 계획은 이러했다. 발런티어스의 멋진 풋볼 팀 버스를 브라이어크레스트까지 끌고 가서, 오펜시브 라인맨을 필두로 한 자기 팀 전체가 마이클 오어를 에워싸고 격려를 퍼붓는 것이었다. 약삭빠르게도 풀머는 마침 마이클이 올 미스를 공식 방문하기로 한 금요일에 자신의 계획을 실행에 옮기기로 했다. 그날 오후 3시가 되면 마이클은 올 미스 관계자의 차지가 될 것이었으므로, 풀머는 더 먼저 학교로 달려가서 그를 붙들어 놓을 생각이었다.

하지만 그의 계획은 제대로 먹혀들지가 않았다. 3시 직전에 풀머는 올 미스의 스카우트 담당자인 커트 로퍼에게 전화를 걸었다. 자기네 버스가 지금 멤피스의 교통 체증 때문에 꼼짝달싹 못하고 있으니, 제발 3시 30분까지는 마이클을 데려가지 말고 기다려 달라는 하소연이었다. (풋볼계의 상층부는 워낙 좁기 때문에 보조 코치들도 감히 수석 코치들의 요청을 거부하지는 못하게 마련이다. 이때 잘 보인 까닭인지 그로부터 1년 뒤에 로퍼는 테네시의 풀머 밑으로 자리를 옮겼다.) 로퍼는 화가 난 리 앤에게도 사정을 설명해 주었다. 그녀는 로퍼에게 일단 3시 30분이 되면 무조건 출발하라고, 그때부터 단 1분도 더 기다리지 말라고 신신당부했다. 두 사람 사이에서 난처한 상황에 빠진 로퍼는 결국 리 앤의 성화를 들어줄 수밖에 없었다. 풀머의 버스는 정확히 3시 31분에 브라이어크레스트에 도착했다. 하지만 로퍼는 이미 마이클을 차에 태우고 그 반대편으로 학교를 빠져나가고 있었다.

이제 풀머는 그때에 비하자면 거의 혼자나 다름없이 방문할 예정이었다. 공식 방문의 첫 번째 단계로 우선 그는 오펜시브 라인 코치와 스카우트 담당자를 대동하고 브라이어크레스트로 찾아갔다. 휴 프리즈는 수업 중인 마이클을 불러냈다. 마이클은 올 미스의 풋볼 코치가 갑자기 해임된 일에 관해서 테네시의 코치들이며 휴 프리즈가 무척이나 즐거워하는 걸 보고 곧바로 충격을 받았다. 그날 오후에 풀머는 테네시주 고등학교 풋볼상 시상식에 참석해 축사를 할 예정이었으며, 마침 그 행사에서는 마이클도 올해의 선수로 수상할 예정이었다. 마이클은 일단 집에 가서 재킷과 넥타이를 입고 와야 했는데, 풀머는 자기가 나중에 집으로 찾아가서 행사장까지 차를 태워 주겠다고 말했다. 마이클은 어느 누구에게도 싫다는 말을 하지 못하는 성격이었으므로, 풀머에게도 역시나 싫다는 말을 하지 못했다.

그로부터 몇 시간 뒤, 투이 가족의 집을 찾은 풀머를 올 미스 동문인 미스 수가 맞이했다. 미스 수는 (당연히 테네시의 풋볼 필드 아래 묻혀 있는 시체 이야기 따위는 입 밖에 꺼내지 않은 채) 일단 손님을 집 안으로 들어오게 했다. 그런 뒤에 올 미스 크리스마스트리의 옆자리를 권했지만, 코치는 정중히 거절했다. "그냥 여기 잠깐 서서 기다리죠." 그의 말이었다. 미스 수는 그를 흘끗 바라보았다. 그는 간단한 인사를 건넸을 뿐 자기가 왜 왔는지 등의 이야기는 전혀 입 밖에 내지 않았다. 다만 그는 거기 어색하게 서 있을 따름이었다. 파란색 블레이저코트에 카키색 바지 차림이어서, 마치 교회에 가라고 어머니가 아이에게 입혀 놓은 옷을 연상시키는 차림이었다. 미스 수는 그가 어딘가 촌스럽다고 생각했다. 테네시대학의 수석 코치까지 한 사람인지는 몰라도, 일찍이 닉 세이번이 보여 준 위트와 매력은 절반도 따라잡지 못하는 사람이었다. 외모는 두말할 나위 없었다. ("저는 닉 세이번이 '아주' 잘 생긴 사람이라고 생각했어요.")

몇 초 뒤에 콜린스가 커다란 검정색 슬랙스를 한 벌 들고 쿵쾅거리며 계단을 내려왔고, 곧이어 마이클이 팬티 바람으로 소리를 지르며 쫓아왔다. "내 바지 달라니까!" 그는 결국 거실에서 그녀를 붙잡아 마치 풋볼이라도 되는 양 번쩍 들어 자기 옆구리에 끼었다. 그제야 옆을 돌아보니 그 자리에는 테네시대학의 수석 코치가 서 있었다. 풀머는 이 장면을 보고 화가 났을지도 모르지만, 전혀 내색은 하지 않았다.

"마이클은 일단 우리 집에 들어온 사람에게는 아무 관심이 없었어요." 콜린스의 말이다. "그냥 이렇게 생각하고 말았죠. '아, 또 누가 찾아왔구나. 나는 솔직히 아무 말도 하기 싫은데, 왜 내가 자기네 학교로 와야 하는지를 어쩌고저쩌고 설명하려는 사람이랑 말이야.'" 그녀는 마이클의 옆구리에 대롱대롱 긴 채로 테네시의 수석 코치를 바라보며 인사와 설명을 내놓았다. "마이클이 오늘 행사에 가면서 파란색 블레이저에 '검정색' 바지를 입겠다고 해서요. 그건 전혀 어울리지가 않는다고 애보고 뭐라고 좀 해 주세요."

콜린스가 바라보니 풀머는 영 불편한 기색으로 서 있기만 했다. 자기가 마이클의 의견에 동의하는 편이 나을지, 아니면 사실 그대로를 말하는 편이 나을지 속으로 따져 보는 듯한 모습이었다. 그는 결국 사실대로 말했지만, 마이클은 요지부동이었다.

결국 풀머는 검정색 바지와 파란색 블레이저 차림의 마이클을 데리고 행사장에 갔고, 행사 내내 가뜩이나 야릇한 옷차림의 마이클을 향해 여러 신문사 기자들이 셔터를 눌러 댔다. 행사가 끝나고 풀머는 또다시 그를 직접 집까지 태워 주겠다고 했다. 그가 동행한 보조 코치들과 함께 집 안으로 들어가자마자, 이번에는 리 앤이 거기 서서 이들을 기다리고 있었다.

필 풀머는 앞서 미스 수에 대해서는 별다른 관심을 보이지 않았지만, 리 앤에 대해서는 재빨리 환심을 사려고 노력했다. 물론 그녀의 윈저 장식 커튼과 주름 휘장에 대해서는 전혀 알지도 못했다. 대신에 그는 이 집의 수영장을 칭찬했다("아, 수영장이 있었군요! 아이고야. 저 수영장 좀 보게"). 곧이어 그는 이런저런 약속을 내놓기 시작했다. 리 앤이 보기에, 마이클 오어를 테네시대학으로 데려가기 위해서라면 이 코치는 세상에 하지 못할 약속이 없는 사람처럼 보였다. 테네시주 녹스빌에는 아는 사람이 하나도 없다는 그녀의 걱정을 누그러트리기 위해 그는 심지어 풀머 가족이 사는 집의 손님 숙소를 마이클의 집처럼 개방하겠다고 제안했다. 고향에서 학교가 너무 멀어서 추수감사절에도 못 오면 어쩌냐는 걱정에 대해서는, 아예 추수감사절마다 온 가족이 함께 풀머 가족의 집에 와서 식사를 하자고 제안했다. 그것도 매년마다!

그의 노력은 가상하지만 촌스러운 건 어쩔 수 없다고 리 앤은 생각했다. 필 풀머의 태도는 마치 〈메이버리 R.F.D.^{Mayberry R.F.D.}〉[43]에 나오는 앤디 그리피스의 배역을 연상시켰다. 그보다 더 사기꾼 같은 사람은 없을 것 같다고 콜린스는 생각했다. 그녀는 이렇게 말했다. "마치 순진한 시골 사람인 척 연기를 하는 거라고요. 정말 말도 안 되는 소리만 잔뜩 지껄이잖아요." 리 앤이 보기에는 정말 간절하게 데려오고 싶은 선수를 얻기 위해 최선을 다하는 풋볼 코치를 굳이 나쁘게 생각할 필요까지는 없었다. 그래도 그녀는 이렇게 생각했다. "필 풀머와 닉 세이번의 차이란, 예를 들어 내 협상 상대가 마을 이장이냐 아니면 백악관이냐의 차이로군."

그리고 마을 이장 나리께서는 애초부터 자기가 떠나야 할 시간을 모르고 있었다. 이런 방문은 대략 두 시간쯤 이루어지곤 했다. 하지만 밤 10시가 되었는데도 불구하고 풀머나 그의 수행원이나 지친 기색이 전혀 없었다. 마침내 리

43　미국 CBS에서 1968년부터 1971년까지 방영한 시트콤으로, 시골 마을을 배경으로 한다.

앤은 이 손님이 이 집의 가장과 이야기를 나누려고 굳이 기다리고 있음을 눈치 챘다. 그녀는 전화를 걸어서 숀에게 그만 귀가하라고 했다. 자칫하다가는 밤을 꼴딱 새울 상황이었기 때문이다.

가장의 귀가를 기다리는 사이, 숀 주니어가 그새를 틈타 앞에 나섰다. "제가 뭐 하나 여쭤봐도 돼요?" 그가 물었다.

어쩌면 풀머 코치의 촌스러운 남부 사람 태도 때문이었는지, 아니면 SJ도 나이와 경험이 늘어나면서 점차 대담해진 때문이었는지도 모른다. 여하간 이번에는 그 역시 퉁명스레 질문을 던졌다. "제가 궁금한 건 뭐냐면요." 그는 SEC에 속하는 여러 풋볼 팀의 라커 룸을 수시로 드나들 수 있는 특권을 보장받았다고 설명한 다음 이렇게 물었다. "아저씨는 어떻게 해 주실 거예요?"

"라커 룸 따위는 뭣도 아니지." 풀머가 버럭 소리를 질렀다. "너 혹시 UT(테네시대학)의 풋볼 경기를 구경한 적은 있니, 얘?" 그는 구체적으로 설명해 주었다. '무려 10만 하고도 7,000명'에 달하는 사람들이 모두 오렌지색 옷을 입고 목이 터져라 소리를 질러 댄다. 경기 직전 밴드가 필드에 나가서 대문자 T를 그린다. 테네시의 풋볼 팀 선수들이 라커 룸에서 달려 나와 그 T 자를 지나가는데, 그 선두에는 다름 아닌 필 풀머가 서 있다. 여기까지 설명한 다음, 그는 이렇게 덧붙였다. "첫 번째 홈 경기는 텔레비전으로 전국에 중계되지. 그때는 너랑 나랑 팔짱을 끼고 나란히 그 T 자를 지나가게 될 거다."

"그리고 다른 한 팔은 나랑 같이 팔짱을 끼고." 테네시의 스카우트 담당자인 트루퍼 테일러도 거들었다.

"그거 마음에 드는데요." 숀 주니어의 말이었다.

곧이어 귀가한 숀 시니어는 거실에서 회심의 미소를 짓고 있는 테네시의 풋볼 코치를 만났다. 그가 알기로 풀머는 이제 마이클을 데려가려 경쟁하는 학교가 세 군데로(즉 올 미스, LSU, 테네시로) 좁혀졌다는 사실을 이미 알고 있었다. 마침 올 미스는 코치를 해임한 상황이었고, LSU는 코치를 마이애미 돌핀스에 빼앗긴 다음이었다. 덕분에 풀머는 최후의 1인으로 남은 셈이었다. 풀머는 우선 숀을 향해 이렇게 말했다. "마이클이 우리 학교에 들어오는 그 순간부터, 그 녀석은 우리 팀의 주전 레프트 태클이 될 겁니다." 곧이어 그는 마치 남북전쟁 당시에 패장 리를 위로하는 승장 그랜트와도 비슷한 어조로 덧붙였다. 올 미스 레벨스에서 가장 유명한 당신에게는 아들이 테네시 발런티어스가 되는 모습을 지켜보는 것이 괴로울 수도 있다는 걸 충분히 이해한다고 말이다. "필." 숀이 대답했다. "아치도 4년 동안 테네시의 관중석에 앉아 있을 수 있었으니까, 저 역시 4년 동안 테네시의 관중석에 충분히 앉아 있을 수 있을 겁니다."

여기서 말하는 아치란 바로 아치 매닝이었다. 올 미스의 전설적인 풋볼 선수였던 그의 아들 페이턴은 얼마 전에 NFL에서 MVP로 선정되었다. 일찍이 페이턴은 아버지의 모교인 올 미스를 거절하고 테네시로 진학했으며, 그곳에서 대학 풋볼계의 쿼터백 역사에서 가장 뛰어난 경력 가운데 하나를 쌓았다. 페이턴이 테네시로 가겠다고 선언했을 때 매닝 가족에게는 심지어 '협박장'이 날아왔을 정도였다. 무려 10년이 지난 지금까지도 올 미스의 졸업생 중에는 여전히 아치와 말을 섞지 않는 사람이 상당수 될 정도였다. 리 앤은 남편과 코치 사이에 오가는 말을 듣고 이렇게 말했다. "저도 상관은 없어요. 하지만 오렌지색은 저랑 잘 안 맞으니까, 그 옷을 입는 건 사양할래요."

이 말을 마치자 필 풀머와 보조 코치들, 그리고 휴 프리즈는 모두 자리에서 일어나 문으로 향했다. 풀머는 마이클에게 차 있는 데까지 같이 가자고 했고, 마이클은 (결코 누군가에게 싫다는 말은 못하는 까닭에) 그를 따라서 차 있는 데까지 갔다. 1분이 2분이 되고, 결국 3분이 되었다. 숀은 리 앤을 돌아보며 말했다. "당신 생각은 어때? 저 녀석이 혹시 풀머에게 UT에 가겠다고 즉석에서 대답하는 건 아닐까?" 리 앤은 차마 그런 생각조차 하고 싶어 하지 않았다. 마침내 마이클이 집 안으로 돌아왔다.

"너 혹시 테네시에 가겠다고 약속했니?" 숀이 물었다.

마이클은 그냥 빤히 바라보더니, 위층으로 올라가서 곧바로 잠자리에 들어 버렸다.

물론 숀은 이 문제를 그냥 넘어가지 못했다. 그는 마치 스카우트 과정에 대해서 자기가 아무런 권한도 행사할 수 없는 것처럼 남들에게 보이기를 좋아했다. 하지만 정작 자기가 아무런 권한도 행사할 수 없는 상황은 좋아하지 않았다. 그는 곧바로 자기 친구인, 그리고 필 풀머의 에이전트이기도 한 지미 섹스턴에게 전화를 걸었다. 풀머가 떠난 지는 겨우 5분밖에 되지 않았지만, 섹스턴은 이미 그와 이야기를 나눈 다음이었다. "그렇잖아도 방금 필하고 통화를 했다네." 그의 말이었다. "필은 자기가 이미 그 아이를 낚았다고 생각하더군."

그 순간에 숀은 이제까지의 무관심한 시늉을 벗어던지기로 작정했다. "우리 애가 테네시에 갈 거라고 그 양반이 생각했다면, 우리 애는 테네시에 가지 않을 거야." 그가 말했다. "LSU를 다시 협상에 끼어들게 해야겠어."

만약 마이클을 올 미스에 보내고자 한다면, 그로선 차마 넘어가고 싶지 않은 일종의 선을 부득이하게 넘어야만 했다. 물론 그로선 LSU 쪽에 아무런 공식적인 연고가 없었다. 따라서 그를 '에어 타코'에 태워서 배튼루지에 보내는 것에는 비윤리적인 데가 전혀 없었다. 다만 숀은 루이지애나 출신이었고, LSU에 있는 사람들도 알았으며, 테네시에서는 불가능한 방식으로 마이클의 경험을 제어할 수도 있었다. 휴 프리즈는 기껏 만들어 놓은 흥정이 자칫 숀 때문에 깨질 수도 있음을 간파한 모양이었다. 어느 날 밤, 단둘이 있을 때에 휴는 마침내 숀을 향해 소리를 질렀다. "투이 코치, 그 아이가 테네시에 가도록 허락을 하셔야만 합니다!"

하지만 마이클이 본인의 의사를 표현하기 전까지는 숀도 아무 행동을 하지 않을 것이었다. 그리고 누가 옆에서 재촉하지 않으면, 마이클은 아무 말도 하지 않는 성격이었다. "저는 마이클을 누구보다도 잘 아는 사람이었죠." 숀의 말이다. "그런데도 저는 종종 녀석을 바라보며 속으로 말했죠. 도대체 네 머릿속엔 무슨 생각이 들어 있는 거냐?"

마이클은 '에어 타코'를 타고 샌안토니오로 가서 톰 레밍의 미국 육군배 올아메리칸 대회에 참가했다. 레밍이 그를 초청한 까닭은 휴 프리즈가 전화를 걸어서 특별히 부탁한 까닭이었다. 프리즈는 "육군배 올스타 대회에 나가는 것이 마이클의 오랜 꿈이었다"고 설명했으며, 또 마이클이 서식을 작성하지 않은 까닭은 글씨가 서투른 것이 부끄러워서였다고 설명했다. 숀은 마이클이 레밍을 만나자마자 서둘러 나온 것은 "그 대회에 일단 나가기만 하면 결국 육군에 입대를 해야 하는 줄로 잘못 알아서"였다고 했다. 레밍은 이런 설명 가운데 어느 것도 실제로는 믿지 않았지만, 마침 막판에 가서 동부 팀에서 센터를 담당할 선수가 하나 부족한 참이었다. 마이클은 그때까지만 해도 센터를 담당한 적은 없었지만, 여하간 자기한테 맡겨진 역할을 멋지게 수행했다. 그 경기가 끝나고 나서 레밍은 마이클의 성격에 대한 짙은 의구심을 털어 버리고, 마이클 오어야말로 단연코 미국 최고의 오펜시브 라인 유망주라고 뉴스레터에서 단언했다. 이 올스타 경기에서 ESPN 기자들이 미국 최고의 유망주들에게 마이크를 들이대고 앞으로의 대학 진학 계획을 물어보았다. 하지만 마이클은 대답을 하지 않았다.

그로부터 2주 뒤에 올 미스는 마침내 수석 코치를 찾아냈다. USC(서던캘리포니아대학)가 전국 선수권대회에 진출하게 될 즈음, USC의 디펜시브 라인 코치 에드 오저론이 공식적으로 데이비드 커트클리프의 후임이 되기로 합의했던 것이다. 그는 미시시피로 날아와 기자회견을 했으며, 자기가 맨 처음 해야 할 일은 마이클 오어를 설득해서 올 미스 레벨스로 영입하는 것이라고 단언했다. 기자회견은 그날 오후 1시에 옥스퍼드에서 열렸다. 그리고 오후 5시에 O 코치는 멤피스에 있는 투이 가족의 집 앞에 나타났다. 멤피스 사람들은 이와 같은 사람을 본 적도 들은 적도 없었다. 이 신임 코치는 턱에서 가슴까지 죽 이어지는 배수관처럼 생긴 목을 하고 있었으며, 그의 가슴은 발목 있는 데까지 줄곧 이어진 것 같았다. 발목은 가늘고 이상하게도 여성스러워서, 마치 커다란 나무통을 이

쑤시개로 받치고 있는 듯한 모양새였다. 그 나무통 속에서는 워낙 우물거리고 쉰 목소리가 나오다 보니, 처음 듣는 사람은 그게 영어인지 뭔지는 물론이고 과연 사람의 말인지도 못 알아먹을 정도였다.

"고옴 덩찬번 조쿠나."

응?

"고옴 덩찬번 조쿠나."

이것이야말로 그가 투이 가족의 집에 들어서면서 마이클을 처음 실제로 보자마자 한 말이었다. "고옴 덩찬번 조쿠나." 그러니까 "고놈, 덩치 한번 좋구나." 하는 뜻이었다. 그러더니 그는 마이클을 힘차게 한번 끌어안고는, 곧이어 상담에 들어갔다.

마이클은 이후 30분 동안 이 기운찬 케이전[44] 코치의 말에 귀를 기울였다. 다른 여느 코치 때와 비슷한 분위기였지만, 이 O 코치라는 사람의 경우에는 한 가지 문제가 있었다. 마이클은 이 사람이 하는 말을 한마디도 전혀 알아들을 수가 없었던 것이다. 그러니까 아주 훌륭한 스카우트 담당자가 되는 것에 관해 무슨 이야기를 하는 것은 같았다. 올 미스 풋볼부를 제대로 돌아가게 할 계획을 생각하는 중인데, 그러려면 마이클 오어 같은 스타 유망주가 들어와서 함께 뛰어 주어야 한다는 것이었다. "솔직히 겁이 나더라고요." 마이클은 나중에 말했다. "그런 말은 난생처음 들어 봤거든요." 리 앤이며 콜린스며 숀 주니어도 무슨 말인지 못 알아듣기는 마찬가지였다. 다만 루이지애나 동남부 출신이었던 숀만 O 코치가 하려는 말을 알아들을 수 있었다. "O 코치는 그야말로 100퍼센트 토박이였죠." 그의 설명이다. "그리고 저는 그런 토박이에 둘러싸여서 자라났고요."

이때까지 마이클은 코치들에게 아무런 질문도 하지 않았고, 심지어 방금

---

44   과거 캐나다에서 미국으로 건너온 프랑스계 이민자의 후손으로, 오늘날에는 루이지애나주에 집중 분포한다.

들은 이야기에 대해 말 이외의 다른 방법으로 관심을 표시하지도 않았다. O 코치 입장에서는 나름대로 이상적인 청취자이기도 했다. 그는 가만히 앉아서 이해하는 척하고 있었다. O 코치가 마침내 말을 마치자, 마이클은 지난 5개월간의 스카우트 경쟁에서 처음으로 진지하고도 공식적인 질문을 던졌다.

"그러면 이미 올 미스에 들어오기로 한 아이들은 어떻게 하실 거예요?"

"어찌나 놀랐던지 입이 딱 벌어지더라니까요." 당시에 부엌에서 일하고 있었던 콜린스가 한 말이다. "마이클이 말을 하다니!"

O 코치는 이 질문에 대한 올바른 답변과 틀린 답변이 있을 수 있다는 점을 재빨리 눈치챘다. "걍 이께야지!" 그가 큰 소리로 말했다. "그냥 있게 해야지!"

"제가 궁금한 건 그것뿐이었어요." 마이클의 말이었다. 이 말을 듣자 O 코치는 아마도 사전에 정보를 얻었는지, 이번에는 숀 주니어를 바라보며 기선을 제압하는 발언을 했다.

"그래, 너는 또 무슨 말을 하고 싶으냐?" 그가 큰 소리로 물었다. "네가 아마 무슨 말을 하고 싶을 건데."

심지어 SJ조차도 당황했다. 발 없는 말이 천 리 간다더니. O 코치는 마이클 오어를 상대로 춤을 추고 싶으면, 그 옆에 있는 꼬마 악사에게도 환심을 사야 한다는 이야기를 이미 들은 모양이었다. 코치들을 만날 때마다 SJ의 설명은 점점 더 길어지곤 했다. 이제 그는 애초에 올 미스에서는 라커 룸 출입증을 제안했고, LSU에서는 라커 룸 출입증이 아니라 아예 라커를 하나 제안했다고 설명했다. 그러다가 풀머 코치는 그야말로 예상 밖의 카드를 내놓았다. 함성을 지르는 10만 7,000명의 관중 앞에서 선수들과 함께 T 자를 지나가 보자는 것이었다. 그의 설명이 끝나자 O 코치는 자기가 가진 카드를 내놓았다.

"얘야." 그는 진지한 목소리로 말했다. "시즌 첫 경기에서 이 O 코치랑 같이 그로브를 걸어서 지나가 보자꾸나."

"그로브"(작은 숲)는 테네시의 T 자와 맞먹는 올 미스 특유의 전통이었다.

홈 경기가 있을 때마다 수만 명의 레벨스 팬들은 단순히 그냥 몰려드는 것만이 아니었다. 이들은 먹고 마셨으며, SEC 풋볼 경기가 신체에 가하는 화학적인 충격에 대비하여 몸을 준비시켰다. 경기 전에 벌어지는 행사의 절정은 올 미스 선수들이 이른바 "우승자의 길"로 일컬어지는 좁은 벽돌 길을 따라 캠퍼스 한가운데 자리한 그로브를 지나서 경기장까지 오는 것이었다. 이 모든 행사는 상당히 고풍스러운 의례의 느낌을 간직하고 있는데, 사실은 기껏해야 1980년대 초에 올 미스의 어느 풋볼 코치가 고안한 것이었다.

"그거 마음에 드는데요." 숀 주니어의 말이었다.

O 코치는 문으로 걸어가다 말고 (과연 자기가 마이클에게 어떤 인상을 남겼는지 무척이나 알고 싶어 하는 눈치로) 숀에게 이렇게 물었다. "근다까 그질문 뭔뜨려슴까?" ("그런데 아까 그 질문은 무슨 뜻이었습니까?")

"그러니까 저스틴은 어떻게 하실 건지가 궁금해서 여쭤본 겁니다." 숀이 말했다. 여기서 말하는 저스틴이란 바로 저스틴 스파크스였다. 브라이어크레스트의 플레이스 키커이며, 마이클이 종종 얻어 타는 제트기의 주인인 그도 지금 올 미스에 들어갈 준비를 하고 있었다. 그러자 O 코치는 안심한 듯 미소를 지으며 이렇게 말했다. "숀! 검 내드로기저네 밀기띠미아도 해저싸죠!" ("숀! 그러면 내가 들어오기 전에 미리 귀띔이라도 해 주었어야죠!")

"걱정 마세요. 아까는 제대로 대답을 하신 거니까요."

사실 마이클은 브라이어크레스트 동료의 운명보다 더 중요한 뭔가를 쫓고 있었다. "저는 그 사람이 과연 어떤 사람인지를 알고 싶었어요." 그는 나중에 이렇게 말했다. "다른 애들한테 약속했던 장학금을 취소하는 사람이라고 한다면, 그런 사람 밑에서 운동을 하고 싶겠어요? 그런 사람 곁에서 있고 싶겠어요?" O 코치는 그런 사람이 아니라고 마이클은 생각했다. 더 흥미롭게도 O 코치는 그가 신입생 때부터 주전 라인업에 들어가게 될 거라고 약속하지 않은 유일한 코치이기도 했다.

마이클이 보기에는 스카우트 경쟁은 그 자체로 상당히 흥미진진했다. 이 사건은 그의 미래에 관심을 가진 사람들에 관해서 많은 것을 이야기해 주었다. 고등학교 코치는 그를 이용해서 대학 풋볼 코치 일자리를 얻어 보려 했으며, 결국 그는 휴 프리즈를 가리켜 "뱀"이라고 부르게 되었다. 휴가 그 말을 웃어넘긴 다음에는(이것이야말로 그들의 세계가 작동하는 방식이었다) 그 별명이 완전히 달라붙었다. 숀은 원하기만 한다면 마이클에게 압력을 넣을 수 있는 입장이었지만, 그렇다고 아주 과도하게는 하지 않았다. 리 앤과 미스 수는 마이클에게 상당한 압력을 넣었지만, 그가 보기에는 충분히 합리적인 이유 때문이었다. 만약 그가 너무 멀리 가 버리면, 그들의 돌봄을 받을 수 없을 것이었다. 그런데 그는 누군가의 돌봄을 상당히 많이 필요로 했다. 숀 주니어는 가장 꾸밈없는 야심을 드러냈지만, 마이클은 이 소년의 꾸밈없는 야심을 은근히 즐기는 쪽이었다. "SJ는 성공을 거두었죠." 마이클은 웃으면서 말했다. "예를 들어 라커 룸 출입증이며 T자를 지나가는 특권까지도 확보했으니까요. 제가 계속 경쟁을 시켰더라면, 그 녀석은 아마 팀을 하나 맡아서 지휘했을걸요."

오렌지 볼은 스카우트 경쟁의 절정이라 할 수 있었으며, 적어도 숀 주니어가 보기에는 확실히 그러했다. 투이 가족은 모두 함께 전국 선수권대회 경기를 보러 갔고, O 코치는 이들이 USC의 경기 직전 연습을 구경할 수 있도록 해 주었다. NCAA 규정에 따르면 O 코치가 마이클 오어에게 추파를 많이 던지는 것은 금지되어 있었지만, 그의 밑에 있는 선수들이 마이클과 이야기를 나누는 것은 전혀 금지 대상이 아니었다. 연습이 끝날 무렵에 USC의 최고 스타인 쿼터백 매트 라이너트와 러닝백 레지 부시가 USC의 오펜시브 라인 전체와 함께 마이클에게 다가오더니, 그를 에워싸고는 O 코치에 대한 칭찬을 늘어놓았다. 그들의 이야기를 엿듣던 숀은 문득 두 가지 사실을 깨닫고 놀랐다. 첫째, 마이클은 USC의 '그 어떤' 선수보다도 덩치가 컸다. 둘째, 숀 주니어는 어느새 스크럼 사이로 뚫고 들어가서 레지 부시 옆에 서 있었다.

"저기요, 레지." 숀 주니어가 말했다. 훗날의 하이스먼 트로피 수상자는 아래를 내려다보고 약간 놀란 모양이었다. '이 꼬마는 도대체 어떻게 여기 들어와 있는 거지?'

"왜 그냐, 꼬맹아." 레지 부시가 말했다.

"저 사람, 우리 형이에요." SJ는 마이클을 가리켜 보였다.

"뭐, 진짜?" 레지 부시가 말했다. 이 말을 하고 나면 이 터무니없어 보이는 대화를 무효로 만들기에 충분하리라 생각했던 모양이다. 하지만 그의 생각대로 되지는 않았다.

"그 땀 밴이 밴드 나 주면 안 돼요?" 숀 주니어가 말했다.

2005년 2월 1일, 마이클 오어는 기자회견을 열어서 어느 대학에 갈 것인지를 밝혔다. 그는 수두룩하게 놓인 마이크 앞에서 자기가 올 미스에 가기로 결정하게 된 과정을 설명했다. 그곳은 자기 가족이 나온 학교이기 때문이라고 했다. 그 말을 듣고 있으면, 마치 그가 대대로 올 미스 레벨스에서 활약한 선수의 집 안에서 태어난 것처럼 착각할 지경이었다. 기자들이 던진 몇 가지 질문에 대답하기는 했지만, 사실은 아무 말도 하지 않은 셈이나 다름없었다. 곧이어 마이클은 집으로 돌아가서 난리 법석이 벌어지는 것을 기다렸다. 저 멀리 인디애나폴리스에서는 NCAA(미국대학체육협회)가 머지않아 그에 관한 소문을 듣게 될 것이었다. 남부의 백인 가족이 빈민가에 찾아가서 가난한 흑인 아이들을 납치해서 '입양한' 다음, SEC의 자기네 모교에 집어넣어 풋볼 선수로 뛰게 한다는 것이었다. 하지만 NCAA의 조사관이 결국 투이 가족의 집 거실에 나타나는 것은 그로부터 몇 주 뒤의 일이었다.

기자회견 직후 마이클은 평소와 같이 숀 주니어와 미니어처 농구 게임을 하는 중요한 임무에 열중했다. SJ의 방에는 벽마다 그의 아버지가 올 미스에서 선수로 뛰던 시절에 얻은 갖가지 기념품이 가득했다. 트로피, 사진, 깃발, 신문 기사 스크랩 등등. 그의 침대 위로는 멋진 액자 안에 농구 네트가 하나 들어 있었는데, 그 네트에는 피가 묻어 있었다. 바로 숀 시니어가 올 미스를 이끌고, 처음이자 유일한 SEC 선수권대회 우승을 이루었을 때에 텔레비전으로 경기가 전국에 방영되는 앞에서 기념품으로 간직하려고 잘라 냈던 바로 그 네트였다. 이 네트는 차마 말로는 표현이 안 되는 어떤 것, 즉 올 미스와 투이 가족의 관계를 이야기 해 주고 있었다. 이 학교는 단순한 장식이 아니라 정체성의 근원이라고 해야 할 만했다. 숀은 항상 코트에서도 가장 작은 선수였으며, 항상 반칙을 시도하다가 피투성이가 되어 바닥에서 일어나곤 했다. 네트를 잘라 낼 때에 그의 턱에서 흘러내린 피는 그의 기념품을 더럽히는 동시에 성스럽게 만들었다. 하지만 그가 골대에서 내려왔을 때, 코치는 그 네트를 빼앗으면서 이것은 미시시피대학의 소유라고 선언했다. 결국 그 네트는 올 미스의 트로피 진열장에 들어가게 되었다. 다음 날 밤, 숀은 운동장에 나가서 다른 네트를 하나 잘라 낸 다음, 올 미스의 트로피 진열장을 열고 자기가 얻어 온 이전의 네트와 바꿔치기했다. "거기에 묻은 건 제 피였으니까요." 그는 이렇게 말했다. "그러니 그 네트도 제 것이었죠."

그 피 묻은 네트 아래서 숀 주니어와 마이클은 미니어처 농구 게임을 통해 끝없는 격전을 벌였다. SJ는 형이 아버지의 모교에 간다는 사실에는 관심도 없었고, 오히려 자기가 얻을 수도 있었던 이런저런 특전을 놓친 것이 더 아쉬운 모양이었다. "나는 형이 LSU에 갔으면 싶었는데." 그가 말했다. "그러면 한 시즌 내내 라커에다가 필드 출입증까지 얻을 수 있었을 테니까." SEC 풋볼이 벌어지는 그 성스러운 장소에 들어간다든지, T 자와 그로브를 지나가는 특권도 좋지만, 전국 선수권대회 우승 팀 라커 룸에 자기 라커를 하나 갖게 된다는 것이야말로 정말 최고일 것이다. 정작 마이클의 동기, 또는 생각에 관해서는 SJ도 아무런 관심이 없었다. 그는 어른들이라면 누구나 집착할 만한 그런 질문을 마이클에게 던진 적이 없었으니, 왜냐하면 정작 그런 질문이 그의 머리에는 떠오르지 않았기 때문이었다. 하지만 이제는 SJ도 어렴풋하게나마 궁금해졌다.

"그런데 언제 그러기로 결정한 거야?" 숀 주니어가 물었다.

"지난 9월에." 마이클이 말했다. 마이클 오어를 향한 스카우트 경쟁은 작년 9월에 시작되어 올해 2월까지 지속되었고, 그 와중에 상당히 많은 사람이 귀중한 시간을 허비하고 말았다. 하지만 그 내내 마이클은 올 미스에 가려고 작정하고 있었던 것이다. "테네시에 갈까 하는 생각도 들더라고. 왜냐하면 과도기에 있는 학교로는 안 가는 게 낫다고 다들 그랬으니까." 그가 말했다. "하지만 마음속 깊은 곳에서는 올 미스에 가고 싶다는 생각이 들더라고. 거기는 꼭 집처럼 느껴졌으니까." 물론 집처럼 느껴질 만한 이유가 충분히 있었다. 지금 그가 사는 집 자체가 이미 상당 부분 올 미스처럼 느껴질 지경이었으니까.

"다만." 그는 이제 친동생처럼 사랑하게 된 꼬마를 향해 말했다. "그 모든 코치들이 내 주위에 맴도는 걸 보니 제법 기분이 좋더라고."

"아하." 숀 주니어는 이렇게 말했다. 그리고 이제는 일말의 관심조차도 잃어버리고 말았다.

CHAPTER 8

인성 강좌

"저는 조이스 톰슨입니다. NCAA(미국대학체육협회)의 조사 집행부 차장이고요. 오늘은 2005년 3월 30일입니다. 저는 지금 학생 선수 예정 자 마이클 오어와 함께 이야기를 나누고 있습니다. 이 방에는 다른 분들도 와 계신데, 기록을 위해서 각자의 성함을 말씀해 주셨으면 좋겠습니다."

"숀 투이입니다." 숀이 말했다.

마이클 오어에 대한 조사는 이렇게 해서 시작되었다. 리 앤은 아예 참가하 지 않겠다고 선언했으니, 이 일 자체가 너무나도 모욕적이기 때문이라는 것이 었다. 콜린스는 자기 일에 바빴다. 숀 주니어는 이런 일에 무슨 득이 될 것이 있 는지 알 수 없어 했다. 물론 지금 상황에서는 득이 될 것이 거의 없어 보였다. 어떤 대학의 풋볼 코치가 (물론 그런 사람이야 한 명뿐이 아니었던 모양인데) NCAA 를 찾아가서 투이 가족이 마이클을 납치하고 온갖 선물을 안긴 다음, 결국 올 미스 레벨스의 레프트 태클이 되도록 공작을 벌였다고 고발한 것이었다. NCAA 에서는 조사를 위해 이 여성 직원을 파견했다. 젊고, 흑인이고, 똑똑하고, 사립 학교를 나왔으며, 태도와 억양은 어느 모로 보아도 일반적인 미국인으로밖에 는 볼 수 없는 여성이었다. 어쩐지 기성품의 전문직 종사자 같은 느낌이 들어 서, 만약 이렇게 고등학교 풋볼 선수와 그를 원하는 대학 스카우트 담당자 간의 은밀한 거래를 파헤치는 일로 생계를 유지하지 않았더라면, 미국의 어느 지방 방송국에서 뉴스를 보도하는 일을 하지 않았을까 싶을 정도였다.

조사관은 리 앤의 영국산 앤틱 의자에 앉아서 주위를 둘러보았다. 그녀의 뒤에 놓인 진열장 위에는 마이클 오어가 고등학교 올 아메리칸 1차 팀에 선발되었다는 《USA투데이》의 기사 복사본이 액자에 들어 있었다. 조이스 톰슨은 자기가 이렇게 찾아온 까닭은 혹시 마이클 오어가 NCAA 규정 가운데 일부를 위반하지 않았는지 여부를 알아보기 위해서라고 공손하게 설명했다. 만약 그가 정말로 위반을 범했고, 또한 그녀가 그 사실을 입증할 수 있다면, 그는 한동안 풋볼 경력을 중단해야만 할 것이었다.

조사관은 테이프 레코더를 켜고 마이클에게 이름, 주소, 전화번호, 그리고 함께 사는 사람들의 이름을 물어보았다. 여기까지는 마이클도 어렵지 않게 대답했다. 그런데 다음 질문에서 그는 말이 막히고 말았다. "형제자매가 있나요?"

"콜린스 투이랑 숀 주니어요." 마이클이 대답했다.

조사관은 그냥 넘어가려고 했지만, 이때 숀이 자진해서 이야기를 거들었다. "그건 '여기' 있는 형제자매고요." 그가 말했다. "다른 형제자매도 있어요."

"그러면 다른 형제자매의 이름은 어떻게 되죠?" 조사관이 물었다.

마이클은 그녀를 바라보았다. "어… 이름을 '전부' 말해야 되나요?" 그가 물어보았다. 마치 카마수트라를 산스크리트어로 암송해 보라는 요청을 받은 사람 같은 태도였다.

조이스 톰슨은 그만 웃고 말았다. 그래. 그녀는 대답했다. 전부 말해 봐. 마이클은 양손을 무릎에 올려놓고 앉아 있었는데, 이제는 손가락을 하나씩 펴고 있었다. 마치 숫자를 하나씩 세어 보려는 듯한 몸짓이었다. 그로선 자기 형제자매의 이름을 재빨리 대지 못한다는 것이 무척이나 굴욕적인 모양이었고, 특히나 NCAA 소속의 이렇게 잘 빼입고 사립학교를 나온 흑인 여성 앞이다 보니 더욱 굴욕적인 모양이었다.

"마커스 오어, 앤드리 오어, 델루언 오어." 그가 말하기 시작했다.

톰슨은 최대한 빨리 이름을 받아 적었다. "델루언?" 조사관이 물었다. "철자가 어떻게 되지?"

"D… E… L…" 처음에는 철자를 하나씩 천천히 말하더니, 곧이어 연이어 말했다. "J-U-A-N?"

"좋아." 조사관은 이렇게 대답하며 활짝 웃었다.

"리코 오어." 그가 말을 이었다.

"좋아." 그녀가 말했다.

"칼로스." 그가 말했다.

"좋아." 그녀가 말했다.

"존." 그가 말했다.

"좋아." 그녀가 말했다.

그는 여기서 말을 멈추었다. 여전히 무릎에 놓인 손가락을 바라보며, 그는 이렇게 다시 중얼거렸다. '마커스, 앤드리, 델루언, 리코, 칼로스, 존.' 마치 알파벳에서 "지(G)" 다음에는 뭐가 오는지 생각이 나지 않아서 처음부터 다시 외워 보는 어린애 같은 모습이었다.

"전부 남자니?" NCAA 조사관이 물었다.

마이클은 고개를 끄덕이며 긴장을 늦추었다. 그녀의 목소리로 미루어 보건대 여기서 이야기를 끝내고 넘어가고 싶은 모양이라고 숀은 생각했다. 마커스, 앤드리, 델루언, 리코, 칼로스, 존. 물론 마이클의 형제가 얼마나 되는지는 숀도 몰랐다. 하지만 그 6명 말고도 더 있을 것은 분명했다.

"아뇨." 숀이 말했다. "아직 안 끝났습니다."

마이클은 다시 생각에 잠겼다. "드니즈." 그가 마침내 입을 열었다.

"좋아." NCAA 조사관은 이렇게 말하면서, 뭔가 불편한 듯 펜을 자기 메모장에 내려놓았다.

"타이라." 마이클이 말했다. 어쩌면 그게 아니라, "타라."

"타이라?" NCAA 조사관이 말했다. "T-Y-R-A?"

"어…" 마이클은 확신할 수 없는 모양이었다. "예." 그가 마침내 대답했다.

"좋아." 그녀는 이렇게 말하고 웃기 시작했다. "이 사람들도 역시 오어 식구들인 거니?"

"어…" 마이클은 한동안 생각에 잠겼다. "예."

"그건 이 녀석도 모를 겁니다." 숀이 말했다. "일부만 그렇겠죠."

"디프샤." 마이클이 덧붙였다.

숀은 마이클을 바라보았다. 마이클의 가계도가 얼마나 더 길게 이어질지는 몰랐지만, 적어도 그의 불안이 얼마나 깊은지는 분명히 알 수 있었다. 낯설고도 권위적인 사람을 대하고 보니, 마이클은 그만 얼어붙었던 것이다. 결국 진실을 말하는 대신에, 그녀가 듣고 싶어 하리라 여겨지는 이야기를 했다.

"디프샤?" 여자가 물었다. "그러면 철자를 불러 줄 수 있니?"

"D…" 마이클은 시작하자마자 포기해 버렸다. "모르겠어요."

"그 사람은 오어 식구니, 아니면 윌리엄스 식구니?" 조사관이 물었다. 왜냐하면 마이클의 본명이 마이클 제롬 윌리엄스라는 걸 알았기 때문이다.

"오어요."

"전부 오어일 리가 없지 않냐!" 숀이 말했다. 그는 그 형제들의 아버지가 최소한 5명 이상이라는 걸 알았다.

"'오어' 맞아요." 마이클이 우겼다. 그러더니 그는 다시 뭔가 생각에 잠겼다. "마커스 영." 그가 말했다.

"좋아." NCAA 조사관이 말했다. 그녀는 이제 놀란 듯 고개를 젓고 있었다.

"데이비드 영." 마이클이 말했다.

"좋아." 그녀가 말하며 메모를 했다.

"지금까지 모두 몇 명인가요?" 숀은 궁금한 나머지 물어보았다.

"13명이요." NCAA 조사관이 대답했다.

"'13명'이요?" 마이클이 물었다. 도대체 어쩌다가 그렇게 터무니없이 큰 숫자가 나왔는지 알 수 없다는 식이었다. 숀은 목록을 받아서 마이클에게 건네주며 직접 살펴보라고 했다. 마이클은 그 목록을 아주 오랫동안 바라보았다. 그가 이렇게 하는 동안, NCAA 조사관은 신경질적으로 킥킥거렸다. 마이클이 말했다. "그런데 존을 여기 두 번 쓰셨거든요."

"그러면 마커스는 두 명이 맞는 거니?" 그녀는 목록을 받아 들고 물었다. "존이 두 명이 아니라?"

그건 맞았다. 적어도 그는 그렇게 말했다. 결국 마이클의 형제자매 이름을 알아내는 데만 10분이 걸렸다. 그나마도 그 NCAA 조사관이 마이클 오어로부터 뽑아낸 개인 정보 중에서는 가장 손쉬운 부분이었다.

"그러면 어떻게 해서 이렇게… 음, 그러니까 어떻게 해서 투이 가족과 함께 살기 시작한 거지?" 그녀가 물었다.

"어—" 마이클이 말했다. "제가 10학년 때 브라이어크레스트로 전학을 왔는데요. 어. 투이 코치님이—어—자원봉사 보조 코치셨는데… 그런데, 어, 제가 거기서 코치님을 만났어요. 고등학교 3학년 때 여름이 지나고 나서 같이 살자고 제가 결정했어요. 그동안 저랑 계속 이야기를 했었거든요. 코치님도 저랑 같은 상황이어서요."

"좋아." 조사관은 이렇게 대답했지만, 어딘가 의심스러운 모양이었다.

"코치님 주위에는 애들이 별로 없었고, 제 주위에도 애들이 별로 없었고요." 마이클이 말했다.

"좋아." 조사관은 이렇게 대답했지만, 어딘가 더욱 의심스러운 모양이었다.

"그때는 여름이 아니었지." 숀이 말했다. "사실은 네 생일 직전이었지. 2004년 3월쯤이었고 말이야.… 여하간 그때부터 이 녀석은 여기서 살기 시작했고, 지금까지 쭉 그래 왔죠."

"그럼 그 당시에 네가 살아가던 상황을 설명해 봐." 조사관이 말했다. "아까 네가 그랬지. 그때는 투이 씨도 너랑 같은 상황이었다고 말이야. 그게 무슨 말인지 알아야 할 것 같은데. 그러니까 그 당시에 네가 처한 상황을 좀 더 자세히 설명해 줄래?"

"그러니까 그때는 아직 많이 성공하지 못했다는 거예요." 마이클은 이렇게 만 말했다. 그리고 아무 말도 덧붙이지 않았다.

인디애나폴리스에 있는 그녀의 상사 데이브 디디온은 NCAA에 평생을 바친 인물이었다. 디디온은 미국 최고의 풋볼 유망주에 대한 조사를 총괄했다. 그는 이 일이 무척 즐겁다고 말했는데, "완성 그림이 인쇄돼 있지 않은 상자의 직소 퍼즐을 맞추는 것과 비슷하기 때문"이라고 했다. 그런데 이번의 직소 퍼즐은 가뜩이나 더 복잡했다. 아예 상자가 꽉 닫혀 있었기 때문이다. 친아버지를 마지막으로 본 게 언제냐고 NCAA 조사관이 묻자, 마이클은 이렇게 대답했다. "열 살 때쯤요." 그러고는 더 이상 말을 하지 않았다. 왜 친어머니랑 같이 살지 않느냐고 묻자, 그는 아무 말도 하지 않았다. 브라이어크레스트의 등록금은 누가 대주었느냐고 묻자, 그는 자기도 전혀 모르겠다고 대답했다. 먹을 것과 입을 것은 어떻게 구했느냐고 묻자, 그는 마치 자기는 먹을 것과 입을 것을 전혀 필요로 하지 않는다는 식으로 대답했다. 당황한 그녀는 혹시 마이클에게 옷을 사 준 적이 있느냐고 숀에게 물었다. 이에 숀은 "자기가 사 준 옷은 아마 티셔츠 한 벌쯤"일 거라고 대답했는데, 엄밀한 의미에서는 사실이었다. 왜냐하면 마이클의 옷은 주로 리 앤이 사 준 것이기 때문이었다.

숀은 조사를 하러 나온 사람들을 신뢰하지 않았다. 이들은 무엇이 옳고 그른지에 대해서는 관심이 없었다. 다만 이들은 체면을 차리는 데만 골몰했다. 이론상으로 NCAA 규정은 대학 운동선수의 고결성을 유지하기 위해 있는 것이었다. 이 조사관들은 일종의 경찰 노릇을 하는 셈이었다. 실제로 이들은 무능한 소방서의 대외 홍보 부서 같은 역할을 하고 있었다. 즉 어떤 학교의 후원자나 코치가 어느 고등학생에게 뇌물을 먹였다는 사실을 세상에서 제일 늦게 알아내는 사람들도 아니었지만, 그렇다고 그 사실을 맨 처음 알아내는 사람도 아니었다. 예를 들어 어느 지역 신문에 그런 스캔들이 일단 보도되고 나면 그제야 뒤늦게 사건을 추적하는 식이었는데, 그 목표는 어디까지나 그 시스템에 가해지는 치욕을 최소화하려는 것이었다. 사실이 어떻게 되는지에 대해서는 관심이 없었으며, 다만 사실이 어떻게 보이게 만들 수 있는지에만 관심이 있었다. 이 부유한 백인 후원자의 집에 살고 있는 가난한 흑인 풋볼 스타의 이야기는 뭔가 스캔들의 기미가 있어 보였기 때문에, 그들은 졸지에 마이클을 괴롭히러 달려온 것이었다. 이 여자는 이 사건의 사실을 알아내기 위해 왔을 뿐이라고 둘러댔지만, 단순히 사실만 가지고는 이 사건을 제대로 표현할 수가 없었다. 만약 투이 식구들이 올 미스의 후원자라면 (그야 당연한 이야기였지만) 그들은 NCAA의 규정을 모조리 위반한 셈이었다. 그들은 마이클에게 단순히 먹을 것과 입을 것과 잠잘 곳 이상의 어떤 것을 선물했기 때문이다. 즉 그들은 마이클에게 어엿한 삶을 선물했기 때문이다.

마이클이 자신의 새로운 시장가치 때문에 주위 사람들에 대해 냉소적인 태도를 지니게 되었다는 것 역시 조사에는 도움이 되지 않았다. NCAA의 조사관이 지금 이 사건을 몰고 가려는 방향은 그의 마음 상태와 크게 다르지 않았다. 어쩌면 이 돈 많은 백인들이 2년 반 동안이나 그를 이처럼 적극적으로 도운 까닭은 어디까지나 그를 귀중한 자산으로 생각했기 때문일 수 있다는 것이다. 예를 들어 그의 고등학교 코치만 해도 딱 그런 경우였다. 즉 '뱀' 코치는 테네시에서 코치 자리를 얻기 위해 협상을 벌였고, 그렇기 때문에 그를 테네시로 보내려 들었다. 마이클이 (테네시가 아니라) 올 미스로 가게 되었다고 발표한 직후, '뱀' 코치 역시 자기가 올 미스에 코치로 가게 되었다고 발표했다. O 코치가 그에게 일자리를 제안했던 것이다.

숀은 그것이야말로 이 세상이 돌아가는 방식이라고 설명하려고 노력했지만 (즉 휴 프리즈는 타고난 풋볼 코치이며, 그를 데려올 수 있는 올 미스가 오히려 행운인 셈이라고) 마이클은 여전히 다른 사람들의 이기적인 동기에 관해서만 주목을 하고 있었다. 졸업 앨범에 싣기 위해 고른 그의 한마디는 원래 어느 랩 송의 한 대목이었다. 그는 이것을 가지고 브라이어크레스트크리스천스쿨의 병폐를 지적하려 했다. "사람들이 묻더군. 내가 정상에 오르면 자기들을 잊어버릴 거냐고? 내가 대답했지. 내가 정상에 못 오르면 너희는 나를 잊어버릴 거냐고?"**45** 물론 마이클도 리 앤에 대해서까지 그런 의심을 품지는 않았다. 그러나 리 앤은 이렇게 말한다. "저랑 숀의 눈에는 그 녀석이 무슨 생각을 하는지 딱 보이더라고요. '만약 내가 여전히 시궁창에 머물고, 기껏해야 맥도날드에서 햄버거나 뒤집을 정도밖에 출세를 못한다고 치면, 과연 저 사람들이 나에 대해서 진정으로 관심을 갖기나 할까?'"

문제는 이런 의구심이 과연 언제 외부로 표출될지를 아무도 모른다는 점이었다. NCAA의 조사관은 마이클의 옷에 관해 꼬치꼬치 묻기를 끝내자마자, 이번에는 그의 새 픽업트럭에 관한 이야기로 접어들었다. ('그나저나 도대체 누가 그 트럭에 대해서 그 여자한테 이야기했을까?') 그녀는 혹시 올 미스와 계약을 하는 대가로 숀이 그 트럭을 사 준 것은 아니냐고 물어보았다. 숀은 그녀의 질문을 가로막으려 하면서, 그런 질문은 터무니없다고 간주했다. 하지만 마이클은 그저 킥킥 웃기만 할 뿐이었다. "그러면 제가 테네시에 갔어도 트럭을 가질 수 있었다는 거예요?" 그는 NCAA 조사관이 보는 앞에서 숀에게 이렇게 물었다. 물론 그는 농담을 하고 있었을지도 모른다. 어쩌면 농담이 아니었을지도 모르고.

조사관도 일단 이 문제는 넘어갔다. 또는 넘어가는 것처럼 보였다. 먹을 것과 입을 것, 그리고 탈 것에 관한 문제는 일단 넘어가고, 그녀는 잘 곳에 관한 문제로 접어들었다. 마이클은 어디서 잠을 잤는가? 브라이어크레스트크리스천스쿨에 오기 전, 그리고 온 직후에는?

---

45 플레이어 플라이의 노래 〈나를 추켜세워Crownin' Me〉의 한 대목. "깜둥이들이 묻더군… / 내가 정상에 오르면 / 자기들을 잊어버릴 거냐고… / 내가 깜둥이들에게 물었지. 내가 정상에 못 오르면 너희는 나를 / 잊어버릴 거냐고…" (원주)

"토니 헨더슨네 집에서요." 마이클이 대답했다. 빅 토니를 말한 것이었다. 어머니의 유언 때문에 자기 아들을, 덩달아 마이클 오어도 데리고 이곳으로 건너온 사람이었다. 이제 와서 마이클이 토니에 관해서 하는 생각이라고는, 도대체 왜 그가 자기랑 여전히 친구로 있고 싶어서 그렇게 열심일까 하는 의문뿐이었다. 그가 보기에는 토니가 최소한 일주일에 한 번씩은 연락을 해서, 이제껏 자기가 그에게 해 준 일을 상기시키는 것 같았다.

"그러면 8학년 때부터 고등학교 2학년 때까지 줄곧 토니랑 같이 산 거니? 아니면 그사이에 같이 안 산 기간도 있었니?" 그녀가 물었다.

"같이 안 산 기간도 있었어요." 그가 말했다.

"그러면 거기에 대해 자세히 이야기를…." 그녀가 말을 꺼냈다.

"그 이야기를 모두 적으려면 아마 종이가 부족할 건데요." 숀이 말했다.

"일단 어디서 살았는지 이야기해 봐." NCAA의 조사관은 숀의 말을 무시하고 마이클에게 말했다. "내가 물어보려고 한 게 바로 그거거든. 그러니까 매일 밤마다 서로 다른 장소에서 잠을 잔 거니? 그러면 그때는 누구랑 살았는데?"

마이클은 그때 잠깐씩 신세를 졌던 집의 이름을 더듬더듬 읊어 댔다. 흑인도 있었고 백인도 있었으며, 모두들 브라이어크레스트크리스천스쿨에 온 지 1년 반 동안 그를 재워 준 집들이었다. 그 여자는 아까 마이클의 형제자매 이름을 받아 적듯이 이들의 이름도 받아 적었지만, 어쩐지 점점 갈수록 의구심을 품는 모양이었다. '도대체 이 열여섯 살짜리 꼬마가 어떻게 해서 이런 여러 집에서 돌아가며 잠을 잘 수 있었던 걸까?'

"그야말로 '어마어마한' 일이에요." 숀이 말했다. "그걸 다 적어 놓으면 86쪽짜리 문서가 나올 걸요. 정말 '괴물 같은' 일이라고요. 말 그대로 유목민의 생활이었으니까요."

"좋아." 그녀는 숀이 아니라 마이클에게 대답했다. "그러니까 네가 한정된 자원을 지닌 환경에서 자라나서 그랬다는 거지."

마이클은 아무 말도 없이 그냥 고개를 끄덕였다.

"그것도 있었고, 이 아이의 어머니가 재활 센터를 노상 들락날락해서 그런 것도 있었죠." 숀이 말했다.

"그러면 네 집 주소가 항상 어머니 앞으로 되어 있지는 않았다고 봐도 되는 거니?" NCAA의 조사관이 물었다. 마이클은 고개를 끄덕였다. 이 여자는 이전보다 더 궁금해진 것 같았다. 그렇다면 그토록 운 좋게도 빅 토니의 집에 흘러 들어가게 되기 전에는 이 녀석이 '도대체' 어디서 살았다는 걸까? 도대체 어떻게 살아남았던 걸까? 그러면 어린 나이에 노숙자 노릇을 한 걸까? 그 순간 마이클은 "위탁 가정"에 관해 무슨 말을 중얼거렸다.

숀은 이전부터 마이클이 위탁 가정 제도와 모종의 관계를 맺은 적이 있다고 생각하고 있었지만, 물론 마이클이 이에 관해 순순히 정보를 내준 적은 없었다. 얼마 전에 브라이어크레스트 풋볼 팀은 치카소컨트리클럽에서 파티를 연 적이 있었다. 그런데 마침 그곳의 식당 종업원이 식탁으로 왔다가 마이클을 보자마자 어찌나 놀랐는지 쟁반을 떨어트릴 뻔했다. 마이클은 벌떡 일어나서 그를 끌어안았다. 그러더니 나란히 눈물을 흘리기 시작했다. 나중에 마이클이 도로 자리에 앉아서 몇 마디 안 되는 말로 설명한 바에 따르면, 두 사람은 이전에 위탁 가정에서 1년간 함께 지냈다고 했다. 그의 나이가 여덟 살 무렵의 일이었다. 하지만 그는 더 이상 자세한 이야기를 하지 않았다.

NCAA 조사관은 이제 투이 가족이 마이클에게 한 번도 해 본 적이 없었던 질문에 대한 대답을 원했다. 지금까지 있었던 위탁 가정은 몇 군데나 되는가? 마이클은 곰곰이 생각하면서 앉아 있었다.

"몇 군데였니?" 숀이 물었다. "두 군데? 세 군데?" 그는 문득 어째서 NCAA에서 이 문제를 알고 싶어 하는지 궁금해지기 시작했다.

"음." 마이클이 마침내 입을 열었다. "두 개인 것 같아요."

"그러면 전부 멤피스에 있는 데였니?" 그 여자가 물었다.

마이클은 고개를 끄덕였다.

"제가 보기에는." 숀이 말했다. "당연한 이야기 같은데요."

하지만 숀의 대답은 적절하지가 못했다. 마이클의 대답은 마치 오래된 포테이토칩만큼 영양가가 없고, 루빅스 큐브만큼 짜증스럽기만 했다. 여자는 이제 대놓고 짜증을 드러냈다. 인디애나폴리스에서 기껏 여기까지 와서 마이클 오어를 심문하려 했지만, 막상 대답은 마이클 오어가 아니라 (도대체 무슨 이유에서인지 그를 데리고 살고 있는) 이 부유한 백인 올 미스 후원자에게서 나오는 경우가 너무 많았다. 그녀는 마이클을 유심히 바라보다가 이렇게 말했다. "마이클, 네가 나한테 '직접' 대답을 해야 돼." 하지만 뚜렷한 효과는 없었다. 그는 자기 삶의 가장 기본적인 사실을 모르거나, 또는 기억하지 못하는 모양이었다. 그녀는 바로 숀이 문제의 원인이라고 생각한 모양이었다. 왜냐하면 그녀가 마이클에게 던진 질문에 숀이 대답을 하려 할 때마다, 그녀는 그를 바라보고 이렇게 말했기 때문이다. "그쪽하고는 나중에 별도로 면담을 하죠." 그녀의 본심은 아마 이랬을 것이다. "그러니 그놈의 주둥이 좀 닥치라고요."

"그냥 걱정이 되어서 그럽니다." 숀이 말했다. "마이클에게 뭔가를 알아내고 싶으면 억지로 끌어내는 수밖에는 없어요. 그래서 지금 저도 댁이 그걸 끌어내게 도와주려는 거고요."

마이클은 이런 판단에 동의하지 않았을지도 모르지만, 여하간 아무런 내색도 하지 않았다.

"알았어요." NCAA의 여자는 마침내 지친 듯 이렇게 대답하고 말았다.

이후 다섯 시간에 걸쳐서 두 사람은 저마다의 방법으로 마이클 오어를 구슬려서 예전의 생활에 대해 이야기하게 만들려 노력했다. 이 조사는 본래 투이 가족의, 특히 숀의 동기를 알아내는 데 초점이 맞춰져 있었다. 그 동기를 알아내려면 그녀는 마이클 오어의 이력을 완벽하게 알아야만 했다(또는 그녀가 알아야만 한다는 것이 그녀의 생각이었다). 하지만 마이클 오어의 이력은 그야말로 파악이 어려운 대상이었다. 마이클에게 질문을 던지면 던질수록 확실해지는 한 가지가 있다면, 그에게 던지는 질문을 어떻게 표현하느냐에 따라서 그가 내놓는 답변도 달라진다는 것이었다. 예를 들어 지금까지 있었던 위탁 가정이 모두 몇 군데냐고 물어보면, 그는 잘 모르겠다고 대답할 것이다. 대신에 지금까지 있었던 위탁 가정이 두 군데인지, 아니면 세 군데인지 물어본다면, 그는 이걸 일종의 객관식 질문으로 생각할 것이다. 즉 양자택일을 하면 된다고 생각해서 "두 군데"라거나, 또는 "세 군데"라고 대답할 것이다. 아니면 지금까지 있었던 위탁 가정이 아홉 군데인지, 아니면 열 군데인지 물어본다면, 그는 대뜸 "아홉 군데"라거나, 또는 "열 군데"라고 대답할 것이었다. 그는 이전에도 여러 번 자신에 관해 물어본 다른 사람들을 대할 때와 마찬가지 태도로 이 NCAA 조사관을 대했다. 즉 쓸데없이 참견하는 사람에 대한 것이다. 그의 단답형 답변은 지금까지 확인된 것 말고는 '아무것도' 더 내놓지 못했다. 색다른 주석이나 새로운 정보는 털끝만큼도 없었다.

다섯 시간이나 심문을 하고 나서 밤 10시가 되자, 미스 수가 와서 지금부터는 시험공부를 해야 한다고 말했다. 졸업이 얼마 남지 않은 상황이었지만, 그의 학점은 NCAA의 필수 조건에서 한참 모자라는 상황이었다. 따라서 마이클의 대학 풋볼 팀 스카우트 과정에서 어떤 부정이 있었음을 이 NCAA의 조사관이 발견한다 하더라도, 그럼 혐의는 사실 터무니없는 일일 수밖에 없었다. 적어도 성적만 보면 그는 결코 올 미스에 들어갈 수 없는 상황이었기 때문이다. "하지만 아직 안 끝났어요." NCAA의 여자는 이렇게 항의했다. 그럼 얼마나 더 시간이 필요하냐고 숀이 묻자, 그녀는 대답했다. "앞으로 다섯 시간은 더요." 숀과 미스 수 모두 지금 당장 마이클이 다섯 시간씩이나 더 빼 줄 수는 없으며, 앞으로 몇 주 동안은 마찬가지일 거라고 단언했다.

그러자 NCAA의 조사관은 현관을 빠져나갔고, 투이 식구의 집 앞마당에 놓인 커널 레벨 조각상 옆을 지나 사라졌다. 그녀는 이 정보를 NCAA에 있는 상사들에게 전할 것이라고 말했다. 만약 상사들도 그녀와 마찬가지로 이번 조사를 미진하다고 생각한다면, 그녀는 다시 돌아와서 더 조사를 해야 할 것이라고 했다. 그녀가 떠나고 나자, 마이클은 돌처럼 굳은 얼굴을 잔뜩 찡그린 다음에 리 앤에게 이렇게 말했다. "저 여자 때문에 화났어요." 그는 눈물을 글썽거리며 말했다. "저 여자랑 다시는 얘기 안 했으면 좋겠어요." 화가 난 리 앤은 고개를 돌려 숀을 바라보았다. "저 여자, 두 번 다시 이 집 안에 들여놓을 생각 하지 말아요." 그녀가 말했다. 마치 자기 남편이 NCAA를 마음대로 좌우할 수 있는 사람이라도 된다는 듯한 말투였다. 숀은 이렇게 생각했다. '또 한 번 잠 못 이루는 밤이 찾아오겠군.'

마이클 오어가 NFL에 들어가려면 그보다 먼저 대학에 들어가야만 했다. 그리고 대학에 들어가려면 NCAA의 학력 기준을 충족시켜야 했다. NCAA에서는 ACT(대학입학학력고사) 점수와 평균 학점을 가지고 일종의 슬라이드제를 택하고 있었다. 즉 ACT 점수가 높아지면 GPA(평균 학점)는 낮아도 그만이었다. 마이클의 ACT 점수가 불과 12점임을 고려하자면, GPA가 2.65는 되어야만 대학에서 풋볼을 할 수 있었다. 그런데 그의 2학년 평균 학점은 0.9였다. 투이 가족의 집에 들어와 살기 시작한 3학년 말에는 성적이 더 나아진 덕분에, 누적 평점이 1.564로 올랐다. 이때쯤 되자 리 앤이 다시 한 번 전면에 나섰다. 마이클이 4학년이 되기 직전 그녀는 브라이어크레스트의 모든 교사에게 전화를 걸어서, 마이클이 수업에서 최소한 B 학점을 받으려면 뭘 해야 하는지 자기에게 정확히 말해 달라고 신신당부했다. 그녀도 교사들이 마이클에게 순순히 학점을 내줄 거라고 기대하지는 않았다. 물론 그렇게만 해 준다면 굳이 말릴 마음은 없었지만 말이다. 그녀가 보기에 쉬운 길로 가려는 성향의 평범한 학생이 받을 수 있는 성적은 B 학점이 그나마 최선인 듯했다. 그리고 마이클이 쉬운 길이나마

가도록 재촉하는 것은 그녀의 역할이었다. 그러니 일단 뭘 해야 하는지만 자기한테 알려 주면, 마이클은 그 일을 반드시 하게 될 거라고 그녀는 교사들에게 장담했다.

실제로 마이클은 그녀가 시키는 일을 해냈다. 4학년이 시작된 지 이틀 만에 그는 집에 오자마자 커다란 노스페이스 배낭을 부엌 식탁에 내려놓고 말했다. "더 이상은 못하겠어요." 리 앤이 보기에는 마이클이 마치 울음을 터트릴 것만 같았다. 다음 날 아침이 되자, 그녀는 얼른 학교에 가라며 그를 문밖으로 밀어냈다. 곧이어 리 앤은 수 미첼을 과외 교사로 채용했다.

마이클 오어의 평균 학점을 철저히 점검하고 그가 백인과 접하는 경험을 넓혀 주는 안내자로서, 수 미첼은 여러 가지 장점을 지니고 있었다. 그녀는 35년간 멤피스에서도 가장 험악한 지역의 여러 군데 공립학교에서 교사로 재직한 바 있었다. 마지막 근무지인 바틀릿고등학교에서는 응원반을 맡아서 다섯 번이나 전국 대회 우승을 거머쥐었다. 이후에는 브라이어크레스트크리스천스쿨에도 교사로 지원했지만, 아쉽게도 뜻을 이루지 못했다. 미스 수는 하나님을 믿는다고 말했지만, 정작 그런 사실을 증명하는 데는 애를 먹었기 때문이었다. ("그 학교의 지원서에서 제가 받은 교육에 관한 질문은 '단 하나'뿐이었죠." 미스 수의 말이다. "그 외의 나머지 질문은 모조리 종교에 관한 거였어요. 예를 들어 동성애와 음주와 흡연에 대한 제 생각은 어떤지 물어보는 질문이었죠.") 그녀는 '거듭난 기독교인'까지는 아니었으며, 교회도 자주 가지 않았다. 게다가 그녀는 자유주의자로 자처했다. 그 말을 들은 숀은 그녀를 향해 이렇게 말하기도 했다. "우리는 비록 흑인 아들을 두긴 했어도, 민주당원 친구까지는 아직 둔 적이 없어요!"

하지만 결점으로 간주되는 이런 몇 가지 문제에도 불구하고, 미스 수는 철저하면서도 열정 넘치는 사람이었다. 본인과 나머지 세계 사이에 만사가 다 좋게만 이루어지기를 바라지만, 만약 그렇지 않을 경우에는 기꺼이 태도를 바꿔 전쟁을 벌일 수도 있는 부류의 여성이었다. 그녀가 한 일도 딱 그랬다. 일주일에 닷새 동안, 매일 밤 네 시간씩, 그것도 무료로, 마이클 오어가 올 미스에 갈 수 있도록 과외 교사 노릇을 해 주었던 것이다. 투이 가족은 이 모습을 흥미로운 눈으로 바라보았다. "가끔은 마이클이 완전히 질려 버릴 때가 있었어요." 학교와 집 양쪽 모두에서 펼쳐지는 학업의 드라마를 지켜본 콜린스의 말이다. "그러면 자기 책을 탁 덮고 '그만 할래요.'라고 말하곤 했죠." 마이클이 그렇게 할 때마다, 미스 수는 직접 그의 책을 도로 펼쳐 주곤 했다. 그녀는 풋볼에 관심이 없었지만, 모교인 '올 미스'의 풋볼에는 관심이 있었으며, 이 승산 없는 경기에 자기 나름대로 기여한다는 생각을 하며 기뻐했다. 또한 미스 수는 금세 마이클에게 애착을 느끼게 되었다. 그에게는 남들이 기꺼이 도와주지 않을 수 없게끔 만드는 묘한 매력이 있었다. 그는 매우 열심히 노력했지만, 그 보답은 너무 적었다. "어느 날 밤엔가는 공부가 제대로 안 되는 바람에 제가 너무 짜증이 났죠." 그녀의 말이다. "그랬더니 그 녀석이 그러더군요. '미스 수, 제가 학교에 다닌 지가 겨우 2년밖에는 안 되었다는 걸 잊으시면 안 되죠.'"

마이클은 4학년 때 전 과목에서 A 학점과 B 학점을 얻어 냈다. 하마터면 죽을 뻔했지만, 여하간 결국 해냈다. 브라이어크레스트의 공부 마라톤에서는 한참 뒤에서 출발하자마자 곧바로 더 멀리 뒤떨어졌지만, 나중에 가서는 놀라운 결과를 가져온 셈이었다. 157명의 학생으로 이루어진 그 학년에서 그는 154등으로 학기를 마쳤다. 무려 세 명의 동급생을 따라잡아서 뒤로 제친 것이었다. 마지막 성적표를 본 숀은 마이클을 바라보며 굳은 표정으로 이렇게 말했다. "너는 진 게 아니야. 다만 경기 시간이 다 되었을 뿐이지." 두 사람은 신나게 웃었다.

그의 학업 성적은 정말로 기묘하기 짝이 없었다. 3학년 말만 해도 D 학점과 F 학점뿐이었다가, 갑자기 브라이어크레스트의 우등생 명부에 오르게 되었던 것이다. 그는 이제 평균 학점 2.05로 졸업할 예정이었다. 이것만 해도 놀라운 지경이었지만, 아쉽게도 그것만 가지고는 NCAA의 기준을 통과할 수가 없었다. 그에게 필요한 평균 학점은 2.65였기 때문이다. 그런데 이제는 수업도 다 끝나고 말았으니, 더 이상은 학점을 얻을 수가 없었다.

　이제는 숀이 끼어들 차례였다. 학점이 다 정해진 뒤에도 어떻게든 마이클의 학점을 향상시킬 방법을 찾아내기 위해 NCAA의 규정집을 뒤적이는 그의 모습은 마치 세법의 빈틈을 찾기 위해 애쓰는 어느 부자의 회계사와도 비슷했다. 숀은 냉정한 계산과 쾌활한 냉소주의를 품고 미국 고등교육계에 접근했다. 그가 NCAA 소속 학생 선수로 지내면서 얻은 교훈 가운데 하나는 일종의 빈틈을 잘만 이용한다면 충분히 좋은 학점을 얻을 수 있다는 것이었다. 숀은 올 미스에 진학한 직후에 (정말 시기적절하게도) 신입생 영어 과목에서 상당수의 학생이 낙제한다는 사실을 알아냈다. 그는 빈틈을 찾아보다가 금세 하나를 발견했다. 바로 초급 에스파냐어 과목이었다. 어째서인지는 몰랐지만, 올 미스에서는 신입생이 고급 영어 수업 대신에 외국어 수업을 들어도 학점을 인정해 주고 있었다. 그는 이미 8년 동안이나 학교에서 에스파냐어를 배워 왔기 때문에, 대학에서도 상당한 결과를 얻을 수 있었다. 그는 거의 식은 죽 먹기로 에스파냐어 과목에서 A 학점을 두 개나 따냈다. 만약 그가 영어 과목을 들었다면, 운동을 하느라 실제로 책을 읽을 시간이 없었기 때문에 결국 D 학점을 두 개나 받고 말았을 것이었다.

　숀이 학교를 졸업한 지는 무려 22년이 되었기 때문에, 그의 학점 관리 기술도 약간 녹슬기는 했다. 하지만 약간의 편법으로 학점을 얻어 내는 이 기술이야말로 이 나이 많은 운동선수로서는 절대로 포기할 수 없는 장기였다. 게다가 그에게는 조력자도 있었다. 바로 O 코치였다. USC(서던캘리포니아대학)에서 올 미스로 자리를 옮긴 O 코치는 이제 강당에서 올 미스의 후원자들을 모아 놓고 강연을 했다. 비록 청중은 그의 말을 한마디도 제대로 알아듣지 못했지만, 그래도 강연을 듣고 나면 모두들 열광했다. 강연을 할 때마다 그는 번번이 이렇게 말했다. 전국 선수권대회의 우승 팀에게는 저마다 의지하는 바위가 하나씩 있다고. 그리고 자기가 의지하는 바위는 바로 마이클 오어라고 말이다.

O 코치를 통해서 숀은 브리검영대학^{BYU}에서 운영하는 인터넷 교육 과정에 관한 정보를 입수했다. BYU의 과정은 그야말로 마법 같은 특성을 지니고 있었다. 불과 열흘이면 학점을 하나 취득할 수 있었고, 고등학교 생활기록부상의 '한 학기 동안 취득한' 학점을 그 학점으로 대신할 수 있다는 것이었다. 약삭빠르고 신속하게 움직이기만 하면, 보잘것없었던 성적 기록도 불과 여름 한철 사이에 개선시킬 수 있었다. 숀은 BYU의 카탈로그를 샅샅이 뒤지다가, 그중에서도 한 가지 유망해 보이는 항목을 찾아냈다. 바로 "인성 교육"이라는 과정이었다. 그 과정의 "인성 강좌" 가운데 하나를 수강할 경우, 유명한 저술(예를 들어루 게릭의 연설이라든지, 에이브러햄 링컨의 편지라든지)에서 발췌한 짧은 단락 하나를 읽고, 그 내용에 대한 다섯 가지 질문에 답변하기만 하면 땡이었다. 난이도가 어떻게 될까? 인성 강좌에서 얻은 A 학점만 있으면, 고등학교 영어 과목에서 얻은 F 학점을 대체하는 데 사용할 수 있었다. 게다가 마이클은 굳이 딴 데 가지 않고 집에서도 과목을 이수할 수 있었다.

물론 장애물도 있었다. 장애물이란 어디에나 있게 마련이었다. 하지만 훌륭한 마법사처럼 숀은 장애물이 곧 기회의 다른 말이라는 것을 잘 알고 있었다. BYU의 과정은 마이클 오어의 생활기록부에 나온 F 학점을 A 학점으로 대체하는 데 사용될 것이었는데, 그러려면 어디까지나 그 한 학년 내에 과정을 이수해야만 했다. 그런데 지금은 한 학년이 거의 끝난 상황이었다. 바로 그때 숀은 NCAA의 잘 알려지지 않은 규정 중에서 또 한 가지의 틈새를 찾아냈다. 학생 선수 가운데 "학습 장애"인 사람의 경우에는 8월 1일까지 새로운 학점을 딸 수 있도록 허락하고 있었던 것이다.

'바로 이거야.' 숀은 생각했다. 물론 마이클이 정말로 학습 장애인지 여부는 그도 몰랐다. 하지만 학습 장애가 되는 것이 급선무인 상황이라면, 세상 누구라도 굳이 아니라고 말하지는 않을 것 같았다. 만약 누군가가 그런 사실에 대한 증명을 요구할 경우를 대비해, 숀은 머릿속으로 이에 대한 논박을 구상하기 시작했다. "그 녀석은 학습 장애가 되어야 해." 그는 이렇게 말하면서, 자기 머릿속에 들어 있는 전화번호부에서 이 일에 필요한 서류를 마련해 줄 만한 사람을 찾아보기 시작했다. "물론 사람마다 어느 정도 두뇌 질환은 있게 마련이라지만, 그 녀석의 경우에는 태어나서 무려 15년 동안이나 버젓한 침대에서 잠을 못 잔 것이 바로 그 원인인 거지."

물론 그는 마이클이 학습 장애라고 일방적으로 주장하고 만 것은 아니었다. 그러려면 웬만한 사람은 껌벅 넘어가 버릴 정도의 권위자가 서명한 문서가 필요했다. 그런 권위자를 어디서 찾아내야 할지까지는 몰랐던 숀은 브라이어 크레스트의 학습 상담 교사 린다 툼스에게 전화를 걸었다. 그녀는 정식 면허를 취득한 심리 검사 전문가의 연락처를 알아봐 주었다. 제커테이 제섭이라는 여성이었다. 며칠 뒤에 숀은 검사 비용을 지불하기 위해 상당한 액수의 수표를 작성했고, 이스트 멤피스에 있는 제커테이 제섭의 사무실에 그 수표와 마이클을 나란히 놓아두고 왔다.

제커테이 제섭은 백인이었다. 동료 줄리아 허커비도 마찬가지였다. 두 사람은 하나님에 대해서건, 풋볼에 대해서건, 그리고 양쪽 모두에 열광하는 이스트 멤피스의 대다수 주민에 대해서건 전혀 관심이 없었다. 멤피스의 기준에서 보자면 두 사람은 매력적인 괴짜에 해당했다. 두 사람은 스스로를 "크로거주의자"라고 일컬었다. 이것은 멤피스의 다른 모든 사람이 교회에 가는 일요일 아침에 크로거스 식료품점에 가서 물건을 사는 사람을 가리키는 말이라는 것이 그들의 설명이었다. 그들이 검사하는 아이들 대부분은 공립 및 사립학교의 행정가들이 데려온 경우였다. 이런 아이들은 대부분 학교가 끝나고 그들의 사무실에서 몇 시간 동안 머물렀고, 그 와중에 두 명의 심리학자가 차려 주는 저녁 식사를 함께하는 것도 검사의 일부분이었다. 마이클이 두뇌 검사를 받기 위해 문간에 들어선 순간, 두 사람은 그의 외모에 담긴 함의를 깨닫고 깜짝 놀랄 수밖에 없었다. "처음 든 생각은 그거였어요." 허커비의 말이다. "저 아이를 배불리

먹이려면 아무래도 돈이 부족할 것 같다는 거였죠."

그들은 마이클에게 웩슬러 지능 검사를 실시했고, 그 외에도 몇 가지 성취 검사를 실시했다. 1 더하기 1이 뭐냐고도 물어보았다. 사과 그림을 보여 주며 이게 뭐냐고도 물어보았다. 집을 그림으로 그려 보라고 시키기도 했다. (나중에 리 앤에게 한 말에 따르면, 마이클은 그때 자기가 정신이상 검사를 받는 줄 알았다고 한다.) 그의 정신에 난 구멍은 누가 봐도 뚜렷했다. 그는 지금도 여전히 평균 학점에서 한참 미달하는 수준이었다. 지금껏 재미 삼아 책을 읽은 적은 전혀 없는 듯했다. 발음법을 터득한 적도 없었다. 설령 있다 하더라도 워낙 잘못 배웠기 때문에, 사실상 안 배운 것이나 매한가지였다. 예를 들어 어떤 단어에서 특정한 철자의 발음이 위치에 따라 달라진다는 사실을 알고, 나아가 어떤 문장에서 특정한 단어의 의미가 위치에 따라서 달라진다는 사실까지 터득하고 나면, 어떤 아이든지 본능적으로 언어를 해독할 수 있게 마련이었다. 즉 실제로는 있지도 않은 (예를 들어 "deprotonation"이나 "mibgus" 같은) 단어를 주더라도, 발음법을 터득한 아이라면 충분히 발음할 수 있는 것이다. 하지만 마이클은 방법을 전혀 모르고 있었다. "제가 보기에는 글을 읽는 방법도 아직 제대로 모르는 것 같더군요." 제섭의 말이다. "제가 보기에는 단지 수많은 단어를 그냥 모조리 암기해서 사용하는 것 같았어요." 자리에 앉아서 글을 읽어 보라는 지시를 받을 경우, 그는 마치 금고 번호를 반만 아는 상황에서 금고를 열어 보려는 사람처럼 끙끙거렸다.

하지만 검사 담당자들은 머지않아 이 새로운 검사 대상자가 상당히 유별난 경우임을 간파했다. 그들은 두뇌의 배선에 뭔가 결함이 있는 아이들을 수없이 봐 왔지만, 마이클 같은 경우는 정말 처음이었다. 나이는 열여덟이나 되었는데, 그리 많은 것을 배우지는 못했음이 역력했다. 그런데도 그는 배울 능력과 의지 모두를 지니고 있었다. "IQ 검사를 받는 사람을 지켜보고 있으면, 사람이 경험으로부터 얼마나 많은 걸 배우는지 알 수 있죠." 제섭의 말이다. "일단 문제가 하나 주어지고, 곧이어 먼저보다 조금 더 어려운 문제가 주어지죠. 그러면 그 사람은 첫 번째 문제에서 배운 것을 두 번째 문제에도 적용하게 되는 거예요. 마이클은 제가 제시하는 모든 문제로부터 뭔가를 조금씩 배웠어요."

'파충류의 알은 조류의 알처럼 생기지는 않았다. 일부는 ___이지만, 또 일부는 타원형이다.'

마이클은 이 문제의 정답(즉 "원형")을 알았지만, 검사 담당자들이 정답을 확인해 주었으면 하고 바랐다. "이런 검사에서 어떤 아이에게 맞았다 틀렸다를 굳이 말해 줄 필요는 없게 마련이죠." 제섭의 말이다. "하지만 마이클에게는 그거야말로 죽느냐 사느냐 하는 문제였어요. 그걸 제가 직접 써 주지 않으면 검사를 계속 진행할 수가 없을 정도였죠. 이 정도로 나이를 먹은 아이가 그런 식으로 지식을 습득하는 건 정말 처음 봤다니까요. 보통은 일곱 살짜리에게서나 볼 수 있는 모습이니까요."

열여섯 살의 나이로 브라이어크레스트에 왔을 때, 마이클은 뒤늦게나마 발음법에 관해 배울 기회가 있었을 것이다. 하지만 그는 결국 배우지 못했다. 심리학자들이 생각하기에는 자신의 기묘한 결함을 굳이 교사들에게 감추려고 그가 무척이나 노력했기 때문인 듯했다. "자기가 할 수 있는 게 뭐고 못하는 게 뭔지를 브라이어크레스트에 있는 사람들에게는 절대로 드러내지 않았던 거죠." 제섭의 말이다. "실제의 자기 모습과 남들이 바라보는 자기 모습 사이에 커다란 간극이 있다는 사실은 오로지 마이클 본인만 알고 있었던 거예요." 어떤 이야기를 나중에 자기 혼자서 몰래 궁리해서 이해할 기회가 없을 듯하면 (십중팔구는 멍청하다는 소리를 들을지도 모른다는 생각에) 그는 마치 이야기를 이해하는 척했고, 남들이 이 사실을 눈치채지 못하기만 바랐다. 하지만 그는 멍청한 게 아니었다. 오히려 그 반대였다. "이야기에 어떤 맥락이 있다 하면, 그 아이는 정말 대단한 실력을 발휘했어요." 제섭의 말이다. "곧바로 무슨 이야기인지를 추측해 낼 수 있었으니까요. 다만 그 아이에게는 단어를 해독할 수 있는 기초적인 문자 이해 프로그램이 필요했던 거예요."

하지만 지능 검사 담당자들이 가장 관심을 가졌던 주제는 따로 있었다. 마이클 오어는 어렸을 때 한 번 이상 지능 검사를 받은 적이 있었다. 그때에는 그의 IQ가 80이라고 못 박아 두었다. 이제 두 명의 심리 검사 담당자들은 그의 현재 IQ가 대략 100에서 110 정도라고 추정했다. 다시 말해서 그의 지능은 애초부터 브라이어크레스트에 있는 같은 학년 아이들 대부분과 비슷한 정도였다는 뜻이었다. 새로운 IQ 검사에서 나타난 바에 따르면, 그의 두뇌는 그때로부터 5년 전에 검사를 받았던 때와 똑같지가 않았다. "저는 그걸 사진에 비유하고 싶어요." 제섭의 말이다. "그러니까 마이클의 5년 전 사진을 지금의 사진과 비교해 보면, 그 두 사람이 완전히 똑같다고는 누구도 말할 수 없는 거죠."

보통 이런 일은 있을 수 없다고 간주된다. 예를 들어 사람의 발 크기와 마찬가지로, IQ는 태어날 때부터 딱 정해지는 것으로 여겨지기 때문이다. 하지만 제섭은 지능을 고정된 분량으로 간주하는 어리석은 주장에 대한 확실한 증거는 전혀 본 적이 없다고 단언한다. "우리는 보통 유동적 지능과 결정적 지능이라고 말하죠." 그녀의 말이다. "유동적 지능은 어떤 상황에서 즉시 반응할 수 있는 능력을 말하고요. 결정적 지능은 살아가면서 점차 습득하게 되는 능력을 말하죠. 이 두 가지는 분명히 연관되어 있어요. 예를 들어 경험이 없다면 어떻게 반응을 할 수 있겠어요? 멤피스공립학교위원회에서 지능 검사를 받았을 때 마이클은 아마도 이미 결함을 지니고 있었을 거예요. 그러니까 양쪽 지능에 모두 문제가 있었던 거죠. 그는 경험이 워낙 부족했어요. 그러다가 지금처럼 풍부한 경험에 '푹 빠지는' 상황이 되자, 양쪽 지능 모두에 자양분이 되었던 거죠."

비록 20년 동안이나 이와 같은 종류의 검사를 해 왔지만, 두 명의 심리학자 모두 이런 경험은 처음이었다. 제섭은 관련 문헌을 훤히 꿰고 있었으며, 따라서 부유한 사람과 가난한 사람이라는 두 가지 연구 집단에 환경과 양육이 끼치는 영향에 관한 연구에 대해서도 잘 알고 있었다. "세 살쯤 되면, 가난한 집 아이는 우연히 TV에서 들은 말만 배우게 되는 반면에 부유한 집 아이는 수백만 가지의 단어를 배우게 되는 거죠." 제섭의 말이다. "하지만 이 두 가지 집단을 비교해 보면 딱 알 수 있는 게 있어요. 한쪽 집단의 검사 대상자가 다른 한쪽 집단으로 옮겨 가는 경우는 거의 없다는 거죠." 마이클이 어린 시절에 얻은 IQ 수치가 낮았던 까닭에 대해서 두 사람은 이렇게 설명한다. 질문 가운데 상당수에서 그의 경험의 공백을 드러내 주는 내용과 마주치자, 그는 아예 답변을 포기해 버렸던 것이라고 말이다. 즉 질문지에 나와 있는 질문은 애초부터 자기 능력으로는 풀 수 없는 것이라고 넘겨짚었던 것이다. "그곳, 브라이어크레스트에서는 마이클에게 단순히 읽고 쓰고 셈하기만 가르친 게 아니었어요." 제섭의 말이다. "오히려 문제를 풀고 뭔가를 배우는 방법을 가르쳤던 거죠. 덕분에 그는 더 이상 뭔가를 포기하지 않게 된 거예요."

검사를 마치고 나서 제섭은 숀 투이에게 전화를 걸었다. 그녀는 보호자를 직접 만나고 싶어 했다. 전화로는 차마 다 말하지 못할 만큼 흥미로운 점이 많았던 것이다. 그녀는 투이 가족의 집까지 찾아가서 상당히 긴 강연을 하기에 이르렀다. 숀은 점잖게 귀를 기울였다. ("물론 그녀가 한 말 중에 제가 이해한 건 두 마디나 될까 싶었지만요." 나중에 그가 한 말이다.) 제커테이 제섭이 말을 마치자마자, 그는 그녀에게 단 한 가지 질문을 던졌다.

"그러면 우리가 NCAA의 기준을 통과할 수 있다는 겁니까, 없다는 겁니까?" 그가 물었다.

그야 물론 '있다'는 것이었다. 마이클의 IQ가 지금까지 알려진 것처럼 낮았다면, 그는 단순히 학습 장애로 분류될 수가 없을 것이었다. 단지 자기 두뇌가 허락하는 만큼 배운 것에 불과했기 때문이다. 하지만 이제 그는 실제로 훨씬 더 많은 역량을 지니고 있었음이 드러났으므로, 결국 그의 문제는 불능으로 해석될 수밖에 없었다. 마이클은 이제 LD(학습 장애)로 공인된 셈이었고, 모두들 이 소식에 기뻐했다.

그리하여 모르몬교에서 수여하는 학점을 붙잡기 위한 대작전이 시작되었다. 미스 수가 마이클과 붙어 앉아서 인성 강좌를 하나하나 함께 헤쳐 나가는 방법이 주가 되었다. 매주 한 번꼴로 두 사람은 멤피스의 공립학교에서 받은 F 학점을 BYU에서 받은 A 학점으로 대체해 나갔다. 과제마다 일단 큰 목소리로 읽어 주고 나서 해독하는 과정을 거쳤다. 마이클은 고등학교 4학년씩이나 되었으면서도 직각, 남북전쟁, 〈왈가닥 루시^{I Love Lucy}〉에 관해서는 아무것도 몰랐다. 하지만 학점을 얻는 것이야 비교적 쉬운 일에 속했으며, 진짜 어려운 것은 마이클에게 배움의 기쁨을 어떤 식으로건 느끼게 해 주는 일이었다. 브라이어크레스트에서 독후감 작성용 추천 도서 목록을 받아 오자, 미스 수는 이것이야말로 마이클의 관심을 일깨울 기회라고 생각해 『위대한 유산^{Great Expectations}』을 골랐다. "주인공 핍의 성격 때문이었죠." 그녀의 말이다. "주인공은 가난한 데다가 고아였어요. 그러다가 누군가가 그를 발견했다고 할 수 있죠. 저는 마이클이 이 이야기에서 자기와의 어떤 관련성을 느낄 수 있으리라 생각했어요." 하지만 그는 느끼지 못했다. 다음으로는 무지한 소녀가 고상한 숙녀로 거듭난다는 내용의 『피그말리온^{Pygmalion}』을 골랐다. 그는 이 작품도 전혀 이해하지 못했다. 두 사람은 서로 배역을 맡아서 이 희곡을 큰 소리로 읽어 보았다. 이때 마이클은 상류층의 자제이며 여주인공과 사랑에 빠지는 프레디 역할을 맡았다. "그 녀석은 기억력이 정말 대단해요." 미스 수의 말이다. "그건 일종의 생존 기술이었죠. 무엇을 주든지 간에 금방 외워 버리는 거예요." 하지만 그가 한 일은 외우는 게 전부였다. 거기서 좀 더 깊이 들어가는 일이야말로 그에게는 불가능해 보였다. 다른 사람들로부터 멀찌감치 떨어져 있었던 것처럼 그는 서양 문학의 위대한 작품으로부터도 멀찌감치 떨어져 있었던 것이다. "너는 왜 이렇게 힘들게 공부를 하고 있느냐고 누가 물어보기라도 해 보세요." 그녀의 말이다. "그 녀석 대답은 이래요. '리그에 들어가려면 이걸 해야 한다잖아요.'"

항상 공부 압박에 시달리고, 그나마도 워낙 지루한 공부이다 보니, 미스 수도 종종 휴식이 필요했다. 어느 날 저녁에는 디트로이트 피스톤스와 샌안토니오 스퍼스의 NBA 결승전이 있었는데, 마이클은 경기 중계방송을 한 눈으로 보겠다고 고집을 피웠다. 나머지 한 눈으로는 미스 수와 책을 보면 되니 괜찮다는 것이었다. 이 아이가 고작 그 정도로밖에는 공부에 관심을 쏟지 않는데, 왜 내가 더 관심을 쏟아야 할까? 그녀는 문득 이런 생각이 들었다.

바로 그때 숀이 집에 돌아왔다. 미스 수는 곧바로 숀에게 〈인성 교육 1과목의 제2강〉 책 읽어 주기 과제를 넘겨주고 자기는 투이 가족의 거실 소파에 가서 누웠다.

읽어야 하는 본문은 「빛의 여단의 돌격The Charge of the Light Brigade」[46]이라는 시였다. 숀이 시에 관해서 해박한 지식을 보유했을 확률이란, 시인 실비아 플라스가 경기 끝을 알리는 심판의 휘슬과 동시에 점프 슛을 성공시킬 확률과 마찬가지였다. 하지만 숀은 이 시를 의외로 잘 알고 있었다. 가장 최근에 읽은 것이 무려 20년 전의 일이었지만, 그는 지금도 이 시를 술술 외울 수 있을 정도였다. 그는 본문이 적힌 종이를 쥐고, 마이클과 NBA 결승전 사이에 끼어 앉아서 이렇게 말했다. "준비된 거냐, 애야?" 곧이어 그는 큰 소리로 읽기 시작했다.

반 리그, 반 리그,
반 리그 앞으로,
죽음의 계곡 안에서
육백 명이 말을 달렸다.
"빛의 여단, 앞으로!"
"총알 장전!" 그가 외친다.
죽음의 계곡 속으로

46　크림전쟁 당시 발라클라바 전투에서 활약한 영국 기병대의 일화를 그린, 앨프리드 테니슨 경이 1854년 지은 시.

육백 명이 말을 달렸다.

잠시 멈춰 서서 설명을 하는 대신에, 그는 계속해서 시를 읽어 나갔다. 특히 자기가 좋아하는 연이었기 때문이다.

"빛의 여단, 앞으로!"
혹시 누가 머뭇거렸나?
그 병사는 몰랐더라도
혹시 누가 낭패하였나?
그들은 대답하지 않았다.
그들은 생각하지 않았다.
그들은 행동하고 죽었다.
죽음의 계곡 속으로
육백 명이 말을 달렸다.

이제는 마이클을 약간 도와줄 때라고 그는 생각했다. "너 LSU에 있는 죽음의 계곡 알지?" 그가 물었다.

"죽음의 계곡"은 팬들이 LSU(루이지애나주립대학)의 풋볼 경기장을 일컫는 별명이었다. 마이클은 "죽음의 계곡"에 가 본 적이 있었다. 머지않아 그는 다시 그곳을 찾아가게 될 것이었다. 이번에는 상대편 팀의 버스를 타고 말이다.

"음, 그러니까 이 시는 바로 거기를 소재로 한 거야." 숀이 말했다. "이 사람은 말이지." 그가 말한 '이 사람'은 바로 앨프리드 테니슨 경이었다. "그러니까 올 미스 대 LSU의 풋볼 경기에 대해서 시를 쓴 거야."

「빛의 여단의 돌격」은 갑자기 풋볼에 관한 이야기로 변했고, 숀은 이 시를 죽 읽어 나갔다. 사실은 이 시를 '연기했다'고 해야 할 정도였다. 잠시 후에 그는 이 시를 다시 읽었다. 미시시피 북부와 테네시 서부의 특색인 또렷한 억양의 바리톤 목소리로 읊다 보니, 테니슨이 애초에 이 시를 썼을 당시만큼이나 당당하게 들려왔다.

> 그들 오른쪽에 포탄이
> 그들 왼쪽에 포탄이
> 그들 바로 앞에 포탄이
> 빗발치고 천둥치네…

그는 여기서 다시 읽기를 멈추고 물었다. "그럼 지금 이 사람들이 어디 있다고?" 그는 마이클에게 그 계곡을, 그리고 주위를 에워싼 적군의 포병대를 생각해 보라고 재촉했다. 바로 옆방에 누워 있던 미스 수는 마이클의 보디랭귀지가 변하는 걸 똑똑히 보았다. 수업 중에 그는 보통 몸을 뒤로 기울이고 있었다. 그런데 이번에는 그가 몸을 앞으로 기울였다. "마이클은 워낙 많은 것을 억누르고 있었죠." 그녀의 말이다. "심지어 자기가 지닌 관심조차도요." 마이클을 만난 이후 처음으로 그녀는 그가 뭔가에 대한 관심을 실토하는 장면을 본 셈이었다. 그것도 무려 시에 대한 관심을 말이다! 그가 머릿속에 직접 그려 볼 수 있는 것만을 흡수한다는 사실을 그녀는 잘 알고 있었다. 문득 이런 생각이 들었다. "숀이 마이클에게 그 시를 '보이게' 만들어 준 거구나."

숀은 계속 시를 읽었다. 막바지쯤 되자 이번에는 마이클이 그의 말을 멈추려 했다. 두 번이나 물었던 것이다. "그럼 전부 죽었어요?" "그럼 전부 죽은 거예요?" 하지만 숀은 계속해서 우렁차게 시를 읽었다. 마지막 연까지 모조리.

> 그 영광이 언제 퇴색하랴?
> 오, 그들의 힘찬 돌격이여!

전 세계가 놀랐도다.

그들의 힘찬 돌격을 찬양하라!

빛의 여단을 찬양하라,

고귀한 육백 명의 용사를!

"그럼 전부 죽게 되는 거예요?" 시를 다 읽고 나자 마이클이 물었다.

"결국 전부 죽게 되는 거지." 숀이 말했다.

마이클은 갑자기 상체를 굽히더니 NBA 결승전을 방영하던 TV를 꺼 버렸다. "그런데 리그가 뭐예요?" 그가 물었다.

사실은 숀도 정확히는 모르고 있었다. 다만 여기서 말하는 리그가 일종의 거리 단위라는 것은 명백해 보였다. 물론 마이클이야 그런 어림짐작도 못 했지만. 다행히도 BYU에서는 온라인에 해설문도 함께 올려놓았기 때문에, 숀은 컴퓨터로 가서 그 내용을 출력했다. 두 사람은 시를 다시 읽어 보면서, 그 가운데 숀이 보기에는 "이상한 말"처럼 보이는 몇몇 단어를 ('리그', '낭패', '포열', '파열되고 분쇄되어' 등등을) 마이클이 익히 아는 단어로 바꿔 보았다. 한 가지 바꿀 수 없는 단어는 "기병도"였다. 마이클은 기병도가 정확히 뭔지는 몰랐지만, 숀이 다음과 같이 설명을 해 주었다. "그러니까 아주 긴 칼을 말하는 거야. 그러니까 네가 예전에 갱단에서 쓰던 칼보다 훨씬 더 큰 칼 말이야." 결국 두 사람은 이 단어는 테니슨이 쓴 그대로 내버려 두었다. 곧이어 숀은 이렇게 바꾼 시를 다시 읽어 주었다.

반 마일, 반 마일,

반 마일 앞으로…

두 번째로 시를 읽고 나자 마이클이 말했다. "그런데 왜 그렇게 한 걸까요?"

"이 시의 핵심은 이게 바로 용기라는 거니까." 숀이 말했다.

"하지만 결국에는 모두 죽고 말 건데요!" 마이클이 말했다.

"대신에 모두가 찬양해 주잖아." 숀이 말했다. "그 사람들은 용기를 드러냈지. 비록 멍청한 짓이라 하더라도 말이야."

바로 옆방에 있던 미스 수가 소리를 질렀다. "마이클 오어! 그럼 너는 전쟁이라도 난다 치면 곧바로 캐나다로 내빼 버릴 거야? 정말 그럴 거야?"

그녀의 말을 들었는지 말았는지, 마이클은 아무 대꾸도 없었다.

"가끔은 용기란 게 정말로 '멍청한' 짓이기도 하지." 숀이 말했다. "이 사람들이 말하는 건, 그게 맞느냐 틀리느냐가 아니야. 이 사람들이 말하는 건, 코치한테 이러쿵저러쿵 물어보지 말라는 것뿐이지. 네가 레프트 태클인데, 코치가 상대편 팀 전체를 막으라고 지시를 하면 어쩔래. 일단은 지시대로 하고 나서, 궁금한 게 있으면 나중에 물어보는 거지."

"근데 왜 브라이어크레스트에서는 이렇게 멋있는 시를 안 읽은 걸까요?" 마이클이 물었다.

숀은 생각했다. '당연히 읽었겠지. 다만 네가 아무 관심이 없어서 기억을 못 하는 것뿐이야. 학교에서는 네가 기병도라는 단어를 당연히 알고 있을 거라고 생각하고 굳이 뜻을 설명해 주지도 않은 채 시를 읽었을 테니까.'

"다시 한 번 읽어 주세요." 마이클이 말했다.

처음 방문한 지 한 달쯤 지나서, NCAA의 미스 조이스 톰슨이 다시 찾아왔다. 이번에는 일찍 찾아와서, 마침 집에 혼자 있던 마이클을 만났다. 두 사람은 어색한 채로 자리에 앉아 있었다. 그녀는 자기의 방문 목적을 다시 한 번 모조리 설명했다. 대학 풋볼부에 관련된 사람들이 고등학생 풋볼 유망주에게 호의를 제공하는 것을 금지하는 법률이 있다는 등의 이야기였다. 바로 그때 마이클이 말을 끊었다.

"나는 돈을 받아야 '맞을' 거예요." 그의 말이었다.

그녀는 웃었지만, 어딘가 신경이 곤두선 느낌이었다.

"다들 풋볼을 가지고 돈을 벌잖아요." 그가 말했다. "그런데 왜 선수한테 돈을 주면 안 된다는 거예요?"

그녀는 어리석은 질문이라고 생각했다. 하지만 실제로는 그렇지 않다. NCAA에서 굳이 조사관까지 전국으로 파견해 가면서 대학 풋볼 팀과 그 후원자가 전국 최고 수준의 고등학교 풋볼 선수에게 돈이나 음식이나 옷이나 거처를 비롯해 그 어떤 원조도 제공하지 못하게 단속해야 하는 이유는 무엇일까? 전국 최고 수준의 고등학교 풋볼 선수야말로 대학이 그들에게 제공할 수 있는 등록금, 방, 기숙사보다도 훨씬 더 가치가 높았기 때문이었다. 결국 NCAA의 규정은 졸지에 암시장을 만들어 낸 셈이었다. 그리고 NCAA가 고등학교 풋볼 선수에 대해 취한 조처야말로, 일찍이 소련 경찰이 리바이스 청바지에 대해 취한 조처와 매한가지였다. 하지만 어떤 물건을 금지한다고 해서 시장 자체가 바로 사라지는 것은 아니었다. 다만 시장을 이용하려는 사람에게는 그곳이야말로 훨씬 더 수익성이 높아질 뿐이었다. 프로 무대에 뛰어들지 않은 풋볼 선수의 시장가치를 도용하는 것을 일종의 핵심 비즈니스처럼 여기는 대학(올 미스도 바로 그런 학교 가운데 하나였다)은 무척이나 많았다. NCAA의 조사관이 방해를 하건 압력을 넣건 간에, 이 문제에 대해서는 아직 답변이 나오지 않은 상황이었다.

마이클은 자신의 시장가치를 새로이 깨닫게 된 이후로 줄곧 이 문제를 궁금하게 여기고 있었다. 만약 그가 2004년도의 대학 풋볼 선수 시장에서 자신의 서비스를 경매에 붙이도록 허락을 받는다고 치면, 과연 사려는 쪽에서는 얼마나 가격을 부를까? 그로부터 5년 전에 멤피스의 어느 고등학교 슈퍼스타에게 매겨진 암시장 가격은 15만 달러쯤이었다. 앨라배마대학의 후원자인 로건 영이 앨버트 민스를 크림슨 타이드 풋볼 팀으로 끌어오기 위해, 그의 고등학교 코치에게 15만 달러를 주었던 것이다. 만약 앨라배마대학에서 민스와 직접 거래를 시도했다면, 과연 얼마에 낙찰이 되었을지는 아무도 모르는 일 아니겠는가?

여하간 2004년에 이르자 15만 달러라는 금액은 어딘가 우습게 보일 정도가 되었다.

하지만 NCAA 조사관은 마이클과 그 주제에 관해 이야기를 나누고 싶어 하지는 않았다. 부유한 대학 후원자가 시내의 빈민가에 사는 어느 흑인 풋볼 선수를 데려다가 먹이고, 입히고, 가르치는 일을 금지하는 규정이 없는 한, NCAA의 조사반에서도 이 일을 굳이 문제 삼지는 않을 것이다. 다만 그녀는 부유한 백인 중에서도 과연 어떤 사람이 마이클 오어에게 과연 무엇을 주었는지 알아내기 위해 돌아온 것이었다. 대화가 더 진전되기도 전에, 바로 그 부유한 백인 중에 한 명이 옆문으로 들어섰다. 물론 그는 그녀를 보자 전혀 기뻐하지 않았다.

그 NCAA 조사관이 이 집의 거실로 처음 들어올 때만 해도 숀 투이는 애써 쾌활한 척 가장하고 있었다. 그는 마치 성질이 못된 말을 마주한 조련사처럼, 한 손에 당근을 쥐고 있으면서도 자기는 언제라도 그걸 치워 버릴 수 있음을 분명히 암시하고 있었다. 지금이 바로 그런 때였다. NCAA의 조사관 조이스 톰슨은 테이프 레코더를 작동시킨 다음, 일찍이 숀이 다섯 시간에 걸쳐서 대답하려고 했던 바로 그 질문을 똑같이 하기 시작했다. 그는 얼굴을 붉혔다.

"마이클." 그녀가 물었다. "너의 기본적인 일용품은 누가 마련해 주니?"

그녀는 먼저와 똑같은 질문을 계속했다. 음식, 옷, 거처, 트럭. 그러면 용돈은 어떻게 생기지? 이번에도 그녀는 지난번과 마찬가지로 마이클에게서 만족할 만한 답변을 얻어 내는 행운을 누리지는 못했다. 하지만 이번에는 그녀에게도 일종의 대안이 있었다. 누구한테 뭘 받았는지 그가 직접 말하지 않는다면, 그녀는 그의 학점 문제를 물고 늘어질 작정이었다. 그녀는 그의 생활기록부를 이미 확인했다. 이 아이는 도대체 어떻게 해서 성적 기준에 맞출 생각인 걸까?

마이클은 전혀 모르고 있었으며, 대신에 숀이 나서서 BYU의 통신 과정을 막 시작했다고 설명해 주었다.

"그럼 그 통신 과정이라는 것은 어떻게 하는지 설명해 주실 수 있어요?" 그녀가 물었다.

숀은 대략적인 내용을 설명해 주었지만, 더 자세한 내용까지는 언급하지 않았다. 모르몬교에서 수여하는 학점을 따기 위한 대작전은 마이클의 과외 교사인 미스 수가 담당하고 있었으니까.

"그러면 시험은 컴퓨터상으로 보는 거니?" 조사관이 마이클에게 물었다. "아니면 책으로 보는 거야?"

하지만 마이클은 역시나 대답하지 않았다. 대신에 숀이 대답했다. 다음의 녹취록은 마치 법정에서 오가는 설전처럼 들린다.

> 숀: 저는 모르겠습니다. 그분(미스 수)하고 직접 이야기해 보시죠. 그건 그분 담당이니까요.
>
> NCAA 조사관: 하지만 수업을 듣는 사람은 마이클이잖아요!
>
> 숀: 저는 모르겠습니다. 마이클도 마찬가지일 거고요. 그건 그분 담당이니까, 그분하고 직접 이야기해 보시죠.
>
> NCAA 조사관: 설명이 안 된다는 건가요? 아니면 그게 어떻게 가능했는지 모른다는 건가요? 그러면 수업을 듣건 말건 간에, 성적은 나와서 그냥 얻었다는 건가요?
>
> 숀: 아니요! 제 말뜻은, 제 생각에는, 저는 깨끗하다는 겁니다. 말장난하는 게 아니에요. 저는 모른다는 것뿐입니다. 저 아이도 마찬가지라는 거고요. 그럼 우리가 알아봐 드리죠. 계속 물어보실 수 있게요.
>
> NCAA 조사관: 저로선 정말 놀랄 수밖에 없군요.
>
> 숀 (큰 소리로): 아니, 댁이야 놀랄 수도 있겠죠. 하지만 우리는 그냥 모

른다는 겁니다.

NCAA 조사관: 그러면 그중에서 핵심 과목이 뭔지도 모르시겠네요?

숀: 영어랑 수학이죠.

마이클: ACT 점수가 어떻게 나오느냐에 따라서요.

이것은 숀이 발견한 또 하나의 틈새였다. 이제 마이클은 학습 장애로 정식 판정을 얻었기 때문에, 자기가 원하는 만큼 ACT 시험을 다시 치를 수 있었으며, 미스 수가 그에게 문제를 설명해 줄 수도 있었다. 그렇게 되면 몇 점이라도 더 받을 수 있었고, ACT 점수가 오르면 GPA의 필요성은 더 줄어드는 식이었다.

"좋아요." NCAA 조사관은 숀이 아니라 마이클이 나서서 더 자세히 설명해 주기를 바라는 모습이 역력했다. 하지만 마이클은 더 말을 하지 않았다.

"두 번째 과정을 마치고 나면, 세 번째 과정을 시작할 겁니다." 숀의 말이었다. "세 번째 과정도 마치고 나면, 그때는 네 번째 과정을 시작할 거고요."

NCAA 조사관: 좋아요.

숀: 이런 답변이 뭐가 잘못되었다는 거죠? 꼭 짜증 난다는 표정을 짓고 계시네요. 그럼 저도 한마디 하죠. 지금 댁의 태도는 아주 무례하다고요. 저를 똑바로 바라보면서, 마치 무슨 뜻인지도 모르고 횡설수설하는 사람을 대하는 것처럼 짜증 난다는 표정을 짓고 있잖습니까. 아니면 제가 지금 댁의 의도를 곡해하고 있는 건가요.

NCAA 조사관: 알았어요. 그럼 제가 답변을 하면 되나요?

숀: 그러시죠.

NCAA 조사관: 저는 그게 아니라 —

숀: 댁이 무슨 말을 하건, 저는 그렇게 짜증 난다는 표정을 지으면서 비난을 가하지는 않을 거니까요.

NCAA 조사관: 분명히 말씀드리는데, 저는 댁에게 비난을 가한 적이 전혀 없거든요.

숀: 말로는 아니지만 보디랭귀지로 그런 것 아닙니까.

NCAA 조사관: 일단 제가 하던 말이나 다 끝내도 되나요?

숀: 그러시죠!

그녀는 숀이 BYU의 학습 프로그램에 관한 자세한 내용을 전혀 모른다는 사실이 정말 놀라웠다고 설명했다. 지금까지 그는 마이클에 관한 모든 것을 알고 있다는 투로 나왔다. 그런데 어떻게, 예를 들어 그 과정에 어떤 과목이 들어 있는지조차도 모른다는 것인가?

"그거야 당연히 '아홉' 개의 서로 다른 과정 가운데 하나겠지요." 숀은 이렇게 소리를 지르며, 마이클의 고등학교 생활기록부를 이리저리 휘둘러 보였다. "여기에는 아직도 F 학점이 여덟 개나 들어 있으니까요."

NCAA 조사관이 불쾌하게 생각하는 것도 바로 그 점이었다. 그녀는 마치 자기가 무성영화 속의 무능한 경찰관이라도 된 것 같은 기분이었을 것이다. 그녀는 이 BYU 과정이 뭔지 도무지 이해할 수가 없었다. 성적 기준에 도달하기 위해서 마이클이 정확히 뭘 하고 있는 건지도 알 수가 없었다. 마이클에게 도대체 누가 무엇을, 또 언제 주었는지는 여전히 불명확한 채로 남아 있었고, 따라서 그녀로선 후원자의 부정행위를 금지하는 수많은 규정 가운데 과연 어떤 것이 위반되었는지에 관해서도 전혀 알 수가 없었다. 하나같이 나쁘기만 했다. 하지만 그녀가 가장 언짢았던 점은 '마이클이 말을 하지 않았다'는 것이었다. "이건 어디까지나 마이클과의 면담이에요." 그녀는 숀에게 말했다. "그런데도 지난번처럼 대답을 하는 건 오히려 댁이시네요. 그런데 저는 마이클에게서 직접 대답을 듣고 싶거든요."

"그런데 말이죠." 숀은 마치 그녀가 이 세상에서 제일 터무니없는 소리를 했다는 듯한 태도로 대답했다. "문제는 '얘'도 모른다는 거거든요."

　NCAA 조사관: 정말 그렇다면, 애초에 "난 몰라요."라고 하면 되잖아요.
　숀: 얘는 자기도 모른다고 말했어요.
　NCAA 조사관: 하지만 지금도 여전히 이 학생 대신 댁이 답변을 하고 있잖아요!
　숀: 얘는 자기도 모른다고 말했어요. 그래서 저는 그 답변을 댁에게 전해 주려고 최선을 다한 건데, 그럼에도 불구하고 댁은 그런 답변을 마음에 들어 하지 않는 거죠.
　NCAA 조사관: (이제 마이클을 똑바로 바라보며): 음… 나는 '네'가 정말로 모르는지를 확실히 알아보고 싶은 거야.
　숀: 댁은 "난 몰라요."의 어떤 부분이 마음에 안 드는 거죠?
　NCAA 조사관: 댁은 이 아이의 법적 보호자로 되어 있잖아요. 그런데도 불구하고 애가 배우는 게 영어인지, 수학인지, 과학인지도 모르고 있다고요. 그 부분이야말로 저로선 영 당혹스럽군요.
　숀: 이것 보세요. 그것 때문에 당혹스러워하신다면 미안하게 되었습니다. 하지만 댁이 바라는 건 제가 사실대로 말하는 것 아닌가요. 저보고 영리하게 말하라고 부탁하시진 않았잖아요.

　바로 그 순간, 마이클의 얼굴에 미소가 어리기 시작했다. 아니, 미소 이상의 뭔가였다. 아빠가 한 말이 무슨 뜻인지를 비로소 깨닫기라도 한 듯, 그는 숨을 헐떡여 가면서 웃음을 터트렸다.… '하'… '하'… '하'… '하.' 그가 웃는 모습은 마치 만화 주인공인 딕 다스타들리의 조수인 머틀리를 연상시켰다. 마이클 오어는 숀 투이가 품은 더 깊은 동기에 관해서는 전혀 몰랐을 수도 있다. 하지만 이것 하나만큼은 확신하는 듯했다. 아빠는 정말 웃겨!

이후 몇 시간에 걸쳐서 숀과 NCAA 조사관이 언쟁을 벌이는 동안, 마이클은 뭔가 재미있는 구경거리라도 되는 듯 바라보았다. NCAA 조사관은 최대한 냉정하고 정중하고 고자세를 유지하기 위해 노력한 반면에 숀은 그녀를 향해 소리를 지르고 얼굴을 붉히고 거친 몸짓을 해 보였다(그는 줄곧 NCAA를 "악의 제국"이라고 일컬었다). NCAA 조사관이 몇 가지 자세한 질문을 던질 때마다, 다음 두 가지 답변 가운데 하나가 따라 나왔다. 예를 들어 마이클이 전혀 만족스럽지 못한 답변을 내놓던가, 아니면 숀이 그녀를 향해 고함을 지르던가였다. 마침내 NCAA 조사관도 두 손을 들고 말았으며, 마이클이 본인의 입으로는 심지어 표현하지도 못하는 어떤 통신 교육 과정에서 A 학점을 또 하나 따러 가도록 내버려 두었다.

마이클이 가고 나자 숀의 얼굴에 몰려 있었던 핏기가 싹 빠져나갔다. 이제는 당근이 나올 차례였다. 그는 우선 화를 내서 미안하다고 사과하면서, 하지만 마이클이 지난번의 면담 때에 받은 질문 때문에 매우 불편해했음을 이해해 달라고 설명했다. 이게 다 자기 탓인 것 같다고도 했다. 그때 그녀가 마이클을 너무 엄하게 다그치게 내버려 두지 말았어야 했다고 말이다. 그가 말하는 동안 NCAA 조사관은 상대방을 유심히 바라보았다.

"그러면 댁이나 댁의 가족은 아무런 대가도 약속받지 않았다는 건가요?"

"저요?" 숀이 반문했다. "저는 아무 대가도 필요가 없는 사람이에요."

그는 이 사실을 강조하는 듯이 양팔을 펼쳐 보였다. '주위를 둘러보고도 모르겠습니까? 수백만 달러짜리 집 안에 수십만 달러짜리 가구가 잔뜩 들어차 있는 모습을요? 마당 진입로에 세워져 있는 승용차가 무려 다섯 대나 된다는 사실을요? BMW가 있는데도요? 그럼 제가 지금 전화로 에어 타코를 대령시켜서 NCAA 본부까지 모셔다 드려야 하겠습니까?' 숀은 이러한(즉 자신은 물론이고 마이클조차도 이제는 부자이기 때문에 돈의 유혹에 넘어가지는 않는다는) 사실을 이미 여러 번에 걸쳐 강조한 바 있었다. 한번은 NCAA 조사관이 마이클을 향해 혹시 올 미스의 후원자 가운데 누군가가 올 미스에 진학하는 대가로 돈을 주지 않았느냐고 물어보았다. 그러자 숀이 대답했다. "이것 보세요. 지금은 이 아이가 올 미스의 다른 어떤 후원자보다도 '더' 부자라니까요." 숀 투이는 자수성가한 사람이었고, 그나 그의 가족이나 워낙 잘살았기 때문에 이 세상에 못 사는 물건이 없을 지경이었다. 그는 이 한마디를 하기 위해 지금껏 살아왔다고도 했다.

"음, '그건' 저도 알아요." NCAA 조사관의 말이었다. 곧이어 그녀는 웃으면서 긴장을 풀었다. "하지만 일단 질문은 해야 했으니까요."

그제야 처음으로 그녀 역시 사람처럼 느껴졌다. 심지어 여자답게 느껴지기까지 했다. 그녀는 이제 NCAA 조사관으로서가 아니라 조이스 톰슨이라는 여성으로 행세하기 시작했다. 조이스 톰슨은 이 가정의 상황에 대해서 진심으로 궁금해하고 있었다. 멤피스의 빈민가에 살던 가난한 흑인 거인 부랑아가 졸지에 그 도시의 반대편에 살던 부유한 백인 보수파 가족과 함께 살게 되었고, 심지어 그들로부터 아낌없는 사랑도 받게 되었던 것이다. 도대체 어쩌다가 이런 일이 벌어질 수 있었나? 그녀는 테이프 레코더를 끌 테니 사실대로 말해 달라고 제안했고(숀은 괜찮으니까 그냥 켜 두라고 대답했다) 그때부터는 자신의 솔직한 호기심을 만족시키려 했다.

> 조이스: 그럼 저 아이는 평소에도 저렇게 말이 없나요?
> 숀: 제가 처음 봤을 때에는 저것도 '말이 많은' 편이었어요.
> 조이스: 그러면 이후로 몇 번이나 여기서 자고 갔나요?
> 숀: 수백 번도 넘었죠. 우리 집이야말로 저 아이에게는 열린 문이었으니까요.
> 조이스: 그냥 갑자기 찾아오던가요?
> 숀: 대개는 그냥 갑자기 찾아오더군요.

그녀는 이 내용을 적어 두었다.

조이스: 그러면 저 아이랑은 어떻게 만나신 거죠?

숀: 제가 먼저 가서 콜린스의 아빠라고 말했죠. 제가 그 아이에게 그렇게 자기소개를 했던 거예요.

조이스: 그랬더니 저 아이가 선뜻 마음을 열던가요?

숀: 아뇨, 전혀 아니었죠. 처음에는 이름이 뭔지도 말해 주지 않았어요.

조이스: 그러다가 언제부턴가 집에 찾아와서 하룻밤씩 자고 갔다는 거군요. 저 아이가 처음 자고 간 게 언제였죠?

숀: 정확히는 모르겠어요. 아마 농구 시즌 중이 아니었을까 싶은데… 딱한 이야기지만 어느 날 학교에 혼자 남아 있었던 것 같아요. 마침 제가 그 근처에 있었죠.

그녀는 마이클의 어린 시절에 관해 물어보았다. 그는 자기 가족도 여전히 아는 바가 거의 없다고 대답해 주었다. 두 사람은 아이를 키우는 것의 문제에 대해서 이야기를 나누었다. 그녀는 자기가 부모 노릇을 직접 해 본 적은 없다고 고백했다. 하지만 자기 아이가 오늘 하룻밤을 보낼 곳을 찾아 어딘가를 헤매고 있어도 상관하지 않는 어머니가 있으리라고는 도무지 상상이 가지 않는다고 말했다. 그녀는 도대체 무엇 때문에 이스트 멤피스의 부유한 백인 가족이 이 모든 어려움을 무릅쓰고 저 가난한 흑인 아이를 도우려고 하는지를 궁금해했다. 곧이어 그녀는 그런 경험에 대한 숀의 솔직한 심정이 어떤지를 궁금해했다. 그녀가 보여 준 이 마지막 호기심에, 숀은 마이클 오어가 자기 가족에게 지니는 의미를 이렇게 말해 버리고 말았다. "저 녀석 때문에 우리 부부는 아주 못된 버릇이 들었죠." 그의 말이었다. "우리가 베푼 호의가 지금까지는 줄곧 성공을 거두었으니까요. 급기야 이제는 뭔가 문제가 있는 다른 아이를 볼 때마다 이런 생각이 든다니까요. '쟤를 우리 집에 들여놓아도 완전히 다르게 바꿔 놓을 수 있을까?' 그러니 마이클이 우리 집을 떠나고 나면 우리는 어떻게 해야 할까요? 저 녀석에게 했던 일을 다시 한 번 다른 아이에게 해야 할까요?"

이 말이 끝나자마자 조이스 톰슨은 사라지고 NCAA 조사관이 다시 나타났다. 그녀는 충격을 고스란히 드러내며 물었다. "그러니까 이런 일을 '다시' 한 번 하려고 생각 중이시라는 건가요?" 그녀의 질문이었다.

브라이어크레스트에서 마이클 오어가 처리해야 하는 일 가운데 마지막 한 가지가 남아 있었다. 졸업 앨범에 넣을 사진이 있어야 하는데, 마이클에게는 마침 그 사진이 없었다. 브라이어크레스트의 전통에 따르면 졸업반 학생은 기념 앨범에 자신의 아기 시절 사진을 넣어야 했다. 하지만 마이클은 아기 시절 사진이 없었기 때문에 리 앤은 무척이나 심란해했다. "그럼 너는 졸업 앨범에 아기 시절 사진을 못 넣은 유일한 졸업생이 되고 싶은 거야?" 그녀의 말이었다. 결국 그녀는 마이클을 닦달해서 여덟 살 때에 있었던 위탁 가정이 어디인지를 알아냈다. 그녀는 당시에 위탁 양육모에게 전화를 걸었지만, 상대방은 제대로 기억을 못 하는 것 같았다. 여하간 마이클에 관한 물건이 하나도 없다고 했다. 리 앤은 마이클의 친어머니가 사는 아파트로 가서 사진을 내놓으라고 재촉했다. 마침내 그녀는 한 장의 사진을 찾아내고야 말았다. 마이클이 열 살 때에 멤피스 아동복지관리국의 어느 직원이 찍어 준 사진이었다. 그녀는 이 사진을 가져와서 마이클에게 건네주었다.

마이클은 그걸 보자마자 소리를 질렀다. "엄마, 이거 나잖아요!"

"그야 당연히 너지!" 그녀의 말이었다.

곧이어 그는 자기 방으로 사진을 가져가서 15분쯤은 족히 들여다보았다.

하지만 이 사진으로 문제가 해결되는 것은 아니었다. 앨범에 들어갈 사진은 '아기'의 모습이어야 하기 때문이었다. 어느 날 밤, 리 앤은 한 가지 아이디어를 떠올렸다. 그녀는 컴퓨터를 켜고 인터넷을 뒤져서 "눈에 보이는 것 중에서도 가장 예쁜 흑인 아기 사진"을 찾아냈다. 그리고 누군지도 모를 그 아기 사진을 다운로드받아서 브라이어크레스트에 보냈다.

브라이어크레스트의 졸업식은 교회에서 열렸다. 투이 가족은 물론이고 미스 수도 졸업식에 참석했다. 스티브 심슨도 와 있었고, 제니퍼 그레이브스도 와 있었다. 빅 마이크야말로 브라이어크레스트의 졸업장을 얻기 위해서 어느 누구보다도 더 열심히 과제를 작성한 학생이었다고, 그녀는 말했다. 빅 토니도 와 있었다. 물론 그의 아들인 스티븐은 이듬해에야 졸업할 예정이었지만 말이다. 빅 토니는 마이클의 친어머니도 참석시키려고 여러모로 노력했지만, 그녀는 아파트 밖으로 나올 생각을 하지 않았다. 디디는 자기 아들이 고등학교를 졸업하는 모습을 보고 싶다고, 왜냐하면 자기 집안을 통틀어서 10학년을 넘기도록 학교에 다닌 사람은 없기 때문이라고 빅 토니에게 말한 바 있었다. 그래서 빅 토니는 졸업식 아침에 그녀를 차로 태워서 데려가기로 약속했다. 하지만 디디의 아파트에 가 보니 불은 꺼져 있고 문은 잠겨 있었다. 누가 안에 있는 것 같았지만, 전혀 대답하지 않았다.

브라이어크레스트의 교장은 졸업생들을 향한 여러 가지 주의와 당부로 가득한 기나긴 연설을 했다. 그들이 브라이어크레스트를 떠나서 넓은 세상으로 나가게 되면, "각자의 생활 방식이나 도착 행위에 근거하여 일종의 특권을 주장하는 온갖 종류의 사람들"(굳이 "게이"라고 말할 필요까지도 없었다. 동성애에 관해서는 모두들 알고 있었으니까)을 만나게 될 거라고도 했다. 그는 "갖가지 자기도취적인 쾌락 속에서 거짓된 행복을 추구하는" 것의 위험에 대해 단호하게 말했다. 그가 경건함에 대해서 다시 한 번 강조한 다음에는 무대 뒤쪽의 계단식 좌석에 앉은 졸업생이 하나하나 호명되어 졸업장을 받았다. 스티브 심슨은 졸업생의 이름을 한 명 한 명 불렀다. 그러면 졸업생은 한 명 한 명 앞으로 나갔다. 마이클은 거의 마지막에 가서야 호명되었다. 그는 계단식 좌석에서도 맨 꼭대기에 앉아 있었다. 입술을 깨물고 있는 모습이, 마치 감정을 억누르는 듯, 또는 긴장을 가라앉히려는 듯 보였다.

"마이클 제롬 오어." 스티븐 심슨이 이렇게 그를 호명하며 미소를 지었다.

축하객들은 졸업생 한 사람 한 사람에 대해 일일이 환호성을 보내지는 말라는 주의를 미리부터 받고 있었다. 하지만 몇 사람은 이 원칙을 그만 깨트리고 말았다. 미스 수는 울음을 터트렸다. 리 앤은 소리를 지르고 웃음을 터트리고 박수를 쳤다. 콜린스도 이날 졸업했지만, 그녀의 졸업은 어느 누구도 의심한 적이 없었던 기정사실이나 다름없었다. 반면에 이날의 커다란 뉴스는 바로 마이클 오어의 졸업이었다. "마이클은 엄청나게 흥분해 있었어요." 그녀의 말이었다. 마이클은 천천히 아래로 내려가면서, 가뜩이나 작은 학사모가 떨어지기라도 할까 봐 조심스럽게 움직였다. 숀도 미소를 지었지만, 그런 와중에도 교복 차림으로 무대 옆에 대기하고 있는 재학생들의 모습을 유심히 살펴보고 있었다. 브라이어크레스트 합창단이었다. 그런데 합창단원 가운데 한 명은 창백한 모습의 통통한 소년이었는데, 다른 아이들보다 덩치가 두 배는 되어 보였다.

"저기 가운데 있는 녀석 보이지." 숀이 말했다. "저 녀석이 어쩌면 마이클의 후임 레프트 태클이 될 수 있겠어. 저 녀석이 하필이면 합창단에서 노래를 하다니, 별로 바람직하지 않은걸."

NCAA에서는 마이클의 새로운, 그리고 향상된 평균 학점에 관한 증거를 8월 1일까지 제출하도록 규정하고 있었다. 7월 29일에 마이클은 마지막 BYU 시험을 치렀다. 이것 역시 인성 강좌 가운데 하나였다. 숀은 페덱스를 이용해 답안지를 유타주로 보냈고, BYU 담당자는 다음 날 오후 2시까지는 학점이 나올 것이라고 약속해 주었다. "모르몬교도는 아마 지옥에 가겠지요." 숀의 말이다. "하지만 그래도 좋은 사람들이긴 하더군요." 마이클의 마지막 A 학점이 들어오자, 숀은 관련 서류를 모두 챙겨서 인디애나폴리스의 NCAA 본부로 부쳤다. 그런데 NCAA에서는 곧바로 이 서류를 잃어버리고 말았다. 숀은 자기가 직접 서류 사본을 가지고 자가용 비행기를 타고 날아가서, 일이 제대로 처리될 때까지 본부 로비에 앉아 버틸 수도 있다고 위협했다. 이에 NCAA에서도 재빨리 마이클의 파일을 도로 찾아냈다. 2005년 8월 1일, NCAA에서는 마이클 오어가 대학에 진학해서 풋볼을 할 수 있다고 정식으로 통보해 왔다.

이제는 이것이 그의 풋볼 선수 경력에는 어떤 의미를 지니는지를 알아볼 때가 되었다. 명문 대학의 풋볼 팀에서는 신입생이 캠퍼스에 첫발을 내딛자마자 주전으로 뛰는 일은 있을 수 없었다. 게다가 신입생이 오펜시브 라인맨으로 뛴다는 것은 그야말로 전대미문의 사건이었다. 쿼터백은 물론이고 오펜시브 라인은 필드에서도 가장 지적으로 힘든 임무를 수행해야 하게 마련이었다. 제아무리 뛰어난 신입생이라도 최소한 한 시즌 정도는 팀과 함께 훈련하며 호흡을 맞춰야 했다. 즉 플레이를 배우기는 하지만, 직접 경기에서 플레이를 하지는 않는 것이었다. 대신 NCAA에서는 신입생에게 경기 참가 자격을 1년간 추가로 인정해 주었다.

하지만 O 코치는 이런 관례를 따르지 않을 작정이었다. 그는 숀에게 전화를 걸어서 (a) 마이클은 이미 자기 팀에서 최고의 라인맨이라는 것, 그리고 (b) 마이클은 워낙 거물급 유망주였기 때문에 미래의 거물급 유망주를 위한 일종의 바람직한 전례로 삼으리라는 것 등을 이야기해 주었다. 그리하여 마이클은 신입생 때부터 올 미스 레벨스의 주전 선수로 뛰게 될 예정이었다.

숀은 O 코치와 이야기를 나누기 위해 직접 올 미스로 달려갔다. 물론 코치를 설득한다고 해서 마이클을 선발 라인업에서 뺄 수 있으리라 기대하지는 않았고, 사실 본인도 내심 그런 일을 바라지는 않았다. 어쩌면 곧 부딪치게 될 현실을 마이클이 직시하게 하는 것도 나쁘지는 않을 성싶었다. 다시 말해서 타고난 재능만 가지고는 "리그에 들어가기에" 부족하다는 사실을 직시하게 하려는 것이었다. 하지만 큰 무대에서 풋볼을 한다는 것이 마이클에게는 얼마나 힘든 일일지를 O 코치가 아직은 제대로 이해하지 못하는 것이 아닐까 하는 의구심이 숀에게는 남아 있었다. 마이클은 이제 겨우 열아홉 살이 되었다. 진짜 풋볼 선수들이 늘 하는 것처럼 체력이나 기술 훈련을 해 본 적도 없었다. 고등학교에서는 겨우 열다섯 경기에서 오펜시브 라인으로 출전했을 따름이었다. 그런데 이제 불과 한 달도 지나지 않아서 그는 SEC 소속의 선발 선수로 뛰게 될 것이었다. 반면에 스크리미지 라인에 모인 스물두 명의 성인 선수로 말하자면 지난 4년 동안 풋볼을 전공한 실력파들이며, 앞으로 불과 6개월 뒤면 NFL에 스카우트될 예정이었다. 이런 괴물들이 달려드는 상황에서는 재빨리 판단하고 움직여야만 했다.

O 코치는 그저 책상에만 달라붙어 있는 종류의 사람은 아니었다. 올 미스의 자기 사무실로 손님이 찾아오면, 일단 손님을 긴 검정색 가죽 소파에 앉혀 놓은 다음, 자기는 그 앞을 이리저리 거닐며 격려 연설을 늘어놓았다. 마이클 오어에 관한 이야기를 나누게 되자 그는 졸지에 학생 기질을 드러냈다. O 코치는 실제로 노란 메모장을 꺼내 받아 적을 준비를 했다. 자리에서 일어나지도 않았다. 전화를 받지도 않았다. 그 상태로 세 페이지에 걸쳐서 메모를 했다.

두 사람은 마이클 오어의 여러 가지 측면에 대해서 이야기를 나누었고, 그러다가 숀은 마침내 그의 정신 발달에 관한 이야기를 꺼냈다. 숀은 마이클의 정신을 다음과 같이 비유했다. "마치 모래 위에 지은 집 같습니다. 그 녀석은 '의제'라는 말이 무슨 뜻인지도 모르지만, 그보다 더 어려운 단어는 무려 8,000개나 알고 있죠." 숀은 마이클의 학업에 대해서는 별로 걱정을 하지 않았다. 아예 미스 수를 옥스퍼드에 파견해서 계속 공부를 돌봐 주게 할 예정이었기 때문이다. 앞으로 마이클의 학점은 미스 수가 책임질 것이었다. 다만 그가 정말로 걱정하는 것은 마이클이 풋볼 플레이를 제대로 이해할 수 있겠느냐는 것이었다. "마이클은 글을 읽을 수는 있습니다." 그가 말했다. "하지만 글로 읽은 것을 아주 잘 알아듣지는 못해요. 예를 들어 X 자와 O 자가 잔뜩 그려진 플레이북을 보여 주면 그 녀석은 이렇게 대답할 겁니다. '예, 무슨 말인지 알았어요.' 하지만 막상 필드에 나가면 자기가 해야 하는 역할이 뭔지 전혀 모르고 있을 겁니다. 그러니까 코치님께서 칠판에 그리는 플레이를 그 녀석이 바로 알아듣고 따라할 거라고 생각하신다면, 그건 이만저만 잘못 생각하신 게 아니라는 겁니다. 대신에 그 녀석을 한쪽으로 불러내셔서 겨자랑 케첩 병을 가지고 직접 시범을 보여 주며 설명하시면(그게 있어야만 그 녀석은 플레이를 직접 '볼' 수 있으니까요) 그 녀석은 단순히 그 플레이를 기억만 하는 게 아니라, 평생 절대로 잊어버리지 않을 겁니다."

"아주 중요한 이야기로군요." O 코치가 메모를 하면서 대답했다.

"코치님." 숀이 말했다. "저는 주님께서 모든 사람에게 저마다의 재능을 부여해 주셨다고 믿습니다. 따라서 우리의 임무는 그런 재능을 찾아내는 것이라고 말입니다. 마이클의 재능은 바로 기억하는 재능입니다. 뭐든지 한번 알고 나면, 절대로 잊어버리지 않아요."

O 코치는 메모를 중단하고 고개를 들었다. "내가 한마디만 하죠, 숀." 그는 큰 소리로 말했다. "그놈은 발도 죽여주더군요. 그놈 발 봤습니까? 그놈의 발이 말이에요, '그것'이야말로 죽여주는 재능이라니까요!"

CHAPTER 9

스타 탄생

　　레드브릭 몬스트로서티는 애틀랜타 버크헤드 지구의 조용
한 도로변 공터에 우뚝 서 있었다. 이곳을 집이라고 부른다면 자칫 잘못된 인
상을 주기 쉬울 것이다. 이곳은 결코 평범한 주택이 아니었다. 길고 구불구불한
진입로, 퍼팅그린의 두 배는 되어 보이는 잔디밭, 커다란 흰색 기둥들, 손님을
환영한다는 문구가 라틴어로 적힌 매끈한 석제 현관에 이르기까지. 납유리 창
문 너머로는 매끄러운 대리석 바닥이 우아한 계단까지 이어졌고, 오페라하우
스의 조명 시설에 버금갈 정도로 밝은 샹들리에가 켜져 있었다. 분위기만 보아
서는 영국인 집사가 현관문을 열고 나와야 마땅할 것 같았지만, 실제로는 집주
인 스티브 월리스가 직접 손님을 맞이했다. 그는 반바지와 티셔츠에 샌들 차림
이었다. 그의 표정은 마치 부자가 되는 꿈을 꾸고 깨어났더니, 자기는 실제로도
부자였다는 사실을 발견한 사람 같았다. 이 집과 그 주인은 한 가지 면에서 공
통점을 갖고 있었다. 양쪽 모두 어마어마하게 크다는 것이었다. 월리스는 커다
란 석제 현관을 지나서 잔디밭으로 들어가더니 스프링클러를 조절했다. 그는
발을 절었다. 하지만 그런 사람들은 모두 발을 절었다. 월리스의 오른쪽 무릎
아래로는 심한 흉터가 하나 길게 있었고 왼쪽 발목에도 또 하나 흉터가 있었다.
전직 NFL 라인맨들은 대부분 나이가 들면서 고통을 겪고, 비교적 일찍 세상을
떠나곤 했다. 제대로 된 정신을 가진 보험회사 직원이라면 결코 이들에게 일반
적인 보험료율을 적용시키지는 않을 것이었다.

그는 다시 저택으로 들어와서 석제 홀을 지나더니 정교한 홈 시어터가 설치된 커다란 거실로 들어섰다. 지금에 와서는 믿기 힘든 일이지만 한때는 스티브 윌리스가 생명보험 같은 경제적인 세부 사항에 관해 걱정하던 때가 있었다. 그 시절의 그에게는 먹고살 일이 걱정이었다. 윌리스가 태어날 때부터 이렇게 돈이 많지는 않았다. 그가 유일하게 아는 생계유지 방법이라곤 미식축구의 블로킹뿐이었다. 윌리스가 NFL 경력을 시작한 1986년에만 해도 블로커는 돈을 그리 많이 벌지 못했다. 그는 첫 계약에서 연봉 9만 달러를 받았는데, 그나마도 비교적 좋은 편이기는 했지만, 과연 이런 일이 언제까지 계속될지 자신할 수 없었다. 윌리스는 벤치에 앉아서 기다렸다. 자기가 도대체 뭘 기다리는지조차도 제대로 알지 못한 상태로 기다렸다. 알고 보니 그는 버바 패리스가 자승자박으로 일자리를 잃어버리게 될 날을 기다린 셈이었다.

1982년에 포티나이너스가 처음으로 슈퍼볼에서 우승한 직후, 빌 월시는 첫 번째 드래프트 선택권을 이용해 버바 패리스를 데려왔다. 버바는 월시의 가장 큰 문제, 즉 조 몬태나의 블라인드 사이드를 보호할 필요성에 대한 최종 해결책이 될 예정이었다. "체중이 136킬로그램 전후였던 버바는 여차하면 명예의 전당에 오를 만한 레프트 태클이었습니다." 월시의 말이다. "빠르고, 적극적이고, 영리하고, 심지어 야비한 경향까지 있었죠." 하지만 버바는 체중이 점점 과도하게 불어나는 문제가 있었다. 월시는 이렇게 말했다. "우리는 그 문제를 충분히 처리할 수 있다고 생각했습니다. 그리고 실제로도 그렇게 했죠. 아주 잠시 동안이긴 했습니다만." 월시는 체중 과다를 이유로 버바에게 벌금을 매겼다. 아예 계약서에 그의 체중이 136킬로그램 미만일 때만 보너스를 지불한다는 조항도 만들어 넣어 두었다. 월시는 버바를 산타모니카에 있는 프리티킨 다이어트 센터에 보냈다. 심지어 매일 아침 그의 집에 피트니스 강사를 보내서 실컷 먹지 못하게 저지하기도 했다. 월시는 버바가 살찌지 않게 하려고 수단과 방법을 가리지 않고 노력했다. 그러던 어느 날 피트니스 강사가 집에 도착해 보니 뜻밖의 상황이 펼쳐졌다. "자동차는 진입로에 세워져 있는데, 창문에는 모두 커튼이 쳐져 있고, 문을 아무리 두들겨도 대답이 없더랍니다." 월시의 말이다.

처음 네 시즌 동안 버바의 체중은 널뛰기를 했지만, 전반적인 추세는 점차 증가하는 쪽이었다. 당근에서 채찍에 이르는 다양한 수단이 동원되었음에도 불구하고, 버바는 항상 젤리 도넛을 또 하나 먹으려고 손을 뻗었다. 1984년 시즌이 끝나고 포티나이너스는 슈퍼볼에서 다시 우승했다. 하지만 이후 세 시즌에 걸쳐서 이 팀은 잔뜩 기대에 부풀어 플레이오프에 진출했다가 첫 라운드에서 발길을 돌려야 했다. 1985년과 1986년에는 뉴욕 자이언츠에 대패를 당했고, 그 두 경기 모두에서 로렌스 테일러는 어마어마한 파괴를 자행했다. 그는 너무 빨라서 버바조차도 상대하지 못했다. 평소만 해도 믿을 만했던 포티나이너스의 공격조는 두 경기에서 겨우 3점씩밖에 점수를 올리지 못했다. 1986년의 경기에서는 조 몬태나가 쓰러져 뇌진탕을 일으켰다. 타격이 항상 블라인드 사이드에서만 오는 것은 아니었지만, 그래도 블라인드 사이드는 뚜렷한 약점이었다. 포티나이너스의 센터인 랜디 크로스는 이렇게 말했다. "우리의 경기 계획은 점점 더 오른쪽 자리에서 뛰어오는 그 녀석에게 맞춰지게 되었습니다." 수비수에게는 오른쪽 자리이고, 공격수에게는 왼쪽 자리인 바로 그 지역이야말로 버바 패리스가 지켜야 하는 구역이었다. "권투에서는 예전의 로베르토 두란이 그런 생각을 했었죠." 크로스의 말이다. "머리를 때리면 몸도 죽는다. 그래서 우리의 머리를 겨냥해 공격을 가하는 팀이 점점 더 많아졌습니다."

1987년 시즌의 막바지에 이르자, 그 유망한 레프트 태클을 향한 빌 월시의 짜증은 절정에 도달하고 말았다. 이제 라인의 왼쪽 자리는 아주 뛰어난 상대편의 패스 러셔가 포티나이너스의 패싱 플레이를 저지하는 데 이용할 수 있는 압점이 되었다. 버바 패리스는 계속 살이 찌면서 몸놀림이 느려졌고, 계속 더 빨라지는 패스 러시를 저지할 수 있는 능력도 더 저하되었다. 정규 시즌 동안 버바의 체중은 그다지 큰 문제가 되지 않았다. 그는 136킬로그램이 훨씬 넘었음에도 불구하고 뒤뚱거리며 필드로 걸어 나갔고, 포티나이너스는 시즌 내내 순항을 거듭했다. 무려 14승 2패라는 기록으로 시즌을 마감하기까지 했다. 놀랍게도 이 팀은 NFL 최고의 공격조와 최고의 수비조를 모두 보유하고 있었다. 플레이오프에 진출할 때만 해도 결코 저지할 수 없는 강력한 팀으로 여겨졌고, 도박사들 사이에서도 무려 14점을 받으며 상대를 불문한 강력한 슈퍼볼 우승 후보로 점쳐졌다.

이들은 약점이라고는 없는 팀처럼 보였다. 하지만 정규 시즌과 달리 플레이오프는 이들의 약점을 드러내는 데 더욱 효과적이었다. 정규 시즌은 일단 판돈이 적은 데다가, 상대편도 아주 뛰어난 정도는 아니고, 이 팀의 전력에 대한 상대편의 지식도 완전한 것은 아니게 마련이었다. 반면에 플레이오프는 이 팀의 약점이 가장 크게 부각되는 때였다. 1987년의 플레이오프에서 월시는 얼핏 보기에 완벽한 듯했던 자기 팀에 약점이 있음을 깨닫고 말았다.

미네소타 바이킹스와 가진 첫 번째 경기에서는 포티나이너스가 쉽게 이길 수 있으리라는 것이 일반적인 예측이었다. 하지만 바이킹스에는 신장 195센티미터에 체중 122킬로그램인 젊고도 경이로운 패스 러셔 크리스 돌먼이 있었고, 마치 박쥐처럼 감쪽같이 블라인드 사이드로 접근하는 장기를 선보였다. 그는 빠르고, 힘이 세고, 교묘하고, 게다가 야비하기까지 했다. 돌먼의 등 번호는 로렌스 테일러와 똑같은 56번이었고, 풋볼 분야에서 가장 존경하는 사람이 누구냐는 질문에는 이렇게 대답했다. "최고가 되려는 열망을, 그리고 고집을 지닌 유일한 사람은 바로 로렌스 테일러뿐입니다. 물론 그렇다고 해서 딱 로렌스만큼만 되고 싶다는 뜻은 아닙니다만⋯." 블라인드 사이드 러셔라면 누구나 영향력을 끼치고 싶은 열망을 잘 알고 있었다. 돌먼은 로렌스 테일러와 똑같은 선수라기보다는, 단지 로렌스 테일러의 전통에 속한 선수였다. 그는 원래 아웃사이드 라인배커로 드래프트되었지만, 바이킹스가 주로 구사하는 4-3 수비에서는 아웃사이드 라인배커가 항상 패스 러셔 노릇을 하는 것도 아니었다. 나중에야 바이킹스의 코치들은 돌먼을 라이트 디펜시브 엔드로 써먹어 보자는 생각을 했다. 즉 그를 패스 러셔로 키우자는 것이었다. 3-4 수비에서 테일러가 담당했던 역할을 4-3 수비에서 돌먼에게 시키자는 것이었다. 그는 곧바로 성공을 거두었다.

자신이 고안한 패싱 플레이를 돌먼이 쳐부수지 않을까 하는 걱정 때문에 빌 월시는 가드를 동원해서 상대방을 처리하게 만드는 트릭을 떠올리기도 했다. 하지만 존 에이어스는 이미 팀을 떠났고, 포타나이너스에는 아직 이 일에 적임자가 없었다. 여하간 이 트릭 자체도 워낙 오래된 것이었다. 바이킹스도 이 트릭의 목적을 금세 간파하고, 그로 인해 포타나이너스 라인 한가운데에 생겨난 구멍을 역이용하려고 재빨리 움직일 가능성이 있었다. 마침 바이킹스에는 그 일의 적임자도 하나 있었다. 바로 라이트 태클인 키스 밀라드였다. 돌먼 바로 옆에 라인업하는 밀라드 역시 (태클을 담당한 선수치고는 의외로) 상당히 빠른 패스 러셔였다. 가드 한 사람을 돌먼에게 붙여 줄 경우에는, 결국 밀라드가 멋대로 뛰놀게 방치해야만 했다. 월시로서는 도저히 그렇게 할 수 없었다.

그리하여 빌 월시는 쿼터백의 블라인드 사이드를 보호할 수 있는 레프트 태클을 보유하지 못함으로써 또 한 가지 교훈을 얻은 셈이 되었다. 이번 교훈은 지난번보다 훨씬 더 고통스러웠다. 이번에는 그의 팀이 슈퍼볼에서 우승할 것으로 '기대'를 잔뜩 모으고 있었다. 그는 재능이 풍부한 선수들을 데리고 NFL 역사상 가장 세련된 패싱 플레이를 만들어 냈는데, 이제 상대편의 선수 하나가 그 모두를 수포로 돌아가게 만들 수 있는 버튼 위에 손가락을 올려놓은 셈이었다. 크리스 돌먼은 이전에도 종종 조 몬태나를 때려눕힌 바 있었고, 비록 때려눕히지는 못한 경우에도 종종 쿼터백 가까이로 접근하는 바람에 몬태나가 공을 던지지 못하게 만들곤 했다. 포타나이너스의 백업 레프트 태클인 스티브 월리스는 사이드라인에서 이 모습을 지켜본 바 있었다. "그는 조가 발을 제대로 딛기도 전에 덤벼들었죠." 그가 나중에 한 말이다. 하지만 돌먼이 조 몬태나의 발에 저지른 일은 그가 이 쿼터백의 정신에 끼친 영향에 비하자면 사소한 것에 불과했다. "그래서 조는 뒤로 물러설 때마다 일단 곁눈질을 하고, 그다음에야 비로소 리시버를 바라보곤 했습니다." 월리스의 말이다. 패스 러시 때문에 조 몬태나가 제대로 플레이를 하지 못하자, 월시는 후반 내내 그를 도로 벤치에 앉히고 백업 쿼터백인 스티브 영을 내보냈다. 영은 왼손잡이였기 때문에 돌먼이 다가오는 것을 볼 수 있었다. 또 민첩했기 때문에 충분히 도망칠 수도 있었다. 그리고 그는 이날 실제로 많이 도망쳤다. 포티나이너스는 따 놓은 당상으로 여겨지던 슈퍼볼 우승으로 가는 길에서, 겨우 세 번의 터치다운으로 쉽게 물리칠 수 있으리라 예상되었던 팀에 36 대 24로 어이없는 패배를 당했다. 이 경기 직후에 바이킹스의 코치 제리 번스는 기자들에게 이렇게 말했다. "포티나이너스를 멈추는 방법은 쿼터백에게 압박을 가하는 것뿐입니다. 따라서 우리의 접근 방법은 몬태나에게 압박을 가하는 것이었습니다."

풋볼 경기는 워낙 복잡하기 때문에 단 한 가지의 만남으로 환원시켜 설명하기는 어렵다. 그날 오후만 해도 캔들스틱파크에서는 정말 여러 가지 일이 한꺼번에 벌어졌다. 하지만 월시가 보기에는 자기 팀의 레프트 태클이 바이킹스의 라이트 엔드를 제대로 상대하지 못한 것이야말로 문제의 핵심이었다. 그로 인해서 경기에 놀라우리만치 과도한 왜곡이 생겨난 것이었다. "버바가 맥을 못추었던 겁니다." 그의 말이다. "결국 돌먼과 밀라드가 경기를 '장악'했던 거죠." 이 경기가 끝나고 월시는 워낙 심란해진 나머지 선수들에게는 한마디 말도 없이 곧장 캔들스틱파크를 빠져나갔다. 월시의 평소 사고방식(즉 선수란 자기가 고안한 복잡한 기계의 부품에 불과하다는 식)에 대해서 불만을 품고 있었던 선수들은 그날 플레이오프에서의 패배야말로 이 비범한 코치를 향한 선수들의 호감이 서서히 사라지게 된 계기가 되었다고 회고한다. "월시는 그다음 날에도 우리에게 아무 말을 하지 않았습니다." 디펜시브 백 에릭 라이트는 훗날 《샌프란시스코크로니클》에 이렇게 말했다. "결국 선수들 사이에서 크게 존경을 잃고 말았죠. 일이 잘 돌아갈 때에는 코치가 거기 있었습니다. 하지만 막상 배가 흔들리니까 코치는 우리를 쳐다보지도 않았던 겁니다."

월시는 이제 한 시즌만 더 풋볼 코치 노릇을 할 예정이었다. 따라서 그는 버바 패리스의 다이어트보다도 더 믿을 만한 다른 방법에 운을 걸어 보기로 작정했다. 하지만 버바를 대신할 만한 선수는 딱히 눈에 띄지 않았다. 그의 백업인 스티브 월리스는 레프트 태클 훈련을 받지 않은 상태였다. 1986년에 4라운드로 포티나이너스에 드래프트된 월리스의 주요 이력이라고는 오번대학 시절에 러닝백 보 잭슨을 위해 블로킹을 전담한 것뿐이었다. 당시에는 오번이 구사할 줄 아는 플레이가 겨우 세 가지(즉 보 왼쪽, 보 오른쪽, 보 가운데)뿐이라는 농담이 있을 정도였다. 대학 시절 대부분 런 블로킹에만 전념했던 월리스는 패스 블로킹을 독학해야 했다. 하지만 월리스는 경기를 하면서 배우는 스타일이었고, 제대로 된 플레이를 위해서는 어떤 대가라도 치를 자세가 되어 있었다. 급기야 그는 월시로부터 최고의 찬사를 얻기까지 했다. 바로 '지독한'이라는 표현이었다. 예를 들어 "스티브 월리스는 '지독한' 풋볼 선수다"라는 표현에서처럼 말이다.

바이킹스에 패배한 지 1년 뒤에 포티나이너스는 이전과 똑같은 자리에 서게 되었다. 플레이오프에서 또다시 미네소타 바이킹스와 맞붙은 것이었다. 포티나이너스는 작년만큼 실력이 뛰어나지는 않았던 반면에, 바이킹스는 작년보다 더 실력이 향상되어 있었다. 이제는 포티나이너스가 아니라 바이킹스가 NFL 최고의 수비조를 보유하고 있었다. 수비를 주도하는 크리스 돌먼은 쿼터백을 색하는 기술이 심지어 더 향상되어 있었다.

경기 전날 밤, 스티브 월리스는 쉽게 잠을 이루지 못했다. "일찍 자려고 침대에 눕기는 했죠. 이리저리 뒤척이다 지치면 잠이 들겠거니 하고요." 경기 전날 밤 제대로 잠을 못 이루는 것이야말로 그에게는 일종의 패턴이 되어 있었다. 그런 스트레스는 레프트 태클 포지션에서 비롯되는 것이 분명해 보였다. 버펄로 빌스에서 짐 켈리의 블라인드 사이드를 보호해 주었던 윌 월퍼드 역시 이와 똑같은 경험을 한 적이 있었다. 애초에 가드로 경력을 시작했을 때는 잠만 잘 잤는데, 나중에 레프트 태클로 포지션을 옮기자마자 잠을 이루지 못했다. 선수 생활 끝 무렵 그는 다시 가드를 맡게 되었는데, 그러자 놀랍게도 또다시 쉽게 잠을 이루게 되었다. 레프트 태클 포지션은 (현대의 패스 위주 수비에 의해서 다시 고안된 바에 따르면) 오펜시브 라인맨에게 새로운 심리적 도전을 제기했다. 예전 만 해도 레프트 태클이 뭘 하고 있는지에 관심을 두는 사람은 아무도 없었으며, 대개는 반대편에 있는 다른 라인맨으로부터 도움을 받을 수도 있었다. 가드가 실수를 하면 러닝백이 몇 야드를 손해 보는 데에서 끝나고 말았다. 그런데 이제 레프트 태클이 실수를 하면 색을 당하게 마련이었고, 그러면 팀은 공을 빼앗기 는 것은 물론이고 때로는 쿼터백까지 빼앗기게 마련이었다.

그리고 (이것이 바로 핵심인데) 레프트 태클이 실수를 하나라도 했다가는 자 칫 경기를 말아먹기 십상이었다. 레프트 태클을 판단하는 기준은 그가 가장 약 해졌던 순간이었다. 그가 하는 일 전체가 아니라 가끔 발생하는 일이 오히려 판 단의 기준이 되었다. "이 일을 하려면 굴욕을 감수하는 능력이 대단해야만 합 니다." 윌리스의 말이다. "예를 들어 제가 경기를 세 번 연속으로 망쳐 버렸다고 쳐 보죠. 그때는 사람들이 그냥 이럽니다. '경기 잘 봤습니다.' 그러다가 제가 플 레이 '하나'를 잘못하면 어떤지 아십니까. 예를 들어 제가 색을 한 번 허용했다 고 치죠. 그러면 경기 끝나자마자 저한테 인터뷰 요청이 들어옵니다. 그렇게 되 면 저는 졸지에 색을 허용한 놈으로 찍히는 거죠. 서른다섯 번의 패스 플레이에 서 서른네 번이나 멋지게 해내도 말짱 소용이 없습니다. 사람들은 모두 저를 그 한 번의 색을 허용한 놈으로 생각하니까요."

이 대목에서 윌리스는 바이킹스와의 경기가 있기 전의 토요일에 대한 이 야기로 접어들었다. 빌 월시가 팀 전체를 강당에 모아 놓고 이전의 하이라이트 장면을 다시 보게 했다. 이 코치는 경기 전마다 항상 이렇게 했다. 경기에 나가 기 전에 각자의 최고 기량을 선보인 예전 모습을 본다면, 선수들에게도 도움이 되리라는 계산 때문이었다. 선수들은 제리 라이스가 엔드존으로 달려가는 모습, 로니 로트가 패스를 가로채는 장면, 조 몬태나가 수비수 사이로 공을 통과시키는 모습을 지켜보았다. 선수들은 소리를 지르고 박수를 치며 신나게 관람했다. 모두들 재미있어하고, 모두들 신나 했다. 하지만 하이라이트의 맨 마지막에 월시는 일부러 한 가지 부정적인 플레이를 삽입해 두었다. 바로 돌먼의 색 장면이었다.

이 색은 정규 시즌에서 포티나이너스가 24 대 21로 결국 승리한 경기에서 이루어진 것이었다. 레프트 태클이 돌먼을 놓친 것은 그때 단 한 번뿐이었지만, 그로 인해서 조 몬태나가 쓰러지고 말았던 것이다. 월리스 입장에서는 굳이 다시 그 플레이를 상기시켜 줄 필요가 없었다. 이후로도 며칠 동안이나 그는 이날의 색에 관해 생각을 거듭했으니까. 돌먼은 바깥쪽에서 레프트 태클을 쓰러트렸다. 월리스는 상대방을 밀쳐 내려고 손을 뻗었지만, 그는 (그러니까 돌먼이 아니고 월리스는) 그만 발을 헛디디고 말았다. 돌먼은 몬태나를 쓰러트리고, 신이 나서 사방으로 뛰어다니더니, 다시 월리스에게 찾아와서 이렇게 말했다.

"오늘 '하루 종일' 이렇게 당하게 될 거야." 그의 말이었다.

이 말에 월리스는 그 시즌 동안 무려 열세 번이나 했던 행동으로 대응했다. 바로 멱살잡이였다. "이런 생각이 들더군요. 내가 무슨 수를 쓰든가 해야지, 자칫하면 저 녀석이 '색'을 '열 번'도 넘게 하겠다고요." 그의 말이다. "그래서 난장판을 만들어 보기로 작정했죠." 그때까지만 해도 NFL에서는 선수들 간의 멱살잡이에 높은 벌금을 부과하지는 않았고, 게다가 월리스는 일종의 우세한 점도 하나 있었다. 그는 이제 이 리그에서 가장 지저분한 라인맨 가운데 하나라는 평판을 얻고 있었다. 워낙 멱살잡이를 많이 벌인 까닭이었다. "저는 그래야만 한다고 생각했습니다." 월리스의 말이다. "성공을 하려면 멱살잡이를 벌여야 한다고 말입니다. 게다가 저한테는 먹여 살려야 하는 가족이 있었으니까요. 먹여 살려야 하는 가족이 있는 사람이라면, 정신 상태가 전혀 달라질 수밖에 없죠."

조 몬태나를 죽이려고 달려드는 야수들에 대한 월리스의 생각도 실제로 딱 그랬다. '내가 너를 놓치면, 우리 식구가 굶게 된다니까.' 그의 이런 생각은 사실과 크게 다르지 않았다. 월리스가 처음 받은 월급 중에 일부는 그의 부모가 새집을 사느라 얻은 빚을 갚기 위해 매월 1,426달러씩 지출되고 있었다. 그는 결국 부모에게 집을 팔라고 설득해야만 했다. 월리스는 무척이나 불안정한 상황이었다. 사람들은 그가 패스 블로커로는 뛰어나지 않다고들 말했으며, 그로서도 사람들의 이런 생각이 틀렸다고 자신할 수는 없었다. 바로 그날(즉 돌먼의 색 장면을 월시가 다시 틀어 준 날) 아침 신문에서는 돌먼이 이렇게 말한 것으로 나와 있었다. "월리스가 그렇게 자주 멱살잡이를 벌이는 까닭은 본인의 부족한 능력을 감추기 위해서다."

이제 월리스는 다시 돌먼을 상대해야 했다. 돌먼은 2년 연속으로 프로볼에 나갈 예정이었다. 포티나이너스의 선수라면 모두들 작년 플레이오프에서 돌먼과 밀라드가 한 일을 잊지 않고 있었다. 하지만 빌 월시는 그 색 장면을 다시 보여 줄 필요가 있다고 생각했다. 월리스는 돌먼이 자기를 쓰러트리고 조 몬태나를 박살 내는 장면을 보고 또 보았다. 그로선 왜 월시가 군이 자기에게 굴욕을 안겨 주는지 이해할 수가 없었다. 물론 월리스는 아무 말도 하지 않았지만, 순간적으로 얼굴은 흙빛이 되고 부끄러움이 치밀었다. 원래 그는 오늘 밤에 잠을 이루지 못할 예정이었다. 그런데 이제는 졸지에 분한 마음까지 품고 잠을 이루지 못할 예정이었다. "저는 침대에 누워 밤새도록 생각을 했죠. '코치는 왜 군이 그 플레이를 보여 준 걸까?' 월시가 하는 행동 중에는 막상 터지기 전까지는 전혀 영문을 알 수 없는 게 종종 있었습니다." 그날 밤의 어느 순간, 월리스는 이렇게 결론을 내렸다. "내게 주는 교훈은 플레이 하나에 더 오래 정신을 집중하라는 거야. 가능한 한 최대로 집중을 하면, 다음 플레이 하나에도 똑같이 할 수 있을 거니까."

다음 날 장비를 갖추고 앉아 있던 월리스는 월시의 이상한 행동에 대한 또

한 가지 설명을 얻게 되었다. 이 팀의 단장인 존 맥베이는 그를 복도로 살짝 불러내서 이렇게 말했다. "자네는 오늘 이 경기의 핵심이 될 거야. 이 경기는 자네의 성과에 달려 있는 거라고." 이것은 단순히 경영진 차원의 격려 연설이 아니었다. 맥베이는 일찍이 NFL의 수석 코치를 역임한 인물이었다. 그리고 그의 태도는 매우 진지했다.

이것은 새로운 일이 아닐 수 없었다. 이 시즌에 들어서 난생처음으로 NFL의 선발 레프트 태클로 뛰기 전까지만 해도, 스티브 월리스는 라인 플레이를 선수 혼자만의 일이라고 생각해 본 적이 없었다. 하지만 레프트 태클이라는 포지션은 향후 그렇게 변할 예정이었다. 바로 일대일의 만남, 일종의 권투 시합이 될 예정이었다.

패싱 플레이는 최대한 빠른 시간 안에 여러 명의 리시버를 특정한 패턴으로 펼쳐 놓는다는 아이디어에 근거해서 이루어지는 경우가 점차 늘어만 갔다. 리시버가 더 많아질수록 패스 블로커는 더 줄어들 수밖에 없었다. 패스 블로커가 더 줄어든다는 것은 레프트 태클을 향해 달려드는 상대편 선수를 그 혼자서 감당해야 한다는 뜻이었다. 가끔은 러닝백이 패스를 받으러 가던 도중에 돌먼의 발목을 붙잡을 수도 있었다. 아주 드물게나마 타이트 엔드가 월리스의 곁에 서서 도와줄 수도 있었다. 하지만 대개는 월리스와 돌먼의 일대일 승부나 다름없었다. 그는 이 개인적인 대결의 중요성을 이제 분명히 간파했다. "이전까지만 해도 저한테 그런 이야기를 해 준 사람은 하나도 없었습니다." 월리스의 말이었다. "어느 누구도 '이 경기는 너한테 달려 있어'라고 말하지는 않았다는 겁니다. 일개 라인맨이 그만큼 중요해질 수 있다고는 저도 결코 생각해 본 적이 없었고요. 문득 이런 생각이 들더군요. '아이고, 세상에⋯.'"

'등 번호 74번'이 라커 룸에서 필드로 이어지는 통로 끝에서 뛰어나왔다.

월리스는 이 순간을 좋아했다. 이 순간이야말로 이 오펜시브 라인맨이 단 한 번 대중에게 긍정적으로 인지되는 순간이었다. 경력 말기에 그는 이 순간을 이용해서 일종의 드라마를 만들어 내곤 했다. 즉 통로를 무서운 속도로 달려 나오는 바람에 다른 동료 선수들이 손바닥을 마주칠 엄두를 내지 못하게 하는 것이다. "자칫하면 저 때문에 손이 부러질까 봐 겁을 내는 거였죠." 풋볼을 처음 시작한 어린 시절에만 해도 월리스는 타이트 엔드를 하고 싶었다. 그때에도 그는 오히려 농구가 더 좋았다. 그는 주목받는 것을 좋아했다. 수백만 명의 앞에서 플레이를 하면서도 전혀 주목받지 못한다는 것이 월리스에게는 여전히 낯설기만 했다. 마치 학교 연극에서 고작 멜론 노릇을 하는 것과도 비슷했다.

"레프트 태클, 등 번호 74번, 스티브 월리스!"

관중이 가득한 경기장 안에서 이름이 호명되면 그는 달려 나갔다. 여전히 신경이 곤두서고 낯선 까닭에, 달리면서 중간에 넘어지지 않으려고 정신을 집중했다. 그날은 햇빛이 쨍쨍했지만, 잔디는 미끄럽고 진흙투성이였다. 행운이 아닐 수 없었다. 포티나이너스의 홈 경기장인 캔들스틱파크로 원정을 오는 상대편 팀은 햇빛에 깜빡 속아 넘어가기 일쑤였다. 왜냐하면 그들은 이렇게 생각하기 때문이다. 이렇게 날씨가 좋으니 땅도 단단하게 잘 말라 있겠지. 하지만 땅이 단단하게 잘 말라 있는 경우는 오히려 드물었다. 2쿼터쯤 되면 선수들이 넘어지고 미끄러지겠지만, 그럼에도 불구하고 아직은 각자의 미끄럼 방지용 밑창을 바꿀 생각을 하지 않을 것이었다. 돌먼 같은 패스 러셔는 방향을 돌릴 때마다 마찰력을 감안할 것이었다. 그러니 돌먼이 최대한 급히 방향을 돌리도록 밀어붙이기만 하면, 나머지 일은 잔디가 처리해 줄 것이라고 월리스는 나름대로의 계산을 마쳤다.

포티나이너스의 사이드라인에 도달한 그는 필드 저편을 바라보며 돌먼을 찾아보았다. "제가 가만 바라보았더니, 그 친구는 완전히 우쭐거리고 있더군요. 꼭 '너 오늘 나한테 죽을 줄 알아.' 하는 식으로 말이에요." 과거에 버바가 선발로 나서던 시절에만 해도, 월리스는 특정한 상대를 바라보며 마치 고릴라처럼 가슴을 두들기는 흉내를 내곤 했다. 경기가 벌어지기 전에 필드 저편을 바라보고, 자기가 나중에 붙을 선수를 발견하면, 말 그대로 소리를 지르고 가슴을 두들기곤 했던 것이다. 그런데 지금은 당장 눈앞에 떨어진 임무 때문에 너무 걱정이 된 나머지 그런 흉내도 낼 수가 없을 지경이었다. 그는 심지어 돌먼의 눈을 똑바로 쳐다볼 수조차도 없었다. 그런데 주위를 돌아보다가 월리스는 또 한 가지 행운의 조짐을 발견했다. 바로 제리 마크브라이트였다. 마크브라이트가 이번 경기의 주심을 담당할 것이었다. 그는 월리스가 특히 좋아하는 심판이었다. 제리는 레프트 태클에게 비교적 관대한 편이었는데 예를 들어 그 포지션의 선수가 어디에 라인업하느냐 하는 문제에 대해서 그러했다. 패싱 플레이를 할 때 레프트 태클은 스크리미지 라인에서 원래 허용되는 것보다도 몇 인치쯤 더 뒤로 물러서 있기를 바라게 마련이다. 예를 들어 크게 곡선을 그리며 달려오는 돌먼을 막아서야 할 경우, 그 몇 인치로부터 크나큰 차이가 발생하기 때문이었다. 다른 심판이라면 대부분 깃발 신호를 보내서 라인에 정확히 서라고 지적할 것이다. 하지만 제리는 적어도 깃발 신호를 보내기 전에 미리 경고를 주곤 했다.

바이킹스가 공을 먼저 잡았다. 스티브 월리스는 생각했다. '일단 하프타임까지만 가는 거야. 경기의 나머지는 그때 가서 생각하자고.' 그는 심지어 경기 전체에 관해 생각할 수조차 없었다. 아마 아우게이아스왕의 축사를 청소하기 직전의 헤라클레스 역시 그 일을 마음속에서 절반씩으로 나눠 보지 않았을까.[47] 월리스는 전반전 동안 굴욕을 당하지 않으려고 작정했다. 이렇게 생각했던 것이다. '하프타임까지는 색을 당하지 않고 버티면, 그때는 기회가 생길 거야.'

---

47 그리스 신화에서 영웅 헤라클레스는 열두 가지 어려운 임무를 해결하는데, 그중 하나가 소를 3,000마리나 키우면서도 30년 동안 한 번도 청소한 적이 없었던 아우게이아스왕의 축사를 청소하는 일이었다. 헤라클레스는 가축의 10분의 1을 대가로 받는 조건으로 알페이오스 강물을 끌어들여 오물을 씻어 냈다고 전한다.

그는 포티나이너스의 수비가 바이킹스의 공격을 막으려는 모습을 지켜보면서, 제발 포티나이너스의 공격이 자기네 골라인 바로 앞에서 시작되지는 말았으면 하고 기도했다. '우리가 좋지 않은 장소에서 공을 잡으면, 돌먼을 상대하기는 더 어려워지니까.' 그의 생각이었다.

포티나이너스는 필드골을 허용했다. 바이킹스가 3 대 0으로 앞서 나갔다. 공격은 25야드 라인에서 시작될 것이었다. 잘된 일이었다.

경기 직전에 월리스는 이전과는 다른 접근 방식을 취하자고 작정했다. 즉 자기 안에서 또다시 플레이하는 것이었다. 신문에 나온 돌먼의 말은 뜨끔한 데가 있었다. '월리스가 그렇게 자주 멱살잡이를 벌이는 까닭은 본인의 부족한 능력을 감추기 위해서다.' "저는 속으로 생각했습니다. 무슨 일이 벌어지든지 간에, 오늘만큼은 그 녀석과 멱살잡이를 벌이지 말자고요. 그런 다짐은 제가 진정한 레프트 태클이 되는 데 도움을 주었습니다."

월리스가 경력을 모두 마친 지금에 와서 과거를 돌아보면, 바로 그날이야말로 자신이 그 포지션을 진지하게 포용한 첫날이었다고 말할 것이다. 그는 자신의 기술에 정신을 집중했다. 자기 발이 어디 있는지, 자기 손이 어디 있는지, 그리고 접촉의 타이밍에 대해서. 다음 수에 관해서 돌먼이 노출시키는 작은 힌트를 보면서, 거기에 맞춰 자신의 수도 조정했다. 월리스는 패스 러셔들의 갖가지 동작을 머릿속에 일종의 목록처럼 만들어 두고 있었다. 그리고 각각의 동작에 이름까지 붙여 두고 있었다. 몸 돌리기, 헤엄치기, 힘, 어깨 붙잡기, 팔 잡아당기기, 손뼉치기, 엉덩이 치기, 허벅지 타박상 흉내("마치 다리 통증 때문에 못 움직이겠다는 척하는데, 제가 방심해서 발이 느려지게끔 만들려는 의도죠") 등이었다. 선수마다 약간씩 차이가 있었다. 선수마다 특유의 동작이 있었다. 돌먼은 아직 '몸 돌리기'를 배우지는 못했다. 그는 나중에야 '몸 돌리기' 동작을 터득했으며, 이 기술을 쿼터백에게 적용하는 데 워낙 숙달된 나머지 NFL의 한 시즌 최고 색 기록을 갱신했다. 하지만 지금의 돌먼도 '헤엄치기' 동작은 할 수 있었다. 자기

양팔을 레프트 태클의 팔 위쪽에 세게 부딪쳐서 붙잡은 손을 푸는 것이었다. 또한 그는 빠른 움직임을 구사했다. 윌리스가 정규 시즌 내내 맥을 못 춘 것도 바로 그래서였다.

그는 돌먼의 첫수가 무엇일지를 놓고 걱정했다. 이보다 더 걱정스러운 것은 그 첫수에 대응하여 방어에 나설 경우, 돌먼이 거기 대응하여 또다시 어떤 수를 내놓을 것이냐였다. "이건 '전부' 발과 손으로 하는 거예요." 윌리스의 말이다. "제 몸으로 상대방과 맞붙게 되면, 상대방 역시 반격을 가하기가 쉽죠. 제가 상대방의 첫수를 저지하면, 그쪽도 반격을 개시하는 겁니다. 그래서 발을 계속 움직이지 않을 수가 없는 거예요."

첫 번째 공격 시리즈는 기습 공격이어서, 윌리스는 아무런 역할을 담당하지 않았다. 빌 월시는 평소와 달리 이번 경기를 러닝 공격으로 시작하기로 했다. 하지만 이런 전략은 오히려 모두의 추측을 용이하게 해 주었을 뿐이다. 두 번의 런이 모두 실패로 돌아가자, 이제 세 번째의 매우 긴 공격 시도에서는 몬태나가 패스를 시도할 것임을 경기장에 있는 모든 사람이 짐작할 수 있었다. 바이킹스는 마치 모든 선수가 몬태나를 색하려는 듯한 기세로 맹공을 가했다. 공격은 세 번의 플레이에, 90야드를 빼앗기고, 펀트로 끝났다.

하지만 수비는 신속하게 공을 다시 찾아왔다. 두 번째 공격 시리즈에서부터 마침내 크리스 돌먼과 스티브 윌리스의 헤비급 승부가 시작되었다. 첫 번째 플레이에서 몬태나는 다섯 걸음 드롭을 취했고, 돌먼은 윌리스를 처음 만났을 때 그를 쓰러트렸던 것과 같은 빠른 속도로 달려들었다. 윌리스는 자기가 이제껏 유일하게 그때 쓰러졌던 까닭은 너무 흥분했기 때문이었음을, 즉 상대방과 접촉하려고 너무 열심이었기 때문이었음을 이해하고 있었다. 그는 수비 선수 같은 적극성을 띠고 공격을 한다는 것에 자부심을 가졌지만, 그런 열성은 이제 비생산적인 것이 되고 말았다. 레프트 태클 포지션은 어디까지나 제어에 달려 있었다. 자신을 제어하는 동시에, 자신에게 달려드는 상대방을 제어하는 것이었다. "숫자를 제어하는 거야." 월리스는 속으로 말했다. "마음속의 숫자를 제어하는 거야. 내가 마음속의 숫자를 제어할 수 있는 한, 나는 그를 막아 낼 수 있어." 그는 돌먼의 유니폼 상의에 적힌 "6번"이라는 숫자에 시선을 집중했다. 예를 들어 농구의 수비수가 드리블하는 상대방의 몸통 한가운데를 바라보는 것처럼.

돌먼은 저만치 바깥쪽에 라인업하고 있다가, 공을 스냅하는 순간에 업필드로 직진하며 달려 나갔다. 돌먼은 월리스보다 빨랐다. 게다가 월리스가 뒷걸음질을 치는 사이에 돌먼은 직진했기 때문에 더 확연한 이점을 지니고 있었다. 월리스는 차마 상대방을 붙들 수 없었다. 이제 유일한 희망은 정확한 순간에 정확히 상대방을 세게 한 방 먹여 밀어내는 것뿐이었다. 만약 스냅 직후에 월리스가 돌먼을 때렸다면 아무런 성과도 없었을 것이다. 그 충격으로 잠깐 균형을 잃기는 하겠지만 (이전에도 그랬던 것처럼) 워낙 재빠른 돌먼은 업필드로 달려가 결국 조 몬태나의 등으로 향할 것이었다.

이 두 명의 덩치 큰 선수 간에 벌어진 첫 번째 만남에서 일어난 일은 워낙 순식간이었기 때문에, 실시간에 육안으로는 정확히 이해하기가 거의 불가능한 지경이었다. 돌먼은 업필드로 질주했다. 아마도 첫 번째나 두 번째 걸음에서 월리스와 충돌하기를 기대했던 모양이었다. 하지만 그의 예상은 빗나갔다. 월리스는 새로운 각도를 취했다. "그의 몸이 완전히 제 옆에 오도록, 일을 확실히 해두어야 했죠… 기다려… 잠깐만… 잠깐만… 그러고 나서야 저는 그를 때렸습니다."

그는 돌먼을 완전히 놓치지는 않은 상태로 최대한 백필드로 깊이 들어간 지점에서 상대방을 맞이했다. 두 사람은 짧게 충돌했다. 돌먼이 왼쪽으로 급히 몸을 돌려서 몬태나에게 향하려 시도하던 바로 그 지점에서의 일이었다. 충돌의 여파로 돌먼은 몸을 돌리지는 못했고, 대신에 계속해서 업필드로 달려갔다. 스티브 월리스는 폭력의 즐거움을 부동산의 안락과 맞바꾼 셈이었다.

물론 아무도 이 사실을 눈치채지는 못했다. 그의 기여란 드라마와는 정반대였다. 월리스는 연극에서 악역을 완전히 제거해 버렸던 것이다. 팬들과 TV 카메라가 본 것이라고는 포티나이너스의 와이드 리시버인 존 테일러가 필드 한가운데로 달려가는 장면뿐이었다. 조 몬태나가 패스를 성공시켰고, 테일러의 전력 질주로 20야드를 얻게 되었던 것이다.

돌먼은 첫 번째 플레이가 일종의 요행수라고 생각했던 모양이다. 왜냐하면 그다음 플레이에서도 똑같은 수를 취했기 때문이다. 그는 업필드로 달려 나갔고, 이번에도 월리스는 상대방을 결정적인 순간에 저지했다. 하지만 팬들이 본 것이라고는 제리 라이스가 터치다운 패스를 받는 장면뿐이었다. 크리스 돌먼이 본 것이라고는 멀찍이서 조 몬태나가 그 터치다운 패스를 던지는 장면뿐이었다. 집에서 중계를 시청하던 팬들이 들은 것이라고는 아나운서 존 매든의 목소리뿐이었다. "포티나이너스에서는 핵심 선수 세 명이 득점을 올려야 합니다. 방금 그중 두 명의 선수가 득점에 성공했습니다." 매든이 언급한 세 명의 핵심 선수는 몬태나와 라이스, 그리고 러닝백인 로저 크레이그였다. 세 사람은 스타였다. 그들은 중요한 기록들(야드, 터치다운, 패스 받기, 패스 성공)을 쌓아 올리고 있었다. 반면에 월리스는 득점 제조자로 간주되지 않았다. 그는 아무런 기록도 세우지 못했다.

다음에 포티나이너스가 공을 잡았을 때, 스티브 월리스는 어쩌면 돌먼이 결국 적응한 것 아닐까 하는 의구심을 품었다. 돌먼은 이제 자신의 쾌속 러시를 감당할 수 있을 만큼 월리스가 충분히 빠르고, 민첩하고, 영리하다는 사실을 알고 있었다. 이제 그는 충돌 러시를 시도할 것이었다.

작년의 (즉 월리스가 사이드라인에서 지켜보기만 했던) 플레이오프 경기에서 돌먼은 경기 시작부터 충돌 러시를 시도해서, 버바 패리스를 큰대자로 나가떨어지게 만들었다.("무려 150킬로그램짜리 선수를 나가떨어지게 만드는 위력이야말로 상당히 심각한 문제였죠." 월리스의 말이다.) 월리스는 일찍부터 충돌 러시를 예견하고 있었다. 만약 돌먼이 상대방을 큰대자로 나가떨어지게 만드는 (즉 상대방에게 몸을 부딪쳐 쓰러트리는) 능력을 지니고 있다면, 윌리스는 어쩔 수 없이 일찌감치 발에 힘을 주고 있어야 했다. 발에 힘을 준다는 것은 레프트 태클에게는 죽음이나 다름없었다. 발에 힘을 주면 자연히 발놀림이 느려질 수밖에 없었기 때문이다. 윌리스가 생각하기에는 자기가 발에 힘을 주게 되면, 돌먼 역시 그런 사실을 충분히 간파할 수 있을 것 같았다. 그렇다면 돌먼도 전략을 바꾸어 쾌속 러시로 돌아갈 수 있었다. 레프트 태클이 발에 힘을 주면, 쿼터백을 향한 질주에서 상대편 패스 러셔가 최소한 반 발짝은 앞서 나가게 허용할 수밖에 없었다. 그 반 발짝이야말로 주요 득점 제조자 조 몬태나와 들것에 실려 필드에서 빠져나가는 조 몬태나와의 차이를 결정짓는 요인일 수 있었다.

스모 경기와 마찬가지로 이처럼 얼핏 보기에는 투박하기 짝이 없는 전투가 한 꺼풀 벗겨 보면 무척이나 미세한 요소들로 가득한 셈이었다. 돌먼이 몬태나의 등 쪽으로 접근하지 못하게 저지하는 일에서의 관건이란 강력한 힘이라기보다는 지레 효과, 각도, 예상이었다. 불과 반 발짝이나 0.001초의 차이로 인해서 이 싸움의 결과가 생겨났다. "그가 저에게 충돌 러시를 시도하는 플레이가 세 번쯤은 있을 거라는 걸 일찌감치 알고 있었죠." 윌리스의 말이다. "그런 일을 미리 대비하고 있지 않으면, 그날의 나머지 시간 동안에는 그 친구한테 꼼짝없이 당할 수밖에 없었죠. 자유로운 발놀림 대신 느리고도 조심스러운 발놀림을 취할 수밖에 없으니까요. 여기서의 요령은 충돌 러시가 오고 있다는 걸 일찌감치 알아내고, 저도 뛰어나가서 그에게 일격을 가하는 거였죠. 마치 재빠른 가라테의 펀치처럼 ('꾁!') 아주 빠른 펀치를 날려서 그를 깜짝 놀라게 하는 거죠. 하지만 그렇다고 해서 발이 멈추면 절대로 안 됩니다. 제 발이 멈추면 저는 결국 지는 거니까요."

윌리스가 경기 테이프를 들여다보고 연구한 그 오랜 시간에 대한 보상이 이제 다가오고 있었다. 그는 크리스 돌먼이 패서에게 러시하는 장면을 오랫동안 지켜보았다. 월리스는 돌먼의 충돌 러시 때마다 그의 발 자세, 몸의 기울기, 태도 등등이 달라진다는(하긴 달라지지 않을 도리가 있겠는가?) 사실을 알아냈다. 돌먼은 결국 충돌 러시를 시도했다. 그리고 월리스는 이미 채비가 되어 있었다.

하지만 팬들은⋯ 아무것도 보지 못했다. 돌먼은 체중 122킬로그램에 날것 그대로의 폭발적인 근육을 지니고 있었다. 거기 모인 6만 2,457명 가운데 그의 분노한 돌격에 담긴 힘을 감당할 수 있는 사람은 하나도 없었으리라. 하지만 육 안으로 보면 돌먼은 심지어 시도조차도 안 하는 것처럼 보였다. 그는 단지 스 크리미지 라인에 선 채로, 스티브 월리스 쪽으로 몸을 기울이고만 있는 듯했다. 하지만 관중이 왜 그쪽을 봐야 하겠는가? 차라리 진짜 드라마가 있는 쪽을 봐 야지. 제리 라이스가 다시 한 번 터치다운 패스를 잡았던 것이다!

다음에 포티나이너스가 공을 잡았을 때(이제 그들은 14 대 3으로 이기고 있었 다) 월리스는 돌먼이 사라져 버렸음을 깨달았다. 돌먼은 필드의 반대편으로 자 리를 옮긴 다음이었다. 자신의 흑마술을 써먹기에 더 나은 범행 장소를 찾아간 것이었다. 하지만 필드에서도 그쪽 지역은 몬태나가 자기 눈으로 똑바로 볼 수 있는 부분이었다. 게다가 돌먼이 그쪽 지역에서 몬태나에게 접근하려면 무려 두 명의 블로커(라이트 태클과 타이트 엔드)를 상대해야만 했다. 두 번의 플레이에 서 나름대로의 실험을 해 본 뒤에, 그는 원래의 공격 지점으로 되돌아왔다. 블 라인드 사이드가 아니면 나머지는 꽝이었다.

이날 돌먼은 정말로 꽝이었다. 단 한 번의 색도 없었다. 단 한 번의 태클만 있었는데, 그건 어디까지나 월리스가 돌먼을 블로킹하는 임무를 부여받지 않 았던 보기 드문 플레이에서 나타났다. "상대방을 완전히 가둬 버렸을 때에는 왜 그런지 설명할 수가 없죠." 월리스의 말이다. "단지 그렇다는 걸 느낄 뿐이죠." 오늘 그는 상대방을 완전히 가둬 버리고 있었다.

하프타임에 양쪽의 점수는 21 대 3이었다. 조 몬태나는 세 번의 터치다운 패스를 던졌다. 일이 잘 돌아갈 때는 그에게 실제보다도 더 많은 칭찬이 돌아가는 반면에, 일이 잘 돌아가지 않을 때는 실제보다도 더 많은 비난이 빗발치게 마련이었다. 이 경기 직전에 많은 사람은 몬태나가 이미 맛이 갔다는 말이며 글을 내놓고 있었다. 끝났다는 것이다. 늙었다는 것이다. 몬태나의 나이는 겨우 32세였는데도 말이다. 하지만 포티나이너스는 이전의 플레이오프 경기에서 무려 세 번이나 패배했다. 그 세 번의 경기에서 몬태나는 가로채기를 네 번이나 당하고, 터치다운 패스는 하나도 성공시키지 못하고, 모두 합쳐 529야드를 얻었다. 그런데 이 한 번의 경기 전반전 동안 그는 터치다운 패스를 세 번이나 성공시켰고, 존 매든의 말마따나 "쿼터백으로서는 최대한 효율을 발휘하는" 상황이었다. 조 몬태나가 이미 끝났다는 주장은 누가 봐도 어리석은 것이 아닐 수 없다고 아나운서들은 단언했다. 그는 계속 뛸 것이고, 어쩌면 역사상 가장 위대한 쿼터백이 될지도 모른다고 했다.

스티브 월리스의 이름을 언급한 사람은 아무도 없었다. 카메라는 아예 그를 비춰 주지도 않았다. 레프트 태클의 임무는 워낙 지루한 것이었기 때문에, 풋볼 경기에서 벌어지는 다른 여러 가지 사건에 파묻히게 십상이었다. 설상가상으로 그가 자기 임무를 더 잘 수행하면 할수록, 그의 모습은 점점 더 지루해 보이기만 했다. 왜냐하면 월리스의 임무란 사람들이 무척이나 보고 싶어 하는 한 가지 사건을 방지하는 일이었기 때문이다. 그 사건이란 바로 크리스 돌먼이 조 몬태나를 박살 내는 것이었다.

제리 크레이머는 빈스 롬바르디의 그린 베이 패커스에서 오펜시브 라인으로 활약했던 1년간의 일지인 『즉시 재생』에서 이렇게 지적했다. 즉시 재생 기술이 없었다면 어느 누구도 라인 플레이를 제대로 인식하지 못했을 것이라고 말이다. 그러나 자기 집의 커다란 오락실에서 VCR 리모컨을 조작하는 스티브 월리스의 말에 따르면, 즉시 재생이 라인맨에게 제공할 수 있는 도움에도 분명한 한계가 있었다. 그는 1988년에 있었던 바이킹스 대 포티나이너스의 경기를 녹화한 오래된 테이프를 찾아냈다. 월리스는 이 경기의 처음 세 쿼터를 빠른 재생으로 보여 주었는데, 중간에 멈춰선 부분은 세 군데뿐이었다. 바로 제리 라이스의 터치다운이 성공한 직후였다. 매번 라이스가 엔드존에 도착해서 뒤로 돌아서면, 동료 선수 하나가 달려들더니 그를 안아서 번쩍 공중에 치켜들었다. 그 동료 선수는 바로… 스티브 윌리스였다. 그는 터치다운이 끝나면 다운필드로 전력 질주하는 버릇이 있었다. 이런 행동으로 얻을 수 있는 부대 효과는 바로 자기 모습이 짧게나마 텔레비전 화면 한가운데 등장하는 것이었다. 반면에 그 터치다운이 성공할 수 있게 도와 준 블로킹은 아예 화면에 등장할 만한 가치가 없는 모양이라는 것이 그의 생각이었다.

4쿼터 중반쯤에 가서야 이 전직 레프트 태클은 자기가 보여 주려는 부분을 드디어 찾아냈다. 포티나이너스가 28 대 9로 앞서고 있었으며, 공도 가지고 있었다. 경기는 이제 거의 끝난 상황이었다. 곧이어 로저 크레이그가 핸드오프를 받아서 라인 왼쪽을 뚫고 달려 나가더니 80야드 터치다운에 성공했다. 포티나이너스의 플레이오프 역사상 가장 긴 터치다운 기록이었다. 크레이그는 단거리 육상 선수에 맞먹는 속도를 지니고 있었지만, 뒤로 돌아서서 양팔을 머리 위로 들어 올리기도 전에 그는 한 동료 선수와 쾅 하고 부딪쳤다. 그 동료 선수는… 바로 스티브 윌리스였다. 크레이그는 40야드를 4.5초에 뛰었고, 윌리스는 5.5초에 뛰었다. 따라서 이론상으로는 스티브 윌리스가 로저 크레이그에게 도달하기까지 최소한 2초 이상은 걸려야 했다. 만약 그렇다고 한다면 이것이야말로 시간의 역사상 가장 짧은 2초였을 것이다.

"방금 크레이그에게 맨 먼저 달려간 선수가 보이십니까?!" 존 매든이 소리를 질렀다. 아나운서 중에서 오펜시브 라인맨에게까지 어느 정도 신경을 쓰는 사람은 그가 유일했다. "엔드존으로 맨 먼저 달려가서 로저 크레이그와 함께 있는 저 선수가 바로 스티브 윌리스입니다! 크레이그가 빠져나올 수 있도록 처음 블로킹해 준 선수가 바로 윌리스였습니다!"

윌리스는 미소를 지으며 테이프를 뒤로 돌렸다. 이날 포티나이너스는 34

대 9로 완승을 거두었다. 돌먼은 3쿼터 중반에 이르자 몬태나에게 접근하기를 아예 포기해 버렸다. 하지만 그건 전혀 중요하지가 않았다. 스티브 월리스는 오직 이 한 가지 플레이를 다시 보고 싶어 할 뿐이었다. '모두가 하나를 위해. 하나는 모두를 위해. 우리 팀이 이기기만 한다면야 나는 주목을 받거나 말거나, 명성을 얻거나 말거나 아무 상관없어!' 이런 식의 태도는 물론 훌륭하다. 그러나 스티브 월리스는 뼛속 깊이 이런 생각을 하는 것은 아니었다. "내가 열심히 뛰고, 내 옷이 조금 지저분해지고 더러워지면, 그때 가서는 매든도 나를 주목하게 되죠." 월리스의 말이다. 하지만 매든에게도 약간의 힌트는 필요하게 마련이었다. 그렇기 때문에 월리스는 러닝백을 뒤따라 엔드존까지 80야드를 달려갔던 것이다.

"엔드존으로 맨 먼저 달려가서 로저 크레이그와 함께 있는 저 선수가 바로 스티브 월리스입니다! 크레이그가 빠져나올 수 있도록 최초로 블로킹해 준 선수가 바로 월리스였습니다!"

본인의 유일무이한 영광의 순간을 두 번째로 감상한 뒤, 전직 레프트 태클은 대형 스크린 텔레비전을 끄고 멋진 가죽 소파에 앉아서 미소를 지었다. "그것도 경기의 일부니까요." 그의 말이었다.

그 시즌에 포티나이너스는 결국 슈퍼볼 우승을 차지했다. 그 경기 직후에 빌 월시는 은퇴했지만, 그가 이룩한 혁신은 갖가지 형태로 변모하면서 리그 전체를 휩쓸었다. 패싱 플레이는 그 어느 때보다도 더 중요해졌고, 쿼터백은 그 어느 때보다도 더 가치가 높아졌다. 하지만 정작 쿼터백을 보호하는 임무를 맡은 선수들의 가치에는 여전히 거의 변화가 없었다. 스티브 월리스도 자기가 언젠가는 부자가 될 것이라고 짐작하지는 못했으며, 다른 라인맨의 경우에도 상황은 마찬가지였다. 이를 가장 잘 보여 주는 사례로는 앤서니 무뇨스를 들 수 있다. 1980년대 말에 무뇨스는 역사상 가장 뛰어난 레프트 태클로 간주되고 있었다. 그는 빠르고, 덩치가 크고, 용도가 다양하고, 체력이 좋았다. 그는 USC에서 풋볼 선수로 활약하는 동시에 야구부의 3루수로도 활약했다. 그는 1980년에 리그에 들어와서 프로볼의 단골 선수가 되었다. 이런 그조차도 항상 경제적으로는 어려움을 겪을 수밖에 없었는데, 이른바 라인맨은 아무리 뛰어나다고 해도 다른 선수들과 매한가지라는 사고방식이 만연했기 때문이었다. 모두가 하나를 위해, 하나는 모두를 위해. "그들은 실제로 그렇게 말하더군요. 라인맨은 얼마든지 바꿔 쓸 수가 있고, 따라서 언제라도 교체가 가능하다고요." 무뇨스의 회고다. "그들은 실제로 그렇게 말했습니다. 우리는 언제라도 다른 선수를 데려다가 그 자리에 넣으면 된다고요. 하지만 레프트 태클이 특별히 중요하다는 건 누구나 알 수 있었죠. 다만 특별히 중요한 것만큼 보수를 제대로 받지는 못했어요."

1987년 앤서니 무뇨스가 6년 연속으로 프로볼에서 뛰고 나자 많은 사람들은 그야말로 풋볼 역사상 가장 뛰어난 오펜시브 라인맨이라고 말하기 시작했다. 계약이 만료될 즈음이 되자 무뇨스는 에이전트와 함께 신시내티 벵골스의 경영진에게 찾아가 연봉 인상을 요구했다. 당시에 NFL 최고의 쿼터백들은 무려 200만 달러 이상을 받았으며, 최고의 패스 러셔들은 무려 100만 달러 이상을 받았다. "우리는 연봉 50만 달러를 요구했었죠." 무뇨스의 말이다. "그랬더니 라인맨 중에서 살아생전 그만한 금액을 받아 본 사람은 없다는 대답이 나오더군요."

풋볼 선수며 풋볼 전략의 가치를 제대로 평가하는 사람들은 라인맨이야말로 전체에서 결코 떼려야 뗄 수 없는 부분임을 잘 이해하고 있었다. 예를 들어 조 몬태나와 제리 라이스가 "득점"을 하기 위해서는 그보다 앞서 스티브 월리스의 또 다른 기여가 반드시 있어야만 했다. 빌 월시와 존 맥베이의 경우, 만약 월리스가 자기 역할을 감당하지 못한다면 몬태나 역시 자기 역할을 감당하지 못할 것임을 분명히 이해하고 있었다. 조 몬태나가 포켓에 들어 있는 시간이 0.5초만 모자랐더라도, 저 쿼터백은 이미 맛이 갔다던 사람들의 말은 모조리 맞았을지도 모른다. 하지만 스티브 월리스가 꼭 필요하다고 말하는 것, 그리고 스티브 월리스가 하는 일은 극도로 어렵다는 사실을 인정하는 것, 이 두 가지는 서로 별개였다. 그가 하는 일이야말로 아무 라인맨이나 할 수 있는 것이 아니었다.

풋볼 선수 시장은 주관적인 판단과 오랜 편견에 뿌리를 두고 있다. "자유 계약 제도가 생기기 이전만 해도, 선수들은 그저 구단에서 주는 대로 받을 뿐이었고, 불만이 있다면 그저 열심히 뛰지 않는 것밖에는 표출할 방법이 없었죠." 1980년대에 캔자스시티 치프스에서 오펜시브 라인맨으로 활약했으며, 이후로는 에이전트로 활동해서 유명해진 톰 콘던의 말이다. 하지만 풋볼 선수의 자유 시장이 이전까지의 속박 상태에서 어떻게 달라질 것인지에 관한 암시는 일찍부터 있었다. 예를 들어 아마추어 선수 드래프트는 공개 시장과 유사한 측면이 있었다. 대학 선수들은 앞으로 뛰게 될 NFL 팀에 대해 아무런 발언권이 없었지만, NFL 팀은 대학 선수 중에서 자유롭게 고를 수 있었으며, 구단의 선택 순서에서는 구단의 선호도가 드러나 있었다. 1988년에 탬파베이 버커니어스의 선호도를 본 상당수의 풋볼계 인사들은 그만 깜짝 놀라고 말았다. 당시 버커니어스의 수석 코치였던 레이 퍼킨스는 일찍이 뉴욕 자이언츠에서 수석 코치를 담당하면서 로렌스 테일러를 드래프트한 적이 있었다. 퍼킨스는 1라운드의 네 번째 선발권을 가지고 있었으며, 스털링 샤프와 팀 브라운이라는 두 명의 스타 와이드 리시버 가운데 한 사람을 고를 것으로 예상되었다. 하지만 그는 이들 대신에 폴 그루버라는 레프트 태클을 골랐다. "우리는 그루버가 그곳에 모인 선수 중에서도 최고라고 판단했습니다." 퍼킨스는 《뉴욕타임스》의 기자에게 이렇게 말했다. "우리가 만약 드래프트에서 첫 번째 선발권을 갖고 있었더라도 당연히 그를 뽑았을 겁니다. 레프트 태클 포지션에 관한 제 생각은 이제 완전히 바뀌었습니다. 이제는 그것이야말로 숙련된 포지션입니다. 점점 더 많은 팀에서 최고의 선수들만 골라서 그의 앞에 갖다 놓기 때문입니다. 예를 들어 상대편의 라이트 디펜시브 엔드나 라인배커 같은, 즉 로렌스 테일러 같은 유형의 선수들을 말입니다. 그래서 저는 그루버를 대단히 좋게 평가하는 겁니다. 그 선수는 제가 만난 중에서 최고의 선수니까요."

레이 퍼킨스가 레프트 태클에 관한 생각을 바꾸게 된 원인이 무엇이었건 간에, 이 사건으로 인해서 상당수의 다른 사람들 역시 생각을 바꾸기에 이르렀다. 이런 사실은 1992년 시즌이 끝나고 나서 명백해지게 되었으니, 당시에 노동 쟁의를 끝내기 위해서 NFL 선수들과 구단주는 새로운 근로조건에 합의했던 것이다. 선수들은 리그별 수입과 연동되는 샐러리 캡^{salary cap}을 받아들였고, 따라서 리그의 수입이 늘어나면 급여도 늘어나게 되었다. 아울러 선수들은 자유 계약 제도를 허락받았다. 새로운 협상은 상당수의 즉각적인 결과를 낳았다. 그중 하나는 새로 열린 시장에서 필요할 것 같은 선수들을 구단이 사들이는 일이 가능해진 것이었다. 또 하나는 NFL 각 구단의 경영진마다 돈을 어떻게 써야 하는지 고민하게 된 것이었다. 이제는 모든 팀이 선수에게 들이는 비용이 엇비슷한 정도가 되었으므로(샐러리 캡에 의해 정해진 만큼이었기 때문이다) 각 팀마다 그 돈을 최대한 효율적으로 소비해야만 승리할 수 있는 것이었다. 그렇다면 이 돈을 가장 잘 쓰는 방법은 무엇일까? 쿼터백에 써야 하나? 아니면 수비수에?

새로운 시장은 슈퍼볼 다음 날인 1993년 2월 1일에 공식적으로 문을 열었다. 그로부터 2개월 뒤,《스포츠 일러스트레이티드》의 피터 킹은 그 충격적인 최초의 결과에 대해 보도했다. 킹은 다른 어떤 풋볼 담당 기자보다도 더 많은 신뢰를 NFL의 경영진으로부터 얻고 있었기에, 그들의 생각을 대변할 수 있었다. 그의 기사에 따르면, 자유 계약 권리를 얻을 만큼 운이 좋았던 선수들은 직접 유리한 계약을 하고 있다고 했다. 하지만 진짜 충격적인 것은 오펜시브 라인맨이라는 새로운 시장의 금액 가치였다. 불과 몇 년 전에만 해도 벵골스는 앤서니 무뇨스에게 오펜시브 라인맨이 연봉 50만 달러를 받는 경우는 이 세상에 없다고 단언한 바 있었다. 그런데 덴버 브롱코스는 그보다 무려 세 배나 많은 금액으로, 자유 계약 선수가 된 라인맨 가운데 브라이언 해비브, 돈 맥스와 재빨리 계약을 체결했다. 그로부터 며칠 뒤, 바이킹스의 센터 커크 로더밀크는 연봉 200만 달러를 받고 인디애나폴리스 콜츠로 옮겼다. "깜짝 놀랐다는 말로는 부족합니다." 그는 킹에게 말했다. "영어에는 아예 그 기분을 묘사할 말이 없다고나 할까요." 로더밀크에 대한 새로운 가치 평가가 이루어진 지 며칠 뒤에, 이번에는 마이애미 돌핀스에서 나온 해리 갤브레이스라는 이름의 가드 한 명을 붙잡기 위해서 그린 베이 패커스가 3년 계약에 연봉 152만 달러를 내놓았다.

이전까지는 누구도 들어 본 적이 없었던 오펜시브 라인맨 영입 경쟁은 한동안 계속되었다. 로스앤젤레스 램스에서 경쟁 끝에 샌디에이고 차저스 출신의 가드 리오 고에스를 연봉 100만 달러에 영입하자, 《샌디에이고유니온트리뷴》은 다음과 같은 표제로 기사를 내보냈다. "안녕히 가시오, 리오 고에스, 뉘신지는 모르겠지만." 이 신문에는 1983년에 은퇴한 차저스의 고참 레프트 태클 빌리 실즈의 말이 실려 있었다. "저는 11년이나 뛰었지만, '경력 전체'를 통틀어 100만 달러란 돈은 벌지도 못했습니다."

NFL 내부 인사들의 공공연한 발언 역시 이와 비슷한 느낌이었다. 즉 당혹스러움이 가득했다. 벵골스의 오펜시브 라인 코치 짐 맥날리는 라인맨 연봉 액수의 폭등을 가리켜 "어쩌면 그럴 만한 가치가 없는 선수들을 잡기 위한 과도한 경쟁"이라고 지적했다. AFC의 어느 코치는 해비브 영입 협상을 가리켜 "내가 이 리그에서 본 것 중에서도 최악의 계약"이라고 혹평했다. 또 다른 회의주의자는 돈 맥스가 B급 레프트 태클에 불과하며, 존 엘웨이의 블라인드 사이드를 보호해 줄 만한 인물은 결코 아니라고 단언했다. 지난 시즌에만 해도 맥스는… 바로 크리스 돌먼에게 심하게 당했기 때문이었다.

가장 불편해한 사람들은 이미 은퇴한 NFL 라인맨들이었다. 프리드리히

엥겔스는 노동계급이 그 압제의 본성을 이해하지 못하는 현상을 묘사하기 위해 "허위의식"이라는 표현을 고안한 바 있다. 어쩌면 이 용어는 NFL 라인맨에게도 그대로 적용될지 모르겠다. 과거의 오펜시브 라인맨들은 그들의 가치에 관한 다른 사람들의 의견을 늘 기꺼이 받아들이곤 했다. 그들은 팀에서 제일 쉽게 교체 가능한 선수라는 일반적인 견해를 그들 자신도 명백한 진실로 받아들였다. 전직 쿼터백치고 현직 NFL 쿼터백의 연봉이 왜 수백만 달러에 달하는지에 대해 의문을 제기하는 사람은 아무도 없다. 하지만 전직 라인맨들은 현직 라인맨에게 이토록 새로운 가치가 부여되는 이유를 이해하지 못했다. "지금 풋볼계에서는 도무지 이해되지 않는 일들이 여러 가지 벌어지고 있어요." 옛날 시카고 베어스의 센터였던 마이크 파일은 이렇게 말했다. 1960년대에 그의 연봉은 1만 4,000달러에 불과했다. "그중에서도 가장 이해가 되지 않는 일은 바로 그것(라인맨의 가치 폭등)이랍니다."

이미 수백만 달러를 지출한 사람들은 자신들의 행동을 설명하기 위해 애썼다. 통계 숫자를 보면 알 수 있다는 것이 그들의 말이었다. 이전 시즌만 해도 불과 '11월 중순'에 이르러 NFL의 선발 쿼터백 28명 가운데 19명이 경기 중에 부상 당해 실려 나갔다.[48] 브롱코스의 단장 밥 퍼거슨은 자기 팀의 스타 쿼터백 존 엘웨이가 무려 '52회'나 색을 당했음을 지적했다. 맥스와 해비브는 이런 일이 더 이상 벌어지지 않게 하기 위해서 고액 연봉을 주고 데려온 선수들이었다. 퍼거슨은 심지어 브롱코스의 구단주인 팻 보울런에게 감사의 뜻을 표시하기까지 했다. 이전까지는 한 번도 사용된 적이 없던 쪽에다가 거금을 투자하도록 기꺼이 허락해 준 것에 대해 감사한다는 이야기였다. "이건 전부 팻 덕분입니다." 그의 말이었다. "그 선수들은 결코 유명하지 않았으니까요. 제가 해비브에 관해 이야기를 할 때면, 팻은 그를 계속 '라시드'라고 잘못 부르더군요."

48　NFL의 시즌은 매년 9월 초에 시작되어 12월이나 1월까지 계속되며, 플레이오프를 거쳐서 2월 초에 슈퍼볼이 열린다.

이런 동요의 와중에 자유 계약 선수로서는 유일하게 A급에 속하는 레프트 태클이었던 버펄로 빌스의 윌 월퍼드가 자신의 새로운 계약에 관해 발표했다. 앞으로 3년간 765만 달러를 받는 조건으로 인디애나폴리스 콜츠로 자리를 옮긴다는 것이었다. 이는 역대 라인맨의 연봉 중에 최고액이었지만, 놀라운 점은 단지 금액만이 아니었다. 월퍼드의 에이전트인 랠프 킨드릭이 나중에 한 말에 따르면, 이와 유사한 조건으로 제안한 구단이 최소한 네 군데는 더 있었다. 콜츠가 다른 구단보다 더 유리한 점은 바로 새로운 계약서에 집어넣은 한 가지 조항에 있었다. 그 조항에서는 레프트 태클 윌 월퍼드가 콜츠에서 뛰는 한 앞으로도 그 팀의 공격수 중에서 최고 연봉 선수로 남게 되리라고 보장하고 있었다. 심지어 콜츠의 러닝백보다도, 콜츠의 와이드 리시버보다도, 여타의 쟁쟁한 스타들보다도 더 많은 연봉을 받으리라는 것이었다. 심지어 콜츠가 NFL에서 가장 몸값이 비싼 쿼터백을 한 명 데려온다고 치더라도, 월퍼드의 연봉은 더 올라서 쿼터백의 연봉을 능가하리라는 것이었다. "저는 자유 계약 선수가 되면 돈을 조금 더 벌게 될 줄로만 알았습니다." 월퍼드는 나중에 이렇게 말했다. "하지만 '그런' 일이 벌어질 줄은 몰랐죠. 정말 어안이 벙벙했습니다."

하지만 이런 선수는 월퍼드가 유일하지도 않았다. 그의 원래 소속 구단인 버펄로 빌스는 분노했다. 어떻게 일개 라인맨이 스타 쿼터백 짐 켈리나 스타 러닝백 서먼 토머스보다도 더 많은 돈을 보장하는 조항 따위를 요구할 수 있단 말인가? NFL에서는 동료보다 더 많은 돈을 받을 수 있도록 보장하는 조항을 아예 계약서에 집어넣는 선수가 있다는 생각 자체를 좋아하지 않았으며, 이 계약을 무효화하는 것을 둘러싸고 잡음이 적지 않았다. 바로 그때 월퍼드의 에이전트인 랠프 킨드릭이 분노를 터트렸다. 만약 어떤 쿼터백의 계약서에 바로 그런 조항이 들어 있다고 한다면, 리그에서도 지금과 똑같은 논란이 일었겠느냐고 그는 날카로운 질문을 제기했다. 《뉴욕 타임스》에서 그는 "오펜시브 라인맨을 차별 대우한다."라며 리그를 비난했다. 그러자 NFL에서도 이 계약을 인정해 주기는 했지만, 향후로는 이런 계약이 허용되지 않을 것이라고 선을 그었다. "라인맨에게는 고등학교 시절 이래로 굳어진 생각이 있습니다." 킨드릭의 말이다. "바로 자기들이야말로 누군가가 풋볼 팀을 구성할 때에 가장 나중에 뽑히는 선수들이라는 거죠."

경기에 나서는 레프트 태클 중에 어느 누구도 자기가 스타 러닝백만큼 가치 있는 선수라고 여기는 사람은 없었다. 하물며 쿼터백만큼이겠는가. 어떻게 해서 이런 일이 벌어졌을까? 어떻게 해서 감히 스스로에게 그만한 가치를 부여하지 않는 선수에게 사람들이 이런 막대한 돈을 지불할 수 있을 만큼의 가치를 부여하게 되었을까? 레프트 태클의 가치를 측정할 만한 기록 자체가 없는 상황 (즉 "득점 제조"가 전혀 없는 상황)에서 그들은 과연 어떻게 이런 현상을 정당화할 수 있을까? 빌 폴리언은 1986년에 빌스의 감독으로 있으면서, 밴더빌트대학을 나온 윌 월퍼드를 1라운드에서 지명했다. 따라서 이 선수가 콜츠로 이적했을 당시에 리그 사무국에서 일하고 있었던 이 전직 감독은 불편한 새 계약에 관한 논의에 휩쓸리게 되었다. 그러다가 1997년에 폴리언은 리그 사무국을 떠나 콜츠의 감독이 되었다. "왜 우리 구단이 윌에게 그런 계약서를 허가해 주었는지 알고 싶습니까?" 그의 말이다. "그가 그런 계약서를 갖게 된 이유는 간단합니다. 우리는 슈퍼볼에서 그가 로렌스 테일러를 봉쇄해 주기를 바랐기 때문이죠."

어느 구단에서나 로렌스 테일러를 맞이해야 하는 레프트 태클은 전날 밤 잠을 설치지 못했다. 그들이 미처 깨닫지 못한 한 가지는, 바로 그런 불안 속에 황금이 있었다는 점이었다. 그들이 느끼는 두려움이야말로 그들의 가치에 대한 척도나 다름없었다. 그로부터 1년 전 빌스는 슈퍼볼 XXV에 출전해서 뉴욕 자이언츠에게 20 대 19로 패했다. 하지만 이때의 패배 요인은 로렌스 테일러가 아니었다. 그리고 고위 경영진 대부분은 빌스의 쿼터백 짐 켈리의 블라인드 사이드가 비교적 평온했다는 사실을 인식하고 있었다. 사실상 그들은 스스로에게 질문을 던진 셈이었다. 만약 우리가 자이언츠와 시합을 하게 되면, 로렌스 테일러를 필드에서 없애 버리기 위해서 과연 얼마까지 돈을 낼 수 있는가? 그런데 막상 구단이 기꺼이 지불하려는 금액은 사람들이 생각한 것보다도 훨씬 많았던 셈이다. 이듬해까지도 이런 현상은 계속되었다. 왜냐하면 그 금액이 계속해서 높아졌기 때문이다. 1995년 샌프란시스코 포티나이너스의 스티브 월리스는 1,000만 달러짜리 연봉 계약을 맺은 사상 최초의 오펜시브 라인맨이 되었다. 물론 영광은 여전히 쿼터백이 모조리 가져가고 있었다. 하지만 그의 등을 보호해 주는 선수 역시 이전보다 더 큰 집으로 이사할 수 있었다.

이것은 레프트 태클 포지션에 대한 막대한 가치 재평가의 시작이었다. NFL에서는 새로운 제도를 내놓았다. "프랜차이즈 선수"라는 것이었다. 어떤 팀이 한 선수를 프랜차이즈 선수라고 지명하면, 그 선수는 자유 계약 선수가 되지 못했다. 그 대신 팀에서는 그 선수에게 예전 연봉의 120퍼센트를 지불하거나, 또는 그 선수와 같은 포지션에서 리그 최고액 연봉 1위부터 5위까지의 평균 금액을 지불하거나, 양자택일을 해야만 했다. 1993년에 지명된 28명의 프랜차이즈 선수 가운데 9명이 레프트 태클이었으며, 포지션 중에서 가장 숫자가 많았다. (스티브 월리스도 그중 한 명이었다.) 이런 움직임은 레프트 태클의 급상승하는 가치를 반영한 것이었다. NFL 팀들은 공개 시장에서 고액의 연봉을 주고 레프트 태클을 데려오는 방법보다 이렇게 프랜차이즈 선수로 지명하는 방법이 더 싸게 먹힌다는 걸 알았다.

1980년대를 지나 1990년대로 들어서면서 오펜시브 라인맨은 타이트 엔드나 키커와 나란히 풋볼계의 연봉 꼴찌 자리를 놓고 경쟁을 벌인 바 있었다. 예를 들어 1990년에 선발 오펜시브 라인맨의 평균 연봉은 39만 8,000달러였던 반면에 와이드 리시버의 평균 연봉은 50만 4,000달러, 디펜시브 엔드의 평균 연봉은 55만 1,000달러, 러닝백의 평균 연봉은 62만 달러, 쿼터백의 평균 연봉은 125만 달러였다. 앤서니 무뇨스의 지적처럼 레프트 태클은 자기보다 연봉이 두 배는 더 높은 선수가 자기보다 연봉이 세 배는 더 높은 선수를 쓰러트리는 것을 저지하는 임무를 수행하며 먹고살았던 셈이다.[49] 2005년 시즌에 이르러 한 팀의 레프트 태클은 필드에서 뛰는 선수 가운데 쿼터백을 제외한 다른 누구보다도 더 많은 연봉을 받기에 이르렀으며, 심지어 쿼터백과의 연봉 비율 차이도 극적으로 줄어들어 있었다. 선발 레프트 태클의 최고 연봉 순위 다섯 명의 평균 금액은 725만 달러였으며, 쿼터백의 최고 연봉 순위 다섯 명의 평균 금액은 1,190만 달러였다.

이 시장의 가치 재평가에 관한 한 가지 흥미로운 사실이 있다면, 정작 경기에서는 레프트 태클 포지션을 이보다 더 가치 있게 만드는 변화가 전혀 없었다는 것이다. 로렌스 테일러는 1981년부터 뛰고 있었다. 빌 월시의 패싱 플레이가 리그를 휩쓴 지도 이미 오래였다. 경기당 패스 시도는 새로운 절정에 이르러서 계속 그 상태로 남아 있었다. 10년 넘게 전략이나 규칙, 또는 수비수가 쿼터백의 건강에 가하는 위협에는 뚜렷한 변화가 전혀 없었다. NFL 경영진에서 레프트 태클의(또는 다른 오펜시브 라인맨의) 가치를 보다 정확하게 매길 수 있는 새로운 데이터가 나오지도 않았다. 유일하게 벌어진 일이라고는 시장이 가동하도록 허락했다는 것뿐이었다. 그리고 현재의 시장은 과거에 비해서 극단적으로 높은 가치를 레프트 태클에게 부여했다.

하지만 여전히 그를 알아보는 사람은 많지 않았다. 레프트 태클을 다른 동료 라인맨과 쉽게 구분할 수 없는 까닭은, 그의 공로가 다른 사람의 공로에 비해 딱히 두드러지지는 않기 때문이었다. 그의 정확한 가치가 어느 정도인지 여부는 항상 수수께끼로 남을 수밖에 없었다. 그로선 단독으로 할 수 있는 일이 사실상 거의 없었기 때문이다. 예를 들어 라인맨 가운데 한 사람이 다른 사람들

---

49   디펜시브 엔드의 연봉에 관한 데이터는 양쪽 엔드의 연봉을 모두 합친 것이기 때문에 일부 고액 연봉자가 저평가되어 있기도 하다. 예를 들어 블라인드 사이드를 위협하는 크리스 돌먼 같은 선수는 반대쪽에 있는 엔드보다도 훨씬 더 많은 연봉을 받게 마련이다. 연봉 데이터를 제공해 주신 샌프란시스코 포티나이너스 경영본부와 NFLPA(NFL 선수 노조)에 감사드린다. (원주)

보다 훨씬 중요하다고 말하는 것은, 예를 들어 싱크로나이즈드 선수 가운데 한 사람이 다른 한 사람보다 훨씬 더 중요하다고 말하는 것만큼 터무니없었다. 하지만 이런 상황도 변하기 시작했다. 풋볼의 전략이 집단을 해체해 버렸기 때문이다. 또는 집단 가운데 유독 이 한 사람을 떼어 내서 고유의 임무를 부여했기 때문이다. 그가 누군지는 거의 아무도 몰랐다. 아직까지는 말이다. 하지만 그가 누군가를 멈추게 하는 대가로 돈을 받는다는 사실은 사람들도 알았다. 어떤 경기가 끝나고 이틀쯤 지나면 사람들은 그 경기에서 크리스 돌먼이나 로렌스 테일러나 브루스 스미스가 한껏 설치고 돌아다니지는 못했다는 사실을 비로소 깨달았다. 마치 스타가 제대로 뛰지 않은 경기나 마찬가지였다.

레프트 태클의 역할에 대한 인식은 기껏해야 이 정도가 최선이었다. 본인 스스로는 아무런 스포트라이트도 받지 못했다. 어느 누구도 그의 사진을 찍지 않았다. 하지만 그는 바로 앞에 있는 스타의 빛을 받아서 간접적으로 빛나고 있었다. 말하자면 음화 같은 셈이었다.

레프트 태클에게 막대한 돈을 지불하기 전까지만 해도 NFL의 재능 평가자들은 그 포지션을 담당할 선수가 정확히 어떤 모습이어야 하는지에 관해서는 뚜렷한 생각을 갖고 있지 못했다. 일종의 원형이라 할 만한 선수가 없었기 때문이다. 그리하여 자유 계약 제도가 생겨난 직후의 짧은 기간 동안에는 약간의 혼란이 불가피했다. 결국에 가서는 신체적으로 그 포지션에는 어울리지 않다고 판단되어 해고될 선수들이 잠시나마 레프트 태클로 뛰면서 한밑천씩을 벌 수 있었던 것이다. 스티브 월리스는 체중을 20킬로그램쯤 더 늘리면 유리할 수도 있다는 걸 알았다. "그렇게 해서 제 엉덩이가 큼직해지면 더 좋았겠죠." 그의 말이다. "제 엉덩이 둘레는 생각만큼 굵지가 않았거든요." 윌 월퍼드 역시 원형은 아니었다. 대학 시절 그는 라이트 태클로 뛰었다. 빌스 시절에도 첫해에는 라이트 가드로 뛰었다. 월리스와 마찬가지로 그 역시 오펜시브 라인에서 자신의 낯설고 새로운 (즉 쿼터백을 잡으러 달려드는 저 광포하고도 위험한 짐승을 일대일로 맞상대해야 하는) 역할을 억지로 떠맡아서 나름대로의 플레이 방법을 혼자 연구해야 했던 경우였다. 그는 순수한 신체 능력보다는 오히려 영리함 때문에 두각을 나타낸 경우였다. 월리스와 마찬가지로 그 역시 체중을 더 늘리는 편이 좋을 수도 있었다. 팔이 너무 짧다는 것도 약점이었다. 신체적으로는 이 임무를 감당하기에 적격이 아니라는 판단에 따라서, 그는 1996년에 가드로 다시 자리를 옮겼고, 1998년 시즌이 끝난 뒤에는 은퇴했다. 2006년에 그는 이렇게 말했다. "팔만 좀 더 길었더라도 저는 아직 현역에서 뛰고 있었을 겁니다."

일단 돈이 날아다니기 시작하면서, 재능 평가자들은 레프트 태클의 몸에 붙은 살의 감정사가 되어 버렸다. 월리스와 월퍼드 같은 선수들은 오히려 신체적으로 부적격한 것으로 간주되었다. 레프트 태클은 우리 주위에서는 흔히 볼 수 없는 일련의 특별한 신체 조건을 지녀야 한다고 간주되었다. "제가 지금 당장이라도 드래프트 방에 들어가 앉아 있으면, 스카우트 담당자들이 어느 대학의 라인맨에 관해서 무슨 이야기를 하게 될지 안 봐도 뻔할 정도라니까요." 뉴욕 자이언츠의 감독 어니 어코시의 말이다. "첫 번째는 '그 녀석은 태클입니다. 하지만 프로에서는 가드로 뛰어야 할 거예요.' 두 번째는 '그 녀석은 대학에서 레프트 태클이었습니다. 하지만 프로에서는 라이트 태클로 뛰어야 할 거예요.'" 이제 레프트 태클은 최소한 136킬로그램 이상의 체중을 지닌 선수인 동시에, 필드에서 가장 뛰어난 운동 능력을 지닌 선수를 의미하게 되었다. 이제 그런 선수가 상당히 많은 돈을 번다는 것은, 결국 원칙적으로 그런 선수가 매우 희귀하다는 뜻이었다. "체중이 160킬로그램에 발까지 빠른 선수를 찾기는 아주 어렵습니다." 어코시의 말이다. "대개는 신장이 188센티미터에 불과하거나, 또는 팔이 너무 짧거나, 또는 손이 너무 작거나, 또는 발이 너무 느리거나, 또는 운동 능력이 충분하지 않게 마련이죠. 물론 코치를 해서 해결되는 것도 많지만, 발이 느린 것은 코치로도 해결이 안 되는 겁니다. 사람의 팔을 더 길어지게 한다거나, 또는 손을 더 커지게 하는 것도 안 되기는 마찬가지죠. 사람의 키를 더 커지게 할 수도 없고요."

어코디는 무의식중에 한 가지 흥미로운 사실을 지적한 셈이었다. NFL에서 이미 다 자란 성인의 팔이나 상체를 더 늘릴 수 없는 것이야 아마 사실일 것이다. 하지만 대신에 이들은 수백만 달러라는 돈을 공중에 흔들며 미국 인구 전체를 향해 자신들의 인센티브가 바뀌었음을 알릴 수도 있었다. 그러하면 일찍이 농구의 파워 포워드나, 또는 투포환 선수를 지망했던 청소년 가운데 일부는 고등학교 풋볼 팀을 그만두기 전에 다시 한 번 생각해 보게 되지 않을까. 특정한 신체 조건만 갖추게 되면 막대한 돈을 벌 수도 있으니 말이다.

여기에 딱 어울리는 사례가 있다. 바로 조너선 오그든이다. 워싱턴 DC의 한 투자 은행가의 아들이었던 그는 풋볼계에 자유 계약 제도가 생겨나기 직전에 세인트올번스스쿨을 졸업했다. 신장 205센티미터에 체중이 거의 160킬로그램이었지만, 처음만 해도 레프트 태클에 딱 어울리는 체중은 아니었다. 풋볼과 투포환 선수로 UCLA에 진학한 당시에 오그든의 별명은 "뚱보 앨버트"[50]였다. 그는 풋볼을 좋아했지만 투포환도 마찬가지로 좋아했다. 그리고 투포환 종목에서 미국 올림픽 대표 팀에 선발될 기회도 분명히 있었다. 세인트올번스 시절에 오그든은 라이트 태클로 뛰었고, 그 포지션을 무척이나 좋아했다. 왜냐하면 이 팀에서는 라이트 태클의 바로 뒤로 공이 따라가는 방식의 플레이를 주로 사용했으며, 그로서는 런 블로킹이 재미있었기 때문이다. 그런데 UCLA에서 새로 만난 코치는 오그든을 레프트 태클로 옮기면서 주로 패스 블로커로 뛰게 했다. 그는 화를 냈다. "저는 아버지한테 전화를 걸었죠." 오그든의 말이다. "그리

---

50 미국 CBS에서 1972년부터 1984년까지 방영한 만화 시리즈 〈뚱보 앨버트와 코스비 아이들〉의 주인공으로, 몸이 매우 뚱뚱하지만 선량한 마음을 지닌 흑인 소년이다. 코미디언 빌 코스비가 주인공과 친구들의 목소리 연기를 담당하고 실물로 출연해서 해설을 담당했다.

고 말씀을 드렸죠. '여기서는 저보고 레프트 태클을 하래요!' 그랬더니 아버지께서는 저보고 그냥 하라고 말씀하시더군요. 제가 정말로 풋볼을 할 생각이라면, 레프트 태클이야말로 저한테 딱 어울리는 포지션이라는 거예요." 자유 계약 제도가 생겨난 직후의 몇 년 동안에는 레프트 태클 포지션에 적합한 젊은이에게 마침 투자 은행가인 아버지가 있는 것이야말로 금상첨화였다. 그때 이후로는 이 포지션의 경제적 가치가 워낙 뚜렷해졌기 때문에, 굳이 투자 은행가의 조언이 필요하지 않았다.

조너선 오그든은 풋볼 분야에서 자기 미래를 여전히 확신하지 못했다. UCLA에서의 첫해도 그다지 격려가 되지는 못했다. 고등학교에서 대학교로 넘어온 것이 그에게는 대학에서 프로로 넘어간 것보다도 훨씬 더 커다란 간극을 상징했다. "신입생 때는 한 해 내내 신통치가 않았습니다." 그의 말이다. 고등학교 시절만 해도 오그든은 대략 열 번의 플레이만 했다. 대학 팀에 와서는 프로와 맞먹는 공격을 해야 했다. 패스 블로킹은(그에게는 이것이야말로 거의 수동적인 활동처럼 보였다) 런 블로킹보다 훨씬 재미가 없었다. 하지만 2학년이 되자 그는 자기가 어디로 가야만 하고 무엇을 해야만 하는지를 이해하게 되었으며, 이제는 자연스럽게 플레이를 할 수 있었다. 그 시즌(그러니까 1994년 시즌)이 끝난 직후에 그가 상대했던 디펜시브 엔드 가운데 '네 명'이 NFL 드래프트에서 1라운드에 들어갔다. 그는 극도로 뛰어난 블라인드 사이드 패스 러셔 네 명(윌리 맥긴스트, 샌티 카버, 트레브 앨버츠, 제이미어 밀러)을 상대해서 단 한 차례의 색도 내주지 않았다. "그제야 비로소 이런 생각이 들더군요. '저런 녀석들이 1라운드로 지명되면, 나라고 1라운드 지명이 못 되란 법이 있겠어?'"

좋은 질문이었다! 이제는 어느 누구도 그를 '뚱보 앨버트'라고 부르지 않았다. 오그든은 우선 160킬로그램에서 140킬로그램으로 체중을 줄인 다음, UCLA의 체력 단련실에서 156킬로그램으로 다시 체중을 늘렸다. 지방이 있던 자리에 근육이 자리 잡았다. 그는 이전보다 더 빠르고, 민첩하고, 강하고, 전반적으로 무시무시해졌다. 신장 205센티미터에 체중 156킬로그램이었지만 매우 몸놀림이 좋았다. "대학 시절 몇 주 동안은 한 손에 커피를 한 잔 들고, 나머지 한 손으로만 상대편 선수를 블로킹하기도 했죠." 사람들이 이 말을 듣고 웃음을 터트리면, 오그든은 한 손을 치켜들며 말했다. "아뇨, 농담이 아니라니까요." 그의 팀이 질 때도 있었는데, 그때마다 그는 주위를 둘러보며 투덜거렸다. "저 자식들이 러시를 안 해서 그래!" 3학년 때에 오그든은 이후 풋볼 경력 내내 질리도록 듣게 될 한마디를 처음 접하게 되었다. 바로 '자연이 낳은 괴물'이라는 말이었다. 또 스카우트 담당자들이 그를 가리켜 "약아빠진" 선수라고 하는 말도 들었다. 오그든은 스카우트 담당자들이 항상 한 가지 단서를 달려 한다고, 그러나 자기의 경우에는 아무런 결점도 없었기 때문에 구태여 그들이 하나 만들어 냈다고 생각했다. "대학을 졸업할 즈음 저는 전국 최고의 패스 블로커였죠." 그의 말이다. "하지만 그걸로 끝이 아니었습니다. 그 사람들은 한 가지 '그러나'를 가져야만 했어요."

그러나… 오그든을 가리켜 "약아빠진" 선수라고 비난을 한다고? "그럼 그 사람들은 도대체 어떤 선수를 찾고 있었다는 걸까요?" 그는 반문했다. 오그든의 '임무'에는 군이 공격성까지는 필요 없을지도 몰랐다. 하지만 정작 이 '선수'는 그야말로 난폭했다. 그가 3학년이었던 시즌에 UCLA는 알로하 볼Aloha Bowl 51 에서 캔자스를 맞아 완패를 당하게 되었다. 오그든의 팀은 무려 31점이나 뒤처진 채로 4쿼터를 맞이했다. 경기는 끝난 것이나 다름없었지만, 이날 하루 종일 그를 괴롭힌 상대편 디펜시브 엔드는 공격의 기세를 늦추지 않았다. 오그든은 상대방의 꿍꿍이를 알 것만 같았다. 무려 조너선 오그든을 쓰러트림으로써 자기 이름을 날릴 수 있다고 믿는 모양이었다. 어쩌면 그 선수는 NFL 스카우트 담당자들이 그에 관해서 한 말(조너선 오그든은 내심 물렁한 데가 있는 선수라는 말)

51　NCAA의 서브 디비전 대회로, 1982년부터 2000년까지 하와이의 호놀룰루에서 열렸다.

을 신문을 통해 접했는지도 몰랐다. "그 녀석은 계속 덤벼들더군요." 오그든의 말이다. "그래서 저는 그 녀석을 번쩍 들어서, 바닥에다 내던지고, 흙 속에다 벅벅 문질러 주었죠. 그리고 그 녀석을 깔아뭉개고 말했어요. '야, 이 자식아, 이번 쿼터의 남은 시간 내내 이 짓을 당할래, 아니면 이제는 좀 쉬면서 조용히 경기를 끝낼래?' 그랬더니 그 녀석도 더는 못 덤비더라고요!"

1996년의 드래프트에서는 볼티모어 레이븐스가 네 번째로 오그든을 지명했다. 이때 그는 이 해에 나온 보너스 계약 가운데서도 가장 큰 금액을 얻게 되었다. 무려 680만 달러였다. 오그든은 이를 축하하기 위해 라스베이거스로 놀러 갔다. 블랙잭을 하러 테이블에 앉아 있는데, 누군가가 그의 어깨를 톡톡 두들기며 말했다. "저기, 혹시 조너선 오그든 아니에요?" 오그든은 뒤를 돌아보았다. 그를 알아본 사람은 농구계의 전설 찰스 바클리였다. 대중에게는 전혀 알려지지 않게 마련인 오펜시브 라인맨을 농구 스타 찰스 바클리가 알아본 것이었다. 게다가 그는 아직 NFL에서 뛰지도 않았는데 말이다. 그 일이 있은 직후에 오그든은 미국 올림픽 대표 팀에서 투포환 선수로 뛰고 싶다는 오랜 꿈을 완전히 포기하게 되었다.

어린 시절의 오그든은 극도로 수줍어하는 성격이었다. 철자 맞추기 시합을 할 때면 관중에게 등을 돌려야 했으니, 관중을 마주 보며 철자를 대지는 못하기 때문이었다. 경이로운 NFL 경력이 시작되고 몇 년이 지나도록 조너선 오그든을 가리켜 수줍어하는 성격이라고 말하는 사람은 거의 없었다. 그는 영리한 편이고, 말도 잘하고, 유머 감각이 뛰어났다. 자기에 대해서나 자기 능력에 대해서나 자신감이 어느 누구보다도 더 확고했다. 그렇지 않아야 할 이유가 있을까? 오그든은 늘 혼자서 하던 일을 해냈고, 그것도 역대 어느 누구보다도 더 잘 해냈다. 그에게는 증거도 있었다. 그의 팀 쿼터백은 단 한 번도 색을 당하지 않았던 것이다. 패스를 하러 뒤로 물러설 때에도 쿼터백은 자기 등 뒤를 걱정할 필요가 없음을 확신했다. 상대편 선수는 오그든을 볼 때마다 즐거워할 수가 없었다. "그런 상황이 되면 무척이나 위협을 느끼게 되죠." 전설적인 패스 러셔 브루스 스미스가《워싱턴포스트》와의 인터뷰에서 한 말이다. 당시 기자는 조너선 오그든과 일대일로 맞붙는 것이 어떤 느낌인지를 물어보았다. "스크리미지 라인으로 걸어갈 때면 그를 흘끗 보지 않을 수가 없습니다. 그러면서 생각하는 거죠. '도대체 저 녀석 부모님은 애한테 뭘 먹여서 키운 거야?'"

2000년 시즌 직전 볼티모어 레이븐스는 오그든과 440만 달러에 6년간 계약을 연장했다. 이는 어느 저명한 에이전트의 말마따나 "프로 풋볼계의 연봉 협상 중에서도 가장 사람 황당하게 만든 순간 가운데 하나"였다. 이 순간 조너선 오그든은 NFL의 그 어떤 쿼터백보다도 더 많은 돈을 받았다. 심지어 그가 보호하는 쿼터백 트렌트 딜퍼보다도 8배나 더 많이 받는 셈이었다.

이제 필드에서 최고액 연봉자가 된 오그든은 자신의 임무를 워낙 잘, 그리고 자연스럽게 수행했다. 가끔은 자기가 이보다 더 급여는 적으면서도 일은 더 힘든 길을 선택했더라면 어떻게 되었을까 생각해 보기도 했다. 2000년 시즌의 막바지에 가서 레이븐스는 슈퍼볼의 승리를 향해 나아가던 도중에 AFC 선수권대회에 나가게 되었다. 오그든은 레이븐스의 타이트 엔드인 섀넌 샤프가 패스를 잡아서 96야드를 주파해 터치다운을 성공시키는 모습을 보았다. 레이븐스의 센터 제프 미첼이《스포팅뉴스》와의 인터뷰에서 한 말에 따르면, 샤프가 엔드존으로 들어가는 순간에 오그든은 미첼을 바라보며 이렇게 말했다고 한다. "나도 저런 플레이는 할 수 있는데. 나한테 공만 던져 주면, 나도 똑같이 할 수 있다니까."

오그든은 우선 스타 리시버들을 눈여겨보며 평가한 다음, 이번에는 주위를 둘러보며 자기가 보호하는 쿼터백들을 바라보았다. 그런데 그들은… 오히려 평범한 친구들이었다. 바로 자기 덕분에 그들은 마음껏 공을 던질 수 있는 기회를 얻었건만, 그들은 정작 그런 기회도 제대로 살리지 못하고 있었다. 쿼터백은 계속해서 해고당했다! 심지어 슈퍼볼에서 승리를 거두고 나서도, 레이븐스는 쿼터백인 트렌트 딜퍼를 해고해 버리고 더 나은 선수를 찾아 나섰다. 이 사람들은 뭐가 잘못된 걸까? 오그든은 당장 '자기가' 쿼터백을 해야겠다고 작정할 만큼 멀리 가지는 않았다. 하지만 그는 라인맨으로서는 최대한 이단적인 생각까지 나아간 셈이었다. "공을 던질 작정이라면 제발 좀 제대로 던졌으면 좋겠어요." 오그든의 말이다. "물론 제가 여기 온 이후에 거쳐 간 쿼터백들을 (한 스무 명쯤 되는 것 같은데) 비난하려는 건 아니에요. 하지만 서른 개의 패스 가운데 열 개밖에는 성공시키지 못하고, TD(터치다운)도 없고, 픽(가로채기) 두 개라면, 차라리 공을 들고 뛰자는 거예요. 그러면 최소한 제가 재미있기는 할 테니까요."

이 레프트 태클은 스타가 되었지만, 약간은 야릇한 경우였다. 오그든은 자신이 스타라는 것을 알았고, 그의 팀 동료나 코치도 이 사실을 알았다. 하지만 일반 팬들에게는 여전히 무명이나 마찬가지였다. TV 카메라는 여전히 오그든을 비추지 않았으며, 그는 자기 업적에 대한 사람들의 무관심을 의식하지 않을 수 없었다. "플레이를 잘하면 약간의 만족감이 생기기는 하더군요. 하지만 아주 큰 정도는 아니었어요." 그의 말이다. "제가 라인맨으로서 한 일에는 아무도 관심을 쓰지 않더군요. 명예의 전당에는 물론 오펜시브 라인맨이 하나 가득이죠. 제 말은 그 사람들도 거기 들어갈 만한 자격이 되었을 겁니다. 하지만 그 사람들이 누군지 아는 사람이 있나요? 사람들이 맨 먼저 떠올리는 건 앤서니 무뇨스겠죠. 그리고 결국 앤서니 무뇨스 하나밖에 없을 겁니다." 일반적으로는 간과되지만 오그든은 그저 장난삼아 자신의 운동 능력을 뚜렷이 과시하곤 했다. 마치 자리에 앉아서 경기 녹화 테이프를 연구할 코치들에게 자신이 모든 관심을 독차지하는 사람들 못지않다는 것을 알게 하려고 작정한 듯했다.

탬파베이 버커니어스와의 경기가 그런 경우였다. 레이븐스의 쿼터백이 던진 공이 가로채기를 당했다. 패스를 가로챈 상대편 코너백은 사이드라인을 따라 나는 듯 달려갔다. 엔드존까지는 60야드였고, 그를 가로막는 사람은 아무도 없었다. 레이븐스의 선수 대부분은 그냥 지켜보기만 했다. 저 빠른 선수를 따라잡을 가능성은 전혀 없었으니, 굳이 뭐하러 고생을 자처하겠는가? 두어 명의 선수가 20야드 정도 따라가는 시늉을 했지만, 정말로 그를 따라잡을 생각까지는 없었다. 비유하자면 개들이 처음 보는 스포츠카를 따라가며 짖다 마는 것과도 유사했다. 하지만 조너선 오그든은 정말 따라잡을 생각을 품고 있었다. 물론 가능성이야 희박했다. 신장 205센티미터에 체중 160킬로그램의 선수가 어떻게 신장 180센티미터에 체중 85킬로그램에 특히 빠른 발 덕분에 기용된 선수를 따라잡을 수 있겠는가? 이처럼 가능성이야 전혀 없었지만⋯ 그는 마치 정말 따라잡을 것처럼 보였다. 오그든이 달리는 모습을 보면, 비록 그의 얼굴 표정이나 생각을 읽을 수는 없어도, 그의 보디랭귀지를 통해 많은 것을 알 수 있었다. '이 쪼끄맣고 발만 빠른 놈의 자식아. 너랑 나랑. 일대일로. 20야드 달리기다 이거지. 내가 따라잡아 주마.'

NFL의 레프트 태클 조너선 오그든이 NFL의 코너백보다 더 빠를 수야 없었지만, 그는 이런 평가에도 아랑곳하지 않았을 것이다. 오그든은 자기가 특별함을 알고 있었다. 자기는 특별한 종류에 속한다고 생각했다. 어쩌면 새로운 종류의 첫 번째 경우라고 말이다. "차세대의 저를 만드는 것은 쉬운 일이 아닐 거예요." 그의 말이다. "왜냐하면 제가 할 수 있는 걸 다른 사람도 할 수 있게 가르치기는 불가능하니까요. 다른 사람도 키가 205센티미터가 되게 하기는 불가능하니까요. 다른 사람도 균형을 잃었다가 얼른 회복하도록 가르치기는 불가능하니까요. 정말 뛰어나기 위해서는, 애초부터 레프트 태클의 자질을 타고나야 한다는 거죠." 레프트 태클의 자질을 타고난다는 것은, 레프트 태클 노릇을 하는 것보다도 더 많은 자질을 타고난다는 뜻이나 다름없었다. 코너백이 엔드존에서 15야드 떨어진 지점에 도달했을 즈음, 오그든은 여전히 10야드 뒤에서 상대방을 쫓고 있었다. 이 거인과 난쟁이 사이에는 또 다른 선수가 하나 있었다. 탬파베이의 디펜시브 백 한 명이 굳이 그를 호위하기 위해 따라나섰던 것이다.

자기 발로는 코너백을 따라잡을 수 없을 것임을 마침내 깨달은 오그든은 아무 것도 모르는 그 중간에 낀 선수를 일종의 인간 미사일로 사용하기로 작정했다. 최대 속력으로 달리는 도중에 그는 체중 90킬로그램의 그 선수를 붙잡아 그 동료 쪽으로 확 내던졌던 것이다. 하지만 이 한 방은 아깝게도 빗나가고 말았다. 패스를 가로채고 터치다운을 하러 달려가던 그 코너백은 방금 자기 곁을 아슬 아슬하게 스쳐 나간 것이 무엇인지를 전혀 깨닫지 못했다. 그는 엔드존에 도달 하자마자 신이 나서 기쁨의 몸짓을 취했다. 관중 역시 그에게 축하를 보냈고, 그에게 온 관심을 쏟았다. 하지만 그들은 그러지 말았어야 했다.

CHAPTER 10

에그볼

1958년에 미시시피주 걸프포트 출신의 흑인 교사 클레넌 킹이 올 미스에 입학하려 했다가 미시시피주 방위군에 체포되어 정신병원으로 압송되는 일이 벌어졌을 때만 해도, 그 학교의 풋볼 코치는 이 사건이 자기와 무슨 관계가 있는지 차마 상상도 못 했다. 1962년에는 흑인 청년 제임스 메레디스가 이 학교에 와서 머물자 캠퍼스는 폭동에 휘말렸고, 그 학교의 풋볼 코치는 졸지에 연습용 필드가 주 방위군 헬리콥터 착륙장으로 이용되는 모습을 지켜보게 되었다. 하지만 그가 이끄는 풋볼 팀은 10승 0패를 기록하며 전국 우승을 차지하며 그 시즌을 끝냈다. 그런데 올 미스의 코치들이 흑인 선수를 스카우트하러 나서기 시작하면서, 이곳의 과거사가 방해가 된다는 사실이 드러났다. "미시시피에 있는 백인 학생 중에는 제대로 플레이를 하는 선수가 많지 않았죠." 올 미스의 풋볼 코치 가운데 한 사람의 말이다. "이 경기는 이제 무엇보다도 스피드가 관건입니다. 수비에서도 무엇보다도 스피드가 관건이고요. 우리한테 가능성이 있으려면 최고의 흑인 선수가 있어야 합니다." 하지만 최고의 흑인 선수는 이 학교에 별로 관심을 갖지 않았다. 1970년대 초에 올 미스의 풋볼 팀은 달콤한 숙명론에 사로잡히게 되었다. 공민권 운동 시절 일각에서는 올 미스 풋볼 선수들이야말로 과거의 남부군과 매한가지라는 비유가 나왔다.

어쩌면 부분적으로는 그 지역의 풋볼 팀이 필요하다는 이유 때문이었는지, 미시시피주 옥스퍼드는 미국 내 도시 중에서도 인종 관련 이슈가 전혀 없는 것처럼 보이려고 제일 많이 노력하는 곳이었다. 노골적인 인종차별주의를 드러내지 않으려고 지역민들이 어찌나 애를 썼는지, 한때 백인과 흑인 간 상호작용이 거의 없다시피 한 곳이었던 미시시피주 옥스퍼드에서도 이제는 전국의 다른 지역과 마찬가지로 그런 상호작용이 흔해지게 되었다. 하지만 이곳의 역사를 완전히 외면할 수는 없었는데, 그런 이유 가운데 하나는 극도로 짜증스러운 외부인들이 즐거운 대화 도중에 줄곧 그 이야기를 물고 늘어지는 경우 잦았기 때문이었다. 비교적 최근인 2004년 가을만 해도 SEC 소속 학교들의(앨라배마대학도 포함해서) 여러 코치들은 마이클 오어에게 전화를 걸어서 올 미스에 가면 안 된다고, 왜냐하면 그 학교에서는 흑인을 환영하지 않기 때문이라고 말하기도 했다. 물론 올 미스 출신의 백인 부부 가정에 입양된 흑인 소년이야 이런 조언을 한 귀로 듣고 한 귀로 흘려버렸지만, 만약 마이클이 투이 가족과 살지 않았더라면 그 문제에 대해서 좀 더 관심을 갖게 되었을지도 모른다. 미시시피의 과거는 미시시피의 현재에도 적지 않은 영향력을 행사하고 있었으며, 별다른 돌파구가 없는 한 미래에도 계속해서 그런 영향력을 행사할 것이다. 1980년대에 올 미스를 졸업하고 지금은 모교에서 풋볼 선수들의 전담 강사로 일하는 있는 백인 바비 닉스는 이런 사실을 주기적으로 지적했다. 흑인 선수들도 올 미스의 어엿한 일원임을 각인시켜 주기 위해, 닉스는 종종 그들을 데리고 나이 많고 부유한 올 미스 출신 백인들이 자주 들르는 장소를 찾았다. 예를 들어 올 미스 캠퍼스의 명소인 '그로브'나 시내의 유서 깊은 번화가인 '스퀘어' 같은 곳이었다. 하지만 이런 방문은 항상 어색한, 또는 남부끄러운 느낌으로 마무리되기 일쑤였다. "그 아이들을 데리고 그런 장소에 가면 사람들의 시선이 어떤지 아십니까." 그의 말이다. "마치 비행기 안에서 울고 보채는 아이를 데리고 있는 부모 보듯 한다니까요."

그런 시선에 담긴 의미는 정말 여러 가지가 될 수 있었다. 흑인 선수들의 피부색이야 올 미스의 다른 풋볼 선수들과 그들을 구분하는 출발점에 불과했다. 그들은 이빨에 금테를 씌우고, 피부에 파란 문신을 새기고 있었다. 옷도 제각각이었다. 몸보다 더 큰 사이즈의 싸구려 스포츠 의류는 워낙 헐렁했기 때문에, 자칫 센 바람이 불어오면 졸지에 홀딱 벗겨져 날아갈 것 같았다. 자동차도 제각각이었다. 고물 자동차가 대부분이지만, 어째서인지 그 휠 캡만큼은 자동차보다도 두 배나 더 비싸 보이는 물건이었다. 그들이 이처럼 특이하게 보이는 자동차를 몰고 다니는 걸 보면, 앞 좌석을 하도 뒤로 젖혀 놓아서 운전자가 마치 뒤로 젖히는 의자에 누워서 열심히 일하는 중인 점성술사처럼 보였다. 그들은 대부분 표준 영어를 쓰거나 읽을 줄도 몰랐다. 올 미스의 풋볼 팬 중에서도 열성파를 제외하면 이들 흑인 풋볼 선수들을 알아보는 사람은 거의 없다시피 했다. 그 전담 강사의 말에 따르면 그들 중 상당수는 오히려 마이클 오어보다도 대학에 다닐 준비가 '덜'된 경우였다. 마이클의 학번에 해당하는 체육 특기생 대부분은 독해력이 3등급에 불과했다. 그중 일부는 수학 과목을 수강한 적도 없었다. '단 한 번도.'

하지만 대학에서 풋볼 선수로 뛰고 싶다면(즉 "리그"에서 뛰고 싶다면) 그들도 일반적인 대학생인 것처럼 가장하는 지루한 몸짓 놀이를 거쳐야만 했다. O 코치가 처음 소집한 춘계 연습은 상당히 호된 편이었고, 이 과정을 거쳐 살아남은 70명의 선수 가운데 40명 이상이 "학력에서 위험 수준"으로 분류되었다. 다시 말해서 그들은 앞으로 상당 시간을 올 미스 캠퍼스의 가장자리에 있는 짙은 색 창문 달린 붉은 벽돌 건물 안에서 한 무리의 전담 강사들이 숟가락으로 떠먹이다시피 가르치는 수업을 들어야 한다는 의미였다. "우리는 그 학생들에게 이야기해 주었습니다. 이제 너희는 법인의 피고용인이라고 말입니다." 그런 전담 강사 중에서도 더 경험이 많았던 닉스의 말이다. "따라서 성적 부진이면 어느 때라도 퇴학시킬 수 있다고 말입니다." 전담 강사의 업무는 자칫 성적 부진 상황에 처하게 만들 만한 교수나 강의로부터 학생들을 보호하는 것이 대부분이었다. 풋볼 팀의 대다수는 "형사 사법학"을 전공했다. 왜 하필 형사 사법학이냐 하면, 그 강의만큼은 수학이나 언어 분야의 실력이 필요 없어도 그만이었기 때문이다. 그래서 형사 사법학 강의에는 십중팔구 풋볼 선수들이 가득하게 마련이었다. 물론 올 미스에서 오로지 풋볼 선수들만 형사 사법학을 전공하는 것은 아니었다. 하지만 형사 사법학 프로그램에서 (미시시피주립 교도소의 별칭인) 파치먼 농장으로 현장 실습을 나갈 때면, 그 시설 '안'에 친구들이 있는 학생은 오로지 풋볼 선수들뿐이었다.

거리에 있는 사람들이 흑인 풋볼 선수들을 쳐다볼 때, 그러니까 바비 닉스로 하여금 비행기 안에서 울고 보채는 어린아이를 안고 있는 부모 같은 기분을 느끼게 할 때, 그들은 이 선수들의 피부색 말고 다른 것들에 대한 생각을 떠올리고 있는지도 몰랐다. 다른 장소에서라면 닉스는 그런 시선을 개의치 않았을지도 모른다. 하지만 이곳 옥스퍼드에서는 그럴 수가 없었다. 여기서는 모든 시선이 과거라는 필터를 거치게 마련이었기 때문이다.

흑인 학생들에 대한 올 미스의 처우가 다른 학교만큼(예를 들어 앨라배마대학만큼) 높은 수준은 아니라는 인식은, O 코치가 이 지역 최고의 고등학교 풋볼 선수들을 스카우트하러 나섰을 때 직면한 여러 가지 문제 가운데 단 하나에 불과했다. 하지만 아예 무시할 수는 없는 문제였다. 애초에 O 코치가 올 미스에 채용된 이유 가운데 상당 부분은 그가 흑인 풋볼 선수를 스카우트하는 일에서 재능을 보여 주었기 때문이었다. 그는 수석 코치를 해 본 적도 없었고, 풋볼 공격을 지도한 적도 없었다. 풋볼 수비를 지도하는 데는 솜씨가 좋았다는 것을 제외하면, 그의 유일하게 가장 중요한 경력은 서던캘리포니아대학USC 있을 때에 우수한 선수들을 스카우트해서 두 번이나 전국 선수권대회 우승을 차지한 풋볼 팀을 거느리고 있었다는 점이었다. O 코치가 부임한 1990년대 말에 USC 풋볼 팀은 성적이 좋지 않았고, 로스앤젤레스 도심 출신의 선수들을 다른 학교에 계속 빼앗기고 있었다. O 코치는 일종의 본보기가 필요하다고 생각했다. 도심의 고등학교 선수 가운데 가장 뛰어난 한 명을 USC로 끌어들여서, 그가 대단한 경험을 할 수 있었음을 보여 주기만 한다면, 다른 선수들도 그 뒤를 따를 것이었다. 그가 선택한 본보기는 숀 코디라는 이름의 디펜시브 라인맨이었다.《USA 투데이》선정 고등학교 올 아메리칸 선수인 그는 USC에서 3년간 활약하고 나서 디트로이트 라이온스의 2라운드 드래프트에서 지명이 되었다. O 코치는 마이클 오어에게서도 숀 코디의 모습을 볼 수 있었다. 하지만 이 선수는 그 이상이었다. 마이클 오어는 흑인이고, 유명하고, 미시시피주 옥스퍼드 인근 최고의 오펜시브 라인맨이었을 뿐만 아니라, 심지어 올 미스의 치어리더이며 캠퍼스에서도 최고 수준의 백인 학생 클럽 소속인 백인 누이까지도 있었다. 그의 가능성이야말로 정말 무궁무진했다.

머지않아 올 미스에서는 신임 수석 코치가 이 학교의 풋볼 팀을 마이클 오어의 양쪽 어깨 위에 새로 구축하려 한다는 소문이 자자하게 퍼졌다. 올 미스의 선발 태클인 바비 해리스와 트리 스톨링은 마이클 오어의 고등학교 시절 스카우트 테이프를 찾아내서 모두들 이야기하는 이 신입생에 관해 알아보았다. 스톨링과 해리스는 이제 4학년 시즌을 맞이하고 있었으며, 머지않아 NFL 스카우트 제의를 받을 예정이었다. 스톨링은 캔자스시티 치프스의 6라운드 지명이 될 것이었고, 해리스는 샌프란시스코 포티나이너스와 자유 계약을 맺을 것이었다. 사람들이 올 미스의 오펜시브 라인맨을 주목할 때는 특히 스톨링이 관심의 대상이 되곤 했다. 그러다가 그는 마이클 오어가 브라이어크레스트크리스천스쿨에서 레프트 태클을 담당하는 경기 화면을 지켜보았다. "우리는 그냥 웃기만 했죠." 해리스의 말이다. "제 눈으로 본 사람 중에서 그 녀석이야말로 최고의 라인맨이었으니까요. 시카고 베어스의 테렌스 메카프가 그다음이었죠. 그 녀석은 다른 선수들을 완전히 박살 냈으니까요. 트리하고 저는 서로 얼굴을 쳐다보면서 이렇게 말했어요. '저놈 괴물이잖아!'"

O 코치는 바로 그 테이프를 조지 들리오니에게도 건네주었다. 대학과 프로 팀을 오가며 36년째 오펜시브 라인맨 코치 일을 담당한 들리오니는 시러큐스대학을 떠나 올 미스로 자리를 옮긴 직후였다. 그는 마이클의 테이프를 보면서 줄곧 이렇게 생각했다. '이런 세상에.' "저 녀석 엉덩이 유연한 것 좀 봐! 저 등짝 휘어지는 것 좀 봐! 저 덩치! 저 발놀림!" 그는 테이프를 다시 한 번 보면서 이렇게 소리를 질러 댔다. 들리오니는 나중에 NFL의 스타 라인맨이 된 선수들을 대학 유망주 시절부터 봐 온 사람이었다. "올란도 페이스, 또는 카우보이스에서 뛰는 앤드리 거로드 정도라고나 할까요." 그의 말이다. "지금 단계에서 마이클 오어의 실력은 바로 그런 선수들에 버금간다는 것이 제 생각입니다. 그 녀석에게는 운동감각이 있어요. 그건 타고나야 하는 것이죠."

최근 들어서 올 미스의 풋볼 팀이 누린 영광의 순간은 그저 짧고도 대부분 금방 지나가 버린 것뿐이었지만, 오펜시브 라인맨을 NFL에 입성시키는 데에서는 항상 좋은 성과를 거두었다. 가장 최근(2005년)의 NFL 드래프트에서도 올 미스의 센터 크리스 스펜서는 1라운드 지명으로 시애틀 시호크스에 들어갔고, 가드 중 한 명인 마커스 존슨은 2라운드 지명으로 미네소타 바이킹스에 들어갔다. 그 이전에는 테렌스 메코프가 베어스로, 토드 웨이드가 텍산스로, 스테이스 앤드류스가 벵골스로, 벤 클랙스턴이 팰콘스로, 투턴 라이스가 팬서스로, 키드릭 빈센트가 스틸러스로 입단했다. 이 선수들 가운데 어느 누구도 신입생 때부터 선발 라인업에 들어온 적은 없었다. 조지 들리오니는 마이클 오어도 다른 뛰어난 오펜시브 라인 유망주와 마찬가지로 대접받아야 한다고 생각했다. 1년간은 경기에 내보내지 않고, 벤치에 앉힌 상태로 시스템을 배우게 하는 것이다. 36년간의 대학 팀 코치 경력을 통틀어 들리오니가 신입생을 선발 라인업에 넣은 경우는 단 한 번뿐이었다. 1986년에 약체 팀인 시러큐스에 있을 때인데, 이 학교는 올 미스가 지금 속한 콘퍼런스보다도 더 약한 대학 콘퍼런스에 속해 있었다. 심지어 그때도 블레이크 베드나르스라는 이름의 한 선수는 고등학교 시절 몇 년간 선발로 뛰었고, 체력 단련도 강도 높게 했고, 시러큐스에 들어왔을 때는 자기 포지션에 대해서 잘 알고 있었다. 그런데도 막상 필드에서는 죽을 쑤었다! "블레이크는 결국 우리 팀에서도 최고의 선수가 되었죠." 들리오니의 말이다. "하지만 첫해만 해도 그렇지 못했습니다."

그런데 지금 O 코치는 마이클 오어를 올 미스의 선발로 내보내라고… 그것도 당장 그렇게 하라고 고집을 피우는 것이다! 이 꼬마는 고등학교 시절 오펜시브 라인으로 경기에 나간 경험이 겨우 열다섯 번밖에 되지 않았다. "체력 단련 프로그램을 제대로 받은 적도 없는 꼬마였습니다." 들리오니의 말이다. "그런데 무려 5년 넘게 체력 단련실에서 살다시피 했던 성인 선수들과 붙여 놓으라는 겁니다. 그것도 디펜시브 라인맨으로만 치자면 전국에서 최고 리그에 속해 있는 팀에서 말입니다." 문제는 지난 20년 사이에 대학 경기가 점점 더 복잡해졌다는 데에 있었다. 올 미스의 공격은 애틀랜타 팰콘스의 러닝 플레이와 탬파베이 버커니어스의 패싱 플레이의 조합 정도가 될 것이었다. 들리오니가 생각하기에는 이 꼬마가 제아무리 경기에 빨리 투입된다 하더라도, 누구를 블로킹할 것이며 어떻게 블로킹할 것인지를 배우기 위해서는 최소한 시즌 하나를 겪어 보아야 할 것이라고 생각했다. 그런데 설상가상으로 O 코치의 말에 따르면 마이클 오어는 일종의 학습 장애까지도 있기 때문에, 뭔가를 설명하려면 일일이 케첩과 겨자 병을 가지고 해야 한다지 않은가. 그 녀석은 "시각 학습 가능자"라는 것이 O 코치의 말이었다. 그 말이 무슨 뜻인지는 모르겠지만 말이다.

이 시즌의 첫 번째 경기가 두 달 앞으로 다가온 가운데, 들리오니는 차를 몰고 미시시피주 옥스퍼드에서 한 시간 반 떨어진 멤피스에 있는 투이 가족의 집에 도착했다. X 자와 O 자가 가득한 올 미스의 플레이북을 내던진 채, 그는 NFL 공격의 핵심적인 내용을 마이클 오어에게 가르치기 시작했다. 부엌 의자들을 세워 놓아서 라인배커들을 표시했다. 멋진 식당 의자들을(다행히도 투이 가족에게는 의자가 충분히 많았다) 가지고는 디펜시브와 오펜시브 라인을 표시했다. O 코치가 최대한 빨리 이 꼬마를 필드로 데리고 나오라는 지시를 내린 바 있었으므로, 들리오니는 그를 라이트 가드로 배치할 예정이었다. 물론 이 꼬마의 원래 포지션은 아니었다. 그의 원래 포지션은 레프트 태클이었다. 하지만 라이트 가드의 경우에는 양옆에 있는 센터나 태클로부터 물리적인 도움은 물론이고 전략적인 조언도 얻을 수 있었다. 이것은 가장 배우기 쉬운 포지션이었지만, 들리오니가 생각하기에는 신입생 가운데 이 포지션을 제대로 배울 만한 사람은 없었다. "마이클 오어는 제가 본 선수 중에서도 그 정도 덩치로는 가장 뛰어난 운동 능력을 지니고 있었습니다." 들리오니의 말이다. "그렇다 해도 그 당시 제가 맡은 임무는 정말이지 불가능한 일이었죠."

투이네 집 부엌의 무사안전 측면에서 보면 다행스럽게도, 두 사람이 한창 연습을 시도하던 차에(이 꼬마는 식탁 의자들을 멋지게 라인 밖으로 밀쳐 내고 있었다) 리 앤이 집에 돌아왔다. 마이클이 라인에서 뛰어나가 가구를 상대로 '가슴팍 붙잡기'를 구사하는 모습을 보자, 이번에는 그녀가 수비 작전을 통제하게 되었다. "라인배커들은 그냥 있어도 돼요." 그녀는 애써 성질을 죽이며 말했다. "하지만 2,000달러짜리 내 식당 의자들은 도로 제자리에 갖다 두시지요! 지금 당장요!" 곧이어 그녀는 X 자와 O 자로 가득한 코치의 플레이북을 들여다보고는 "이건 제대로 먹혀들지 않을 것 같다"고 말하기에 이르렀다.

들리오니 코치에게는 물론 플레이북을 바꾸는 것보다도 더 좋은 생각이 하나 있었다. 바로 마이클을 벤치에 앉혀 두는 것이었다. 멀쩡한 정신을 가진 오펜시브 라인 코치라고 한다면, 어찌 감히 SEC 풋볼 경기에 신입생 따위를, 그것도 플레이를 제대로 이해하지도 못한 라인맨을 기꺼이 내보내려 하겠는가? 처음 몇 경기에서 그는 실제로 이런 전략을 써먹었다. 우선 O 코치가 마이클 오어를 선발로 출전시킨다. 하지만 2쿼터 중반쯤에 O 코치의 집중력이 흐트러질 즈음, 들리오니는 상급생 한 명을 시켜서 마이클의 어깨를 툭 치고 "넌 이제 교체"라고 전달하게 했다. 그러면 마이클은 그가 벤치에 앉아 있다는 사실을 O 코치가 뒤늦게야 깨달을 때까지 경기에서 빠져 있는 것이었다.

들리오니는 리 앤을 충분히 무시해도 된다고 여겼다. 하지만 O 코치까지는 무시할 수 없었다. "대학 풋볼 팀에서 코치 노릇을 하는 사람들은 격한 편이지요." 들리오니의 말이다. "하지만 O의 격한 성격은 차원이 달랐습니다."

"나와아아라나와아아라!! 어어이! … 어어이! … 어어이! … 어어이! 가자아아아아가자아아아아가자아아아아!"

아직 오전 7시였지만 O 코치는 벌써부터 연습 시설의 홀을 이리저리 오가며 목이 터져라 '나오라'고 소리를 지르고 있었다.

지친 듯한 선수들이 그의 옆을 지나갔다. 한 무리가 되어 다가오는 라인맨을 지켜보는 것이야말로 야윈 체형에 대한 연구나 다름없었다. 체중 136킬로그램짜리 선수 14명이 좁은 복도를 따라 걸어오는 것은 정말 볼만한 광경이었다. 이들의 움직임은 규칙적이고, 일치되었고, 느렸다. 이들의 한 걸음 한 걸음이 불연속적인 사건이었고, 의식적인 노력을 필요로 했다. 이들은 온 몸무게를 한쪽 다리에 실었고, 잠시 멈춰 서서 또 한 번의 1미터짜리 여행을 준비하다가, 다시 앞으로 나아갔다. 그들은 마치 서커스 코끼리 떼처럼 보였다. 단 한 사람만 예외였다. 그중에서도 가장 큰 그 선수는 발 앞꿈치만 디디면서 가볍게 성큼성큼 걸어가고 있었다.

마이클 오어의 주위에는 이미 사람들이 모여들고 있었다. 그로선 전혀 알지도 못하는 사람들이 말을 걸어왔다. 시즌 시작 전에 《스포츠일러스트레이티드》에서는 그를 전국에서 특히 주목해야 할 다섯 명의 대학 신입생 풋볼 선수 가운데 하나로 꼽았다. 처음 연습 중 하나에서 라이트 가드로 새로 배치된 마이클은 상대편 디펜시브 엔드가 충돌 러시로 레프트 태클을 쓰러트리고 쿼터백을 색하는 걸 지켜보며 그저 고개만 저었다. 이 플레이가 끝나자 그는 디펜시브 엔드에게 가서 말했다. "내가 레프트 태클이라면 너는 우리의 백필드가 '어떻게 생겨 먹었는지'도 몰랐을 거야. 너한테는 아마 지도가 필요했을걸." 하지만 아쉽게도 그는 레프트 태클이 아니었다. 바비 해리스가 그 포지션이었다.

"어어이! 어어이! 어어이! 바배리스! 아익도 자미 '들' 깬나????!!! 정신 차르라 바바바바바바바! … 먼 마인지 아았나, 바배리스??"

"아아씀다, 코치님." 바비 해리스가 대답했다.

"마이코어! 마이코어! 너은 어어어어어어쯔 댄나?"

(마이클 오어! 마이클 오어! 너는 어찌 되었냐?)

"쌀 쯘비 댄나?"

(싸울 준비 되었나?)

"시계를 거꾸로 돌리는 거다. 이틀 전으로 모조리! 어어이! 어어이! 어어이! 어어이!" 그의 목소리가 날카로운, 마치 개 훈련용 호루라기처럼 높아지더니, 그는 모퉁이를 돌아서 사라져 버렸다.

아드레날린과 테스토스테론을 분출시키는 인간 장치인 O 코치는 춘계 연습의 첫날부터 바로 이날, 그러니까 이 시즌에 이 팀의 마지막 경기가 예정된 날까지 줄곧 이런 추세를 유지하고 있었다. 미국에서 가장 신통치 않은 풋볼 팀 가운데 하나를 담당하고 있었음에도 불구하고, 그는 이런 추세를 늦추지 않았다. O 코치는 약하고 사기가 저하된 선수들을 건네받아서, 곧바로 그중에서 자기 기준에 부응하는 선수들이 누군지 판정하는 일에 착수했다. 3주간의 호된 춘계 연습 끝에, 올 미스의 선수 85명 가운데 17명이 스스로 물러나고 말았다. 일부는 다른 대학으로 소속을 옮겼다. 일부는 아예 집으로 돌아가 버렸다. O 코치는 곧바로 이들 선수의 자리를 대체할 선수들을 찾아 나섰다. 이제 시즌이 마지막 주에 들어간 상황에서, 아직 쓸 만한 중고품 풋볼 선수를 찾아내는 그의 후각은 거의 콘도르를 능가할 정도였다. O 코치는 다른 2년제 대학 팀의 선수 명단을 훤히 꿰고 있었다. 그는 대학 풋볼 선수를 구한다는 광고를 인터넷에서도 어디에 올려야 할지 잘 알고 있었다. 허리케인 카트리나 때문에 털레인대학 풋볼 팀이 뉴올리언스를 떠나야 할 상황이 되자, O 코치는 그 시 경계까지 달려가서 털레인 최고의 선수들을 꼬여 내려고 시도하기도 했다. 급기야 털레인의 수석 코치가 그를 가리켜 공개적으로 "똥보다 더 지저분한 인간"이라고 욕하기에 이르렀다.

O 코치는 똥보다 더 지저분한 인간까지는 아니었다. 다만 위급한 상황에서 필사적으로 노력하는 인간이었다. 일류 수준의 대학 풋볼 팀에서 수석 코치를 담당하는 이런 기회는 그에게 처음이자 어쩌면 마지막일 수도 있었다. 그런데 선수가 없었던 것이다! 그의 수비 작전은 사실 매우 훌륭했다. 그리고 O 코치는 원래 수비 전문이기 때문에, 그것 하나만큼은 매우 잘 운영했다. 하지만 그는 풋볼 공격에 관해서는 사실 경험이 없다시피 했다. 게다가 공격 담당 코치들도 O 코치에게 별다른 도움이 되지는 못했다. 매주 코치들이 내놓는 이런저런 플레이는 어디까지나 신체적으로 더 탁월한 풋볼 선수들을 데리고 실시해야만 성공할 수 있는 정도의 수준이었다. 결국 올 미스의 공격은 번번이 성공의 가망성이 거의 없는 상태로 필드에서 뛸 수밖에 없었다. 시즌 마지막 경기를 앞둔 레벨스의 성적은 3승 7패였지만, 이런 기록만 가지고는 이 팀이 겪는 절망을 차마 제대로 표현할 수조차 없는 상황이었다. 일곱 번의 SEC 경기에서 이 팀은 1승 6패를 기록했고, 유일한 승리는 켄터키를 상대로 얻어 낸 것이다 보니 그리 자랑스러워할 만한 승리도 아니었다. 이 팀의 공격진은 모두 77점을 올리는 데 그쳤다. 디비전 I-A 풋볼 팀 117개 가운데 올 미스는 득점에서 115위를 차지했다. "우리 팀이야말로 대학 풋볼 팀 중에서 아마 최악이었을 거예요." 마이클의 말도 그리 틀린 것은 아니었다.

코칭스태프는 비탄의 여러 단계(부정, 충격, 분노, 슬픔, 체념)를 모조리 거쳐 왔고, 이제는 심리학 교과서에서도 차마 등장하지 않는 그 이상의 단계에 이르렀다. 전적인 굴욕의 공포 단계였다. 이제 그들은 미시시피주 스타크빌로 원정을 가서 미시시피주립 불독스와 경기를 할 예정이었다. 올 미스 대 미시시피주립의 경기는 에그볼Egg Bowl이라는 별칭으로 일컬어졌으니, 이전까지 두 학교 사이에 1,200번 내지 1,300번쯤 왔다 갔다 했던 계란 모양의 트로피를 기리는 명칭이었다. 하지만 올 미스는 벌써 몇 년째 에그를 계속 보유하고 있었다. 올 미스 풋볼 팀의 선배들 중 어느 누구도 에그를 놓치는 굴욕을 당하지는 않았던 것이다. 실제로 미시시피주립은 벌써 몇 년째 SEC에 속한 다른 학교에게 승리를 거둔 적이 없었다. 휴 프리즈는(이제는 O 코치의 가장 가까운 친구인 동시에 수석 보좌관이 되었다) 이렇게 말할 정도였다. "그건 우리가 굳이 질 필요가 없었던 경기였습니다. 미시시피주립을 상대로는 지려고 해야 질 수가 없었으니까요."

올 미스와 미시시피주립 간의 경기는 단순한 풋볼 경기 이상의 무엇이었다. 물론 이때는 올 미스의 풋볼 경기 가운데 상당수가 그렇다고 여겨졌지만 말이다. 그 직전에 있었던 (이 시즌에서 끝에서 두 번째 경기였던) LSU와의 경기에서 올 미스의 학생주임 스파키 리어던은 이 행사와 연관된 극단적인 감정을 이렇게 설명하려 했다. "이것이야말로 중동부 지역의 상황과 관련이 있다." 그는 올 미스의 학생신문에 기고한 글에서 이렇게 말했다. "한 팀의 팬들은 다른 팀을 미워하며 자라나는데, 정작 왜 그런지는 전혀 모르고 있다." 미시시피주립과의 경쟁의식도 이와 마찬가지여서, 팬들은 왜 자기들이 서로를 미워하는지 알지도 못했다. 이 경기는 오랜 역사를 지닌 미시시피의 계급 갈등의 대체물 노릇을 하고 있었다. 즉 칼라 달린 셔츠를 입는 백인 대중과 칼라 안 달린 셔츠를 입는 백인 대중 사이의 갈등이었다. 미시시피주립은 무상 토지 불하로 설립된 대학이었으며, 원래는 미시시피농공대학이었다. 올 미스의 풋볼 팬들이 미시시피주립에 대해 느끼는 대대적인 경멸은 텍사스대학의 팬들이 텍사스농공대학에 대해서, 또는 오클라호마대학의 팬들이 오클라호마주립대학에(이전의 명칭으로, 오클라호마농공대학에) 대해서 느끼는 감정과도 유사했다. 이런 학교들은 단순히 라이벌 관계가 아니었다. 오히려 서로를 얕보는 관계였다. 상대방은 이겨야 할 풋볼 팀이 아니라 진압해야 할 반란군으로 간주되었다. 미시시피주는 일찍이 옥스퍼드를 제외한 나머지 지역이 온통 레드넥으로 이루어진 큰 호수인 때가 있었다. 최근 수십 년 사이에는 지구온난화로 인해서인지 그 레드넥으로 이루어진 큰 호수의 규모가 점차 줄어들어서, 엄밀히 말하자면 지금에 와서는 호수라는 비유가 오히려 어울리지 않을 수도 있었다. 하지만 여전히 이 지역의 상당 부분은 진흙탕이었다. 그리고 이런 진흙탕 중에서도 새로 산 반짝이는 신발이 푹 빠질 법한 깊은 진흙탕이 바로 미시시피주 스타크빌이었다.

이제 경기를 앞둔 선수들에게 남은 훈련 시간은 이 마지막 날 아침뿐이었다. 한 자리에 모인 선수들은 각자의 포지션에 따라 몇 명씩 흩어졌다. 러닝백들은 다른 러닝백들과 함께 어느 방으로 들어갔고, 라인배커들은 다른 라인배커들과 함께 어디론가 사라졌다. 열네 명의 오펜시브 라인맨들은 어딘가 좀 비좁아 보이는 방으로 들어가서, 마치 난쟁이를 위해 만든 것처럼 작아 보이는 책상 앞에 앉았다. 마이클은 늘 그랬던 것처럼 방 맨 뒤에 앉았다.

어쩌면 마이클 오어는 멤피스를 떠나서 옥스퍼드로 오는 것에 대해 불안감을 느꼈을지도 모르지만, 실제로는 그런 감정을 전혀 내비치지 않았다. 한두 번인가 그가 올 미스에 관해 미스 수에게 던진 질문은 어딘가 모호한 이해를 암시하고 있었다. "여기는 남학생 사교 클럽에서 흑인 아이들을 안 받는다는 게 진짜예요?"(물론 진짜였다.) "그러면 올 미스에서 술을 안 마시는 사람은 나 혼자뿐인 거예요?"(그렇지는 않았다. 비록 소규모이지만 절대금주주의자 모임이 회원을 받고 있었으니까.) 하지만 그의 경우는 집을 떠나 대학에 가는 학생의 일반적인 경우와는 달랐다. 집을 떠난 것은 사실이지만, 한편으로는 집이 그를 따라온 것이기도 했다. 우선 미스 수가 그의 과외 교사 노릇을 계속해 주었다. 휴 프리즈도 그의 풋볼 코치 노릇을 계속해 주었다. 숀과 리 앤도 올 미스 캠퍼스에서 180미터쯤 떨어진 곳에 새로 지은 자기네 집에 와서 자고 가는 경우가 많았다. 시즌의 첫 번째 홈 경기가 열리기 직전, 숀 주니어는 O 코치와 나란히 손을 잡고 그 로브를 지나 입장했다. 경기장에서는 콜린스가 사이드라인에서 치어리더 노릇을 하고 있었다.

결국 마이클은 나름대로 여전히 집에 있는 듯한 편안한 상황이었다. 비록 군중을 몰고 다니는 정도는 아니었지만, 친구도 많이 생겼다. 그는 백인 올 미스와 흑인 올 미스 사이를 오락가락했다. 그는 혼자 있는 것을 좋아했으며, 여전히 과묵한 편이었다. 다른 라인맨들이 신나게 떠들고 있을 때에도 그는 가만히 앉아서 지켜보기만 했다.

"오늘 아침에 주유소에서 '의상도착증 환자'를 하나 봤다니까." 다른 라인맨 가운데 하나가 말했다. "아주 섬뜩하더라니까."

그러자 다른 선수들도 질색하는 태도를 취했다. 서커스 코끼리들이 생쥐를 만난 격이었다.

"그런데 그 자식은 아무것도 안 사고 있는 거야." 136킬로그램짜리 라인맨의 말이었다. "그냥 가만히 서 있더라니까. '빤히 쳐다보기만' 하면서."

"아, 젠장!" 또 한 명의 거인 같은 선수가 말했다.

"미치겠군." 또 다른 선수가 말했다.

마이클은 그저 고개를 저으며 아무 말도 하지 않았다. 디지털 시계가 7:29에서 7:30으로 변하자, 들리오니 코치가 방 안으로 들어왔다. 그는 등이 구부정하고, 다리를 절룩이고, 상당히 지친 표정이었다. 티셔츠와 스웨트 팬츠, 돋보기에, 반백의 머리는 해병대 상사처럼 깎고 있었다. 처음 본 사람에게 이 사람의 직업이 뭐였던 것 같냐고 물어보면 십중팔구는 무공 훈장을 줄줄이 받은 군인 출신이 아니냐고 대답했을 것이다. 하지만 실제로 대학 풋볼 팀의 라인맨치고는 덩치가 작은 선수에 속했으며, 그때 입은 무릎 부상 때문에 아직도 고생하고 있었다. 들리오니 코치는 영 기분이 좋지 않아 보였지만, 사실 특별히 기분이 좋을 이유도 없었다. 공격수들은 그야말로 나락으로 떨어져 있었으며, 인터넷

논객들이며 신문 칼럼니스트들은 그의 오펜시브 라인을 문제의 핵심으로 지목하고 있었다. 들리오니의 상황은 암담하기만 했다. 그는 곧 일자리를 잃을지도 모르는 상황에 놓여 있었다. 이제 코치는 라인맨들을 향해 정신을 똑바로 차리자고, 자신들의 곤경을 직시하자고 설득해야 했다.

"좋아, 모두들." 그는 이렇게 말하면서 프로젝터를 조작했다. "올해 너희들이 나를 위해서 해 준 모든 일에 각별히 감사를 표하는 바이다."

아무도 대답을 하지 않았다. 그러다가 한 사람이 비로소 무슨 말인지를 깨달은 모양이었다. "코치님, 방금 그거 농담이에요?"

그러자 모두들 웃음을 터트렸다. 심지어 마이클조차도.

"다들 준비가 된 거야, 아니면 그냥 웃고만 있을 거야?" 들리오니는 졸지에 선수들을 완전히 엉뚱한 방향으로 몰고 간 셈이었다. "정신들 차려! 한 경기만 좀 제대로 할 수 없어? 이번 주 일요일에 그 녹화 테이프를 다시 돌려 보면서, '우리 오펜시브 라인도 이 정도는 할 수 있지.' 하고 말할 만한 경기를? 이번에는 오펜시브 라인의 체면이 확 살아날 수 있는 경기를 하잔 말이야. 이거야말로 나한테는 중요한 일이고, 아마 너희들한테도 중요한 일일 거니까. 이번 주말에는 마음껏 웃어 보잔 말이야. 일요일 밤에는 말이야. 그럼 이제부터…."

들리오니는 냉정을 되찾았다. 선수들로부터는 아무런 도움도 받을 수 없는 상황이었으니까. 이제 그는 플라스틱 시트를 꺼냈다. 그 위에는 X 자와 O 자가 잔뜩 그려져 있었다. 프로젝터를 켠 코치는 평소처럼 그 옆의 자리에 앉았다.

바비 해리스가 큰 소리로 하품을 했다.

"똑바로 앉아, 바비." 들리오니 코치가 말했다.

바비가 똑바로 앉았다.

"고맙다."

이 끔찍스러운 시즌의 맨 마지막 수업은 일종의 퀴즈 형식으로 이루어졌다. 들리오니 코치는 라인맨 중 한 명의 이름을 부르고, 플레이 중 하나의 이름을 불렀다. 그러면 라인맨은 그 플레이에서 자기가 맡은 임무가 무엇인지를 대답해야 했다. 금세 방 안은 전문용어와 암호로 가득 차게 되었다. "리프"와 "리즈"와 "윌리"와 "필리"와 "럼"과 "푸키"와 "트리오스"와 "에이갭스"와 "스리 테크닉스" 같은 말들이었다. 제아무리 언어에 재능이 뛰어난 학생이라도 이걸 제대로 파악하려면 한 달은 꼬박 걸릴 것이다. 퀴즈 내내 들리오니는 선수들 중에서도 가장 골치 아픈 한 녀석을 눈여겨보고 있었다. 마이클은 이제 올 미스의 선발 라이트 가드였다. 하지만 필드에 나간 시간의 3분의 1가량은 자기가 어디로 가야 하는지, 또는 누구를 막아야 하는지도 모른 채 헤매기 일쑤였다. 나머지 3분의 2가량은 자기가 뭘 해야 하는지 제대로 이해한 데다가 자신감까지 붙어 있기만 하다면, 훨씬 나이 많은 상대편 선수를 박살 내기 일쑤였다. 테네시에서는 라인배커 하나를 납작하게 깔아뭉갰고, 앨라배마에서도 마찬가지였는데, 두 선수 모두 나중에 NFL에 드래프트된 실력파였다. 테네시의 선수를 깔아뭉갠 다음에는, 그 위에 걸터앉아서 상대방의 얼굴을 바라보고 이렇게 말하기까지 했다. "넌 운이 좋은 거야. 내가 이 학교에 왔더라면 넌 맨날 이렇게 당했을 거니까." 대단한 자신감이 아닐 수 없었다. 자기보다 상급생인 콘퍼런스 대표 라인배커에게 그런 식으로 말을 했으니 말이다. 때로는 혼란을 느껴서 제대로 못 뛰기도 했지만, 때로는 그야말로 이 팀에서 가장 뛰어난 라인맨임을 보여 주는 녹화 영상도 있었다. "그 정도나마 할 수 있었던 것은 그 녀석의 타고난 운동 능력 때문이었죠." 전직 대학 라인맨 출신으로 올 미스의 보조 코치가 된 매트 루크의 말이다. "그 녀석의 운동 능력이야말로 제가 본 것 중에서 최고였습니다. 그런데 제가 대학 때에 함께 뛰었던 라인은 지금 모조리 NFL에 가 있단 말씀이죠."

마이클이 뛰어난 활약을 보인 경기에서는 또 한 가지 특이점이 있었다. 경기 직전마다 숀 투이가 대략 여섯 시간쯤 그와 나란히 앉아서 플레이를 하나하나 설명해 주었던 것이다. 지금 마이클은 자리에 앉아서 양쪽 무릎을 손바닥으로 비비고 있었다. 마치 자기 피부를 한 꺼풀 벗겨 내기라도 할 정도로 세게 말이다. ("그거야말로 그 녀석이 뭔가 불안하다는 표시죠." 리 앤의 말이다.)

마이클이 이 과목에 투자하는 시간은 수학이나 영어 과목에 투자하는 시간보다 50배나 더 많았다. 하지만 그가 수강하는 전 과목을 통틀어 오펜시브라인 플레이를 배우는 과목이 가장 어려운 것으로 드러났다. 이것이야말로 '정말' 가장 어려웠다. 하나같이 그에게는 새로운 플레이뿐이었고, 그 암호는 마치 외국어나 다름없었으며, 플레이마다 정신이 아득해질 정도로 다양한 변종이 있었다. 풋볼 팀에서 오펜시브 라인을 제외하면 이처럼 복잡한 수준의 플레이를 터득해야 하는 선수는 오로지 쿼터백 혼자뿐이었다. 마이클이 새로운 내용을 자기 머릿속에 체계화시키기 위해 노력하는 사이, 이 육십 대 코치는 우스꽝스러운 동부 연안의 억양을 가지고 계속해서 소리를 질러 대고 있었다. 들리오니 코치는 특유의 엄격함, 그리고 선수에 대한 높은 기대를 자랑으로 삼고 있었다. "제가 담당한 선수 가운데 하나가 수업을 하나 빼먹으면, 저는 오전 여섯 시에 여기 와서 그 녀석에게 러닝을 시킵니다." 그의 말이다. "제가 아는 것은 이겁니다. 역사 과목 교수가 학생들에게 건물을 뱅뱅이 도는 기합을 주지는 않더라 이거죠."

오늘은(그러니까 미시시피주립 불독스와 싸울 준비를 하는 마지막 날은) 이론상으로 복습에 불과했다. 하지만 실제로 지푸라기라도 잡고 싶은 심정이었던 코치들은 새로운 용어를 지닌 새로운 플레이를 도입하고 말았다. 마이클 오어는 이 자리에서 유일하게 뭐가 어떻게 돌아가고 있는지를 전혀 못 알아듣는 라인맨이었다.

"마이클 오어!"

마이클은 불편한 듯 몸을 움찔했다.

"이십팔, 젬." 코치가 소리를 질렀다.

"젬일 경우, 라이트 가드는 뭘 하라고 했지?"

"맥을 잡는다." 마이클이 대답했다. 여기서 말하는 '맥'이란 상대편의 미들라인배커였다. 다른 경우에는 그의 상대가 '빅 마이크'였다. 여기서 핵심은 그의 상대가 '윌리'나 '샘'은 아니라는 것이었다. 그건 다른 라인배커의 별명이었다.

"맥을 잡아야지." 들리오니는 맞다는 듯 대답했다.

마이클도 그 정도는 알고 있었다. 하지만 맥은 돌아다니기도 했다. (그는 거기 앉아 있으면서 이렇게 생각했다.) 대학 팀의 수비에서는 다른 선수들도 마찬가지였다. 만약 맥이 원래 있어야 하는 장소에 있지 않을 경우에는 어떻게 하나? "문제는 공을 스냅하기 2초 전에 제 앞에서 오가는 선수들이 무려 여덟 명이었다는 거예요." 그는 나중에 이렇게 말했다. 브라이어크레스트 때에만 해도 그의 팀에서는 세 가지의 기초적인 러닝 플레이밖에는 하지 않았으며, 어떤 수비를 하건 간에 마이클은 항상 똑같은 선수만 블로킹하기로 되어 있었다. 반면에 올 미스에서는 러닝 플레이가 열댓 개나 되었으며, 플레이 하나마다 선수 각각에게 부여되는 블로킹 임무가 대여섯 개는 되었다. 누구를 블로킹하고, 또 어떻게 블로킹하는지 여부는 공을 스냅하는 순간에 수비수들이 어느 위치에 서 있느냐에 따라 달라졌다. 이처럼 새로운 복잡성에는 그만한 이유가 있었다. 고등학교 경기에서는 수비수 가운데 일부가 블로킹을 당하지 않고 자유롭게 움직일 수도 있었다. 일을 단순하게 만들려다 보니 그 정도의 위험은 충분히 감수할 수도 있었던 것이다. 하지만 대학 경기에서는 공격조가 한 사람의 수비수라도 전혀 블로킹하지 않고 내버려 두는 위험을 감수할 만한 코치는 없었다. 왜냐하면 수비수가 위협이 될 때가 종종 있기 때문이었다. SEC에서 어떤 팀이 수비수 한 사람을 전혀 블로킹하지 않고 내버려 둘 경우, 그 팀의 쿼터백은 그날로 시즌을 끝낼 판이었다.

"내가 이번 임무에 관해 이야기하는 건 지금이 마지막이다." 들리오니가 큰 소리로 말했다. "머리에 단단히 박아 놓도록, 알았나!"

아마 코치는 마이클의 생각을 읽은 모양이었다. 그가 올바른 답변을 내놓앉음에도 불구하고, 코치는 어딘가 화가 난 모습이었다. 그리고 다시 한 번 처음부터 설명하기 시작했다.

"일단 앞으로 나오는 거야!" 들리오니 코치가 소리를 질렀다.

그는 방법을 바꾸었다. 코치의 말은 문자 그대로였다. 공이 스냅되면 라인맨들은 뒤로가 아니라 앞으로 나와야 했다. "지난주에는 양쪽 가드가 쿼터백의 발을 밟기까지 했지." 라인 코치가 말을 받아서 이었다. "이번 주에는 그런 일이 '절대로' 일어나서는 안 된다." 지난주에 올 미스는 LSU에 40 대 7로 대패했다. 이때 올 미스의 쿼터백은 몇 번이나 땅에 쓰러졌는데, 그것도 하필이면 세상에서 가장 부끄럽기 짝이 없는 방법으로 그렇게 되었다. 즉 같은 편 라인맨 가운데 하나가 쿼터백의 발을 밟는 바람에 그렇게 된 것이다. 그중 한 번은 마이클이 밟기도 했다.

"일단 앞으로 나오는 거다!!" 코치는 다시 소리를 질렀다. "일단 앞으로 나오는 거라고!! 무슨 말인지 알았나, 마이클 오어??"

들리오니 코치의 얼굴은 붉게 물들어 있었지만, 그의 발톱만큼은 여전히 검푸른 색이었을 것이다. 두어 달 전에 연습 도중에 마이클 오어에게 밟힌 까닭이었다.

"예, 코치님." 마이클이 말했다. 하지만 속으로는 이렇게 생각하고 있었다. '이 노인네를 진정시키지 않으면 지금 당장 여기서 심장 발작이라도 일으켜서 돌아가실지도 몰라.' 하지만 다시 한 번 코치는 냉정을 되찾았다. "우리가 미시시피주립을 어떻게 한다고?" 그는 아무것도 모르는 사람처럼 물었다.

라인맨들은 멍한 표정으로 서로를 바라보며 맞는 답이 뭔지 궁리하는 모양이었지만, 아무도 답을 내놓지 못했다. 한참 뒤에야 바비 해리스가 시험 삼아 물어보았다.

"우리가 그 녀석들을 미워한다는 거요?" 그가 말했다.

"누가 그러더군. 미시시피주립 코치가 이번에는 꼭 이길 거라고 장담했다고 말이야." 들리오니는 도무지 믿어지지 않는 이야기라는 투로 말했다. "그쪽에서는 우리를 그렇게 얕잡아 보면 '정말로' 우리를 이길 거라고 생각하는 모양이지?"

아. 결국 그거였다. 이것이야말로 코치 나름대로는 동기부여를 위한 연설이었던 것이다. 하지만 그건 들리오니 코치가 할 일이 아니었다. 평소와 마찬가지로 그건 O 코치의 말을 들으러 가야만 가능한 일이었다.

그로부터 10분 뒤에 O 코치는 풋볼 팀을 자기 앞에 불러 모았다. 이 끔찍스러운 시즌을 마무리하기 전에 그가 경기 직전의 연설을 할 마지막 기회였다. O 코치는 선수들의 우왕좌왕이 잦아들기까지 잠깐 기다렸다. 항상 90초쯤은 걸려야만 하는 일이었다. 곧이어 그는 권위 있는 모습으로 연단에 올라섰다.

"미시시피주립에 대해서는 이 한마디만 하겠다." O 코치가 말을 꺼냈다.

그리고 극적 효과를 위해 잠시 말을 멈추었다.

"그놈들은 우리를 싫어하고, 우리도 그놈들을 싫어한다."

그는 다시 말을 멈추었다. 누구나 동감하는 말이었다.

"나는 일부러 다른 팀에 대해서는 그렇게 말을 하지 않았다. 왜냐하면 다른 팀을 그만큼도 존중하지 않았으니까. 신문에다가는 내가 다른 팀을 존중한다고 말했지. 하지만 사실은 존중하지 않는다. 그놈들을 '전혀' 존중하지 않는다고. 상대편은 작년의 점수를 붙여 놓았다고 하더군."

O 코치로선 굳이 설명을 할 필요도 없었으니, 방 안의 사람들은 모조리 무슨 뜻인지 알아들었기 때문이다. 비록 신문을 읽지는 않아도, 최소한 소문은 들어서 알고 있었다. 미시시피주립의 수석 코치 실베스터 크룸이 지금까지 올 미스에게 당한 패배의 점수를 벽에 붙여 놓고서 선수들을 닦아세웠다는 소문이었다. 크룸은 또한 험한 말을 늘어놓았다는 혐의도 받고 있었다. 미시시피주립

의 후원자들 앞에 가서 올 미스에 관해 이야기한 내용을 신문에서 인용하게 만들어 놓았던 것이다. 그가 한 말은 이러했다. "나는 올 미스따위는 안중에도 없습니다. 우리 애들이 평소에 하는 대로만 해도, 그 팀은 충분히 박살 낼 수 있을 겁니다." 하지만 제대로 된 정신을 가진 올 미스의 풋볼 팬들과 선수들이라면 크룸이 풋볼의 예절을 깨트렸다는 데에 동의하지 않을 수 없었다. 물론 그것이 야말로 미시시피주립의 풋볼 코치에게는 당연히 예상되는 태도이긴 하지만 말이다. "이건 완전히 잘못된 일이지." O 코치는 이렇게 말했다. "그러니 저 녀석들을 우리 '밑에' 놓도록 하자 이거다. 계급하고 올 미스에 관해 생각해 봐라. 우리가 어떤지 생각해 보고, 저 녀석들은 어떤지 생각해 봐라."

'레드넥으로 이루어진 큰 호수!'

"저쪽 팀이 나와서 결국 박살이 나게 되면." 코치가 말을 이었다. "그 친구(크룸 코치)는 자기네 선수들을 추수감사절에도 집에 못 가게 할 거다. 대신에 스타크빌에 있는 어느 호텔에서 합숙 훈련을 시키겠지. 스타크빌에 있는 웬 '촌뜨기' 호텔에서 말이야. 내 머릿속에 아주 상상이 딱 되는구만."

O 코치는 사실 자기 고용주의 사회적 자만심을 공유하고 있지는 않았다. 그는 전형적인 남부인이면서도 스스로를 전형적인 남부인으로 과시하지는 않는 사람이었다. 어린 시절 O 코치가 생각했던 멋진 식당에서의 외식이란 집에서 50킬로미터 떨어진 켄터키프라이드치킨에 가는 것뿐이었다. 그야말로 스타크빌에 있는 촌뜨기 호텔에서도 충분히 만족하고 머물 만한 인물이었다. O 코치는 다만 올 미스의 각본에 따라 말하고 있을 뿐이었다. 그리고 지금과 같은 상황에서는 상당히 연기를 잘하는 편이었다.

지금의 상황이 어떤가 하면, 올 미스의 풋볼 팀은 미시시피주립의 풋볼 팀과 마찬가지로 대부분 가난한 흑인 선수들로 이루어져 있었다. 올 미스의 수비수가 한 방에 모여 있으면, 거기서 유일한 백인은 코치들뿐이었다. 풋볼 필드에 나가면 선수들은 명예 백인 취급을 받았지만, 필드에서 나오면 그들은 여전히 흑인이었고, 미시시피의 백인들 사이에서 벌어지는 계급 간의 전투에는 어딘가 어울리지 않는 전투원이었다. O 코치가 경기를 앞두고 그들의 투지에 불을 붙이기 위해 애쓰기는 했지만, 상급생 가운데 상당수는 이미 가방을 꾸리고 차에 시동을 걸고 있었다. 경기가 끝나자마자 그들은 한꺼번에 올 미스 캠퍼스에서 사라질 예정이었다. 라커 룸에서 나오자마자 각자의 차에 올라타고 멀리 떠날 것이다. 계속 남아서 학위를 얻을 사람 가운데 몇 명은 그걸 위해서 다섯 달이나 머물러 있다는 게 무의미하다는 걸 깨달을 것이다. 그들은 4년 동안 캠퍼스 바깥의 아파트와 형사 사법 강의와 풋볼 연습을 오가면서 NFL에 들어갈 기회를 노릴 것이다.

O 코치는 스타크빌에 있는 촌뜨기 호텔을 상상하는 것으로 연설을 마무리했다. 상대편의 부정적인 측면을 물고 늘어진다는 것이야말로 그에게는 고통스러운 일이 분명했다. O 코치는 천성적으로 긍정적인 인물이었기 때문이다. 그는 뭔가 긍정적인 어조로 마무리하고 싶었다. "너희들은 이 학교에 들어왔다." 그는 진지하게 말했다. "너희들은 이 학교를 졸업할 거다. 너희들은 NFL에 갈 거고. 우리 풋볼부에 내가 바라는 게 있다면 바로 그거다." O 코치는 마치 잠꼬대하는 것처럼 이렇게 중얼거렸다.

"내일은 그냥 이기기만 해라." 그가 말했다. "집중하고. 세부 사항에. 정신을 집중하는 거다."

다음 날 올 미스 레벨스의 버스가 스타크빌에 들어섰다. 올 미스에서는 공기 중에 돈 냄새가 떠돌았다. 하지만 여기서는 오로지 적대감뿐이었고, 분개의 광경과 소리뿐이었다. 주립 쪽 팬들은 다들 카우벨을 하나씩 들고서 끝도 없이 흔들어 대면서, 올 미스의 선수들을 향해 욕설을 퍼부었다. 선수들은 차가운 콘크리트 바닥에서 유니폼을 갈아입고, 낡은 목제 선반에 사복을 올려놓아야 했다. 옷을 갈아입은 선수들은 라커 룸 밖에 있는 현관 홀에 정렬했다. 마치 상륙 작전을 앞두고 수송선 속에서 정렬한 모습 같았다. 바로 그때 어떤 선수가 종이 상자와 게토레이 빈 병과 외과용 테이프 사이에서 어딘가 야릇하게 생긴 트로피를 하나 발견했다. 하도 오랫동안 닦지 않은 모습이 역력한 트로피였다.

"혹시 '저거' 에그 아니야?" 못 믿겠다는 투로 그 선수가 물었다.

다른 선수가 그쪽을 흘끗 바라보고, 또 다른 선수도 바라보았다. 올 미스의 스태프는 그 오래된 트로피를 굳이 가져온 것이었다. 어쩌면 오늘은 그걸 결국 상대편에게 넘겨줄 수도 있다고 생각한 까닭이었다.

"저게 바로 에그야." 누군가가 대답했다.

이 말과 함께 선수들은 필드로 달려 나갔다. 카우벨 소리며 야유 소리가 요란했다. 마치 헛간 같았던 라커 룸은 잊어버려야 했다. 낡은 경기장의 황량함도 잊어버려야 했다. 적어도 이곳의 풋볼 필드만큼은 정말 예술 작품이 따로 없었다. 지구상에서 이곳보다 더 싱싱하고 무성하고 푸르고 아름다운 잔디는 또 없을 것 같았다. 잔디 재배야말로 농공 대학으로 시작한 미시시피주립의 주특기였다. 주립의 잔디 가꾸는 능력에 관한 이야기만 나왔다 하면, 제아무리 올 미스의 속물이라 하더라도 진지한 표정으로 그것 하나만큼은 인정하지 않을 수 없었다. 주립에 대해 오만 가지 소리를 다 하더라도, 적어도 그 친구들이야말로 골프 코스를 제대로 만드는 건 사실이라고 말이다. "거기 가면 잊지 말고 잔디를 잘 봐 두란 말이야!" 이것이야말로 숀이 이날의 경기를 앞두고 마이클에게 건넨 두 가지 조언 가운데 하나였다. 그의 다른 조언 하나는 "스타크빌에서는 경기가 끝나도 절대로 헬멧을 벗지 마라"는 것이었다.

물론 마이클은 헬멧을 벗지 않았다. 하지만 관중이 던지는 맥주병에 머리를 맞을까 봐 겁나서 그랬다기보다는, 오히려 부끄러워서 그랬던 것뿐이었다. 이 경기는 올 미스가 이번 시즌 내내 느꼈던 심정의 축약판이라고 할 만했다. 처음에는 희망이 있었다. 경기를 시작하고 다섯 번째 플레이에서 올 미스의 쿼터백 이선 플래트가 자기 팀에서 제일 발이 빠른 리시버 테이 비들에게 공을 넘겨주었고, 결국 41야드짜리 터치다운에 성공했다. 하지만 이 경기가 끝나자마자 학교를 그만둘 예정이었던 졸업반 학생 가운데 하나였던 비들의 입장에서는 차라리 이때 엔드존에서 곧바로 자기 차로 달려가 경기장을 떠나는 편이 더 나았을지도 모른다. 올 미스는 두 번 다시 그런 플레이를 시도하지 않았기 때문이다. 대신에 오펜시브 라인 코치들은 자기 팀에서도 놀라우리만치 발이 느린 5선발 러닝백을 이용해 미시시피주립 수비 진영의 강력한 내부를 시험해 보았다. 기자석에서는 올 미스의 오펜시브 라인 코디네이터인 노엘 매조니가 노스캐롤라이나주립의 풋볼 경기를 보여 주는 TV 앞을 지나가고 있었다. 그는 6개월 전 노스캐롤라이나주립의 공격 담당에서 올 미스의 공격 담당으로 자리를 옮겼다. 예전에 몸담았던 팀이 TV에 나오는 걸 보자 매조니는 코웃음을 치면서, 기자들이 들을 수 있을 정도의 큰 목소리로 말했다. "차라리 저기 그냥 있어야 했어. 적어도 저기는 선수들이 좀 있으니까."

빌 월시는 상상력이 풍부한 코치 한 사람이 평범한 재능을 지닌 팀을 어떻게 바꿔 놓을 수 있는지를 이미 보여 준 바 있었다. 노엘 매조니는 이와 반대로 상상력의 역할을 인정하지 않는 코치가 얼마나 성취하는 것이 없는지를 보여 준 셈이었다. 이후 올 미스가 공을 잡은 다섯 번에 걸쳐서, 매조니는 자기 팀의 느린 5선발 러닝백이 필드 한가운데 자리 잡은 거대한 상대편 선수들의 벽을 넘을 수 없음을 증명하는 데 이 기회를 허비해 버렸다. 올 미스의 공격이 서드 앤드 롱third and long **52**에 처하게 되자 (그건 불가피한 일이었지만) 경기장에 있는 사람들은 누구나 이제 패스가 나올 것임을 알았다. 올 미스의 쿼터백은 드롭백했다가 결국 미시시피주립의 돌격에 깔려 버리는 수밖에 없었다. 대개의 경우에는 깔려 버리기 직전에 패스를 했지만 결국 실패나 가로채기로 끝나 버리고 말

52　'3차 공격'(서드 다운)에서 상당히 '먼'(롱) 거리를 확보해야만 다시 공격권을 얻을 수 있는 상황.

았다.

세 번의 펀트와 두 번의 가로채기가 더 이루어지고 미시시피주립은 21 대
7로 경기를 앞서 나갔다. 지금까지와는 다른 전략을(예를 들어 이 팀이 처음에 공
을 가졌을 때 먹혀들었던 것과 같은 놀라운 패스 플레이를) 채택하는 대신에, 올 미
스의 코치들은 다른 선수를 기용하려 했다. 우선 이들은 5선발 러닝백을 6선
발 러닝백으로 교체했다. (그사이에 이들은 공을 가지고 25회 시도 끝에 고작 31야드
를 전진했다.) 곧이어 이들은 1선발 쿼터백을 2선발 (시즌 초반만 해도 1선발 쿼터
백으로 시작했다가 결국 2선발로 물러난) 쿼터백으로 교체했다. (그사이에 이들은 네
번이나 가로채기를 당했다.) 이처럼 선수들의 올바른 조합을 미친 듯 찾아 헤매는
것이야말로 이들의 더 일반적인 풋볼 세계관을 반영하고 있었다. 즉 이들은 전
략보다는 재능을 신뢰했던 것이다. 이들은 선수들을 어떻게 이용하느냐보다는
선수들이 누구이냐 쪽을 더욱 강조하고 있었다. 누구든지 간에 최고의 선수들
이 이기게 마련이라는 식이었다. 그만큼이나 단순한 생각이었다.

이것은 황량하고도 결정론적인 세계관이었으며, 사실상 자기네 선수들의
가치를 높이기 위해 전략가가 할 수 있는 일은 거의 없다는 생각을 암시하고
있었다. 더 정확히 말하자면 이것은 잘못된 관점이었으며, 최소한 풋볼 공격을
운영하는 데에는 분명히 그랬다. 풋볼 공격의 아름다움이란, 똑똑한 전략가가
자기 팀 선수들의 한계를 벌충할 수 있다는 데 있었다. 전략가는 자기 선수들
을 더 잘 사용하는, 그들의 장점을 극대화하고 그들의 약점을 최소화하는 방법
을 찾아낼 수 있다. 그는 심지어 선수들이 스스로에 대해 지닌 생각을 바꿔 놓
을 수도 있다. 하지만 올 미스에 없는 것은 똑똑한 전략가만이 아니었다. 나아
가 전략의 중요성을 이해한 코치 자체가 없었던 것이다. 빌 월시의 천재성은 없
었다. 하다못해 리 앤 투이의 천재성조차도 없을 정도였다. 올 미스의 사이드라
인에 있는 사람 중에서는 자기네 선수 중에서 또 한 명의 능력을 최대한 이용
하는 것에 관해 진지하게 생각한 인물이 하나도 없었다. 이들은 단지 다른 여러

명이 할 수 없는 일에만 매달려 있었다.

실패한 공격 시리즈가 끝나고 라인맨들이 벤치로 돌아와 털썩 주저앉으면 보조 라인 코치 매트 루크가 칠판 설명을 해 주었다. 이것은 이 팀이 겪는 완벽에 가까운 혼란을 더욱 부각시켜 줄 뿐이었다. 한 차례의 공격이 끝난 뒤 라이트 태클 트리 스톨링은 자기가 엉뚱한 방향으로 움직인 까닭은 센터 대릴 해리스가 "필리"라고 부른 것을 "윌리"라고 잘못 알아들었기 때문이었다고 말했다. 또 한 차례의 공격이 끝난 뒤에 이들은 "지(G)"와 "젬(Gem)"의 차이에 관해 (그들에게는) 오랜 논의를 벌였다. 세 번째 공격에서 라인맨 가운데 세 사람은 자기 앞에 있는 라인맨을 블로킹하는 대신 앞으로 뛰어나가서 라인배커를 블로킹해야 한다는 지시에 대해 항의를 제기했다. 네 번째 공격이 끝나자 어느 코치가 마이클 오어에게 헤드셋을 내밀었고, 마이클은 기자석에 있는 들리오니 코치로부터 더 열심히 뛰라며 야단을 맞았다. 다섯 번째 공격에서 레프트 가드 앤드류 위커는 헬멧을 벗어서 땅바닥에 내던지며 소리를 질렀다. "이러다가는 '주립' 따위한테 박살이 나겠어." 실제로도 그러했다. 가장 큰 문제는 특정한 플레이 때마다 선수들 각자가 뭘 해야 하는지를 정확히 몰랐기 때문이었다.

하프타임이 되자 희망은 사라지고 부정이 들어섰다. 3쿼터 시작 무렵에는 부정도 사라지고 절망이 들어섰다. 흥정과 분노라는 중간 단계를 위해 잠깐 멈춰 서는 일조차도 없이 일사천리였다. 변화는 단 하나의 플레이에서만 나타났다. 올 미스가 21 대 14로 지고 있는 상황에서 이 팀이 공을 잡았고, 천천히 그걸 움직이기 시작했다. 평소와 마찬가지로 서드 앤드 롱이었고, 올 미스의 쿼터백 마이클 스필록은 패스를 시도했다. 이는 그 자체로 한 가지 문제를 제기했으니, 왜냐하면 그의 키는 175센티미터밖에 되지 않아서 라인맨 너머를 볼 수가 없었기 때문이다. 그의 이런 문제를 벌충하기 위해서, 스필록은 공을 받는 바로 그 순간 직전에 사이드라인 쪽으로 움직이는 버릇이 있었다. 그 대가로 필드를 바라보는 그의 새로운 시야는 패서의 입장에서는 거의 쓸모가 없어지게 되었고(그는 너무 빨리 달렸기 때문에 공을 정확하게 던지지 못했다) 나아가 그를 보호하는 임무를 맡은 라인맨들을 혼란스럽게 만들기 일쑤였다. 그가 어디에 있는지 그들로선 알 수 없었기 때문이다.

이 플레이에서는 그런 단점도 전혀 문제가 되지 않았다. 올 미스는 두 명의 타이트 엔드를 라인업시키고 있었다. 양쪽 선수 모두 엉뚱한 방향으로 움직이는 바람에 블로킹을 놓쳐 버렸다. 올 미스에는 테일백[53]이 한 명 있었다. 이 선수 역시 엉뚱한 방향으로 달리는 바람에 자기가 원래 블로킹하기로 되어 있었던 수비수를 블로킹하지 못했다. 급기야 다섯 명의 올 미스 라인맨 가운데 세 명(즉 마이클, 센터, 레프트 가드)이 미시시피주립의 디펜시브 태클 한 명을 블로킹하기에 이르렀다. 올 미스의 블로커들 대부분이 헛다리를 짚고 있는 가운데, 불독 라인배커 하나가 틈새를 뚫고 들어와 레벨스 쿼터백을 색했다. 올 미스는 20야드를 잃었고, 쿼터백은 자칫하면 죽을 뻔했다. 기자석에 있던 들리오니 코치는 이 플레이 직후 마이클 오어를 아예 경기에서 빼 버렸다. 마이클은 이 시즌을 벤치에 앉은 채로 마무리했고, 이것은 코치의 짜증을 보여 주는 뚜렷한 상징이었다.

관중석 높은 곳에서 아내와 나란히 앉아 있던 숀 투이는 마치 자신의 연수익금을 오래전 은행에 예치한 자산 관리사라도 되는 듯, 점차 뚜렷해지는 패배를 냉정한 눈길로 바라보았다. 마이클의 경력이라는 커다란 계획에서 이 한 번의 경기는(즉 이번 시즌 전체는) 큰 문제가 되지 않았다. 신입생 때부터 필드에 나섰다는 것만 해도 마이클의 주가는 여전히 높은 상태였다. 숀의 주요 목표는 자기가 일찍이 대학 스포츠에서 겪었던 것과 똑같은 경험을 마이클이 하지 않도록 만드는 것이었다. 다시 말해서 마이클이 코치의 자비, 또는 지력에 의존하지만은 않게 만드는 것이었다. 이제 숀은 올 미스의 코치들이 마이클을 간절히

53　스크리미지 라인에서 좀 더 멀리 라인업하는 러닝백.

필요로 한다는 것을 알았다. 심지어 이 팀을 향한 마이클의 간절함보다는 마이클을 향한 이 팀의 간절함이 더 크다는 것을 깨달았다. 그들의 경력이 이제 위험에 처했기 때문이었다. 마이클은 언제라도 학교를 옮길 수 있었다. 이는 리앤이 올 미스의 코치들을 향해 한 번 이상 이미 강조했던 사실이었다. 그녀는 이미 O 코치에게 그렇게 말한 바 있었다. 노엘 매조니와 조지 들리오니가 앞으로 1년 더 올 미스의 공격을 운영하기 위해 돌아온다고 하면, 마이클은 이곳을 떠나게 되리라고 말이다. 두 명의 코치는 이번 경기가 끝나자마자 잘릴 것이 확실시되었다. 마이클은 더 커다란 그림에 관해 걱정할 필요가 없었다. 더 커다란 그림이 그의 가치를 극대화하기 위한 준비에 나섰기 때문이었다. "지금 저 녀석의 표정이 어떤지 좀 봐." 숀이 쌍안경으로 마이클을 주시하며 말했다. 마이클의 윗입술은 아랫입술에 꾹 파묻혀 있었고, 눈길은 그냥 앞만 멍하니 응시하고 있었다. "한동안은 아무에게도 말을 하지 않으려고 작정했을 때의 바로 그 표정이군." 그는 입을 삐죽거릴 형편이 되었다.

미시시피주립에 35 대 14로 치욕스러운 패배를 당한 직후, O 코치는 오펜시브 라인 코디네이터를 해임하고 새로운 오펜시브 라인 코치를 찾아 나섰다. 곧이어 그는 자리에 앉아서 2006년 풋볼 시즌을 위한 측심도[54]를 작성하기 시작했다. O 코치가 맨 먼저 움직인 선수는 마이클 오어였다. 이제 마이클은 올 미스의 선발 레프트 태클이 되었다. "내가 그 시즌을 처음부터 다시 뛸 수만 있었다면, 나는 차라리 그 녀석을 애초부터 그 자리에 집어넣고 너 혼자 알아서 배우라고 내버려 두었을 겁니다." 수석 코치의 말이다.

---

54 선발 및 후보 선수의 배치표. 선발 선수 명단은 위에 적고, 후보 선수 명단은 아래에 적기 때문에, 현재 그 팀에서 뛰는 선수의 중요도를 한눈에 보여 주는 척도 노릇을 한다.

그의 계획은 마이클 오어에서 시작했지만, 그렇다고 해서 거기서 끝난 것은 아니었다. O 코치는 빌 월시처럼 선수들의 평범한 재능을 더 낫게 만들 수 있는 재능을 지니고 있지는 않았지만, 그래도 뛰어난 재능을 찾아내고 끌어들이는 방법을 알고 있었다. 이후 몇 달간 그는 미국 전역의 2년제 대학이며 고등학교에서 가장 뛰어난 풋볼 선수를 데려오는 작업에 나섰다. O 코치가 스카우트 부서들로부터 높은 평가를 받았음을 고려해 볼 때에는 마치 성공을 거둔 것 같았다. 이상한 이야기였지만 이 노력의 한가운데는 마이클 오어가 있었다. "대화를 나눌 때마다 마이클의 이름이 튀어나왔죠." 그의 말이다. "그 녀석이 저에게는 도구였습니다. 최고의 선수들이 우리 캠퍼스를 찾아올 때면, 저는 그 녀석에게 안내를 맡겼죠."

마이클은 그야말로 뭐가 뭔지 몰라 어리둥절한 상태로 신입생 시즌을 마무리했다. 이상하게도 그때부터 영예가 밀려 들어오기 시작했다. 그는 대학 신입생 올 아메리칸 1차 팀에 선정되었고, 신입생 올 SEC 1차 팀에도 선정되었다. 마이클은 여러 잡지에서는 물론이고, SEC 코치에 의해서도 프리 시즌 올 SEC 선수로 선정되었다. 《칼리지 풋볼 위클리》에서는 그를 올 미스 공격의 최고 선수로 선정했다. 마이클의 가치는 일단 한 번 인식된 다음에는 내려갈 줄을 몰랐다. 그는 전국에서 최악의 풋볼 공격 가운데 하나인 팀에서 뛰었지만, 어느 누구도 이를 그에게 불리하게 해석하지는 않았다. 마이클의 경험은 스쳐 지나가 버리는 듯했다. 하지만 정작 사람들이 관심을 갖는 내용은 다음 몇 가지뿐이었다. (a) 그는 아직도 필드에서 가장 덩치가 큰 선수인 동시에, 놀라우리만치 재능이 뛰어난 운동선수라는 것. (b) 그는 대학 경기에서 어느 누구보다도 더 빨리 선발로 뛰게 되었다는 것. (c) 자기가 뭘 해야 하는지 제대로 알기만 한다면, 그는 주위의 다른 어떤 선수도 능가해 버린다는 것 등이었다. 물론 실제로 그런 경우가 사람들의 기대만큼 흔하지는 않았다는 게 문제이기는 했지만, 다른 선수들과 코치들은 그가 마침내 자기 역할을 파악하게 되리라는 사실을 아는 것만으로도 충분했다.

주위 사람들이 이처럼 선의의 해석을 시도하는 데에 부응하려는 듯, 이제 마이클 오어는 자신에게 그런 신뢰를 보여 주는 사람들이 지혜로웠음을 확증하는 일에 착수했다. 그 시즌이 끝나고 나서 그는 난생처음으로 체력 단련실을 찾았다. 그로부터 6개월 뒤 마이클은 이전과는 전혀 다른 체구가 되어 나타났다. 어깨가 딱 벌어지고 역삼각형 상체를 갖게 되었다. 벤치프레스에 100킬로그램을 놓고 시작해서 나중에는 180킬로그램 가까이 들 수 있게 되었다. 체중 156킬로그램에서 시작해서 나중에는 145킬로그램이 되었다. 이제 그의 몸에는 단 1온스의 지방도 없는 듯했다.

하지만 마이클에게는 여전히 뭔가 불길한 느낌이 따라다니고 있었다. 언제라도 부상을 당할 위험이 있었지만, 단순히 그런 위험이 불길한 느낌의 원천은 아니었다. 뭔가 또 다른, 더 불쾌한 위험이 있었는데, 그게 정확히 뭔지 딱 꼬집어 말하기는 더 어려웠다. 그는 자기 출신지를 완전히 벗어나지 못했으며, 자기 성격을 완전히 바꾸지도 못했다. 예를 들어 마이클은 때때로 옛날에 살던 동네로 돌아가곤 했으며, 그럴 때마다 뭔가 안 좋은 일이 벌어지곤 했다. 한번은 그가 리 앤의 재촉에 못 이겨서 친어머니를 만나러 간 적이 있었다. 얼마 후에 빅 토니가 전화를 걸어서는 눈에 띄게 당황한 듯한 목소리로 뭐라고 떠들어 댔다. 그녀가 알아들을 수 있는 말이라고는 "트럭"과 "죽음"이라는 단어, 그리고 마이클이 지금 멤피스 경찰에 체포되어 있다는 것이었다. 마이클이 친어머니 집에 도착해 보니 경찰이 거기 와서 그녀를 체포하고 있더라고 했다. 어떤 이유에서인지 그녀는 어떤 남자 소유의 트럭을 타고 돌아다녔는데, 경찰이 방금 전에 그 남자가 피살된 것을 발견했다는 이유에서였다. 경찰은 마이클에게 누구냐고 물어보았고, 그가 사실대로 대답하자마자 수갑을 채워서 구치소로 보냈다. 마이클을 경찰서에서 데리고 나온 숀은 일장 연설을 하지 않을 수 없었다. 그는 흑인과 경찰의 관계에 관해서, 그리고 전자가 후자에게 우호적이거나 공정한 대접을 받을 가능성이 드물다는 사실에 관해서 말했다. 경찰관이 뭘 하라고 말할 경우, 제아무리 상대방의 말이 무례하게 들린다 하더라도, 마이클은 "예, 알겠습니다."라고 대답하고 얼른 시키는 대로 해야 한다는 것이었다. 그리고 그가 그런 상황에서 맨 먼저 전화를 걸어야 하는 사람은 바로 숀 투이라는 것이었다.

이론상으로는 마이클이 올 미스에 가 있는 동안에는 그의 과거에서 뻗어 나온 손과 그 사이에 제법 거리가 있었던 셈이었다. 하지만 도심의 사회적 위험을 뒤로하고 떠난 마이클은 그런 위험이 미시시피주 옥스퍼드까지 따라왔음을 깨닫게 되었다. 그의 친구이며 팀 동료 가운데 한 명이 올 미스에서 학업에 실패하자 곧바로 옛날 동네로 돌아가서 마약 판매를 시작했던 것이다. 이것이야말로 그가 유일하게 아는 돈벌이 방법이었기 때문이다. 올 미스에서 그와 가장 가깝게 지낸 친구 세 명은 모두 아이를 두고 있었다. 그중 한 명인 자마카 스탠퍼드는 열다섯 살에 애 아버지가 되었다. 또 한 명의 친구는 격한 성격의 디펜시브 엔드 퍼리아 제리였다. 퍼리아는 수학이나 영어에 관해서는 워낙 아는 게 없는 것으로 미루어, 아마도 이전에 학교를 다닌 적이 한 번도 없어 보였다. 미스 수는 퍼리아에게 개인 지도를 해(즉 글을 읽는 법이며 분수를 더하는 법 등등을 가르쳐) 주었을 뿐만 아니라, 그를 어머니처럼 보살펴 주기까지 했다. 마이클은 그런 상황을 아주 마음에 들어 하지는 않았다. 그녀는 어디까지나 '자기' 차지라고 생각했기 때문이다. 하루는 그가 미스 수에게 불쑥 말했다. "선생님은 저보다 퍼리아를 더 좋아하죠." "무슨 소리야. 나는 걔들 중의 어느 누구를 너보다 더 좋아한 적이 없어." 미스 수의 말이었다. "하지만 걔가 절 따라잡고 있잖아요!" 마이클은 화를 내며 말했다.

맞는 말이었다. 하루는 퍼리아가 눈물이 글썽해서 미스 수를 바라보며 이렇게 말했다. "저를 누가 이렇게 좋아해 준 건 선생님이 난생처음이에요." 미스 수는 그 자리에서 자기도 따라 울지 않으려고 애를 써야만 했다. 퍼리어는 워낙 덩치가 컸기 때문에, 사실은 여러 가지 면에서 또 한 명의 빈곤한 아이라는 사실을 잊어버리기가 쉬웠다.

그곳에는 일라이저 두리틀[55]의 배역을 맡기 위해 오디션을 받는 가난한 환경 출신의 흑인 풋볼 선수들이 최소한 열댓 명 정도 있었다. ("저도 누가 입양을 해 주었으면 좋겠어요." 퍼리아의 말이었다.) 물론 어느 누구도 리 앤에게 전화를 걸어서 작은 악어가 새겨진 셔츠를 한 벌 사 달라고 부탁하지는 않았다. 하지만 그들은 모두 어떤 관계를, 그리고 보살핌을 받는다는 느낌을 열망했다. 마이클은 이런 친구들을 멤피스의 집으로 데려왔고, 따라서 리 앤은 마이클을 계속 올바르고도 좁은 길로 가게 하는 데 수반되는 위험이 무엇인지를 알게 되었다. 예를 들어 마이클은 추수감사절 저녁 식사 때에 신입생 라인배커인 쿠엔틴 테일러를 데려왔는데, 그렇게 하지 않으면 이날 이 친구는 갈 곳이 전혀 없었기 때문이었다. 식사 시작 무렵 마이클은 친구 쪽으로 몸을 굽히며 엄한 어조로 속삭였다. "쿠엔틴, 냅킨은 원래 네 무릎 위에 놓는 거야." 바로 그 직후에 쿠엔틴은 자기가 두 여자에게서 세 아이를 낳았다고 말했다. 그러자 리 앤은 고기 써는 칼을 칠면조에서 떼고 말했다. "쿠엔틴, 그거야 네가 알아서 할 일이니까, 네가 원하는 대로 해도 상관없어. 하지만 마이클 오어가 그렇게 한다면, 내가 이걸로 이 녀석 고추를 잘라 버릴 거야." 마이클 오어의 말에 따르면, 그때 쿠엔틴의 얼굴 표정은 그녀의 말을 결코 농담으로 받아들이지 않는 듯했다고 한다. "물론 엄마도 마찬가지였죠." 마이클은 미소 한 번 짓지 않고 말했다.

이 모든 일은 마이클 오어에게 일어난 놀라우리만치 좋은 일에 속했다. 하지만 놀라우리만치 나쁜 일도 언제든 일어날 수는 있었다. 그리고 실제로도 그런 일이 일어났다.

---

55 조지 버나드 쇼의 희곡 『피그말리온』의 주인공. 런던의 빈민가에서 교양 없이 살아가던 소녀였지만, 언어학 교수의 지도를 받고 매력적인 숙녀로 변신한다. 이 작품은 훗날 뮤지컬 〈마이 페어 레이디〉로 각색되어 더 유명해졌다.

끔찍스러운 시즌이 끝난 지 한참 뒤인 어느 날 오후, 마이클 오어는 두 명의 팀 동료와 함께 기숙사 현관 계단에 앉아 있었다. 그때 팀 동료 또 한 명이 그쪽으로 다가왔다. 신입생 라인배커인 앤토니오 터너였다. 그는 멤피스에 있는 투이 가족의 집에도 초대된 적이 있었지만, 거기서 본 것이 전혀 마음에 들지 않은 모양이었다. 이제 앤토니오는 백인 전반에 대해 깎아내리는 말을 잔뜩 늘어놓았고, 특히 마이클의 "흰둥이 가족"에 대해서 그렇게 말했다. 그가 마이클을 "흰둥이"라고 말하자, 마이클은 그에게 주먹을 날렸다. 앤토니오도 마이클의 얼굴을 때리고 곧장 내빼 버렸다. 마이클은 그 뒤를 쫓았고, 두 사람은 마치 만화 속의 등장인물처럼 주차된 승용차 주위를 빙글빙글 돌면서 추격전을 벌였다. 그러다가 앤토니오가 콜린스와 리 앤에 관해서 무슨 말을 했다. 그가 정확히 무슨 말을 했는지는 아무도 알 수 없다. 심지어 마이클도 무슨 말을 들었는지 결코 입을 열지 않았다. 하지만 십중팔구 앤토니오는 자기가 마이클의 백인 누이를 건드려 보겠다는, 그리고 그보다 먼저 마이클의 백인 어머니를 건드려 보겠다는 요지의 말을 한 것으로 추정된다. 마이클의 말에 따르면, 그는 갑자기 추적을 중단하고 기숙사의 자기 방으로 가서 옷을 갈아입었다. 왜냐하면 자기가 좋아하는 옷에 앤토니오의 피를 묻히는 건 싫었기 때문이라고 했다.

마이클이 기숙사로 가서 친구의 피를 묻혀도 괜찮을 만한 셔츠를 찾는 사이, 앤토니오는 전력 질주로 도망쳤다. 그는 붉은 벽돌로 지은 자습실 건물로 달려갔다. 창문마다 짙은 색 유리가 끼워진 이곳은 풋볼 선수들이 전담 강사와 함께 공부를 하는 곳이었다. 팀 동료들이며 백인 전담 강사들과 함께 있으면 안전하리라는 것이 그의 계산이었다. 하지만 계산은 완전히 빗나갔다.

마이클은 굳이 뛸 필요도 없다는 걸 알았다. 앤토니오가 어디로 갔을지 잘 알았으니까. 앤토니오가 안전하다고 여길 만한 장소는 여기 말고는 전혀 없었다. 마이클은 캠퍼스를 가로질러 천천히 걸어가면서 자기 먹잇감이 어디 있는지를 찾았다. 마침내 그는 자습실에 도착했다. 열댓 명의 선수들과 전담 강사들이 있는 작은 방에서 그는 앤토니오를 찾아내 달려들었다.

질량 곱하기 가속도는 바로 힘이다. 휴 프리즈의 설명에 따르면, 마이클의 체중이 마이클의 속도와 결합해서 사람을 덮치면 그야말로 믿을 수 없을 만큼 어마어마한 힘이 되게 마련이었다. 그는 이 어마어마한 힘으로 앤토니오를 바닥에 쓰러트렸다. 그리고 한 손으로 상대방의 멱살을 움켜쥐고 땅 위에서 번쩍 들어 올렸다. 앤토니오는 체중이 105킬로그램이나 되었지만, 마이클의 커다란 손에 붙잡히자 (나중에 어느 선수가 한 말마따나) "마치 누더기 인형 같았다". 마이클은 앤토니오의 얼굴을 때린 다음, 그를 방 저편으로 내던졌다. 방 곳곳에서는 덩치 큰 풋볼 선수들이 저마다 작은 책상 아래 들어가 몸을 숨겼다.

바로 그때 여러 사람이 히스테리컬한 비명을 지르기 시작했고, 마이클도 그제야 백인 꼬마 하나가 바닥에 쓰러져 있음을 깨달았다. 주위에는 피가 흥건했다. 그는 이 백인 꼬마가 있는 줄도 모르고 있었다. 바로 전담 강사 가운데 한 사람의 아들인 세 살짜리 꼬마였다. 도대체 누가 이 꼬마를 여기 데려다 놓은 거야? 알고 보니 그가 앤토니오에게 달려들었을 때에 그 꼬마가 옆에 있다가 부딪쳐서 그만 벽으로 날아가 버린 모양이었다. 그의 머리에서는 피가 심하게 났다. 피가 흥건한 가운데 쓰러진 꼬마를 본 마이클은 곧장 달아나 버렸다.

사람들은 처참한 몰골로 울고 있던 앤토니오를 러닝백 코치 프랭크 윌슨의 집에 보냈다. 그래야만 안전할 것 같아서였다. 그는 다행히 아직 살아 있었고, 올 미스의 코치들은 그를 계속 그 집에 머물러 있게 할 작정이었다. 자습실에 있던 미스 수는 풋볼 선수 가운데 하나인 라인배커 로버트 러셀과 이야기를 나누었다. 왜 다툼이 일어나면 이렇게 꼭 폭력으로 해결해야만 하는지 모르겠다는 한탄이었다. 그러자 그가 대답했다. "미스 수, 마이클이랑 저는 그런 식으로 자라났어요. 아무리 우리가 안 그러려고 노력을 해도 결국에는 우리가 아는 그 방식으로 돌아갈 수밖에 없는 거예요."

휴 프리즈는 멤피스에 있는 리 앤에게 전화를 걸었다. 마치 성난 코뿔소에 관한 문제를 그 조련사와 의논하는 듯한 투로 이렇게 말했다. "이리로 바로 오셔서 그 녀석을 찾아봐 주세요. 지금 그 녀석을 다룰 수 있는 사람은 당신뿐이니까요." 리 앤은 곧바로 차에 올라타고 옥스퍼드로 향했다. 그러다가 그녀는 우뚝 멈춰서고 말았다. 마이클은 이미 어디론가 도망쳐 버렸고, 그가 어디 있는지는 아무도 몰랐다. 그러니 리 앤이 쫓아간다고 해도 찾아낼 수 있을 것 같지는 않았다. 그녀는 일단 차를 길가에 세우고 숀에게 전화를 걸었다. 그는 멤피스 그리즐리스의 경기 중계를 위해 서부 연안 어디쯤에 가 있었다. 숀은 이렇게 말했다. "그 녀석이 도망친 건, 그 녀석이 아는 방법이 그것뿐이었기 때문일 거야." 마이클은 누군가를 더 죽이기 위해서 밖으로 뛰쳐나간 것이 아니었다. 다만 궁지에서 벗어나기 위해 도망친 것뿐이었다. 그로부터 몇 달 전에 이런 일이 터졌더라면 숀도 큰 충격을 받았을 것이다. 하지만 이제 그는 마이클이 뭔가 말썽에 휘말리면 곧바로 도망가 버린다는 사실을 잘 알고 있었다. 이전에도 그런 일이 있었다. 올 미스에 다니기 시작한 지 얼마 안 되어서도 마이클은 미스 수와 말다툼을 하고 나서 이틀 동안이나 사라진 적이 있었다. 전화를 걸어도 받지 않았다. 절대로. 그러던 어느 날 밤에 숀과 리 앤은 침대에 누운 채로 자칫 마이클 오어가 영영 돌아오지 않을 가능성에 관해 이야기를 나누었다. 어쩌면 그 아이는 자기가 원하는 걸 얻기 위해 이들을 이용했을 뿐이고, 진정한 감정은 전혀 품고 있지 않았을지도 모른다고 말이다. "당신이 생각하기에도 그런 것 같아?" 리 앤의 말이었다. 물론 숀 역시 어떤 게 진실인지는 알 수 없었다. "사람이 한가하면 머릿속에 별생각이 다 떠오르게 마련이죠." 나중에 그는 이렇게 말했다. "하지만 문득 이런 생각이 들더군요. 지금까지의 일에서 우리가 손해 본 것이 있다면 우리가 어떤 아이를 도와주었다는 것뿐이라고요. 따라서 그 아이가 혹시나 줄곧 우리를 갖고 놀았다 하더라도, 사실은 우리가 손해 본 것이 없었다는 거였죠."

하지만 숀은 다른 것도 알고 있었다. 그는 마이클이 평생 그렇게 도망을 치며 살았다는 것을 알고 있었다. 그보다 얼마 전에 숀은 멤피스의 사무실에서 전화를 한 통 받았다. 테네시 아동복지관리국의 바비 스피비라는 여성 직원이 드디어 그의 전화에 회답을 해 왔던 것이다. 스피비는 일찍이 마이클 관련 업무를 담당한 직원이었다. 숀은 마이클의 잃어버린 몇 년에 대한 정보를 알아내기 위해 그녀에게 세 번이나 전화를 건 적이 있었지만, 번번이 스피비의 자동응답기와 대화를 나누어야만 했다.[56] 스피비의 말에 따르면, 미안한 말이지만 마이클에 관한 기록에서 구체적인 내용은 지금 확인할 수가 없다고 했다. 아동복지관리국에서는 그의 파일을 잃어버렸다는 것이었다. 하지만 그녀는 마이클 오어에 관한 몇 가지를 생생하게 기억하고 있었다. 예를 들어 그녀는 아동복지관리국에서 어느 날 밤에 경찰을 보내서 당시 7세였던 마이클 오어를 그 어머니에게서 빼앗아 왔던 일을 기억했다.

"그날 밤에는 비가 오고 있었죠." 바비 스피비의 말이다. "그 어머니란 사람은 노숙자였어요. 마약도 했죠. 누군가가 경찰에 신고를 했어요. 웬 여자가 애들을 데리고 빗속에 막 돌아다닌다고요."

그녀의 말에 따르면, 그때 마이클 오어를 데려와서 위탁 가정으로 보냈다고 한다. 하지만 그는 그곳에 계속 머물지 못했다. "그 아이는 대부분의 시간 동안 도망자 신세였어요." 그녀는 한마디로 정리했다. "그 아이는 진짜로 말이 없었어요. 성격이 되바라졌다는 건 아니에요. 다만 계속해서 도망치기만 했다는 거죠." 마침내 테네시주 아동복지관리국의 멤피스 지부에서는 마이클 오어를 더 이상 찾지 않고 포기해 버렸다. "워낙 자주 도망을 쳤기 때문에, 나중에는 우리도 그 아이가 도망치는 걸 막으려 들지도 않았던 거죠." 그를 담당했던 여성의 말이었다. 정부에서는 마이클이 7세 때부터 공식적으로 양육을 떠맡았지만,

---

56 숀이 전화를 건 것은 어디까지나 내가 먼저 바비 스피비의 이름을 찾아낸 다음, 법적 보호자라는 지위를 이용해서 마이클의 어린 시절에 관한 정보를 알아내 보라고 오랫동안 재촉했기 때문이었다. (원주)

10세 생일 즈음에는 그의 행방을 놓치고 말았다. 그녀도 지금쯤 그 아이가 어떻게 되었을지를 궁금해하던 참이었다.

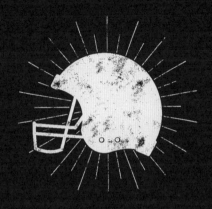

CHAPTER 11

양육이 낳은 괴물

NCAA 조사관: 제가 여쭤보고 싶은 것은 이게―

손: 이 아이한테는 아무런 미움도 없어요. 아무런 악의도 없다니까요. 이 아이의 기억은 아주 좋습니다.

NCAA 조사관: 최대한 솔직하게 말씀해 보시죠. 그럼 그쪽은 이 아이의 어린 시절에 관해서 완전히 알고 계신가요?

손: 아, 그건 물론 아니죠. 일단 이 아이는 '저'하고는 관계가 아주 대단히 좋은 것은 아니니까요. 왜냐하면 이 아이는 이제껏 한 번도 아빠가 없었거든요. 저는 그냥 아저씨에 불과한 겁니다. 다만 제 딸이나 제 아내한테는 이야기를 할 겁니다. 하지만 우리는 이런 식으로 물어보지는 않아요. 대개의 경우 우리는 답변을 원하지 않으니까요.

NCAA 조사관: 관심이 없으신 거겠죠.

손: 저는 단지 이 아이가 관심 있어 하는 것만 관심 있어 할 뿐입니다.

NCAA 조사관: 아예 물어보지 않으신 거겠죠, 제가 보기엔.

손: 우리는 일단 내일 있을 기하학 시험에 대해서나 관심 있을 뿐입니다. 이 아이가 네 살 때 벌어진 일은 이야기가 또 다르죠. 이 아이가 괜찮다고 하면, 우리도 괜찮다는 겁니다. 이 아이의 이력에 관해서 우리도 언젠가는 다 알아낼 겁니다. 하지만 우리는 서두르지 않아요. 우리한테는 시간이 넉넉하니까요.

드니즈 오어는 자기 아버지를 죽인 사람이 누구인지 알 수 없었다. 그녀가 아는 바라고는 자기가 어렸을 때에 아버지가 침대에 누운 상태에서 여러 발이나 총을 맞고 죽었다는 것뿐이었다. 자기가 정확히 언제 어머니와 헤어져서 시설로 들어가게 되었는지도 기억하지 못했다. 그녀가 아는 바라고는 어머니가 알코올중독자였기 때문에, 자기는 물론이고 이부동생 로버트 포크너도 전혀 돌봐 주지 못한다는 것뿐이었다. 어머니는 한 번도 그녀에게 음식을 해 주거나, 책을 읽어 주거나, 학교에 데려다준 적이 없었다. 드니즈가 기억하는 한에는 전혀 없었다. 어느 날 경찰이 찾아와서는 그녀와 로버트를 고아원으로 데려갔다. 드니즈는 여전히 특별히 보살핌을 받는다고 생각한 적이 없었다. 누구에게 사랑을 받는다거나 하는 느낌을 받은 적이 없었다. 그녀는 학교를 어마어마하게 빼먹었고, 열다섯 살쯤 되었을 때 어머니가 어찌어찌해서 딸을 시설에서 빼냈다. 일단 밖에 나오자 드니즈는 나쁜 친구들과 어울리게 되었다. 마약이며 갖가지 말썽에 휘말렸으며, 나이 스물에 사내아이를 하나 낳았다. 곧이어 아이를 넷이나 더 낳았다. 이웃 사람들은 이렇게 말하곤 했다. "디디는 새끼치기라니까." 맞는 말이었다. 6년 동안 그녀는 사내아이를 다섯이나 낳았다. 드니즈는 이 아이들의 친부가 오델 왓킨스임이 분명하다고 생각했지만, 정작 그는 아동복지 관리국의 친부 확인 요청을 거부했다. 대신에 그 남자는 DNA 검사를 받았다. 검사 결과, 그녀의 예감대로 오델 왓킨스가 그 아이들의 친부였다.

1985년 늦여름에 27세였던 디디는 오델 왓킨스와 완전히 헤어졌다. 하지만 그녀의 출산 행진은 아직 절반도 채 끝나지 않은 상황이었다. 그다음에 드니즈가 낳을 아기의 아버지는 머지않아 그녀의 집으로 찾아왔다. 이부동생 로버트의 소개로 찾아온 남자였다

로버트는 고아원에서 나온 이후 "프라이팬"이라는 별명이 생겼다. 섬뜩한 우연의 일치로 그는 훗날 이혼을 요구하는 아내를 향해 프라이팬을, 그리고 말편자를 휘둘러서 두개골을 박살 내고 말았다. 아내를 잔인하게 살해한 대가로

로버트는 내시빌의 리버 벤드에 있는 사형수 감방에 갇히게 되었다. 하지만 그건 훨씬 더 나중의 일이었다. 맨 처음 감옥에 갔을 때는 그냥 살인죄로 몇 년 동안 복역했다. 이때 로버트가 누구를 왜 죽였는지는 드니즈도 알지 못했다. 다만 자기 이부형제가 살인죄로 유죄 선고를 받고 포트 필로의 감옥에 갔다는 것만 알았다. 거기서 그는 마이클 제롬 윌리엄스라는 남자를 만났다. 마이클 제롬 윌리엄스는 또 무슨 죄로 감옥에 가 있었을까. 그건 디디도 몰랐거나, 또는 잊어버렸을 것이다. 그녀가 아는 바라고는 로버트가 이부 누이에게 안부를 전하려다 보니, 마침 석방된 마이클 제롬 윌리엄스가 일종의 메신저 노릇을 해 주었다는 것뿐이었다. "그 사람을 만났을 때, 저는 아무랑도 같이 살지 않았어요." 디디의 말이다. "우리는 이야기를 나누게 되었고, 결국 같이 살게 되었죠. 하지만 그는 약간 체구가 작았어요. 키가 167센티미터쯤이었죠."

마이클 윌리엄스와 알게 된 직후 디디는 또다시 임신을 했다. 그녀는 돈도 없고, 직업도 없었으며, 더군다나 심각한 마약 문제를 겪기까지 했다. 하지만 드니즈는 새로 가진 아이의 장래에 관해서는 아무런 걱정도 하지 않았다. "하나님이 주신 아이니까요." 그녀의 말이었다. "하나님께서는 당신이 먹여 살리지 못할 아이를 이 땅에 보내시진 않으니까요." 오델 왓킨스와는 달리 마이클 윌리엄스는 아이의 친부임을 순순히 인정했고, 드니즈는 아이에게 그의 이름을 그대로 따서 붙였다. 마이클 제롬 윌리엄스라고 말이다.

하지만 아이가 태어난 직후에 아버지인 마이클 제롬 윌리엄스가 사라져 버렸다. 아동복지관리국에서는 행방을 추적했고, 1년이 지나서야 비로소 찾아낼 수 있었다. 그는 또다시 감옥에 들어가 있었다. 그때쯤 디디는 마이클 제롬 윌리엄스라는 아기의 이름을 마음에 들어 하지 않게 되었다. 하지만 그녀는 아이의 개명을 정식으로 신청하지는 않았으며, 그냥 자기가 먼저 이 아이를 "마이클 오어"라고 부르기 시작했다. 오어는 드니즈의 처녀 시절 성姓이었으며, 그것 역시 자기 어머니에게서 가져온 성이었다.

이후 4년 동안 드니즈는 여러 명의 남자들에게서 네 명의 아이를 더 낳았다. 아이의 아버지들은 하나도 그녀의 곁에 붙어 있지 않았다. 마이클이 다섯 살이었을 무렵, 그가 기억하기로 디디는 아들 일곱과 딸 셋을 기르고 있었으며, 아이들의 나이는 모두 15세 미만이었다. 그녀는 아이들 중 누구도 진정으로 돌보지는 않았으며, 그 대신 코카인에 빠져 살았다. "매월 첫날이면 어머니는 생활 보조금 수표를 받았죠." 마이클의 맏형 마커스의 말이다. "그러면 어머니는 곧바로 집에서 나갔고, 열흘은 지나서야 들어왔어요. … 그놈의 마약 때문에 만사가 엉망이었죠." 디디는 매월 1일에 정부에서 보내 주는 생활 보조금을 제외하면 수입이 전혀 없었기에, 아이들은 먹을 것을 살 돈조차도 없었다. 먹을 것도 없고 입을 것도 없었으며, 단지 교회며 거리에서 얻은 것뿐이었다. 멤피스에 공공 주택이 풍부했음을 고려해 보면 놀라운 일이었지만, 이들 가족에게는 살 집조차도 없는 경우가 허다했다. 태어나서 처음 6년간의 일 가운데 생각나는 게 있느냐고 물어보면 마이클은 이렇게 대답했다. "며칠 동안 먹을 게 없어서 물로 배를 채우던 거요. 딴 집에 가서 먹을 거 없냐고 물어보던 거요. 밖에서 자던 거요. 모기요." 겨울도 추웠지만 여름은 더 끔찍스러웠으니, 열기가 워낙 대단한 데다가 밤새 모기가 들끓었기 때문이다.

하지만 마이클이 일곱 살 때가 되자 그의 가장 큰 두려움은 제복 입은 남자들이 찾아와서 자기를 어머니와 떼어 놓을지도 모른다는 것으로 바뀌었다. 그의 어머니는 비록 문제가 있는 사람이긴 했지만, 자기 자녀를 과도하게 학대하지는 않았다. 예를 들어 자녀를 때린 적도 전혀 없었고, 종종 사랑한다고 말해 주기도 했다. 다만 자녀의 곁에 머물러 있는 경우가 드물었고, 혹시나 머물러 있을 경우에도 자녀에게 줄 것이 전혀 없었을 뿐이었다. 이제 16세가 된 마커스는 경찰이 자기네 같은 가족을 종종 뿔뿔이 흩어 놓는다는 사실을 잘 알고 있었다. 이들은 위탁 가정에 관한 이런저런 소문을 들었고, 그 소문은 하나같이 불안스러운 것뿐이었다. 경찰이 아이들을 데려다가 낯선 사람들에게 떠맡기는

데, 그 낯선 사람들의 관심사라고는 오로지 아이들 덕분에 받는 현금뿐이라는 것이었다. 마이클의 형제들은 경찰이 자신들을 데려갈 가능성에 대해 이야기를 나눈 끝에, 무슨 일이 있어도 반드시 자기들끼리 똘똘 뭉쳐 있기로 결심했다.

1994년 4월 14일, 멤피스 법원은 사상 최초로 마이클의 존재를 인정했다. 마이클과 그 형제자매의 이름을 열거한 뒤, 다음과 같은 판결을 내렸던 것이다. "본 법정은 상기 아동들에게 본 법정의 즉각적인 보호가 필요하다고 보며, 상기 아동들의 건강 상태는 즉각적인 위협에 노출된 상태인 까닭에, 공판의 연기가 자칫 심각하거나 회복 불가능한 해악을 끼칠 수 있을 정도라고 판단하는 바이다."

마이클의 여덟 살 생일을 한 달 앞둔 상황에서 경찰차 여러 대가 어느 판잣집(드니즈는 이 집이 자기 사촌의 것이라고 아이들에게 말한 바 있었다) 뒤에 있는 헛간 앞에 멈춰 섰다. 계집아이 셋은 마침 헛간 앞에 나와 있었다. 앤드리와 리코는 다른 어디엔가 있었다. 사내아이 넷(마커스, 델루언, 칼로스, 마이클)은 헛간 안에 있었다. "경찰이 다가오는 걸 보자마자 우리는 저 사람들이 왜 오는 건지를 이미 알았죠." 마커스의 말이다. "우리는 다른 사람들이 이런 상황에 처한 경우를 한 번도 본 적이 없었어요. 그래서 우리는 정말로 경찰이 우리를 뿔뿔이 흩어 놓으러 온 줄 알았던 겁니다." 경찰을 보자마자 마커스는 동생들을 바라보며 말했다. "도망쳐!"

마이클은 달리기가 빠른 것을 자랑처럼 여기고 있었다. "저는 날아다닐 수가 있어요." 그는 종종 이렇게 말했다. 마이클이 자신을 위해 품은 새로운 계획에서는 속도가 핵심이었다. 그는 이후 10년 동안 이 계획에 놀라우리만치 철저하게 집착할 예정이었다. 1993년 6월 20일에 마이클은 다른 누군가의 집에 들어가서 TV로 농구 경기를 보고 있었다. 그날 밤 마이클 조던은 피닉스 선즈를 도구로 사용하여 자신의 위대함을 만천하에 알린 바 있었다. 마이클 조던이 농구를 하는 모습을 본 순간, 마이클 오어는 자기가 앞으로 뭐가 되어야 할지를 알았다. 차세대 마이클 조던이 되는 것이었다. 그의 나이는 겨우 일곱 살이었기 때문에, 이것은 매우 독창적인 생각이라고 여겼다. 물론 워낙 말이 없었고, 이런 생각을 드러내지도 않았으므로, 전혀 방해를 받지도 않았다.

하지만 마이클 오어는 이제 은밀한 야심을 지닌 셈이 되었고, 이것은 이후 10년 동안 그가 행한 일의 상당 부분을 결정하게 되었다. 마이클의 야심은 자신에게 아무런 가치도 부여하지 않았던 세상에 대한 저항처럼 우뚝 솟아 있었다. 그의 아버지는 아들에게 가치를 부여하지 않은 까닭에 심지어 그를 만나려 하지도 않았다. 그의 어머니는 아들에게 가치를 부여하지 않은 까닭에 심지어 그를 잘 먹이지도 않았다. 하지만 마이클은 병원에 간 적도 없었고, 약을 먹은 적도 없었다. 학교도 노상 빼먹다시피 했다. 형들이 그를 보살펴 주었으며, 용케도 먹을 것을 찾아냈다. 하지만 형들에게도 나름의 문제가 있었다. 그들에게도 진정한 양육 능력은 없었던 것이다. 어느 누구도 마이클 오어에게 투자하지 않았으며, 따라서 그로선 가시적인 성과를 낳을 수도 없었다. 하지만 마이클은 스스로를 가치가 전혀 없다고 보지는 않았다. 마이클 조던을 본 바로 그 순간부터 그는 지구상에서 가장 부유하고 유명한 흑인 운동선수가 되기로 작정했던 것이다.

경찰차가 다가오고 형이 도망치라고 말했을 때만 해도 마이클은 정확히 무슨 일이 벌어지고 있는지를 알지도 못했다. 다만 마커스(16세)와 델루언(13세)과 칼로스(11세)가 뒷문으로 쏜살같이 빠져나가는 모습을 보았을 뿐이었다. 그는 형들을 따라 뛰었다. 차세대 마이클 조던이 되기 위해서 마이클 오어는 빠르고도 날쌔야만 했다. 그리고 그는 실제로도 빠르고 날쌨다. 물론 달리는 속도는 형들이 더 빨랐지만, 마이클은 최대한 작은 다리를 움직여서 마침내 형들을 따라잡았다. 달리기를 멈추었을 때 이들은 거리를 따라 저 아래쪽에 있는 폐업한 자동차 정비소의 2층에 올라와서 숨을 헐떡이고 있었다. 깨진 창문 너머로 이들은 어머니가 고함을 지르는 가운데 세 명의 어린 누이동생들(드니즈, 태라, 디프샤)을 경찰관이 데려가서 경찰차 뒷좌석에 태우는 모습을 지켜보았다. 마커스는 어쩌면 누이동생들을 오늘 이후로는 두 번 다시 못 보게 될지도 모른다고 말했고, 그의 예감은 적중했다.

디디는 자녀를 돌볼 능력이 없었으며, 그건 스스로도 잘 알았다. 하지만 그녀는 누구 하나도 자기 품에서 놓고 싶어 하지 않았다. 사내아이들은 서로 뭉쳐 있고 싶어 했다. 같이 있으면 안전한 느낌이었다. 같이 있으면 최소한 서로라도 의지가 되었기 때문이다. 경찰이 다시 자기들을 데리러 올 것임을 알았으므로, 그들은 결국 그 헛간을 떠났다. 디디는 (어떻게 얻었는지는 말하지 않았지만) 낡아빠진 몬테카를로 승용차를 한 대 얻었다. 몇 주 동안 그녀는 사내아이 일곱 명을 데리고 그 승용차에서 먹고 자고 했다. "서로 포개지듯 누워 있었죠." 당시 13세였던 델루언은 이렇게 회고했다. "아침에 일어나면 가까운 주유소 화장실에 가서 씻었어요."

자기가 태어나서 자라난 멤피스 서쪽의 좁은 지역을 떠나고 싶어 하지 않은 까닭에 디디는 불이익을 감수해야만 했다. 경찰은 그녀의 딸들을 데려간 지 몇 주 뒤에 칼로스와 마이클도 데려갔다. 마침 두 아이가 학교에 간 첫날이었다. 경찰관들은 두 아이를 학교에서 데리고 나와서 처음 보는 여자의 집으로 데려갔다. 벨마 존스라는 여자였다. "벨마는 덩치가 어마어마했어요." 칼로스의 말이다. "체중이 170킬로그램은 되었을 거예요. 그래서 남들이 자기를 움직이게 만들면 벌컥 화를 냈죠." 아이들은 그녀를 무서워했다. 벨마가 잘못한 아이들에게 어떤 벌을 주는지를 보여 주자마자 아이들은 더욱 겁에 질려 버렸다. 그녀는 아이들을 몸으로 깔아뭉개 버렸던 것이다. 그것은 처음 며칠 동안 마이클의 가장 생생한 기억 가운데 하나였다. 벨마 존스의 몸에 깔리는 것 말이다. 칼로스의 말에 따르면, 한번은 마이클과 함께 벨마의 쌍둥이 자매이며 똑같이 덩치가 어마어마한 셀마의 집에 갔던 적도 있었다. 두 아이는 셀마가 시키는 대로 하수관이 터져서 지하실로 새어 들어온 오물을 닦아 냈다. 이것은 두 소년이 이

뚱보 자매를 위해서 해야 했던 갖가지 불쾌한 허드렛일 가운데 맨 처음에 불과
했다.

　　아울러 이것은 슬픔의 시작에 불과했다. 이들이 간 집에는 다른 위탁 아동
이 여럿 있었고, 그중에서도 더 나이 많고 덩치 좋은 아이들은 마이클과 칼로스
를 괴롭혔다. (테네시주에서 위탁 받은 아이가 지금까지 몇 명이냐는 질문에 벨마는 훗
날 이렇게 대답했다. "정확히는 모르겠어요. 저야 워낙 많은 사랑과 인내와 에너지를 지니
고 있어서요. 그래서인지 무조건 저한테 데려오더라고요.") 벨마에게는 친아들도 하나
있었는데, 칼로스가 보기에는 버르장머리가 정말 없었다. 그녀는 칼로스와 마
이클을 일요일마다 밖에 내보내서 신문을 팔게 했고, 두 아이가 벌어 온 돈을
빼앗아서 친아들에게 주었다. "그 쌍둥이 자매랑 사는 건 전혀 즐겁지가 않았어
요." 칼로스의 말이다. "두 사람은 마치 우리가 사람도 아닌 것처럼 대했죠. 밤
마다 마이클이 울다 지쳐 잠이 들었어요." 두 소년은 난생처음으로 2층 침대에
서 잠을 잤는데, 마이클이 사용한 아래층 침대는 결코 침대라고 할 수 없을 정
도였다. 매트리스 자체가 없었기 때문이다. "저는 판자 위에서 잔 셈이었어요."
그의 말이다. 칼로스의 기억에 따르면 마이클은 거의 매일 밤마다 이렇게 말했
다. "형, 나는 그냥 집에 가고 싶어."
　　그곳에서 이틀 밤을 보낸 직후에 마이클은 혼자 도망쳤다. ("저는 날아다닐
수가 있어요.") 겨우 일곱 살이었지만 그는 멤피스 한복판을 가로질러서 어머니
를 찾아갔다. 디디는 당장 위탁 가정에 돌아가야 한다고, 그렇지 않으면 큰일이
일어날 거라고 아들에게 말했다. 마이클은 돌아오는 길 내내 울었다. 며칠 뒤
그는 다시 도망쳤다. 하지만 이번에도 결과는 똑같았다. 한번은 어머니가 마이
클을 찾아왔다. "그날은 좋은 날이었어요." 그의 말이다. "예, 그날이야말로 저
한테는 단 한 번의 좋은 날이었어요." 마이클과 칼로스는 거의 2년간 벨마 존스

의 집에서 살았다. 그러던 어느 날 오후, 벨마가 두 아이를 앉혀 놓고는 이제는 녹스빌로 가게 되었다고 통보했다. 두 아이에게는 마치 달에 가게 되었다고 하는 말처럼 들렸다. 둘 중 어느 누구도 멤피스 서부의 좁은 지역을 벗어나 본 적이 없었다. 그녀는 얼른 방으로 돌아가서 물건을 챙기고 떠날 준비를 하라고 말했다. 두 아이는 방으로 돌아가자마자 물건이고 뭐고 그대로 내버려 두고 창밖으로 도망쳤다.

이번에는 경찰이 동원되어 이틀이나 수색한 끝에 두 아이를 찾아냈다. 아동복지관리국에서는 이제 마이클이 상습 탈주범이라는 사실을 알아냈고, 일종의 심리학적 진단이 필요하다고 평가했다. 따라서 그를 위탁 가정으로 돌려보내지 않고, 세인트조지프스병원으로 데려갔다. 이곳에서 마이클은 "불량 아동을 다루는 층"으로 갔다. 이곳에서 여러 가지 검사를 받은 뒤에, 그는 이 사람들이 자기가 미쳤는지 여부를 검사하고 있다고 결론을 내렸다. 하지만 이곳은 그리 나쁘지가 않았다. 위탁 가정에 비하자면 생활환경도 훨씬 더 향상되었다. "음식도 잘 나왔어요." 그의 말이다. "매트리스 있는 침대도 있었고요. 비디오도 틀어 줬어요."

그때 마이클은 열 살이 되었을 즈음이었다. 병원에서 두 주를 보낸 뒤에 그는 집에 가고 싶어 몸이 달았다. "재미가 없어지더라고요." 마이클의 말이다. "조금 지나고 나서는 자유로워지고 싶었어요." 그의 정서적 성향 대신 그의 사례에 나온 사실만을 아는 사람이라면 믿기 힘들지도 모르겠지만, 그는 어머니를 그리워했다. 디디는 마치 단 한 가지 질문에 답하기 위해 이 세상에 온 사람 같았다. 어머니가 자녀를 제대로 돌보지 않고서도 자녀의 애정을 독차지할 수 있는 한도는 과연 어디까지인가? 어머니는 그를 전혀 돌보지 않았지만, 그럼에도 불구하고 그는 어머니를 사랑했다. "제 생각에는 그냥 당연히 어머니를 사랑해야 하는 것 같았어요." 마이클은 나중에 말했다. "왜냐하면 그분은 우리 어머니이니까요." 그 떨치기 힘든 감정이야말로 한참 뒤에 그가 난생처음으로 자기 어머니에 대해, 그리고 어머니의 마약 문제에 대해 질문을 받았을 때 보인 반응을 설명해 준다. 당시에 마이클은 멍한 표정을 지으면서, 마치 전혀 그 문제를 개의치 않는 척했다. 하지만 두 번째 같은 질문을 받자, 그의 갈색 눈에는 눈물이 그렁그렁했다.

마이클이 머물던 층의 양쪽 문은 잠겨 있었다. 하지만 병원 자체가 워낙 오래되었기 때문에 그는 홀 끝에 있는 커다란 금속제 문이 덜그럭거린다는 사실을 알아냈다(그곳은 머지않아 철거되었다). "그 일은 정말 어제처럼 생생하게 기억해요." 마이클은 나중에 말했다. "우리는 그 층에서 이쪽저쪽으로 뛰어다니며 놀았죠. 그런데 그 층의 맨 끝에는 비상구가 있었어요. 두 개의 문짝 한가운데 잠금장치가 되어 있는 거였죠. 저는 종이를 하나 구해서 그걸 접은 다음 문짝 사이로 쑤셔 넣었어요. 그랬더니 문이 열리더라고요." 이 사실을 발견한 당시만 해도 주위에 워낙 사람이 많아서 그는 선뜻 도망칠 수가 없었다. 마이클은 아무에게도 비밀을 털어놓지 않은 채, 그 종이를 가지고 날이 저물기를 기다렸다. "그날 밤 저는 자러 가면서 그 종이에 입을 맞추고 제 베개 밑에 넣어 두었어요." 그의 말이다. 마이클의 방과 잠긴 문 사이에는 간호사실이 있었다. 창가에 앉은 간호사가 전체 홀의 움직임을 감시할 수 있었다. 이른 새벽에 홀이 텅비자 그는 납작 엎드린 상태로 간호사실 아래를 지나갔다. 누구의 눈에도 띄지 않은 채로 문에 도착하자, 마이클은 종이를 접어 만든 도구로 잠금장치를 따고 그대로 내뺐다.

이제 그는 어두운 콘크리트 계단에 도달해 있었다. 마이클은 무조건 아래로 달려갔다. "여기도 문, 저기도 문, 그래도 저는 결국 밖으로 나왔죠." 그의 말이다. "마치 한밤중의 도둑 같았어요." ("우리는 그 아이가 어떻게 거기서 빠져나갔는지 도무지 알 수가 없었습니다." 당시 멤피스의 아동복지관리국에서 일했던 바비 스피비의 말이다.)

거리로 나온 마이클은 아직 자기가 어디 있는지 모르는 상황이었다. 그는 몇 시간이나 헤매다가 걸어서 집으로 돌아왔지만, 나중에 알고 보니 그 병원에서 딕시 홈스라는 공공 주택까지는 불과 1킬로미터밖에 안 되는 거리였다. 마이클이 집에 도착해 보니 어머니는 이미 어디론가 이사를 간 다음이었다. 딕시 홈스를 떠난 그녀는 멤피스에서도 가장 우울한 공공 주택 가운데 하나로 갔다. 바로 허트 빌리지였다. 허트 빌리지는 1950년대에 백인을 위해 지어진 공공 주택이었다. 11헥타르 부지 위에 지어진 그 450채의 주택을 언급하며 당시의 시장은 "멤피스 역사에서도 위대한 날"이라고 칭송한 바 있었다. 하지만 1980년대 말에 이르자 이곳에는 오로지 흑인만이 살게 되었고, 그나마도 멀쩡한 사람들은 이곳을 최대한 빨리 벗어나 다른 곳으로 가곤 했다. 허트 빌리지는 이후로 갱단과 마약과 범죄의 온상이 되었다. 시 당국에서는 이곳을 아예 철거해 버리려고 했지만, 정작 실행할 예산이 없었다. 이곳의 주민들을 새로운 집으로 이주시킬 비용을 절약하기 위해, 멤피스공공주택관리국에서는 아예 이곳 아파트의 관리를 중지하고 말았다. 에어컨이며 스토브며 냉장고며 하는 설비가 가동되지 않자, 이곳의 주택은 정말 사람이 살 수가 없게 되었다. 떠날 만한 여력이 되는 사람들은 결국 이곳을 떠났다. 살던 사람이 나가 버리면 시 당국에서는 텅 빈 아파트 입구를 판자로 막아 출입을 금지했다.

허트 빌리지에서 마이클은 어머니를 발견했다. 그는 일단 이곳에 들렀다가 다시 딕시 홈스로 돌아가서, 어머니가 살다 비우고 온 곳에 들어가 살았다. 칼로스도 머지않아 다시 나타났고, 형제는 함께 계속 도피 생활을 했다. 낮이면 두 아이는 계속 집에 숨어 있었다. 밤이면 집에서 나와서 먹을 것을 찾아다녔다. "매일같이 경찰이 잡아갈지도 모른다는 두려움을 품고 살아갔죠." 마이클의 말이다. "경찰이 보이면 곧바로 납작 엎드려 숨는 거예요." 그로부터 2주가 지나서야 두 아이는 이제 안전하다고 생각하고 딕시 홈스에 있는 빈 아파트에서 나와 허트 빌리지에 있는 어머니 집으로 거처를 옮겼다. 허트 빌리지의 아파트에는 방이 두 개뿐이었고, 디디에게는 여전히 딸린 아이가 많았다. 그녀는 방

하나를 혼자 사용했다. 이제 디디가 돌보는 일곱 명의 아이는 다른 방 하나에 있는 침대 하나를 같이 썼다. "발도 많고, 팔도 많고, 머리도 많았죠. 그래도 어찌어찌 살아갔어요." 마이클의 말이다.

이후 마이클이 5년간 살았던 이 장소는 1996년에 이르자 일종의 사회적 기능 장애의 축도가 되었다. 허트 빌리지에는 여전히 대략 1,000명가량의 주민이 살고 있었다. 부모가 모두 있는 집은 전혀 없었다. 단 한 가구도 없었다. 이곳 주민 가운데 일자리가 있는 사람은 손에 꼽을 정도였다. 평균 학력은 4학년에서 5학년 사이여서 상당히 낮은 편이었다. 주민 가운데 성인의 75퍼센트는 일종의 정신질환에 시달리고 있었다(마약 중독 역시 정신질환으로 분류되고 있었다). 허트 빌리지의 철거가 예정되자, 멤피스대학에서 온 한 무리의 사회과학자들이 미국주택도시개발부의 자금 지원을 받아 가면서 이 장소에 관한 데이터를 모으기 시작했다. "그곳은 일종의 자체적인 공동체였어요." 이 프로젝트에서 일했던 인류학자 신시아 새들러의 말이다. "허트 빌리지 주민들은 외부 사람들과는 어울리지 않았고, 외부 사람들 역시 허트 빌리지 주민들과 어울리지 않았죠." 허트 빌리지의 우편번호 38105는 그 외부 지역에서는 사회적인 독극물로 통했다. 몇몇 주민이 연구자에게 내놓은 증언에 따르면, 고용주가 이들의 우편번호를 보자마자 즉석에서 채용을 거절한 까닭에 아예 일자리 구하기를 단념한 적도 있었다. "하지만 우리의 여정 전체를 통틀어서, 캐딜락 복지 여왕[57]따위는 단 한 명도 만난 적이 없었습니다." 역시 그 연구에 참여한 T. K. 부캐넌의 말이다.

마이클이 처음 왔을 때만 해도 허트 빌리지는 대부분 갱단이 좌우하고 있었다. 당시 멤피스 최대의 갱단은 바이스 로즈였지만, 갱스터 디사이플스[GD] 역

---

57 사회복지 제도를 악용하여 이익을 얻는 사람들을 이른바 "캐딜락을 타고 다니면서 식량 구호 카드를 모으는 여성들"로 비유한 데서 비롯된 표현. 미국 공화당에서 사회복지 제도의 맹점을 비판하러 종종 쓰는 표현이지만, 일각에서는 지나친 과장이라는 역비판도 없지 않다.

시 빠른 속도로 세력을 넓혀 가고 있었다. 바로 이 갱단이 허트 빌리지를 운영
하고 있었다. 델빈 레인이 GD의 두목이었고, 허트 빌리지 한 곳만 해도 58명으
로 이루어진 행동대가 있었다. 1990년대 초만 해도 델빈은 부커 T. 워싱턴 고등
학교의 쿼터백으로 역동적인 플레이를 선보였다. 그는 원래 풋볼 장학금을 받
고 와이오밍대학에 진학할 예정이었다. 하지만 가중 폭행 혐의로 감옥에 가면
서 그 기회는 날아가고 말았다. 델빈은 쿼터백, 곧 타고난 리더였기 때문에, 감
옥에서 나온 뒤로는 자기 재능을 이용해서 거대하고도 급성장하는 마약 사업
을 운영하게 되었다. GD는 여러 가지 마약을 판매했지만, 그중에서도 가장 이
익이 많이 남는 것은 환각제였다. 델빈의 말에 따르면, 이것이야말로 운반하거
나 은닉하기에 가장 쉬운 물건이기 때문이었다. 사회보장 수표가 도착하는 매
달 1일이면 그는 크랙 코카인을 넉넉히 확보해 놓곤 했다. 디디 역시 손에 현금
을 쥐고 이 물건을 기다리곤 했다.

　허트 빌리지에서 보낸 마이클의 처음 3년 동안, 델빈은 그 지역에서 지배
자에 가장 가까운 인물이었다. 허트 빌리지에 살지는 않았지만 이곳에서 회의
를 가졌으며, 그가 행동대와 함께 도착하는 모습은 상당히 인상적인 장면이 아
닐 수 없었다. 20~30대의 멋진 승용차로 이루어진 행렬이 도착하면, 그 안에서
'전혀 무장하지 않은' 상태의 값비싼 옷을 입은 남자들이 내렸다. 그들이 평소
에 총을 갖고 다니지 않는다는 건 모두가 아는 사실이었다. 혹시나 경찰이 나타
날 경우를 대비해서였다. 아울러 거기서 불과 몇 킬로미터 떨어진 곳에 우지 기
관단총과 38구경 권총과 총신 자른 산탄총이 준비되어 있다는 것도 모두가 아
는 사실이었다. 혹시나 경쟁자인 바이스 로즈가 나타날 경우를 대비해서였다.
12명의 경비대는 17연발 9밀리미터 권총으로 무장하고 (탄창은 두 개씩 갖고) 거
점을 지키고 있었다. 델빈 곁에는 덩치 큰 보디가드 두 명이 따라다녔다. 그중
한 명은 "툼스톤"(묘비)이라는 별명으로 통했다. 신장 193센티미터에 체중 140
킬로그램인 툼스톤은 누가 봐도 이 세상에서 가장 무섭게 생긴 인간이라고 생

각할 정도였다. 물론 그런 생각은 델빈의 또 다른 보디가드인 리코 해리스를 보기 전에나 하는 생각이었다. 리코는 "빅 브림"(큰 모자챙)이라는 별명으로 통했으며, 신장은 2미터에 체중은 200킬로그램에 달했다. 빅 브림의 정식 직위는 "경호팀장"이었으며, 델빈의 등 뒤를 지키는 것이 임무였다. 그의 블라인드 사이드를 지킨다고 해도 되는 셈이었다. "빅 브림은 제게 극도로 소중한 부하였습니다." 델빈의 말이다. "특히 클럽 같은 장소에서 그랬습니다. 빅 브림이라면 한 명을 때려서 다섯 명을 쓰러트릴 수 있었으니까요. 제가 클럽에 갈 때마다 브림이 와 있으면 아무 걱정이 없었습니다. 하지만 더 작은 녀석이 와 있으면 저도 다른 녀석들의 도움을 요청할 수밖에 없었죠."

세인트조지프스병원에서 도망친 직후의 18개월 동안 마이클은 학교 근처에도 가지 않았다. 혹시나 도로 붙잡혀서 끌려갈지도 모른다는 생각 때문이었다. 1년 반 동안 그는 아동복지관리국과 일종의 숨바꼭질 놀이를 한다고 생각하고 있었다. 하지만 지금 와서 생각하면 이런 놀이가 진행 중이라는 사실을 과연 테네시주 당국에서 알기나 했을지 의심스럽다. 마이클이 생각하기에 한 가지 놀라운 일은 어른들 가운데 어느 누구도 그에게 주목하거나, 그의 상황에 대해 물어본 적이 없다는 것이었다. 밤낮으로 수백 명의 성인들이(예를 들어 허트 빌리지에 사는 사람들, 그리고 그의 어머니와 아는 사람들이) 그를 거리에서 보았지만, 어느 누구도 평일 대낮에 저 아이가 여기서 뭘 하고 있는지 궁금해하지 않았던 것이다. "어느 누구도 '너 왜 학교에 안 가고 여기 있니?' 하고 물어보지는 않았어요." 마이클의 회고다. "어느 누구도 저한테 뭘 하라고 시키지도 않았고요." 자기가 충분히 오랫동안 숨어 있으면, 아동복지관리국의 못된 사람들도 더 이상 찾지 않고 잊어버릴 거라고 그는 생각했다. 관리국에서는 실제로 그랬다.

열두 살이 된 마이클 오어는 이제 사회적 의무에서 완전히 자유로운 상태가 되었다. 마치 허클베리 핀처럼 (허트 빌리지에서 1.5킬로미터도 떨어지지 않은 곳을 지나가고 있는) 미시시피강을 따라 내려가는 뗏목에 올라타고 있다고 해도 무방할 정도였다. 그는 자전거를 하나 훔쳐서 어디든지 타고 다녔다. 아침부터 밤 늦게까지 공놀이를 했다. 때때로 나이 많은 아이들이 서로 총을 쏘며 놀기도 했는데, 그건 어디까지나 순수하게 재미 삼아 하는 짓이었다. "우리는 언덕에 앉아서 그 녀석들이 총 쏘는 걸 구경하곤 했어요." 마이클의 회고다. "꼭 서부 시대에 사는 것 같았어요." 자기가 안전하지 못하다고 생각하지는 않았다. 나이 많고 총 가진 아이들은 마이클이나 다른 어린아이들을 건드리지 않았기 때문이다. 그는 하루 열 시간에서 열두 시간씩 농구를 했으며, 자기가 차세대 마이클 조던이 될 운명을 타고났다고 확신해 마지않았다. 허트 빌리지는 도심 생활의 절망감을 보여 주는 축도가 된 지 오래였지만, 마이클은 이곳을 떠날 생각이 한 번도 들지 않았다. "거기는 재미있었어요." 그의 말이다. "전부 다 재미있었어요. 제가 뭘 하든지 누구도 말리지 않았으니까요."

이때도 마이클은 오래된 문제를 여전히 지니고 있었다. 먹을 것과 입을 것을 찾아내야 하는 문제였다. 하지만 이제는 성장하면서 자기 앞가림을 해 나가는 능력도 늘어났다. 이웃이며 교회며 거리에서 음식을 얻어 내는 실력도 더 향상되었다. "매월 1일이면 사람들이 모두 뭔가를 사 먹을 돈을 갖게 된다는 걸 알았죠." 그의 말이다. "모두가 먹을 걸 갖고 있는데, 저만 아무것도 없는 거예요." 마이클은 워낙 성장이 빨라서 사방으로 몸이 커졌다. 종종 넘어졌고, 때로는 크게 다치기도 했다. 한번은 자전거를 타다가 앞으로 넘어지는 바람에 팔꿈치에 크게 찢어진 상처가 생겼다. 하지만 병원에 가지 않았다. 상처를 꿰매는 게 뭔지도 몰랐다. 그 대신 그는 가만히 내버려만 둔다면 알아서 낫지 않는 상처가 없다고 가정하기에 이르렀다. 이런 통찰은 마이클의 내적인 안위에 대해서까지 확대 적용되었다. 어쩌면 그는 다른 사람과의 정서적 관계가 실제 가치에 비하자면 너무 골치 아프다고 나름대로 계산을 했을지도 모른다. 따라서 마이클은 단 한 번의 예외를 제외하면 인간관계를 전혀 맺지 않았다. 그 한 번의 예외란 그의 농구공이 옆집으로 날아가 화분을 하나 깨트렸을 때에 생겨났다.

다행히도 옆집 여자는 마이클을 너그럽게 용서해 주었다. 알고 보니 그 여자는 허트 빌리지에 처음 왔고, 크레이그라는 이름의 아들도 있었다. 크레이그 베일은 수줍음이 많고, 과묵하고, 덩치가 작은 소년이었고, 무엇보다도 농구를 좋아했다. 마이클과 크레이그는 머지않아 떼려야 뗄 수 없는 사이가 되었다. 나중에 마이클은 자기가 이 세상에서 유일하게 완전히 신뢰하는 사람은 크레이그 하나뿐이라고도 말했다.

이제 그는 일종의 그림자 같은 형제도 하나 두게 되었다. 바로 빅 재크였다. 재커리 브라이트는 허트 빌리지에서 마이클의 이웃에 사는 또 다른 소년이었다. 빅 재크는 마이클보다 열 살이나 많았지만, 두 사람의 외모가 어찌나 흡사한지 이웃들은 늘 놀라움을 표시했다. "모두들 이렇게 말하곤 했어요. '재크, 너 동생 생겼더라!'" 재커리 브라이트의 회고다. "저 아래 사는 어떤 녀석이 너랑 똑같이 생겼더라고!" 재크는 직접 달려가서 마이클 오어를 보고는 정말 똑같이 생겼다는 사실을 인정하지 않을 수 없었다. 피부색도 똑같이 짙은 초콜릿 색깔이었다. 얼굴도 그 커다란 덩치에 비해서는 의외로 작고 섬세해 보였다. 귀는 마치 그 덩치의 반만 한 사람에게나 어울릴 정도의 크기였고, 눈이 워낙 작아서 웃거나 화가 나면 마치 감은 것처럼 보였다.

두 사람은 운동 능력도 엇비슷했다. 마이클이 허트 빌리지에 나타나기 2년 전인 1994년에 재커리 브라이트는 킹스베리고등학교를 졸업했다. 3학년을 마칠 무렵에 그는 테네시주에서 가장 많이 주목을 받은 대학 풋볼 유망주 가운데 하나였다. 전국의 거의 모든 대학으로부터 장학금 제안을 받았다. 고등학교 올스타 경기에서 빅 재크의 '백업'을 맡은 선수는 무려 (훗날 그린 베이 패커스에서 뛰게 된) 클레티더스 헌트였다. 그 경기에서 빅 재크는 디펜시브 태클로 뛰었는데, 사실은 그의 원래 포지션도 아니었다. 원래 포지션은 공격에서 레프트 태클이었다. 신장이 198센티미터였고, 체중은 겨우 120킬로그램에 불과했지만, 제대로 된 영양분만 공급받는다면 훨씬 더 많은 체중을 감당할 수 있는 뼈대를 지니고 있었다. 팔이 무척이나 길었으며, 스타 농구 선수에 못지않은 우아함과 민첩함을 지니고 있었다. "재커리 브라이트는 최고의 오펜시브 태클이 될 만한 잠재 능력을 지니고 있다." 톰 레밍도 고등학교 풋볼 스타에 관한 연간 보고서에서 이렇게 설명했다.

플로리다주립의 코치인 바비 바우든도 마찬가지 생각이었다. 바우든은 빅 재크를 캠퍼스가 있는 텔러해시까지 데려왔고, 이틀 밤낮에 걸쳐서 하이스먼 트로피 수상자이며 훗날의 NBA 가드인 찰리 워드며, 미래의 NFL 슈퍼스타인 데릭 브룩스와 함께 식사를 하며 술잔을 기울였다. 플로리다주립에서는 이미 그의 라커는 물론이고 '브라이트'라는 이름까지 새겨 놓은 유니폼 상의(71번 등 번호)까지도 마련해 놓고 있었다. 하지만 그 당시에 빅 재크는 여자친구에게서 첫 아이를 얻은 다음이었다. 그녀는 플로리다주립으로 가고 싶어 하지 않았고, 사실은 그 역시 숙제를 하고 학점을 따는 생활을 하고 싶지 않아 했다. 주위의 친구들조차도 뭐하러 대학에 간답시고 시간 낭비를 하느냐고 한 마디씩 거들자, 빅 재크는 결국 풋볼을 그만두고 말았다. 심지어 고등학교도 끝까지 다니지 않았다. 다음 학년도가 시작되어도 빅 재크가 아예 학교에 나오지 않자, 바비 바우든이 플로리다주립에서 허트 빌리지까지 찾아와서 자신의 가장 중요한 스카우트 대상자의 행방을 수소문했다. 하지만 빅 재크는 바우든이 떠날 때까지 여자 친구며 아이와 함께 숨어 있었다.

빅 재크는 훗날 자기 인생의 가장 기묘하고도 허비되었던 이 시기를 다음과 같이 회상했다. "주위에 있던 친구들이 그러더군요. 'NFL은 아무나 갈 수 있는 게 아니야.'" 그의 말이다. "그러면서 제가 절대로 거기 갈 수 없을 거라고 하더군요. 그러다가 몇 년이 지났죠. 저는 아직도 제가 (인생이란) 경기에서 최고의 자리에 있는 줄로 알았습니다. 하지만 제 전성기도 지나가 버리더군요. 얼마 지나서 저는 이제 나이가 들어서 안 되겠다고 생각했죠." 빅 재크는 자기가 걷어차 버린 행운을 생각하며 믿을 수 없다는 듯 고개를 저었다. "이 모두를 처음부터 다시 시작할 수만 있다면, 저는 정말 뭔가를 할 수 있을 것 같아요. 제가 얼마나 가까이 다가가 있었는지 그때는 몰랐어요. 그냥 NFL의 문을 두들기기만 하면 그만이었는데."

하지만 이런 지혜, 그리고 슬픔은 너무 늦게야 찾아왔다. 1996년에 그는 고등학교를 중퇴한 지 2년이 넘었고, 여전히 재미있게 살아가고 있었다. 그런데 갑자기 수많은 사람들이 찾아와서 이웃에 사는 꼬마가 혹시 네 동생이냐고 묻는 것이었다. 빅 재크는 이 꼬마를 데리고 농구장에 가서 얼마나 잘하는지 살펴보았다.

그날 드러난 바에 따르면 ("그 녀석의 플레이는 농구보다는 오히려 풋볼에 더 가까웠지요." 재크의 말이다) 마이클 오어는 더 이상 마이클 오어가 아니었다. 그는 이제 "빅 마이크"였다. 마이클은 그 별명을 싫어했다. 이것이야말로 그의 장래 희망을 성취하는 데 가장 큰 장애물이었다. "저는 덩치가 커지고 싶지 않았어요." 마이클의 말이다. 그는 유연하고 빠른 몸을 갖고 싶었다. 그는 마이클 조던이 되고 싶었다. 그의 체격이 옆으로 더 늘어날수록, 그의 야심도 점차 터무니없는 것이 되었다. 하지만 자기 꿈을 포기하는 것보다는 자기 체격을 무시하는 편이 더 간단한 것으로 증명되었다. 모두들 그를 "빅 마이크"라고 불렀지만, 어느 누구도 그의 사진을 찍어서 보여 주지는 않았다. 그의 주위에는 거울도 많지 않았다. 그가 자기 모습을 마주하는 경우는 드물었다. 마이클은 일종의 착시 효과를 이용해서, 신발은 너무 작은 걸 신고 옷은 너무 큰 걸 입었다. 날씬해지기 위해서 팔굽혀펴기와 윗몸일으키기를 했다. 자기 머리 위에 있는 뭔가를 보면 풀쩍 뛰어서 손으로 치거나, 또는 건드리거나, 또는 아예 그 위에 올라가는 (그 정도 덩치의 소년치고는) 특이한 버릇도 들였다. 친구들과 농구를 할 때마다 항상 자기 역할이 강조되게 만들었으며, 자기 속도와 민첩성이 늘어나도록 훈련했다. 마이클의 유일하게 진정한 친구는 크레이그뿐이었다. 다른 사람이 뭐라고 부르건 간에 너는 조던과 마찬가지로 타고난 공포의 3점 슈터라고 크레이그는 마이클을 격려했다. 그러니까 빠른 첫발과 크로스오버 드리블을 연습하면 된다는 것이었다.

물론 마이클도 나날이 불어 가는 자기 체구를 감지하고는 있었지만, 어디까지나 그 결과로만 감지했다. 그러다가 하루는 레슬링을 하고 놀다가 어떤 아이를 아무렇지도 않게 번쩍 들어서 저편으로 집어던지는 자기 모습을 발견하고 충격을 받았다. 또 한편으로 그는 이제 더 이상 다른 아이들과 달리기를 해서 이기지 못했다. 최소한 다른 아이들을 따라잡을 수 있을 뿐이었다. 아이들은 여전히 평소처럼 대니토머스대로처럼 구부러진 길에서 달리기를 했지만, 이제 마이클은 앞선 스타트를 허락받게 되었다. 그는 자기 체격을 무시하기 위해 상당한 시간과 에너지를 쏟았으며, 그러다 보니 결과가 나올 수밖에 없었다. 허트 빌리지에서 가장 덩치가 큰 사람 가운데 하나가 되었음에도 불구하고 마이클은 무척이나 빠르고 민첩했다. 그는 우아해지기로 작정했다. 덩치 큰 사람의 몸 안에서 덩치 작은 사람으로 남고 싶었던 것이다. 나중에 구경하러 온 대학 코치들은 마이클을 가리켜 자연이 낳은 괴물이라고 했다. 하지만 과연 어디서부터 자연이 끝나고 양육이 시작되는 것일까? 항상 그렇듯이 이건 말하기 어려운 문제다.

10세부터 15세 사이에 마이클 오어는 자기만의 환상과 함께 남아 있었다. 그는 학교에서 아무것도 배우지 못했고, 허트 빌리지 안에서나 가능한 놀라우리만치 좁은 삶에만 갇혀 있었으며, 운동 능력을 제외한 그 어떤 부분에서도 발전을 이루지 못했다. 어느 누구도 마이클에게 지금 하는 것 말고 다른 뭔가를 해야 한다고 말해 주지 않았다. 허트 빌리지가 멤피스 경제에서 일종의 섬에 해당한다면 마이클의 가정은 그 섬에 숨어 있는 일종의 동굴에 해당되었다. 어쩌면 델빈 레인이 이끄는 갱스터 디사이플스가 꼬마들을 건드리지 않은 것도 그에게는 도움이 되었을지 모른다. 마이클은 갱단과 아무 관계가 없었음은 물론이고, 크레이그를 제외한 어느 누구와도 관계를 맺지 않았다. 그는 학교에 다니다 말다 했으며, 한 학년에서 다음 학년으로 의미 없이 진급했다. 마이클은 형들이 모조리 학교를 중퇴하는 모습을 지켜보았다. 마커스는 9학년을 마치고 중퇴했고, 앤드리와 델루언과 리코는 11학년을 마치고 중퇴했으며, 칼로스는 10학년을 마치고 중퇴했다. 저마다 아이가 하나 이상이었고, 모두 합치면 열 명이 넘었다. 하지만 마이클은 여전히 행복하고 자유로운 상태로 남았고, 뭔가가 바뀔 것이라고는, 또는 바뀌어야 할 필요가 있다고는 전혀 생각하지 않았다.

그러다가 15세 생일 직전에 그는 토니 헨더슨을 만났다. 빅 토니 역시 허트 빌리지에서 자라났다. 그는 종종 이곳에 와서 자기가 코치로 일하는 풋볼 및 농구 팀에서 뛸 만한 아이가 있는지 찾아보았다. 솜씨와 덩치가 어느 정도 된다 싶으면 빅 토니의 눈을 피할 수가 없었다. 빅 재크도 한때 빅 토니 밑에서 뛰었다. 툼스톤과 빅 브림도 마찬가지였다.

빅 마이크에 대한 빅 토니의 첫인상은 그의 가정생활이 허트 빌리지의 기준에서도 이례적이라 할 만큼 문제가 많다는 것이었다. 두 번째 인상은 빅 마이크에게 친구가 전혀 없다는 것이었다. "그 녀석이 누구랑 같이 돌아다니는 걸 한 번도 못 봤습니다." 토니의 말이다. "그 녀석은 정말로 조용했습니다." 그는 빅 마이크가 (토니가 아는 다른 아이들의 절반쯤이 그러하듯이) 차세대 마이클 조던이 되기 위해 살아가고 있다는 사실을 알아냈다. 토니는 이 소년이 꿈을 이룰 수 있도록 나름대로 최선을 다해 도와주었다. 마이클이 고등학교 1학년이 되기 직전의 여름에는 한 친구를 통해서 카버고등학교에서 주최하는 농구 캠프에 집어넣었다. 첫날 토니의 친구가 전화를 걸어서는 빅 마이크가 캠프에서 도망쳤다는 사실을 전했다. 빅 토니는 당장 그곳으로 달려갔고, 캠프에서 1.5킬로미터 떨어진 곳의 거리를 걸어가는 빅 마이크를 찾아냈다. 그 아이의 얼굴에는 눈물이 줄줄 흘러내리고 있었다. 거기서 허트 빌리지까지는 아직 25킬로미터나 남았는데, 그의 주머니에는 동전 한 푼 없었다. 집에 가고 있다고 그는 말했다. 농구 캠프의 코치들은 그를 흘끗 보자마자 3점 슛 라인에서 뛸 만한 선수는 아니라고 말했다. 즉 마이클 조던이 아니라는 것이었다. 골밑에 있는 새로운 포지션을 받아들인 다음에도, 곁에 있던 더 크고 나이 많은 아이들이 그를 밀치고 때리기 시작했다. "마이크는 덩치가 커다란 녀석이었죠." 토니가 말했다. "하지만 누가 자기 몸을 건드리는 걸 싫어했습니다. 그 녀석이 다른 아이들하고 몸싸움을 하지 않자 다들 화를 냈죠. 급기야 코치는 그 녀석이 아무것도 못 할 거라고 말했고, 마이크는 울기 시작했습니다."

빅 토니의 친구 중에는 웨스트우드고등학교의 농구 코치 해럴드 존슨도 있었다. 웨스트우드는 허트 빌리지에서 멀리 떨어져 있었지만, 토니는 자기 아들 스티븐을 웨스트우드까지 차로 데려다줄 때 빅 마이크도 데려다주면 된다고 생각했다. 웨스트우드에서 빅 마이크는 풋볼 선수로도 뛰었지만, 그 종목을 진지하게 생각한 것은 아니었다. 코치는 그냥 공을 꺼내 놓기만 하고, 자기는 그늘에 앉아서 쉬었다. 덕분에 빅 마이크는 약체 팀에서 1년 내내 디펜시브 태클로 뛰었다.

참으로 부끄러운 일이라고 빅 토니는 생각했다. 왜냐하면 빅 마이크의 덩치는 진짜로 커지기 시작했기 때문이다. 토니는 그를 볼 때마다 빅 재크를 떠올렸다. 그의 덩치만 보아도 대학 풋볼 코치들의 관심을 끌기에 충분했다. 하지만 그런 일이 벌어지려면 일단 고등학교를 나와야 했는데, 막상 그런 일은 전혀 불가능해 보였다. 고등학교 1학년 때부터 너무 많이 결석을 했으며, 심지어 학교에 나갈 생각조차 없었기 때문이다. 가끔은 빅 토니가 아침에 두 아이를 함께 학교에 데려다 놓고, 오후에 다시 가 보면 스티븐만 기다리고 있곤 했다. "그 녀석은 다시 학교에 다닐 생각이 없었습니다." 빅 토니의 말이다. "빅 마이크는 중퇴할 작정이었어요." 빅 마이크가 아직 범죄의 세계에 발을 들여놓지 않은 유일한 이유가 무엇이었을까. 빅 토니가 생각하기에는 그가 주위 사람들과 워낙 느슨하게 관계를 맺고 있었기 때문이었다. 심지어 빅 재크와 같은 중도 하차의 위험을 지니지도 못했으니, 주위에서 방탕한 삶을 권하며 그를 유혹할 친구들조차 없었기 때문이다.

하지만 고등학교를 중퇴한 청년이 이른바 자기 동네와 거리를 둘 가능성
은 아주 높지 않았다. "그 녀석에게는 의지할 것이 전혀 없었습니다." 빅 토니의
말이다. "그 녀석이 올바르게 자라날 기회가 과연 있었겠습니까? 그 녀석에게
는 '전혀' 기회가 없었습니다." 고등학교 1학년 말에 이르자 마이클 앞에 나타난
확실한 경력은 하나밖에 없었다. 일단 학교를 중퇴하면 그를 기다리는 것은 단
하나의, 봉급이 많고, 지위가 높은 일자리뿐이었다. 바로 델빈 레인의 보디가드
가 되는 것이었다. 아니면 델빈이 다른 곳으로 가고 나서 그 후계자의 보디가드
가 되는 것이었다. 이 일은 그가 사는 동네에서 유일한 진짜 사업을 운영하는
사람의 등 뒤를 지키는 것이었다. 즉 빈민가의 레프트 태클이 되는 것이었다.

바로 그때 베티 부가 사망하면서, 자기 손자에게 기독교 교육을 시키라는
유언을 남겼다. 어머니의 유언을 지키기 위해 빅 토니가 스티븐을 차에 태우고
부자들만 사는 화이트 멤피스로 건너간 것도 이상한 일이었지만, 그 유언을 무
시했더라면 더욱 이상한 일이었을 것이다. 그리고 빅 토니는 이렇게 생각했다.
'기왕 스티븐을 데려갈 거면 빅 마이크도 같이 데려가 보자.'

신장 195센티미터에 체중 160킬로그램의 흑인 아이가 백인 아이들을 위
해 설립된 학교에 다님으로써 얻게 되는 전술적인 불이익이 하나 있다. 그가 다
른 사람들을 만날 경우, 본인보다는 오히려 상대방 쪽이 첫 만남을 훨씬 더 생
생하고 자세하게 기억하기 마련이라는 것이었다. 마이클 오어가 브라이어크레
스트크리스천스쿨에서의 처음 몇 주에 관해 기억하는 것은 공포와 혼란뿐이었
다. 백인 아이들은 생김새가 모두 엇비슷해 보였다. 게다가 모두 놀라우리만치
열성적이고 친근하게 굴었다. "모두가 다 똑같았어요." 그의 말이다. "3주 동안
인지 4주 동안인지, 모퉁이를 돌 때마다 어떤 백인 아이가 저보고 큰 목소리로

인사를 하는 거예요. 그러면 저는 생각했죠. '난 너 모르는데!'" 4학년 때야 마이클이 비로소 깨달은 것이 한 가지 있었다. 비록 글을 읽기는 싫어해도, 글을 쓰기는 좋아한다는 것이었다. 자기 자신에 관한 에세이를 쓰라는 과제를 받고 나서, 그는 브라이어크레스트에서의 첫날을 소재로 삼았다. 마이클은 이 글의 제목을 "하얀 벽"이라고 붙였다. 그 도입부는 이렇다.

가만 보니 사방이 하얀색이었다. 하얀 벽, 하얀 바닥, 그리고 하얀 사람들… 선생님들은 당신들의 말을 내가 전혀 알아듣지 못한다는 것도 모르고 계셨다. 나는 어느 누구의 말도 듣기 싫었다. 특히 선생님들의 말은 더했다. 그분들은 숙제를 내 주시면서, 그 문제들을 나 혼자서 풀어 오기를 기대하셨다. 나는 그때까지 한 번도 숙제를 해 본 적이 없었다. 나는 화장실에 가서 거울을 바라보며 말했다. "이건 마이클 오어가 아니야. 난 여기서 벗어나고 싶어."

처음의 공포스러웠던 며칠 동안에 관해 마이클이 생생히 기억하는 또 한 가지는 바로 허기였다. 그가 공립학교에 그나마 자주 가려고 했던 까닭 가운데 하나는 공짜 점심 식사였다. 그런데 이 기독교인들은 공짜 점심도 주지 않았다. 마이클은 충격을 받았다.

허기와 혼란에도 불구하고 그는 백인들에 관한 중요한 세부 사항을 하나 감지했다. 이전까지만 해도 마이클은 백인들과 아무런 상호작용을 해 본 적이 없었다. 가까이서 유심히 살펴본 끝에 그가 내린 결론은, 백인이야말로 생존이란 목적을 위해서는 잘못 설계되었다는 것이었다. 그들은 아주 사소한 질환이나 부상에 관해서도 그 정도를 과장해 말하는 경향이 있었으며, 마치 금방이라도 죽을 것처럼 의사나 병원으로 달려갔던 것이다. "예를 들어 발목을 삐거나 어쩌거나만 해도, 그 사람들은 깁스를 하고 돌아다니는 거예요!" 마이클의 말이다. "저는 이렇게 말하고 싶었죠. '뭐 하고 있는 거야? 그냥 걸어 다녀도 되잖아!'"

병리적인 정도의 친근함, 그리고 의사에 대한 지나친 의존 말고도, 백인들은 자기 소지품 중에서도 제일 값진 것들을 아무렇게나 놓아두고 다니는 기묘한 경향을 드러냈다. 스티븐은 그보다 한 학년 아래여서 학교에서 자주 만나지는 못했다. 하지만 두 아이는 그 믿을 수 없는 일에 관해 기회 있을 때마다 이야기를 나누었다. '여기 있는 백인 아이들은 금시계, 휴대용 TV, 비싼 브랜드 신발, 심지어 자기 지갑조차도 아무렇게나 놓아두고 다니더라니까.' 마치 알리바바의 동굴 문이 활짝 열린 것 같은 상황이었다. 남학생의 라커 룸은 그야말로 보물 창고가 따로 없었다. 손만 슬쩍 휘둘러도 현금이 한 움큼 생길 정도였다. "좀도둑에게는 꿈같은 곳이었죠." 마이클의 말이다. 어느 날 밤, 두 아이는 결국 남의 돈을 가지고 집에 돌아왔다. 빅 토니는 이 사실을 알아내고는 두 아이에게 백인들에 관한 중요한 사실을 설명해 주었다. 그들은 비록 세상 물정에 밝지는 않아도, 그래도 자기네 종족을 보전하기 위해 이런저런 규범을 만들어 놓았다는 것이다. 따라서 그런 규범이 비록 이상하게 보이더라도, 스티븐과 마이클은 그런 규범을 따라야 할 필요가 있다는 것이었다. 그 규범의 맨 첫 번째는 어린이가 뭔가를 훔치거나, 누구와 싸우거나, 여타의 말썽을 부려서는 안 된다는 것이었다. 그리고 백인 아이에게는 단순히 규범에 불과한 것이라도, 흑인 아이에게는 반드시 지켜야 하는 법률이 되어야 한다고 했다. 왜냐하면 백인 세계에서 흑인 아이가 말썽에 휘말리는 것이야말로, 바로 그 세계에서 흑인 아이가 내쫓기는 지름길이기 때문이다.

CHAPTER 12

모세조차도 말을 더듬었으니까

마이클 오어가 사라진 직후의 몇 시간 동안은 정말 벌집을 쑤셔 놓은 듯한 난리 법석이 벌어졌다. 올 미스의 풋볼 선수 자습실은 졸지에 범죄 현장이 되고 말았다. 구급차가 달려와서 여전히 머리의 상처에서 피를 흘리고 있는 백인 꼬마를 데려갔다. 학내 경찰이 달려왔고, 곧이어 옥스퍼드시 경찰이 달려왔다. 미스 수는 리 앤에게 전화를 걸어서 비명을 질렀다. "걔를 감옥에 보내면 어쩌죠! 저 사람들이 걔를 감옥에 보내면요!" 마이클에게 공격당한 팀 동료 앤토니오 터너는 멍이 들고 부어오른 얼굴을 하고 코치의 집으로 향했다. 마치 증인 보호 프로그램처럼 사람들이 그를 호송했다. 다친 꼬마의 아버지(즉 흑인 선수들을 백인 옥스퍼드에 뒤섞으려고 나름대로 애를 썼던 전담 강사 바비 닉스)는 당연히 제정신이 아니었다. 그와 아내는 이미 아이를 하나 잃어버린 바 있었는데, 이제는 겨우 세 살짜리 아들이 피가 흥건한 바닥에 쓰러져 있었던 것이다. 그것도 어느 흑인 선수가 발산한 분노의 희생자가 되어서 말이다. 그는 고소를 하겠다고 단언했다.

마이클은 이런 상황을 전혀 모르고 있었다. 이미 멀리 내뺀 다음이었기 때문이다. 리 앤에게서 온 전화며 숀에게서 온 문자도 받지 않은 채, 그는 분노와 혼란의 안개에 사로잡힌 채로 차를 몰고 옥스퍼드 곳곳을 돌아다녔다. 그가 화를 낸 까닭은 앤토니오가 못된 말을 하고서 자기를 때렸기 때문이었다. 그가 혼란을 느낀 까닭은 이제 자신의 처지가 새로운 약점을 잡히게 생겼기 때문이었다. 이제는 그가 사랑하는 사람들이, 그를 사랑하는 사람들이 있었다. 그 사람들을 통해서 다른 사람들도 그에게 접근할 수 있었다. 마이클은 이제 더 이상은 갈 곳 없는 가난한 흑인 소년이 아니었다. 대부분의 사람들이 (흑인이건 백인이건 간에) 자기를 이전과는 다르게 대우한다는 것을 잘 알고 있었다. 만약 풋볼 스타가 아니었다면 이런 대우는 없었을 것이다. 하지만 그는 투이 가족에 대해서 냉소적인 태도를 취할 수가 없었다. 마이클은 다른 사람들이 (흑인이건 백인이건 간에) 무슨 말들을 하는지 잘 알고 있었다. 올 미스의 후원자인 이 부유한 백인 가족은 그가 NFL의 라인맨감이라는 것을 일찌감치 간파하고, 마치 값싼 가축이나 경주마를 구입하듯이 그를 사들였다는 것이다. 그들은 그의 돈을 필요로 하지는 않았지만, 그의 상태를 마음에 들어 했고, 따라서 그가 브라이어크레스트와 올 미스의 풋볼 팀에 도움이 될 것이라고 생각했다는 것이다. 마이클은 이런 말을 전혀 믿지 않았다. "그 사람들에게 처음 갔을 때만 해도 저는 아무것도 아니었어요. 그런데 그 사람들은 저를 사랑해 주었죠." 그의 말이다. "그 사람들에게는 아무런 꿍꿍이도 없었어요."

범죄 현장에서 도망친 지 몇 시간 뒤에, 마이클은 숀이 보낸 문자의 어조가 달라졌음을 깨달았다. 처음에는 뭔가 급박한 분위기였다. 하지만 지금은 그냥 재미있기만 했다.

'마이크 타이슨! 링으로 돌아와 한 라운드만 더 뛰시지?'

마이클은 마음을 가라앉히기 시작했다. 불과 3년 전만 해도 그는 계속 뛰기만 하고, 결코 뒤를 돌아보지는 않았을 것이다. 마이클이야 자기가 달라졌다는 사실을 인정하지는 않을 것이었지만, 적어도 '상황'이 달라졌다는 사실까지 부정할 수는 없었다. 그는 더 이상 흰 바탕의 표면에 떠 있는 검은 물체가 아니었다. 그는 흰 섬유 속으로 엮여 들어갔던 것이다. 그렇다면… 왜 도망쳐야 하는 걸까? 누구를 피해 도망치는 것일까? 그건 그렇고, '어디로' 도망치고 있는 것일까?

마이클은 휴대전화를 열었다.

바로 그 순간 숀은 시애틀의 어느 극장 로비 바닥에 쭈그리고 앉아서, 혹시 마이클이 어느 다리라도 찾아가서 뛰어내리는 게 아닐까 걱정하고 있었다. 그는 지금 멤피스 그리즐리스의 원정 경기를 따라다니고 있었는데, 마침 오늘은 경기가 없었다. 그래서 친구인 그리즐리스의 포워드 브라이언 카디널과 함께 브루스 윌리스 주연의 영화 〈식스틴 블록 16 Blocks〉을 보러 온 참이었다. 마이클에 관한 첫 번째 전화가 걸려온 것은 두 사람이 극장으로 걸어 들어가는 바로 그 순간이었다. 휴대전화는 배터리가 거의 다 되었기 때문에, 숀은 로비에 충전기를 꽂고 앉아서 상황을 정리하기 위해 애쓰고 있었다. 우선 그는 O 코치에게 전화를 걸었다. 다행히도 코치는 흥분하지 않고 침착함을 유지했다. 곧이어 그는 휴 프리즈에게 전화를 걸어서 몇 가지 사실을 알아냈다. (a) 꼬마는 머리에 난 상처를 꿰매야 하지만, 그것만 빼고는 다행히 말짱했다. (b) 경찰은 마이클을 찾아내기만 한다면 곧바로 유치장에 넣을 생각이었다. 좋은 일이라 할 수는 없었다. 지금 상황에서 유치장에 간다면, 최소한 뉴스에 나올 만했기 때문이었다. 유치장이란 곧 잘못된 종류의 평판을 얻게 된다는 의미였다.

숀은 이제 상황을 어떻게 정리할지를 궁리했다. 가난한 백인 소년으로 자라나며 터득한 재능을 발휘하여, 그는 선수 시절에 경기가 벌어질 코트며, 다른 모든 선수를 여러 각도에서 고찰한 다음, 최대한 효과적인 방법으로 공략을 시도했었다. 그의 이런 재능은 농구에서 인생이라는 또 다른 분야에서도 멋지게 적용되었다. 그가 알기로 지금 올 미스 학내 경찰의 상급자인 마이클 하먼은 한때 올 미스 풋볼 팀의 플랭커(와이드 리시버)로 활약했으며, 당시에 치어리더로 활약한 리 앤과도 친구 사이였다. 다친 아이의 아버지인 바비 닉스는 올 미스에서 숀이 소속되었던 남학생 친목회의 동창이었다. 이 대학의 부총장인 토머스 월리스 박사도 숀과는 오랜 친구 사이였고 지금은 마이클의 "멘토" 역할을 하고 있었다. 극장 바닥에 쭈그리고 앉은 상태로, 숀은 이런 자산을 어떻게 활용하는 게 최선일지를 고심했다. 그런 와중에도 브라이언 카디널은 10분에 한 번씩 극장 문밖으로 고개를 내밀고 말했다. "아직 중요한 장면은 안 나왔으니까 들어와도 돼."

하지만 그는 영화를 보러 들어가지 않았다. 진짜 드라마는 바로 이곳 로비 바닥에서 펼쳐지고 있었으니까. 마이클에게 문자를 또 한 번 보낸 다음('재미있는 문자를 보내야만 그 녀석이 다리에서 뛰어내리지 않을 것'이라는 생각에서였다) 숀은 변호사가 필요하겠다고 결론을 내렸다. 올 미스 풋볼 팀이라든지 학교에서는 이 문제를 올바른 방식으로 처리하도록 허락해야 할 것이었다. (그쪽에서 생각하는 올바른 방식이 무엇일지는 그도 이미 알고 있었다.) 따라서 그는 오랜 친구 스티브 패리스에게 전화를 걸었다.

피고 전문 변호사인 패리스가 현재 담당하는 고객 중에는 테네시주 셀마에 사는 멋진 여성이 있었는데, 그녀는 침례교 목사인 남편을 등 뒤에서 총으로 쏴 죽인 바 있었다. 패리스는 아내가 남편의 등 뒤에 가한 총격조차도 경범죄에 불과하다고 주장할 수 있었다. 그가 무죄라고 주장하지 못할 만한 범죄는 상상할 수도 없을 지경이었다. 자동차 트렁크에 아내를 집어넣고 불을 지른 페덱스 비행기 조종사? 무죄! 강간 혐의로 기소된 래퍼? 무죄! 캠퍼스의 어느 건물 벽에 소변을 보다가 기소된 올 미스 쿼터백 엘리 매닝? 훈방, 그리고 뉴욕 자이언츠의 선발로 스카우트! 숀은 패리스에게 전화를 걸어서, 경찰이 자기 아들을 체포하려 벼르고 있다고 설명했다. 패리스는 신나는 듯 이렇게 말했다. "아아, 아니, 아니, 아니, 아니, 그렇게는 안 할 거야." 그의 말이었다. "숀, 이건 단지 '불운한 사고'에 불과한 거라고."

바로 그때 마이클이 전화를 걸어 왔다.

"아빠." 그가 말했다. "아빠한테 맨 먼저 전화 거는 거예요. 예전에 약속한 대로요."

"마이클." 숀이 말했다. "내가 생각한 건 이게 아니었는데 말이야."

손은 상황을 정리했다. 당연히 그가 상황을 정리해야만 했다. 우선 마이클에게는 얼른 학내 경찰을 찾아가 자수하라고 말했다. 그러면 일단 옥스퍼드 경찰의 손아귀에서는 안전할 것이었다. 그는 바비 닉스를 비롯한 이 사건의 주요 관련자들에게도 전화를 걸었다. 그는 상대방이 충분히 이해할 만한 수준으로 상황을 설명하고, 보상을 해야 할 것이 있으면 얼마든지 보상을 하겠다고 제안했다. 집요한 사과와 열 시간의 사회봉사 끝에 마이클은 모범적인 시민이라는 이전의 지위를 회복하게 되었다. 이 사건은 심지어 학교 신문에도 실리지 않았다. 그냥 지나가 버린 것이다. 마치 어느 잘나가는 집의 백인 아이가 저지른 사건처럼 말이다. 물론 사람들은 이 사건에서 여러 가지 교훈을 배우고 여러 가지 관점을 교환했다. 예를 들어 O 코치는 마이클을 자기 사무실로 불러서 '마이클 오어가 되는 데 따르는 책임'을 설명했다. 이때 벌어진 한 가지 극적인 사건은 O 코치가 신문 스크랩으로 가득한 두툼한 파일을 하나 꺼내서 자기 책상 위에 툭 하고 내던진 것이었다. "그옴디 채은 육시빌 사예 나애대 지꺼인 쓰에가흔 소이가 이 증다!" 그가 버럭 소리를 질렀다. (그놈들이 최근 60일 사이에 나에 대해 지껄인 쓰레기 같은 소리가 이 정도다!) O 코치는 뚜렷한 성공을 거두는 것의 부담에 관해 마이클에게 계속 설명을 했다. "내가 한 가지 알려 주마, 이 녀석아." (일반적인 말투로 번역하자면) 그는 이렇게 설교를 마무리했다. "정상에 오른다는 건 외로운 거다. 네가 아직 어린 나이인데도 불구하고 그걸 알아야 한다니 참 안타깝다만, 이 세상에는 앤토니오 터너 같은 놈들이 수도 없이 있을 거다. 이번 일은 앞으로 있을 수많은 사건 가운데 맨 처음이었을 뿐이야."

풋볼 선수로서 마이클 오어의 장래가 아주 확실한 것은 아니었다. 풋볼에서는 확실한 것이 하나도 없다는 사실 하나만이 확실했으니까. 하지만 그의 인생에서는 가능성이 극적으로 바뀐 다음이었다. 지난 3년 동안만 해도 마이클은 자신의 미래가 갑자기 종지부를 찍으리라는, 또 자신은 백인들과 여전히 사회적으로 관계를 맺지 못한 채로 남으리라는 갖가지 위험들을 접해 왔다. 예를 들어 문맹, 최악의 성적, 교통사고, 멤피스 경찰에게 체포된 일, NCAA(미국대학체육협회)의 조사, 심지어 거리에서 그에게 접근하며 에이전트로 일해 주겠다고 제안한 사람들도 있었다. 하나같이 자칫하면 마이클을 과거의 감옥으로 도로 보내 버릴 만한 사건들이었다. 어떤 사람이 대책 없이 가난하다 보면, 만사가 그 사람을 계속 가난하게 내버려 두는 쪽으로 공모하게 마련이다. 이 한 가지가 아니더라도, 또 다른 한 가지에서 말썽이 생기는 것이다. 마이클의 경우에는 이런 악순환을 끊은 셈이었다. 그는 마치 상상력 없는(즉 선수를 부각시키지 못하는) 공격 작전의 일부로 플레이하기를 거부하고 차라리 빌 월시가 고안한 공격 작전에서 플레이하기로 선택한 선수와도 유사한 상황이었다.

사람들이 모두 동의하는 어떤 사실이 도출되기 이전에는 삶이란 것이 (마치 풋볼 플레이와 마찬가지로) 그저 추측과 파편과 단견으로만 이루어진 듯 여겨질 때가 있는 법이다. 사람들은 완전한 진실을 원하지만, 어느 누구도 그걸 갖고 있지 못한 것이다. 하지만 마이클 오어에 관해서는 이미 사람들이 모두 동의하는 한 가지 사실이 있었다. 바로 그가 성공작이라는 것이었다. 한때 마이클 오어의 존재조차도 몰랐던 세상이 이제는 그에게 워낙 많은 기대를 품고 있었기 때문에, 그가 실패하는 모습을 볼 의향이 없을 정도였다. 물론 가난한 배경을 벗어나 백인의 세계로 진입한 흑인 소년은 그 이전에도 많았다. 하지만 마이클은 남달랐다. 왜냐하면 바로 그 백인의 세계가 이례적이다 싶을 정도로 그의 출세를 지원하고 부추겨 주었기 때문이다. 백인의 세계는 마이클 오어라는 현상이 벌어지는 것을 지켜보았고(또는 지켜보았다고 생각했고) 따라서 그와 유사한 사례가 재현될 수 있다고 생각했다. 그는 백인의 세계를 매료시켰다.

우선 브라이어크레스트크리스천스쿨은 마이클 오어의 사례에 담긴 함의 때문에 내부적으로 씨름을 해야만 했다. 도심에 사는 흑인 학생들의 입학 원서가 우후죽순처럼 늘어났기 때문이다. "그들은 모두 마이클에게 벌어진 일을 보았고, 그렇기 때문에 덩달아 브라이어크레스트에 가고 싶어 했습니다." 숀의 말이다. 이 학교의 새로운 교장 빌 맥기는 글을 읽거나 쓸 줄도 모르는 가난한 흑인 운동선수에게 교문을 활짝 열어 준다는 발상을 좋아하지 않았지만, 교직원들은 그로 인한 이득을 볼 수 있었다. "맞아요, 우리는 마이클 오어를 도와주었죠." 브라이어크레스트의 운동부 주임 교사인 칼리 파워스의 말이다. "하지만이 말은 분명히 해 두고 싶어요. 마이클 오어가 도리어 우리 학교를 도운 점도 있다는 거죠. 그는 우리에게 희망을 심어 주었어요. 그런 아이들 가운데 일부를 우리가 돕기만 한다면, 그 아이들의 삶도 변화되고 향상될 가능성이 있다는걸 보여 준 거죠." 특별한 관심이 필요한 학생들을 담당했으며, 따라서 마이클의 학업 상황도 감독했던 제니퍼 그레이브스는 그에게서 뭔가 더 높은 목표를 보았다. "마이클은 브라이어크레스트에 있는 동안 구원을 받은 셈이었어요." 그레이브스의 말이다. "예수님의 말씀을 이 세상에 전하는 최고의 방법이 있다면, 마이클 오어가 자기 입으로 간증하는 것이 아니겠어요? 멤피스공립학교위원회 소속 학교의 학생들이라면 누구나 듣고 싶어 하지 않겠어요?" 그녀는 마이클이 여전히 철저하게 혼자이기를 즐긴다는 점을 잘 알고 있었다. 그리고 사회적 관계를 회피하는 그의 능력이야말로 그에게 벌어진 모든 일을 가능하게 한 요인이었을 것이다. 하지만 마이클은 그 어떤 대의에 관해서도 적극적인 대변인 노릇을 할 것 같지는 않다고 누군가가 이의를 제기하면, 그녀는 그저 미소를 지으며 이렇게 말할 뿐이었다. "물론 모세조차도 말을 더듬었으니까요."[58]

마이클 오어를 스카우트하러 브라이어크레스트로 찾아왔던 여러 코치들은 이후로도 그를 쉽게 잊지 못했다. 이제 마이애미 돌핀스에서 코치로 일하는 닉 세이번은 투이 가족에게 크리스마스카드를 보내왔다. ("제가 아직 LSU에 있었

---

58 출애굽기 6장 12절. "모세가 여호와 앞에 아뢰어 이르되, 이스라엘 자손도 내 말을 듣지 아니하였거든 바로가 어찌 들으리이까. 나는 입이 둔한 자니이다." (원주)

다면, 마이클은 분명히 제 밑에서 뛰었을 겁니다!") 때때로 세이번은 스카우트 담당
자들과 스포츠 에이전트들에게 자기는 올 미스에 있는 저 경이로운 레프트 태
클이 어서 나이가 차기만을, 그래서 자기가 드래프트할 수 있기만을 기다리고
있다고 말하곤 했다.

닉 세이번이 여전히 그에게 관심을 지니고 있다면, 필 풀머는 그야말로 집
착을 하고 있었다. 풀머가 이끄는 테네시대학은 2005년 시즌 이전에만 해도 전
국 선수권대회의 유력한 우승 후보로 손꼽혔지만, 뚜껑을 열어 보니 5승 6패라
는 저조한 성적이었다. 하지만 이 팀은 시즌 초만 해도 강팀인 LSU 타이거스를
상대로 홈 경기에서 압도적인 승리를 거두었다. 그 경기가 끝나자 기분이 좋아
진 풀머는 필드에서 텔레비전 방송을 통해 인터뷰를 하고서 테네시의 라커 룸
으로 들어갔다. 그곳에는 그의 에이전트인 지미 섹스턴이 기다리고 있었다. "당
시에 그는 막 LSU를 박살 낸 직후였습니다." 섹스턴의 말이다. "그런데도 그가
저를 보자마자 한 말은 이거였습니다. '마이클 오어를 우리 쪽으로 끌어올 수
있는 방법이 있는지 좀 알아보게.'"

풀머는 브라이어크레스트크리스천스쿨로 다시 찾아갔다. 휴 프리즈가 (그
리고 마이클 오어가) 떠난 이후로 브라이어크레스트의 풋볼부는 어려운 시기를
보내고 있었다. 하지만 이곳에는 여전히 뛰어난 유망주가 한 명 있었다. 패스
러싱 디펜시브 엔드 그레그 하디였다. "괴물"로 통하는 그는 신장 198센티미터
에 체중 111킬로그램이었고, 번개 같은 반사 신경과 단거리선수 같은 주력을
지니고 있었다. 이 괴물 역시 흑인이었으며, 브라이어크레스트에서 받아 주기
전까지는 멤피스의 공립학교를 다녔다. 비록 뛰어난 학생은 아니었지만, 그래
도 대학에 가서 풋볼을 하기에 충분한 정도의 성적이었다. 필 풀머는 이 유망주
에게 진지한 관심을 보이고 있었다.

브라이어크레스트의 연습용 필드 사이드라인에 서서 선수들을 지켜보던
풀머는 사이드라인을 따라 저만치 떨어진 곳에 서 있는, 어딘가 낯익은 인물을

알아보았다. 숀 투이였다. 그러자 테네시의 풋볼 코치는 그쪽으로 약간 더 가까이 가서 그와 시선을 마주쳤다.

"혹시 이 녀석도 입양을 하실 작정이요?" 코치가 물었다.

"아직은 모르겠네요." 숀이 대답했다. "저 녀석이 얼마나 잘하는지 봐서요."[59]

물론 그는 농담 반으로 한 말이었다. 마이클 오어와의 경험 덕분에 숀은 어느 때보다도 더한 책임감을 느끼게 되었다. 이처럼 가난한 흑인 아이들이 스포츠에 뛰어난 재능을 발휘하고, 더 넓은 세상이 이들에게 관심을 보이는 상황이라면, 이들에게 필요한 것은 약간의 도움뿐이었다. 예를 들어 리 앤 같은 사람의 사랑과 관심만 있다면, 이들은 충분히 자기 길을 개척해 나갈 수 있었다. "문제는 지능이 아닙니다." 그의 말이다. "오히려 시스템으로의 접근이 문제지요." 하지만 브라이어크레스트에서는 이제 도심 출신의 흑인 운동선수를 거절하는 새로운 정책을 채택하고 있었으며, 숀은 이것 때문에 화가 났다. "공부에 어려움을 겪는 아이들에게 마땅히 주어야 하는 기회를 주지 않더군요." 그의 말이다. 숀은 그런 아이들이 브라이어크레스트에 다닐 수 있도록 경제적으로 후원할 채비가 되어 있었지만, 정작 브라이어크레스트는 그런 아이들을 흔쾌히 받아들이려 하지 않았다.

숀 주니어도 아마 자기 아버지의 새로운 관심을 눈치챘을 것이다. 점프 슛을 쏠 수 있는 흑인 소년이라면 누구나, 또한 소프트볼을 던질 수 있는 흑인 소녀라면 누구나 경제적으로 도와주려 들었으니 말이다. SJ는 12세 이하 AAU 농구 팀에서 유일한 백인 선수였으며, 나머지 흑인 선수들은 누가 봐도 가난했

59　결국 그 괴물은 풋볼 장학금을 받고 올 미스로 진학했는데, 그런 결정을 내리게 된 이유 가운데에는 마이클 오어와 함께 뛰고 싶어서라는 것도 있었다. (원주)

다. 이제 그들은 하나같이 브라이어크레스트에 입학 원서를 냈으며, 만약 브라이어크레스트에서 거절하지 않는다면, 그의 아버지가 기꺼이 등록금을 후원할 것이었다. 이쯤 되자 SJ도 자기 처지를 생각해 보지 않을 수 없었다.

그에게는 꼭 물어보고 싶었던 질문이 있었다.

이때로부터 3년 전에 숀 주니어는(누나인 콜린스도 마찬가지였지만) 마이클과 함께 살게 되어서 무척 기뻤다. 그는 마이클을 흑인으로, 또는 가난한 아이로, 또는 장차 가족의 재산을 허비하게 될 밑 빠진 독으로 간주한 적이 한 번도 없었다. 다만 재미있는 형제인 동시에 교활한 공모자로서 마이클의 역량에 더 관심을 두고 있었다. 그런데 이제는 콜린스와 마이클이 모두 올 미스에 다니는 바람에 SJ만 외톨이가 된 느낌이었다. 콜린스는 유명 인사였고, 페덱스를 설립한 억만장자의 아들 캐논 스미스와 사귀고 있었다. 마이클은 이미 NFL 드래프트에서 1라운드 지명이 확실시된다는 이야기를 듣고 있었다. 얼마 전에는 시카고 베어스의 스카우트 담당자가 마이클을 불러서는 그야말로 올 미스를 졸업할 라인맨 중에서도 최고일 거라고 말하기도 했다. 마이클은 아직 돈을 전혀 벌지 못했지만, SJ가 생각하기에는 머지않아 부자가 될 것이 분명해 보였다. 그런데 자기가 얻어 낸 것이라고는 O 코치와 나란히 손을 잡고 그로브를 지나간 단 한 번의 특권뿐이었다.

그래서 숀 주니어는 한 가지 질문을 내놓았다. 어머니의 차를 얻어 타고 AAU의 농구 경기 가운데 하나를 보러 가던 도중, 뒷좌석에 앉아 있던 그는 이런 질문을 내놓았다.

"엄마." 숀 주니어가 물었다. "나 뭐 하나 물어봐도 돼? 엄마랑 아빠랑 유언장에 적어 놓은 거 말이야."

"음, 그래." 리 앤은 지친 듯 건성으로 대답했다.

"콜린스 누나는 캐논이랑 결혼하고 나면 억만장자가 되는 거잖아." 그의 말이었다.

"그건 아직 확정된 것까지는 아니지."

"마이클 형은 NFL의 1라운드 드래프트에서 지명될 거고, 그러면 엄청나게 부자가 될 거잖아."

"음, 그래." 그녀의 말이었다. "그런데?"

"그런데." 숀 주니어가 물었다. "그런데 왜 '굳이' 형이랑 누나 이름까지 유언장에 들어가야 되는데?"

"왜냐하면." 리 앤이 말했다. "유언장은 원래 그래야 되는 거니까."

리 앤은 투이 가족 중에서도 마이클 오어의 변신에 가장 직접적으로 기여한 인물이다 보니, 그의 사례에 담긴 함의를 애써 무시하기도 훨씬 더 쉽지 않았다. "저 녀석 좀 봐." 마이클이 자기한테서 3미터 이내로 접근할 때마다 그녀는 이렇게 말하곤 했다. "저 녀석은 이제 다 가졌어. 성실, 야심, 그리고 미래까지도." 그러다가 리 앤은 마치 거의 다 만들었지만, 아직 완성작까지는 아닌 작품을 들여다보는 조각가처럼 비판적으로 생각하곤 했다. "이제 저 녀석에게 필요한 건 하나야. 남에게 주는 법을 배우는 거지."

곧이어 리 앤은 다시 생각을 고쳤다. 마이클은 어쩌면 이제 (거의) 완성품인지도 모른다고. 이제는 그녀의 시간과 관심을 필요로 하지도 않을지 모른다고. 하지만 이런 생각은 한 가지 뚜렷한 질문을 제기했다. 그럼 내 시간과 관심을 필요로 하는 사람은 누구일까? 멤피스의 도심에는 이처럼 시장가치가 있는 운동 능력을 지닌 아이들이 우글거렸다. 하지만 정작 시장에 도달하는 아이들은 극도로 적었다. 마이클은 이런 말을 했었다. "운동 잘하는 아이들 모두에게 운동할 수 있는 기회가 주어진다면, 이 세상에는 NFL이 두 개 필요할 거예요. 하나만 가지고는 너무 부족할 테니까요." 스포츠 분야야말로 미국에서 순수한 능력주의가 통하는 유일한 분야다. 즉 모든 사람에게 열려 있다고 여겨지는 유일한 성공의 길이었다. (피아노를 연주하고, 사람들을 관리하고, 채권을 거래하는 등의 능력을 타고는 났지만 불행히도 허트 빌리지에 살고 있는 아이들이 있다면 정말 안타까운 일이 아닐 수 없다.) 마이클 오어는 운동에 보다 뚜렷한 재능을 가진 아이들 특유의 뭔가를 지니고 있었다. 신장이 210센티미터나 되는 농구 선수를 제외하면, 신장이 195센티미터에 체중이 160킬로그램이나 되면서도 마치 날아가듯 움직일 수 있는 아이야말로 누구라도 쉽게 알아볼 수 있는 미래의 스타가 아닐 수 없었다. 그럼에도 불구하고 외부의 개입이 없었더라면 그의 재능조차도 그만 허비되고 말았을 것이다. 마이클 오어는 그저 또 한 명의 뚱보, 빅 마이크가 되고 말았을 것이다. 만약 그의 재능조차도 자칫 사장될 뻔했다면, 사실상 거의 모든 유망주가 사장되는 운명을 맞이한다고 봐야 하지 않을까? 그 가난한 흑인 꼬마들은 미래의 레프트 태클이 될 수 있었다. 다만 평범한 눈으로는 알아볼 수 없도록 그 가치가 숨어 있을 뿐이었다.

리 앤은 이 문제를 놓고 고심했다. 아주 많이. 2006년의 어느 날 아침, 숀은 침대에서 일어나려던 중에 아내의 제지를 받았다. 그녀는 조간 스포츠 신문을 건네주었다.《멤피스커머셜어필》에는 아서 샐리스라는 이름의 청년에 관한 기사가 나와 있었다. 샐리스는 한때 멤피스이스트고등학교 팀의 스타 풀백이었다. 이 팀은 1999년에 주 선수권대회 우승을 차지했고, 2000년에는 준우승을 차지했다. 그가 공을 잡았을 때의 전진 거리 기록은 놀랍게도 평균 10야드가 넘었다. "꿈에서도 저는 장비를 갖추고 필드로 나갑니다." 샐리스는 언젠가 기자에게 이렇게 말하기도 했다. "세상 그 무엇도 저를 멈추지는 못하는 것 같아요. 저는 기세를 늦출 수가 없는 것 같아요." 졸업반이 되기 전부터 그의 고등학교 코치인 웨인 랜덜은 SEC 소속의 모든 수석 코치들로부터 전화를 받았을 정도였다. 켄터키의 코치 핼 머미는 샐리스야말로 자기가 본 풋볼 선수 중에서도 최고 가운데 하나라고 랜덜에게 단언했다.

샐리스는 켄터키 대학과 올 미스 양쪽 모두에서 장학금 제안을 받았지만,

결국 모두 거절했다. 그의 풋볼 경력은 고등학교로 끝이었다. 성적이 너무 나빴기 때문에 NCAA의 규정에 따라 대학 선수가 될 수 없었다. NCAA 때문에 풋볼 장학금을 받고 대학에 가려는 계획이 좌절되자, 샐리스는 어려서부터 살던 멤피스 서부의 자기 집에 머물게 되었다.

이런 점에서 그는 그저 전형적인 경우였다. 이스트고등학교(샐리스가 나온 공립학교였다)는 언젠가 멤피스의 도심에 사는 운동선수를 대상으로 한 연구의 대상이 된 적이 있었다. 이 연구에 따르면, 대학 팀에서 활약할 만한 능력을 지닌 공립학교 학생 여섯 명 가운데 다섯 명은 성적 때문에 진로가 막히는 것으로 나타났다. 아서 샐리스의 경우에 뭔가 남다른 점이 있었다면, 여러 가지 불리함에도 불구하고 자신의 삶을 남다르게 만들려는 열망을 놓치지 않았다는 것이었다. 그는 아버지가 누군지도 몰랐고, 어머니는 알코올중독자에 감옥을 수시로 드나들었다. "아서는 어렸을 때부터 혼자 힘으로 거리에서 살아갔습니다." 랜덜 코치의 말이다. 고등학교 때 그는 온갖 종류의 말썽에 휘말렸지만, 그 대부분은 먹고살 돈이 필요해서 어쩔 수 없이 저지른 일이었다. "저는 이런 농담을 하곤 했습니다." 랜덜의 말이다. "아서란 녀석이야말로 제 밑에 있었던 풋볼 선수 중에서 유일하게 제가 변호사까지 동원하게 만든 녀석이었다고 말이죠."

하지만 고등학교 졸업 이후 아서 샐리스는 풋볼 코치의 도움 덕분에 올바르게 살아갔다. 그는 카펫 청소 일을 해서 생계를 유지했다. 딸을 낳아서 자기 혼자서 기르기도 했다. "책임감 있는 사람이라면 마땅히 해야 하는 일을 다 했죠." 고등학교 시절 코치는 이렇게 말했다. 하지만 고등학교를 졸업한 지 몇 달 뒤에 아서 샐리스는 자동차를 훔치는 두 남자를 보고 막아서려고 했다. 안타깝게도 그는 총을 맞았다. 그것도 직사로. 한 발은 등에, 또 한 발은 가슴에. 하마터면 죽을 뻔했다. 고등학교 시절 코치가 병문안을 오자 샐리스는 말했다. "하나님께서 저를 살려만 주신다면요, 코치님. 저는 두 번 다시 거리에는 안 나갈 거예요."

그는 이 맹세를 지켰다. 리 앤이 숀의 무릎에 던진 신문에는 이후의 일이 다음과 같이 소개되어 있었다. 하루는 아서 샐리스가 거리가 아니라 자기 집에서 네 살짜리 딸과 함께 있을 때, 남자 세 명이 침입했다. 샐리스가 그중 한 명을 붙잡자, 또 한 명이 그의 머리에 총을 세 발 발사했다. 아서 샐리스는 잘만하면 올 미스에서 마이클 오어의 팀 동료가 되었을지도 몰랐다. 하지만 그는 22세에 그만 세상을 떠나고 말았다.

숀은 이제 겨우 잠에서 깬 상태였지만, 리 앤은 벌써부터 이리저리 오가면서 화를 내며 흥분해 있었다. 그녀는 울면서 동시에 성미가 치밀어 오르는 모양이었다. 남편이 경험한 바에 따르면 그것이야말로 매우 위험한 조합이었다. "저 아이의 이름 대신에 마이클의 이름을 집어넣어도 결국 똑같은 이야기가 될 수 있다는 거 알아?" 리 앤의 말이었다. "도대체 왜 '그' 아이는 우리 집에 뚝 떨어지지도 않았던 걸까?"

바로 그 순간, 바로 그 자리에서 리 앤은 한 가지 결심했다. 아직 끝나지 않았던 것이다. "일단 '건물'이 하나 있어야 되겠어." 그녀의 말이었다. "일종의 재단을 세우는 거야. 운동 능력은 지녔지만 대학에 갈 만한 성적은 안 되는 아이들을 돕는 재단을 말이지. NCAA는 엿이나 먹으라고 해. 남들이 뭐라건 상관없어. 우리가 그 아이들에게 관심을 갖는 까닭은 단지 그 아이들이 운동에 재능이 있기 때문이라고 헐뜯어도 말이야. 운동이야말로 우리가 유일하게 아는 거니까. 게다가 지금 멤피스 한 곳만 해도 이 이야기랑 똑같은 삶을 사는 아이들이 '수백 명'이나 되니까."

숀은 이제 최대한 경계하는 상태였다. '수백 명'의 아이들이라니. '건물'이라니. 그의 재정 상태는 본인이 밝히는 것보다도(심지어 아내에게 말하는 것보다도) 항상 더 불안하기 일쑤였다. 숀의 생활 방식은 자신의 두려움과 불안을 감추는 특유의 능력에 근거하고 있었다. 그에게는 항상 만사형통이었고, 혹시나 그렇지 않더라도 충분히 고칠 수 있어 보였다. 이런 인상이 워낙 강했기 때문에, 사람들은 종종 고쳐야 할 것을 가져와 건네주곤 했다. 파산한 사람들조차도 종종 숀을 찾아와서 고침 받기를 원했다. 그의 성공과 안락은 마치 타고난 것처럼 보였지만, 사실은 그렇지 않았다. 불과 4년 전만 해도 숀이 운영하던 타코벨 지점의 매출이 급감하며 자칫 파산하기 직전의 상황까지 몰렸다. 다행히도 그때 타코벨이 메뉴에 약간의 변화를 시도함으로써 매출이 폭발적으로 늘었다. ("퀘사디아 메뉴가 저를 살린 셈이었죠." 그의 설명이다.) 하지만 패스트푸드 지점은 결코 확실한 미래를 장담할 수는 없게 마련이다. "제가 가만히 앉아 있기만 하면 될 정도로 경제적으로 안정되지는 않았어요." 숀의 말이다. "하지만 저는 기회를 좋아했죠." 그러나 한편으로는 자기 아내가 이제 미국의 가장 고질적인 사회적 문제를 맨손으로 공략하러 나서는 마당이 되자, 그도 이번 기회는 조금 덜 좋아할 수밖에 없었다.

리 앤은 남편이 뭔가 생각에 잠긴 것을 눈치챈 모양이었다. 왜냐하면 그가 일어나서 옷을 입는 사이, 그녀는 자기 전화를 찾아서는 마이클 오어에게 전화를 걸었기 때문이다. "마이클, 꾸물거리지 말고 열심히 해." 리 앤의 말이었다. "이제 네가 벌어들일 돈을 가지고 해야 할 일이 생겼으니까."

마이클 입장에서는 자기가 도대체 이 세상에 무슨 빚을 그렇게 많이 졌는지 알 수가 없는 지경이었다. 가난한 흑인 친구들이며 자기 가족들로부터 수없이 전화를 받는데, 하나같이 그에게 돈을 달라고 부탁하고 있었다. 친어머니도 평소보다 더 많이 아들에게 전화를 했으며, 마이클은 너무 짜증이 난 나머지 답신 전화도 안 하는 경우가 많았다. "사람들은 도무지 이해를 못 했어요. 제가 신문에만 나왔지 그 대가로 돈을 벌지는 못했다는 걸 말이에요." 그의 말이다. "저는 아직 1달러도 못 벌었다니까요." NFL 입성이 확실하다고 대학 코치들이 입을 모은 직후에, 마이클은 리 앤에게 이렇게 말했다. 자기가 정말로 NFL에서 뛰게 된다면, 열세 개의 방이 있는 집을 구매할 거라고 말이다. 그래서 자기 어머니랑 형제자매들이 살 집을 마련해 주겠다고 했다. 그런데 이제 그는 자기가 정말 그 일을 하고 싶은 건지 알 수 없어 했다. "따지고 보면 모두들 저랑 똑같은 기회를 가졌었잖아요." 마이클의 말이다. "그러니 게으름 피우지 말고 일들을 해야지요. 모두들 '싫다'는 소리를 듣기 시작할 필요가 있어요."

사람들은 각자의 삶이 지나갈 수도 있었던 여러 가지 경로를 잘 못 보게 마련이다. 이는 풋볼 팬들이 어느 한 가지 플레이에서 벌어지는 여러 가지 서로 다른 일들을 미처 알아보지 못하는 것과도 비슷하다. 사람들은 결과에 주목하고, 거기서부터 논리를 거꾸로 구사한다. 마이클은 자신의 결과에 주목했고, 자신의 삶은 항상 이렇게 잘나갈 예정이었다고 결론을 내리기에 이르렀다. 자기가 커다란 성공과는 전혀 거리가 먼 길로 나아갔을 수도 있다는 가능성은 아예 믿지를 않았던 것이다. 대신에 자기가 마이클 조던처럼 되려는 꿈을 가졌고, 그런 운명을 나름의 방식으로 실천하고 있다고 믿었던 것이다. "저는 항상 대학에 가고 싶었어요." 그의 말이다. "NBA에서 잘 안 되면 NFL을 일종의 대안으로 생각하고 있었죠." 만약 마이클이 자신의 삶이 바뀌게 된 공을 다른 사람들에게 돌리지 않았다면 (다시 말해서 그가 많은 사람에게 많은 것을 빚졌다고 생각하지 않았다면) 그건 부분적으로 자신의 변화를 진정으로 믿지는 않았기 때문일 가능성이 있다. "저는 예나 지금이나 똑같아요." 그의 말이다. "저는 허트 빌리지에 살 때나 지금이나 똑같아요. 변한 게 있다면 바로 환경뿐이죠."

하지만 그 환경의 변화야말로 결코 작은 것이 아니었으며, 그가 새로운 환경에서 제대로 기능하기까지는 많은 사람들의 도움이 필요했다. 예를 들어 빅 토니, 브라이어크레스트의 여러 교사들, 그를 먹여 주고 재워 준 가족들까지도. 하지만 네가 충분히 도와줄 능력이 있으면 누굴 꼭 도와주고 싶으냐는 질문을 받았을 때, 그가 유일하게 생각해 내는 사람은 바로 크레이그 하나뿐이었다.

브라이어크레스트크리스천스쿨에서 1년 반을 보내는 동안 마이클은 이 친구를 생각만큼 자주 만나지 못했다. 크레이그는 멤피스의 서쪽 지역에 살고 있었는데, 그 거리가 갑자기 매우 멀게만 느껴졌다. 하지만 마이클은 운전면허를 따는 순간부터 그걸 가지고 어떻게 해야 할지를 알았다. 리 앤과 함께 차량관리국에서 면허를 따서 돌아온 직후, 마이클은 멤피스 서쪽에 가서 옛 친구를 하나 태워 와도 되겠느냐고 물었다. 리 앤은 거의 1년간이나 마이클에게 옛 친구를 좀 집에 데려와 보라고 재촉했지만, 이때까지는 한 번도 실제로 데려온 적이 없었다. 그는 차를 타고 떠나더니, 머지않아 이 수줍음 많고, 조용하고, 착한 성격의 소년을 데려왔다. 마이클은 그를 "크레이그"라고 소개했다. 그야말로 마이클이 이야기했던 바로 그 단 한 명의 (이 세상에서 유일하게 가까운) 친구였는데, 사실 리 앤은 그의 존재조차도 더 이상 믿지 않던 참이었다. 그녀는 크레이그야말로 토끼 하비[60]와 마찬가지로 상상의 친구가 아닐까 생각할 지경이었다. 이제 하비는 그녀의 집 현관 앞에 어색하게 서 있었다. "집에서 이렇게 멀리까지 와 본 적은 처음인데." 크레이그의 말이었다.

마이클은 자기가 이 세상에서 완전히 신뢰하는 사람은 크레이그 하나뿐이라고 주장했고, 따라서 이 소년은 투이 가족의 집에 종종 찾아오는 손님이 되었다. 크레이그의 입장에서는 영 어리둥절하기만 했다. 자기 친구가 갑자기 동네를 떠나 새로운 학교로 전학을 가더니, 이제는 멤피스의 다른 한편에 사는 이 부유한 백인들과 어울리는 것은 물론이고 심지어 이들을 자기 '가족'이라고 부르고 있었다. "빅 마이크가 하루는 저한테 전화를 걸었기에, 제가 요즘 뭐 하고 지내냐고 물어봤죠." 크레이그의 말이다. "그랬더니 이러더라구요. '동생이랑 뭐 먹으려고 운전하고 가는 중이야.' 그래서 제가 물어봤죠. '어떤 동생?' 그랬더니 이러더라고요. '내 동생, 숀 주니어 말이야.' 그래서 제가 그랬죠. '누구라고?'"

마이클은 이렇게 말했다. "제가 NFL에 들어가면 크레이그도 '같이' 갈 거예요. 우리가 아주 가까운 사이인 까닭은 그 녀석이 저랑 똑같기 때문이에요. 우

---

60 메리 체이스의 희곡 『하비』에서 주인공 중년 남성은 '하비'라는 상상의 친구(키는 180센티미터에 사람처럼 두 발로 걷는 토끼)를 갖고 있다고 주장한다.

리는 똑같은 사람이에요. 다만 체격만 다를 뿐이죠." 크레이그는 마이클이 이전에 알았던 다른 사람과 마찬가지로 돈이 별로 없었다. 하지만 크레이그는 그의 유일한 친구임에도 불구하고 뭘 요구하는 법이 없었다. "제가 뭘 주겠다고 하면, 그 녀석은 그냥 이렇게 대답하고 말아요. '됐어. 난 괜찮아.'" 마이클은 크레이그의 이런 성격을 제일 좋아했다. 즉 자기가 무슨 희생자인 것처럼 행세하지 않는다는 것이었다. 그는 나름의 자존심을 지니고 있었다.

이제 마이클과 크레이그는 시간을 같이 보내는 경우가 많아졌다. 어느 날 밤에는 마이클이 친구를 데리고 멤피스 그리즐리스의 경기를 보러 갔다. 두 사람이 숀의 코트 옆 좌석으로 향하는 도중에, 크레이그는 많은 사람들이 그들을 바라보며 손가락으로 가리키는 것을 깨달았다. "모두들 이렇게 말하더군요. '저기 마이클 오어다! 저기 마이클 오어야!'" 가난한 흑인들이 사는 멤피스에서도 이미 많은 사람들이 마이클 오어의 프로 리그행을 당연시하고 있음을 크레이그는 알았다. "모두들 그 녀석 이야기예요." 그의 말이다. "이제는 어느 누구도 그 녀석을 빅 마이크라고는 안 불러요. 그 대신 마이클 오어라고 부르죠." 이제 크레이그는 마이클의 명성이 가난한 흑인들이 사는 지역뿐만 아니라, 멤피스 그리즐리스의 경기가 열리는 곳의 코트 옆 좌석까지 퍼졌음을 깨달았다. 그는 문득 이런 생각이 들었다. "이제는 멤피스에 사는 모두가 마이클 오어를 알고 있구나!"

좌석에 앉는 순간 크레이그는 다른 사람들이 손가락으로 가리키고 바라보는 걸 알았느냐고 물었다. 마이클은 미소를 지었고, 크레이그는 친구가 그런 사실을 알고 있을 뿐만 아니라 심지어 좋아하기까지 한다는 걸 깨달았다. "그런데 너 NFL에 진출 못 하면 어떻게 할 건데?" 크레이그는 이런 질문을 던지고 싶었지만, 꾹 참았다. 그 대신 그는 이렇게만 물었다. "네 생각에는 프로 리그에 진출할 채비가 된 것 같아?" 이 말에 마이클은 웃으며 대답했다. "나는 '지금'도 준비가 된 상태야."

크레이그도 웃었다. 세상은 변했는지 몰라도, 자기 친구는 여전했기 때문이다. "그 녀석은 그대로더라고요." 크레이그의 말이다. "모두들 마이클이 거만해졌다고 했죠. 하지만 사람들이 미처 모르는 사실이 하나 있는데, 그건 바로 녀석이 '원래' 거만했다는 거예요. 다만 그런 사실을 드러내지 않았을 뿐이죠."

그때 크레이그는 마이클이 농담을 하고 있다고 생각했다. 하지만 아니었다.

"나는 지금이라도 드와이트 프리니를 상대할 수 있어." 마이클은 진지하게 말했다.

드와이트 프리니는 인디애나폴리스 콜츠의 선수였다. 모두가 가장 두려워하는 패스 러싱 디펜시브 엔드인 그는 아마도 NFL 역사상 가장 빠른 선수일 것이다. 그는 2002년에 NFL에 들어왔는데, 40야드 기록은 4.3초였고, 커다란 몸 돌리기 동작을 구사했으며, 자기가 어디로 가야 할지를 재빨리 알아냈다. 바로 블라인드 사이드였다. 두 시즌이 지나고서 프리니는 풋볼계의 질서를 뒤흔들어 놓았으니, 조녀선 오그든을 젖히고 레이븐스의 쿼터백을 색했기 때문이었다. 그것도 한 번이 아니라 무려 두 번이나. 어느 누구도 조녀선 오그든을 젖히고 지나간 적은 없었다. 하지만 프리니는 성공했다.

프리니는 자기가 일종의 전통을 이어받아 뛰는 선수라고 생각했다. 여덟 살 때 그는 로렌스 테일러의 하이라이트를 보여 주는 영화를 보았고, 바로 그때 장래 희망을 결정했다. "좋아하는 선수들이 누구냐고 물어보면, 저는 로렌스 테일러라고 대답할 겁니다. 그리고 다른 선수는 없다고요." 그가 말했다. "오로지 로렌스 테일러뿐인 겁니다." 프리니는 자기 임무가 오펜시브 라인의 슈퍼스타를 쓰러트리는 것임을 잘 알고 있었다. 최고 대 최고의 대결인 것이었다. 그것은 그의 가장 큰 강점이었다. 풋볼 필드에서 가장 중요한 일대일 대결에서 이길 방법을 찾아내는 것이었다. 따라서 멤피스에 사는 어떤 꼬마가 조만간 리그에 들어올 예정인데, "지금이라도 드와이트 프리니를 상대할 수 있다"고 했다는 이야기를 듣자, 그는 허허 웃으며 말했다. "물론 결국에는 그렇게 만나게 되겠죠." 하지만 그는 호기심이 생기는지 이렇게 물었다. "그 아이의 이름이 뭐죠?"

　드와이트 프리니는 콜츠의 라커 룸 밖에서 패드를 차고 땀을 흘리며, 헬멧은 벗어서 손에 들고, 마이클 오어의 약력에 귀를 기울이고 있었다. 마이클을 포함한 열세 명의 형제는 그 어머니로부터 제대로 보살핌을 받지 못했고, 따라서 멤피스의 거리에서 거의 혼자 힘으로 자라났다는 것. 고등학교 3학년 때까지만 해도 풋볼 훈련을 진지하게 받아 본 적은 없다는 것. 하지만 그때 이미 신장 195센티미터에 체중 160킬로그램이었으며, 40야드를 4.9초에 뛰었다는 것. 하지만 단지 40야드 기록만 가지고는 그의 속도를 제대로 설명하지 못한다는 것. 그의 민첩함을 확인하려면 느린 화면으로 봐야 한다는 것. 그야말로 테네시 주에서 가장 뛰어난 농구선수 가운데 하나가 될 뻔했으며, 고등학교 올 아메리칸 선수와 코트에서 맞붙어도 꿀리지 않았으며, 지금도 자신의 타고난 포지션은 농구의 슈팅 가드라고 은밀히 생각한다는 것. 성인이 되기 직전에 IQ 80의 머리로, 정규 교육도 못 받고, 백인과 가까이 지낸 적도 없었으면서도, 멤피스의 어느 부유한 백인 가정에 입양되어서, 이제는 어느 누구도 그의 피부색을 신경 쓰지 않는다는 것. 이제는 신장 198센티미터에 체중 147킬로그램으로 올 미스의 선발 레프트 태클이며, 다음 시즌 말에는 올 SEC 팀에 선발될 것이 확실시된다는 것. 체중 160킬로그램 때에도 충분히 빠르고 강했으니만큼, 지금은 그때보다도 더 빠르고 강해졌다는 것. 하루가 갈수록 길 잃은 소년 같은 면모는 사라지고, 대신에 목표를 지닌 성인 같은 면모가 두드러진다는 것 등이었다.

　드와이트 프리니는 자기 경기의 규칙을 제대로 이해하고 있었다. NFL에서는 쿼터백의 블라인드 사이드에 많은 선수가 나타났다가 또 사라지곤 했다. 태양 아래에서 워낙 완벽하게 플레이를 하면 사람들은 그 선수를 마치 태양으로 오인하기에 이른다. 하지만 머지않아 그 선수의 빛은 스러지고 만다. 2006년 시즌 직전의 여름은 아직 프리니의 전성기였으며, 앞으로도 한동안 그의 전성기로 남을 것이었다. 적어도 그때가 지나가기 전까지는 말이다. 또는 그가 발을 헛디디기 전까지는 말이다. 또는 그가 다치기 전까지는 말이다. 또는 적어도 차세대 조너선 오그든이 나타났는데, 하필이면 그 원형보다도 한 발짝 더 빠르고, 약간 더 재능이 뛰어난 녀석으로 판명되기 전까지는 말이다. 마이클 오어의 약력에 관해 듣다 보니 드와이트 프리니의 표정도 달라졌다. 그는 더 이상 웃고 있지 않았다.

"그나저나 그 아이 이름이 뭐라고요?" 프리니가 물었다.

"마이클 오어."

"그럼 마이클 오어한테 이렇게 전해 주세요. 제가 기다리고 있겠다고 말이에요." 그는 이 말을 남기고 라커 룸으로 들어가 버렸다.

이 책에서 다룬 이야기를 내가 얼마나 뒤늦게야 접하게 되었는지, 그리고 내가 얼마나 천천히 정보를 입수하게 되었는지 생각해 보면, 지금도 약간 부끄러운 기분이다. 2003년 가을 나는 멤피스를 지나가다가 숀 투이에게 전화를 걸었다. 그와 나는 일찍이 루이지애나주 뉴올리언스의 이지도어뉴먼스쿨에서 13년간 함께 공부한 사이였다. 아주 어린 시절부터 우리는 매우 친한 사이였다. 1학년 때부터 4학년 때까지 나는 학교만 끝나면 그의 집 뒤에 있는 흙투성이 농구 코트로 달려갔고, 번번이 그가 나를 상대로 100점을 따내기까지 걸리는 시간이 얼마인지를 알아보았다(대개는 오래 걸리지 않았다). 하지만 25년 넘게 그와 만나거나 연락한 일도 없다가, 나는 뜬금없이 전화를 걸어서 마침 우리의 옛날 고등학교 야구 코치에 관한 잡지 기사를 쓰는 중이라고 말했다. 그날 저녁에 나는 마이클 오어에 관한 이야기를 들었다. 당시 그 아이는 빠른 속도로 숀의 가족의 일원이 되어 가고 있었다. 하지만 나는 그 아이에게 아무런 관심도 갖지 않았다. 어쨌거나 우리 코치에 관한 기사를 《뉴욕타임스매거진》에 기고했고, 이 기사가 발전해서 『코치Coach』라는 책으로 간행되었다. 이 책에는 숀도 잠깐 등장한다.

　그로부터 몇 달 뒤, 또 한 가지 잡지 기사를 쓰기 위해 NFL 주위를 얼쩡거리던 나는 레프트 태클이 다른 오펜시브 라인맨보다 월등히 높은 보수를 받는다는 사실을 알게 되었다. 그래서 도대체 어쩌다가 그런 일이 벌어지게 되었는지, 그리고 레프트 태클은 그런 사실을 어떻게 생각하는지 알아보게 되었다. 그러다가 마이클을 미래의 NFL의 레프트 태클감으로 바라보는 대학 풋볼 코치들이 열심히 따라다니고 있다는 사실을 숀으로부터 들어 알게 되었다. 그제야 나는 비로소 그 아이에게 관심을 갖게 되었다. 얼마 뒤에 숀이 나를 찾아왔다. 우리는 저녁 식사를 했지만, 이번에는 내 아내 태비타도 동석했다. 우리가 마이클 오어의 이야기로 접어들자, 숀은 10분쯤 되어 내 아내를 웃겼고, 20분쯤 되어 내 아내를 울렸고, 30분쯤 되어 식사를 완전히 망쳐 버리고 말았다. 하지만 그럴 만한 가치가 있었다. 집으로 오는 길에 아내는 차 안에서 이렇게 말했다. "나는 당신이 그거 말고 왜 굳이 다른 거에 대해서 글을 쓰는지 모르겠어." 나 역시 똑같은 생각이었지만 금세 잊어버리고 말았다. 유치원 시절부터 알고 지내던 친구를 이야기의 소재로 삼는다는 것은 어딘가 정정당당하지 않은 듯한, 마치 온통 덫을 깔아 놓은 곳에서 사냥을 하는 느낌이었기 때문이다. 숀을 내 기억의 일부분으로 놓아두는 건 좋았지만, 그의 삶을 샅샅이 뒤져 내서 책에 까발리는 건 또 다른 문제였다. 따라서 저자로서의 감사의 말을 조각조각 나누어야 할 자리에서는 내 아내야말로 그중에서도 가장 큰 몫을 받아 마땅할 것이다. 아내가 마이클 오어에 대한 관심을 시인하라고 재촉하지 않았더라면, 나는 결코 이 책을 쓰지 못했을 것이다.

숀과 리 앤 투이 부부에게도 감사하는 바이다. 그들에게는 이 책이야말로 그냥 무관심해도 그만일 정도로 사소한 일이었을지도 모른다. 하지만 실제로는 그렇지 않았다. 숀은 무관심한 척했지만 사실은 어딘가 좀 즐거운 듯했다. 리 앤도 무관심한 척했지만, 그녀는 약간 의구심을 품었는지도 모른다. 투이 가족의 어느 누구도 내가 왜 그렇게 오랫동안 멤피스 인근을 돌아다니는지, 또는 그들의 집 거실에 머물러 있는지 물어보지는 않았다. 어느 누구도 내가 뭘 쓰려고 계획 중인지 물어보지 않았다. 어느 누구도 출간 이전에 내 원고를 보고 싶다는 열망을 드러내지 않았다. 그들은 내게 각자의 시간과 각자의 시각을 기꺼이 제공해 주면서도, 더 이상의 참견은 하지 않았다. 이들의 개방성과 너그러움에 대해 감사하는 바이다.

풋볼에 관해 배우는 과정에서 나는 대학 풋볼계와 NFL의 많은 사람들로부터 상당한 도움을 받았다. 빌 월시와 빌 파셀스는 여러 차례에 걸쳐서 오랜 시간 동안의 심문에 인내심 있게 응해 주었다. 뉴욕 자이언츠의 팻 핸런과 어니 어코시는 지금으로부터 몇 년 전에 NFL 경영진의 내부를 구경시켜 주었고, 그때 이후로 줄곧 나를 교육시켜 주었다. 인디애나폴리스 콜츠의 크레이그 켈리와 빌 폴리언은 본인들이 아는 것 이상으로 내게 많은 도움을 주었다. 샌프란시스코 포티나이너스에서는 파라그 매러스가 지속적인 지식과 통찰의 원천이었다. 볼티모어 레이븐스의 케빈 번, 워싱턴 레드스킨스의 패트릭 윅스테드도 각자의 라커 룸 안에서 내 삶을 훨씬 더 재미있게 만들어 주었다. 테네시 타이탄스의 디펜시브 코디네이터인 짐 슈워츠는 지난 몇 년 동안 종종 일종의 자문 역할을 담당해 주었다.

나는 수많은 전현직 NFL 선수들로부터도 도움을 받았다. 프로 풋볼 선수들과 인터뷰를 처음 시작하면서, 나는 이들과 이야기하기가 얼마나 쉬운지를 깨닫고 상당히 놀랐다. 당장 프로 야구 선수들만 해도 내가 던지는 질문을 일종의 모욕으로 간주하기 일쑤였기 때문이다. 특별히 나를 도와주신 몇 분에게 이 자리에서 감사드리는 바이다. 로렌스 테일러, 스티브 월리스, 조너선 오그든, 해리 카슨, 타리크 글렌, 드와이트 프리니, 앤서니 무뇨스, 팀 롱, 조 제이코비, 린지 냅, 조 타이스먼, 댄 오딕, 랜디 크로스, 윌 월퍼드. 풋볼 선수 시장을 이해하는 과정에서는 몇몇 에이전트들로부터 도움을 얻었다. 톰 콘던, 게리 오헤이건, 랠프 킨드릭, 돈 이. 돈 이의 고객인 뉴욕 제츠의 신인 레프트 태클 드브릭쇼 퍼거슨은 영화 편집실에서 우연히 마주쳤는데, 그 역시 기꺼이 자기 시간을 내주었다. 존 에이어스의 미망인 로렐 에이어스는 남편에 관해 감동적이고도 필요불가결한 증언을 해 주었다. 랭스턴 로저스는 올 미스 풋볼 팀 거의 전체를 인터뷰할 수 있게 도와주었으며, 2004년 가을에 내가 올 미스 캠퍼스에 처음 발을 들여놓은 순간부터 환대해 주었다. 휴 프리즈는 풋볼에 관한 통찰을 계속해서 제공해 준 원천이었다. 내가 만약 올 미스의 체육부장이라면 공격 전체를 휴에게 맡기고 알아서 하라고 내버려 두겠다. 오펜시브 라인 플레이에 관해서라면 조지 들리오니보다 더 많이 아는 사람이 없을 것이다. 그는 현재 올 미스를 떠나 템플대학에서 역시 공격진들을 지도하고 있다. 오랜 시간 자기가 아는 바에 관해 설명해 준 데에 감사드린다.

샐림 코드리는 오하이오 주 캔턴 소재 프로 풋볼 명예의 전당에 있는 기록 보관소에서 내가 필요로 하는 자료를 찾아볼 수 있도록 도와주었다. 『토털 풋볼 II: 전미 풋볼 리그 공인 백과사전Total Football II: The Official Encyclopedia of the National Football League』이라는 환상적인 자료집을 만든 편집자들에게도 감사를 드리는 바이다. 풋볼의 전략에 관한 케빈 램의 에세이가 특히 큰 영감을 제공해 주었다. 릭 피게이레도는 포티나이너스의 과거 경기를 찾아볼 수 있게 해 주었다. 토니 호위츠, 제이콥 와이스버그, 에디 엡스타인은 이 책의 초고를 읽어 주고, 개념상의 여러 가지 조언을 해 주었다. 로브 나이어는 문장 하나하나를 뜯어보면서 상당 부분을 고쳐 주었다.

W. W. 노턴 출판사에서는 지금껏 한 권을 제외하고 내 책을 모두 출간해 주었는데, 이번에는 제작 부서 쪽에 평소보다도 더 많은 감사를 표시해야 할 것 같다. 낸시 팜퀴스트와 어맨다 모리슨은 나 때문에 자신들이 겪은 고생을 독자들이 알지 못하도록 각자의 임무를 멋지게 수행해 주었다. 돈 리프킨은 거의 모든 내용을 다시 확인해 주는 수고를 감당해 주었다. 데브라 모턴 호이트는 멋진 표지를 만들어 주었다.

멤피스의 거리에서도 나에게는 많은 도움이 필요했다. 와이어트 에이킨은 이 지역의 신앙생활에 관한 완벽한 여행 가이드였다. 빅 토니 헨더슨은 수많은 불가능해 보이는 일들을 가능하게 만든 인물이었고, 종종 나를 대신하여 그런 마법을 부려 주곤 했다. 델빈 레인이 갱단 두목이라는 이전의 지위를 포기하지 않았더라면, 나는 갱스터 디사이플스의 고위층에 친구를 하나 두게 되었을 것이다. 델빈은 '거듭난 기독교인'이 되어서 자기 삶을 그리스도에게 바치기로 했는데, 어쩌면 그 대가로 자기가 죽을 수도 있다고 생각했다. (갱스터 디사이플스의 주요 인물이 탈퇴하면 십중팔구 피살되게 마련이었다.) 따라서 델빈에게 많은 것을 배울 수 있었던 나로선 그를 건드리지 않은 갱스터 디사이플스에게도 감사드려야 할지 모르겠다. 멤피스대학의 필리스 베츠는 허트 빌리지에 대한 사회과학 연구의 총책임을 맡은 인물로, 멤피스 안의 또 다른 도시인 그곳의 삶에 관해 상당히 많은 정보를 제공해 주었다. 데브라 커크우드는 멤피스의 위탁 양육 제도에 관해서 자기가 아는 지식을 나누어 주었다. 팻 윌리엄스는 브라이어크레스트크리스천스쿨의 설립에 일조했던 경험을 나누어 주었다. 리즈 매러블은 멤피스의 공립학교에 관해서, 그리고 마이클의 정신에 관해서 많은 통찰을 제공해 주었다. 그녀는 직접 오랜 시간 동안 그에게 기초 수학을 가르치는 과정에서 이런 통찰을 얻었다.

마이클은 이야기의 주인공치고는 무척이나 특이한 데가 있었다. 처음에만 해도 자기 이야기를 하는 데는 거의 관심이 없었다. 그가 자기 이야기를 감춰 두는 것은 모든 물건을 감춰 두는 버릇과도 유사했다. 마이클의 기억은 학교 숙제를 할 때에는 비교적 위력을 발휘했지만, 자기 삶의 경험을 기록하는 데에는 유난히 태만했던 것 같다. 한번은 내가 과거에 대해 묻자, 마이클은 생각하고 싶지 않다고 대답하면서, 내가 왜 그런 것에 관심을 갖는지 이해할 수 없다고 대답했다. 사람들이 자기를 알게 되는 걸 좋아하지 않았으므로, 특별히 나에게만 그런 태도를 보였다고 생각되지는 않는다. 1년 동안이나 달라붙어 재촉했음에도 불구하고, 나는 이 책의 주인공에 관해서 전적으로 다른 사람의 증언에 의존할 수밖에 없었다. 그러던 어느 날, 마이클이 뜬금없이 전화를 걸어서 말했다. "왜 다른 사람들한테 저에 대해서 묻고 다니시는 거예요? 차라리 저한테 와서 그냥 물어보시죠." 그의 말이었다. 그때부터 우리의 대화는 이전보다 훨씬 더 흥미로워졌다. 마이클은 과거에 대해 상당히 많은 것을 기억하고 있었으며, 때로는 생생하게 세부 사항까지 곁들였다. 이 책을 쓰는 도중의 기쁨 가운데 하나는 마이클과의 그 긴 대화였다. 내 생각에 나는 앞으로도 오랫동안 그를 응원하게 될 것 같다.

이 책이 간행된 직후의 시즌에서 마이클은 매 경기마다 올 미스의 레프트 태클로 출전했다. 올 미스 풋볼 팀은 정말 꾸준하게도 성적이 엉망이었기 때문에, 그중에 약간이라도 좋은 선수가 있다고는 도무지 믿기가 힘들 지경이었다. 하지만 마이클은 돋보이는 플레이로 올 SEC 2차 팀에 선발되었고, 한 학기 동안 평점 3.75로 미시시피대학 성적 우수자 명단에 오르기도 했다(심지어 올 미스의 농구 경기 가운데 한 번의 하프타임에 열린 '학업' 부문 시상식에 나가서 수상하기도 했다). 이런 개인적 영예의 사건을 제외하면 팀 전체적으로는 그저 비참하기만 했던 시즌이 끝난 뒤, 올 미스의 오펜시브 라인 코치 아트 키오는 자기가 지금까지 27년 동안 최고 수준의 대학 풋볼 라인맨을 코치해 보았지만, 마이클 오어보다 더 뛰어난 천부적 재능을 지닌 선수를 코치해 본 적은 없었다고 말했다. "그는 여전히 미숙한 선수입니다." 키오의 말이다. "왜냐하면 고등학교 때에는 아예 선수로 뛰지도 않았기 때문이죠. 하지만 그는 매일 더 나아지고 있습니다. 그는 예외적으로 몸이 유연합니다. 그는 공격 개시 직후의 동작이 매우, 정말 매우 빠릅니다. 그는 패스 보호에 매우 뛰어나고, 양손을 가지고도 매우 공격적입니다. 마치 길거리 싸움꾼처럼요." 지금까지 당신이 코치한 수백 명의 오펜시브 라인맨 가운데 마이클 오어와 닮은 사람을 꼽자면 누가 있느냐고 묻자, 키오는 이렇게 대답했다. "그는 리온 서시와 에릭 윈스턴의 조합이라 할 수 있습니다." 서시는 1992년 드래프트 1라운드에서 피츠버그 스틸러스의 지명을 받고

11시즌 동안 NFL에서 뛰었고 프로볼에도 나갔다. 윈스턴은 1라운드급의 재능을 가진 선수로 평가되었지만, 정작 2006년 드래프트에서는 3라운드에서야 휴스턴 텍산스의 지명을 받았는데, 심각한 무릎 부상을 당한 까닭에 회복이 가능할지가 불분명한 까닭이었다. 하지만 그는 부상에서 회복해 신인 시절부터 텍산스의 선발 라이트 태클로 활약했다. "그가 NFL에 가기에 충분할 만큼 뛰어나냐고요? 저는 한 치의 의심도 없이 그렇다고 생각합니다." 키오의 말이다. 다만 마이클에 대한 키오의 주된 우려는 (예를 들어 훗날 그린 베이 패커스에서 훌륭한 선수가 되기에 앞서) "일단 '올 미스'에서 훌륭한 선수가 되는 일에 계속 정신을 집중하게 만드는" 것이었다.

이 와중에 마이클은 여전히 사람들이 듣고 싶어 하는 말을 해 주고 있었다. 즉 자기는 프로에 가지 않고 계속 학교에 다닐 계획이라고 말이다. 하지만 올 미스 풋볼 팀의 가까운 친구들에게는 솔직한 마음을 터놓은 바 있었다. 즉 3학년이 끝났을 무렵에 혹시나 NFL에서 1라운드나 2라운드에 지명한다면, 자기는 기꺼이 NFL에 갈 거라고 말이다. 혹시나 미래의 직업적 영광에 관한 생각에 정신이 팔리기 시작했다 하더라도 그를 비난하기는 어렵다. 팀에서 그의 절친 가운데 한 명인 패트릭 윌리스는 조만간 개최될 2007년 NFL 드래프트 1라운드에서 지명되어 수백만 달러를 손에 쥐게 될 예정이었기 때문이다. (특이하게도 윌리스 역시 테네시주에 살던 가난한 흑인 소년이 백인 양부모에게 입양된 경우였다.) 만약 패트릭에게도 그런 일이 일어날 수 있다면, 마이클에게도 굳이 그런 일이 일어나지 말아야 할 이유는 없었다. "패트릭은 뛰어난 선수입니다." 휴 프리즈의 말이다. "하지만 그는 마이클이 가진 재능까지는 갖고 있지 못합니다." 2007년 초에 마이클은 한 스포츠 에이전트의 제안을 받고 직접 차를 몰고 내시빌로 가서 NFL 컴바인을 준비하러 그곳에 모인 상급생들 몇 명과 함께 훈련을 받았다. 컴바인에서 NFL 스카우트 담당자들은 때로는 당혹스럽게 느껴질 수도 있는 훈련을 여러 가지 시켜 보고 평가를 실시함으로써, 과연 이 선수들이 프로 풋볼에 적절한 역량을 갖추었는지를 판정했다. 그 에이전트는 미래의 NFL 선수들이 어떤 모습인지를 가까이서 지켜보는 것이 마이클에게도 좋을 것이라고 생각해서 거기 가 보라고 제안했던 것인데, 이 예상은 딱 맞아떨어졌다. "저는 아주 잘했어요." 마이클의 말이다. "제 생각에는 거기 있는 어느 누구도 제가 미처 갖지 못한 걸 갖지는 못했던 것 같아요." 물론 대부분은 오히려 덜 갖고 있었다. 그는 이미 조만간 있을 드래프트에서 처음 세 번의 라운드에 들어갈 것으로 예상되는 선수들보다 더 힘세고, 더 빠르고, 더 많은 재능을 갖고 있었다. '게다가 그는 여전히 발전하는 중이었다.'

오펜시브 라인에서 뛰는 대학 2학년 선수 가운데 그 누구에 관해서도 NFL 스카우트 담당자들이 선뜻 이렇게 말하는 법은 없다. "그가 프로로 전향할 만큼 충분히 나이를 먹게 되면, 우리는 그를 1라운드 드래프트에서 지명할 겁니다." 여기서 우리가 알아 두어야 할 사실은 첫째로, 애초에 대학 풋볼 선수는 3학년이 끝나기 전까지는 NFL 드래프트에 나설 수 없다는 점, 그리고 스카우트 담당자들은 당장 눈앞에 있는 선수들을 보며 압도당하는 경향이 있다는 점이다. 둘째로, 어떤 선수가 부상을 당해서, 감옥에 가서, 학교에서 쫓겨나서, 기타 다른 이유로 인해서 경기에 뛸 수 없게 될 위험은 항상 있었다. 그러니 왜 굳이 필요하기도 전에 미리부터 신경을 쓴단 말인가? 하지만 마이클은 뭔가 예외임을 스스로 입증하고 있었다. 2007년 초에 패트릭 윌리스를 다시 한 번 살펴보려고 올 미스를 찾은 스카우트 담당자들 가운데 몇 명은 "오어라는 아이"를 볼 수 있겠느냐고 물어보았다. 과연 자기들이 들은 이야기가 사실인지만 알아보게 해 달라는 거였다. "만약 마이클이 3학년 끝나고서 드래프트에 들어가기를 원한다고 칩시다." 여러 NFL 선수들을 대리하는 에이전트이자, 흥미롭게도 여러 NFL 코치들까지도 대리하는 에이전트인 지미 섹스턴의 말이다. "그럴 경우에 문제는 그가 과연 드래프트될 것이냐가 아닙니다. 오히려 과연 얼마나 높게 드래프트될 것이냐입니다."

마이클 오어는 바꿔치기를 이미 완성한 바 있었다. 즉 한 가지 삶에서 또 다른 삶으로의 바꿔치기에 성공한 것이다. 그는 굳이 뒤를 돌아보려 하지 않는다. 그는 최근 들어 자기 어머니에 대해서는 거의 이야기를 하지 않는다. 물론 자기 형제들이 전화를 걸면 항상 답신 전화를 걸어 주곤 하지만 말이다. 그는 자기가 자라난 동네로도 잘 찾아가지 않는다. 그는 대부분의 시간을 풋볼 팀과 함께, 또는 강의실에서, 또는 투이 가족과 함께 보낸다. 한때는 그의 실패를 보장하려고 채비한 듯했던 세계가 이제는 그의 성공을 보장하려고 채비한 듯하다. 그리고 그는 이런 상황에서 이상한 점을, 또는 불편한 점을 전혀 찾을 수 없다고 주장한다.

하지만 나로선 그렇지가 않다. 만약 좀 더 참을성을 발휘했더라면, 나는 10년쯤 기다렸다가 이 이야기를 했을 것이다. 예를 들어 마이클이 프로 풋볼 선수로서, 또한 성인으로서 어떻게 되는지를 지켜보고 나서야 그에 관해서 썼을 것이다. 하지만 내가 보기에는 마이클 오어의 이야기 중에서도 가장 중요한 부분은 이미 끝나 버린 것 같았다. 즉 그의 가치는 더 이상 무시되지 않았던 것이다. 그는 지구상에서 가장 가치가 낮다고 평가된 15세 소년들 가운데 하나였다가, 이제는 가장 가치가 높다고 평가된 18세 소년들 가운데 하나가 되었다. 그를 원하는 시장에서는 거대한 힘들이 작용하고 있다. 그런 힘들 가운데 일부는 풋볼 전략의 변화에서부터 비롯되었다. 즉 오늘날의 프로 풋볼은 마이클 오어의 몸이 이상적으로 수행하기에 적합한 임무의 가치를 드높이고 있는 것이다. 하지만 이보다 더 큰 힘들은 일련의 사회적 우연에서 비롯되었다. 즉 그가 멤피스의 가난한 흑인 지역에서 벗어나 멤피스의 부유한 백인 지역으로 가게 된 것이며, 부유한 백인 가정에 입양된 것이며, 다른 무엇보다도 자신의 운명을 더 낮게 만들기 위해 어마어마한 정도의 곤란과 불편을 감수한 본인의 열의에서 비롯되었던 것이다. 마이클 오어는 NFL에서 레프트 태클로 뛸 만한 재능을 갖고 태어났을지도 모르지만, 만약 그가 태어난 환경에 계속 남아 있었다면 어느 누구도 그의 재능을 알아주지는 못했을 것이다. 나는 여전히 이것이야말로 주목할 만한 일이라고 생각한다. 미국의 도시 저소득층 지역에 만연한 문제를 모조리 열거할 때조차도, 우리는 스타 운동선수를 알아보고 수출하지 못하는 무능력까지 거기에 포함시키지는 않는다. 하지만 실제로는 NFL에서 뛸 만한 재능을 가진 소년들조차도 워낙 밑바닥의 환경에 태어나다 보니, 그 재능이 결코 눈에 띄지 못하고 지나가 버리는 것이다.

이제 마이클 오어가 눈에 띄게 되었으니, 그를 둘러싼 논의도 뭔가 다른 어조를 갖게 되었다. 더 이상 사람들은 이렇게 묻지 않는다. "우리는 그를 데리고 무엇을 해야 할까?" 또는 "우리는 어떻게 해야 그를 구제해야 할까?" 대신에 사람들은 이렇게 묻는다. "우리는 어떻게 해야 그의 믿을 수 없는 가치를 극대화할 수 있을까?" 이제 올 미스의 3학년에 접어들면서, 마이클 오어는 프로 풋볼 정신의 가장자리에 서 있는 셈이다. 하지만 만약 그가 기업 주식이라면, 월스트리트의 분석가들은 그를 적극 매수 대상으로 평가할 것이다. 우리 사회의 소외된 부분에 대한 관리만 약간 더 향상된다면, 그와 비슷한 사람들이 이 세상에 얼마나 더 많이 나타날지를 상상해 보시라.

이 책에 대한 최초의 반응은 내가 저자로서 경험한 것 중에서도 가장 기묘하면 서도 모순적이었다. 독자에 따라서는 이 책을 자유주의적인 논고로(즉 가난한 사람을 도와야 한다는 주장으로) 읽기도 했고, 보수주의적인 논증으로 (단적으로 이 책의 주인공들은 골수 공화당원이었기 때문에, 혹시 민주당원 중에 누구 아는 사람이 있 느냐고 물어보면 한참 생각을 해야만 할 정도였으니까) 읽기도 했다. 이 책은 기독교 적인 우화로(즉 하나님의 섭리로밖에는 설명될 수 없는 기적으로) 해석되기도 했고, 반대로 기독교에 대한 모욕으로(특히 기독교 서점에서는 이 책의 부제에 "진화"라는 단어가 들어있는 걸 보고 질색했다) 해석되기도 했다. 이 책에 등장하는 두 군데 학 교로부터는 모두 격분한 반응(미시시피대학과 브라이어크레스트크리스천스쿨 양쪽 모두 불쾌감을 표시했다)이 나왔고, 또 한편으로 저자가 기득권층의 주장을 너무 쉽게 믿는다는 비난도 나왔다. 몇몇 서평자는 저자가 너무 음험한, 또는 우둔한 사람이기 때문에 자기가 쓴 이야기의 핵심을 숨겼다고, 또는 완전히 놓쳤다고 주장했다. 즉 이 이야기는 백인이 어디까지나 흑인을 이용할 목적으로 관계를 맺은 또 한 번의 사례에 불과하다는 것이다. 마이클 오어가 죽거나, 또는 감옥 에 가거나, 또는 멤피스의 거리에서 살지 않고 건강하게 잘 살면서 올 미스에서 풋볼 선수로 뛴다는 것이야말로 그들이 보기에는 일종의 비극인 셈이었다. 해 피엔딩으로 마무리되는 비극 말이다.

마이클 오어 본인도 자신의 삶과 다른 사람들이 바라보는 자신의 삶 사이의 간극을 적잖이 깨달은 모양이었다. 그의 친구들과 지인들은 이 책을 읽고 나서, 또는 (대개의 경우) 이 책을 원작으로 한 영화의 예고편을 보고 나서 그에게 전화를 걸곤 했다. 그들은 떨리는 목소리로, 또는 말을 잘 잇지 못하면서, 또는 정말로 울면서 전화를 했다. 그러면서 자신들과 그의 관계를, 그리고 그의 주목할 만한 경험을 다시 한 번 확인하고 싶어 했다. 어느 날 저녁, 마이클은 휴대전화를 내려놓고 리 앤 투이에게 말했다. "이 사람들은 왜 이렇게 울어 대는지 모르겠어요. 그 이야기는 좋은 결말로 끝난다는 걸 다들 알면서!"

알고 보니 고등학교 스카우트 전문가 톰 레밍의 말이 맞았다. 올 미스에서의 2학년 때에 마이클 오어는 레프트 태클로 포지션을 옮겼고, 이후 세 시즌 동안 모든 경기에 선발로 출전했다. 3학년이 끝나자 올 SEC 1차 팀에 선발되었다. 4학년이 끝나자 올 아메리칸 1차 팀에 선발되었고, 비행기를 타고 플레이보이 맨션에 다녀왔다. 2009년 4월 25일에는 라디오 시티 뮤직홀에 가서 자기가 프로 풋볼 선수로서의 경력을 어느 구단에서 시작하게 될지를 알아보았다. 그는 NFL에서 드래프트 현장에 직접 참석하도록 초청한 아홉 명의 대학 선수들(그중 세 명은 레프트 태클이었다) 가운데 한 명이었다. 선수마다 함께 온 사람들이 있었다. 마이클의 경우에는 투이 가족, 그의 친형 마커스, 과외 교사 미스 수, 에이전트 지미 섹스턴, 그리고 오랜 친구 크레이그 베일이 함께 갔다.

여기, 그러니까 NFL의 내부에서도 마이클 오어의 삶은 일종의 로르샤흐 검사가 되었다. 일부 NFL 스카우트 담당자들에게는 마이클의 이야기가 일종의 찬사나 다름없었다. 그가 지닌 결단력과 적응력과 지성의 증거라는 것이었다. 또 어떤 사람들에게는 일종의 경고 깃발이었다. 이 선수는 "힘들었던 과거"를 지니고 있다는 것이다. 드래프트 직전 ESPN의 어느 기자는 이날의 드래프트에서 가장 의구심을 불러일으키는 선수 세 명을 선정해서 다루었는데, 뚜렷한 이유나 증거는 제시하지 않은 채로, 마이클 오어를 그중 한 명으로 꼽았다. 그러나 신속한 드래프트로 유명한 볼티모어 레이븐스는 다른 생각을 갖고 있었다.

즉 다른 구단과 지명권을 맞바꾸면서까지 마이클을 1라운드 23번째로 지명했던 것이다.

라디오 시티 뮤직홀 안의 초록색 방에 놓인 원탁에서 일어난 마이클 오어가 연단 쪽으로 걸어갔다. 이제 그는 1라운드의 NFL 드래프트 지명자였다. 그로부터 몇 주가 지난 뒤, 레이븐스의 신인 훈련 캠프에서 마이클의 뛰어난 기량에 매료된 코칭 스태프는 그를 곧바로 선발 오펜시브 라인에 투입하게 될 것이다. 또다시 몇 주가 지난 뒤, 마이클은 1,300만 달러짜리 계약을 맺게 될 것이다. 하지만 바로 그날의 뮤직 홀 안에서 마이클 오어를 둘러싼 기자들은 여전히 그의 경험에는 전혀 낯선 방식으로 그의 이야기를 만들어 내려 애쓰고 있었다. 의기양양한 기분이었던 그가 받은 첫 번째 질문은 이런 것이었다. "드래프트에서 23번째로 뚝 떨어진 기분이 어떻습니까?" 마이클은 당황한 모양이었다. "제가 떨어진 건가요?" 그가 반문했다. "저는 전혀 몰랐어요. 저는 원래 제가 발을 딛기로 예정되어 있던 바로 그 지점에 발을 디뎠다고 생각했거든요." 그 초록색 방으로 말하자면 그가 애초에 벗어나기 위해서 고심했던 장소가 아니었다.

나는 이 책에 나오는 이야기에 상당히 간단한 목적이 있다고 항상 생각해 왔다. 바로 불운을 이기고 행운을 얻어낸 이 소년의 가치에 영향을 끼친 여러 가지 동력(한 가족과의 우연한 만남, 그리고 풋볼 전략에서의 커다란 변화)을 살펴보는 것이었다. 그런 동력은 이전에 비해 매우 크게 변화되었지만, 이 소년은 여전히 이전과 마찬가지로 남아 있는 것이다.

미국의 작가 마이클 루이스는 월 스트리트의 투자 은행 근무 경험을 토대로 미국 금융계의 이면을 파헤친 논픽션 『라이어스 포커』(1989), 『빅 숏』(2010), 『플래시 보이스』(2014)의 저자로 유명하다. 특히 그의 저서 중에는 스포츠에서 작은 발상의 전환이 흥미로운 결과를 가져온 사례에 대한 논픽션이 두 가지 있는데, 그중 하나가 『머니볼』(2003)이고 또 하나가 지금 여러분께 소개하는 『블라인드 사이드』(2006)이다.

이 두 작품 모두 영화화되어 큰 인기를 끌었으며, 우리나라에서도 종종 TV로 재방영되기 때문에 사실상 모르는 사람이 없으리라 짐작한다. 특히 영화 〈블라인드 사이드〉는 운동에 뛰어난 재능을 지녔지만 불우한 환경으로 좌절을 겪던 흑인 소년이 부유한 백인 가정에 입양되어 미식축구 선수로 대성하는 과정을 그린 감동 실화로, 배우 산드라 블록이 아카데미 여우주연상을 수상한 작품으로 더욱 유명하다.

하지만 영화는 그 원작의 절반만 소화했다는 한계를 지닌다. 이 책의 절반은 영화 줄거리처럼 천재 운동선수가 주위의 따뜻한 배려 속에 미식축구의 레프트 태클 유망주로 각광받게 되는 과정을 묘사하지만, 나머지 절반은 "게임의 진화"라는 부제에 걸맞게 미식축구 전략의 변화를 다루기 때문이다.

저자는 『머니볼』에서 약체 구단이 실력 대비 저평가된 선수들을 발굴해 강호로 도약하는 과정을 묘사했는데, 『블라인드 사이드』에 따르면 미식축구에서도 유사한 변천이 있었다. 미식축구에서 강한 팔의 쿼터백과 빠른 발의 러닝백을 내세운 러닝 플레이가 대세였던 시절, 제구력 좋은 쿼터백과 체계적인 팀 플레이라는 참신한 발상의 패싱 플레이를 대안 삼아 스타 선수 없는 약체 구단이 강호로 도약했기 때문이다.

이런 상황에서 패싱 플레이 저지를 위해 발 빠른 수비수가 쿼터백을 태클하는 새로운 대응 전략이 나타나자, 이번에는 이를 막기 위해 공격수 가운데 하나인 레프트 태클이 쿼터백을 보호하는 새로운 대응 전략이 나타나면서 또다시 진화가 이루어졌다. 그리고 바로 이 대목에서 마이클 오어가 등장해서 쿼터백의 '블라인드 사이드'를 보호하는 공격수인 레프트 태클에 최적화된 후보로 크게 각광받게 되었던 것이다.

스포츠에서는 이런 패러다임의 변화가 낯선 일도 아니다. 우리에게 좀 더 친숙한 야구만 봐도 한때는 강속구 투수와 홈런 타자가 강팀의 조건처럼 여겨졌지만, 최근에는 투수의 제구력과 타자의 출루율 같은 또 다른 기준이 중시되고, '뛰는 야구'와 '지키는 야구'의 중요성이 부각되며, 2번이나 9번 타자처럼 과거에는 팀의 승리에 기여도가 높지 않다고 간주되던 순번의 중요성을 둘러싼 논의가 새삼스레 나오기도 한다.

물론 저자의 명쾌한 설명이 다양한 요인들을 무시한, 지나친 단순화라고 비판할 수도 있지만, 『블라인드 사이드』에서 묘사된 내용은 스포츠뿐만 아니라 비즈니스에서도 이 세상의 일면을 보여 주는 흥미로운 사례이자 유용한 은유로 사용될 수 있을 법하다. 이 세상 어떤 조직이나 분야에도 성패를 좌우하는 핵심 부분의 '블라인드 사이드'를 묵묵히 지키며 고생을 감내하는 '레프트 태클'은 분명히 있을 테니까.

영화와 책의 차이는 이뿐만이 아니다. 영화가 마이클 오어의 행운을 강조했다고 치면, 원작은 그의 갑작스러운 행운 이면에 여전히 남아 있는 인종차별,

빈부격차, 공교육 문제 같은 구조적 불평등의 불편한 진실도 꼬집는다. 저자의 말처럼 마이클도 빈민가에 남았더라면 십중팔구 범죄자가 되어 비참한 최후를 맞이했을 것이다. 따라서 그가 백인 사회의 일원이 되자마자 미처 상상도 못했던 갖가지 기회의 문이 열렸다는 사실은 씁쓸함을 더해 준다.

특히 투이 가족이 순수한 관심과 애정에서만 그치지 않고, 과외 교사며 통신 강좌며 학습 장애 판정 같은 다양한 방법과 막대한 비용까지 동원한 끝에 마이클을 대학에 보내는 데에 성공한 것이야말로 '아빠 찬스'의 전형적인 사례가 아니냐는 비판도 가능할 것이다. 친부모에게 버림받은 마이클의 불우함과 투이 가족의 애정을 십분 감안하더라도, 그 절차의 공정성에 대해서는 의구심을 완전히 지울 수 없는 것이다. 또 일부 독자는 마이클을 물심양면 도운 주위 사람들에게서 특정 지역, 계급, 종교 특유의 편견과 위선과 속물근성의 기미를 감지할 수도 있을 것이다.

하지만 그런 여러 아쉬움에도 불구하고 투이 가족이 마이클을 향한 작은 관심으로 큰 변화를 만들었음은 부인할 수 없다. 간행된 지 15년이 넘도록 원작과 영화 모두가 걸작으로 회자되는 이유도 인종과 계급과 견해를 초월한 그런 인간미 때문이었을 것이다. 물론 영화에서는 그냥 박수치며 넘어갔을 법한 여러 부분들의 의미를 되새기고 지금의 현실을 돌아보는 특권은 오로지 원작을 읽은 독자들의 몫이겠지만.

이 책은 10년 전에 한 출판사의 의뢰로 번역했다가 피치 못할 사정으로 출간이 불발되었다. 개인적으로는 영화에서 미처 다루지 못한 풋볼 전략의 진화에 관한 내용이 흥미롭다고 생각했기에, 기존 출판사의 양해를 얻어 혹시 이 책을 간행할 다른 출판사가 있는지 수소문해 보았다. 하지만 마이클 루이스의 전작을 간행한 곳들을 비롯해서 접촉한 출판사마다 번번이 '미식축구의 생소함'을 이유로 들어 출간을 거절했다.

그래도 가끔 TV에서 영화가 재방영될 때마다 포털 사이트의 검색어 순위에 '블라인드 사이드'와 '마이클 오어'가 올라오는 것을 보면, 영화가 꾸준히 관심을 끄는 것만큼 책도 관심을 끌 수 있으리라는 희망을 버릴 수 없었다. 우여곡절 끝에 좋은 출판사를 만나 10년 만에 결국 책을 소개하게 되니 만감이 교차한다. 부디 이 책의 내용처럼 작은 관심이 빚어낸 큰 변화의 사례를 우리 주위에서 많이 볼 수 있길 바란다.

2020년 7월

박중서

북트리거 포스트

북트리거 페이스북

블라인드 사이드

인종과 계급을 뛰어넘은 기적 같은 만남

1판 1쇄 발행일 2020년 9월 1일

지은이 마이클 루이스 ｜ 옮긴이 박중서
펴낸이 권준구 ｜ 펴낸곳 (주)지학사
본부장 황홍규 ｜ 편집장 윤소현 ｜ 팀장 김지영 ｜ 편집 전해인 김세은
디자인 정은경디자인
마케팅 송성만 손정빈 윤술옥 이예현 ｜ 제작 김현정 이진형 강석준 방연주
등록 2017년 2월 9일(제2017-000034호) ｜ 주소 서울시 마포구 신촌로6길 5
전화 02.330.5265 ｜ 팩스 02.3141.4488 ｜ 이메일 booktrigger@naver.com
홈페이지 www.jihak.co.kr ｜ 포스트 http://post.naver.com/booktrigger
페이스북 www.facebook.com/booktrigger ｜ 인스타그램 @booktrigger

ISBN 979-11-89799-28-1 03840

이 도서의 국립중앙도서관 출판예정도서목록(CIP)은 서지정보유통지원시스템
홈페이지(http://seoji.nl.go.kr)와 국가자료공동목록시스템(http://www.nl.go.kr/kolisnet)에서
이용하실 수 있습니다. (CIP제어번호: CIP2020028663)

북트리거

트리거(trigger)는 '방아쇠, 계기, 유인, 자극'을 뜻합니다.
북트리거는 나와 사물, 이웃과 세상을 바라보는 시선에 신선한 자극을 주는 책을 펴냅니다.